Wolfgang Schreyer

Der sechste Sinn

Roman

Verlag Das Neue Berlin

Angesichts der vorhersehbaren Bereitschaft, hinter den Figuren dieses Romans lebende Personen zu vermuten, erklärt der Verfasser, daß er – mit Ausnahme der eigenen Person – nur von Prototypen ausgegangen ist; wobei eingeräumt sei, daß wirkliche Menschen manchmal wie Prototypen handeln.

Für Ingrid, ohne deren Dasein und Mitarbeit manche Zeile
nicht geschrieben worden wäre, im Leben wie im Buch

Die Verzerrung der Realität im Bericht ist
der wahrheitsgetreue Bericht über die Realität
Karl Kraus

Stets hatte Alexander Woelk etwas Zwiespältiges, ja Undurchschaubares an sich. Er konnte scheu, verschlagen und auch sehr ironisch sein. Seine wenigen Freunde wurden aus ihm nie ganz schlau; manchmal verstand er sich selber nicht. Klar ist, es fehlte ihm an jener Klugheit, ohne die man auch als Schreiber kaum Karriere macht. Hitzig griff er in Dinge ein, die sich gar nicht ändern ließen, zumindest nicht von ihm; was er in der Regel zu spät begriff. Meist lief die Einmischung seinen Interessen glatt zuwider. Dazu schadete ihm sein Drang, alles, was er einmal aufgegriffen hatte, zu Ende zu führen; ein Zug von Pedanterie. Nie trennte er sich von einem mißglückten Manuskript, sondern versuchte, es irgendwie zu retten: aus Geiz, der Gedanke an sinnloses Bemühen und an vergeudete Zeit war ihm zuwider. Er war kein guter Verlierer.

Bei all dem Einfühlungsvermögen, das ein Schreiber braucht, reichte sein Blick nie besonders weit. Er durchschaute oft nicht einmal das, was sich in seiner nächsten Umgebung zutrug. Aber ein anderer Teil seines Kopfes, der ziemlich berechnend war, glich den Mangel an Scharfblick aus; das hatte ihn bislang vor beruflichem und persönlichem Unglück bewahrt. Sein Lektor, Dr. Tredup, beklagte an ihm eine gewisse Verzettelung, die Lust am Experiment, gepaart mit einer Glätte, an der viel Widerspruch abglitt, auch wohldurchdachter Rat. Die Schüchternheit, die man privat an ihm wahrnehmen konnte, wich einem Ausdruck von rechthaberischem Stolz und tiefem Überzeugtsein, wenn er glaubte, das schützen zu müssen, was er für sein Werk hielt. Er meinte immer, das nötig zu haben, und öffnete dann zum Ärger seiner Ratgeber die Schleusen seiner Beredsamkeit.

Eindringlich hielt ihm Tredup vor, seine Chance liege auf dem Feld des »Aktionsromans«, das hierzulande niemand von Rang bestelle. Er galt als Kenner Afrikas, doch anstatt seine wuchernde Phantasie auf den schwarzen Erdteil zu beschränken, versuchte er sich auf allen möglichen Gebieten,

griff nach den Sternen hoher Kunst und ließ auch die Medien nicht aus. Er sah eben seine Grenzen nicht, so daß er sich in das verstrickte, wovon im folgenden die Rede ist. Gewiß hätte er besser daran getan, sein schlichtes Erzähltalent zu nutzen und damit vorliebzunehmen, ein erfolgreicher Unterhaltungsautor zu sein.
In seinen eigenen Augen war Alexander Woelk freilich mehr – ein politischer Mensch: Radikaldemokrat und Moralist. Tugenden wie Treue, Anstand, Ehrlichkeit und Zivilcourage bedeuteten ihm viel. Er glaubte an das Gute im Menschen, ohne das Durchschnittliche oder Böse zu übersehen. Als Erzähler liebte er große Stoffe, starke Persönlichkeiten – Menschen und Dinge, die etwas bewegten und deren Schwächen er selten verschwieg. Hinter der Erscheinung das Wesen, den Charakter aufzuspüren, das war er der Wahrheit, seinem Gewissen und seiner Schreiblust schuldig. Brachte ihn dies in Bedrängnis, so wuchs ihm daraus doch anderes zu: Einblick und Erfahrung. So wurde man weiser, ein guter Autor und gütiger Mensch. Ja, nach dem Bild, das Woelk von sich hatte, stimmten Leben und Werk bei ihm fast völlig überein.
Und jetzt, in der Fremde, beim Mittagsmahl im Hotel Bayerischer Hof, geriet das Bild ins Wanken, wie von Geisterhand berührt. In seinem sechsundvierzigsten Jahr erhob sich vor ihm die Frage, wer er denn sei – verläßlicher Ehemann und Vater, loyaler Bürger seines Landes und Favorit vieler Leser, die sich immer wieder ein neues Buch von ihm wünschten? Schwerlich! Er war studienhalber hier in München, doch anstatt sich in den Bibliotheken umzutun, jagte er seit Stunden einer Frau nach, die nicht seine eigene war. Stumpf gegen die Speisedüfte, ließ er das Menü passieren. Durch die Glasscheiben sah ihm der mächtige spätgotische Backsteinbau der Frauenkirche zu, das Wahrzeichen der Stadt, als spotte es mit dem symbolischen Doppelphallus der Türme Woelks hektischer Suche, dem Kampf in seiner Brust.
Fest stand, Vera war in der Stadt, die Frau, zu der es ihn trieb, immer schon und mit wachsender Macht, seit sie aus seinem Leben verschwunden war. Nun streiften sich noch einmal ihre Wege, frühmorgens hatte er von ihrem Aufenthalt in

dieser Stadt gehört und Schritte unternommen, sie zu finden. Wenn ihm das glückte im Laufe des Tages – was ziemlich sicher schien dank des Meldewesens und dieses kleinen Spürgeräts in seiner Hand –, was geschah dann? Wie eh und je würden sie einander in die Arme sinken! Kaum denkbar aber, daß sie ihm zurück in die Heimat folgte, oh, Woelk kannte sie zu gut, ihr neues Wertgefühl, die spät erwachte Energie. Sie würde fordern, daß er bei ihr blieb und alle Brücken hinter sich abbrach.

Woelk versuchte, klaren Kopf zu behalten, sein Denken und Tun wieder in Einklang zu bringen. Ihn plagte das Gefühl, verloren zu sein, falls das Bild zerfloß, das er von sich hatte; und es verschwamm ihm ja schon, die Konturen lösten sich auf. Zu bleiben, über die Frist des Visums hinaus, das wäre endgültig, ein Schritt ins Dunkle, die Folgen unabsehbar. Eine Schreibhemmung von ungewisser Dauer wäre noch die geringste gewesen. Der Eindruck von Torheit und Selbstzerstörung drängte sich ihm auf, flankiert vom Verdacht einer Sucht! Als öffne sich da eine Falltür in den Untergrund der Seele ... Was war er letztlich für ein Mensch? Wortbruch, das lief seinem Wesen ganz zuwider, dem, was er unter Fairneß und Redlichkeit verstand.

Aber etwas, das sich seiner Kontrolle entzog, trieb ihn, tastend die Möglichkeit des Übertritts zu prüfen. Fast zwanghaft spielte er den Fall jetzt durch. Was ließ sich zu seiner Entlastung sagen? Daß man ihm sein bestes Buch daheim partout nicht druckte. Es schilderte den Zerfall eines Forschungsteams, das Scheitern jener Erfindung, deren Resultat dennoch dort funkelnd vor ihm lag. Sollte er sein Hierbleiben damit begründen? Gewiß nahm man's ihm ab, doch konnte er, der Wahrheitssucher, sich schlecht selbst belügen. Ja, es quälte ihn, daß aus dem Manuskript kein Buch geworden war. Wie jedes Mißlingen lastete es auf seiner Seele. Veras Weggang aber hatte ihn mit Wucht getroffen, ihn dauerhaft verletzt.

Ach, der Magnetismus, die Anziehungskraft dieser Frau! Unterlag er ihr, warf es ihn aus der Bahn, er wurde sich untreu und enttäuschte Menschen, die ihm vertrauten ... Er winkte dem Ober, ohne daß der ihn wahrnahm. Woelk war sonst kein Mann, den man leicht übersah: groß und schlank, gutgekleidet, mit altmodisch kurzgeschnittenem Haar und tiefliegenden olivgrünen Augen. Sein durchfurchtes Gesicht trug einen rauhen, derben Ausdruck von Tatkraft und höflich verdeckter Überlegenheit. Er liebte hellblaue Hemden zu seinem dunklen, weiß gepunkteten Seidenschlips, was zumal im Winter dem Teint etwas Frische gab. Das breite Kinn mit dem Grübchen schien ihm Respekt zu verschaffen. Er war sich bewußt, durch das Leben zu hasten, als hätte er sich bei der Geburt um einiges verspätet. Von dem Ehrgeiz erfüllt, beruflich gut zu sein, strahlte er Ungeduld und Besessenheit aus.

Nun war das wie weggewischt. Recht geschah ihm, man nahm keine Notiz von ihm, weil er mit sich nicht im reinen war. Es fing an zu schneien, hinter den Scheiben des Restaurants sanken Flocken um die Frauenkirche, zerschmolzen auf dem Platz. Bedrückt sah Woelk zu; worum ging es ihm, was war ihm wichtig? Wirken wollte er, etwas bewirken wie ein paar seiner Romanfiguren, gewaltlos, durch die sanfte Macht der Träume, der Bilder, durch Verführung zum Denken. Spüren, daß man ihn brauchte, ihn ernst nahm und einlud, jene Dinge zu bewegen, die ihn bewegten und die er für bewegbar hielt. Er hatte sich mehrmals geirrt, oft blieben Menschen und Dinge unlenksam, natürlich. Hier aber war der Versuch schier aussichtslos, im reißenden Fluß, im Marktgedränge zu navigieren, dem Konsumrausch von Leuten zuwider, denen zu all den übrigen Vergnügungsreizen nach entnervender Arbeit auf bloßen Knopfdruck hin ein Dutzend Fernsehprogramme nebst Videofilmen und Telespielen und abgefeimter Reklame über den Bildschirm zuckten. Nur eine Handvoll Autoren wirkte durch Bücher und lebte davon. Die lockende Vielfalt des Wortes hieß ja nicht Wirkung, im Gegenteil, solche Freiheit war Ursprung und Folge der Ohnmacht! Keine Kunstäußerung berührte den Kern, half etwas zu verändern, denn eine hob die andere auf, alles lief im Kreise, verschwand im Strudel einer geschäftlich erhitzten, scheinbar sich selbst steuernden Strömung von Information, Unterhaltung, Akustischem, Elektronischem und buntbebil-

dert Gedrucktem: die Medienspeisung der schönen neuen Welt.
Vorgestern in Bamberg, ehe die Nachricht ihn hochpeitschte, hatte er Stefan Prätorius besucht, den alten Freund, Schreiber wie er, schon an die Sechzig; seit zwanzig Jahren kannten sie sich von gelegentlichen Begegnungen von Autoren aus Ost und West. Dieser Mann gab ihm seine Memoiren und schrieb, auf Woelks Fehlschlag anspielend, hinein: »Dies zu veröffentlichen hat mich viel gekostet; der Preis, es nicht zu tun, wäre höher gewesen.«
»Und, wie verkauft es sich?« hatte Woelk gefragt, sogleich peinlich berührt von der Banalität, ja dem Boshaften der Frage – gewiß kam dieses Werk, das Lebensbuch des Freundes, über die Erstauflage nie hinaus. Er merkte, wieviel Unwesentliches sie einander sagten, deshalb fügte er hinzu: »Nimm einmal an, Stefan, ich käme meines abgelehnten Buches wegen zu euch, bliebe hier, da würdet ihr es drucken und vergessen.«
»Das könnte durchaus passieren.«
»Es geht also einer mit dem Kopf durch die Wand, und was fängt er in der Nachbarzelle an?«
»Sie ist geräumiger, mein Lieber.«
»Du meinst, die Wände sind elastisch.«
»Transparent, Alexander.«
»Je durchlässiger die Wand, desto schwächer das Echo.«
»Ein paar tausend Leser, das muß halt genügen.«
Alexander Woelk, dem Kind des Erfolgs, würde es nicht reichen. Dies hätte ihn erwartet im Nachbarland zu der Jahrtausendwende: Mangel an Echo und eisig-erdrückende Konkurrenz, die einem den Atem nahm und schon das Dabeisein, das äußere Überleben in Frage stellte, vom geistigen ganz zu schweigen. Bücher zu schreiben war ineffektiv, ein Luxus, es gab sie wie Sand am Meer, die Themen des Ostens kümmerten keinen, waren passé ... Nur, auch dies wollte beantwortet sein, was richtete er daheim denn aus mit dem, was man ihm dort druckte? Plötzlich, als versage sein Gedächtnis, wußte Woelk es gar nicht mehr. Alles schien gelöscht, ihm fiel nicht das kleinste Beispiel ein. Er fühlte sich ratlos, wie entwurzelt,

in der Schwebe. Sollte er's nicht doch wagen, in der Lebensmitte das Ruder herumzureißen und dem inneren Kompaß zu folgen? Vorausgesetzt, dachte er, der Kompaß sitzt einem nicht bloß in der Hose.
Seine Gedanken schweiften zurück. Hatte er bisher wirklich so viel erreicht, daß sich ein Neubeginn verbot? Gott, was Literatur vermochte, das war bei ihm zu Haus gründlich erörtert worden. Einst, in den siebziger Jahren, als er naiv und fortschrittsfroh über seinem ersten Manuskript saß, da hatte sich auch die Wissenschaft geregt. Damals begann sie, die Schreiber zu erleuchten, indem sie den Zweck und das Ziel ihres Tuns beschrieb. Gemeint war ein höherer Zweck, jenseits der flüchtigen Befriedigung des Publikums und der Ernährung der Autoren. Ältere Erkenntnisse wie die, daß ein Roman kein Leitartikel sei, wurden entstaubt, reichten aber nicht mehr aus zur Errichtung theoretischer Gebäude. Die Gelehrten ertasteten die Spuren, die das Wort im Kopfe des Lesers, falls es dort haftete, hinterließ; sie folgten all den wunderbaren Reizen, Impulsen und Gedankenketten. Welch Irrgarten, welch rätselhaftes Netz der Kausalität! Jahrzehnte brauchten sie, die Fäden zu entwirren und deren Verknüpfung darzutun, in einschüchternden Schriften mit Titeln wie *Aspekte einer Funktionsspezifik* und *Wirkungsästhetische Prozesse der Literatur.*
Allmählich jedoch zündete der Funke. Staunend las man, welche Kraft in einem stecke, was sich beim Leser entfachen ließ, einige Meisterschaft vorausgesetzt. Wer die Sprache der Wissenschaft verstand, dem schwoll die Brust. In Woelks Heimatstadt erklärte ein ihm gleichaltriger Autor namens Würzner, ihre Macht sei groß *im Guten wie im Bösen*. Würzner neigte zu melodramatischen Gesten. Mit beschwörender Stimme schloß er: Wer wie er selber auch für die Bühne, den Rundfunk und das Fernsehen schreibe, der trage schwere Verantwortung, strengste Selbstprüfung tue not, bei jeder Zeile müsse man sich fragen, was sie auslösen könne.
In Woelks Ohren klang das lebensfremd, er erwiderte dem Kollegen: Halb so schlimm, das Theater sei schwach besucht bei gewissen Stücken, das Hörspielpublikum laufe zum Fern-

sehen über, dort wieder wisse man nie, welcher Knopf gedrückt werde. Auch gebe es reichlich Leute – Redakteure, Dramaturgen, Sendeleiter, Intendanten –, die lebhaft danach drängten, die Bürde mit uns so zu teilen, daß jenes Böse, das den Vorredner erschaudern lasse, keine Chance habe … Gelächter. Nach der Tagung giftete ihn Würzner an: »Du hast uns blamiert, Woelk, das werden wir uns merken.«

Und so geschah es, er merkte es sich seit zwanzig Jahren. Blieb Woelk tatsächlich hier, würde Würzner daheim zwischen Zorn und Schmerz versichern, er habe dies anhand der Haltungsschäden kommen sehen. Schwer erträglich, sich solch eine Szene im Bezirksverband der Schriftsteller vorzustellen. Würzner log nämlich nie, er schauspielerte nur ein bißchen, für den Nachwuchs überzeugend. Ihm mochte es seit damals scheinen, als verdamme Woelk scharfzüngig Dinge des Lebens und der Kunst, die ihnen teuer waren. Das traf nicht zu, nur hielt Woelk Schwätzern, sofern ihr Rang das zuließ, gern einmal Fakten entgegen. Ansonsten stellte er sein Urteil eher zurück, denn urteilen hieß ja, etwas durchdacht und erkannt zu haben. Zu vieles aber fragte er sich noch. Im Nebel lag ihm die Wirkung der elf Bücher, die er bisher schrieb. Hatten sie irgend jemanden gestärkt, etwas klären oder bessern helfen? Sich des Urteils enthalten hieß da noch hoffen.

Soweit Woelk auch zurückdachte, nur wenige Auswirkungen seines Schaffens kamen ihm in den Sinn. Es schienen überhaupt bloß drei Fälle zu sein, allesamt nicht rühmlich. Zuerst, noch in seiner Journalistenzeit, war es eine Serie über Geheimdiensthandlungen gewesen, die Folgen hatte. Die amerikanische Botschaft in Moskau nahm einen Punkt des Berichts, als der in russischer Übersetzung erschien, zum Vorwand eines förmlichen Ersuchens um Freilassung von Agenten: Woelk war westlichen Quellen gefolgt, sein Text gab an, man habe die Fallschirmagenten im Kaukasus gefaßt: Der US-Botschafter mußte wissen, daß das nicht stimmte. Ein Knalleffekt, es summten die Drähte, die Reuter-Agentur rief Woelk an, und der Chefredakteur seines Blattes, selber höheren Orts gerügt, forderte Zerknirschung, Selbstkritik,

schriftlich, auf der Stelle! Er warf Woelk vor, die Entspannung zu sabotieren und solchen Unsinns mehr.
Das zweite Beispiel lag nicht so weit zurück. Es war im vorletzten Winter, als Woelk heimlich mit Vera über die Autobahn fuhr, sie am Steuer, zu einem Gespräch nach Berlin. Um den Verdacht seiner Ehefrau zu zerstreuen, hatte er ihr eine Bahnreise vorgetäuscht und Vera einen Leihwagen nehmen lassen. Sie waren wie immer sehr verliebt und sahen sich schon im Hotel. Bis es geschah: Reifglätte auf dem Beton, sie hatten ein Sprühfahrzeug überholt, ohne es zu bemerken – sie gedrängt von ihm, von seinem unchristlichen Verlangen. Da schleuderte der Wagen und schlug auf dem Grünstreifen um. Er nahm das gar nicht wahr, hörte nur Buschwerk und Blech knittern, während man auf dem Dach über die Gegenbahn glitt, die Böschung hinab. Ein Stoß vor seine Brust beendete die Fahrt. An einer zerfetzten Birke krochen sie aus dem Wrack. Vera hatte Dreck im Gesicht, sonst fehlte ihr nichts, Woelk war sauber geblieben – mit einer Serienfraktur rechts, wie sich zeigen sollte, sechs geknackten Rippen. Bloß eine Prellung vermutend, nahm er den Führer des Streifenwagens beiseite und bat kurzatmig, ihn herauszulassen aus dem Protokoll. Er sei nur mitgefahren, dies sei nicht seine Ehefrau, daher, falls es irgend gehe, wäre er dankbar, wenn sein Name nun nicht falle. Und obwohl in den Ausweisen die Berufsbezeichnung fehlt, sagte der Polizist: »Alexander Woelk ...? Kollege Woelk, schreiben Sie nur weiter Ihre Berichte und Romane, wir machen das schon.« Er hielt auch noch ein fremdes Auto an, damit es Woelk ans Ziel bringe.
Kein behaglicher Vorgang, schon des Stachels wegen, den jede Vorzugsbehandlung ihm ins Gewissen trieb. Wohl zeigte sich, man las ihn bei der Polizei, hielt ihn am Ende für bedeutend. Hinzu kam vielleicht noch männliche Solidarität; der Streifenführer mochte auch eine Freundin haben, zumindest war ihm das Problem nicht fremd. Jedenfalls, man stand Woelk bei. Das Bündnis von Geist und Macht, das Redner oft beschwören, dort am Rande der Autobahn nahm es Gestalt an. Aber der Umstand, daß er sich flink aus dem Staub machte, trübte doch die Erinnerung. Johanna, seine Frau, hätte er

kaum als arme Sünderin in einem Polizeiwagen zurückgelassen. Um des häuslichen Friedens, also seiner Ruhe willen ließ er Vera im Stich; erst auf dem Röntgentisch dämmerte ihm das. Und es bedurfte seiner ganzen Erfindungsgabe, Johanna anderntags die Bandagierung mit einem angeblichen Taxiunfall zu erklären, an dem sie niemals zweifelte.

Der dritte Fall von Kunstwirkung aber gab dem Buch, das man ihm abgelehnt hatte, den Stoff und den Namen. Es war der deutlichste und folgenschwerste gewesen, ein paar Leute wurden gleich hineingezogen, Hunderte auf dem Scheitel des Geschehens davon erfaßt. Es bestand aus einer Kette von Aufschwüngen und Skandalen, Woelk wurde zum Urheber meßbarer Veränderungen *im Guten wie im Bösen*. Das hatte ihn verblüfft, berauscht und bedrückt; nun verdunkelte es sein Leben. Ein Dammbruch! Und die letzte Welle der Flut, von ihm freigesetzt, erhob sich jetzt, um ihn mitzureißen.

Aus einem versteckten Ort seiner Gedankenwelt empfing er den Wink, es trotzdem zu wagen, es durchzustehen, im Namen der Kunst den Becher zu leeren. Egal, wie es ausging, ihm blieb noch immer die Zuflucht des Schreibers, das Schlachtfeld zu verlassen, sei er auch verletzt, und die Niederlage darzustellen. Was ihn nicht zerbrach, das stärkte ihn, so war es stets gewesen. So leicht zerbrach ja kein Mensch. Welch ein Vorzug des Berufs und seiner Natur, sie erlaubten ihm, sich zuletzt doch in manches zu schicken und aus dem Verbliebenen das Beste zu machen: jedenfalls ein neues Buch. Dazu freilich mußte er das Ende kennen.

Die Antwort beruhigte ihn. Als Rechercheur und Chronist würde er versuchen, den Akteuren gerecht zu werden, jenseits von Gut und Böse. Vollkommene Ernsthaftigkeit, kühle Urteilsfindung, das überstieg seine Kraft, dazu war er selbst zu tief verstrickt. Doch nahm er sich vor, keine Satire zu schreiben. Ironie nämlich war oft nur ein flirrender Selbstschutz der eigenen Ratlosigkeit und Sensibilität, untauglich dort, wo es um Wahrheit, um den Kern von Menschen und Dingen ging … Woelk zahlte, stand auf und ging der Versuchung entgegen, jener Frau, die sein Schicksal war. Mit jeder Faser spürte er, seine Stunde hatte geschlagen.

1 Die Entwicklung, die dann zur Affäre wurde, ja zum markerschütternden Skandal, fing acht Monate vorher an, in einem regnerischen Mai. Manches liegt unter Verschluß, ruht im Dunkel der Archive, doch zweifellos ist Vera Bald der Katalysator gewesen. So nennt die Chemie einen Stoff, der das Tempo einer Reaktion steigert, ohne selbst in das Endprodukt einzugehen. Viele Reaktionen finden spät statt oder nie, wenn solch eine Beigabe fehlt; da können Jahre vergehen. Fräulein Bald hat die Rolle mit Glanz gespielt, sie war kontaktfroh, aufgeschlossen, teilnahmsvoll, wie dafür geschaffen, die Atmosphäre zu erhitzen. Eine glückliche Begabung! Wohin sie auch kam, es folgten ihr stets Schwingungen der Phantasie. Um sie war jenes Knisternde, das seelische Abläufe beschleunigt: eine Empfindsamkeit für die Verheißungen des Lebens. Immer schien sie etwas zu erhoffen und diese kindhafte Bereitschaft auf andere zu übertragen. Warm spiegelte sich in ihren großen Augen all das Köstliche der Welt.

Ihr selber kam es nachträglich so vor, als habe die Sache mit dem Tag begonnen, an dem sie etwas für Professor Faust ins reine schrieb. Der Text hieß *Klima für Spitzenleistungen*. Nichts Bewegendes, der übliche Beitrag für die Samstagsbeilage der Bezirkszeitung, mit dem Untertitel: Grenzen gegenwärtiger Erkenntnis durchbrechen. Ganz so, wie es dann auch am Institut geschah. Aber wenn man nicht an den Zufall glaubt, hatte es schon früher angefangen. Vielleicht auf der Feier zum 8. März, dem Frauentag, als Vera Bald den Dr. Herbst geneckt und ihm erklärt hatte, hilfreich für Dienstreisende – nein, für jeden, der auf Brautschau ging – wär so ein Zeichen, ein stummes Signal wie ein Bändchen am Knopfloch oder ein Ring, an dem man einander erkenne, als jemanden, der Anschluß sucht.

Ach, Vera, hatte Herbst geseufzt, so einfach ist das nicht. Man will als Suchender ja unerkannt sein, nicht dem Spott derer ausgesetzt, die schon gefunden haben oder meinen, sie hätten es. Ein heimliches Zeichen muß her, sichtbar nur dem, der selber sucht; welch ein Problem. Mehr sagte er nicht, aber da sie Männer meist ungewöhnlich gut verstand, begriff sie dies gleich als Teil der scheuen Werbung, mit der er sie umgab. Er war Ende Dreißig, vierzehn Jahre älter als sie, seit ewig geschieden, aus seiner Sicht kam er in Frage. Ernsthaft, er war für sie zu haben ... Aber sie nicht für ihn.

Im Augenblick, kurz vor Dienstschluß, stand er hinter ihr und behinderte sie. Schwer genug, den Kram des Sektionsdirektors abzutippen. Der Text schleppte sich hin, in seiner Gleichförmigkeit lag die Gefahr, ganze Sätze wegzulassen in dem unbewußten Wunsch, ihn zu verkürzen. Wenn Faust das merkte, würde er sich erregen – innerhalb der Grenzen, die der Mangel an guten Sekretärinnen seinem cholerischen Charakter zog. Wer wenig strebsam war wie Vera Bald, den schüchterte keiner ein. Schon während ihrer Lehrzeit in der Stadtbibliothek hatte sie dies erkannt und es im Stadtbauamt erprobt – die Kraft der Schwachen, laut Alexander –: Zuspätkommen, auf jeden Tadel pfeifen und erst im Büro frühstükken, wo man ihr einen Schreibtisch mit Telefon gegeben hatte, also Bedeutung, ein bißchen Macht, deren Gebrauch sie spielerisch genoß.

Ein paar Häuser weiter, im Kindergarten der Technischen Hochschule, öffnete Alexander jetzt – sie wußte es – die Tür zum Schlafsaal, um nach Anke zu sehen, ihr zuzunicken. Und prompt stand die auf, zog sich an, schlich hinaus zu dem seltsamen Vater; manchmal vergaß sie ein Kleidungsstück und weinte draußen auf der Straße, was Alexander peinlich war. Er kam immer dienstags und freitags, erst zu Anke, dann zu Vera Bald, kam und ging wie ein Naturereignis, unabwendbar, als sei das sein gutes Recht.

In immer stärkerem Maße ist es gelungen, die Aufgaben der Forschung aus den perspektivischen Anforderungen der Praxis abzuleiten und, unter Einbeziehung der Studenten, unter dem Gesichtspunkt einer konkreten Anwendung erzielter Ergebnisse zu betreiben. Fräulein Bald radierte, bei solchen Sätzen schlichen sich Fehler ein. Kaum ein Drittel des Artikels, und nun hielt auch Herbst nicht mehr an sich. »Gefasel«, rief er, hustete sich die Kehle frei und sah Fräulein Bald von der Seite an, leicht hündisch, offenbar dabei, sich mit ihr gegen Faust zu verbünden. Sie nahm die Finger von den Tasten und stellte sich vor, daß ihre Tochter jetzt Alexander zum Eckladen zog und ihn listig durch das Glas blicken ließ, damit er im Regal die Schokolade sah, um die Anke eben nicht mehr betteln sollte. Sie kannte, mit vier, doch schon ein paar Tricks.

»Zeilenschinderei«, fuhr Dr. Herbst fort. »Mein Gott, ›die Lösung fundamentaler Probleme mit dem Ziel einer Gewinnung neuer Erkenntnisse‹! Früher hieß das noch Grundlagenforschung.«

»Bitte, Werner, ich muß fertig werden.«

Doch sein Feingefühl schien dahin. »›Konzentrierter Einsatz des Forschungspotentials‹, geradezu militärisch. ›Interdisziplinäre Zusammenarbeit‹ – stramm an der Wahrheit vorbei!« Dr. Herbst klapperte mit der Mappe, ein gutes Zeichen. Vielleicht war ihm eingefallen, daß ja nicht Faust dies verzapft hatte, sondern Hofmann, dessen Assistent; Faust schrieb oft bloß den Namen drunter. Aber nein, Herbst blieb. »Weißt du, was das ist? Beschönigung aus Angst. Uns werden Gelder gestrichen, Planstellen, weil's eben nicht so läuft.«

Ach, da verriet er ihr nichts Neues; nur wagte sie nicht, ihn zu bremsen. »Genau so ein Mann hat mir mal die Weichen gestellt, da oben an der Küste«, hörte sie ihn sagen. »Und der Zug fuhr aufs tote Gleis. Seitdem ist mir der Typ geläufig. Damals am Institut für Fischforschung … Ultraschall, nicht wahr. Du kannst damit Schwärme orten, man nennt es Sonar.«

Es war nicht leicht, ihm zu folgen. Herbst war ein unsicherer Erzähler, er gestikulierte, schweifte ab, teilte die Luft schlecht ein, seine Stimme belegte sich schon wieder, manchmal blieb sie ihm auch weg. Aber Vera Bald war nicht mehr so jung, daß sie so was nur komisch fand. Sie zog befangene Männer den selbstherrlichen vor. Während er sprach, spähte sie durch den Staub der Maisonne hinüber in sein Zimmer, wo das zweideutige Ding stand. Befangen war Herbst ihretwegen; das tat gut.

»Wir hatten ein Sonargerät entwickelt, ›Netzauge‹ hieß es, über dem Weltstand von damals. Es saß am oberen Rand der Schleppnetzöffnung und ortete nach vorn: Wo ist der Fisch? Nach unten: Wie weit zieht das Netz über Grund, zerreißt es dort die Flora nicht? Und nach hinten: Füllt es sich schon? Ein Knüller, das wußten wir … Mußten natürlich mit runter, tauchten stundenlang beim Test.«
Vera Bald schöpfte Atem, als stehe auch ihr ein Tauchgang bevor. Habe Geduld! Sie sah auf den Schreibtisch nebenan. Weder war der demonstrativ leer wie bei Dr. Kelly, noch absichtlich vollgepackt wie bei Faust – bloß unaufgeräumt. Man bekam mit der Zeit einen Nerv dafür, wie Chefs sich darstellten, womit sie sich umgaben. Dr. Herbst ließ wenig für sich sprechen, abgesehen von dem Vollbart, der sein Kinn schwerer, energischer machte. Aber etwas schmückte doch seinen Platz, ein kleines Standbild aus Hartholz, Mitbringsel von der einzigen Dienstreise in ein fernes Land, die ihm gewährt worden war. Die Statuette kam aus Moçambique: der schmal aufragende Kopf eines Afrikaners mit langem dicken Hals und wulstigem, seltsam frisierten Haar. Vera Bald hatte darin nie etwas Unanständiges erblickt, bis Hofmann und Kelly ihr einmal enthüllten, tatsächlich sei dies ein Phallus, ein männliches Glied im bestmöglichen Zustand; also ein Sinnbild negroider Liebeslust und Zeugungskraft. Das sagten die zwei natürlich, um sich an ihrer Verlegenheit zu weiden und Herbst madig zu machen. Den freilich störte die wahre Natur des Schnitzwerks gar nicht, abends schloß er es zwar weg, denn es hatte ihn viel Geld gekostet, vom Munde abgespart. Doch jeden Morgen holte er die Statuette heraus und pflanzte sie vor sich auf, den Gegnern zum Trotz wie ein Banner, ein Symbol der Fruchtbarkeit seiner wissenschaftlichen Bestrebungen und Versuche.
»Keine Kunst, Vera, mit Preßluft zu tauchen. Man muß nicht mal ein guter Schwimmer sein. Im Stechlinsee fingen wir an und kamen bis Ostafrika …« Sein Bericht verzweigte sich schon wieder. Mehr am Klang als durch den Inhalt der Sätze merkte sie, daß er von einem längst versunkenen Gipfel seiner Laufbahn sprach. Die Statuette war ein Talisman für ihn.

Und solange sie dort stand, ihm als Glücksbringer wichtig blieb, ließ er jedenfalls die Hände noch nicht sinken. »... ein Team von Arbeiterforschern: Dreher, Fischer, Techniker, Mikroelektroniker. Unsere ganze Freizeit ging drauf.«
Halb drei! Auch Höflichkeit und Mitgefühl hatten ihre Grenzen. Bestimmt war Alexander schon nervös, er konnte einfach nicht warten, jede Minute fehlte ihm an der Zeit, die sie beide hatten. Und neuerdings untergrub Anke seine Stimmung mit kleinen stichelnden Erzählungen von jungen Männern, die sie, Vera Bald, irgendwann getroffen hatte. Das war Ankes Art, sich für die Vernachlässigung an ihm zu rächen. Er fragte sie aus und wurde dabei sauer – Schluß, sonst verdarb noch Eifersucht den Nachmittag.
»Regelrechte Zyklopenkämpfe«, hörte sie Herbst sagen, ohne ihn zu begreifen. »Bis hinauf nach Berlin zum Büro des Ministerpräsidenten. Die Clique am Institut hielt zusammen wie ein Rudel Wölfe. Wir wiesen ihr Unkenntnis des Weltstands nach, nicht mal die Dokumentation war auf dem laufenden. Da blockierten sie erst recht, keine Freistellung für mich, keine Mittel zur Patentanmeldung im Ausland. Sie hatten die besseren Karten, Kontakte bis hoch zur Spitze. Zyklopenkampf! Das Bollwerk der Ignoranz blieb heil, wir sind daran zerbrochen ... In Sachen ›Netzauge‹ haben sich die Briten und die Japaner dann den Markt geteilt, der uns schon sicher gewesen ist.«
Vera Bald zog das Blatt aus der Maschine und packte ein. Das war zu hoch, zu groß für sie. In derlei hatte sie noch nie wer eingeweiht, Zyklopenkampf, was hieß denn das? Es klang gewaltig, nach Sturmwirbel, etwas aus dem Wettergeschehen. – »Entschuldige, Werner, ich nehm das mit nach Hause. Die Kleine wartet auf mich. Schönes Wochenende!«
Herbst lächelte wie ein scheuer Mensch, den man grundlos unterbricht. Einen Moment lang schien es, als würde er versuchen, sich mit ihr zu verabreden. Sie hätte sogar zugestimmt, wenn er Anke in Kauf nahm; die mochte ihn ja. Sie selber war frei, Woelks Wochenenden gehörten seiner Familie. Aber Herbst schwang sich nur dazu auf, »Dann bis Montag« zu sagen – so, als habe sich ihm der Verdacht bestätigt,

daß es ihm nicht gegeben sei, Frauen zu fesseln, selbst wenn er sich die Brust aufriß und von seinen Niederlagen sprach.
Auf der Treppe war es ihr, als sei sie rücksichtslos gewesen. Aber das Gefühl verflog, kaum daß sie unten Alexander Woelk sah, die Tochter an der Hand. Nun beugte er sich zu Anke herab, putzte ihr die Nase wie ein richtiger Vater – ach, einmal würde er's auch sein, davon ließ Vera nicht ab. Während sie ihm entgegenging, spürte sie das Lächeln um den Mund, unaufhaltsam stellte es sich ein, immer wieder bei ihr und spiegelgleich bei ihm. Dieses Aufstrahlen, heute noch, nach den sechs Jahren; ein Ausdruck, der jedem hier alles über sie verriet.
»Entschuldige«, sagte sie genau wie eben im Büro, »Herbst hat kein Ende gefunden. Was der aber auch erlebt hat; das wär ein Stoff für dich. Du, was sind eigentlich Zyklopen?«
»Einäugige Riesen.«
Sie konnte schwer etwas für sich behalten, die Kürze aber sagte ihr genug. Alexander hatte Ankes Geschichten gehört, er wollte keine neue, schon gar nicht von und über Dr. Herbst, der jünger war als er und außerdem noch frei. Wie üblich drängte er zum Auto, das schon in Fahrtrichtung stand, wollte, so schnell es ging, über die Brücke, dann scharf rechts ab und zu ihr ins Bett. Der verdammte Brauch, das zielstrebige Verlangen … Etwas in ihr, das war klar, wurde da mißachtet. Danach erst ließ sich mit ihm reden, sie hätte es gern umgekehrt gehabt. Was Alexander überhaupt nicht sah: Seine Ungeduld baute in ihr Widerstände auf, eine Hürde, die zu nehmen immer schwerer fiel.
Und trotzdem, gab es einen anderen, einen besseren als ihn?

2

Wenn Werner Herbst brütend über Papieren saß, ohne etwas aufzunehmen, schweifte sein Blick zu der Kastanie draußen, hinter den Fenstern des Büros. Ein mächtiger Baum, eben brachen die Knospen auf, flaumig weiß, bald würden Kerzen daraus steigen. Daneben ein Stück Himmel, wolkenlos. Der Anblick berührte ihn; in Momenten der Untätigkeit und des Erlahmens beeinflußte dies seine Stimmung. Bei verhangenem Himmel, das wußte er, war seine Wochenend-Depression meist weniger tief. Wohl weil da kein Neid entstand auf die, denen der Sonnenschein mehr versprach als ihm. Er ließ sich von Wolkenbildern fesseln, sogar Regen tat ihm gut.

Früher hatte er sich oft eingeredet, mit dem Frühling beginne das Leben wieder einmal ganz von vorn. Nun nicht mehr. Es gab keinen Gleichklang mit der Natur, man war von ihr getrennt ... Das junge Grün, das Sprießen dort, müßte es nicht auch seine Kräfte wecken? Die der übrigen vielleicht, ihn drückte es eher nieder. Er fühlte halt anders als der Rest. Wenn andere ergriffen waren, vor Rührung schier erstickten, konnte ihn ein Lachreiz plagen, in allgemeiner Fröhlichkeit aber konnte ihm hundeelend sein.

Das war schon immer so gewesen. Als Fünfjähriger, am Grab seiner Großmutter, hatte er ihr zwar nachgetrauert, zumal der Märchen wegen, die ihm nun keiner mehr vorlas. Doch der Druck vorn im Hals, der dann später wiederkehrte, rührte noch von etwas anderem her. Immer, wenn seine Mutter den Grabhügel von Unkraut säuberte, blickte er auf einen Hochspannungsmast, der sich hinter den Lebensbäumen, dem Wacholder fern im Sonnenglanz erhob. Dieser Mast hatte es ihm angetan, die hängenden Kabel gaben ihm durch ihren Schwung ein Gefühl von Weite, als führten sie hinaus in die Welt. Und das rief eine ziellose Sehnsucht hervor, bis an den Rand der Tränen. Was hatte ihn so aufgewühlt damals, als alles erst Ahnung gewesen war? Ein Fernweh, das Unermeßliche der Schöpfung, die Rätsel des Daseins? Er kam nicht dahinter.

Was aber jetzt in ihm hochstieg bei diesem unsinnigen, quälenden Himmelsblau, war das Bild eines anderen Frühlings, gut fünfzehn Jahre zurück. Da hatte er an der Küste gelebt, beschäftigt mit seiner Diplomarbeit am Institut für Fischforschung. Eine Zeit der Zuversicht, des Vertrauens in die Zukunft, in die Tüchtigkeit der Leitung und in die eigene Kraft. Die Zeit der Arbeitsgemeinschaft *Netzauge*. Ein Nichtakademiker hatte sie geführt, die Gruppe junger Arbeiterforscher, der Taucher und Dreher Erwin Graustein: zäh, flink, an die Sechzig, mit Seehundsbart. Ein drahtiger Kerl, Haudegen auf den ersten Blick. Dachte man an Graustein, fiel einem gleich dessen markige Sprechweise ein. Der Ursprung war klar, Graustein war noch Kampfschwimmer bei der Wehrmacht gewesen, ein gewisses Landsknechtstum legte er nie ab, doch selbst damit kam er bei der Crew gut an. Sie blickten sämtlich zu ihm auf, brachte er ihnen doch die Kniffe bei, fing heimlich Aale an den Buhnenköpfen und erzählte abends beim Räuchern von Ein-Mann-Torpedos und wie sie im Rücken der Amerikaner eine Rheinbrücke gesprengt hatten, vom Wasser aus.

Manches verwunderte an ihm. Ein Froschmann, der zerstört und getötet hatte und ohne Reue davon sprach. Erstaunlich aber sein Einsatz für das Team, seine Art, sich für das Projekt zu schlagen, als es – laut Graustein – *unter Beschuß* kam. Und als dann alles zerbrach, bei der großen Pleite am Schluß, da hatte er ihnen gezeigt, wie man mit Anstand verliert und noch das Beste daraus macht. Den Sonarfachmann hatte er angeschnauzt: »Eine Niederlage, Mann, das ist doch das Mindeste, was du verkraften mußt! Wer die Hitze nicht abkann, der soll sich aus der Backstube scheren.« So hielt er die Crew zusammen und brachte sie über die Gesellschaft für Sport und Technik zur Grenztruppe an die Berliner Randgewässer, wo es nicht mehr um Fischfang ging.

Den Schluß aber wurde Herbst nicht mehr los, Vera war weg, obwohl es ihm eben so vorgekommen war, als hülle sie nebenan, mit der Kunststoffhaube raschelnd, ihre Schreibmaschine ein. Nur der Beutel, von ihr vergessen, stand noch da. Bestürzt blieb er stehen, unglaublich, sie hatte ihm doch *schönes Wochenende* gewünscht, wieso war ihm das entfallen? Solche Fehlleistungen häuften sich in letzter Zeit. Manchmal war ihm, als sehe er die Menschen seiner Umgebung wie durch beschlagenes Glas, nur noch schwach erreichten ihn Signale, und ziemlich folgenlos blieb, was er selber sagte oder tat. Etwas mußte geschehen, aber was? Einen Arzt aufsuchen? Welchen, und was dem sagen? Wie schwer es doch fiel, eine seelische Störung zu schildern, auch nur sich selbst einzugestehen.

Vor einem Monat hatte das bei ihm begonnen. Seit April nahm Werner Herbst Veränderungen wahr, Folgen des Verlusts, der ihn getroffen hatte. Sein zehnjähriger Sohn Ralf, das einzige Kind, war ganz aus seinem Leben verschwunden. Eva, seine geschiedene Frau, fuhr mit Ralf in den Irak zu ihrem zweiten Mann, einem Botschaftsangestellten. Zunächst hatte Herbst dies verschmerzt, es ließ sich ja nicht ändern. Die Erschütterung kam nach dem dritten oder vierten Sonntag ohne Ralf. Er merkte, daß er aufhörte, nach Dienstschluß weiterzuarbeiten – nicht, weil er erschöpft gewesen wäre, sondern weil es ihn langweilte. Die Hochschule kam ganz gut ohne seine Überstunden aus. Auf Besprechungen ergriff er kaum mehr das Wort. Er magerte sogar ab, obwohl er nicht schlechter aß als zuvor, nur es schmeckte ihm nicht mehr.

Wie mancher Mensch hatte Herbst eine sehr persönliche Idee von sich selbst. In seiner Vorstellung war das Gehirn der wahre Sitz seines Ichs. Alles, was ihn bewegte, Lust wie Schmerz, trug sich dort zu, im Kopf (und soweit hielt er daran fest). Dieses Zentrum umgaben drei Schutzzonen: Gesundheit, Geld und Liebe; sie schirmten es gegen Einbrüche von außen ab. Körperlich unversehrt zu sein, geldlich gesichert und Teil einer wärmenden Partnerschaft, das, so fand er, sollte genügen. Nun aber war ihm, als sickere das Unglück durch die Linien – zwei waren ganz intakt – und niste schon in seinem Kopf. Von dort nämlich ging etwas Lähmendes aus, eine Schwächung, gewisse Wahrnehmungen trübten sich, während das Denken klar blieb und ihn zwang, die Ausbreitung des Übels zu sehen. Morgens beim Aufstehen bereits fühlte er Überdruß, Müdigkeit, ein Netz aus Verzweiflung, das ihn umfing.

Womöglich kam dies auch von innen. Die Zirbeldrüse etwa, das geheimnisvolle Organ im ältesten Teil des Hirns, erzeugte bekanntlich das schlaffördernde Sekret Melantonin, mit steigendem Alter immer weniger, so daß Säuglinge die meiste Zeit verschliefen und alte Menschen fast schlaflos blieben. Sonderte die Drüse dazu noch etwas ab, das einen traurig machte? Dies fragte sich Dr. Herbst. Vieles war ihm ja sinnlos geworden. Sein Diplom, die Patente, das Eigentum, erworben in soviel Arbeitsjahren, Wissen, Talent und Intelligenz, was half ihm das jetzt? Sein Name, die schwer errungene Wertschätzung der Sektion, die Achtung einiger Studenten, wozu? All diese Größen schrumpften in der Bitterkeit des Verlusts. Er hatte nicht geahnt, wie sehr er an Ralf hing, wie dringend er den brauchte. Ein Lied verfolgte ihn mit dem Kehrreim: Und wenn das Glück mich verläßt, halt ich die Scherben noch fest ... So eine Scherbe, ein Anreiz zum Weiterleben mochte Ralf gewesen sein; das letzte, was ihm von seiner Ehe geblieben war.

Voriges Wochenende war er an die See gereist. Dort auf der Halbinsel zwischen Meer und Bodden hatte er den Urlaub mit Ralf verbracht. Er lieh sich ein Fahrrad und suchte die alten Plätze auf, das Quartier, den Hochstand, in den sie die Gleichung geritzt hatten: W+R=V+S (Werner und Ralf sind Vater und Sohn). Den Vogelbeerbaum nahe den Dünen, unter den sie ihre Räder zu stellen pflegten. Die Mulde am Strand, wo ihre Burg aus Treibholz gestanden hatte. Im Klatschen der Wellen war Ralf ihm nahe, hier waren sie beide froh gewesen. An diesen Plätzen, die er unverändert fand, beruhigte er sich. Das Dauerhafte der Natur schien ihm Beständigkeit zu versprechen, einmal würde er mit Ralf zurückkehren ... Diese Hoffnung strömte ihm im Duft des Waldbodens zu, wo junger Farn sich entrollte.

Daheim hatte der Trost sich verflüchtigt, als Wunschdenken enthüllt. Herbst biß die Zähne zusammen, um nicht aufzustöhnen. Für wen lebte er? Keine Ahnung. Ach, er begriff es schon, Millionen teilten seine Erfahrung. Was ihm da zustieß, war Massenschicksal und keineswegs neu. Ringsum ging man auseinander, Ehen zerbrachen, Freunde wurden getrennt, Partner vergaßen sich, Kriege tobten auf der Welt, Krankheit riß einem die liebsten Menschen weg, unaufhörlich, immer schon; das Leben ging weiter. In seinem Alter, sollten Wunden da nicht heilbar sein?

Plötzlich merkte er, daß er Veras Einkauf hochhob und ans Telefon trat, im Begriff, sie anzurufen. Er würde sich erbieten, ihr den Beutel auf dem Heimweg vorbeizubringen –

vielleicht hatte sie morgen Zeit für ihn? Flucht nach vorn. Er hatte nichts zu verlieren. Mehr als ihre Ablehnung fürchtete er die Qual, die ihn überfallen würde, allein in seiner Wohnung, von Freitagabend bis Montagfrüh.

3

Als Vera zum Telefon ging, blieb Woelk allein auf der Couch zurück, durchwärmt und gesättigt. Im nachpulsierenden Wohlgefühl, dem Augenblick der Wunschlosigkeit, fiel ihm der Satz ein: *Das bißchen Sex, das er brauchte, fand er überall.* Den hatte Hans Seiboldt, sein Kollege, einem amerikanischen Offizier zugeschrieben, der irgendwo im Pazifik Bilanz zog über Leben und Karriere. Der Satz paßte in das Bild, das Seiboldt vom Feind zu geben pflegte. Leute wie dieser Offizier, die hauptsächlich ihr Fortkommen im Auge hatten, mochten ja wirklich so denken. Woelk nicht; er fand seit sechs Jahren den Frieden nur hier.

Gibt es die Droge Mensch? Eine Liebesbindung kann so unabweisbar sein wie die Lust auf Alkohol oder der Zwang, ein Rauschgift zu nehmen. Damals, als er in das erste Stadium des Verlangens geglitten war, hatte er einmal zu Vera gesagt, sie sei für ihn der Zucker im Kaffee. So war es bei den zwei, drei Mädchen vor ihr auch gewesen. Inzwischen aber wirkte sie wie eine Droge, die Symptome zeigten es ihm: Zerstreutheit und Antriebsschwäche, wenn er sie eine Woche lang nicht sah, Schlafstörungen und Herzschmerzen, wenn das Band zu zerreißen drohte. Zweimal hatten sie Schluß machen wollen – zu spät, die Sucht war da. Diese Couch übrigens hatte er ihr geschickt, weil die vorige zu schmal gewesen war; ein kompromittierendes Geschenk. Manchmal benahm er sich wie ein Fixer, der um den weißen Stoff bangt. Und das erschien ihm so dürftig, so ohne Kultur im Sinne von Freundlichkeit, daß er sich schämte.

Da Vera ihn warten ließ, legte er eine Schallplatte auf, doch die Besänftigung verflog. Nur oberflächlich haftend, löste sie sich ab von einem Gemütszustand des Unbehagens. War das seine chronische Unrast, die literarische Betriebsamkeit? Kürzlich hatte er ein Manuskript beendet und konnte nicht

länger von der Genugtuung zehren, die jeder Abschluß bot. Hinzu kam die Unschlüssigkeit, sich für etwas Neues zu entscheiden. Zur Wahl standen zwei Stoffe, der Falklandkrieg und der Coup auf den Seychellen: Exotisches, gut abgelagert, viele Jahre her, lange genug, um überschaubar zu sein. Beides erforderte Studien, die lückenhaft blieben, da es ihm kaum glücken würde, sie vor Ort zu vollenden.
Aber gab es nicht fünf Bücher von ihm über Vorgänge in Afrika, obwohl er nur zwei afrikanische Länder bereist hatte? Vielleicht bekam man auch das noch fertig. Wegen ihrer Abgeschiedenheit hatten Inseln ihn stets verlockt. Was ihn zu den Seychellen zog, mochte eben das Begrenzte sein – hundert Söldner versuchen einen Coup, ihr Scheitern in klassischer Einheit von Ort, Zeit und Handlung ... Falkland war vielschichtiger, es reizte ihn mehr. Allein schon die Maßlosigkeit, nie war für wenig soviel gewagt und geopfert worden. Menschen starben für den Fortbestand ihrer Regierungen! Der britische Gegenschlag, die Flottenbewegung, zeitlupenhaft wie eine Strafexpedition des 19. Jahrhunderts. Und der Sturz einer Militärdiktatur gerade durch den Kraftakt einer Waffentat; all das sollte man schildern.
Es wär freilich ein Griff in das Sachgebiet von Hans Seiboldt gewesen, der die Nähe der Pole, zumal die Antarktis, bevorzugte. Wie die alten Kolonialmächte hatten sie sich stillschweigend die Südhalbkugel geteilt. Doch Seiboldt wich Schwankendem meist aus wie ein Nichtschwimmer dem Sprungbrett. Ein bestrickender Fabulant, der Kopfzerbrechen scheute. Das Urteil stand fest für die Seychellen, nicht so für Falkland, gewiß ging Seiboldt auf einen Tausch der Inselgruppen ein. Er war als Vorsitzender des Bezirksverbandes der Schriftsteller stets um Ausgleich bemüht und auch sonst recht kollegial und kulant.
Nur, wozu so bald ein neues Buch? Noch eines, wo es schon so viele gab! Meist waren Woelks Stoffe fremd und schwer. Nehmt große Stoffe, hatte ein alter Schriftsteller zu Würzner, Seiboldt und ihm gesagt, damals, als ihre Erstlinge in den Schaufenstern lagen. Je kleiner der Gegenstand, Jungs, desto mehr müßt ihr können. Und sie waren, ihres Könnens

wenig sicher, dem Rat gefolgt. Große Stoffe gab es reichlich, wer es verstand, sie anzupacken, der wurde ein bekannter Mann. Elf Bücher, anderthalb Millionen Exemplare, welch ein Beruf! Obschon man dabei das allein zu tun hatte, wofür es anderswo – etwa beim Film – ganze Stäbe gab. Man fing Feuer, grub etwas aus, fuhr umher, befragte Leute, erfand eine Story, schrieb das Drehbuch und inszenierte auch noch: Rechercheur, Szenarist, Spielleiter und Darsteller in einer Person, eben darin lag der Reiz. Wie ihm im Schwung der Begeisterung die Anfänge glückten! Und dann auf halber Strecke hing er durch, die Geschichte wurde fad, rief Zweifel und Widerstand hervor; ohne Schreibgenuß aber geriet da nichts. Der Rest war Disziplin, man konnte auch Routine dazu sagen … Woher die Tiefs, das Versiegen der Phantasie? Woelk kam einfach nicht dahinter. Die Unlust jetzt, war das ein Tal im Biorhythmus, ein Selbstschutz der Natur, oder fing er etwas falsch an, brachte sich selber um den Spaß?
Celia, you're breaking my heart, you're shaking my confidence daily … Vom Plattenspieler das Klagelied von Simon & Garfunkel. Daneben ein Manuskript, Vera hatte es mitgebracht. Sie wollte es zu Haus abschreiben, bei Pressetexten statthaft, sie schleppte aber auch schon mal Verschlußsachen an. Woelks Manuskripte blieben dann bei ihr liegen. Mit wem übrigens sprach sie so lange? *Oh Cecilia, I'm down on my knees, I'm begging you please to come home. Come on home! Making love in the afternoon* …
Mein Gott, was für ein Zeug. Klima für Spitzenleistungen, Grenzen der Erkenntnis durchbrechen, dieser Professor Faust war ein Schwadroneur. Achtmal benutzte er das Beiwort »hoch« und die Steigerungsgrade, hohe Erwartungen, in hohem Maße, hohe Ziele, höheres Maß an Verantwortung, Höchstleistungen und so fort. Als sei ihm das selbst aufgestoßen, nahm er ab und zu Sinnverwandtes: Ringen um anspruchsvolle Forschungsthemen, nötiger Leistungsanstieg, damit Spitzenleistungen in immer kürzerer Zeit … Es blieb trist, hohler Verkündungsstil. Wer las das schon, wen sprach es an? Da zündete nichts; auch ein Fachtext sollte prägnant und faßlich sein.

Allerdings, das fiel schwer, entweder man war zu dicht am Gegenstand oder an den Lesern, so daß der Brückenschlag mißlang. Beim Romaneschreiben kam noch das Ich hinzu, der Erzähler war immer mit im Spiel. Woelk dachte sich dies als ein Dreieck um die Punkte Stoff, Autor und Leser. Irgendwo dazwischen bewegte er sich beim Schreiben, ohne recht zu wissen, wo genau er stand. Diese Ortsbestimmung, wichtig wie in der Seefahrt, schien das schwerste, manchmal zitterte ihm dabei die Hand. Aber hier keine Spur von Mühe, Sprüche und Worthülsen, leblos gereiht ...
Vera kam wieder, sie erklärte, es sei nur der Doktor Herbst gewesen. Er habe sich mit ihr verabreden wollen, morgen würden sie zum Pferderennen gehen. Das sagte sie arglos wie immer, ohne erkennbaren Wunsch, ihn nervös zu machen. Der Name schien neu auf der Liste ihrer Verehrer. Woelk fragte nach ihm, er behielt gern die im Blick, mit denen zu rechnen war. Vera nahm selten Notiz vom Beruf eines Bewerbers, bei Herbst wußte sie zwar Bescheid, doch ließ sich dessen Tätigkeit schwer merken: Leiter des Wissenschaftsbereichs Bionik oder Biokommunikation, Bioingenieurtechnik? Und Fausts Sektion, hieß die nun Nachrichtentechnik, Technische Kybernetik, Elektronik oder Elektrotechnik? Die Struktur der Hochschule blieb Woelk dunkel, ein Gewirr von Termini technici. Wegen des häufigen Wandels dort, meinte er.
»Weil's dich gar nicht kümmert«, sagte Vera mit ihrer leisen, bestrickenden Stimme, während das Duo sang: *When I come back to bed, someone's taken my place ...* »Im Grunde ist dir doch mein Job egal.«
Das traf zu, es war gegenseitig, auch ihr gab seine Arbeit nichts. Gefühllos schrieb sie die Manuskripte ab. Ja, wenn er Lyriker oder wenigstens noch Dramatiker gewesen wär! Keine Dichterlesung ließ sie aus und lief dauernd ins Theater, sah sich Stücke mehrmals an, die das kaum verdienten. – »Wenigstens kein Schauspieler diesmal.«
»Was du nur gegen die hast.«
»Es sind solche Gockel.«
»Sei nicht dumm, Alexander, eitel bist du auch.«

»Sie hocken stundenlang mit dir in der Kantine.«
»Für die bin ich ein Kumpel, eben ein Theaterfan.«
»Sie umklammern ihren letzten Zuschauer?«
Vera lachte, als hätte er etwas Geistreiches gesagt. »Jedenfalls, als Frau betrachten die mich nicht.«
»Das ist doch aber schwer zu übersehen.«
Jubilation! She loves me again ... Wieder lachte sie, ein absurdes kleines Lachen, das einen Nerv in ihm traf. Es leuchteten ihre Augen, sie wurden größer wie oft, wenn sie von anderen Männern sprach; ihr Gesicht hatte einen zärtlichen Ausdruck, es schimmerte der geschwungene Mund, und ihre Stimme klang , als winkte ihr künftig ähnlich Begeisterndes – morgen etwa, nach dem Rennen ... Er merkte, daß sie ihm Herbst als einen blassen klugen Mann beschrieb, der ziemlich einsam sei, ihr gegenüber gehemmt. Ihn fesselte mehr die Tonfolge als der Sinn ihrer Worte. Das Gespräch zerbröckelte. Denn sobald Vera schwieg und ihre Stimme ihn nicht erwärmte, begriff er, wie vage alles war, was sie mitgeteilt hatte. Ihre Verbindung war ständig von außen bedroht, das blieb als Stachel in Woelk zurück.
»Du sagst, die Hochschule interessiere mich nicht. Aber wen bei euch kümmert meine Arbeit? Keinen! Sonst hätte nämlich dein scheuer Chef kaum Mühe, Anschluß zu finden.«
Sie sah ihn an, als hätte er seine Bücher als einen Born der Weisheit und Lebenshilfe hingestellt.
»Ja, denk nur, sein Problem wär längst gelöst.«
»Das erklär mir erst mal.«
»Der Doktor Herbst hätte bloß das lesen, nachprüfen und entwickeln müssen, was ich vor vielen Jahren mal beschrieben hab. ›Verführung auf Gamma‹ hieß die Geschichte. Aber das ist ja Fiktion, da steht er turmhoch drüber.«
Neulich war Woelk auf das vergessene Heft gestoßen, als man für einen Sammelband etwas Kurzes von ihm wünschte. Die alte Story trug sich auf dem Planeten Gamma zu; ein Zukunftsstaat, in dem alles vollkommen war und man sogar den Ehepartner elektronisch fand. Da stand der Satz: Aufgebot im Magistratscomputer, Trauung und Glückwunsch durchs Videophon vom Band. Die Bürger von Gamma, ord-

nungsliebend, termitenhaft diszipliniert, waren so zufrieden und angepaßt, daß sie das Walten der Staatsmacht kaum noch spürten, der sie all dies verdankten, gemäß dem Ausspruch des weisen Lao-Tse: Von den besten Führern nimmt das Volk keine Kenntnis, die zweitbesten ehrt und preist das Volk ... Und wenn der beste Führer sein Werk vollbracht hat, so sagt es, das haben wir aus eigenem geschafft! Damals hatte Woelk die Kritik verfremdet, war ins Phantastische geschweift – unverbindlich, amüsant. Einmal aber würde er sich ein Herz fassen und die Geschichte zum Leidwesen der literarischen Berater nach hier verlegen, in sein eigenes Land.

»Es spielt dann in der Jetztzeit?«

Das ließ ihn aufhorchen, Vera nahm Anteil, konnte es sein? Sie sagte Jetztzeit statt Gegenwart, ihr Wortschatz enthielt manche Seltsamkeit. So hatte sie Dichterabende, zu denen sie begierig lief, anfangs Schriftlesung genannt, was auf kirchlichen Einfluß zurückging. Sie war einst Mitglied derJungen Gemeinde und des städtischen Domchors gewesen, bevor sie sich dem Schlagersingen verschrieb. Auch wirkten all die Gedichte, die sie las, stilbildend in ihr nach.

»Und es ist ein Gerät zur Kontaktaufnahme?«

»Ja, ein Minisender mit Empfänger und Signalisator. Ein kleines Ding für den Massenbedarf, nicht größer als das.« Er tippte auf seine Armbanduhr, es wurde leider Zeit für ihn.

Vera seufzte; da half kein Trick, sie haßte diesen Blick zur Uhr am Schluß. »Das paßt zu dir, Alexander. Eine Sexmaschine! Du hast eben nur das im Kopf.«

Woelk beschrieb ihr das Gerät und seine Möglichkeiten. Es war bei ihnen Brauch, seinen Abgang mit Scherzen zu garnieren – so wie man einen Riß verdeckt. Gleich sieben, sein Wettlauf mit der Zeit begann. Zum Essen mußte er daheim sein bei Johanna, das war er ihr schuldig, und den schwierigen Obstsalat zubereitet haben. Es dauerte eine halbe Stunde, wenn man dreißig Nüsse dazu nahm. Wie die Scherze hier täuschte der Salat dort Normalität vor.

»Sei vorsichtig«, bat Vera an der Tür; dies gehörte zum Abschiedsritus. »Fahr langsam, versprichst du's mir? Knack lieber zehn Nüsse weniger.«

»Viel Spaß auf dem Rennplatz! Halt die Röcke fest im Wind.« Woelk küßte sie und vermied es wieder mal, sich von ihrer Mutter zu verabschieden. Das fiel ihm immer schwer, denn die Mutter wußte ja, wer ihr die Couch ins Haus geschickt hatte und zu welchem Zweck. Und er wußte, daß sie unter der Beziehung litt. Sie hatte deswegen sogar den Sitz im Kirchenvorstand verloren, und die meisten ihrer Freundinnen waren weggeblieben. Bei Ankes Geburt, nach der es nichts mehr zu verbergen gab, war ein junger Pfarrer aufgetaucht, um beiden Frauen und schließlich auch Woelk ins Gewissen zu reden. Ihn stellte er mit freundlichem Nachdruck vor die Wahl, die Scheidung einzureichen oder Vera aufzugeben – was, wie er zugab, innere Kraft erfordere. Woelk aber, taub gegen das Wort der Kirche, brachte soviel Kraft nicht auf, er blieb sündhaft und entschlußlos, bis zum bitteren Ende.

4

Vera Bald stand bei offenem Fenster vor ihrem Kleiderschrank, die Gardinen wehten herein, es gurrten Tauben. Der Samstag brach lau und windig gegen elf Uhr für sie an. Weiße Wolken segelten dahin, schoben Schatten über den Fluß. Noch im Bett hatte sie, von Anke gestört, *Verführung auf Gamma* gelesen und es belanglos gefunden; eine glatt erzählte Geschichte. Was Woelk schrieb, ging sie herzlich wenig an. Wohl spürte sie Kritik im Hintergrund, eine vertrackte Absicht, doch es gab ihr nichts. Schade, Übereinstimmung auch da wär eigentlich schön gewesen. Aber sie teilte nun mal nicht sein Faible für das Weltgeschehen. Ihr fehlte auch kein Kontaktgerät; alles, was sie brauchte, war in diesem Schrank. Wenn sie vorm Spiegel zufrieden war, fühlte sie sich frei, so beschwingt, als müsse der Tag gelingen, es sprangen Funken über – und den Blicken folgten Worte. Seit jeher fiel es ihr leicht, sich mitzuteilen und fremde Äußerungen aufzunehmen. Das hatte ihr die Herzen vieler geöffnet, wenn sie auch Zeit an hoffnungslose Fälle verlor. Schwache Menschen witterten ihr Mitgefühl und saugten sich fest; nur den Rücksichtslosen wich sie aus.

Als Dr. Herbst sie und Anke in das kleine Auto bat, trug sie ihr

taubenblaues Wildlederkostüm, ein Geburtstagsgeschenk von Woelk. »Ich freue mich so«, sagte sie auf der Brücke. »Von klein auf ist Pferderennen meine Leidenschaft.«
»Für mich ist es das erste Mal.«
Doch, man konnte sich mit ihm zeigen. Er war ein bißchen herausgeputzt, lustig getupfter Schlips, der flotte Anzug überraschte an ihm. »Früher wollte ich sogar Jockei werden! Mein Taschengeld für die ganze Woche hat gerade gereicht für den Mindesteinsatz. Da war es schon hart, zu verlieren. Aber was willst du gegen das Wettfieber machen? Heute riskier ich schon mal mehr.«
»Ist das nicht ein teurer Spaß?«
»Ich bin vorsichtig, setze eher auf Platz als auf Sieg.«
Sie erklärte ihm die Regeln, merkte aber, daß er bloß so tat, als höre er zu. Ihr ging es nicht allein um das Wetten, sie liebte die ganze Atmosphäre. Hier beim Rennen, im Hufgetrappel und Schmettern der Blasmusik, war soviel Leben; davon bekam sie nie genug. Man sah alle Welt und wurde gesehen, man gab sich locker, bespöttelte den Aufzug anderer, deren neue Partner, traf hundert Bekannte und war, leistete man sich einen Logenplatz, der Hautevolee nahe, jener Handvoll reicher Leute, die es noch immer – oder schon wieder – gab in der Stadt: Pferdebesitzer, Chefärzte, Handwerksmeister, ehemals halbstaatliche Fabrikanten und Bonvivants (wie ihre Mutter sagte), alternde Männer in hellen Anzügen, die fürstlich lebten, ein paar hatten zum Freundeskreis ihrer Eltern gehört und grüßten sie, deutlich an ihr interessiert. Die meisten hätte sie ohne weiteres haben und um den Finger wickeln können; es tat gut, das zu wissen. Aber all diese Herren sahen ihr vergebens nach, sie war durchaus glücklich, war fein heraus mit Alexander Woelk. Konnte der auch jetzt nicht bei ihr sein, nun, um so unbekümmerter genoß sie die Bewegungsfreiheit. Wer hatte es so gut wie sie, welche junge Frau nahm es in dem Punkt mit ihr auf?
Der Rennplatz kam grün und lärmend auf sie zu, über den Stallungen bogen sich die Pappeln im Wind, Vera Bald war selig. Schon auf dem Parkplatz nickte man ihr zu, Erik war da mit Nadine, Norbert stieg mit seiner zweiten Frau aus dem

eierschalenfarbenen Auto … An all den Hyazinthen- und Veilchenrabatten vorbei lief sie über knirschenden Kies dem Rondell entgegen, wo die Pferde des ersten Rennens paradierten. Herbst hob Anke hoch, die schnupperte den Stallgeruch und bestaunte wieder die Farben der Jockeis: apfelgrün, lavendel, zitronengelb, weinrot. »Mutti, ich möchte ein Eis.«

»Jetzt nicht, nach dem Rennen!«

»Du hast es mir versprochen …«

Sie schüttelte den Kopf und hörte erleichtert Herbst sagen: »Na, dann gehen vielleicht wir zwei.«

»Danach wieder hier«, schlug sie ihm vor und stürzte durch Wolken von Staub, Parfüm- und Bratwurstdunst zum Wettbüro. An die dreißig Männer füllten den Raum, der zu Saisonbeginn immer muffig roch. Die Experten – zumeist Rentner, Zigarre im Mundwinkel, Fernglas vor der Brust – tauschten Vermutungen aus. Vera Bald überflog den Stand der Vorwetten, hörte auch ein paar Tips, schrieb sie ins Programmheft und wollte zu den Kassen, als ihr jemand den Weg vertrat.

»Hallo Klaus«, rief sie, »noch nicht im Dreß?«

»Ich bin erst im fünften Rennen dran.«

»Aber hier stehst du schon fürs zweite.«

»Das Pferd ist krank geworden. Trinken wir ’nen Kaffee?«

»Na gut, ganz auf die schnelle …«

Klaus hakte sich bei ihr ein. »Hübsch bist du wieder!« Er sah sehr jungenhaft aus mit seinen Sommersprossen. Wohltuend an den Jockeis war, daß sie Vera Bald niemals überragten.

»Ist Diamant heute in Form?« fragte sie, als der Kaffee kam.

»Würde ich nicht sagen … Romero hat Chancen.«

»Und im dritten Rennen, wie steht’s mit Undine?«

Klaus grinste, er war Jockei in Berlin-Hoppegarten, sie kannte ihn nur gutgelaunt. Ein rundum positiver Mensch, wenn Alexander den beschrieb, würde er das Soll an Optimismus bringen. – »Träumst du immer noch vom großen Geld?«

»Man gibt die Hoffnung ja nie auf.«

»Genau das gilt auch für mich«, sagte Klaus beziehungsvoll. »Undine scheint im Kommen, Platz ist sicher drin … Was denn, willst du schon weg?«

»Meine Tochter steht am Rondell. Dank dir schön!«
»Was machst du heute abend? Im Interhotel gibt's 'ne Feier, Udo hat Berufsjubiläum.«
Er folgte ihr über die Terrasse, erst vor den Kassen wurde sie ihn los. Sie entschloß sich, zwanzig Mark zu setzen. Alles hastete zum Start. Von weitem schon sah sie, wie Werner Herbst ihrer Tochter den Schuh zuband. Anke strahlte ihn an, die zwei bemerkten sie gar nicht. »Mutti, er hat mir von einer Eisprinzessin erzählt ... Gehen wir morgen wieder aus?«
»Du verwöhnst sie, Werner.« Vera Bald nahm sich vor, ihm daheim etwas vorzusetzen. Wirklich, das hatte er verdient. Und abends ins Hotel? Was für ein Tag! Von der Tribüne aus zeigte sie den beiden ein schwarzes Pferd. »Seht mal, das ist Romero.«
»Kennst du sie alle?«
»Auf den hab ich gesetzt.«
Herbst fragte: »Woher nimmst du den Mut?«
»Ich mache bloß die Augen auf am Rondell.«
»Und was sieht man da?«
»Genug«, antwortete sie atemlos, ein Prickeln in sich wie von aufperlendem Sekt. »Ob das Fell glänzt, wie nervös das Tier ist und so weiter ... Ein Dutzend Indizien.«
»Hut ab, du bist ja Kenner!«
»Früh übt sich ...« Sein Erstaunen tat ihr gut, nur konnte sie's nicht auskosten, da unten tänzelten die Pferde, mühsam zurückgehalten. Die Glocke schrillte, es begann! Und schon verklang der Hufschlag, wurde es still, als hielte das Publikum den Atem an. Staub über fernem Getrommel. Kaum bog das Knäuel aus Mensch und Tier in die Kurve, da zog es Vera Bald vom Sitz. Sie vergaß den Begleiter, vergaß ihr Kind. Auf der Gegenbahn lag Romero, das lila Trikot des Reiters zeigte es, an dritter Stelle – vielleicht. Nun hielt sie es auf der Tribüne nicht mehr aus. Näher heran! Das Programmheft knitternd, lief sie treppabwärts zum Ziel.
»Na, Vera«, tönte es neben ihr, »heute in Familie?« Keine Zeit, sich umzudrehen. Es war eine Frau, die gesprochen hatte, ihr kam es so vor, als werde da Herbst mit Woelk

verwechselt – absichtlich oder nicht, ach, das war völlig gleich. Lederjacken, Kostüme, graue und beigefarbene Hüte nahmen ihr sekundenlang die Sicht. Sie zwängte sich zum Balken durch und rief: »Romero, komm doch, komm!«
Ein Windstoß blies ihr das rotbraune Haar in die Stirn, sie strich es aus den Augen. Jetzt, auf der Zielgeraden, schien es, als liege ihr Favorit schon auf Platz zwei. »Du schaffst es, du schaffst es«, schrie sie wie im Fieber. »Romero ...! «
Der lila Jockei schoß vorbei, das Gesäß hochgereckt, scharf bedrängt, doch als erster. Vera Bald jauchzte auf, sprang in die Luft – ihr Pferd hatte gesiegt! Sie blickte sich zur Tribüne um, winkte den beiden zu, lief ihnen entgegen. Ihr Herz hämmerte, sie selber bebte vor Glück.

5

Daheim zog Werner Herbst die Zeitschrift aus der Tasche, ohne den Wunsch, darin zu blättern. Die hatte Vera ihm geliehen, beim Kaffee in ihrem verkramten Zimmer, das zu sehen ihn gereizt hatte. Gerade das zwanglos Nachlässige der Dinge, mit denen Vera sich umgab, sagte ihm viel; mochten sie brüchig oder poliert, prunkvoll wie die Silberleuchter oder grell wie das Plakat eines Jazzkonzerts sein. Schon im Flur wiesen zwei Ölbilder auf den einstigen Wohlstand der Familie hin. Es gab auch Kitsch: Woelks Porträt, sein verschwimmendes Profil, tragisch geneigt, hinter einer taufeuchten, scharf fotografierten Rose ... All das verströmte einen zarten Duft, der sich lockend mit Veras Person verband. Sogar die Unordnung machte ihm Hoffnung.
Das Heft hatte er höflich eingesteckt, doch las er nun mal keine Schnurren, schon gar nicht aus der Feder dieses Herrn. Herbst schätzte anderes, Gedanken über das Leben, die Natur, die Gesellschaft; bedauerlich, daß Leute wie Woelk sich dem entzogen. Nach manchem Versuch brachte Herbst es kaum mehr fertig, sich der Literatur des eigenen Landes zuzuwenden. Die heutigen Schreiber, so fand er, machten es sich zu leicht. Spielte ihr Buch anderswo oder in der Vergangenheit, so suchten sie die Schuld für Konflikte und Katastrophen stets im Gesellschaftlichen. War es aber ein

Gegenwartsbuch, so genügte es ihnen, Strauchelnde durch gesunde Kräfte der Gesellschaft zu läutern, damit sie sich aufrichteten und ihr Schicksal meisterten.
Ein bemerkenswerter Widerspruch. In puncto Gegenwart rangen die Autoren um Formung und Besserung des einzelnen; dem wiesen sie, recht ehrenwert, mögliche Wege zum Glück. Was jedoch formte den Staat, besserte die Gesellschaft, das allgemeine Dach des Glücks? Deren Güte stand für sie fest, da gab es keine Entfaltung, beklemmend endgültig erschien das große Ganze in seiner erreichten Beschaffenheit. Und das verlieh den Büchern etwas Statisches, manchmal fast Lebloses – kurzum, sie enttäuschten ihn. Denn in Wirklichkeit stand gar nichts still, die Menschheit war in raschem Wandel, ein Sturmwind der Wissenschaften, des technologischen Fortschritts fegte sie in das elektronische Zeitalter. Und dieser Wind blies jedem ins Gesicht.
Herbst roch an dem Heft, es atmete dieselbe trockene Beschränktheit wie seine Fachbroschüren. Verflogen schon der Duft, der ihn verzaubert hatte. Während er nun das Abendbrot bereitete, hörte er sich leise singen. Die Maisonne sank auf die Gipfel des Parks, sie fiel zum Fenster herein, gefiltert durch das erste zarte Grün, und Herbst sang zu seiner Verwunderung eines der Kinderlieder, mit denen er Anke beruhigt hatte, wenn ihre Mutter mal wieder im Gewühl verschwand. Dieselben Lieder wie damals bei Ralf ... Vera Bald heute, welche Offenbarung! Dort auf den Rennwiesen neben der Tribüne, zwischen schiebenden Menschen, hatte sie sich ihm neu gezeigt, als impulsiver Mensch, der alles um sich her vergessen kann. Es war packend gewesen, ihre Erregbarkeit zu sehen. Ihr ging es einzig um den Rausch! Um ungestört zu fiebern, sonderte sie sich gleich nach dem Start immer ab. Einmal war er ihr gefolgt und hatte sie vorn am Balken schreien hören, sie rief Pferdenamen, inbrünstig, unbeherrscht, schwitzte in der Sonne, atmete wild und stürzte in den Pausen zur Kasse, als könne sie's nicht erwarten, ihr Geld zu riskieren.
Tatsächlich gewann sie und kaum, soviel hatte er begriffen, dank ihrer Kennerschaft; obschon sie angab, die Gangart im

Rondell, der Glanz des Fells oder der Zustand des Pferdeschwanzes (sie sagte Schweif) verrieten ihr sehr viel. Eher profitierte sie durch Winke, durch hingeworfene Sätze von den Jockeis. Ha, die kleinen Rennreiter, die da in den Pausen paradierten, gaben ihr ja Tips! Vera kannte sie alle, diese bunt kostümierten Wichte, denen ein Mädchen willkommen zu sein schien, das genauso entflammt, gewichtlos und leichtfüßig war wie sie selber. Und auch sonst, so viele Freunde! Dauernd wurde sie gegrüßt, schwatzte mit jungen Männern oder Paaren, Partybekanntschaften, von denen sie selten zu sagen wußte, was die beruflich überhaupt taten ... Herbst hatte gespürt, wie man ihn musterte dort an ihrer Seite, als hielte man ihn schon für den Nachfolger dieses Woelk, der er vielleicht einmal sein würde.

Nun griff Herbst doch zu dem Heft, was blieb denn sonst? Diese dickwandige Wohnung im Altbau teilte er mit Benno, einem Aspiranten, der freitags zu seiner Verlobten fuhr. Allein zu essen, das ertrug man nur lesend oder vorm Bildschirm; da aber lief der Samstagsschwachsinn aus sämtlichen Kanälen. Ansonsten lebte es sich hier bequem: Ruhe, Dusche, der Gasofen, die vielen Bücher, der Blick auf den Park, dahinter das Hochschulgelände, noch immer wachsend, schon bis zum Fluß. Der Rest, nämlich das Kino, die Kaufhalle, das Krankenhaus, die Sozialversicherung, die Garage seines Kleinwagens – alles ganz in der Nähe. Der Park war einst ein Friedhof gewesen und würde, rechtzeitig für ihn, wieder einer sein. Diese Punkte markierten seinen Lebenskreis; während die Hochschule wuchs, war sein Aktionsradius geschrumpft. Je älter man wurde, desto weniger Illusionen, desto enger der Kreis, abgezirkelt, festgelegt ... Oft kam ihm das trostlos vor, heute nicht. Heute fühlte er, es war noch nicht zu spät.

Sein Blick fiel auf das Wort eines italienischen Chemikers namens Primo Levi. *Niemals darf man sich wehrlos ausgeliefert fühlen: Die Natur ist unermeßlich und komplex, aber nicht undurchdringlich für den Verstand: Man muß um sie herumgehen, sie reizen, sondieren, den Zugang zu ihr suchen oder ihn sich selbst schaffen.* Gut und schön, das Deutungsbedürfnis, der trotzige Optimismus des Naturwissenschaftlers. Sehr passend, in der Welt der Dinge, da teilte Herbst ihn unbedingt. Aber galt es auch für Menschen? Das erschien ihm doch zweifelhaft. Mochte es anderswo vorwärtsgehen – hier, an diesem Ort, bewegte sich sehr wenig.

Wenn er jetzt nur an übermorgen dachte, an die Montagssitzung in der Hochschule, sank ihm schon der Mut. Die Lethargie der letzten Zeit war schlimm, all der Stumpfsinn, das zwanghafte Verwalten dahinsiechender oder bereits wegsterbender Projekte. Oft war ihm da, als führe er einen endlosen Krieg gegen akademische Windmühlenflügel, gegen ein ungeheures Heer, das ihn, gepanzert mit Tradition, durch die schiere Zahl erdrückte. Es bestand ja aus hunderttausend Schnecken, deren Gefährlichkeit darin lag, daß sie allmählich auch ihn zu ihresgleichen machten. Wer ein Gefecht nach dem anderen verlor, den ergriff doch Berührungsangst, der zog die Fühler ein und wich ins Haus zurück. Allenfalls malte er noch Ornamente aufs Konferenzpapier oder sonderte, dem Schneckenschleim gleich, Witze ab, für das Ohr des Nachbarn. Dieser Trott, der schon Stillstand war, der Beginn einer völligen Versumpfung!

Und nur zur seelischen Hygiene oder Werterhaltung, also für sein Selbstgefühl – darüber war er sich klar –, führte Herbst mitunter eine Art Florettstoß, einen flinken Stich in die federnde, papierverstärkte Front der Schlafsüchtigen, der Ruhebedürftigen, jener Armee der Etablierten, die zwar verdutzt innehielt, doch gleich wieder Tritt faßte und stumm ihre Reihen schloß ... So sank, während der Aufwand wuchs, die Wirksamkeit der Hochschulforschung am Ort stetig ab: durch bürokratische Reibungsverluste, Rivalitäten, den Hang zum Hergebrachten und die Neigung, sich jeder Verantwortung zu entziehen. In einem Moment der Erschöpfung hatte Professor Faust ihm unter vier Augen erklärt: »Das Gute ist nicht neu und das Neue ist nicht gut«, ganz im Stil eines Konservativen. Herbst war dem nachgegangen, er hatte entdeckt, daß dies eine Verhunzung war, tatsächlich lautete das Wort: *Das Neue ist selten das Gute, weil das Gute nie lange das Neue ist* –, und so verhielt es sich ja auch, zumindest bei den

Geisteswissenschaften. Das hatte ein Philosoph des 19. Jahrhunderts gesagt, ein deutscher Privatgelehrter, wie man Männer ohne Lehrstuhl damals nannte; ein Denker, der einem viel gab, obschon man ihn nicht mal dem Namen nach kennen mußte.

Nun fiel es schwer, von solchen Höhen abzusteigen zu Veras Bilderheft und dem Geschreibsel ihres Woelk. Die Story, närrisch illustriert, hieß *Verführung auf Gamma*, sie beschrieb den Einsatz von Minisendern zur Anknüpfung erotischer Kontakte. Ach, der Bursche glaubte doch wohl nicht im Ernst, daß dies lohnend oder auch nur möglich sei. Der hatte es gerade nötig! Seine eigenen Liebschaften bahnte dieser Mann eher mit den Kennzeichen seiner Prominenz an, etwa dem erbsengrünen Sportzweisitzer ... Wie auch immer, Herbst fand die Sache läppisch, so kreuzfideldümmlich wie den erfolgreichen Conferencier, der ihm Brechreiz verursachte, sooft er auf dem Bildschirm erschien.

Er warf das Heft hin, es rutschte vom Tisch und öffnete sich am Fußboden an anderer Stelle, dort wohl, wo es schon oft aufgeschlagen worden war. Ein Aktmodell auf Glanzpapier sah Herbst von unten herauf an, ein schüchternes Mädchen mit vorwurfsvollem Blick, das sich höchst widerstrebend so darzubieten schien. Es war, als frage sie ihn, ob es denn recht sei, das große Thema der Erotik und Sexualität, der Schwierigkeit der Partnerwahl so achtlos zu behandeln.

6

In diese Zeit fiel eine Tagung des Bezirksverbandes der Schriftsteller, die dem Kampf für weltweites Abrüsten galt, verknüpft mit der Notwendigkeit, die Wehrbereitschaft zu heben. Ein Oberst in Zivil umriß den Sachverhalt, gestützt auf eine Klarsichtmappe, die ihm half, den Rüstungskomplex aufzufächern und auf Wunsch ins Detail zu gehen. Er beherrschte die Kunst, Gegensätzliches zu denken, um durch Aufdecken der Widersprüche zum Kern vorzudringen.

Durch diese Dialektik erfrischt, legte Woelk sich bald mit ihm an. Bei all seiner schriftlichen Wappnung und der mündlichen Brillanz mißlang dem Oberst die Quadratur des Kreises, ein Problem blieb ungelöst: der eigentümliche Kontrast zwischen dem Recht jeder Gemeinschaft auf Landesverteidigung und deren Preis – die schlimmen Rüstungskosten und wachsenden Gefahren. Dazu das Elend in der Dritten Welt. Es folgte eine erschöpfende Debatte. Natürlich waren die versammelten Autoren nicht weiser als der Oberst. Keinem von ihnen fiel ein gangbarer Ausweg ein, jenseits der Formel vom Gleichgewicht auf »möglichst sinkendem Niveau«. Rüstungsprofiteure aber wußten noch immer zu verhindern, daß da irgend etwas sank.

Der Wortwechsel wirkte nach und schlug, wie das Woelk oft geschah, auf sein Schaffen durch. Er ging eben daran, *Verführung auf Gamma* in die Gegenwart zu legen, unter dem Titel *Kontakt 2000*. Denn übers Jahr, so glaubte er, konnte solch ein Gerät durchaus schon zu haben sein, falls man auch dann noch alles machte, was überhaupt machbar war. *Kontakt 2000* würde nicht teurer sein als eine gute Armbanduhr oder die Infrarot-Fernbedienung, mit der man einem Farbfernseher zwei Dutzend Weisungen geben kann. Drückte er vom Sessel aus die Tasten, kam ihm der Verdacht, die Unterhaltungselektronik hebe schon ab zum Höhenflug und lasse seinen Einfall hinter sich zurück.

Ein Rest Unbehagen aus jener Diskussion bewog ihn, den Oberst in der Geschichte zu verwenden. Er trat dort als einer auf, dem es oblag, die Brauchbarkeit des Geräts für den Truppeneinsatz zu prüfen. Woelk schrieb: »Man zeigte ihm die drei geplanten Ausführungen – den Grundtyp *Kontakt 2000 k*, das Einheitskleingerät; wie ein Sturmgewehr bleibe es volkseigen, werde kostenlos verliehen. Ferner das Luxusmodell *Kontakt 2000 l* und die Miniaturausführung *Kontakt 2000 m*; diese zwei gegen Leihgebühr. Der Oberst nickte, sein Gesicht entspannte sich. Stabsoffiziere schätzen Varianten, Typenbezeichnungen flößen ihnen Vertrauen ein; was man abgekürzt benennt, leuchtet in ihrem Bewußtsein auf. ›Gute Arbeit‹, lobte er und gab dem Erfinder die Hand.«

Auf einem Waldspaziergang bat ihn seine Frau, die Sache sein zu lassen oder sie dezenter zu behandeln. Der Stil mißfalle ihr, er richte sich gegen Behörden, die man nicht leichtfertig angreife. Solange die Landesverteidigung noch dermaßen wichtig sei, als notwendiges Übel ihren Preis habe und so viele Opfer fordere von der Gesellschaft, möge Woelk doch nicht daran rühren. Johanna war Dramaturgin am Stadttheater, seit zwanzig Jahren las sie Woelks Texte und beriet ihn mit sanfter Unerbittlichkeit. Wohl war ihr Rat geprägt von Vorsicht, von all der Erfahrung mit kritischen Stücken an der Bühne, aber auch von Sachverstand. Sie kannte ihn wie niemand sonst und wußte, was ihm mißglücken würde.

»Man merkt dir den Spaß an, zuzustechen«, sagte sie ungefähr. »Du schreibst dir eine Aversion herunter. Was hast du denn vorzubringen gegen die Landesverteidigung?«

»Nur, daß sie immer wichtiger wird.«

»Sie schützt, was wir uns geschaffen haben.«

»Und zehrt es dabei allmählich auf.«

»Und wie sieht deine Lösung aus?«

Hand in Hand langten sie in einem Winkel an, der verzaubert in der Sonne lag. Die alte Waldwiese, ihre Butterblumen, der Hochstand, das Bächlein mit der brüchigen Brücke, flirrende Birken vor dem Kieferndickicht ... Hier hatten sie gerastet, als ihr Sohn noch klein gewesen war. An einem fernen Ostertag war seine wassergefüllte Rakete über der Wiese aufgestiegen; Woelk hatte für Michael aus Steinen ein Wehr gebaut, an dem der Bach sich staute, und mit Johanna Federball gespielt. Es war ein Fleck, der sich eben noch mit dem Fahrrad erreichen ließ, auch sonntags meistens menschenleer.

Später dann wurde dieser Wald zwischen Bahnlinie und Chaussee ihm zum Platz verstohlener Abenteuer, zwanzig Autominuten vom Stadtzentrum. Der Spanner wegen empfahl sich ein angeschmutzter Wagen, schlau geparkt, mit Grünzeug getarnt und übermaltem Chrom. Manchmal fanden sie ihn trotzdem und jagten, wenn ihr Gesicht im Dunkeln an der Heckscheibe klebte, den Mädchen Schrekken ein. Ihm nicht, er rechnete mit ihnen und hielt notfalls ein Montiereisen bereit, das in einem Stück Gartenschlauch steckte. Damals beschrieb er nach Gerichtsakten das Treiben eines Unholds, der in solcher Lage Liebespaare überfiel. Ihn freilich griff keiner an, es war bloß Schaulust, den Spannern

kam nicht mal die Idee, ihm die Luft abzulassen. Einmal entdeckt, wichen sie in den Wald zurück, als sei die Schande allein auf ihrer Seite.
Wie mancher Mann nutzte Woelk Familienausflüge zum vorsorglichen Erkunden von Ausweichpunkten. Damit hatte er aber wenig Glück. Woanders geschah es immer wieder, daß ihn Forstleute störten, die sich anpirschten wie auf edles Wild. Mangels eines Paragraphen, der Intimität im Walde verbietet, verdächtigten sie ihn je nach der Jahreszeit, einen Christbaum zu stehlen oder mit dem Auspuff womöglich das Gras zu entzünden, also – in der Sprache des Gesetzes – einen Waldbrand billigend in Kauf zu nehmen. Ein Ordnungshüter ging soweit, seine zerzauste Begleiterin lüstern zu verhören, in der Hoffnung, ihm Unzucht mit Abhängigen nachzuweisen; bis er einsah, daß man in Woelks Beruf durchaus keinen unter sich hat und bis auf das, wobei Woelk gestellt worden war, alles allein tun kann.
Dies war lange her; inzwischen sperrten Verbotsschilder die Waldwege. Der Gedanke des Umweltschutzes hatte zumindest über die Liebeslust gesiegt, den motorisierten Druck der Großstadt auf dieses Stück Natur. Häufte sich mit den Besuchern ja auch der Müll. Im Wurzelwerk der Rotbuche dort – aus morbider Neugier hatte Woelk sich kürzlich davon überzeugt – lag noch immer die kleine Sektflasche, mit der er vor elf Jahren Birgit, einer Schwesternschülerin der Medizinischen Akademie, hatte beikommen wollen. Fruchtlos übrigens, nur Anfänger vermehren das Peinliche jäher Annäherung durch solche Hilfsmittel. Die enthüllten das von langer Hand Geplante eines Anschlags auf die Tugend, den ein Mädchen eher als spontane Wallung duldet; will sie doch Subjekt, nicht Objekt von Zärtlichkeiten sein.
Das waren Dinge, die Woelk nie beschrieb, aus Rücksicht auf Johanna und wegen der Banalität. In einem Spiel, das fast zum allgemeinen Zeitvertreib geworden war, blieb seine Frau erstaunlich kühl. Obgleich jeder Seitensprung den Partner kränkt, schien sie gelassen, sogar ein wenig mitfühlend über den Dingen zu stehen, anfangs. Indem Johanna so tat, als stelle dies keine Belastung ihrer Ehe dar, band sie ihn nur um

so fester. Und wirklich, er kam nach kurzer Zeit ja stets zurück, wenn er sich überhaupt von ihr entfernt hatte. Zu tief und zu lange waren sie miteinander vertraut. Als er zur Schule kam, hatte sie ihm vom Balkon des Nachbarhauses aus zugewinkt und ihn einmal im süßen Ton echter oder kindlich gespielter Erwartung beim Vornamen gerufen. Das erfüllte ihn wochenlang mit nagender Sehnsucht. Schließlich spielten sie miteinander und küßten sich heimlich. Später verloren sie sich aus den Augen, doch ihr Bild haftete in seiner Phantasie: das zarte Profil, ihr Madonnengesicht, das in der Mitte gescheitelte aschblonde Haar. Sie trug es straff zurückgenommen, zu einem vielfach verschlungenen Nackenknoten geschürzt, als er sie vorm Abitur wiedertraf. Und so trug sie's noch heute, zeitlos streng, ernster Schmuck ihrer Anmut. Bald studierten sie beide am selben Ort, Johanna Theaterwissenschaften, Woelk die kniffligen Lehren der Journalistik. Da gab es für ihn nur noch sie. Von ihr ging der Charme eines unabhängigen Menschen aus, der, bescheiden und selbstbewußt, nie danach strebt, Mittelpunkt zu sein.

Weshalb eigentlich begnügte er sich nicht mit ihr? Es gab keine Entschuldigung für den, der überzeugt ist, daß festes Fleisch und hitziger Genuß nicht alles sind. Und warum ertrug sie seine Eskapaden, ohne es, soviel er wußte, ihm gleichzutun? Immer stand fest, er würde sie niemals verlassen. Das teilte er anderen Frauen zu seiner Entlastung auch mit und glaubte, sauber zu sein, solange sie von ihm nichts erhofften … »Schränk es ein«, bat Johanna ihn ein paarmal, und er hörte auf sie.

Das Arrangement hielt, bis Vera erschien und das Kind bekam. Es war, als schnappe eine Falle zu, nachdem man sie lange leichtfertig gestreift hat und gar nicht mehr an sie denkt. Die stille Übereinkunft schien dahin, es begann ein Balanceakt. Nie hatte er Johanna mehr geliebt als in den Tagen, da sie – Linien des Kummers, der Enttäuschung um den Mund – anbot, die Ehe zu lösen. Das brachte er nicht fertig, beide Frauen waren ihm gleich nahe und dies seit fünf Jahren! Grund genug, das Rätsel der Partnerwahl einmal literarisch anzugehen. Kein großer Stoff im Sinne des verstorbenen Kollegen, und doch. Die weitaus meisten Menschen fanden, wie es schien, den wahren Partner nie, Woelk hatte davon zwei. Mochten andere ihn für einen Wüstling halten; nichts belebt so die Vorstellungskraft wie der Gedanke an Vielweiberei. Aber für einen beständigen Mann, der mit den Jahren dazu neigte, monogam zu werden, war es weiß Gott kein Vergnügen.

All das ging ihm durch den Kopf, während das Gespräch weiterlief. Er antwortete reflexhaft und hörte Johanna nun sagen: »Was ist dir denn, Alexander? Du bist bedrückt.«

»Weil mich das bremst«, erwiderte Woelk; es würde ihm den Tag verderben, das zu berühren, woran er gedacht hatte. »Mußt du immer gleich warnen, wenn ich's satt bin, um den heißen Brei zu laufen?« Er lachte sie an und beschloß, ihr zu zeigen, daß man recht behalten konnte gegen ihren Skeptizismus. Er mußte sich ab und zu gegen sie wehren, sonst wurde ihre Position zu stark. Johanna sollte nicht glauben, er sei beruflich auch so manövrierunfähig wie privat.

Sie fragte: »Wann fahren wir dieses Jahr hoch?«

Unwillkürlich ließ er ihre Hand los. Sie sprach von dem Sommerhaus im Harz, in das sie zur Ferienzeit übersiedelten. Nur, die Ferien spielten keine Rolle mehr, seit Michael aus der Schule war.

»Laß uns bald gehen, ich hab viel zu pflanzen diesmal.«

»Und meine Termine zur Woche des Buchs?«

Ihre Blicke begegneten sich. Johanna wirkte plötzlich angespannt. Sie begannen, den Zeitpunkt des Aufbruchs zu erörtern. Doch weder ihre Pflanzen noch seine Termine waren der springende Punkt. Johanna wollte ihn für sich allein haben, fern von Vera, wenigstens für acht bis zehn Wochen. Einzig darum ging es ihr, sie wußten es beide ... Er sah an ihrem Ohrläppchen die Perle schimmern, den harten goldgefaßten Schmelz, und fürchtete, der Vorrat an Gemeinsamkeit und Toleranz, von dem sie beide zehrten, könne sich einmal erschöpfen.

7

Diese endlose Traurigkeit! Der Dr. Herbst kämpfte tapfer dagegen an, getröstet von der Erinnerung, ähnliches früher schon erlebt zu haben, nach seiner Scheidung etwa, beim Scheitern des Projekts *Netzauge*, bei weiteren Gelegenheiten. Ralfs Weggang aber blieb der schlimmste Schlag – wie fand man aus solcher Lähmung heraus? Was er auch tat, es glich dem Versuch, sich am eigenen Schopf aus dem Sumpf zu ziehen. Der Tag mit Vera hatte ihn gestärkt, danach jedoch spürte er, wie schwer man bei ihr Boden gewann. Sie wich ihm aus, wollte nichts ohne Anke tun, hatte ihren Woelk ... Zu sehr in sich selbst vertieft, strahlte Herbst wenig aus, aber er war doch kein Versager, kein Verlierer! Ihm fehlten nur Schwung und Überzeugungskraft, weil ihm ein Mensch oder ein Amt fehlte, an dem er sich aufrichten, sein Leben neu festmachen konnte.

Eines Nachmittags fuhr er zum Fluß hinab und hob sein Faltboot aus dem Schuppen. Gegen Grübelei half nur Betätigung! Längst schon reizte es ihn nicht mehr, Kraft an wissenschaftliche Vorhaben zu wenden, die dann ad acta gelegt wurden. Das Boot war voller Spinnweben, er hatte es zuletzt im September mit Ralf benutzt und säuberte es jetzt; vielleicht gelang es ihm ja, Vera zu einer Fahrt zu bewegen. Über dem Wasser lag Phenolgeruch als seltsam belebender Hauch, der ihn an glückliche Tage erinnerte. Er mochte diesen noch immer belasteten Fluß, in dem dank des Ministeriums für Umweltschutz neuerdings wieder Fische schwammen, demnächst sogar eßbar angeblich. Ein Beweis für das Zählebige und Reparable der Natur ... Bis etwas, das sich nicht mehr verkraften ließ, ihr den Todesstoß gab.

Werner Herbst paddelte stromaufwärts, umrundete knapp, in gurgelnden Wirbeln, die Buhnenköpfe, wobei er die Strömung kunstvoll schnitt. Dann zog er das Boot auf getrockneten Schlamm an einer Halbinsel, die Ausgangspunkt seiner Expeditionen mit Ralf gewesen war. Ermattet unter den Weiden im Grase liegend, hörte er, wie zwei Vogelstimmen einander kecke Antworten gaben. Ihnen war es ja erlaubt, sich derart lauthals zu umwerben. Dösend rief Herbst sich ins

Gedächtnis, wie solche Mechanismen funktionierten. Bei Vögeln, Insekten und auch bei einigen Säugetieren (wie den Gibbons) schlug der Gesang die Brücke. Da liefen komplex strukturierte Lautmuster ab, festliegende Folgen von Ruflauten, Strophen und Motiven; was übrigens Woelks Idee nahekam. Auch Duftstoffe waren wichtig, bei staatenbildenden Insekten wie bei den Wirbeltieren. Oft regulierte die hormonale Kommunikation dort das ganze Sozialverhalten, diente dem Erkennen, der Verteidigung, Reviermarkierung, Brutpflege und so fort.

Herbst spürte, daß er abschweifte und einen Gedanken wieder verlor, der ihm flüchtig gekommen war. Eine Hauptrolle im Tierreich spielten die Sexuallockstoffe, sie beherrschten das Liebesleben von Schmetterlingen und Käfern wie von Hunden und Katzen. In einigen Fällen fächelte das Männchen dem Weibchen die Düfte sogar zu, um es paarungswillig zu machen. Experimentell hatte Kelly ermittelt, daß der Maulbeerseidenspinner (Bombyx mori) mittels des Lockstoffs Bombykol, eines zweifach ungesättigten Alkohols, seinen Partner noch auf elf Kilometer Entfernung roch. Und die Hummelmännchen sammelten sich zum Geschlechtsverkehr in speziellen, von ihnen duftmarkierten Zonen, wohin es dann die Hummelweibchen zog.

An diesem Punkt begriff Herbst, daß jedes Tier zur Partnerwerbung sein wirksamstes Organ benutzte, während der Mensch bisher darauf verzichtet hatte, sein bestes einzusetzen: den Verstand, das hochentwickelte Gehirn. In frappierender Naivität verließ er, die Krone der Schöpfung, sich lieber auf so simple optische Auslöser wie schöngeformte Beine, Brüste, Lippen; auf Muskelbündel oder Bärte. Die Idee einer prüfenden Sichtung des menschlichen Werbearsenals drängte sich Herbst in dem Moment auf, als der Schlaf ihn übermannte ... Später fuhr er fröstelnd hoch. Die Schatten wurden lang, er ging zum Boot zurück und trieb in der Strommitte heimwärts, während die Sonne auf das Chemiewerk sank.

Im Bett nahm Herbst den Text seines Rivalen zur Hand. Die Geschichte sagte ihm nicht mehr als beim ersten Überfliegen. Aber er wollte, gefüllt von vager Erwartung, dies doch einmal zu Ende denken. Das Wispern des Flusses noch im Ohr, durchblätterte er das Bilderheft. Es war uralt; damals, als Woelk dies verzapft hatte, wär es blanker Unsinn gewesen, ihm auch nur einen Schritt zu folgen. Schon sein Vorschlag, vier Elemente – nämlich den Sender, Empfänger, das Anzeigegerät und die Stromquelle – in ein Gehäuse vom Ausmaß einer Armbanduhr zu zwängen, hätte sich nicht realisieren lassen. Mittlerweile aber, dank des verblüffenden Fortschritts im Verkleinern der Bauteile, war es grundsätzlich möglich.

Ein paar Fehler sprangen grell ins Auge, zeigten ihm Wissenslücken, die technische Unbedarftheit des Literaten. Da hatte Woelk etwa bemerkt: »Man trägt das Ding an beliebiger, sensibler Stelle, so daß ein Kribbeln spürbar wird, wenn eine bestimmte Frequenz einfällt. Kommt der Fremdsender näher, nimmt der Hautreiz derart zu, daß die Quelle leicht zu orten ist.« Eine Anzeige durch Tastreiz aber war ungenau und energieaufwendig, keine Minibatterie hielt das durch. Auch in puncto Funktechnik zeigte Woelk sich als Narr. Er ließ außer acht, daß sein Gerät – wie jedes beliebige Radio – Impulse nur auf der Frequenz empfing, auf die es eingestellt war; wollte man nicht eine Automatik zum Abtasten des ganzen UKW-Bereichs hineinstopfen, was den Rahmen vollends gesprengt hätte. Dem Mann fehlten die Grundlagen. Er hatte nicht Frequenz gemeint, sondern *Modulation*; das war von ihm verwechselt worden. An anderer Stelle sprach er von »einer männlichen und einer weiblichen Trägerwelle«, auf der »wie eine Melodie die individuelle Botschaft schwingt« – bizarr gesagt, poetisch nebulös, doch so stimmte es halbwegs.

Am nächsten Morgen war es Herbst, als niste die lachhafte Idee doch schon in ihm und ergreife langsam Besitz von seiner Phantasie. Anstatt sie restlos abzutun, versah er sie bloß noch mit Fragezeichen. Immerhin, dies mochte künftig die normale Partnerwahl ergänzen, Lebenshilfe des Einsamen sein. Mikrochips, die damals noch an die tausend Dollar gekostet hatten, gab es auf dem Weltmarkt längst für achtzig oder neunzig Cents. Daraus ließ sich dermaleinst gewiß ein Instrument zum Erleichtern der Annäherung entwickeln. Eine Art Grobkontakt, dem die mündliche Feinabsprache sogleich folgte. Tiere hatten sich nichts mitzuteilen, ihnen genügte zur Paarung der Grobkontakt. Und den stellten sie eben nicht nur, wie der Mensch, rein optisch her, durch eigenes Zurschaustellen und Betrachten des möglichen Partners. Ihr Lockruf, ihre Duftmarke enthielten weit mehr an Information! Wie in so manchem waren sie einem darin überlegen.

Man hatte ja viel von ihnen gelernt. Schiffskonstrukteure studierten die Schwimmweise bestimmter Fische, zumal hinsichtlich der Unterwassertechnik. Flugzeugbauer analysierten den Schwirrflug des senkrecht startenden Kolibris, um ihre Hubschrauber zu verbessern. Sollte es da nicht doch anregend sein, das Balzverhalten der Vögel zu prüfen, es einmal gründlich auszuwerten? Ständig stieß die Bionik auf neue, verblüffende Parallelen zwischen natürlichen und technischen Systemen. Strebte sie doch an, Elemente zu schaffen, deren Funktionsweise gewissen Organen von Tier und Pflanze abgelauscht und nachgebildet war. Von daher empfingen die Wissenschaftszweige der Akustik, der Optik, der Mechanik, der Medizin, der Hydrodynamik und auch der Elektronik seit vier Jahrzehnten kräftige Anstöße.

Nun vielleicht auch das Gebiet der Menschenkunde, des Sozialverhaltens, der Psychologie? Herbst empfand das Schockierende dieser Vorstellung, es war kühn, vielleicht sogar vermessen, vom Gesang der Vögel und Insekten auszugehen, um helfend in so ätherische Bereiche wie Flirt und Partnerwahl einzudringen. Im Grunde war das unerhört. Doch hatten Musik und menschlicher Gesang, Mandolinen im Mondschein, nicht stets der Werbung gedient? Wissenschaftliches Denken schloß die Bereitschaft ein, radikal in Frage zu stellen, was bisher üblich und normal gewesen war. Und was war üblich, wo stand die Technik heute auf dem Feld des zwischenmenschlichen Kontakts? Sie stand gar nicht, sie lag danieder! Abgesehen von herkömmlichen Mitteln – Zeitungsannoncen und berufsmäßiger Eheanbahnung, die

sich kaum über das Sichten von Karteikarten erhob –, war man ganz auf sich selbst gestellt.
Was dabei herauskam, erfuhr Dr. Herbst am eigenen Leib seit Jahr und Tag. Früher, in seiner Studentenzeit, da war's ihm niemals schwergeworden, ein Mädchen aufzugabeln. Und nach seiner Scheidung hatte er geglaubt, es noch immer zu können. Aber man verlernte es, denn es schien ja, als habe man es nach fünfzehn Jahren bereits mit einer anderen Frauengeneration zu tun. Da beschritt er also die alten Wege, fuhr zum Schwimmen, paddelte zu zweit, lief Schlittschuh, ging zu Tanzvergnügungen – das Resultat blieb Null.
Vielleicht, weil er gewarnt war, selber schwieriger geworden? Wählerischer, anspruchsvoller? Fehlschläge und Mißtrauen addierten sich, bis ihm der Mut sank. Er hatte seine Fertigkeiten eingebüßt! Zum Beispiel die Taucherei. Da wies er Frauen, die ihm zögernd in dieses Zimmer folgten, prahlerisch seinen Kunststoffanzug vor, um dann zu merken, daß er nicht mehr hineinpaßte in das maßgeschneiderte, anthrazitfarbene Neopren. Oder sein Vollbart. Damit hatte er einst Nichtanpassung und Männlichkeit signalisieren wollen. Doch zu spät, inzwischen trugen all die Jasager genau den gleichen Bart, kenntlich nun höchstens noch am eitlen Ausrasieren von Wangenpartien.
In der Hochschule ließ er sich von Vera Bald ein Standardwerk der Verhaltensforschung bringen, ohne ihr den Zweck zu enthüllen. Sie krauste die Nase und schob den Kopf ein wenig schräg über seine Schulter, als er es bei der Abbildung eines Froschpaars aufschlug. In unruhigem Ernst schweifte sein Blick über den Text, und während er ihre Nähe spürte, las er fast atemlos: »Froschweibchen bevorzugen bei der Paarung offenkundig attraktive Partner. Wie Versuche mit tropischen Fröschen in Panama ergaben, wählten sie unter den Bewerbern den jeweils größten. Überdurchschnittlich große Männchen erkennen sie bereits anhand der Lockrufe.«
Der Lockruf also enthielt schon die Botschaft: der oder die bin ich, so oder so beschaffen – das komplette Paarungsangebot. Kein Zweifel, daß es sich elektronisch chiffrieren und menschenwürdig, also informativ angereichert, zum Part-

nerschaftsvorschlag erweitern ließ ... Dicht an seinem Ohr fragte Fräulein Bald: »Werner, ist das nicht Kellys Ressort? Froschweibchen, so tief mußt du doch nicht sinken.«
Das hörte er, doch es drang ihm kaum ins Bewußtsein. Leicht abwesend erklärte er, es gehe nicht darum, wie groß der Frosch sei, sondern ob sein Lockruf auch ohne Sichtkontakt die volle Wirkung habe. Sie fand ihn sonderbar und ging an ihren Platz zurück.
An jenem Tag blieb Herbst erstmals wieder länger, wälzte Bücher, fertigte Notizen an. Auf dem Heimweg spürte er sein Herz und fragte sich, für wen er das tue. Keiner hatte ihn beauftragt, keiner würde es ihm danken. Darauf kam es auch nicht an; er brauchte das eben! Ihm fehlte eine Aufgabe. Wenn er die jetzt fand, dann wurde mit ihm alles gut. War er erst wieder ein tätiger Mensch, dann wich seine Traurigkeit, und das Glück kehrte zu ihm zurück.

8

Anfang Juni schloß Woelk *Kontakt 2000* ab, der Text war fünfmal so lang geworden wie die Urfassung *Verführung auf Gamma*, er gefiel ihm sehr. Er hatte die Stimmung wiedergefunden, die ihn am Ende einer Arbeit beflügelte – das Gefühl ihrer Wichtigkeit, des Gelingens. Frohlockend gab er die Seiten Johanna. »Du hast es doch gemacht«, sagte sie so gedämpft, als habe sich eine Befürchtung erfüllt.
Kopf an Kopf mit ihr las er's noch einmal. Die Geschichte spielte nun an der Medizinischen Akademie einer nichtgenannten Stadt. Unter dem Schutz ihres Rektors, eines Sozialhygienikers, der sich von dem Gerät einen Rückgang des Partnerwechsels versprach, schuf man die Grundlagen. Dazu gehörten Persönlichkeitsbilder der freiwilligen Teilnehmer. Auf Testbogen wurden sie nach Kindheit und Familie, Ängsten und Gewohnheiten, erotischen Neigungen und nach ihrer Weltanschauung gefragt, damit der Partnerschaftsvorschlag wahrhaftig sei. Der Rektor zog Koryphäen hinzu wie den Tiefenpsychologen Anselm Senkblei, Träger des Paracelsusordens. Senkblei betonte, das Verfahren biete erst bei hoher Teilnehmerzahl befriedigende Chancen. Mit

der Verfeinerung des Partnerbilds, die er betrieb, wuchs der Anspruch auf Auswahlmöglichkeit, erfüllbar nur durch größte Vielfalt ... Aber er konnte den Einwand nicht entkräften, sein Psychogramm folge im weltanschaulichen Teil blind der Selbstdarstellung des Prüflings. Daher entschied man höheren Orts, den fälligen Großversuch nicht an der Akademie, sondern bei den Ordnungskräften des Bezirks abzuhalten, wo auf Grund von Auswahl und Schulung Zweifel sich erübrigten und der Mangel des Verfahrens kaum ins Gewicht falle.

Verstohlen sah Woelk Johanna an, sie verzog keine Miene, las mit ihm weiter: »Vom Verlauf des Großversuchs hörte das Team wenig, naturgemäß lief die Berichterstattung nicht über seinen Tisch. Doch wurde ihm Günstiges angedeutet, hoher Diensteifer und steigende Bereitschaft zur Mobilität. Gern lüftete man einen Zipfel des Schleiers, unter dem sich soviel Hingabe verbarg. Nicht länger nämlich hielt es die *Kontakt*-Träger in Amtsstuben, wo die Zahl der einfallenden Lockimpulse ja gleich blieb, oft bei Null. Lieber versammelten sie sich oder gingen auf Streife, bevorzugten den Außendienst und gründeten Freizeitzirkel jeder Art. Der Schlußbericht – man gab dem Rektor eine Kurzfassung – betonte den Aktivierungseffekt, die Sache schien geglückt.«

Umsonst hoffte Woelk auf das kleine Glucksen, das seiner Frau bei Pointen sonst entschlüpfte. Schweigend blätterte sie um, da stand: »Nun rückte Senkblei dem Problem zu Leibe, weltanschauliche Daten verläßlich zu gewinnen. Im Wachzustand, hob er hervor, vermeide der Normalbürger alles, was auf einen Hang zu Utopien und Illusionen schließen lasse. Da wolle man nüchtern sein, mißtraue dem Unbewußten und halte es verschlossen. Senkbleis These stützte der Chefanästhesist Rausch mit Tonbändern, auf denen er Narkoseaussprüche gespeichert hatte. Und Professor Hupkes Doktoranden prüften in einer breitgefächerten Erhebung den Gehalt von politischen Witzen, die in heiterer Runde fast jeder von sich gibt. Zwar wurde der Antrag, aus dem Valutaetat für Laborgeräte amerikanische Polygraphen anzuschaffen, auch *Lügendetektor* genannt, als instinktlos verworfen. Doch gelang dem sozialistischen Kollektiv Rausch/Hupke/Senkblei schließlich ein Durchbruch. Mit einem Kunstgriff ließ sich das meist klare Bewußtsein des Probanden vom manchmal getrübten Unterbewußtsein kurzfristig abheben und mit den so herausgefilterten Werten des Psychogramms präzisieren. Der nächste Schritt galt dem Zusammenfügen des Partnerbilds ...«

Überraschend stand Johanna auf, sechs Seiten vor dem Schluß. »Ich muß zum Frisör«, sagte sie schonend. »Glaubst du im Ernst, das druckt man dir?«

»Die erste Frage wär doch, ist es das wenigstens wert?«

»Ach, ich weiß nicht. Zu prätentiös für einen Ulk. Du warst schon besser, Alexander.«

Ergrimmt blieb Woelk zurück, im letzten Drittel blätternd, wo es beim Massenexperiment in der fiktiven »Stadt der Jugend« zur Katastrophe kam. Ein Ulk ...! Seine Stimmung sank. Da läutete das Telefon, Vera war dran, trotz ihrer Abmachung, ihn nur im Notfall anzurufen. Dies sei einer, sagte sie, ihr Oldtimer liege fest auf der Wiese vor Schwartau, Woelk müsse ihr helfen. Sie spreche vom Waldgasthof aus, habe gewartet, kein anderer Wagen komme vorbei.

Es mußte wohl sein. Woelk zog das Auto aus der Garage. Zwei Stunden Zeit blieben ihm, eher kam Johanna nie vom Frisör zurück. Aber die ganze Stadt lag dazwischen, jetzt im Berufsverkehr! Immerhin steckte er die Kopie des Textes ein, Vera sollte den abschreiben; von ihr erhoffte er auch Lob, etwas Verständnis für sein Werk ... Er kam heil durch das Gewühl, doch am anderen Ende der Stadt senkte sich die Schranke. Sie blieb dann immer zehn Minuten lang geschlossen. Woelk trommelte auf das Lenkrad – noch anderthalb Stunden, der Countdown lief. Was trieb Vera überhaupt an jenem Ort? Erinnerungen verbanden sich damit. Es war ein Stück des Urstromtals, die Wiesen konnten sumpfig sein, überflutet, im Winter gefroren. Auf ihnen hatte er vor sechs Jahren noch eislaufen gelernt, um sich Vera flott dahingleitend zu zeigen, für sie jung zu sein. Mit Ende Dreißig fürchtet man bereits den Spott auf öffentlichen Plätzen, die Gegend war einsam, er kannte sie seit der Schulzeit und hatte

bei einem Geländespiel mit Michaels Klasse seine Ortskenntnis aufgefrischt.
All die schmerzhaften Stürze auf Hände, Knie und Hüftgelenk hatten ihn nicht zur Vernunft gebracht, der Pfeil saß zu tief. Und dann, noch ehe Vera mit neunzehn Jahren seine Liebste wurde, hatte er ihr da Fahrunterricht erteilt. Sie zitterte vor der praktischen Prüfung, wandte sich in ihrer Angst an ihn, für den dies der einzige Weg war, ihr einmal nahe zu sein. Dort auf den welligen Wiesen, am Steuer des Sportzweisitzers, übte sie schwitzend und schwatzte nervös von der Tauglichkeitsuntersuchung beim alten Hausarzt der Familie, der ihr nicht nur Augen und Ohren kontrolliert habe, sondern auch Atmung und Herz, so daß sie sich habe entkleiden müssen. Damit beschäftigt, sich dies vorzustellen, übersah Woelk eine Vertiefung, die auch Vera entgangen war. Sie steckten fest, bis zufällig ein Traktor vorbei kam, der beim Anrucken Blech verbog …
Ein paar Monate später zeugten sie nahebei ihr Kind; es blieb strittig, wie das geschehen konnte. Woelk warf ihr lässige Kalenderführung vor, sie unterstellte ihm die Absicht, sie dauerhaft an sich zu binden.
Das ging ihm durch den Kopf, während er vor der Bahnschranke saß, in Zeitnot, ganz überhäuft und beklommen. Vera war schwierig, der Verdruß nahm kein Ende, hatte er's nötig, sich ständig abzuhetzen, wog Leidenschaft denn alles auf? Verspätungen, Blechschäden, Rippenbrüche, Vaterschaft – wie oft mußte er lügen, etwas vertuschen, Johanna oder Vera zuliebe verzwickte Ausreden ersinnen, wo nur die einfachen glaubhaft sind! Schlimm für einen, der eher am Schreibtisch fabuliert und selbst dort nach Wahrheit strebt. War es nicht unwürdig? Wozu brauchte er zwei Weiber, die beide an ihm zerrten, anstatt ihn schreiben zu lassen? Sechs Jahre ging das nun, er ließ es laufen, ruhebedürftig, kompromißbereit wie ein Kleinhändler oder ein Diplomat. Mit der Feder war er kühn, focht spitz für Veränderung, sein Privatleben sollte bleiben, wie es war. Und indem er es geschäftig zu bewahren suchte, verwickelte es sich langsam immer mehr. Jetzt wieder der Oldtimer, Quelle der Belästigung und schlei-

chender Skandal. Ein sechzig Jahre alter Opel P 4, rosa lackiert, Silberbronze auf Lampen, Stoßstangen und Radkappen. Vera hatte ihn für tausend Mark gekauft und mit grellen Aufklebern verziert, Kleeblättern, gipsweißen Handabdrücken am Heck, wo man ihn anschob, Scheibengardinen im Fond und Sprüchen wie *Auch du wirst alt*. Er schluckte mehr Öl als Treibstoff (gestreckt mit Katalyt) und blieb oft stehen – nicht ratsam, mit ihm die Stadt zu verlassen. Angeblich half er ihr, Woelk außer der Reihe zu sehen, auf seinen Spaziergängen am Stadtrand. Tatsächlich umgab das Auto sie mit dem Dunst verwegener Sportlichkeit. Der Verkehrspolizei waren Vehikel und Fahrerin längst ein Begriff. Vera genoß den Umgang mit Polizisten, die ihr auf zweierlei Weise huldigten: durch Pannenhilfe und schmunzelndes Dulden des Beiwerks, das andere Verkehrsteilnehmer unzulässig ablenken konnte, oder durch scheinbare Kontrollen und Belehrungen, den Weg der Schüchternen. Nur wenige blieben standfest, waren, glaubte man Vera, vor ihr durch Pflichtgefühl, Mißgunst oder fehlende Männlichkeit geschützt. Von denen bekam sie dann Mängelscheine als Aufforderung zu Reparaturen auf Woelks Kosten. Er war es satt, für ihre Eitelkeit zu zahlen.

Als sich die Schranke hob, blieben noch achtzig Minuten. Seinem Fahrstil zuwider, den die Jahre besänftigt hatten, überholte er riskant, bog zum Rennplatz ab, ließ die Stallungen hinter sich und auch den Gedenkstein für einen zur Weimarer Zeit ermordeten Taxifahrer inmitten des düsteren Auenwalds. Wo der sich lichtete, lag, werktags geschlossen, das Ausflugslokal »Beerenbusch«, vom Volksmund »Ehebruch« genannt. Ein Stück weiter stand in aufreizender Gebrechlichkeit, einer geschminkten Greisin gleich, das rosa Auto am Straßenrand. Vera hockte in Jeans auf dem Trittbrett neben einer Blumenschale, die sie dort mit silbrigen Riemen verzurrt hatte, um den Schauwert ihres Fahrzeugs noch zu steigern. »Alexander«, rief sie, als er hielt, und lief jubelnd auf ihn zu.

Sie hing an seinem Hals, wie üblich betörte ihn ihr Anblick, ihr Duft, die Berührung ihrer Lippen, und er fand es augenblicklich herzlos, ihr das Auto wegzunehmen. Doch wie oft, wenn sie sich heimlich trafen, kam wenig Zärtlichkeit von ihm; ganz als argwöhne er, sie führe die Begegnung herbei, um ihn in Schwierigkeiten zu bringen, bis er es daheim nicht mehr ertrug und weglief – zu ihr. »Wo ist Anke?« fragte er. »Wieso bist du denn allein? Was tust du hier überhaupt?«

»Ich hab eine Freundin zum Schlachtefest gebracht.« Sie wies auf den Kirchturm von Schwartau hinterm Deich.

»Wer ist es?«

»Studentin von uns, Ulrike, eine dralle Deern.«

»War es nicht zufällig ein Student?«

Sie schüttelte den Kopf; war dem zu trauen?

»Schlachtefest! Und was hast du davon?«

Aus knisterndem Zellophan zog Vera zwei Ballen Fleisch und Wurst in Fettpapier, sie bot Woelk einen davon an, in ihrer schönen Freigiebigkeit. Ihn wurmte, daß sie Beweise der Unschuld hatte, und mehr noch, daß es sie nicht zu kümmern schien, wie er Johanna das Fleischpaket erklären sollte. Da aber riet sie ihm schon: »Du sagst einfach, du hättest Hans Seiboldt abschleppen müssen, ja?« Diesbezüglich waren ihre Vorschläge verdächtig gut, auf Grund ihres Talents, sich selbst herauszureden. Sie wußte, die Seiboldts hatten Verwandtschaft auf dem Lande, und sie hatte sich gemerkt, daß Johanna kaum mit ihnen sprach, da sie Frau Seiboldt nicht ausstehen konnte.

»Dann haben wir sogar noch Zeit für uns«, fügte Vera hinzu, mit einer leichten Geste zur Eisenbahnbrücke und zu der buschigen Senke hin, wo sie einst, von Trennung bedroht, sich aneinander klammernd die Folgen vergessen und Anke das Leben geschenkt hatten.

Woelk riß die Motorhaube auf. Welch Einfall, unsolid, überspannt ... Vielleicht wollte sie ihm ja was Gutes tun, ihn entschädigen, wer weiß? Aber seit Jahren – nach Ankes Geburt blieb ihm ihr Haus nicht mehr verschlossen – hatten sie es doch verlernt, sich im Freien zu umarmen, hinter Glas und Blech. Als erprobtes Paar waren sie rechtschaffen geworden, es war nicht mehr üblich zwischen ihnen. Und im stillen fragte er sich, ob sie nicht doch im Sinn habe, seine Rückkehr

so zu verzögern, daß Johanna ihn gereizt empfing. Immer wieder der Blick zur Uhr! Mit den wenigen Handgriffen, auf die er sich verstand, setzte er den Motor in Gang.
Das Manuskript fiel ihm erst ein, als sie den Waldgasthof passierten. Woelk hupte, Vera hielt, er schob es ihr durchs Fenster. »Wie üblich?« fragte sie kühl, durch sein Benehmen verletzt. »Drei Kopien?«
»Schick eine nach München, an Prätorius ... Tschüs!«
Bei den Rennställen dampfte es aus Veras Kühler, Woelk mußte sie in Schlepp nehmen, wenig angenehm. Sein lindgrüner Flitzer und das rosa Wrack waren ein auffälliges Gespann. Aber es ging glatt, er war knapp vor Johanna zu Hause.
»Hast du's dir überlegt, wie man die Story entschärfen kann?« fragte sie beim Eintritt.
»Die ganze Zeit denke ich darüber nach.«
»Ach, Alexander! Von der Straßenbahn aus hab ich dich gesehen.«
»Ja, ich bin unterwegs gewesen.«
»Offenkundig ... Zweifellos.«
»Tut mir leid, Johanna, aber es war eine Panne.«
»Ja, das war es wohl.« Hübsch frisiert verließ sie den Raum, die Augen leicht umschattet. Er wußte, es war zwecklos, ihr zu folgen. Manchmal schlug alles fehl, da enttäuschte er sie beide, und die zwei enttäuschten ihn.

9

Am Samstag goß es in Strömen, Wasser schlug ans Fenster, stürzte das Dachrohr hinab und überschwemmte den Balkon. Nach dem Frühstück sah Werner Herbst seine Hoffnung schwinden. Er hatte mit Vera bei Regen nichts vereinbart, sollte er sie anrufen, ihr anderes vorschlagen? Aber was – ins Museum gehen, in ein Kino, ein überfülltes Lokal oder ins Gewächshaus gehen, das lockte ihn nicht. Die nächste Telefonzelle war defekt. Also warten, bis der Regen nachließ, das Auto holen und zu ihr fahren.
Inzwischen schrieb er einen Brief an seinen Sohn. Die Post lief über ein Schließfach in Berlin, sie wurde per Kurier in den Irak geschafft, sein Eindruck war, die Verbindung

funktioniere nicht. Auf keinen der drei Briefe bisher eine Antwort ... Das ging nicht mit rechten Dingen zu, so wie sie beide zueinander standen.

»Mein lieber Ralf«, schrieb er in dem Gefühl, sich unzureichend auszudrücken, weil es für das, was er empfand, ja kaum Worte gab. »Du kannst Dir denken, wie sehr ich auf ein Lebenszeichen warte. So vieles frage ich mich täglich! Die neue Umgebung, Schule, Familie, das fremde kriegszerstörte Land, wie bewältigst Du das? Deinem Sprachtalent tut der Wechsel gut, pflege es und denk daran, Begabung allein ist nichts, Fleiß und Hartnäckigkeit sind nötig. Was hätte der Welt ein Albert Einstein gebracht, der seine Ideen nicht hätte verteidigen können? Ohne Stehvermögen entfaltet sich kein Talent. Die Härte, von Dir getrennt zu sein, mein lieber Junge, zeigt mir nur wieder den unsentimentalen Verlauf des Lebens. Wappne Dich dagegen, lerne es, solche Härte als etwas Naturgegebenes zu ertragen, als selbstverständlich zu empfinden.«

Herbst hielt inne. Er hatte Ralf zuletzt fast als Erwachsenen behandelt und glaubte, der Sohn würde ihn verstehen, zumindest dies durchdenken, denn er neigte schon frühzeitig dazu, sich ein eigenes Bild vom Leben zu machen. Es war besser, Schwieriges zu berühren, als Briefe mit Alltäglichem zu füllen. Aber jetzt begriff Herbst, daß er eher von sich selbst gesprochen hatte, nur scheinbar an Ralf gewandt, der ihm charakterlich ähnlich war. Härte auszuüben und zu erleiden, lernte er das selber jemals ganz? Durchsetzungskraft, Stehvermögen – gut gebrüllt, Löwe. Man spricht gern von dem, woran es einem fehlt.

»Seit kurzem bin ich an einem Thema«, fuhr er dennoch fort, »mit dem mich niemand beauftragt hat und das auf Widerstand stoßen wird. Ich kann mich dem nur in der Freizeit widmen. Es geht um ein Gerät, das die Partnerwahl erleichtern könnte, sollte es jemals gebaut werden. Da liegt noch manches im argen, wie Du am Beispiel Deiner Eltern erfahren hast. Hätte Deine Mutter gleich gewußt, was für ein Arbeitstier und Ausgehmuffel ich bin, sie würde sich nie mit mir aufgehalten haben. Manches Traurige ließe sich mildern oder ganz ersparen, würde eine Idee verwirklicht, die dank der Mikrochips heute machbar ist. Aber ich will nicht länger ein ungelegtes Ei begackern! Gib Laut, Ralf, falls du noch Stimme hast – und vergiß mich nicht ... Dein Werner.«

Es regnete so heftig wie zuvor, da blieb Herbst über den Papieren. Er merkte kaum, wie die Zeit verging. Denn nun kam ihm der Einfall, Woelks dumme Tastanzeige zu ersetzen durch das Deckblatt des Uhrgehäuses, in dem das Instrumentarium saß. Die vermeintlichen Uhrzeiger (oder auch elektronische Ziffern) würden eben nicht die Zeit angeben, sondern die Entfernung zum Objekt, dem Sender des möglichen Partners! Ermattet von seinen Berechnungen, strich er sich über die Augen. Ihm war, als habe er eine Vision. Traumhaft sah er sich im Wissenschaftlichen Rat der Hochschule erklären, diesmal sei es wirklich wahr, ein Gedanke stehe ins Haus, der die Grenzen des Bisherigen sprenge; seine Bitte sei bescheiden: ihn zehn Minuten anzuhören. Oh, es würde sie wachrütteln, ein heilsamer Schock. Doch während er sich dies vorstellte, wußte er schon, es stimmte nicht. Sie würden ihn unterbrechen und auslachen, diese Lemuren, die gar nichts mehr vom Stuhle riß. An ihm vorbei gingen sie glatt zur Tagesordnung über und zwängen ihn bei vollem Bewußtsein, dem Streit um Zuständigkeiten zu folgen, all dem Kleinkarierten, das ihr Leben war. Sie hätten sich nur auf seine Kosten amüsiert.

Tiefziehende Wolken verdüsterten den Raum, Herbst knipste die Schreibtischlampe an und bohrte sich wieder ein in das Projekt. Sei zäh und listig, raunte es in ihm, sei selber so, wie du es Ralf geraten hast! Bist du ein Phantast oder ein Mann der Tat? Wie handelte ein solcher jetzt an deiner Stelle? Behutsam ginge der vor, stark in der Sache, mild in der Form. Ein Taktiker würde die Partnerwahl zunächst ausklammern, weil es ja sinnlos war, frontal anzurennen gegen die Wand der Konvention. Der erotische Aspekt war die Achillesferse der Idee. Ach, er kannte die Kollegen; ihr Gewitzel um die Statuette, das Mitbringsel aus Moçambique, sagte ihm genug. Stets betonten sie, nicht prüde zu sein, doch ihre Sexualnorm wurzelte im Überkommenen, in Anstandsbegriffen von gestern, der alten Doppelmoral, kaum durchdacht und unberührt vom Wandel der Zeit. Man mußte ihnen das Ziel vernebeln! Folgen würden sie ihm eher, wenn er andere Arten des Kontakts nannte, Lösungen anbot für populäre Kommunikationswünsche wie Wohnungstausch, Autokauf oder die Suche nach Hobbypartnern, und dies in den Vordergrund schob. Unschwer ließ sich das Gerät so bauen, daß es von den zwei erotischen Wellenlängen umschaltbar war auf Frequenzen für Autos, Datschen, Münzen, Briefmarken, Boote ... Es konnte einer alles damit suchen, was das Herz begehrt.

Weshalb dämmerte ihm das erst jetzt? Dies lag gewiß am Vater des Gedankens, der auch nicht darauf gekommen war. *Verführung auf Gamma* suggerierte einem, Hauptpunkt im Leben sei die Sexualität. Das wurde einfach unterstellt; verständlich bei Leuten, die sich ihrer sitzenden Tätigkeit wegen ungenügend bewegten, was zu vermehrtem Triebdruck führt, verknüpft mit schwülen Phantasien. Von derlei Tagträumen lebte manches auf dem Felde der niederen Schreiberei. Ein Woelk brauchte bloß seinen Drang zu sublimieren, also banale Regungen ins Erhabene steigern – oder was immer er dafür hielt –, um erfolgreich zu sein. Es galt, die tunnelartige Beschränktheit dieses Mannes zu sprengen, seinen erotomanischen Einfall so zu verzweigen, daß er Früchte trug.

Das Wetter begünstigte den Plan. Am frühen Nachmittag schon hatte Herbst, geübt im Abfassen von Memoranden, einen Entwurf parat, betitelt *Kommunikator zur Verbesserung des Informationskontakts zwischen Einzelpersonen*. Der Text hielt unter Punkt 3 (*Charakteristik der bisher bekannten technischen Lösungen und Kritik am Stand der Technik*) fest, man habe allenfalls Computer benutzt zur Bedienung langfristiger Kommunikationswünsche wie Wohnungstausch, Ehevermittlung und ähnlichem. Dabei würden millionenfach Daten von Einzelpersonen als Eingabefunktionen vom Rechner gespeichert, der dann die gleichfalls eingespeisten Erwartungsfunktionen mit den Speicherwerten vergleiche.

»Folgende Nachteile treten auf«, ging es im Stil einer Patentschrift weiter. »Die eingespeisten Daten sind konstant, änderbar nur durch Eingriff in den Speicher des Rechners, was kurzfristiges Ändern eines Kommunikationswunsches ausschließt. Derartige Rechenanlagen sind umfangreich, sie arbeiten bestmöglich nur bei zahlreichen Speicherplätzen, so daß, wenn es nur eine oder wenige übereinstimmende Lösungen gibt, ein Großteil der eingespeicherten Funktionen für den konkreten Einfall wertlos sind. Auch findet ein frühzeitiger menschlicher Kontakt der Kommunikationswilligen nicht statt. Ferner führen mögliche Störungen im Computer zu Fehlvermittlungen mit vielleicht irreparablen Folgen. Endlich können persönliche Daten vertraulicher Art sein, ihre zentrale Speicherung birgt die Gefahr einer zweckentfremdeten Nutzung, zum Schaden für den einzelnen und/ oder die Gesellschaft.«

Herbst fügte den Satz hinzu: »Ziel ist, die individuelle Kontaktfähigkeit unkompliziert zu steigern, um durch Ausschöpfung ungenutzter gesellschaftlicher Potenzen zur Lösung anstehender Probleme beizutragen und Bedürfnisse von Werktätigen besser und rascher zu befriedigen.« Das klang nach Erschließung von Reserven, verschwommen und vertraut. Solche Wendungen schützten ein Projekt halbwegs vor Mißachtung.

Es war vollbracht! Unrast ergriff den Dr. Herbst, Verlangen nach Bewegung, frischer Luft und Licht. Wie berauscht verließ er das Haus, mit weitausgreifenden Schritten lief er durch das Geniesel vorbei an der Garage, ohne noch an sein Auto zu denken, und war bald am Fluß. Als er hinter der Brücke rechts abbog, ging ihm auf, daß er den Weg zu Vera Bald eingeschlagen hatte.

Nur leider, sie war nicht mehr daheim, war zu Verwandten gefahren. Ihre Mutter, die ihm an einem arg verknoteten Bindfaden den Schlüssel herunterließ – er mußte springend danach schnappen –, saß mit Anke vorm Fernsehbild, ergötzt durch das bunte Samstagsprogramm. Anke aber sprang flink auf, sie zog Herbst, als fürchte sie sein Entschlüpfen, in Veras Zimmer, um ihm sogleich einen Platz und süße Kekse anzubieten. »Werner«, bat sie, schmeichelnd um ihn bemüht,

»wart noch ein bißchen, vielleicht kommt sie bald wieder ... Guck mal, das hab ich gemalt! Wollen wir was spielen? Was spielst du am liebsten?«

Herbst blieb, er war es leid, allein zu sein. Aus der Tiefe seiner leicht gerührten Gutmütigkeit fand er, wie neulich beim Pferderennen, Zugang zu diesem unbefangenen Kind. Ankes Augen, mehr noch ihr Wesen, die fehlende Scheu, erinnerten ihn an Vera, deren Duft im Zimmer war. Sie spielten mit Steinbaukästen, die vor neunzig Jahren neu gewesen sein mochten. Die vergilbten Vorlagen zeigten Villen der Jahrhundertwende; mattrote und graugelbe Steine türmte er zu einer neugotischen Kirche auf. Dann fielen ihm ein paar der Geschichten ein, die er früher Ralf erzählt hatte, und er erwähnte auch das Hexenhaus, das bei Schwartau auf einer Waldlichtung stehe.

Dies endete erst, als Veras Mutter zum Abendbrot rief. Sie lud ihn, den sie ja kaum kannte, großzügig zum Essen ein. Doch er brach auf, im Vorgefühl ihm zuströmender Ideen ... Es tat Herbst gut, so zu laufen. Nur die Gedanken blieben aus.

Im Abendlicht erreichte er den feuchten Park, es tropfte von den Trauerweiden. In einem Winkel seines Kopfes steckte die Gewißheit, daß wieder alles vergeblich sei, weil dort hinter den Bäumen einfach nichts mehr verfing. Kein Funke zündete noch im Wissenschaftlichen Rat! Den Mangel an Überblick, an Format in diesem Kreis, den kannte er! Der Kirchturmshorizont, die freudlose Erfüllung formaler Pflichten; den Hochmut der Arrivierten und die Pawlowsche Folgsamkeit ihrer Jünger.

Nein, es war nichts zu erhoffen. Da trat man keine Lawine mehr los. Er jedenfalls brachte dort nichts ins Rollen. Es würde wieder bloß ein hurtiger Ausfall sein, hauptsächlich geführt um der Täuschung willen, daß man als Mensch etwas galt und als Wissenschaftler noch vorhanden war.

10

Vera Bald war pünktlich im Büro, hatte aber nichts gegessen. Sie erschrak, als Dr. Hofmann ihr sagte, sie müsse für Frau Graupner, deren Kind erkrankt sei, im Wissenschaftlichen Rat protokollieren. Ach Gott, das ging doch bis in die Mittagszeit, wie es durchstehen mit leerem Magen? Werner Herbst strich vorbei, er raschelte mit Papieren und bemerkte halblaut, es werde vielleicht ganz interessant. Dabei sah er sie seltsam an, wie in nervöser Erwartung, während sie sich von Hofmann gemustert fühlte und dies auf ihre Kleidung bezog.

Hofmann war ihr erster Chef in diesem Haus gewesen. Zum Antrittsgespräch hatte sie den braunen Wildledermantel mit Silberschnallen und silbrige Lederstiefel getragen, was ein bißchen heftig war; dazu den Minirock aus grauem Flanell und einen grünen Rollkragenpullover, der ihr rotbraunes Haar hervorhob – sie sah es heute, nach gut drei Jahren, noch ganz genau. Man hatte ihr taktvoll bedeutet, sich möglichst dezent zu kleiden. Am ersten Arbeitstag erschien sie, das Haar offen und schulterlang, in Minirock, Pullover nebst Weste und Pumps; und Hofmann gab ihr zu bedenken, ob dies nicht eine Spur zu auffällig sei. Er drückte sich behutsam aus, selber war er sehr gepflegt, im Anzug mit Weste und Krawatte ... Am zweiten Tag kam sie in Jeans, um es auszufechten, denn sie schrieb mehr als zweihundert Silben und sah in Jeans nichts Leistungsminderndes. Schließlich sagte sie ihm ja auch nicht, daß sie gebatikte Schlipse bei der Arbeit albern fand.

Nunmehr tat Hofmann recht besorgt. Eindringlich sprach er von den Bekleidungsvorschlägen im Handbuch für Sekretärinnen, die er Richtlinien nannte. Ihren Aufzug bezeichnete er als unvereinbar mit dem Amt einer Schreibkraft des stellvertretenden Sektionsdirektors, der auch Persönlichkeiten aus Berlin, ja Auslandsgäste empfangen müsse. Darauf hatte sie ihn nach der Verordnung gefragt, einer Bekleidungsvorschrift für die Sekretärinnen der Technischen Hochschule. Und da es keine gab, weder Schreibdamen noch eine zwingende Vorschrift für sie, säumte sie am selben Abend den Rock von gestern noch kürzer und wählte Schuhe mit höherem Absatz. Am dritten Tag gab Hofmann es auf.

Jeder Betrieb ist ein Hühnerhof, hatte Alexander ihr gesagt; stößt ein neues Huhn hinzu, wird probiert, wer es hacken darf. Doch hier ging es nicht nur um den Platz in der Hackordnung, es spielte Persönliches hinein. Die Minimode war wieder mal passé, zu Fräulein Balds Kummer, denn ihre Beine – lang genug, bezogen auf die Körpergröße – wurden erst vom Knie an bemerkenswert. Abwärts fehlte ihnen der gewisse Schwung, da wirkten sie kindlich, und mit Ankes Geburt waren die Fesseln stärker geworden. Durch modische Tricks glich sie das aus. Sie brauchte den Eindruck frischer, intakter Körperlichkeit für ihr Wohlgefühl am Arbeitsplatz, wo Männer sie umgaben, die nur ihr Äußeres zu bewerten schienen.

Deren Blicken galt es standzuhalten! Und in der Tat, da kamen Leute ins Büro, die dort gar nichts zu tun hatten – ja, sie merkte, der Andrang galt ihr. Studenten näherten sich mit zweifelhaften Papieren und durchsichtigen Anfragen, Dozenten traten ohne Vorwand ein, um ein paar Worte mit ihr zu wechseln, der Neuen, die zu jedem freundlich und nicht auf die Arbeit versessen war. Man beneidete Hofmann um sie, der aber ertrug nicht, daß sein Vorzimmer zur Schaubühne wurde. Und er schob sie ab, überließ sie gönnerhaft dem Dr. Werner Herbst.

Der Wissenschaftliche Rat tagte im Altbau, dem früheren Lehrerzimmer des Lyzeums, einer Anstalt für höhere Töchter; das wußte Vera Bald von einer Tante, die diese Schule noch besucht hatte. Den Rest der halbzerbombten Bausubstanz hatte das alte Technikum geschluckt, als es nach Kriegsende den Theaterplatz übersprang und allmählich zur Hochschule wurde. Es war der stillste Teil des Geländes, hier hatten Studienrätinnen sich einst der Erziehung von Mädchen gewidmet, die längst Großmütter waren. Jetzt stritt man da im Namen von Forschung und Lehre der Naturwissenschaften und ihrer schwierigen Verwaltung.

Obwohl von Herbst eingeweiht, fand Vera Bald sich kaum zurecht. Sie wußte, es gab zwei Gruppierungen, angeführt von Direktor Jungblut, dem Vorsitzenden des Rates, und Professor Faust, der Jungbluts Amtsvorgänger gewesen war und ihm Spitzen seiner Sektion wie Hofmann und Kelly als Stachel hinterlassen hatte. Doch ihr ging nicht auf, wer da zu wem hielt, denn es fehlten die Häupter der Parteien, und das Sitzschema verwischte die Front. Jungblut war in Mexico; trat der auswärts auf und stand hier nichts weiter auf dem Spiel, ließ Faust, selbst wenn er im Hause war, die Dinge, auf die es ihm ankam, von seinen jungen Leuten schützen.

Die Sitzordnung zwang Fräulein Bald neben Herrn Stiller, den Wissenschaftlichen Sekretär des Rates, die rechte Hand Jungbluts, den Stiller im Falle der Abwesenheit geschickt vertrat. Er war ein leichenblasser Mann mit mädchenhaft zarter Haut, fast unsichtbaren dünnen Lippen und toten tiefbraunen Augen. Nach einer Erkrankung war ihm alles Körperhaar ausgefallen, weshalb er eine rotblonde, mäßig glaubhafte Perücke trug; Wimpern und Augenbrauen fehlten ihm ganz. Stiller hatte es schwer, sich Achtung zu verschaffen. Unglückliche Menschen weckten stets Vera Balds Mitgefühl, daher kämpfte sie in den ersten Minuten der Sitzung lebhaft gegen den Schauder an, den Stillers Nähe ihr einflößte.

Zunächst gab es nichts zu protokollieren. Das Fehlen der Chefs, die montagsüblichen Anlaufschwierigkeiten, man kam kaum über Einleitendes hinaus – Geplänkel um Tagesordnungspunkte und simples Geschwätz. Zweimal meldete Herbst sich zum Wort, doch Stiller erteilte es ihm nicht. In diesem Kreis, das spürte man, war Herbstens Stimme ohne Gewicht. Nach der zweiten Abweisung tat er Vera Bald schon leid; sie fing an, das Mitgefühl auf ihn zu übertragen, das immer so leicht in ihr hochstieg.

Woher eigentlich diese Empfindsamkeit, der Gefühlsüberschwang? Nun, es konnte ja Erziehungssache sein. Durch all die biblischen Geschichten, die sie zu Tränen gerührt hatten, durch die Christenlehre überhaupt war sie von klein auf zur Nächstenliebe hingelenkt worden. Mit elf oder zwölf besuchte ihre Gruppe oft ein evangelisches Krankenhaus, um Patienten mit Liedern und Gedichten zu erfreuen. Sie half auch beim Essenaustragen auf den Stationen und im Altersheim, fuhr Gebrechliche im Rollstuhl spazieren … Ihre Gedanken schweiften zurück. Nach der Konfirmation, als Mitglied der Jungen Gemeinde, meldete Vera Bald sich freiwillig zur Pflege körperbehinderter Kinder. Mit denen spielte sie

jeden zweiten Nachmittag. Zuletzt, mit siebzehn, gab es drei regelrechte Patenkinder, deren Vertrauen sie gewonnen hatte; das war mühsam gewesen. Ganz selbstlos geschah dies sicher nicht. Oft war ihr, als suche sie nach einem, der ihre Zuwendung brauchte. Es machte sie größer, es stärkte sie, mildtätig zu sein. Es gab ihr ein bißchen Bedeutung. Woelk hatte ihr den Hang zur Barmherzigkeit so erklärt: Sie sei in ihrer Kindheit besonders zart gewesen und derart geschont, beschenkt und bedauert worden, daß sie mit Wonne den Spieß umdrehte, sobald sich dazu Gelegenheit bot.
Jenseits der Caritas bestand diese Chance noch gar nicht lange; ihr Drang, Gutes zu tun, schien ziemlich unverbraucht. Sie war ein Spätentwickler gewesen – wohltuend nur bei Schuluntersuchungen. Von der sechsten Klasse an, darauf besann sie sich, wurden die Mädchen genierlich, schämten sich voreinander und glaubten auch, die Jungs spähten durchs Schlüsselloch. Vera Bald zog sich ruhig aus, sie hatte noch nichts zu verbergen. Später wurde es störend, kaum Busen zu haben. Einmal stopfte sie den Büstenhalter ihrer Schwester mit Watte aus, doch blieb das nicht unbemerkt. Mit sechzehn, in der Tanzstunde, begann die Zeit ihrer Niederlagen. Was half es denn, Rhythmus zu haben, die Schritte zu beherrschen, die schwierigsten Figuren, wenn man, kindlich dürr, keinen »Herrn« abkriegte? Nicht Figuren, bloß Figur war da gefragt. Ihre Freundin, blumenhaft schwellend, hatte all das, was ihr fehlte; gern saß sie neben Vera Bald, um sich wie von einer Folie abzuheben. Wenn der Tanz begann, schoß ein halbes Dutzend junger Männer auf die schöne Blume los, man schubste sich und fiel sogar hin, lag ihr buchstäblich zu Füßen. So bekam Vera Bald manchmal verlegenheitshalber einen gutaussehenden Tänzer ab, oft aber strebten die Gestrauchelten noch von ihr weg zur nächsten Blume ... Wurzelte da ihr Geltungsdrang? Nun, da man sie selbst wahrnahm, liebte sie es, Mittelpunkt zu sein.
Das war hier ganz unmöglich, in dieser starren Runde. Nur noch eine Frau gab es außer ihr, Dora Kleindienst, recht hübsch, doch gehemmt und daher keine Konkurrenz. Frau Kleindienst vertrat entweder die Sektion eins (Marxismus-

Leninismus) oder die Parteileitung der Hochschule, würdig und korrekt. Sie hielt sich ganz zurück, während die Wachhunde und Platzhalter Fausts und Jungbluts Vermutungen äußerten darüber, welche Planstellen oder Abteilungen wohl Opfer der großen Einsparung werden würden, der Kürzung von Forschungskapazität … Trist und fad ging das an Fräulein Bald vorbei, sie sah Frau Kleindienst an, die so sympathisch schwieg. Sie war mit dreißig noch immer weit weg von der Promotion A, nachdem das Thema ihrer Doktorarbeit nachträglich verworfen worden war. Aber Dora Kleindienst erwiderte nicht einmal den Blick.

»Mein lieber Alexander«, schrieb Vera Bald auf den Stenoblock. »Gestern kam Dein Eilbrief, und Du kannst Dir denken, daß ich sehr enttäuscht davon bin, Dich morgen nicht zu sehen. Ist es überhaupt wahr, daß Du da eine Lesung bei den Grenztruppen hast, oder steckt Deine Frau dahinter? Du vergißt doch sonst keinen Deiner Termine! Und wieso nimmst Du mich eigentlich nicht mit, wo es doch erst nachmittags …«

Neben ihr fragte jemand: »Was notieren Sie denn da?« Stillers Hand glitt vor, er griff nach ihrem Block.

»Das ist privat.« Sie entzog ihm den Brief.

»Sie schreiben Privatpost?«

»So wie andere Ferngespräche führen. Oder haben Sie hier noch nie privat telefoniert?«

»In der Dienstzeit wird gearbeitet.«

»Fangen Sie doch erst einmal an …«

»Halten Sie den Mund!«

»Herr Stiller«, sagte Herbst, »ich hab mich schon zweimal gemeldet, zur Geschäftsordnung, und Sie befassen sich mit Bagatellen?«

»Bagatellen?« fragte Dr. Thor, ein Volljurist, den man hinzuzog, wenn Patentrechtliches zur Debatte stand. Er war ein trockener Mensch mit langen, blaugeäderten Händen, die er sparsam zum Hervorheben dessen, was er vortrug, benutzte. Manchmal klimperte er auch mit dem Kleingeld in seinem Jackett, doch regte ihn selten etwas so weit auf. Nie suchte er einen für seine Auffassung zu gewinnen, er unterbreitete

lediglich – und zwar die Fakten. »Verstöße gegen die Arbeitsdisziplin, Doktor Herbst, sind keine Kleinigkeit.«
»Das reicht«, warf Dr. Kelly ein. »Ich lehne es ab, dies zu erörtern. Frau Bald hat recht, solange geschwatzt wird, hat sie ja nichts zu tun.« Er sagte das leise und schnell, im Plauderton, worauf er sich zurücklehnte, die Augen halb schloß und die Arme kreuzte.
Es wurde peinlich still; nur der Regen platschte. Vera Bald spürte die Fronten erstarren. Ihr wurde klar, daß sie zum Mittelpunkt geworden war. Ganz ohne ihr Zutun, oft zog sie Aufmerksamkeit auf sich. Das schien auch der Grund, weshalb Dora Kleindienst, mit dem sanften Oval des Gesichts durchaus hübscher als sie, nicht Notiz von ihr nahm ... Da hörte sie Frau Kleindienst sagen: »Ich schlage eine Pause vor, Kollegen, zur Abkühlung der Gemüter.«
Sogleich erhob man sich murmelnd. Vera Bald zog Kekse hervor und trat ans Fenster. Der Wind klatschte den Regen gegen die Scheiben. Sie merkte, daß Kelly sich ihr näherte. Er hatte sie soeben Frau genannt und folglich etwas gut bei ihr. Dr. Kelly, ein brünetter Junggeselle um die Dreißig, war immer selbstbewußt, gelassen, als bestaussehender Mann der Sektion (der bestgekleidete war Hofmann) völlig sicher, schon durch sein Bild zu wirken, nicht erst durch das, was er sagte. Er trug einen maßgeschneiderten Anzug, ein lindgrünes Hemd ohne Schlips und frisch geputzte, handgemachte Schuhe. Sie wandte sich ihm zu und sah ihn beruhigend lächeln, doch da er wieder sehr leise sprach, gingen seine ersten Worte ihr im Pausenlärm verloren.
Nun, er würde sie schon wiederholen. Ein liebenswürdiger Mann, wenn auch eitel; bei seiner Erscheinung und seinen Leistungen, dem wissenschaftlichen Ruf in so jungen Jahren, kaum zu vermeiden. Richard Alfred Kelly war brillant. Auf dem Wege des Austauschs hatte er in Oxford studiert. Seine Forscherneugier entzündete sich an so eigenartigen Gegenständen wie dem Hormonhaushalt von Bienenköniginnen oder den Ursachen für die Monogamie bei den Harlekin-Garnelen. Im Wissenschaftlichen Rat sprach er ebenso zwingend über die Leitlinien der Bionik, wie er im Fernsehen das

Balzverhalten der Heuschrecken, den Orientierungssinn des Tausendfüßlers und die Sprungtechnik von Flöhen allgemeinverständlich zu behandeln wußte. Er glänzte auf vielen Gebieten. In der Sektion verstummte man, wenn er sprach, und folgte ihm, als lasse er einen teilhaben an der hohen Schule des Benehmens. Unwillkürlich kopierte man ihn. Lächelte er einmal wie eben jetzt, was selten geschah, so war dies ein Geschenk für den, dem das Lächeln galt ... Trotzdem mußte er an der Hochschule mit zwei Spitznamen leben: Sir Richard und Pistolen-Kelly. Der zweite, leicht gangsterhafte Titel zielte auf seine angebliche Fähigkeit, Leute kaltzustellen, die ihm den Weg versperrten. Auch in dieser Hinsicht sollte er überwältigend sein.

»Vera, bereiten Sie wieder unsere Sektionsfeier mit vor?« Als einziger, der Vera Bald siezte, verband Kelly das Sie in angenehm fremdländischer Manier mit ihrem Vornamen, so entstand Vertrautheit nicht auf Kosten des Abstands. Es hieß von ihm, er sei mit einer Violinvirtuosin verlobt; noch nie habe er versucht, sich an der Hochschule einer Frau zu nähern. Da war es unbedenklich, es tat ihr sogar wohl, ihn fragen zu hören, ob er auf sie zählen dürfe? Er habe sich diesmal verpflichtet, das Fest auszurichten, und brauche sachkundige Unterstützung.

»Gut, ich helfe Ihnen ... Denken Sie auch an Doktor Herbst?«

Kelly nickte, natürlich kannte auch er dessen Talent, ein Fest mit Aphorismen zu würzen wie: *Karriere ist ein Pferd, das ohne Reiter vor dem Tor der Ewigkeit anlangt.* Auf Doktorfeiern hatte Herbst derlei im Dutzend parat, nach drei Glas Wodka verlor er seine Scheu und äußerte dies, keck vermischt mit erfundenen Zitaten (»Du kannst den Sektionsdirektor lieben oder ihn hassen, was du auch tust, du erkennst ihn an« – Professor Faust). Seine Merkfähigkeit, seine Improvisationsgabe machten ihn unentbehrlich bei jeder zweiten Verteidigung eines frisch erworbenen Diploms.

»Übrigens sind Sie mir noch in anderer Hinsicht empfohlen worden«, fuhr Kelly fort. »Zweihundertzwanzig Silben, Vera, ist das richtig? Hätten Sie Lust, mich am übernächsten

Wochenende zum Bionikerkongreß nach Jena zu begleiten? Meine Frau Jens heiratet ja, hört bei mir auf, jemand müßte eine einzige Rede mitstenografieren .. Die übrige Zeit hätten Sie frei, könnten sich die Stadt ansehen.«
Vera Bald zögerte. Das hörte sich gut an, es tat ihr wohl, dem Klang seiner Stimme zu lauschen; auch fand sie es schmeichelhaft, daß er gerade ihr dies antrug. Dennoch erwiderte sie: »Das wäre Doktor Herbst vielleicht nicht recht.«
»Wieso denn, am Wochenende? Wenn Sie wollen, rede ich mit ihm. Es wird gut bezahlt. Auch ein Theaterbesuch wär für Sie drin ... Überlegen Sie's sich in Ruhe und geben Sie mir irgendwann Bescheid.«

11

Werner Herbst war so geübt darin, Kummer und Bitternis unter einer wachen, höflichen Miene zu verbergen, daß ihm dieser Ausdruck beim Betreten der Hochschule ganz von selbst übers Gesicht glitt. Da kam ihm sein Talent zum Rollenspiel zustatten, er bot das Bild eines ausgeglichenen Menschen, eines Lehrers und Leiters, der dem akademischen Betrieb gewachsen ist. Nun aber, am Schluß dieser Sitzung, fiel die Maske von ihm ab. Ohne es gewahr zu werden, veränderte er sich in bestürzender Weise. Seine Wangen erschlafften, der Mund sank herab, und sein Blick, wie nach innen gerichtet, irrte stumpf über die Dinge hin. Oh, weshalb war dies alles so öde und widerlich? Er grüßte einen Bekannten, der ihm zugenickt hatte, und spürte keinerlei Kontakt. Mit hängenden Schultern strebte er dem Ausgang zu.
Tatsächlich brauchte er den Rest seiner Kraft, um zu begreifen, was ihm zugestoßen und wie es passiert war. Herbst konnte es kaum fassen, im ersten Anlauf gescheitert zu sein. Die Kollegen – instinktlos, egozentrisch, schlafsüchtig! Sie hatten ihn kurz angehört, seine Denkschrift aber nicht verlesen lassen. Das sei abstrus, sei Hobbyforschung, bestenfalls: So war er abgeschmettert worden. Auch Hofmann war ihm in den Arm gefallen und noch wer von der eigenen Sektion. Stillers Truppe hatte es glatt beerdigt, vor den Augen von Dora Kleindienst, die keinen Finger für ihn rührte.

Und gerade von ihr hatte er Verständnis erhofft, stand sie doch sonst über dem Zank der Gruppierungen. Frau Kleindienst hielt zu dem Häuflein unabhängiger Köpfe, das gelegentlich im Rat den Ausschlag gab. Kern dieser dritten Kraft waren der rundliche Dozent Picht und der Professor Wirbel vom Apparate- und Anlagenbau. Picht hatte kostensparende Wege zur Austrocknung feuchten Mauerwerks entdeckt, Wirbel war mit seinem Forschungskollektiv zu hohem Ansehen gelangt, das ein verblüffendes Verfahren zu anderweitigem Wasserentzug entwickelt hatte. Mit Wirbels Großgerät (durch Patente geschützt, industriell bewährt und devisenbringend exportiert) ließen sich Substanzen wie Milch, Kaffee, Waschmittel, Kartoffelmehl, ja sogar tierische Ausscheidungen trocknen und in schnell löslichen Zustand bringen; so daß etwa Tierkot, mit Aromastoffen angereichert, von anderen Tieren nochmals vertilgt wurden. Schweine fraßen derart aufbereiteten Hühnermist, Rinder den Schweinekot, in dreimal wiederholter Verdauung, bis vom Nährwert nichts mehr übrig war. Inzwischen verdankte die Republik Männern wie Picht und Wirbel glänzende Gewinne. Sie waren unangreifbar, der Stolz der Hochschule, die ihre Forschungen mehr und mehr mit diesen Namen rechtfertigte. Das gab ihnen Einfluß, nur, sie nutzten ihn kaum aus. Der eigenen Arbeit zuliebe blieben sie Streitigkeiten fern und überließen das Feld den Jasagern und Nieten.

Dieser Wissenschaftliche Rat, getrennt in seinen Interessen, wurde nun zum ernsten Hindernis. Neues vor sich herzuschieben, alte Verfahrensweisen aber zu hegen, das sah der Rat als seine Hauptaufgabe an. So jedenfalls erschien es Herbst. Die alles zermürbende Spannung bestand – noch *in absentia* – zwischen Jungblut und Faust. Selbst die Außenseiter litten und verstummten in dieser Atmosphäre. Faust, nervenstark und unverwüstlich, hatte den Rat damals als lokker gefügte Diskussionsrunde gebildet, immer das im Auge, was er »Einigung durch Erschöpfung« nannte. Für ihn hieß die Frage: Wie bringt man die Brüder dazu, Entwürfe zu schreiben und Papier hin- und herzuschicken, damit man selber in Ruhe forschen kann? Wichtig sei es, hatte er einmal zu Herbst gesagt, notfalls den »Bruchpunkt der Gruppe Jungblut« zu finden.

Inzwischen hatte Jungblut das Heft ergriffen und sämtliche Abläufe sterilisiert. Seine Ära war gekennzeichnet durch formale Versiertheit des Wortes und der Gebärde, durch perfekte Verwaltung bei völligem Mangel an Spontaneität. Dem neuen Direktor fehlte jede Beweglichkeit, er duldete keinen selbständigen Schritt. Von ihm sahen die Sektionen sich mit Rundschreiben und Hausmitteilungen überhäuft, deren wahrer Sinn es schien, sie zu beschäftigen und ihnen den Eindruck zu vermitteln, sie seien an Entscheidungen beteiligt, die ohne sie zustande kamen. Konnte man früher den Direktor in dringenden Fragen fast jederzeit sprechen, so ging jetzt alles seinen kunstvoll festgelegten Gang. Der erste Filter war ein Ausschuß, der sich Planungsgruppe nannte; dem allerdings saß Hofmann vor. Das Gremium war gehalten, zu entscheiden, ob ein bestimmter Gegenstand die Aufmerksamkeit des ganzen Rates verdiente. Fiel das Urteil negativ aus, kam der Fall vor einen zweiten Ausschuß, die Analysengruppe, in der aus Gründen der Absicherung die Sektion vollzählig vertreten waren. Das bot dem Direktor die Möglichkeit, knifflige Vorlagen mehrfach hin- und herzuschieben; auf jeden Fall gewann er damit Zeit.

So hatte Jungblut sich vor Überraschungen geschützt. Zwei neue Arten der Hausmitteilung kamen unter ihm auf: Studien-Memoranden und Entscheidungs-Memoranden. Durch die Studienmemos wurde dem Rat empfohlen, bestimmte Fragen zu behandeln. Die Entscheidungsmemos setzten den Rektor von Ratsbeschlüssen in Kenntnis, wenn der Direktor für Forschung ihm klarmachen wollte, worum es ging: um Mittel aus dem Valutahaushalt, Reisen in die Ferne oder schlicht um Rückversicherung dessen, was er im Begriff war zu tun. Stand Jungblut vor einem Problem, so konnte er es rasch überblicken anhand von Denkschriften, die ihn erreichten, sobald er die passenden Register zog. Um sicherzustellen, daß es keine Pannen gab, wirkte Stiller zwischen den Sektionen und Ausschüssen rastlos wie ein Verkehrspolizist.

Auf dem Papier verhalf all das Jungblut zu richtigen Entscheidungen, und seine Art, die Register zu ziehen, verriet erhebliches Verwaltungsgeschick. Praktisch aber kam man mit keinem noch so guten Gedanken mehr an, das System wies ihn zurück – dies war es, was Herbst soeben erlebt hatte. Als er auf seinem Vorschlag bestand, endete es damit, daß man ihm riet, ihn schriftlich einzureichen, und zwar bei der Planungsgruppe ... So wurde Unternehmungsgeist erstickt, in Ausschüssen zerkaut. Der ganze rückwärtige Apparat, die Hochschulforschung mit dem Wissenschaftlichen Rat als Schaft des Speeres, der in Neuland dringen sollte, verlor seinen Sinn, wenn die Speerspitze stumpf blieb. Doch was half es Herbst, die Mechanik zu durchschauen? Er war Wissenschaftler, kein Büromensch oder Diplomat.

Während er halb betäubt als einer der letzten den Sitzungsraum verließ, nahm er unscharf wahr, daß Dr. Kelly zu ihm stieß. Der hatte zu seinem Vorschlag geschwiegen, nun berührte er ihn leicht am Arm, schien ihn zu mustern. Es war ein Blick voll beherrschter Ruhe, der da von der Seite kam und etwas Lauerndes hatte für Herbst, der sich von Feinden umgeben sah. »Lassen Sie mich Ihnen helfen«, äußerte Kelly halblaut. »Daraus ist was zu machen, ich finde den Einfall ...« Es ging im Gemurmel unter. Herbst starrte auf Kelly, als sei der meilenweit weg. Selbst seine Stimme klang entfernt, man verstand nicht mehr, was er sagte.

»Wie ist sie Ihnen denn gekommen, diese brillante Idee?«

»Brillant? Hätten Sie's nur drinnen gesagt.«

»Damit Stiller das verdirbt? Wozu haben Sie's vor dem ausgebreitet? So etwas geht niemals im Alleingang.« Kelly wiegte den Kopf, als wollte er sagen: Warum so naiv, ein Mann wie Sie, mit Ihrer Erfahrung! »Der Bursche kann doch nicht mal mit 'nem Hund an der Leine vor die Tür gehen und mit demselben Tier zurückkommen.«

»Was sollte ich sonst wohl tun?«

»Es erst mal bei uns hochschießen, in der Sektion! Vielleicht ein bißchen gestützt auf mich.«

Herbst blieb stehen, bemüht, die Worte zu erfassen. Er spürte Anteilnahme, Mitgefühl aber schied aus, folglich mußte es

Interesse sein. Wollte Kelly einsteigen in das Projekt? »Und, wie sollte das gehen?«
»Ihr Memo, geben Sie das ruhig mir. Ich setze mich bald einmal dran.«
»Wollen Sie sich die Mühe machen, es zu überarbeiten?«
»Keine Bange, ich schreib bloß ein Deckblatt dazu.«
»Glauben Sie im Ernst, Faust wird das lesen?«
»Wenn es von mir kommt, schon. Notfalls geben wir's nach Jena oder nach Berlin ... Das ist ihm durchaus bewußt. «
Sie trennten sich vor der Sektion, Herbst ging zur Mensa, Kelly aß im Haus des Handwerks. Den Hintergrund des Mannes erwägend, dessen Verbindung bis zum Minister, verspürte Herbst einen Anflug von Zuversicht. Dieser Mensch brachte vieles fertig, dem war's schon möglich, Faust und Jungblut zu umgehen. Der schwebte irgendwie über den Wassern, keinem wirklich unterstellt und – sooft er das wollte – dem öden Betrieb entrückt. Allgemein wurde vermutet, der Professor Walther habe an Kelly einen Narren gefressen, weil er den alten Herrn an die eigene aristokratisch-ungebundene Jugend erinnerte, an die Frühzeit autodidaktischen Forschens. Der Faden nach Berlin lag ganz im dunkeln. Wie auch immer, mit Kelly wuchs die Chance, das Projekt zu lancieren.
Herbst trug sein Tablett durch den Lärm des Studentenspeisesaals dorthin, wo er Vera Bald entdeckt hatte. Sie sollte nicht glauben, er weiche ihr der Schlappe wegen aus. »Beisetzung dritter Klasse ...« Er stellte sein Essen ab. »Na, noch ist nichts verloren.«
Sie nickte ihm zu, ohne das Thema aufzugreifen. Oder hatte sie beim Protokollieren gar nicht erfaßt, worum es ging? Einerlei, auch wenn sie stumm dasaß und einfach nur aß, schon ihr Dabeisein besänftigte ihn.
»Der Himmel reißt auf«, sagte sie über dem Kompott. »Wenn morgen die Sonne scheint, könnte man doch baden fahren?«

12

Anderntags fuhr man ins Grüne. Zum offenen Wagenfenster wehte es lau herein, würzig, der Wald roch noch nach Regen. Anke Bald, auf dem Rücksitz, eine grüne Stoffpuppe im Arm, spähte durch die Lücke, die der bärtige Kopf des Fahrers und das rotbraune Haar der Mutter ihr ließen. Sie freute sich auf das, was sie auf dem warmen Nadelboden spielen würde, der bis an den Steinbruch heranreichte. Einen Garten wollte sie für Julchen bauen, Kiefernzapfen würden Büsche sein, Zweige der Zaun! Es war lieb von Werner Herbst, heute mit ihnen hinauszufahren. Der war der beste von Muttis Bekannten. Sie mochte ihn, weil er so schöne Geschichten wußte. Er kannte sogar ein Hexenhaus ... Ihr Vater schrieb zwar dicke Bücher, es sollten schon ganz viele sein, aber für sie hatte er kaum Zeit. Kam er, wurde sie aus dem Zimmer geschickt, zum Fernsehen oder zur Oma.

Im Kindergarten war ihr aufgefallen, daß sie nur eine Oma hatte; ihre Spielgefährten hatten alle zwei. Wenn nun Werner zu ihnen zöge, es war ja Platz genug, würde sie dafür zwei Väter haben. Natürlich paßte es dem Papi nicht, wenn Werner bei ihnen einzog. Wie es den immer ärgerte, wenn sie zu ihm von Muttis Freunden sprach! Da er aber nun mal nicht zu ihnen zog, weil er ein schönes Haus am Stadtrand mit einer Frau hatte, die größer war und reicher gekleidet als ihre Mutter, konnte er's auch nicht verbieten. Und Werner hatte keine Frau mehr. Sollte sie ihn in ihrem Zimmer schlafen lassen, damit er auch wirklich kam? Er würde sie dafür im Auto immer mit zum Kindergarten nehmen ... Außerdem und wichtiger noch, er machte es nicht so wie die meisten Erwachsenen, die absichtlich kindlich mit ihr sprachen, als sei sie noch ganz dumm. Heute allerdings kam er ihr schweigsam und traurig vor. Konnte sie ihm wohl etwas schenken, daß er wieder lustig wurde?

Auch Vera Bald überdachte die Situation. Woelks plötzliche Absage, nach seinem kühlen Benehmen neulich vor Schwartau, hatte sie verletzt; der Druck überm Magen verriet es ihr. Schließlich war es ihr Dienstag, einer der zwei kurzen Nachmittage, die ihnen angeblich sicher waren! Hätte er sie

nicht zu diesem Vortrag mitnehmen können? Jedesmal, wenn sie sich umsonst auf ihn gefreut hatte, rief die Enttäuschung in ihr Widerstand hervor, das Gefühl, von seinem Terminkalender oder gar den Launen seiner Ehefrau abhängig zu sein, in jämmerlicher Weise. Sollte das endlos so weitergehen?
Ihre Stimmung sank ab bis auf den Punkt, von dem sie weit hinausging über den Zweifel an dieser Verbindung, die es ja wirklich kaum lohnte, fortgeführt zu werden. Wozu sind Männerbekanntschaften gut, brauchte man sie überhaupt? Der Ablauf war bekannt, stumme Erwartung, begehrliche Blicke, leichtfertige Verabredungen und fiebrige Intimitäten – sie war all das satt. Darauf ließ sich kein Leben gründen, das ergab kein Geborgensein, nicht mal verläßlichen Genuß! Wenn sie Gesellschaft brauchte, gab weiblicher Umgang ihr mehr, etwa mit Ulrike, die Chemie studierte – ihre langen Zwiegespräche oder die frechen Ausflüge im Oldtimer. Ja, ihre Freundin war ähnlich dran, verliebt in einen, der das gleichfalls nicht wert war.
Ach, weshalb war man ein so schwaches Weib? Dieses heftige Aufwallen, das sie periodisch überfiel und nahezu wehrlos machte – nachts mit klopfenden Pulsen erwachen, in keimender Liebe sinnlos den Namen stammeln, schweißgebadet und den Tränen nahe – wie oft war ihr das schon passiert? Als genüge es nicht, mit Nervosität und einem empfindlichen Magen gestraft zu sein, nein, sie mußte auch noch leicht entflammbar sein, wie sich's die Kerle wünschten, weil ihnen das ja entgegenkam ... Und immer, wenn so ein Flirt oder Unglück überstanden war, hatte sie sich eingeredet, nun habe sie begriffen, sei gescheit geworden, durch Kummer belehrt. Nun sei sie nicht mehr die anschmiegsame Kindfrau und Puppe, mit der man sich gern zeigt und schmückt, mit der es sich auch – kam es dahin – so wunderbar schlief. Nun ziehe sie selber die Drähte, gelte nur noch ihr Wille! Zweimal hatte sie sich aufgerafft und Woelk weggeschickt, den Mann verabschiedet, an den sie gefesselt zu sein schien, selbst wenn ein anderer für kurze Zeit dazwischentrat. Und dann geschah es, daß sie doch wieder, überwältigt vom eigenen Verlangen, Woelks Wünschen nachgab, eine Partnerschaft erneuernd,

die Rausch und Last in einem war … Nein, es ging ihr jetzt nicht gut. Nur eines empfand sie als angenehm, daß Herbst sie ganz in Ruhe ließ. Seine Rücksichtnahme tat ihr gut.
Beim Abbiegen in den Waldweg ahnte Werner Herbst, wie fern sie ihm war. Seit die Stadt hinter ihnen lag, hatte er ihr Versunkensein erfühlt, und so mißlang es auch ihm, den Ausflug zu genießen. Gleich war man am Ziel, und er schaffte es nicht, Vera dahin zu bringen, daß sie sich ihre Sorgen von der Seele sprach. Unwillkürlich nahm er an, sie sei in Gedanken bei Woelk, der sie verantwortungslos an sich band. Wie konnte er ihr helfen, ohne taktlos zu sein? Er spürte wieder seine Grenzen – wie so oft im Umgang mit Menschen, ob an der Hochschule oder in dem, was da Privatleben hieß. Nirgends konnte er auf Anhieb andere mitreißen, sie in guter Absicht für sich gewinnen.
Beruflich, daran gab es keinen Zweifel, hatte er jetzt alles auf eine Karte gesetzt. Wie verwundbar ihn das machte! In der langen Stille kehrte sein Denken ganz von allein zu dem Kontaktgerät zurück. Ohne sein Projekt, das lag auf der Hand, gab es nur noch die Gegenwart, den kleinlichen Alltag, aber keine Zukunft und keine großen Pläne mehr. Daher die Notwendigkeit, es zu schützen und zu hegen. Aber er verwand nicht den Ärger darüber, daß bürokratisches Ränkespiel und fortschreitende Verkrustung des Wissenschaftlichen Rates ihn zwangen, bei einem Kelly Unterschlupf zu suchen. Dem hatte er eigentlich stets mißtraut, der war für ihn ein Blender, den umgab so ein kalter Glanz, die Perfektion des »Machers«. Der würde aalglatt danach trachten, das Projekt an sich zu ziehen: nicht nur ihm darin gleichrangig, sondern federführend zu sein.
Diesen Preis wollte Herbst nicht zahlen, doch allein durchzukommen war unmöglich, das hatte die Sitzung gestern gezeigt. Was also blieb ihm? Ohne das Kontaktgerät gäbe es weit und breit keinen erregenden Plan, keine würdige Aufgabe mehr, der er sich bis zur Ermattung hätte widmen können. Die süße Qual des Forschens, der Kraftzuwachs bei nur vier, fünf Stunden Schlaf, wie nötig war ihm das! Die alten Zeiten des *Netzauges* kehrten nun zurück, oder … Oder er wär ver-

wiesen auf das tödliche Einerlei, müßte sich wieder an Nichtigkeiten verzetteln, gehetzt von Rundschreiben, Versammlungen, Verwaltungskram, jener Menge Bagatellen, bei der man die Übersicht verlor, so daß das nie in Ordnung kam und einen obendrein bedrückte.
Er fuhr bis dicht an den Steinbruch heran, wo die Badestelle lag. Die Sonne sank schon auf die Wipfel alter Kiefern mit warmer und harziger Borke, der Platz war menschenleer. Während Herbst zwei Decken ausbreitete und Anke bat, dem Wasser noch fernzubleiben, zog Vera Bald sich im Schutz der Autotür um. In einem rot-weiß gewürfelten Bikini trat sie hervor, und was er nun von ihr sah, verschlug ihm doch den Atem. Bisher hatte er den üppig geformten Mund und die Augen für ihr Bestes gehalten, große schwärmerische Augen, die oft schimmernd auf einem ruhten. Die tägliche Berührung am Arbeitsplatz hatte ihn denken lassen, sie werde auch passabel gewachsen sein. Er war schon auf ein hübsches Bild gefaßt. Aber dies hier übertraf seine Erwartungen, ihm wurde bewußt, heillos in sie verliebt zu sein.
Herbst setzte sich sprachlos in den Sand. Ging es denn bei der Partnerwahl um gewisse Maße, um bestimmte Rundungen bei partieller Magerkeit? Spielten sie die Rolle von Parametern in der Welt der Technik? Wie kulturlos, das zu glauben! Wieso aber unterlag auch er dieser Täuschung, stellte wider besseres Wissen das Äußere einer Frau über ihren wahren Wert? Wohl weil der optische Reiz direkt einwirkte, über den Sehnerv geradewegs ins Großhirn drang und dort blitzartig zutage trat, explosiv ... Ein barbarischer, niederschmetternder Ablauf, den er da an sich selbst erfuhr! Es mußten urtümliche Erbeinflüsse sein, seit Jahrtausenden eingeschliffene Reaktionsmuster, von Generation zu Generation ungeprüft übernommen aus der Ära des Neandertalers.
Damit galt es wohl zu brechen. Die gescheiterte Ehe und manch anderes Erlebnis hatten ihn gelehrt, daß dem Äußeren allein nicht zu trauen war. Kein Mensch blieb da auf Dauer unversehrt, knapp zwanzig Jahre blieb man heil, und noch ehe der Verfall eintrat, begann heimlich ein subjektiver Ver-

schleiß, das Voraltern in den Augen des gelangweilten, auf Abwechslung erpichten Partners – falls eben nicht viel drin gewesen war in der hübschen Hülle und es an Persönlichkeit, fähig zur Entfaltung, traurig mangelte ... Nur, wer begriff das, wie viele drangen, zumal in der Jugend, durch die Larve vor zum Kern, dem tatsächlichen Garanten ihres Glücks? Von hundert Paaren vielleicht zehn. Der Rest paßte sich an – der schwächere Partner dem stärkeren –, man schickte sich in das, was erst nachträglich sichtbar wurde, oder die Ehe zerbrach. Ehen zerbrachen ja massenhaft ... Nein, das Gerät mußte kommen, zum Wohle der Gesellschaft, auch wenn die Gesellschaftswissenschaft in Gestalt der Frau Kleindienst dies derzeit noch nicht sah.
In seiner Betrachtung hier angelangt, stand Herbst auf. Dort schwamm Vera plätschernd dahin, er trat zum Wagen, griff nach der Badehose und sah ihre Kleidung auf dem Sitz. Sie hatte Rock und Bluse über das Unterzeug gebreitet, das berührte ihn angenehm. Ihre Schamhaftigkeit war ein wichtiges Zeichen. Auf solche Zeichen kam es an, die würde man demnächst mit weiteren Charakterzügen zu einem elektronischen Signal verschlüsseln ... Befreit sprang er ihr nach und fing an, sie in weitem Bogen schwimmend zu umkreisen.
Was er da tat, kam einer milden Form von Balzverhalten gleich. Doch während Herbst dies einsah, begann ihn sein Hang zum wissenschaftlichen Ausdeuten zu stören; es lähmte ja das Handeln. Zugleich fiel ihm auf, daß er wieder seine Schwimmstöße zählte, halb unbewußt, ein wunderliches Zählwerk in seinem Kopf tat das für ihn wie beim abendlichen Lauftraining, wo es unermüdlich die Schritte addierte. Wie hatte er sich das nur angewöhnen können? Ein bedenklicher Zug zur Pedanterie! Mit dem Zählen der Bürstenstriche beim Frisieren hatte es angefangen, hundert jeden Morgen. Und wenn er nicht achtgab, mochte es damit enden, daß er sich auch noch im Beischlaf derart überwachte, leise mitzählend, womöglich hörbar, zum Entsetzen jeder Partnerin ... Er tauchte ab und schoß auf Vera Bald los, deren Beine grünlich, sich beim Wassertreten froschhaft spreizend, unter dem silbrigen Spiegel zappelten – griff nach ihr wie ein nor-

maler Mann, der seinen Übermut sportlich ausströmen läßt und damit vielleicht ein Mädchenherz gewinnt.
Mittlerweile hatte Vera Bald die Fassung zurückgewonnen. Das ging bei ihr so schnell wie das Gegenteil, der Verlust des Gleichgewichts. Es war, als löse sich all ihr Trübsinn in dem kühlen Wasser auf. Sie ließ sich von Herbst jagen, der nach ihren Waden schnappte, was er an Land nie gewagt haben würde, entschlüpfte ihm und stieg mit tropfnassem Haar ans Ufer. Auf der Decke, im schwindenden Sonnenlicht, hörte sie ihn Kellys Angebot erwähnen. »Wir sollten den Herrn Woelk unterrichten«, sagte er zu ihr. »Schließlich ist's dessen Einfall gewesen.«
»Aber du bist es, der erst daraus was macht.« Und ohne Übergang, nur aus ihrem Verständnis seiner Stimmung heraus fuhr sie fort: »Wenn Kelly mit einsteigt, ist das geritzt. Der setzt nur auf ein sicheres Pferd! Ihr kommt bestimmt einmal groß heraus.«
Es war bloß so dahingesagt, aber das hatte er hören wollen. In diesem Augenblick zog es sie lebhaft zu ihm. Wie leicht er sich aufheitern ließ! Anders als Woelk durchschaute er nicht ihre Oberflächlichkeit. Schon unterwegs hatten ihr sein Schweigen und die besonnene Fahrweise gefallen; Woelk war oft gereizt am Steuer, immer in Eile. Nun fand sie, Herbst sehe auch ganz gut aus, schlank für sein Alter, nicht zu muskulös unter der matt bräunlichen Haut. Ja, sie mochte den Mann, er machte hier eine bessere Figur als im Büro. Sie zog die Nase kraus, schnupperte den Nadelduft, mit der Welt zufrieden. Anke spielte zu ihren Füßen in halblautem Singsang mit Julchen, es wurde doch noch ein schöner Nachmittag.
Aber aufgepaßt, hatte es nicht mit Alexander ähnlich angefangen? Zu genau erinnerte sie sich der Etappen ihres Kennenlernens. Sie war während des letzten Lehrjahrs auf Woelk aufmerksam geworden, als der häufig in der Stadtbibliothek erschien, um sich über die Fernleihe ausländische Bücher zu holen. Das Gehabe der Bibliotheksoberen, die gluckenhaft ihre Schätze hüteten, umrahmte seine Auftritte mit Getuschel, hob sie heraus aus dem Üblichen. Es gab

nämlich kleine, zäh geführte Reibereien, wenn Woelk etwa seine Aktentasche nicht, wie vorgeschrieben, in der Garderobe zurückließ, Bücher verspätet wiederbrachte oder Werke, die auch von ihm nur im Lesesaal benutzt werden durften, mit nach Hause nehmen wollte; zwei Institute hatten ihm bescheinigt, er dürfe das, doch die Bescheinigungen waren uralt.

Dabei hatte ihr des Autors liebenswürdige Bestimmtheit imponiert, das sehr verdeckte und so erst recht abgefeimte Ausspielen seiner Prominenz, mit dem er seine Wünsche durchzusetzen wußte. Äußerlich gefiel er ihr nicht, er war zu konservativ gekleidet, und seine antiquierte Frisur – aus der Stirn gekämmtes halblanges Haar wie bei ihrem verstorbenen Vater – unterstrich den Eindruck, er sei ein Mann von gestern. Dann aber, als wittere er dies, vollzog sich eine Veränderung an ihm. Plötzlich ließ er sein Haar stutzen, verjüngte sich durch eine modische Brille und ging dazu über, Freizeitlook zu tragen. Und eines Tages sah sie ihn hier, an diesem Steinbruchsee, mit seinem zwölfjährigen Sohn beim Federballspiel und fand ihn in dieser Umgebung weit angenehmer – so wie jetzt Werner Herbst, den sie sich auch weniger kraftvoll gedacht hatte. Also Vorsicht, nicht noch einmal!

Während Herbst versuchte, ihr Einzelheiten des Projekts nahezubringen, wurde er nicht müde, sie zu betrachten. Hörte sie ihm eigentlich zu? Ihre großen glänzenden Augen blickten an ihm vorbei; was etwa in ihnen geschrieben stand, ließ sich nicht entziffern.

»Kelly will mich nach Jena mitnehmen«, sagte sie da. »Zum Bionikerkongreß, eine Rede protokollieren.«

»So? Aha … Muß das sein?«

»Es ist ein Wochenende, aber du bist mein Chef. Ich fahr nur mit, wenn es dir paßt.«

»Ich kann mich wohl schlecht weigern, ohne eifersüchtig zu erscheinen.«

»Weißt du, ich bin ihm empfohlen worden, wegen meines Tempos.«

»Wegen des Tempos? Das überzeugt.«

»Na, er ist doch kein Don Juan; außerdem verlobt.«

»Verlobt, was heißt das schon.«
»Ach so, du denkst, mir sind nicht mal Ehemänner heilig.«
»Ich meine bloß, nimm dich in acht vor ihm ...« Herbst lag auf dem Bauch, es tropfte ihm aus dem Bart, er beträufelte Veras Arm und lächelte ihr zu in dem schwelgerisch aufkeimenden Gefühl, es beginne da ein Flirt. War man nicht schon mittendrin, wenn sie ihm diese Vertraulichkeit erlaubte?
Anke trat neben sie, ein paar Gänseblumen und einen grauen Stein mit glitzernden Einsprengseln in der Hand. »Für Werner«, erklärte sie ihrer Mutter mit geheimnisvollem Nachdruck. Und, zu ihm gewandt: »Den schenke ich dir, der soll dir Glück bringen, daß du immer fröhlich bist ... Gefällt dir der Stein?«
»Der Stein und auch ihr zwei.«

13

Lesungen machten Woelk nervös. Mußte er nachmittags auftreten, war ihm schon der Vormittag für ernsthafte Arbeit verloren. Es konnte nicht das Lampenfieber des Schauspielers sein, der seine Leistung erst im Rampenlicht erbringt; ihm steht Nervosität ja rechtens zu. Ein Schreiber aber hat vorher produziert, er zeigt einem sehr viel kleineren Publikum nur das Ergebnis. Was also kann ihm passieren, weshalb schüttelt es auch ihn?
Das fragte Woelk sich auf dem Weg zur Grenze. An Übung fehlte es ihm nicht, nach zwanzig Jahren und über hundert Vorträgen. Ein Hemmnis lag in seiner wenig wandlungsfähigen Stimme. Mußte er sie heben, klang sie ihm immer schrecklich flach. Daher fürchtete er seinen Text zu entwerten und die Hörer zu ermüden, solange er vortrug, und hoffte auf die Diskussion. Die war Woelk wichtig, sollte sie ihm doch Verbesserungsbedürftiges zeigen und ihn stärken für die stillen Wochen am Schreibtisch, wenn jeden Morgen ein leeres Blatt Papier vor ihm lag ... Das Gespräch erwartete er voller Ungeduld: Würde es gut? Denn plaudern konnte er, Rede und Antwort stehen in eigener Sache, wie angenehm! Wer war schon so glücklich, von sich selber sprechen zu

dürfen, noch dazu für Honorar? Hundert Mark und ein Blumenstrauß galten als üblich, manchmal waren ihm auch lokale Andenken oder Leckerbissen wie Baumkuchen, Bienenhonig und frisch gestochener Spargel geschenkt worden; von Mädchenblicken zu schweigen, die sehr beleben konnten.

Darauf war nun nicht zu hoffen in einem Grenzbataillon. Da lag überhaupt der Haken: Soldaten sind ein schwieriges Publikum. Sie kommen unfreiwillig, dem Dienstplan folgend, auf Befehl, erschöpft von Strapazen. Und ebenso wie Schulklassen zeigen sie im Beisein von Vorgesetzten eine Scheu, aus der Apathie werden kann, glückt es nicht, das Eis zu brechen. Würden sie sich hier in Redende verwandeln oder aber Woelk im Stich lassen dort hinter dem rotdrapierten Pult, so daß ihm nach zappelnder Anstrengung nur der schmachvolle Rückzug blieb?

Mit halbstündiger Verspätung polterte die Schar herein, geführt von einem blonden Leutnant, der dies mit einer Alarmübung entschuldigte. Um sich von vornherein Beachtung zu sichern, änderte Woelk den Titel *Kontakt 2000* spontan – nach dem Vorschlag Vera Balds – in *Die Sexmaschine*, zu grell für eine Erzählung, dem frauenlosen Militärmilieu angepaßt. Eine Bewegung ging durch die Reihen, und bald bemerkte er über dem Rand des Manuskripts, sein Text wurde von einigen immerhin aufgenommen. Es bröckelte die dumpfe Starrheit, doch war ihm bewußt, daß sie, hatte er geendet, sich wieder zur Mauer schließen konnte, an der alles zerschellte.

Den Mund mit Apfelsaft befeuchtend, den man ihm gereicht hatte, rang er um das Ohr der Soldaten; allmählich schien es sich ihm und seiner Fiktion zu öffnen. Ein erstes Lachen fiel in die Sätze: »Das Verteidigungsministerium zögerte, die Erfindung bei den Streitkräften einzuführen, die so ihrem Zweck, dem Schutz der Republik, womöglich entfremdet würden. Doch andererseits, falls das Ding etwas tauge, solle die Armee auch nicht benachteiligt sein. Die Akademie riet dem Genossen Oberst, es zwar den Wehrpflichtigen vorzuenthalten, nicht aber Längerdienenden ...«

Von nun an kam eine Heiterkeit auf, die auch Woelk ergriff.

Seine Stimme wurde geschmeidiger, beim Wiedergeben von Dialogen schauspielerte er ein bißchen, wobei es ihm unterlief, daß er lachen mußte, wider die Regeln der Vortragskunst. Das jedoch störte keinen, man amüsierte sich jetzt auch über ihn, über seinen Mangel an Würde. Er las das Gespräch, in dem der Oberst aus dem Ministerium fragt: »Die Trägerwelle ist jeweils männlich oder weiblich?« Worauf der Rektor begütigend erwidert: »Das verhindert zuverlässig gleichgeschlechtliche Kontakte.« Und der Oberst knurrt: »Ihr Verfahren ist uns gar nicht neu! Es entspricht im Prinzip der Freund-Feind-Kennung im Gefechtskopf einer Boden-Luft-Rakete, die zwischen NATO-Flugzeugen und den eigenen unterscheidet.« – »Man darf das nicht bloß ballistisch sehen«, wirft der Rektor ein. »Ihr Geschoß soll sich dem fremden Körper doch nur nähern und explosiv in ihn eindringen. Wir aber suchen Übereinstimmung, nicht bloß der Körper, auch der Seelen.«
Die Belustigung stieg, als Woelk zur Katastrophe in der *Stadt der Jugend* kam, wo das Massenexperiment anlief, das er so beschrieb: »Nach dem schwärmerischen Auftakt entwickelten sich die Dinge an der Küste seltsam diffus. Die einlaufenden Berichte fingen an, sich zu widersprechen. Gewiß, die Zahl der Eheschließungen nahm zu, das gesellschaftliche Leben blühte auf, der Empfang des Westfernsehens sank auf Null. Großveranstaltungen fanden regen Zuspruch, zumal Sportfeste, Tanzvergnügungen und die *Kontakt-Treffs* der Freien Deutschen Jugend – alles, was Bewegung zuließ. Es stimmt auch, die zwei Kulturhäuser waren voll wie noch nie, und richtig ist, daß niemand mehr ermuntert werden mußte, am 1. Mai zu demonstrieren. Doch andererseits ging der Kinobesuch zurück, und das Theater verödete gänzlich; man riet der Intendanz, das Foyer zu vergrößern und die Pausen zu verlängern, um mehr Kontaktmöglichkeiten zu schaffen. Dort, wo es stillzusitzen galt, brach der Besuch zusammen … Und während man sich an der Akademie noch die Verleihung von Staatspreisen zum Tag der Republik versprach, setzte schon das Getuschel ein. Einige sagten: Startschwierigkeiten. Aber dann häufte sich die Weigerung Jungvermählter, ihr

Gerät abzuliefern; sie täuschten den Verlust desselben vor. Und plötzlich entstand ein schwarzer Markt für Zweitgeräte, belebt durch das Einschmuggeln des in Japan hergestellten Typs mit beigefügtem Minirechner. Nach der mehrsprachigen Gebrauchsanweisung sollte man den Typ selber programmieren, frei von ärztlicher Hilfe die *Partnervorwahl* drücken, wie es im westlichen Werbestil hieß; es gehörte nicht mehr Verstand dazu als zum Einstellen einer guten Kamera.«

Hier klatschten sich zwei Zuhörer auf die Schenkel, Woelk zwang sich, ernst zu bleiben. »Und noch gefährlicher, weil plump, billig und massenhaft eingeschleust, war der *Partner*, ein westdeutsches Gerät ohne jede Einstellungsmöglichkeit, das außerhalb unserer Lizenzvergabe erzeugt und millionenfach auf den Markt geschleudert wurde. Der *Partner*, vulgär bald *Bumser* genannt, ähnelte fatal der Freund-Feind-Kennung, die jener Oberst erwähnt hatte. Das Ding zeigte überhaupt nur an, ob jemand vom anderen Geschlecht in der Nähe war, der gleichfalls Anschluß suchte; allenfalls konnte man beim Anblick solch eines Partners dann noch verzichten. Dieses Abfallprodukt der Rüstungskonzerne fand nicht nur in Kurheimen, unter enttäuschten Eheleuten und Dienstreisenden Verbreitung, es war von brutaler Durchschlagskraft, imstande, die öffentliche Ordnung zu gefährden. Dank elektronischer Spürmethoden griff die Volkspolizei Bürger jeden Familienstands auf, die mit solchem Gerät auf Partnerjagd gingen, von purer Geschlechtslust gepeitscht, ohne leiseste Absicht jener festen Bindung, die das Ziel der *Kontakt-Treffs* der Jugendorganisation gewesen war. Im Fernsehen wies der Generalstaatsanwalt auf die Rechtsfolgen solchen Verhaltens hin. Nach ihm warnte Professor Senkblei vor den seelischen Gefahren des Mißbrauchs, dem Persönlichkeitsverlust. Er unterschied im menschlichen Liebesleben drei Phasen: Verlangen, Erregung und Orgasmus, und hob hervor, die mißbräuchliche Benutzung stütze nur Phase eins, der Rest verlaufe dann ernüchternd. Doch da war kein Halten mehr, das sexuelle Rowdytum – wie es amtlich hieß – breitete sich aus. Auf dem Bildschirm erschien nun der Kopf des Rektors, er malte die gesundheitliche Bedrohung in düsteren Farben aus. Und der greise Chefkommentator erklärte …«

Von da an fiel es Woelk schwer, sich verständlich zu machen. Von Applaus beflügelt, brachte er mit letzter Stimmreserve den Text zu Ende, leerte das Glas Apfelsaft und bat um Fragen. Es trat augenblicklich Ruhe ein. Erhitzt auf den Leutnant blickend, fand Woelk ihn rosig angeschwollen, sein blonder Kopf zitterte wie in ringender Anstrengung, einen Mischausdruck von Verblüffung und Redelust auf den Lippen. Doch er brachte nichts heraus, und so erhielt das Wort ein Unteroffizier, der Woelk fragte, ob er denn wirklich glaube, solch ein Gerät werde kommen.

»Ich weiß es nicht«, antwortete er. »Der Stoff ist mehr ein Gleichnis für mich.«

»Ein Gleichnis, wofür?«

»Zum Beispiel für die Frage, sollen wir all das auch machen, was man technisch machen kann? Auf dem Felde der Rüstung stellt sie sich am schärfsten.«

Der Leutnant blinzelte, als wolle er Woelk warnen, in militärische Bereiche einzudringen und noch mehr als bisher schon am Barte des Tigers zu zupfen. »Vielleicht«, sagte Woelk, »läßt sich das Problem mit dem Satz andeuten: Schreiten wir in die Zukunft, oder kommt die Zukunft auf zu uns zu?«

»Wir schreiten«, rief es von hinten, jemand lachte los und hörte gar nicht wieder auf.

»Bis jetzt, liebe Freunde«, sagte Woelk etwas besorgt, denn er sah ja, ein Literaturgespräch kam nicht in Gang, weil einzig das Gerät die Hörer zu fesseln schien, »ist's nur eine Skizze, der rote Faden der Geschichte … Haben Sie Vorschläge dazu?«

Ob der Faden halte, was Woelk sich davon verspreche, müsse man bezweifeln, rief der Leutnant; zumindest sei der gar nicht rot. Gerade der Beifall, die Ausgelassenheit mache ihn stutzig. Genau besehen handele es sich um eine Art Hollywood-Gag, der listig gespickt worden sei mit erotischen Pointen, aber auch mit politischen Spitzen. Diese Mischung – und nun verlieh er seiner Stimme metallischen

Nachdruck, ja einen Anflug von Kommandokraft – diese Mischung sei brisant, falls sie sich gegen Einrichtungen des Staates richte. Nein, das unterstelle er nicht, fühle sich auch persönlich nicht getroffen, er sei kein Stabsoffizier und das Bataillon keine Armee-Einheit, auch kein Teil der Volkspolizei, die da vom Autor angepflaumt werde, wenn er mal so sagen dürfe. Dennoch sei der Versuch, Genossen solcher Dienststellen in ein sonderbares Licht zu rücken, etwas bedenklich. Ihn enttäuschte das, er habe von einem Schriftsteller wie Alexander Woelk mehr Verantwortungsbewußtsein erwartet. Er hoffe, die Debatte helfe ihm, das Ganze noch einmal zu überdenken. »Sie hat nämlich ein paar Ecken, Ihre Story«, schloß er soldatisch knapp und schwoll, seines Tadels ledig, nun wieder ab. »Da darf man nicht bloß dem Affen Zucker geben.«

Es wurde totenstill. Schuß vor den Bug, dachte Woelk, ein richtiges Gefecht, das gab's also noch bei der Truppe! Er fühlte sich bedrängt, das machte ihn beredsam. Weder halte er sein Publikum für Affen, gab er zurück, noch das für Zucker, was er ihm biete. Wer sei denn außerdem der Ansicht, es werde hier an Säulen gerüttelt? Niemand? Nun, das beweise nichts, es möge keinen schrecken. So wie die Armee den Einzelkämpfer brauche, ließen auch Bücher sich schlecht nach Mehrheitsbeschlüssen schreiben. Er achte eine so fundierte Einzelmeinung, wie der Leutnant sie geäußert habe, und dächte auf jeden Fall darüber nach. Meinungsstreit sei fruchtbar, zumal wenn beide Partner auf dem Boden des Sozialismus ständen. Ohne abweichende Ansicht, ohne geistigen Spielraum gebe es kein kulturelles und auch kein politisches Leben.

Aber der Leutnant betrat die goldene Rückzugsbrücke nicht, er harrte aus auf seinem Posten. Wiederum schien er anzuschwellen, und sein Unmut bewirkte, daß er sehr einfach sprach, wie in der Absicht, Woelk durch drastische Wendungen zu erschüttern, ihn als gedankenblassen Intellektuellen zu entlarven, der alles nur bekrittelt. Manch einer, sagte er mit einem kalten Blick des Unverständnisses, verlasse den Boden des Sozialismus, ehe er das selber merke; der Weg manch eines Kulturschaffenden sei ja beispielhaft dafür. Der Feind drüben schlafe nicht und drücke Leute an sein Herz, die ihr hiesiges Nest beschmutzten, wie stehe Woelk zu dem Problem?

Jeder Weggang, antwortete Woelk, sei ein Verlust. Er beklage das Abwandern von Künstlern in früheren Jahren, für das es übrigens bei vielen Kollegen auch private Gründe gegeben habe. Selber werde er ihnen nie folgen, glaube aber, jede Gesellschaft, zumal eine sozialistische, müsse Raum für Äußerungen bieten, die in mancher Hinsicht auseinanderstrebten. Außer bei Notwehr, also im Verteidigungsfall, lebe der Fortschritt vom Widerspruch. Es müsse Platz sein für die, deren Ziel es sei, das Gute zu bewahren, die Errungenschaften, die Tradition. Doch ebenso müsse Platz sein für jene, die Überliefertes in Frage stellten, um Neues, vielleicht Besseres zu erreichen, das stets der Rivale des Guten sei. Wolle man alle Impulse nutzen, gelte es, die Unbequemen zu ertragen, sie einzubinden in den Gesamtprozeß.

»Das Bewährte kennen wir«, warf der Leutnant ein, »den planmäßigen Vormarsch, das real Machbare. Aber wer kennt Ihr ›Besseres‹, Sie etwa?«

»Nein, ich habe auch kein magisches Kristall, das mir die Zukunft zeigt. Trotzdem wollen Sie doch wohl nicht sagen, der Sozialismus hat bei uns gesiegt, daran ist nichts mehr zu verbessern?« Ja, das schätzte Woelk, es war gesteigertes Leben, sein Denken beschleunigte sich, er fand hurtig Antworten ... Doch er mußte sich auch zügeln, durfte nicht verletzend sein. Er war zwanzig Jahre älter als sein Kontrahent und hatte all das vielfach durchdacht, was der Leutnant gelernt, sich fleißig angeeignet hatte, weshalb er noch fester überzeugt und unnachgiebiger erschien als Woelk. »Was wir ausfechten, liebe Freunde, hat nichts mit dem Gegner drüben zu tun, auch wenn der gern darauf einsteigen würde. Es sind ehrenhafte Meinungsverschiedenheiten von Menschen mit derselben Grundhaltung, nämlich, daß der Sozialismus die potentiell beste Ordnung ist.«

»Was heißt da potentiell?«

»Er bietet mehr Entwicklungschancen als das andere System,

ist aber immer nur so gut, wie wir's verstehen, ihn zu machen.«

»Sie schränken Ihr Bekenntnis wieder ein«, rief der Leutnant, es klang, als hätte er gesagt: Ich hab's ja gewußt, Sie sind letzten Endes doch keiner von uns.

»Ein Beispiel aus dem eigenen Haus. Wie Sie wissen, schreibe ich Bücher, die in Afrika spielen, und komme da manchmal auch hin. Wenn ich dort nun etwas finde, das nicht ins bisher gewohnte Bild des Landes paßt, was geschieht? Mein Verlag schickt das Manuskript an Fachgutachter, manchmal gutachten die zu diplomatisch, nach dem Motto: Vorsicht ist die Mutter der Porzellankiste« – das schob Woelk ein, um ebenso volkstümlich wie der Leutnant zu sein – »und so rät man mir, zu streichen, umzuschreiben …«

»Und geben Sie dann manchmal nach?«

»So gut wie nie«, sagte Woelk und überlegte, ob das nicht doch gelogen sei. »Es ist immer schwer, mich zu überzeugen, weil ich selbst Fachmann bin für das, was ich geschrieben hab. Selten bleibt Raum für einen Kompromiß. Dabei ist es nicht feige, Kompromisse zu schließen, wenn man sich klar bleibt darüber, daß es Kompromisse sind. So wie ein Soldat eine unhaltbare Stellung räumt, um demnächst mit mehr Glück wieder vorzustoßen …« Verdächtig lange, so schien es ihm, ritt er auf dem Punkt herum und schob noch Plattheiten nach. »Leben ist Kampf, auch ein Schreiber muß kämpfen, sonst bleibt er stehen und wird zum Geschäftsmann, zum Routinier. Er darf nicht bloß mitschwimmen im Strom der Zeit. Was ihn nicht umwirft, macht ihn reifer. Es passiert schon mal, er riskiert das Erscheinen eines Buchs oder setzt, wenn's ganz dick kommt, seine Existenz als Autor aufs Spiel … Aber das ist eben der Preis.«

»Der Preis wofür?«

»Für den Vorzug, freischaffend zu sein. Den eigenen Vorstellungen folgen zu dürfen. Ich rede nicht von bequemer Heimarbeit und freier Zeiteinteilung, von der Chance, bekannt und wohlhabend zu werden. Es gibt Autoren, die schwimmen im Geld, während andere kaum das Nötigste haben, obwohl sie gar nicht schlechter sind … Nein, schöpferische Arbeit ist knapp, auf der ganzen Welt, der Kunstschaffende macht seine Lieblingsbeschäftigung zum Beruf, das ist sein wahres Privileg, und dafür muß er schon bereit sein, gelegentlich zu zahlen.«

Man fragte noch das Übliche, etwa nach Woelks Quellen, seiner Arbeitszeit, was ein Autor denn verdiene und ob er alle Liebschaften die er schildere, selbst erlebt habe (er sagte: es wäre wünschenswert, überfordere jedoch gerade die fleißigsten Kollegen) ... Dann war es vorbei. Blumen, Beifall, ein paar Autogramme in mitgebrachte Bücher. Der Leutnant gab Woelk ritterlich die Hand, und obgleich er ihn zuletzt kaum noch attackiert hatte, lag kühle Reserviertheit in seinem Blick, eine korrekt beherrschte Abneigung. Er verzieh ihm den Vortrag nicht, den er wohl als Herausforderung empfand.

Was für ein wunderbarer Tag! Und er neigte sich noch nicht, dank der Sommerzeit. Woelk hatte die Sonne im Rücken, er trat das Gaspedal durch, schon wieder in Hast und gespannt, denn er wollte noch zu Vera Bald, um erst ihr, dann Johanna zu berichten. Er hatte ja Vera nicht mitnehmen können, es gab keinen Passierschein ins Grenzgebiet für sie ... Die beste Veranstaltung seit langem, würde er schwärmen, man habe sich amüsiert, ihm den Wert der Arbeit bestätigt oder doch deren Tauglichkeit zum Streitobjekt. Eben das halte er für seine Aufgabe: ein Ferment des geistigen Stoffwechsels zu sein, und heute sei er's gewesen, Mitgestalter von Meinungen, ernstgenommen als politischer Mensch.

Wie schön, das zu glauben. Erst beim Anblick der Stadt, die schimmernd hochwuchs am Horizont, schwand sein Hochgefühl. Bleib bescheiden, flüsterte es in ihm. Hatte er nicht schon dort, wo er herkam, den Mund zu voll genommen? Auch ein Autor muß kämpfen – ha, wie heroisch! Was ihn nicht umwirft, macht ihn reifer – das klang nun wirklich fatal, einladend für Berater und Beamte, ihm Steine in den Weg zu legen, um sein Reifen zu fördern.

Beim Schiffshebewerk bog Woelk ab, nur zehn Minuten trennten ihn von Vera, den ganzen Tag über hatte er sehnsüchtig an sie und schuldbewußt an ihre Enttäuschung gedacht. Aber nun, Versöhnung in ihren Armen! Er hielt vor der bröckelnden Fassade, stieg aus und klingelte. In der Wohnung blieb es still. Er fand den Hausschlüssel, hetzte hinauf. Auf dem Treppenabsatz stand ein defekter Eisenofen, ihr toter Briefkasten, er fischte ein Couvert heraus und las: »Mein lieber Alexander … ist es überhaupt wahr … oder steckt Deine Frau dahinter … bin mit Dr. Herbst zum Baden … Kuß, Deine Vera.«

Auf Stenopapier gekritzelt. Woelk schob es in die Ofenklappe, fuhr verdüstert heim. Johanna war noch im Theater. Den kleinen Sieg dieses Nachmittags, keiner wollte ihn mit ihm teilen. Wie unlenksam war doch das Leben! Mit dem vagen Strich, der zweifelhaften Unabhängigkeit seiner Feder die Welt verbessern? Die blieb, wie sie war, daran übernahm er sich, der Anspruch war zu hoch.

Woelk goß sich Whisky ein, ohne Eis, trank ihn in kleinen Schlucken. Mit der Wärme breitete sich in ihm ein Gefühl von Verlorenheit aus. Wofür tat er das – noch ein Buch und noch eines, jahrein, jahraus? Offenbar ging es nicht anders, die Nerven verlangten es, der Kopf wollte beschäftigt sein. »Wir können die Tinte nicht halten«, hatte der verstorbene Kollege gereimt, der ihnen damals zu großen Stoffen riet, »wir können uns auch nicht entfalten …«

Aus. Er hatte vergessen, wie es weiterging. Es war ein ironischer Trauermarsch auf den Glanz und das Elend der Schriftstellerei gewesen. Als beim dritten Glas Johanna abgespannt heimkam von der Arbeit, gelang es ihm, seine Zweifel aus dem Gespräch herauszuhalten. Das Gefühl der Fragwürdigkeit seines Daseins, er stopfte es zurück, kehrte es unter den Teppich des Alltäglichen. Aber er wußte, es ließ sich nicht für alle Zeit begraben.

14

Anfang Juli schon sollte über die Einstufung des Projekts an der Hochschule entschieden werden. Der erste Schritt, Herbst konnte es kaum glauben. So schnell machte Jungbluts Stab schwierige Vorhaben sonst nicht beschlußreif. Der Direktor für Forschung hatte sein Regelwerk viel zu kunstvoll gebaut, als daß Überstürzung noch möglich war. Es dämpfte mit dem Schwung auch die Sturzgefahr, ein Risiko wurde von so vielen geteilt, daß keiner mehr Verantwortung trug. Ob ein *vielversprechender Ansatz* oder eine *bahnbrechende Studie*, darüber zu befinden dauerte sonst fast ein Jahr.

Vom Duschen erfrischt, schloß Herbst die Wohnungstür und tauchte in den alten Park. Dort hinter den Wipfeln begann gleich der Zyklopenkampf! Jungblut war zurück aus den Tropen, damit stand auch Fausts Auftritt fest. Den Sektionschef zu gewinnen, das hatte Kelly wirklich vollbracht.

Wenn Faust in der Arena ein Löwe oder Kämpfer mit dem Kurzschwert war, bekannt für die Urgewalt seiner Hiebe, so glich Jungblut dem Dompteur oder einem Gladiator mit dem Netz: die Kugeln daran seine Jünger – vom Sekretär Stiller über die Dozenten und Oberassistenten Fokker, Tetzlaff und Bauer bis hin zu Benno Unangst, der mit Herbst die Wohnung teilte. Benno war ein Aspirant und angenehmer Gefährte. Doch auch bei ihm zeigte sich als Motor des Lebenserfolgs die Bereitschaft zur Preisgabe anderer.

Vor Jahren noch, als Absolvent, war Benno Unangst einmal Jungblut in den Arm gefallen, der – damals Prorektor für Erziehung und Ausbildung – den Fall eines Kommilitonen arg aufbauschte. In den Augen der Hochschulleitung war der Student schwer entgleist. Er hatte, nach dem Zeugnis zweier alter Damen »aus dem Zimmerfenster im Wohnheim seine Notdurft (klein) um 5 Uhr früh nach durchzechter Nacht auf die Straße verrichtet«, wie es im Protokoll hieß. Jungblut wollte das mit dem Höchstmaß ahnden, der Exmatrikulation. Er hatte Benno, den Fürsprecher des Täters, angeherrscht: »Schließlich wollen wir nur Ihr Bestes!« – »Ja, aber das lassen wir uns nicht nehmen«, gab der zurück, ein Wort, dessen Hintersinn er beinahe selber gebüßt hätte. Unangst war dann flink zu Kreuze gekrochen: Er habe bloß sagen wollen, die Studenten ließen sich's ungern nehmen, auch mal über die Stränge schlagen zu dürfen … Mit diesem Rückzieher begann seine Anpassung. Heute war er Jungbluts junger Mann, unentbehrlich, wenn es galt, etwas zu stoppen, das dem Direktor für Forschung mißfiel.

Im Geist sah Herbst schon die Schlachtordnung vor sich; wer würde auf der Strecke bleiben? Keines der zwei großen Tiere, eher ein kleines Licht wie er ... Die Panzerung übrigens war ungleich. Jungblut schleppte stets ein Konvolut von Unterlagen an, um sein Gedächtnis zu stützen und Wichtigkeit zu verbreiten; für ihn konnte Papier ein Panzer sein. Faust hingegen schritt geradezu nackt ins Gefecht. Mit der Nachlässigkeit des Genies lehnte er es ab, ins Detail zu gehen; allenfalls kam er mit ein paar Notizen zu dem, was anstand. Doch einmal gereizt, lief er auf zu großer Form und schleuderte dann Blitze aus der hohlen Hand.
Es mochte ja Theater sein. Faust genoß den eigenen Donner, sagte brutal seine Meinung; doch es war ein durchaus kalkulierter Schrecken. Offenbar glaubte er, daß es herrschaftserhaltend sei, unberechenbar zu erscheinen. Mehrfach hatte er geäußert, prüfenswert seien auch tierische Drohgebärden, vom Aufplustern des Puters bis zum Brustgetrommel der Gorillas, denn irrationale Drohung sei ein Schlüssel im Zusammenleben, dem menschlichen Mit- und Gegeneinander! Herbst freilich sah darin neben der Kränkung von Kollegen noch ein Übel, nämlich, daß man den Ruf der Irrationalität nicht ein für allemal erwirbt. Man muß ihn pflegen wie jeden Ruf, und das geht nur durch wiederholt vernunftwidriges, schockierendes Handeln.
So hatte Faust sich zum Gegentyp eines Verwaltungsmannes wie Jungblut stilisiert, emporgeschwungen zum Vulkan, zum cholerischen Chaoten. Er war unbekümmert und schlampig, unfähig, Arbeitspläne aufzustellen und sich danach zu richten. Seine Leistungen schienen von ungleicher Qualität, und unglaublich war oft, was er auf Hausmitteilungen kritzelte. Es passierte ihm, daß er in den Vorlagen zwei Möglichkeiten als genehmigt abhakte, die einander ausschlossen ... Und bürokratische Vorschriften engten, wie Herbst wußte, niemals bloß ein, sie schützten auch vor Durcheinander und Korruption.
Nach dem Vorbild dieser zwei Giganten formte ein Dutzend junger Kader, wie Herbst sah, nun die eigene Karriere! Die Mehrheit aber nahm das zur Kenntnis und igelte sich im

Privaten ein. Der Kontrast der beiden Figuren konnte an jenem Julitag kaum größer sein. Professor Fausts mächtiger, von grauem Haar gesäumter Schädel saß fast halslos auf dem pyknischen Rumpf. Sein rundes Gesicht war vorgealtert und den Fotos, die noch immer von ihm in der Lokalpresse erschienen, nicht mehr sehr ähnlich. Wißbegier hatte sich in Schläue verwandelt, Forscherdrang in Kampflust, den Ausdruck überragender Intelligenz verwischten Züge von Mißtrauen und Härte; hundert Fältchen hatten sie wie ein Spinnennetz auf ihn gesenkt. Dagegen wirkte Jungblut, auch an die Sechzig, wie ein Fünfziger, grazil, beherrscht, ja durchgeistigt, wenn auch trotz tropischer Bräune weniger vital. Jeder im Konferenzraum zweifelte an der Reichweite seiner Fähigkeit, eigenständig zu denken, nicht jedoch an seinem Talent, Sitzungen zu leiten. Faust an seiner Stelle hätte erst einmal gedankenlos Mexico erwähnt, mit Streiflichtern und Reiseanekdoten, zu denen nie eine Frage kam, weil sie alle nur mit Neid erfüllten und kein Mensch Einzelheiten hören wollte. Jungblut aber tat, als sei er der Hochschule gar nicht fern gewesen.

Der Kommunikator war Punkt fünf der Tagesordnung. Dazu ließ Jungblut seinen Dr. Fokker vortragen, den Chef des jüngst geschaffenen Gremiums für Wissenschaftsforschung, einer Art Strategiekommission, die den dritten Unterausschuß des Rates bildete. Fokker war ein schlanker Vierziger mit milden Manieren. »Gegenwärtig«, resümierte er, »wird dem Projekt kein ausreichender gesellschaftlicher Nutzen beigemessen, der irgendeine Einstufung rechtfertigen würde. Es handelt sich um eine zweifellos noch unausgereifte Idee.«

»Ihre mögliche Bedeutsamkeit wäre nur experimentell nachweisbar«, fügte Dr. Bauer hinzu. »Es ist aber ganz unwahrscheinlich, daß wir in diesem Stadium einen wie auch immer gearteten Versuch genehmigt kriegten.«

Sie folgten beide Jungbluts Rezept, wonach die Sprache des Wissenschaftsfunktionärs behutsam sein muß, sich vorsichtiger Wendungen bedienen und so ein Manövrierfeld, ja selbst die Möglichkeit zum Rückzug offenhalten soll. Der Direktor

für Forschung sagte nun ähnlich sanft, er empfehle gleichfalls, mit der Idee noch nicht hervorzutreten. Und, zu Hofmann gewandt, dem Chef der Planungsgruppe: »Lassen Sie bitte alternative Vorstellungen zur Fortsetzung der Planung prüfen, auf der Geheimhaltungsstufe VD.« Wohl ein Trostpflaster für Faust, dem er damit einen gewissen Wert der Sache zugestand. Übrigens behielt er ihn im Auge wie ein Nervenarzt einen Patienten, der zu Ausbrüchen neigt.
»Was heißt das?« fragte Faust dumpf.
»Sehen wir uns dies im September noch mal an«, sagte Jungblut, bemüht, locker zu erscheinen. »Lassen Sie uns nach der Sommerpause prüfen, ob es sich in dieser Form halten läßt oder prinzipielle Änderungen bedingt.«
Faust hatte sich vorgebeugt, er pochte mit der Spitze des gekrümmten Zeigefingers auf den Tisch und starrte Jungblut an, als sei dem über Nacht eine Verunstaltung gewachsen. »Das ist das Feigste, was ich je gehört habe«, äußerte er leise, doch klar verständlich in der Stille, die vor Zusammenstößen stets entstand. »Sie wollen wieder einmal kneifen.«
»Bitte, so können wir nicht … Frau Graupner, lassen Sie das weg. In Ihrem eigenen Interesse, Herr Kollege.«
»Von mir aus kann das gern ins Protokoll.«
Stiller rief etwas schrill: »Es gibt bei uns Methoden der Verfahrensdisziplin, Herr Professor, die keine Abstriche erlauben!«
»Ich sehe zwei Möglichkeiten«, sagte Dr. Kelly. »Entweder hat der Rat nicht erfaßt, was ihm da angetragen wird. Oder er hat's erfaßt und rührt sich trotzdem nicht. Ich bin im Zweifel, welches von beidem mir mehr angst macht.«
»Es besteht kein Grund zur Besorgnis«, sagte Jungblut. »Bei uns ist das in guten Händen.«
»Die Planungsgruppe«, warf Hofmann schwunglos ein, »gibt dem Thema dennoch eine Chance. Wir schlagen seine Einstufung als *vielversprechenden Ansatz* vor.«
»Ach was«, knurrte Faust ohne Rücksicht darauf, daß Hofmann sein Stellvertreter war. »Hier liegt eine *bahnbrechende Studie* vor, wer das übersieht, ist blind.«
In das Schweigen hinein sagte Professor Wirbel, der Erfinder

des Trocknungsverfahrens: »Ein Gerät überbrückt seelische Barrieren, die bisher nur wissenschaftlicher Beschreibung zugänglich waren, nicht dem praktischen Zugriff. Aber kein Fortschritt ohne Risiko, ein Tabu wird berührt, die Psyche, welche Folgen kann das haben?«

Es meldete sich Dora Kleindienst, als habe Wirbels Ausspruch ihr ein Stichwort geliefert. Jungblut hatte sie in den Rat geholt, weil er gern ein netter Direktor war und der Emanzipation aufgeschlossen gegenüberstand. Etwas stokkend sagte sie: »Das Projekt ist so vielschichtig, reicht in philosophische, moralische und soziale Bereiche hinein, auch in juristische … Als bei uns die Molekularbiologen und Genetiker Klarheit über die Perspektiven der Genetik gewonnen hatten, wandten sie sich aus wissenschaftlicher Verantwortung an die Ethiker: Wir sagen euch, wozu die Genetik bald fähig sein wird, nämlich als Reparaturwerkstatt oder auch als Entwicklungslabor zu dienen. Jetzt sollt ihr uns sagen, was für die Gesellschaft in unserer Zeit richtig und wichtig ist!«

»Na gut«, rief Faust über den Tisch, »sagen Sie's uns.«

»Kontakte begründen Gemeinschaftlichkeit, zweifellos. Es geht um den Wunsch vieler Menschen, sich bei Spaß und Spiel näherzukommen und einen Teil der Freizeit miteinander zu verbringen … Wenn das so ist, wozu dann noch ein Gerät, das Unsummen kosten würde in der Entwicklung, dessen Wirkungen vielleicht außer Kontrolle geraten, wo es doch andere, bewährte Mittel gibt, Kontaktschwierigkeiten im gegenwärtigen Stadium zu überwinden?« Sie sah sich um, und da man ihr weder zustimmte noch widersprach, schloß sie: »Der Mensch ist ein bio-soziales Wesen, nicht wahr? Beide Komponenten, Gegensätze an sich, müssen ausgewogen sein, wenn man medizinisch und sozial gesund sein soll. Das Kontaktgerät kann diese bio-soziale Ausgewogenheit stören, und zwar nach beiden Seiten.«

»Ganz recht«, gab Kelly zu. »Der wissenschaftlich-technische Fortschritt, angewandt auf traditionelle bio-soziale Regelmechanismen, muß keineswegs zu geradlinigen Erfolgen führen. Wie man weiß, hat jeder Fortschritt die Tendenz,

mit dem Verzicht auf Bewährtes erkauft zu werden; was dann meist zu Korrekturen zwingt. Doch es wäre falsch, deshalb den Fortschritt zu drosseln – schon weil, was wir nicht tun, die andere Seite macht und uns dort nötigt, zu reagieren, wo wir hätten agieren können: als erste handeln!«
Herbst nickte, durchströmt von dem Gefühl, daß die Debatte an Rang gewann, seit Dora Kleindienst sich gemeldet hatte. Doch nun hörte er sie sagen: »Ich habe den Eindruck, daß der breitgefächerte Verwendungszweck des Kommunikators womöglich ein Vorwand ist … Geht es nicht doch in erster Linie um ein Gerät zum Anbahnen erotischer Kontakte?«
Faust schwieg. Er rührte Frau Kleindienst nie an, aber kaum aus Ritterlichkeit oder wegen ihrer Erscheinung. Für ihn, den namhaften Biologen, der in Männern gern Hengste, Hammel, Chamäleons oder Schweine sah, die Frauen als Hühner, Kühe, Katzen und Ziegen begriff, für ihn war Dora Kleindienst eine heilige Kuh: Zentralfigur der Frauenförderung in diesem Gremium. Meistens imstande, den Zorn zu dosieren, zog er bei ihr die Grenze und nahm sie von Angriffen aus. Für ihn erwiderte Hofmann matt: »Der Endeinsatz dürfte sich im Gegenteil höchst vielseitig gestalten.«
Frau Kleindienst blinzelte. Alle wußten, daß sie nach dem Schlag von damals (dem Abbruch ihrer Doktorarbeit, der mit dem Scheitern ihrer Ehe zusammenfiel) unter zeitweiliger Denkblockade litt. Es war ihr peinlich, gerade auf diesem Punkt zu beharren, dennoch fuhr sie fort: »Angenommen, man sucht damit einen Liebespartner, Kollegen – wird eine kurzlebige oder dauerhafte Partnerschaft bezweckt?«
Hofmann antwortete eher verwirrend: »Der Kommunikator ist hinsichtlich des von Ihnen angesprochenen Teilverwendungszwecks nur für Unverheiratete gedacht. Wir sind uns des Problems bewußt.«
»Kurzlebig oder dauerhaft? Bitte weichen Sie nicht aus.«
»Das ist noch durchaus offen«, warf Kelly ein. Und nun bot er, weitgehend neu auch für Herbst, folgenden Dreistufenplan an. Man könne, erstens, eine simple Version bauen, die es bloß erlaube, andere Kontaktwillige aufzuspüren, gleich welcher Güte und Beschaffenheit das Tauschgut sei, das man

offeriere – das Auto, die Wohnung, das Hobby oder, wenn Frau Kleindienst so wolle, auch sich selbst. Sei dieser Grobkontakt hergestellt, bleibe das weitere einer mündlichen Feinabstimmung, also der Verhandlung überlassen. Zweitens, ihm näher, seiner eigenen Intention: Man sende mit dem Suchwunsch schon Kennziffern aus, die Hauptdaten des eigenen Angebots (wie in primitiver Form bei Heiratsannoncen oder Wohnungstauschanzeigen der Fall), und empfange auch nicht mehr wahllos sämtliche Fremdimpulse, sondern diese bereits vorgefiltert, das heißt selektiert. Und drittens, in wünschenswerter Vervollkommnung dieses Auswahlprinzips, strahle man sein volles, wissenschaftlich ermitteltes Persönlichkeitsbild als Modulationsmuster verschlüsselt aus und empfange auf der Suchfrequenz ein ebenso perfektes Partnerbild.
Das, sagte Kelly, sei noch Zukunftsmusik wegen des Aufwands, den solch eine Verfeinerung bedinge, selbst wenn man Testbogen verwende. Doch der Trend gehe ganz gewiß dorthin. Er selber plädiere für »Typ zwei, Variante B«, wie aus dem Memorandum ersichtlich, das er dem Rat rechtzeitig zur nächsten Sitzung unterbreiten werde … Eine brillante Rede aus dem Stegreif, die vielen den Atem verschlug, Werner Herbst nicht ausgenommen. »Nachrichtentechnisch«, schloß Kelly etwas obenhin, »erscheint es uns machbar in jeder Form; da ist es eher banal.«
»So?« fragte Dr. Thor, der Justitiar, der nie ganz still blieb, da ihm schon die Wortmeldung selber wichtig war; nur wer mitsprach im Rat, war dort in seinen Augen existent. »Funktechnisch banal? Vergessen Sie bitte nicht das Fernmeldeanlagengesetz! Ihr Gerät fiele eindeutig in die Kompetenz der Post …« Und er führte aus, nur die Post dürfe Funk- und Fernmeldeanlagen betreiben, strafbar mache sich bereits, wer eine genehmigte Anlage auch nur verändere. Hier nun würden Sender gebaut, Empfänger geschaltet und Nachrichten übermittelt. Wer das unerlaubt tue, habe Geld- oder Haftstrafen zu gewärtigen.
»Haftstrafen!« rief Faust, wobei er mit dem Arm waagerecht eine Bewegung machte, als wische er Thors Worte weg.

»Verschonen Sie uns damit.«
»Was sagen Sie da, Herr Professor?«
Faust wurde noch derber, wie um klarzustellen, daß jeder, der ihm in die Quere kam, sich Grobheiten aussetzte. Und so geriet das Ganze zum Wortduell mit dem Ziel, einander mattzusetzen. Gefühle sprachen so unverhüllt, wie es sonst nur hinter den Kulissen geschah.
Der Justitiar klimperte mit dem Kleingeld in seiner Tasche. »Sie verleugnen Ihr Niveau«, keuchte er. »Ich für meine Person weigere mich, Ihnen darin zu folgen.«
Jungblut hob beschwichtigend die Hände, froh, daß er verschont blieb und Faust sich neue Feinde schuf. Er sprach im Tone väterlicher Mahnung mit Gesten, die besagten: Sie werden das einsehen, bitte mäßigen Sie sich doch, wir sind alle Männer der Wissenschaft, ja? Sein Adlatus Bauer bemerkte: »Herr Kelly, es ist wenig hilfreich, in die Verhandlung Texte einzuführen, die uns anderen noch unbekannt sind.«
»Das war ein Vorgriff, den ich zu verzeihen bitte angesichts des Hochdrucks, mit dem wir die Ausbaustufen entwerfen.«
»Wann eigentlich hört dieses Klein-klein mal auf?« rief Faust. »Nicht kleckern – klotzen! Hier heißt es ’ran an die Buletten, meine Herren.«
»Auf uns ruht viel Verantwortung«, begann Jungblut salbungsvoll, »und dies verpflichtet uns …«
»Das ist in der Tat der Punkt! Mut müssen wir haben. Zeigen Sie mal, daß Sie Männer sind – Kerle!«
Mühsam hielt Herbst seine Zustimmung zurück, ihm weitete sich die Brust. Gewiß stieß Faust nur deshalb so ungestüm vor, weil Jungbluts Team die Sache schon beerdigt hatte. Aber ohne Vertrauen in die Idee wäre auch er nicht losgerannt wie ein Stier.
»Wenn das so einfach ist«, fragte Dr. Tetzlaff, ein hünenhafter Mann, »wieso ist dann noch keiner drauf gekommen?«
Kelly sagte: »Einer ist stets der erste.«
Herbst fand das ungenügend, er hielt sich nicht länger zurück. »Man scheute bisher davor zurück, modernste Technik im privaten Umfeld zu erproben.«
»Sehr zu Recht«, warf Frau Kleindienst ein.

»Aber das Gerät ändert an der freien Partnerwahl gar nichts!« Mehr als Dora Kleindiensts Skepsis störte Herbst ein Zucken ihres Wangenmuskels, das in flatternden Lidschlag überging; es lenkte ihn ab. »Grundsätzlich bleibt alles beim alten, man gibt und empfängt Signale, nur eben verstärkt, mit einer Art sechstem, verfeinerten Sinn – ohne Irreführung, frei von der Selbst- und der Fremdtäuschung, die heute noch jede Werbung behaften ...« Er merkte bestürzt, daß er einzig von dem Zweck sprach, den er vor diesem Kreis hatte tarnen wollen. »Wir entwickeln das, wenn Sie zustimmen, auch ganz ohne Sondermittel. Es braucht erst recht keine Devisen, könnte uns später aber welche bringen.«

Tetzlaff sagte: »Daran glauben Sie doch selber nicht.« Er war wortkarg und gewissenhaft, ein ebenso solider Chemiker, wie Fokker ein guter EDV-Mann und Bauer ein vorzüglicher Betriebswirt war. Begabte, erfahrene Männer, schon fähig, solch ein Projekt zu bewerten. Doch seit geraumer Zeit fanden sie sich damit beschäftigt, Jungblut die Stange zu halten, da er ihr Schirmherr war. Jetzt nickte Jungblut Benno Unangst zu, seinem Rammbock, wenn es galt, Lästiges zu zerschmettern.

Es schüttelte Herbst vor Zorn. Da hatte er naiv seinen Nachbarn eingeweiht, sich mit ihm beraten, nun sah er ihn ausholen! Als Mikroelektroniker war der geeignet wie kein zweiter, den Hieb zu führen. Wie hatte er, Herbst, nur so dumm sein können? Unangst begann mit belegter Stimme: Er wolle erst einmal erklären, für wen er hier spreche. Jungblut winkte ab; das wisse man, es seien die fleißigen Nachwuchskader des Bereichs Nachrichtentechnik.

»Nicht allein.« Unangst räusperte sich die Kehle frei. »Ich spreche auch im Namen derer, die anfangen, das Vertrauen in die Arbeit des Wissenschaftlichen Rates zu verlieren. In seine Fähigkeit, Impulse zu geben und das Neuerertum zu fördern. Doktor Herbst legt etwas vor, das nachrichtentechnisch lösbar ist, und was geschieht? Nichts ... Dafür wird ständig ein neuer Ausschuß gegründet, alle fummeln sie, Verzeihung, in der Forschung herum, Doktor Hofmanns Planungsgruppe, Doktor Bauers Analysengruppe und Doktor Fokkers Aus-

schuß für Wissenschaftsforschung. Ich will ja keinem zu nahe treten, aber bald hat jedes Ratsmitglied einen eigenen Ausschuß als Domäne. Bringt uns das aber voran? Sicherlich steht mir diese Kritik gar nicht zu. Trotzdem bitte ich Sie, dies in Ihre Überlegungen mit einzubeziehen ... Danke.«
Er verstummte. Alle starrten ihn an. Es war unglaublich. Stiller hatte mehrfach versucht, ihn zu unterbrechen. Das war ein Schlag ins Gesicht – nein, mehr. Unangst hatte seinem Schutzherrn das Messer in die Brust gestoßen. Jungblut sah sich nach Beistand um, fand aber nur Tetzlaff bereit. Doch bei dessen Unvermögen, sich auch nur ansatzweise mitzuteilen, kam nichts dabei heraus ... Immerhin, Unangst war bloß Gast in der Runde, ohne Stimmrecht, eine Null, noch hatte Faust die Mehrheit durchaus gegen sich. Dennoch sah man Jungblut schwanken, eine Kampfabstimmung, das lag ihm fern. Er taumelte unter dem Stoß der »Nachwuchskader«, ihrem Verrat an seiner Person. Und ganz gewiß fürchtete er den lauernden Faust. Der war wohl grob, doch nicht laut geworden; das stand erst noch bevor.
»Dies sind Mißverständnisse«, äußerte Jungblut. »Auch steht unsere Arbeitsweise derzeit nicht zur Diskussion.«
»Dafür«, rief Faust, »bilden wir einen Unterausschuß.«
»Was nun den Kommunikator betrifft, so sind wir offen ..., prinzipiell stets bereit, alles gründlichst zu prüfen, was auch nur entfernt verspricht, der wissenschaftlich-technischen Revolution zu dienen.«
Früher schon hatte Herbst an dem Direktor die Gabe entdeckt, bei Gefahr einzulenken, ohne das Gesicht zu verlieren. Und wirklich, Jungblut wich zurück, noch ehe seine Mannschaft das begriff. Er ließ Tetzlaff im Stich, der ihm so bärenhaft beisprang, daß es ein Bild des Jammers war. Wohl konnte Tetzlaff rohe Kartoffeln in der Hand zerquetschen, nicht aber taktischen Wendungen folgen. »Verstehen Sie mich?« hörte man ihn hilflos fragen.
»Verstehen Sie's selbst?« gab Faust zurück.
Dann war es entschieden. Sie hatten die Konsultationsmechanik überrannt. Jungblut versprach, das Projekt zu unterstützen. Faust bekam es zwar nicht als *bahnbrechende*

Studie durch, doch immerhin als *dringlichen Entwurf*; was Weiterarbeit während der Semesterferien im Rahmen des »Studentensommers« einschloß. Alle schienen erleichtert, man hatte es vor der Mittagspause vom Tisch ... Herbst stand auf, erregt von dem unfaßbaren Sieg. Draußen sagte Kelly zu ihm: »Ich ahne, was Sie von mir denken. Der Dreistufenplan, was? Keine Sorge, es läuft nichts ohne Sie.«

»Was soll das sein, ›Typ zwei, Variante B‹?«

»Vorerst ein Bluff. Ich hab da ein bißchen gepokert. Wir mußten denen was hinhalten, sonst hätten sie die Zähne doch in uns geschlagen. Das verstehen Sie bestimmt.«

Herbst sagte nichts, er war zu berauscht.

Benno Unangst stieß zu ihnen, strahlend und bebend vor Energie. Aus seinem Lächeln sprach die Gewißheit, man werde ihn aufnehmen in das Kollektiv, das bald den Kommunikator schuf – als Fachmann und als Barrikadenstürmer.

Kelly nahm Unangst beim Ellbogen und raunte ihm etwas zu. Bei aller Hochstimmung, es schien Herbst so, als entwickelten die zwei, noch ehe es ans Werk ging, schon Grundbesitzergefühle für seine Idee: Karrieristen sie beide! Zwar kamen all die hurtigen Aufsteiger inzwischen zu spät, die Planstellen waren auf lange Sicht so besetzt wie die Villen am Stadtrand, auf die ein Professor oder Preisträger Anspruch erheben durfte. Um die wenigen Lehrstühle, die altershalber frei wurden, brach arges Gedränge aus, auch noch vergebens, oft erklommen Newcomer die Plätze, Kräfte von außerhalb ... Herbst spürte, er mußte sich vorsehen, wollte er nicht so schnell an den Rand gedrückt sein, wie es Jungblut eben passiert war.

15

Es war einer der wolkenlosen Tage, die morgens noch Frühling und mittags dann Sommer sind. Leuchtende Felder zogen vorbei, grüne Hügel, wie schön die Welt doch war! Zum zweitenmal fuhr Vera Bald mit Dr. Kelly nach Jena, in dem französischen Auto, dessen Interieur so gepflegt war wie sein Besitzer. Und wieder verging ihr die Zeit schneller als sonst. Auf der Autobahn überschritt Kelly die erlaubte

Geschwindigkeit, man saß so bequem, daß es keinen Unterschied machte. Ein herber Duft schien an den Polstern zu haften, der Hauch des Rasierwassers *macho*, jener Herrenkosmetik, die sich mit seiner Haut verband, wahrnehmbar nur, wenn man ihm einmal nahe kam.
Kein Kongreß erwartete sie diesmal, nur ein Gespräch im Institut – weshalb nahm Kelly sie mit? Etwa, um nicht ohne Anhang zu erscheinen? Sie lehnte sich zurück und schloß die Augen, es war so angenehm. Das Beste war sein Stereorecorder mit der Orgelmusik von Bach. Die Toccata und Fuge in d-moll, ihr Lieblingsstück, stark empfand sie Schwung und Glanz des Zwischenspiels ... Schon damals in ihrer Domchorzeit hatte das Stück sie bewegt. Später wählte sie es manchmal, wenn Woelk nachmittags zu ihr kam. Ja, das Auf und Ab der Tonfolgen, ihr Ineinandergreifen bis zur Lösung, dies brachte sie in Stimmung.
»Es gibt da ein Lied aus der Zeit Johann Sebastian Bachs, das fiel mir gestern ein«, sagte Kelly. »›Willst du dein Herz mir schenken, dann fang es heimlich an, daß unser beider Denken niemand erraten kann‹.«
Sie schlug die Augen auf, wie war das wohl gemeint? Da Kelly beharrlich so tat, als schätze er einzig ihre Leistung, hätte ein Annäherungsversuch sie enttäuscht. Oder, so fragte etwas in ihr – sie selber war es nicht –, wär es doch reizvoll, von ihm umworben zu sein? Was da aus der Tiefe des Unbewußten in ihr aufstieg, war nichts, das sich in Worte fassen ließ. Eine Regung wehte sie an, die man besser gleich vergaß. – »Beschäftigt Sie diese Zeit?«
Kelly nickte. »Es lohnt sich, Vera. Auch Ihnen gibt ja wohl die Bach-Ära einiges.«
»Mir ist das neunzehnte Jahrhundert näher.«
»Verständlich. Als emanzipierte Frau finden Sie da die ersten Vorbilder. Aber nehmen Sie nur einmal dies alte Lied. Wie es das Element der Heimlichkeit betont, es fast zur Bedingung macht!«
»Zur Bedingung, wofür?«
»Für das Aufkeimen einer Liebe. Könnten Sie einen besseren Werbetext für unseren Kommunikator finden?«

Sie lachte. Dieser Sturz vom Erhabenen ins Praktische war typisch für ihn. Kelly zeigte den gleichen sarkastischen Charme wie im Fernsehen, wenn er dort die Sprungtechnik des Flohs beschrieb. Falls es doch in seiner Absicht lag, mit ihr zu flirten, dann blieb das ein Spiel, das ihre Stimmung nur noch hob. Er ließ alles in der Schwebe. Wer war heute überhaupt noch so geistreich und galant? Sie kannte es bloß von der Bühne. Wer nahm sich zum Plaudern noch die Zeit? Nicht einmal Woelk tat das.
Ganz wie neulich wurden sie im Hotelrestaurant vom Oberkellner begrüßt, er gab ihnen einen Fenstertisch. Für Kelly schien das selbstverständlich, flößte sein Auftreten dem Personal Achtung ein? Er riet ihr zu flambiertem Kronenbraten, sie sah ihm beim Bestellen zu, vertraulich sprach er mit dem Kellner, der jeden Sonderwunsch notierte. Keiner ihrer Bekannten wurde so respektvoll behandelt. Die Martinis kamen schnell, trockene Martinis mit großer Olive, Kelly hob sein Glas: »Auf unser Vorhaben! Daß es Ihnen, Vera, zum Erlebnis wird.«
Sie trank ihm zu, entzückt von dem Weltmännischen seines Verhaltens. »Ich bin gespannt auf Ihr Institut. Sie wissen ja, was man sich von dessen Chef erzählt.«
»Sie werden nicht mehr auf Gerüchte angewiesen sein, Vera. Der Professor möchte Sie kennenlernen.«
»Mich ... ? Was hat er davon?«
Kelly lächelte geheimnisvoll über seinem Glas, in dem der Martini, extra dry, blaßgelblich schwamm. Die Suppe wurde gereicht, das enthob ihn der Antwort. Und er kam auch während der Aufwärtsfahrt zum Institut nicht mehr darauf zurück. »Kein Grund zur Beunruhigung«, sagte er, als er vor dem schmiedeeisernen Tor die Bremse anzog. Da drinnen wird auch nur mit Wasser gekocht.«
Hoch oben über dem Tal stand das Haus. In Baumgruppen eingefügt, wirkte es heiter-einladend auf Vera Bald, die voller Neugier war, zumal der Sekt, zum Braten genippt, sich freundlich in ihr verteilte. Welche Stille, was für ein stattlicher Park! Unter ihren Füßen knirschte Kies. Das vielfältige Grün schien sich wie aus dem Schwung heraus im Efeu oder

Weinlaub der Fassade fortzusetzen. Steinerne Putten säumten die Freitreppe; Blumenschalen, in denen es duftend blühte.
Vera Bald hielt den Atem an in dem Gefühl, den Gipfel dessen zu betreten, was ihr Land einer Elite der Tüchtigsten zu bieten hatte. Dabei nahm sie wahr, daß Kelly zur Sprechanlage trat und etwas vor ein Fernsehauge hielt, dann öffnete sich ihnen die Tür, und sie waren in einer Halle, deren Holzdecke Ornamente zierten, während der Fußboden aus Marmor war, quadratische Tafeln, in Messing gefaßt. Die Sekretärin, eine Dame um die Vierzig, von Kelly »Carola« genannt, führte sie durch ein Eßzimmer mit Stofftapeten, möbliert im Jugendstil, an einer Bleiglaswand vorbei auf die Terrasse, die wiederum einer Halle glich, dem Haus vorgelagert, nach drei Seiten offen und überdacht. Dort trat ihnen Professor Walther entgegen, ein milder alter Herr mit krausem Silberhaar. Er bot ihnen luftige Plätze an und ließ zum Tee Gebäck und Obst servieren. Es ging ein leiser Wind.
Staunend fand Fräulein Bald sich in einem riesigen Korbstuhl mit halbkreisförmiger Lehne wieder. Zu ihren Füßen lag die Stadt mit all den Schloten, Türmen und Fahrzeugströmen; kaum ein Laut drang herauf. Was sie hier auch umgab, es war erlesen, gediegen. Allein die Glaswand, ein Kunstwerk aus märchenhaften, in Blei gefaßten Scheiben voll schlanker Frauengestalten, lilienumrankt im Geschmack einer versunkenen Zeit. Und ihr war, als spreche ein ähnlich vornehmer Geist aus Worten und Gesten des Gastgebers, die geprägt schienen von Höflichkeit und Distanz, einer Neigung zum Zeremoniell, einer Kultiviertheit, die im persönlichen Umgang aus der Kunst der Andeutung, des Nicht-zu-offen-Seins zu bestehen schien. Er war ihr unerreichbar, solcher Stil, doch seltsam nahe in diesem Augenblick.
»Geselligkeit und Partnerschaft als Teil der Glückserwartung eines jeden Menschen ...« Etwas gequetscht drangen die Worte des Professors an ihr Ohr. »Die Frage ist, erfüllen wir, erfüllt der Staat mit dem Vorhandenen hinlänglich den Glücksauftrag, den das Volk ihm erteilt hat?«
»Das ist die Richtschnur«, stimmte ihm Kelly zu. »Ich mei-

ne, keine der modernen Industriegesellschaften tut von daher dem Glücksanspruch Genüge. Man zählt stolz die erzeugten Güter und unterschätzt das Nichtmaterielle auf der ganzen Nordhalbkugel. Dabei wachsen in West wie in Ost Erscheinungen der Kontaktarmut und Isolation. Konsumdenken und Industrialisierung bringen sie hervor.«
»Was meint denn Frau Bald? Stimmt das, oder irren wir uns?«
»Ich weiß nicht ... Einsame Menschen hat es wohl immer gegeben«, hörte Vera Bald sich antworten, erstaunt über den eigenen Mut. »Am Rande der Familie, des Dorfes, in der Haft oder sonstigen Anstalten ...« Die behinderten Kinder fielen ihr ein, um die sie sich gekümmert hatte, das evangelische Krankenhaus, das Altersheim. »Menschen, die traurig sind, die sich verlassen oder unverstanden fühlen, die gab es bestimmt schon vor dem Aufschwung der Industrie.«
»Aber ihre Zahl nimmt zu«, versicherte Kelly.
»Keine Statistik weist das aus, wir können nur vermuten«, sagte der Professor. »Vielleicht fällt es uns heute bloß mehr auf, weil dies in eigentümlichen Widerspruch gerät zu dem technischen Stand der Massenkommunikation, zum weltweiten Tourismus und zu der gesteigerten Sensibilität des einzelnen ...«
»Auch zu dem steigenden subjektiven Anspruch an das Leben und an die Gesellschaft«, warf Kelly ein.
»Und zu der oft unzulänglichen Bereitschaft, den Ansprüchen, die man stellt, auch selber zu genügen! Im Sinne von Präsident Kennedy, als er sagte: *You always ask, what can the land do for me, but you should better ask, what can I do for my land.*«
Kelly fragte: »Darf ich Ihnen übersetzen?«
Vera Bald verneinte, einfaches Englisch verstand sie ganz gut. »Sie fragen immer, was kann das Land für mich tun, Sie sollten besser fragen, was kann ich für mein Land tun.«
»So hört man ja die Jugend selten reden«, lobte Professor Walther. »Richard, vermeiden Sie doch in Ihren Memoranden lieber Termini wie ›Industriegesellschaft‹. Ich fürchte, es verwischt die Unterschiede zwischen der Entwicklung in Ost und West.

Kelly widersprach respektvoll, doch der Professor mied das Labyrinth solcher Thesen, er ließ nicht zu, daß dies ein Fachgespräch wurde, dem Fräulein Bald kaum hätte folgen können – und gab ihr ein Gefühl, als geschehe dies auch aus Rücksicht auf sie. Sollte man der Regierung raten, den Kommunikator zu testen? Dazu schien ihre Meinung erwünscht. Sie gewann den Eindruck, daß es sich eben jetzt entschied, ob der Professor im Forschungsrat des Landes, wo er viel Einfluß hatte, für die Entwicklung plädieren würde oder nicht. Und während sie den Argumenten lauschte, verschwand die ganze kostbare Umgebung aus ihrem Blick. Sie merkte, wie sehr die beiden trotz des Altersunterschieds sich im Wesen ähnelten, in einer gewissen Art des Takts, in der Hemmung, einander selbst im lebhaftesten Streit zu nahe zu treten. Es war, als handhabten die zwei meisterhaft bestimmte Regeln der Geselligkeit – Spielformen, durch die Menschen sich ohne Verletzung nahekommen und mit denen sie sich auch wieder entfernen, ohne einander böse zu sein oder sich gleichgültig zu werden ... Ein virtuoses Spiel, eine andere Welt!

»Alles wird gut«, sagte Kelly, als sie später durch den Park zurückgingen. »Übrigens, der alte Herr war von Ihnen recht angetan. Sie haben da drin eine gute Figur gemacht.«

»Ist das so wichtig?« fragte sie.

»Vielleicht. Er könnte Sie ja engagieren. Wenn Sie nur wollen, tut er es. Das Institut zahlt Spitzengehälter, Vera. Ich muß es wissen, gehöre ja dazu.«

»Mich einstellen? Da müßte ich nach Jena ziehen ...«

»Keineswegs.« Er öffnete ihr den Schlag mit einer knappen Bewegung, es lag Eleganz darin, männliche Bestimmtheit. »Sie würden bleiben, wo Sie sind: an der Hochschule, so wie ich.«

»Das hieße, bei Ihnen?«

»Bei mir.« Er ließ den Motor schnurren und streifte sie mit einem Blick. »Na, das hat überhaupt keine Eile, überschlafen Sie's getrost ... Es ist ein absolut seriöses Angebot.«

16

Johanna hatte recht behalten; vom Verlag kam ein Couvert mit Woelks Manuskript. Man gab ihm *Kontakt 2000* kurzerhand als literarisch schwach zurück. Sein Lektor Dr. Tredup schlug nicht einmal mehr vor, wie sonst noch immer, den Text durch Überarbeitung zu retten. »Die vorliegende Geschichte paßt leider nicht zu den übrigen Beiträgen unserer Anthologie«, hieß es in dem Begleitbrief. »Auch frage ich mich, ob Sie, lieber Herr Woelk, sich und Ihren Lesern mit solch einer Veröffentlichung dienen würden. Die Charaktere und der Handlungsverlauf werden nämlich dem interessanten Grundeinfall keineswegs gerecht. Dies ist meine Erfahrung aus der utopischen Literatur: Eine phantastische Hypothese in der Gegenwart durchzuspielen ist schon so oft mißglückt, daß hier ein Gesetz zu walten scheint, das dies verhindert.«

Ein formvollendetes Nein. War das endgültig? Offenbar. Wohl konnte Woelk das Manuskript einem anderen Verlag vorlegen. Aber ob es dort Chancen hatte? Nach seinen Erfahrungen glaubte er das nicht. Die Häuser waren gewarnt, hatten stets voneinander gehört. Er lief im Zimmer umher. Ehe der Hieb in ihn eindrang und sein Denken trübte, würde etwas Zeit vergehen. Bis dahin wollte er den Fall prüfen und sehen, was ihm zu tun noch übrigblieb.

Der Vorgang war so banal wie die Schlüsse, die Woelk daraus zog; er fand sie selber nicht originell. Wird ein Stück Literatur abgelehnt, das im eigenen Lande spielt, so mißtraut der Autor einem Urteil, das allein der künstlerischen Formung gilt und andere Aspekte ausspart. Daher sah er Tredups »Gesetz, das dies verhindert« kaum in den Sphären der Kunst, mehr in der Alltagswirklichkeit: in jenem Hauch von Vorsicht, der kühl um Bürostühle strich und die Weisheit derer trübte, die dort saßen. Ihr Blick konnte sich in Momenten der Irritation arg verengen. Woelks Text mochte hier und da respektlos sein, weshalb man es nicht wagte, ihn in die Sammlung aufzunehmen. Ja, so verhielt es sich! Vielleicht fürchtete sein Lektor den Protest von Militärpersonen, die der Vorschlag reizen könnte, das Kontaktgerät auch Soldaten in die

Hand zu geben? Tredup wußte nicht, wie lebhaft die Männer der Grenztruppe der Geschichte zugestimmt hatten, als Woelk sie dort recht und schlecht verlas.
Er mußte ihm das schreiben. Übrigens irrte Dr. Tredup in puncto Utopie. Vera hatte ja gesagt, an der Hochschule sei man dabei, ein Modell des Kommunikators zu bauen, einen Prototyp, angeregt durch die uralte Story *Verführung auf Gamma*, die wiederum Woelks Ausgangspunkt für *Kontakt 2000* gewesen war. Wie weit das Modell auch abwich von der Grundidee, es blieb ein Kind seiner Inspiration! Ohne es zu wollen, ja auch nur zu ahnen, hatte er den Anstoß zu einer Entwicklung gegeben, die wohl in der Luft lag und ohne ihn in Gang gekommen wäre, allerdings erst später. Falls das Gerät sich bewährte, konnte der Zeitvorsprung auf dem Weltmarkt wichtig sein ... All das wollte Woelk seinem Lektor schreiben und hatte den Bogen schon eingespannt, als er begriff, es nützte nichts, fehlte ihm ja jeglicher Beweis.
Es hatte in keiner Zeitung gestanden. Einen Schriftwechsel mit der Hochschule gab es nicht. Und ohne Beleg würde Tredup ihm nicht trauen – sinnlos, zu versuchen, ihm Mut einzuflößen. Tredup würde ungläubig, unerbittlich bleiben, zumal er Woelk für listig und für fähig hielt, ihm realitätsnahe Fiktionen darzubieten. Augenzwinkernd hatte der Lektor einst bei einem Glase Wein erklärt, er betrachte es als seine Aufgabe, Woelks überschäumende Vorstellungskraft zu kanalisieren, sie in nützliche Bahnen zu lenken. Seine wilde Phantasie solle mit abenteuerlichen Geschichten das Buchprogramm würzen und das Verlagsgeschäft heben, also geistig und geldlich der Planerfüllung dienen, nicht aber das Haus ins Gerede bringen. So schroff hatte Tredup sich nicht ausgedrückt, doch dies war zweifellos gemeint. Deshalb, so war zu befürchten, würde ihn auch gar nichts überzeugen. Selbst wenn man's ihm schwarz auf weiß bewies, sein Urteil stand fest: Interessen sind stärker als Beweise.
Woelk lief ins Freie, erfüllt von blankem Zorn. Wie oft hatte Tredup schon versucht, ihn auf das Genre des »Aktionsromans« und auf Afrika als Schauplatz festzulegen? Sehr erfolgreich, mit den schönsten Argumenten. Wenn er damit

kam, daß es außer Woelk weit und breit keinen gebe, der da Vergleichbares leiste, so klang das höchst plausibel, äußerst angenehm. Es war nicht mal geschmeichelt, fand er, nein, es stimmte schon. Doch die Kehrseite der Medaille war, er sah sich auf ein Rollenfach verwiesen, wie das Schauspielern passiert – eingeklemmt zwischen Publikumserwartung und den Besetzungswünschen einfallsloser Regisseure.

Höchste Zeit, da auszubrechen. Es mußte erlaubt sein, den Menschen zu zeigen, daß noch anderes in ihm steckte. Inzwischen hatte er *Kontakt 2000* in zwei Großbetrieben vorgelesen und viel Beifall geerntet, der Verlag aber schnitt sein übriges Publikum davon ab, warum? Wie hatte es dahin kommen können? Ein paar Leute setzten ihren Kopf, ihren Kunstgeschmack durch, sie schoben sich wie ein Filter zwischen ihn und die Leserschaft! Die Wahl des *mündigen Lesers*, wie Philologen den Buchkäufer gern nannten, blieb arg beschränkt, wenn man ihm einen Teil der verfügbaren Nahrung entzog oder ihm das angeblich Ungenießbare durch Vorkauen bekömmlich machen wollte.

Unter solchen Betrachtungen langte er fast im Laufschritt vor einer Villa aus Kaisers Zeiten an; ein immergrünes Klettergewächs bedeckte spitzzackig die bröckelnde Front. Im Hochparterre wohnte Herta v. Dallwitz, die große alte Dame des Literaturbetriebs der Stadt. Es fehlte die Klingel, man mußte sich auf eine Art, die nur wenige kannten, bei ihr bemerkbar machen. Gelang dies, dann erschien am Fenster ihr ausgemergeltes Gesicht, das, hatte man sie bei der Arbeit gestört, dem Kopf eines gereizten Vogels glich. Herzleidend und gedrängt von Todesahnungen, versuchte sie, ihre letzten Jahre in Werke zu verwandeln, falls sie nicht gerade reiste. Denn solange ihr die Welt noch offenstand, wollte sie alles an Eindrücken speichern, was sich ihr noch bot. Ob der Reisedrang zum Verfall ihrer Kräfte beitrug oder sie vielmehr stärkte, wer konnte das sagen? Die große Reise, einmal im Jahr, gehörte zum Ritual ihres wohlgeordneten Daseins.

Aber Woelk traf sie an, huldvoll ließ sie ihn ein in das altmodische Studio, ererbt von ihrem Vater, der in den zwanziger Jahren ein namhafter Dramatiker gewesen war. »Wo drückt

der Schuh?« fragte sie und goß ihm den französischen Cognac ein, den man meist bei ihr bekam. »Es gibt wenig, was ein Hennessy nicht in Ordnung bringt.«
Woelk legte das Manuskript auf den Tisch. Frau v. Dallwitz musterte es, einen Ausdruck um den Mund, als wollte sie sagen: Was geht mich das an? Anderer Leute Hoffnungen, Lügen und Ambitionen! Dabei hörte sie ihm schweigend zu, eine hagere Dame mit dünnem weißem Haar, das sie im Pagenschnitt trug. Hinter den starken Gläsern wirkten ihre Augen wie boshaft glitzernde Punkte, die Oberlippe war messerdünn, die Nase lang, Kinn und Unterlippe sprangen wulstig vor, wie dazu geschaffen, bestimmte Laute im Englischen zu bilden. Sie liebte Röcke mit Westen, Blusen aus Wolle oder Leinen und schottische Halstücher. Im Gespräch verlor sich völlig ihre Häßlichkeit, dank der Fähigkeit zum Zuhören und der Wärme ihrer Stimme. Die klang in Sälen leicht überanstrengt, dennoch trat sie manchmal an das Rednerpult einer Blockpartei, in deren Vorstand sie wirkte aus Gründen, die allgemein vergessen worden waren.
Als Woelk geendet hatte, sagte sie: »Mein Sohn, das sind ergreifende Töne.«
»Herta, ich hänge an der Geschichte.«
»Nimm sie lieber wieder mit. Ich bin bekannt dafür, Manuskripte zu verlieren.«
»Sei unbesorgt, es gibt noch ein Exemplar.«
Da sie begann, in dem Text zu blättern, schöpfte Woelk Mut. Ihr Instinkt war so stark, daß sie allem rasch auf den Grund kam. Von Hause aus Anglistin, glänzte sie in drei weiteren Fremdsprachen und galt als eine der empfindsamsten Nachdichterinnen. Hinter der selbstgestellten Aufgabe, Lyrik und edle Prosa des Auslands hiesigen Lesern zu erschließen, trat ihr eigenes Schaffen zu Unrecht zurück. Sie schrieb gern über Frauen, deren Sehnsüchte und Glückserwartungen, sehr lesbar und schlicht. Ihre Naturgedichte in gehobener Sprache, oft die Frucht von Reisen, hatten ein feineres Publikum. Mit kulturhistorischen Essays endlich wandte sie sich an einen Kreis von Kennern ... Sie war das letzte noch lebende Gründungsmitglied des Schriftstellerverbands im Bezirk.

Gewann Woelk ihre Unterstützung, konnte das höchst hilfreich sein.
»Das ist ja alles Dialog«, rief sie plötzlich und starrte ihn an. »Kannst du überhaupt Prosa schreiben? Bring's auf die Bühne, Alexander! Du hast ja ein Stück daraus gemacht.«
»Dafür ist der Stoff zu groß. Den stellt mir niemand auf die Bretter.«
»Dann laß die Finger davon.«
»Das klingt nicht sehr freundschaftlich, Herta. Mir scheint, wir sollten zusammenstehen, wenn einem das Beste vom Tisch gefegt wird.«
»Ja, das sollten wir … Falls es lohnt, Bruder. Falls es wirklich bedeutend ist! Es wird viel zuviel gedruckt.«
Jetzt nahm Woelk wahr, daß Frau v. Dallwitz einer runzligen Schimpansin glich. Sie mußte ja an die Achtzig sein. Und ihm ging auf, sie hatte gar keine Beziehung zu seinen Büchern. Ihrerseits drängte sie den Kollegen nie auch nur eines ihrer schmalen Werke auf, die im Buchhandel rasch versickerten, und so gab man auch ihr kaum Belegstücke. Doch auf diese Weise war, bei lebhaftem Gedankenaustausch, das geistige Band dünn geworden; und nun rächte es sich.
»Na gut, laß mir's da«, hörte er sie sagen und ging im Gefühl eines vagen Erfolgs. Bestimmt würde sie merken, daß das meiste, das den Weg in die Schaufenster fand, schwächer war als dies! Maß sie den Text freilich an den großen Dichtungen Europas und beider Amerika, die sie seit sechs Jahrzehnten übertrug, stand es für Woelk schlecht.
Trotzdem fühlte er sich erleichtert. Sein Blick auf die Umgebung schien verwandelt. Hatte er hinwärts gar nichts wahrgenommen, so bemerkte er auf dem Heimweg Menschen beim Wochenendeinkauf und sah auch die schmucken Häuser der einst so dürftigen Werkssiedlung, die mit frischgeputzten Mauern, Zweitgaragen, Ziergärten, Blumenfenstern und gläsernen Anbauten prunkten. Vor leuchtend gelben Sandhaufen drehten sich Betonmischer. Was tat es, wenn nicht jeder Sack Zement rechtmäßig erworben sein sollte? Dies kam ja den Menschen zugute, sie schienen zufrieden in ihrem Tun, und Woelk war's im Augenblick auch …

Ach, manchmal fragte er sich, ob der Umstand, daß ihm mit den Jahren vieles in milderem Licht erschien, auf den Zuwachs an Reife oder auf ein Schwinden der Sehfähigkeit zurückging.
Daheim saß Johanna im Sessel, hatte seine Post vor sich und antwortete ihm kaum. Sie rauchte, den Ellbogen in die linke Hand gebettet: ein Zeichen von Verstimmung.
»Ich hab Vera nicht gesehen, falls du das vermuten solltest.«
»Aber ich«, sagte sie. »Richte ihr doch bitte aus, sie möchte die Kantine des Theaters meiden, das ist kein öffentliches Lokal. Es ist mir peinlich, ihr dort zu begegnen.« Johanna drückte die Zigarette mit einer so kontrollierten Bewegung aus, als setze sie einen Schlußpunkt, gebiete sich selber Halt. Er gab ihr die Verlagsnachricht, um sie abzulenken. Gewiß half ihr der Brief, Vera jetzt zu vergessen. Es besänftigt einen stets, zu erfahren, daß man recht behalten hat ... Während sie las, beschlich ihn wieder das Gefühl, der Vorrat an Toleranz, von dem sie beide zehrten, sei nicht unerschöpflich. Johanna war noch immer schön, wie konserviert durch die Kühle, mit der sie sich umgab. Sie zog ihn unvermindert an. Nein, diese Bindung war unzerbrechlich, auf Rücksicht, Verständnis und Schweigen gegründet. Jede andere Frau hätte ihm eine Szene gemacht, sie aber blieb so kultiviert, wie sie von jeher gewesen war.
»Alexander, wann fahren wir?« Sie ließ den Brief sinken. »Schieb es bitte nicht mehr auf.«
Er würde Vera bitten, der Kantine fernzubleiben – so behutsam, daß er's nicht mit ihr verdarb. Mein Gott, die Wünsche der beiden aufeinander abzustimmen, ihre Rechte auf ihn auszutarieren, das blieb ein Balanceakt, so schwierig, daß ihm die Hand dabei bebte. – »Wir fahren, sobald ich die Story durchgeboxt hab.«
»Wo denn? Wie willst du das schaffen?«
»Prätorius hat eine Kopie, kann sein, er bringt es unter.«
»Wenn das drüben erscheint, ist es ein Affront für viele.«
»Wenn das hier nicht kommt, ist es ein Affront für mich.«
»Der Verlag scheidet aus«, stellte sie fest.
»Du meinst wohl: sämtliche Verlage?«

»Laß uns überlegen, was dir noch bleibt.«
»Darüber zerbreche ich mir auch den Kopf.«
»Hast du schon mal an den Almanach zum fünfzigsten Jahrestag gedacht? Sie wollten doch einen Beitrag von dir, und du hast keinen gehabt.«
»Du gibst der Story dort eine Chance?«
»Wenn du sie etwas überarbeitest, durchaus.«
Woelk überlegte, ganz angetan von der Idee. Johanna nahm ihn bei der Hand, sie wies ihm wieder mal den Weg! Wie gut sie doch immer alles übersah. Der Almanach war eine Bezirkszeitschrift, die in der Regie der Künstlerverbände nur einmal jährlich erschien. Ein Querschnitt durch das Schaffen im Bezirk; zum 50. Jahrestag der Republik war eine Prachtausgabe geplant, reich bebildert und dick, die schon Platz bot für Erzählungen vom Umfang seiner Geschichte. Ja, vielleicht ging es so: Er würde den Text leicht mildern und ihn mit den Stimmen der Vorstandsmitglieder, darunter seiner eigenen, in den Prachtband bringen.
»Man muß es versuchen.« Woelk strich den Brief glatt und heftete ihn ab. Er fand sich schrecklich berechnend. Ein Minuspunkt für seinen Charakter, sicherlich. Bei Anlässen, die ihn hätten empören sollen und die Verteidigung seiner Ehre, ja der Seele verlangten, des Besten also, was ein Schreiber hat, dachte er praktisch ... An einem positiven Helden, der sich in einem Roman von ihm durch Afrika schlug, hätte er diesen Zug kaum geduldet.

17

»Lieber Papi«, las Werner Herbst tief bewegt, »hab vielen Dank für Deinen Brief, ich hatte so darauf gewartet, nachdem ich Dir aus Bagdad gleich schrieb. Ist mein Brief nicht angekommen? Heute schreibe ich Dir mehr. Deine Ermahnungen will ich alle beherzigen. Nur, was hast Du gemeint mit dem ›unsentimentalen Verlauf des Lebens‹? ...«
Herbst seufzte; da war er doch zu schwierig gewesen, hatte sich nicht bemüht, verständlich zu sein.
»... Draußen ist es unheimlich heiß, man kann nicht wie zu Hause rumstromern oder mit dem Fahrrad fahren. Das ist

uns überhaupt verboten. Sogar zur Schule werden wir mit dem Botschaftsbus gefahren und wieder abgeholt. Ob es wegen dem vielen Dreck und Verkehr ist oder weil wir uns verlaufen können, weiß ich nicht genau. Aber Mutti traut sich auch noch nicht allein bis zu dem gewaltigen Denkmal, das an die Toten des Golfkrieges vor zwölf Jahren erinnert. Riesenhoch ragen die blau und golden schimmernden Kuppelhälften, durch den Spalt sollten die Seelen der Märtyrer in den Himmel fahren. Der Verkehr ist schlimm in den Hauptstraßen, immer staut er sich im Kreisverkehr. Viele tolle Autos kann man sehen, meistens japanische. Wir benutzen auch mit der anderen Familie in unserem Haus zusammen einen Toyota. Die Taxis haben rote Kotflügel, daran erkennt man sie. Manche sind ganz schön klapprig und haben altmodische Heckflossen. Neulich hab ich gesehen, wie aus so einer alten Karre zehn Araber rausgeklettert sind. Die Schule schafft einen, sag ich Dir. Meine Klasse hat nur zwölf Kinder, da kommt man dauernd dran ...«

Herbst suchte nach einer Wendung ins Persönliche, doch sein Sohn fuhr so unbeschwert fort, wie man nur mit zehn sein kann: »Freitags ist hier Sonntag, letztes Wochenende waren wir mit dem Auto in Samarra, das liegt eine Stunde weg an der Straße nach Mossul. Wir sind auch auf dem Spiralminarett gewesen, beim Runterlaufen hatte ich doch Angst, weil außen kein Geländer ist. Als wir nach Bagdad zurückfuhren, hielt uns vor der Stadt eine Kamelherde auf. In dem Haus haben wir eine ganze Etage, mein Zimmer ist riesig. Die Nachbarn aus Leipzig haben ein kleines Mädchen, aber mit der kann man nicht spielen. Alle Kinder aus meiner Klasse wohnen weiter weg, wir können uns nur wenig besuchen, und dazu muß man das Auto nehmen. Mutti darf aber bis jetzt noch nicht fahren und traut sich auch nicht. Am Haus ist ein schöner Garten, immer muß Wasser aus einer Leitung vom Tigris laufen, sonst vertrocknen das Gras und die Palmen. Manchmal langweile ich mich doch, Fernsehen ist blöd, man versteht ja nichts. Mutti ist aber immer schon nach dem Mittag zu Hause, sie arbeiten alle nur fünf bis sechs Stunden. Ich soll viel lesen; manchmal spielen wir auch Rommé oder

Canasta. Mein Roulette durfte ich ja auch mitnehmen. Schade, daß Du das alles hier nicht sehen kannst. Der Turm vom Spiralminarett soll 52 Meter hoch sein. Was ist das denn für eine Idee, die Du in Deiner Freizeit ausarbeitest? Ich kann mir unter dem Gerät nichts vorstellen. Oder sind die Forschungen geheim, so daß Du schweigen mußt? Auf alle Fälle schreib mir bald wieder, und vergiß auch Du mich nicht! Es drückt Dich ganz lieb Dein Ralf.«

An den Rand gekritzelt war noch eine Nachricht, die besagte, daß sein Sohn die zwei ersten Briefe nicht erhalten hatte; so wie Ralfs erstes Lebenszeichen auch bei ihm nicht angelangt war. Wie ging das zu? Die Briefe nahmen nicht den Postweg, sie wurden in Berlin gesammelt und durch Kurier in den Irak gebracht, konnten also gar nicht wegkommen. Da hätte schon das Flugzeug abstürzen müssen. Und gleich drei Sendungen sollten verschwunden sein? Es fiel auf, daß Ralf seinen neuen Vater mit keinem Wort erwähnte. Sollte der die Post unterschlagen haben? Herbst wollte gleich seine geschiedene Frau um Aufklärung und Hilfe bitten. Eva würde kaum so herzlos sein, ihrem Mann zu erlauben, den letzten Faden durchzutrennen, der einen mit Ralf noch verband.

Herbst griff zum Schreibzeug, im ganzen doch gestärkt durch diesen Brief; was war von einem Kind denn mehr zu erwarten? Seit er zuletzt an Ralf geschrieben hatte, war ja vieles besser geworden – jetzt ging es ihm wirklich beinahe gut! Nachdem Kelly die Dinge so vorangebracht hatte, war man mit den Forschungen nicht mehr auf die Freizeit beschränkt. Der Durchbruch stand bevor: grünes Licht aus Berlin für den Bau einer Nullserie von Kommunikatoren im VEB Heimelektronik und, nach deren Verteilung an einige hundert Probanden, der erste praktische Versuch, an dem Herbst selber teilnehmen würde. Noch immer gehörte der Selbstversuch zum klassischen Rüstzeug des Erfinders.

Auch Vera Bald hoffte daran teilzunehmen, begeisterungsfähig, wie sie war. Sein Umgang mit ihr wurde auch ohne das Gerät von Tag zu Tag enger, das bedeutete ihm soviel ... Nachher würde sie ihn besuchen, wollte er ihr doch etwas zeigen, das zu Ankes Geburtstag fertig sein sollte, und er

freute sich auf Veras Gesicht. Im Spiegel prüfte er sein eigenes. Die Schatten an der Nasenwurzel, die geröteten Lidränder störten ihn. Kein Zweifel, er war überarbeitet, fand höchstens noch fünf Stunden Schlaf. Der Kommunikator saß fest in seiner Gedankenwelt. Wie damals beim *Netzauge* folgte das Projekt ihm überallhin, er konnte den Ideenfluß kaum bremsen, wollte es auch nicht, bis tief in die Nacht folgte ihm dies. Doch eben das gab ihm auch Kraft: besser müde und seiner selbst gewiß als ausgeruht und deprimiert. Spüren, wie es einen vorwärtsstieß, tätig sein und Wertvolles schaffen, das allein war Leben! Die große Traurigkeit des Frühjahrs schien vergessen, so weit lag sie zurück.
Während Herbst zerstreut dasaß, durchpulst von einem Glücksgefühl, die Gedanken sammelnd für den Brief an Eva, fuhr unten mit unverkennbarem Lärm das rosa Auto vor. Er sah Vera aussteigen, an diesem Samstag in einem weißgepunkteten Sommerkleid, und ging, ihr die Tür zu öffnen. Ihre Erscheinung war von duftigem Zauber – ihm ein einziges Versprechen. Sie gab ihm eine Schüssel voller Erdbeeren. »Für dich handgepflückt von Anke, frisch aus dem Garten.«
Sein Blick glitt von ihrem Mund zu den Früchten und wieder hinauf zu den Lippen, er bat Vera gleich in die Küche. »Und das ist meine Überraschung.«
Die Hälfte der altertümlich geräumigen Küche war ein Bastelraum, viel Werkzeug an den Wänden, am Fenster stand ein Puppenhaus auf dem Tisch. Es hatte vier hübsch möblierte Zimmer und eine Veranda mit rot-weißem Sonnenschirm über der Garage.
»Für Anke? Werner, daß du so was kannst! Und dir Zeit nimmst dafür …«
Herbst fand, sie übertreibe da. Er hatte das Spielzeug nur aufgefrischt, das war sogar erholsam gewesen, Handarbeit dämpfte den Streß. Das Puppenhaus hatte Ralf gehört, dessen mädchenhafte Züge Eva stets mißbilligte, während er, Herbst, darin ein Hinwenden zur Häuslichkeit sah, gut für den künftigen Ehemann. Die Zeit des alten Rollenspiels der Geschlechter war vorbei. Auch wußte er, Beziehungen zwi-

schen einem Mann mit weiblichem Seelenanteil und einer Frau mit männlichem Einschlag konnten sehr zufriedenstellend sein, harmonischer als die der Standardtypen. Die versagten oft sogar beim Sex, das war der Fachliteratur zu entnehmen, die Herbst des Projektes wegen neuerdings las. Feinfühlige Männer und zupackende Frauen waren begünstigt, taten sie sich zusammen: Nur wer es dank seiner psychosexuellen Anlage verstand, sich in den Partner zu versetzen, konnte dessen Wünsche erfühlen.

War Vera nicht eine sehr weibliche Frau mit einem Schuß von Keckheit und Tatkraft, jetzt so dicht neben ihm? Und er selber nicht ein ziemlich einfühlsamer Mann? So sensibel, daß ihn etwas an ihr störte, in diesem Augenblick. Er hatte den Eindruck, sie sei irgendwie gehemmt und daran gehindert, so natürlich wie sonst zu sein. Plötzlich, als gebe sie sich einen Ruck, versicherte ihm Vera, für all das habe er einen Kuß verdient. Und schon berührten ihre Hände seinen Kopf, umspannten den Nacken, und ihre Lippen öffneten sich warm auf seinem Mund. Er spürte den Druck ihres Körpers, zog sie an sich, erwiderte den Kuß.

»Was ich dir jetzt sage«, stieß sie heraus, »darfst du auf keinen Fall mißverstehen.«

»Du ziehst die Grenze, nicht wahr? Es ist rein freundschaftlich gewesen, ich soll mir nichts darauf einbilden – ist es das?«

»Nein, überhaupt nicht. Ich weiß schon, was ich tue. Aber nicht böse sein, Werner, es geht nicht anders ... Ich kündige bei euch.«

Herbst merkte, wie der Rausch verflog. »Aber warum?« Ihm war zumute, als stürze er ab. »Zahlt dir jemand mehr?«

»Ja, das auch.«

»Und was noch?«

»Glaub mir, es ist nicht bloß des Geldes wegen. Ich kann öfter zu Haus arbeiten und mich mehr um meine Mutter kümmern ...«

»Wer ist dein neuer Chef? Heißt er zufällig Woelk?«

Sie schüttelte den Kopf. »Werner, an unserer Freundschaft wird sich gar nichts ändern, im Gegenteil ...«

»Im Gegenteil?«

»Sieh mal, Chef und Sekretärin, das ist doch kein guter Stil, nicht wahr?«
»Ich hab's noch nicht als Stilfrage betrachtet.« Herbst wich zum Küchentisch zurück, über die Erdbeeren hinweg sahen sie sich an, und er bemerkte die Röte in ihrem Gesicht. »Wenn ich das recht verstehe«, sagte er, »entfernst du dich also, um dich mir zu nähern.«
»Mein neuer Platz ist gar nicht so weit weg.«
»Das tröstet. Wo ist es?«
»Gleich nebenan, bei Sir Richard. Man gibt ihm eine eigene Abteilung – in der Hochschule, aber ziemlich unabhängig von ihr.«
Pistolen-Kelly! Herbst verspürte einen Hauch von Feindschaft. Kelly enttäuschte ihn schwer; hätte der nicht zuerst ihn selber fragen müssen? Was war das für eine Forschungsgruppe, in der man sich gegenseitig Mitarbeiter abwarb?
»Ich bleib dir ja erhalten«, hörte er Vera sagen.
»Wer weiß, was der Herr noch im Schilde führt ...«
»In mir hast du jemanden, der ihm auf die Finger sieht.«
Herbst lachte gallig auf. »Das klingt nach Mata Hari.«
»Sollte ich lieber für ihn bei dir spionieren?«
»Im Stil von Mata Hari? Ja unbedingt, das wär mir lieber.«
»Vielleicht kann ich sogar zwischen euch vermitteln und schaff es, daß alle zufrieden sind.«
»Nimm dir nicht zuviel vor«, sagte Herbst. All seine Freude war dahin.

18

Es machte Vera Bald nichts aus, sonntags zu waschen, den Nachbarn zum Trotz. Im Gärtchen gegenüber dem Haus, wo die Wiese zum Flußufer abfiel, hängte sie die Wäsche auf. Der Flußhauch, ein Gebräu aus sommerlicher Fäulnis, geteertem Holz und einer Spur Phenol, erinnerte sie an ihre Kindheit hier. Das Ufer mit den morschen Bäumen, den Buhnenköpfen und dem Gestein des Wasserfalls fünfzig Schritte stromabwärts, das ein Ausläufer des Domfelsens sein sollte, war ihr Spielplatz gewesen, ein Feld wilder Abenteuer. Schon mit acht Jahren hatte sie in einer Badewanne aus

Kunststoff den Wasserfall überquert. Ein andermal fiel sie hinein, wurde gerettet, japsend wie eine nasse Katze, und wischte ihr Pech weg mit dem Satz: »Was ich da unten alles gesehen hab!«
Jeder wußte, wie wenig man damals in der Brühe sah; sie wollte lieber unglaubwürdig sein als sich geschlagen geben. Dann kam das winterliche Schlittschuhlaufen über singendes Eis, das nahe dem Wasserfall dünn wurde ... Und der fremde Mann, der jäh aus dem Gestrüpp trat, um Scheußliches zu tun und sich am Ekel der kleinen Mädchen zu weiden. Nie war er erwischt worden, keine wagte, zu Haus davon zu erzählen. Lange hielt Vera Bald alle Männer für gierige Strolche. Und einige schienen auch darauf aus, dieses Urteil zu erhärten. Wenn sie nur an ihren ersten Tanzstundenherrn dachte, dessen Hände sich gleich auf dem ersten Nachhauseweg peinlich verirrt hatten. Oder an den Tennisspieler, ihren zweiten Freund, der so haltlos gewesen war, nackt zu ihr ins Bett zu kriechen, als sie ihn einmal in Abwesenheit ihrer Mutter gutherzig bei sich übernachten ließ. Da hielt sie die Schenkel geschlossen zufolge der mütterlichen Warnung, ihr werde sonst Schlimmes geschehen. Unter den Händen des Tennisspielers war ihr das gar nicht leichtgefallen, zumal er behauptete, soviel Kälte mache Männer krank.
Man belog sie, um *es* zu erreichen! Als hafte ihr etwas diesbezüglich Lockendes an, näherten sich ihr Männer in schamloser Absicht. Am ärgsten der Psychopath, der ihr im sonst leeren Waggon eines Personenzugs eine Zigarette aufgedrängt und sie dann angefleht hatte, den Rock ganz wenig zu lüften, nur ein, zwei Fingerbreit ... Nach all dem hatte Alexander Woelk es schwer mit ihr gehabt. Sie besann sich genau auf das billige Zimmer im Thüringer Wald, wo er sie abends nach seinem Vortrag und ein paar Diskotänzen zwar verschont hatte. Ein bißchen verliebt war sie gewesen, auf einen Angriff gefaßt und bereit, ihm Grenzen zu setzen. Männer gingen im Schutze der Nacht vor, beschwingt vom Feuer des Alkohols. Daß aber Woelk erst am nächsten Morgen zerstreut bei ihr eintrat unter dem lächerlichen Vorwand, gemeinsam mit ihr im Bett lesen zu wollen, das hatte sie nicht

einmal Ulrike erzählt, ihrer besten Freundin; es hätte ihr einfach keiner geglaubt. So beiläufig war sie überrumpelt worden, gelähmt in der Verteidigung. Die unterlief Woelk ebenso wie zuvor die Bibliotheksordnung. Und die Drohung »Lassen Sie die Hände auf der Decke oder ich schreie« – denn man siezte sich noch – hatte auch nichts mehr genützt. Jener Schmerz, mit dem die Mutter sie geschreckt hatte, blieb in Wirklichkeit ja aus, und das Erstaunen darüber, wie sanft man in sie eindrang, während ihr Herz hämmerte und ihr Schauer über die Haut liefen, ließ sie jeden Widerstand vergessen.

In ihrer Betrachtung hier angelangt und fast fertig mit der Wäsche, hörte sie eine Autotür klappen und erblickte am oberen Ende des Zauns – Woelk. »Alexander …«, rief sie wie immer, wenn er überraschend kam, und warf die letzten Stükke zurück in den Korb. Es ging nicht anders, sie fiel ihm um den Hals.

Er sah über die Schulter zur Straße und hielt den Finger vor den Mund, als könne man ihre Begrüßung durch all das Laub hören oder sehen. Dabei gab er ihr ein Couvert: Ob sich der Inhalt bis Dienstag ablichten lasse? Es sei die Geschichte *Kontakt 2000*, er müsse sie dem Vorstand zur Kenntnis bringen, also fünffach vervielfältigt haben.

»Tut mit leid, unser Papier ist abgezählt, Alexander. Seit wir den Kommunikator machen, sind die Bestimmungen verschärft worden. Das Projekt ist geheim.«

»Aber ihr verdankt es doch mir …«

Er sagte noch mehr, doch es gelang ihm nicht, sie umzustimmen. Er war nicht ihretwegen gekommen – sie ließ ihn die Enttäuschung spüren. So bekümmert sah er aus, daß sie schließlich versprach, ihm den Text bis Dienstag abzutippen.

»Bleib noch ein bißchen, ja?«

»Du, ich bin nicht allein. Die Familie sitzt im Auto. Sieh mal, wir kommen vom Essen in der Stadt und wollen noch ein bißchen ins Grüne.«

Vera Bald erstarrte. Das war unerhört. Woelk schloß sie nicht nur aus seinem Leben aus, er schleppte obendrein seine Leute bis vor ihre Haustür! Wut stieg in ihr hoch, sie war nahe

daran, ihm den Text vor die Füße zu werfen ... Dann aber besann sie sich anders. Sie würde sich rächen, irgendwie. Es hupte hinter ihm, er nickte ihr zu und lief zurück, folgsam wie ein Hündchen, dem man gepfiffen hat. Was für ein jammervoller Kerl! Oh, warum liebte sie ihn so?
Später ging sie mit Anke am Deich spazieren, sann darauf, wie sich der anderen Frau die Kränkung heimzahlen ließ. Sollte sie ebenso achtlos in deren Revier eindringen, wie die bei ihr vorgefahren war? Drei Stunden brauchte sie für zwanzig Seiten, weil sie sich häufig verschrieb. Um halb neun brachte sie ihre Tochter zu Bett, warf das rosa Auto, da der Starter versagte, mit der Kurbel an und steuerte es am Fluß entlang südwärts.
Die Stadt lag wie ausgestorben da. Hinter den Fenstern der Wohntürme lief das Fernsehen, flammte bonbonfarbenes Neonlicht. Vor drei Ampeln mußte Vera Bald sinnlos warten. Am Markt stoppte sie ein Polizist. Das Gehabe des Mannes reizte sie, er beanstandete die Blumenschale auf dem Trittbrett, ein defektes Bremslicht und stellte ihr einen Mängelschein aus. Sie verlor zwanzig Minuten, von Grund auf belehrt über die Pflichten des Fahrzeughalters, ohne jeden Scherz ... Wenn das kein schlechtes Zeichen war.
Eigentlich wollte sie bei den Woelks halten, parkte dann jedoch am Ende der Straße und lief zurück. Sie überstieg den weißlackierten Zaun, wich dem Goldfischteich aus, trat auf eine Harke, deren Stiel ihre Schulter traf, und hätte fast das Manuskript verloren. Waren die Woelks verreist, ging sie manchmal an dem Haus vorbei, hatte es auch Anke gezeigt.
Und dann entdeckte sie ihren Liebsten hinter der Scheibe zu ebener Erde, grübelnd saß er am Schreibtisch, dessen Platte auf dem Niveau des Rasens lag. Das Arbeitszimmer war, als er dort einzog, ein Kohlenkeller gewesen, er hatte die Fenster erweitern und den Raum mit hellem Holz auskleiden lassen, obwohl ihm das Haus nicht gehörte. Er blickte hoch, fuhr zusammen und klinkte ihr lautlos das Fenster auf. »Leise, um Gottes willen«, bat er, ließ sie widerstrebend ein und schob hinter ihr die Läden vor, schweres grobmasriges Holz, dem ein strenger Duft entstieg. »Weshalb tust du das?«

»Es war dir doch so eilig mit dem Text ...« Vera Bald sah sich um. So hübsch hatte sie sich sein Studio nicht gedacht. Es war niedrig, mild beleuchtet, das Mobiliar wuchs aus den getäfelten Wänden, an diesen haftend, beinah schwebend, jeden entbehrlichen Fuß hatte man eingespart. Es mußte viel gekostet haben, allein der Teppich aus Vietnam war an die fünftausend Mark wert, ein dicker geblümter Teppich. Wie eine Blumenwiese, geschaffen, sich darauf auszustrecken; sie setzte sich und befühlte ihn. Auch die halbrunde Schrankwand gefiel ihr, in der sich die Rundung des Wohnzimmers und des Balkons darüber wiederholte. »Wieviel Mädchen hast du hier verführt bei euren Partys?«
Woelk antwortete nicht, er lief nervös umher und begann in komischer Hast, das, was sie aus der Hand legte, in verschiedene Fächer zu stopfen: das Manuskript, ihre Handtasche, den Seidenschal, die Bluse, den Rock ... Wie eine Stripperin warf sie dies weg, verstreute es auf der Blumenwiese, und er versteckte es ohne einen Blick für sie. »Und du, Alexander, legst gar nichts ab? Wird dir nicht warm?«
»Nein, mich friert. Im Sommer ist's hier unten kühl.«
»Gleich nicht mehr. Sei ein Mann! Denk mal an die harten Burschen, die du so gern beschreibst.«
»Still!« Er horchte einem Laut von oben nach.
»Früher im Wald bist du mutiger gewesen.«
Jetzt sah er doch zu ihr hin, mit einer Unruhe, in die sich Verlangen mischte. »Wir sind verrückt ...«
»Es ist das letzte Abenteuer in unserer genormten Welt. Versuch, es zu genießen.«
Das Knarren der Kellertür hörte sie zuerst. Ihr blieben zehn Sekunden Zeit, zu verschwinden, bloß wohin? In die Nacht hinaus, halbnackt – undenkbar. Unter die Couch? Seekarten stauten sich dort, steife Rollen, die verräterisch rascheln würden. Es blieb nur der schwarzgestrichene Raum unter dem Heizkörper, der des Wasserumlaufs wegen erhöht hing. Woelk hob die Verkleidung aus, Vera Bald zwängte sich hinein, das Holzgitter drückte gegen ihre Schulter. Wie ein dressiertes Tier kauerte sie auf Knien und Ellbogen. Die Mauer war kalt, das Gußeisen der Heizrippen grub sich ihr in

den Rücken. Jetzt fand sie es doch gut, daß Woelk alle Spuren getilgt hatte; es war so feige wie vernünftig gewesen.
Sein erwachsener Sohn trat ein, Michael, ein netter Junge, etwas größer als Woelk. »Was gibt's denn?« hörte sie den fragen. »Wie findest du's?« Michael hielt ihm eine Skizze hin, ein großes Zeichenblatt voll plastisch schattierter Kugeln unter Wasser, die starr zusammenhingen. Ein paar davon waren rissig oder platzten schon auf, stilisierte Menschen entschlüpften ihnen, strebten empor zum Licht. »Ich nenne das ›Emanzipation‹!«
»Ein starker Einfall. Befreiung aus unwürdiger Abhängigkeit.«
»Also nicht aus jeder?«
»Nein … Nimm mal dich selbst. Solange du noch lernst, hängst du ein bißchen von uns Eltern ab. Aber es ist natürliche Abhängigkeit, wir unterdrücken dich ja nicht, sondern handeln in deinem Sinne, zu deinem eigenen Besten.«
»Na ja«, sagte Michael, »das behauptet jede Obrigkeit.«
Wie ihre Stimmen einander glichen. Am Telefon waren sie gar nicht zu unterscheiden. Der Junge war achtzehn, Vera Bald wußte es, er ging früh aus dem Haus und kehrte spät heim, beansprucht durch Abendkurse, den Zeichenzirkel und den verzwickten Umgang mit Mädchen. Alexander mühte sich, ihn loszuwerden, Michael aber wollte noch mehr, er fragte nach einer Stelle aus dem letzten Buch. »Du sprichst da von Freiheit, Gerechtigkeit und Ordnung, Väterchen, nennst das die ›heilige Dreifaltigkeit gesellschaftlicher Werte‹ … Sehr poetisch. Aber wo bleibt da die Wahrheit als Wert?«
»Mit der fängt doch alles an«, versicherte Woelk etwas gepreßt. »Jede Standortbestimmung … Ohne Wahrhaftigkeit, ohne das Streben nach Wahrheit können wir einpacken.«
»Du meinst, wenn man sich selbst und andere täuscht?«
»Das ist wie bei der Seefahrt. Du mußt nicht bloß das Ziel kennen, sondern auch deine Position und die Abdrift, sonst liegt ein falscher Kurs an.«
»Und die ›heilige Dreifaltigkeit‹?«
»Den Rest lieber morgen.«

»Morgen hab ich Abendschule.«
»Dann frag deinen Deutschlehrer.«
»Ach, den kümmert das doch nicht.«
»Gut ..., ganz kurz. Es gibt auf der Welt drei Arten von Regierungen, je nachdem, was ihnen wichtig ist. Die einen stellen die persönliche Freiheit über die soziale Gerechtigkeit, die anderen halten es umgekehrt. Und dann sind da noch solche, die auf Kosten dieser zwei Werte nur noch die Ordnung hochhalten ... genauer geht's jetzt nicht.«
»Und was sind wir?«
»Natürlich der zweite Typ. Wir Deutschen sind zwar äußerst ordnungsliebend, aber ganz ohne Freiheit und Gerechtigkeit geht's nicht mal bei uns. Die drei Werte bilden eine dialektische Einheit, Michael, sie stützen einander wie die Pfähle einer Dalbe. Mindestens zwei müssen stehen, voll belastbar. Und jetzt möchte ich nicht mehr gestört sein.«
Michael strich durch das Zimmer, entdeckte Fräulein Balds Schal und beschnupperte ihn, wie sie durch das Gitter sah.
»Galantes Souvenir, Väterchen, von der letzten Fete?«
»Du, es reicht«, rief Woelk. Der Junge lachte und ging.
»Das war sehr lehrreich für mich«, sagte Vera Bald, als Alexander sie aus dem Käfig ließ. »Darf ich öfter kommen? Mir erklärst du so was nie.«
»Es war haarscharf ... Ich bin um Jahre gealtert.«
»Das werden wir sehen.« Sie löste den schwarzen Büstenhalter, Woelk räumte seine Seekarten um, so daß sie unter die Couch schlüpfen konnte, falls es noch mal ernst werden sollte. »Südafrika, Ostküste«, stand auf einer Karte, »Madagaskar, Blatt 9« auf der nächsten. Vera Bald räkelte sich auf dem Teppich, der sie ein Jahresgehalt gekostet hätte; Woelk verdiente das in einem Monat, sprach aber von Gerechtigkeit – er bekam's, indem er darüber schrieb. Übrigens zögerte er mit dem Ausziehen, hob mehrfach sichernd den Kopf, es war, als wüchsen seine Ohren bis an den Stuck der Decke, die drohend über ihm zu hängen schien. Er benahm sich ähnlich wie sie selbst früher im Auto, wenn sie vor dem fremden Gesicht zitterte, das aus dem Dunkel auftauchen und an der Scheibe kleben würde. Es machte ihr diebischen Spaß, das

Lied »Wir lagen vor Madagaskar« zu summen. Das war die Strafe. Recht geschah ihm, wenn sie nach sechs Jahren den Spieß endlich umdrehte und ihm auf den Leib rückte, in seinem geheiligten Heim!
Diesmal hörte er es zuerst, den schleifenden Laut, als taste ein Fuß die Stufen der Kellertreppe ab. Vera Bald glitt unter die Couch, Woelk fand noch Zeit, sich an den Schreibtisch zu setzen. Die Tür ging auf, in ihrem engen Gesichtsfeld erschienen Füße, die Frau Woelk gehören mußten. »Ich bring dir Erdbeeren in Milch«, hörte sie sagen. »Übernimm dich nicht, Alexander.«
»Das muß fertig werden«, äußerte er heiser.
»Wenn du so spät noch arbeitest, schläfst du wieder schlecht.«
Vera Bald, unter der Couch wie eingesargt, hatte ein Jucken in der Nase, vielleicht vom Staub in der Federung. Sie schmeckte den scharfen Reiz der Gefahr. Mußte sie niesen, flog alles auf. Ihr würde wenig passieren, Woelk konnte kaum zulassen, daß seine Frau sie angriff. Für ihn aber mußte es teuflisch sein! War sie nicht doch zu weit gegangen? Womöglich brach Johanna dann mit ihm, er verließ sein schönes Haus und zog zu ihr? Das wünschte sie sich ja, doch was für ein Heim konnte sie ihm bieten, verglichen mit diesem? Und der Vorwurf, sie habe das absichtlich herbeigeführt, schien unausweichlich, würde ihre Partnerschaft vergiften. O Gott, in was für eine Lage hatte sie ihn und sich gebracht.
Inzwischen sprachen die Eheleute weiter, Alexander mit brüchiger Stimme; auch ein schepperndes Lachen kam von ihm.
»Was hast du denn?« fragte seine Frau. »Deine Augen sind ganz verändert.«
»Faß du mal vierhundert Seiten zusammen auf fünf.«
»Exposés sind deine Stärke, nur nicht mehr um diese Zeit.«
»Danke für die Erdbeeren! Das war ganz lieb von dir.«
»Ich soll gehen, nicht wahr? Gut, ich leg mich hin. Komm bald nach! Du weißt, ich schlafe erst ein, wenn du bei mir bist.«
Als ihr Schritt sich draußen verlor, kroch Vera Bald heraus. Ihr war ganz sonderbar zumute. Sie hatte plötzlich das Ge-

fühl, ein Biest zu sein, ein Eindringling. Beschmutzt kam sie sich vor. Ihr Körper, der eben noch so blutvoll und bereit gewesen war, erschien wie ausgetrocknet. Wie zärtlich die beiden miteinander umgingen! Und auch schon vorhin, das Gespräch mit seinem Sohn ... Alexander hatte ihr nie verheimlicht, daß er eine gute Ehe führte. Das hatte sie oft genug von ihm gehört. Etwas ganz anderes aber war es, dies auch zu erleben. Nie, das fühlte sie, würde er von seiner Johanna lassen, was immer es sein mochte, das die zwei miteinander verband! Stumm suchte sie ihre Sachen zusammen und zog sich an.
»Was ist los?« flüsterte er. »Nun sind sie beide dagewesen und wissen, ich bin beschäftigt. Keine Angst, mehr Mitglieder hat die Familie nicht. Also komm, Vera ...!«
Ach, sie verstand ihn ja. Das war sein Trotz. Wollte man ihn an etwas hindern, tat er es meistens erst recht. Er hatte gezittert, jetzt wollte er seinen Lohn. Aber sie, sie brachte es nicht mehr fertig.
»Geh nach oben«, sagte sie, fuhr in die Schuhe und zerrte den Fensterladen auf. »Gut für mich, das einmal zu sehen ... Lauf schon hoch! Da wirst du ja in Liebe erwartet.«

19

Woelk erwachte vom leisen Trommeln gegen die Scheiben seines Arbeitszimmers. Er lag auf der Couch, gestärkt durch den Mittagsschlaf, und hörte den Regen im Weinlaub rauschen, das um die Fenster rankte. Dabei fiel ihm die Verabredung mit Hans Seiboldt ein. Sie wollten sich im Theatercafé treffen und über *Kontakt 2000* reden. Woelk hatte das Manuskript mit der Bitte um Begutachtung mehreren Kollegen geschickt, auch seinem Vorsitzenden, der heute am Theater war, da man ein Stück von ihm probte.
Durch Regenschauer fuhr Woelk zu den Kammerspielen der Städtischen Bühnen. Er fand den Freund verstrickt in ein Wortgefecht mit dem Kellner, der darauf bestand, ihm zum Selterwasser ein großes Glas Wodka zu servieren. Hans Seiboldt war schlank, hochgewachsen, in einem karierten Anzug, der aussah, als sei er mit aller Sorgfalt für jemand

anderen geschneidert worden. Er hatte warme dunkelbraune Augen, und es ärgerte ihn, daß der Kellner ihm riet, den doppelten Wodka womöglich stehenzulassen: Er bestelle nichts, um es dann stehenzulassen.
Woelk setzte sich und verlangte gleichfalls ein Selters. Wo immer es ihm möglich war, stand er seinem Bezirksvorsitzenden zur Seite. »Dies ist doch das Theatercafé? Ich möchte danach in der Lage sein, nebenan ein Stück zu verstehen.«
»Sie würden es sogar doppelt sehen«, scherzte der Mann.
»Es ist eine Affenschande«, sagte Seiboldt, »einem den Kunstgenuß durch Wodka zu trüben.«
»Bitte verstehen Sie doch auch uns. Gleich spielt hier die Kapelle auf, und wir erheben keinen Musikzuschlag. Dafür bitten wir ab siebzehn Uhr um alkoholischen Verzehr.«
»Ich bin Kraftfahrer, wie will Ihr Lokal das verantworten?«
»Wenn das Stück aus ist, mein Herr, sind die Promille doch längst abgebaut.«
Seiboldt senkte die Stimme, in ihm regte sich der Komödiant. »Aber ich bin alkoholkrank, beim ersten Glas hakt's bei mir aus.«
Der Kellner schien dem zu mißtrauen, er hatte wohl einen Blick für Trinker. Als Kompromiß schlug er »einen kleinen Edel« vor. Die Sache mußte ein Ende finden. Woelk nahm ihn beiseite: Sein Freund sei eine Person von Rang, er schreibe in satirischen Blättern gern über Mißstände im Gaststättenwesen ... Der Mann ging, er hatte verstanden.
Erwärmt von diesem Sieg, sagte Hans Seiboldt, *Kontakt 2000* gefalle ihm, tüchtig gelacht habe er, doch sei der Text so voller Spitzen, daß man ihn für den Almanach beschleifen müsse. Woelk nickte; so etwas hatte er befürchtet. Als Mensch und als Vorsitzender – dies beides war bei ihm ganz eins – schätzte Seiboldt den glatten Verlauf und scheute die Verwicklung. Konflikte trug er, wie jeder Autor, lieber in seinen Büchern aus. Nach Art der Dreifelderwirtschaft seines bäuerlichen Großvaters schrieb er abwechselnd immer einen Kriminal-, einen Abenteuer- und einen heiteren Gegenwartsroman, wie um den Humus seiner Phantasie vor dem

Auslaugen zu schützen. Doch dieser Nährboden bedurfte keiner Schonung, er war wie Schwarzerde schier unerschöpflich, Seiboldt war im Bezirk das stärkste Fabuliertalent. Er hatte ein dankbares Publikum über die Landesgrenzen hinaus, treue Leser, denen er seit eh und je solide Hausmannskost bot. So wie es bei seiner Großmutter im Rhythmus der Wochentage stets Linsen, Bohnen, Erbsen und Erbsen, Bohnen, Linsen gegeben hatte, gefolgt vom Sonntagsbraten (der stand bei ihm noch aus). Natürlich stärkte ihn sein Erfolg, es war angenehm, anderswo verlegt zu werden und Zeit genug zu haben für seine vielen Fertigkeiten; der Zeichenzirkel, den Michael besuchte, war noch die geringste der Aktivitäten Seiboldts. Doch die Gefährdung des Ruhms ging spurlos an ihm vorbei; zu scharf sah er seine Grenzen. Das machte seine Geschäftigkeit erträglich.

Fast immer sonst, dachte Woelk, steigt einem der Erfolg zu Kopfe. Jedes große Gelingen stört unser seelisches Gleichgewicht. Wenn das, was wir schaffen, Tausende bewegt, müssen wir da nicht selber bedeutend sein? So stachelt der Triumph die Eigenliebe an, verführt dazu, sich mit der Wirkung von Büchern gleichzusetzen. Man beginnt, sich aufzublasen, um selber den Umfang ihrer Verbreitung zu erreichen, und gerät dahin, sich mehr Gewicht in der Gesellschaft beizumessen als vertretbar. Dies wiederum hat seinen Preis! Hastig durchblättern wir Zeitungen danach, ob unser Name fällt, von unserem Dabeisein berichtet wird und an welchem Platz; wir sind gekränkt, übergeht man uns ständig bei Ehrungen, sehen uns als Opfer von Rivalen oder gar in höherer Ungnade … Man vermerkt jede Rezension, ja jedes private Wort zum eigenen Werk und entzieht denen, die sich skeptisch oder gar nicht äußern, seine Gunst, indem man ihnen künftig kein Buch mehr gibt.

Nichts von alledem bei Seiboldt! Die Eitelkeit des Schreibers ging ihm durchaus ab. »Einen Autor zu mögen und ihn persönlich kennenzulernen«, sagte er einmal, »ist wie Gänseleber zu mögen und die Gans persönlich kennenzulernen.« Diese Bekundung kauzigen Humors bewies, wie klar ihm die Trennung von Leben und Werk war. Das eigene Buch als

Absonderung seines Geistes enthielt das Beste von ihm, es stand über dem Schöpfer ... Als er dann den Vorsitz übernahm, leiteten ihn weder Ehrgeiz noch Berechnung. Da folgte er nur jenem Tätigkeitstrieb, dem stummen Gesetz seines Lebens, das Woelk so gut begriff, weil er auf andere Weise ein Opfer der gleichen Rastlosigkeit war und ähnlich litt, ging ihm einmal nichts von der Hand.

Es war dies eine Unfähigkeit des Kopfes, zu ruhen, sich passiver Betrachtung hinzugeben; eine Vibration der Nerven, die es zu betäuben galt. Der Rausch des Schreibens war für Woelk die beste Medizin. Auch wenn ihn dies um den Schlaf brachte, fieberte er danach, seine Tage in Romanseiten zu verwandeln, fand Erfüllung darin oder glaubte es doch. Seiboldt aber füllte das Schreiben nie ganz aus, zu groß war seine Vitalität. Erotische Abschweifungen scheute er als unerträgliche Komplikation, und so stürzte er sich kopfüber in anderes: in fremde Arbeit, das Leben seiner Kinder, Kulturprogramme ... So stieg er schließlich zum Vorsitzenden des Bezirksverbands auf. Keiner drängte sich danach, dies zu werden, er freilich schien recht erfreut.

In seiner Antrittsrede versprach Hans Seiboldt aus dem Stegreif eine Ära schöngeistig-fortschrittlicher Kollegialität, gewürzt durch Dampferfahrten, Rundflüge im Frühling, ein herbstliches Fischessen zum Gedenken des verstorbenen Kollegen, der ein Angelfreund gewesen war, und Lustbarkeiten zur Faschingszeit. Die goldenen Jahre einträchtigen Beisammenseins schienen zurückzukehren. Der Kultursekretär der Bezirksleitung, Dr. Georg Gültig, vermißte mancherlei in diesem Programm; taktvoll hielt er die Versammelten an zu mehr Wachsamkeit und Verantwortungsgefühl vor den drängenden Fragen der Zeit. Die Autoren aber dachten, als sie für Seiboldt stimmten, mehr an dessen Eignung zum Maître de plaisir, Festordner, Verkleidungskünstler und Imitator von Größen des Auslands oder der Vergangenheit: Spaß muß sein, Ärger soll man vermeiden.

Jetzt sagte er zu Woelk: »Hast du schon gehört? Mein neues Buch – im Laden ist es weg, und der Verlag macht keine Nachauflage! Dabei wird es schon ins Russische übersetzt,

erscheint dort in dreihunderttausend Exemplaren, wie verträgt sich das?«
Minutenlang fuhr der Vorsitzende fort, in einem Atem Erfolge und Mißstände zu benennen. Es fiel Woelk schwer, ihn wieder auf das hinzulenken, weswegen sie beisammensaßen. Bei dem Almanach, sagte Seiboldt, rede auch der Kollege Seydlitz vom Rat des Bezirks mit. Woelk winkte ab. »Mancher«, sagte er, »hat durch stolze Haltung und durch seine stille Art das Geheimnis seiner Dummheit bis zum Tode sich bewahrt.«
Seiboldt überhörte das, er leerte sein Glas und fragte abrupt: »Willst du Falkland von mir? Ich hab den ganzen Krieg komplett mit Karten, dem Hintergrund und allen Operationen – Land, See und Luft.«
»In Ordnung. Du kriegst die Seychellen dafür.«
»Schön ... Da kommt man bloß nie hin.«
»Nach den Falklands noch weniger: weiche und harte Währung.«
»Tja, das Ende der Welt! Mannshohes Gras, auf dem die Schafe weiden ...«
Woelk war inzwischen so reizbar geworden, daß er sich fragte, ob man nicht Unsinn rede; was taten Schafe in mannshohem Gras? Ihn würgte das Elend des Schreibers, der ohne Hoffnung ist, den Ort seiner Handlung jemals zu sehen. Der historische Autor sah die Plätze auch nicht oder um Jahrhunderte zu spät, doch ihm verzieh man das. Der Abenteuerschreiber war irgendwie dümmer dran. Großzügig nahm Seiboldt die Falklands aus seiner Interessensphäre, so wie einst Wilhelm II. für Helgoland auf Sansibar verzichtet hatte. Sie besprachen den Tausch der Inselgruppen, bis Woelk begriff, daß dies nur geschah, weil der Vorsitzende zögerte, ihn in Sachen *Kontakt 2000* zu unterstützen.
»Setz es doch auf die Tagesordnung, Hans, und lade einen Vertreter des Verlags dazu; am besten den Doktor Tredup.«
»Der lehnt das ab, nicht wahr?«
»Rundweg! Und ohne Diskussion.«
»Das wundert mich, mit dem hab ich drei Titel gemacht. Ein ausgebuffter Kerl! Der hat schon manches durchgeboxt.«

»Er ist verständnisvoll gewesen. Sein Lieblingswort war: Die hundertprozentige Wahrheit gibt es so wenig wie hundertprozentigen Alkohol.«
»Bei mir hat er gern Tschechow zitiert: ›In der Literatur sind die niedrigen Rangstufen genauso nötig wie in der Armee‹ .«
»Früher war er immer scharf darauf, was Originelles herauszubringen ... Wenn er die Ecken abgeschliffen hatte.«
»Ein Fuchs ist er schon, bloß ohne Zivilcourage, Alexander. Dabei ist das die einzige Art Mut, die keine fremden Opfer fordert.«
»Grab mal bei uns selber nach. Du, ich hab den Verdacht, wir sind auch keine Helden.«
Deutlicher wollte Woelk nicht werden. Das Gespräch verkam zum traurigen Singsang; indirekt bestätigten sie sich gegenseitig, geistreich, begabt und ohne Einfluß zu sein. Woelk verabschiedete sich mit Grüßen an Seiboldts Frau. Er hatte erfaßt, der Freund hielt den Fall für schwierig. Von ihm würde erst Hilfe kommen, wenn noch mehr Kollegen aus dem Vorstand des Bezirksverbands für das Manuskript eintraten ... Um die also mußte Woelk sich kümmern.

20

An ihrem ersten Tag bei Richard Alfred Kelly trug Fräulein Bald ein Hemdkleid im Wäscheschnitt, schmale Träger, indische Baumwolle, die locker und hellblau am Körper fiel; Ergebnis sinnender Auswahl morgens vorm Kleiderschrank. In letzter Zeit war es heiß geworden, das luftige Gewand umfloß sie kühl und schmeichelnd bis hinab zu den Knöcheln. Da hätte nicht einmal ein Dr. Hofmann protestieren können, trotzdem blieb ihrem neuen Chef der Atem weg. Stand Vera Bald im Gegenlicht, trat wie unter einem Schleier der Umriß ihrer Figur hervor – und sie genoß den Effekt.
Ihr neues Leben begann recht nüchtern mit einer Denkschrift, die Kelly ihr wie folgt diktierte: »Stand der Technik und Ansatz zur Markterkundung. Obwohl Computer längst zum Wohnungstausch und bei der Vermittlung von Studienplätzen, in kapitalistischen Staaten auch zur Partnerwahl ver-

wendet werden, steckt die Entwicklung noch in den Anfängen. Westliche Herrenmagazine veranstalten zu Werbezwecken öfter ›Partner-Chancen-Tests für Alleinstehende‹. Dabei ist verlangt, rund achtzig Positionen auf dem Fragebogen anzukreuzen: fünfunddreißig im Interessen-Diagramm, acht im Psycho-Farbtest, sechs zum Eigenprofil, zwanzig zum Partnerprofil, zwölf Personendaten nebst der Versicherung, unverheiratet zu sein. Versprochen wird ›die Beschreibung Ihrer Idealpartnerin‹ aus einer Gruppe von dreißigtausend Personen.«
Hier lächelte Kelly ein wenig paschahaft, als stelle er sich solch ein Heer von Frauen vor. »Gegenwärtig nehmen fast fünfhundert westdeutsche Institute für Eheanbahnung jährlich eine halbe Milliarde Mark von Heiratswilligen ein; oft noch für altmodisch karteigespeiste Beratung ohne Erfolgsgarantie. Zum Teil sind die Profis der Partnersuche fragwürdige Kuppler, die sogenannte Karteileichen anbieten – kaum noch vermittelbare Personen – und häufig durch betrügerischen Bankrott oder Auslandsflucht verschwinden. Ihr Durchschnittshonorar beträgt viertausend Mark pro Fall bei mangelhaftem Service. Solcher Tiefstand regt an zur Untersuchung der Lage in anderen Ländern. Allgemein dürften preiswerte und wirksame Lösungen gefragt sein, wie sie das Kommunikator-Programm verspricht.«
Es folgten fünf Seiten im gleichen Stil. All das schrieb Vera Bald ab und stempelte es VD, zur Vertraulichen Dienstsache. Die Exemplare wurden numeriert und kamen in den Stahlschrank. Jeder Empfänger mußte im Ausgangsbuch quittieren, ein Postversand war verboten. Dies schärfte Kelly ihr ein, als wäre es ihr nicht längst geläufig. Im Dienst nahm er alles unerhört genau, verhielt sich wie ein Mensch von großer Wichtigkeit. Sein zwangloses Geplauder außerhalb des Hauses, ja schon in den Pausen, stand dazu in aufregendem Gegensatz.
Kellys Büro im ruhigen Altbau war doppelt so groß wie das von Werner Herbst, auch reicher möbliert: Konferenztisch, Aquarium, Topfpflanzen, Clubgarnitur und Couch, alles auf dickem blauem Teppichboden. Von ihrem Platz in Vor-

zimmer konnte Fräulein Bald das C-Gebäude sehen, in dem Herbst saß. Half sie ihm telefonisch über den Verlust hinweg, winkte er ihr zu. Gerade hatte sie ihm vorgeschlagen, mittags auf ein schnelles Bad an einen Baggersee zu fahren, als Kelly hinzutrat und sie anwies, ihn zu begleiten.
Sie fuhren zum Centrum-Warenhaus, wo er Vera Bald mit Eis bewirtete und dann zu ihrem Erstaunen eine breite, weiche Couch erwarb. Merkwürdig auch, daß er dazu dreimal teure Bettwäsche nahm; ein Mann seiner Lebensart hing wohl von solchem Beiwerk ab, brauchte es wie die Rasur und das frische Hemd täglich. In keinem Augenblick kam ihr die Idee, all das gelte womöglich ihr. Er war ja verlobt mit einer Violinvirtuosin, deren Bild auf seinem Schreibtisch stand: ein beinah himmlisches Geschöpf, wahrhaft schön mit ihrem durchgeistigten Gesicht und dem rätselvollen Lächeln. Keinesfalls hätte es zu ihm gepaßt, daneben noch mit Vera Bald anzubändeln. Auch wäre es schamlos gewesen, sie an den Vorbereitungen zu ihrer eigenen Verführung teilhaben zu lassen … Tatsächlich erwähnte er beiläufig, an dem Kommunikator müsse man mehrschichtig arbeiten, daher sei für das Team eine Ruhemöglichkeit unerläßlich.
Mit dieser Begründung legte er dann auch die fette Rechnung vor (allein die zwei Daunensteppdecken kosteten über tausend Mark), und Dr. Thor, von Jungblut als Finanzaufseher über das Kollektiv gesetzt, erhob Protest. Er mußte sämtliche Rechnungen gegenzeichnen, es lag daher in seiner Macht, Kellys Entfaltung zu hemmen. Thor konnte sich weigern, Gelder zu bewilligen, und er konnte Ausgaben, die er für übertrieben hielt, der Hochschulverwaltung melden, was Revisionen nach sich zog. Besonders erboste ihn der Kauf eines holzverschalten Kühlschranks, zur Schrankwand passend, da die Forschungsgruppe schon zwei Kühlschränke besaß. In einem Aktenvermerk nannte er die Anschaffung *regelwidrig aus dem Bevölkerungsbedarf geschöpft und nicht im Einklang mit dem Gebot der Sparsamkeit am Arbeitsplatz.* Jeden anderen hätte das in peinliche Erörterungen verstrickt, Kelly aber schien weit davon entfernt, sich auch nur zu rechtfertigen. Sein Rückhalt in Berlin oder sonstwo machte ihn

gegen Beschwerden immun, über die andere zu Fall gekommen wären.
Vom Parkplatz des Warenhauses fuhr Kelly nun die tausend Schritte zur Pädagogischen Hochschule. Stets bemüht, ein Projekt flott zu verkaufen, suchte er seit Wochen nach einem schmissigen Namen. *Kommunikator* war bloß eine Hilfsbezeichnung, etwas wirklich Klangvolles mußte her, und so hatte er einen Termin erbeten bei Professor Frey, dem Rektor, um den Rat dieses Sprachforschers anzuhören. Man war dort zugleich mit Frau Kleindienst verabredet.
Niemand würde eine Namenswahl anfechten, die Professor Frey gebilligt und Dora Kleindienst abgesegnet hatte. Auch der Vertrag zwischen den Hochschulen, vorerst nur auf dem Papier, ließ sich so beleben: Pluspunkt in Sachen fruchtbaren Umgangs miteinander, genannt interdisziplinäre Zusammenarbeit.
Kellys Auftreten, der perfekte Zauber, seine Neigung zur Selbstironie, die den Anschein von Bescheidenheit erweckte, gefielen Vera Bald. Es war angenehm, zu spüren, wie er sie außerhalb des Büros umwarb. Dies hielt in ihr die Erinnerung wach an den Jenaer Patriarchen, an das ritterliche und brillante Streitgespräch, an die noblen Formen, die gegenseitige Reibung der Geister, bis Funken sprühten im Glanz eines Dialogs, wie er kaum auf einer Bühne zu hören war. All das war neu für sie gewesen, von verlockendem Reiz. Doch spätestens in der Pädagogischen Hochschule begriff sie, daß er es auch genoß, sich mit ihr zu zeigen. Fast war es, als schmücke er sich mit ihr und lasse andere glauben, sie sei seine Liebste, um in Bewunderung zu baden. Sie waren gewiß ein phantasieanregendes Paar. Aber wenn er sie derart zur Schau stellte, fühlte sie sich vorgeführt wie ein Kätzchen, mit dem man spielt, zum Zeitvertreib. Eben das hatte sie an ihrem ersten Freund gehaßt, dem Tennischampion, in den sie recht verliebt gewesen war. Solche Männer schienen der Umwelt wortlos mitzuteilen, daß sie viel Spaß im Bett an ihr hätten ... Weder mit dem Champion noch mit Kelly war sie intim gewesen und würde das niemals sein. Vielmehr begann sie endlich, ihr Leben selber in die Hand zu nehmen.

Professor Frey, ein vornehmer Herr nahe der Pensionsgrenze, wurde von Kelly als »führender Semasiologe« tituliert, was bei ihm eine dämpfende Handbewegung hervorrief. Fräulein Bald verstand die Anrede gar nicht, bis Kelly ihr nachträglich sagte, Frey sei ein hochkarätiger Fachmann der Wortbedeutungslehre, er habe den Wandel von Wortinhalten im Deutschen erforscht, über Jahrhunderte und Landschaften hinweg. Schon vor fünfzig Jahren habe er das Flüßchen markiert, an dessen linkem Ufer man ein belegtes Brot – ein *Sandwich* also – im Volk nicht mehr *Schnitte*, sondern bereits *Stulle* nenne, während es am rechten Ufer *Bemme* heiße ... Hermann Frey ließ Kaffee reichen, sein Blick glitt hin und her zwischen Frau Kleindienst und Vera Bald, er schien von beiden entzückt, verwechselte ihre Funktionen und fand nicht heraus, wer von ihnen wichtiger sei. Daher richtete er das Wort abwechselnd an alle drei Gäste. Fräulein Balds sorglose Eleganz führte ihn ebenso irre wie die Einfühlsamkeit, mit der sie an Gesprächen Höhergestellter teilnahm, auch wenn es ihr schwerfiel zu folgen.
Zur Unterstützung rief Frey nach einem jungen Dozenten namens Dr. Anlauf. Den kannte Fräulein Bald vom Fasching der Pädagogischen Hochschule, sie wußte, daß er Norbert hieß, munter tanzte und oft Buchbesprechungen für die Bezirkszeitung schrieb.
»Wir haben an etwas Bildkräftiges gedacht«, begann Kelly, nachdem er unter dem Siegel dienstlicher Verschwiegenheit eröffnet hatte, was das Gerät einmal leisten werde. »An ein Synonym wie etwa *Der sechste Sinn*. Darum handelt es sich ja, wir geben dem Menschen damit in der Tat einen sechsten Sinn. Aber diese Bezeichnung ist uns schon zu lang.«
»Es wäre auch weniger ein Synonym als eine poetische Umschreibung«, äußerte der Professor. »Erstaunlich, Ihre Erfindung! Na, für mich kommt sie zu spät.«
»Die Abkürzung, DSS, scheint gleichfalls ungeeignet«, warf Dr. Anlauf ein. »Das Doppel-S ist durch den assoziativen zeitgeschichtlichen Bezug negativ besetzt.« Er sprach in der Weise, die Vera Bald an seinen Rezensionen störte; der Jargon nahm ihr den Zugang. Beim Fasching war er ganz natür-

lich gewesen. Ihm standen, allein schon auf deutsch, zwei Sprachen zur Verfügung: die eine zum Broterwerb, die andere, um Tanzpartnerinnen zu erfreuen oder zu verleiten, mal kurz mit hinauszukommen.
»Was halten Sie von *Sesi*?« fragte der Professor. »Gebildet aus den zwei ersten Buchstaben der Wörter ›Sechster Sinn‹.«
»Ich weiß nicht«, sagte Frau Kleindienst.
»Dafür spricht«, warf Dr. Anlauf ein, »daß unsere Schriftsteller ein Programm, das ›Literatur und Landesverteidigung‹ heißt, abgekürzt *Lila* nennen. Sehr einprägsam, nicht wahr?«
»Schriftsteller?« sagte Fräulein Bald. »Es klingt mehr nach einem Weichspüler oder nach Babykost.«
»*Lila* nach Babykost?«
»Ich meine *Sesi*, Herr Doktor. Lila ist für mich soviel wie ›der letzte Versuch‹.«
Alle lachten, dann sagte Kelly: »Partnerschaft ist Spannung, die nach Auflösung strebt, musiktheoretisch ausgedrückt: Dissonanz. Wie gefällt Ihnen *Disso*? Das ist locker, jugendgemäß, hat einen Anklang an Disko.«
»Aber auch an Dissens«, wandte Frau Kleindienst ein. »Die Vorsilbe ›Dis‹ scheint mir gleichfalls etwas belastet ... Ich wäre für Konsonanz: Ruheklang, wohltuendes Zusammenklingen. Oder für Kongruenz: Übereinstimmung, Deckungsgleichheit.«
»Man kann es schlecht *Konso* oder *Kongru* nennen«, sagte Fräulein Bald, froh über die Chance, einzutreten in das Fachgespräch. Nur nicht stumm neben Kelly sitzen, pflanzenhaft, ihm zur Zier! »Das hört sich doch exotisch an.«
»Es stünde für übereinstimmend, passend, sich deckend.«
»Sich deckend«, scherzte Kelly. »Nein, das wär zu derb.« Die Gefahr lag in der Luft, die Zeit mit Späßen zu vertun.
»Worum geht es?« fragte Frau Kleindienst. »Darum, Partnerschaft zu finden, die sicher, beglückend, fest gegründet ist. Wir wollen ja nach dem Erringen weitgehender Übereinstimmung im politischen Alltag, im gesellschaftlichen Leben ...«
Dr. Anlauf half ihr: »... nun auch das persönliche Leben der Bürger allseitig harmonisch gestalten.«
Frey sagte: »Nennen Sie's doch einfach *Harmo*.«

Das überzeugte, es blieb dabei. Für Exportzwecke fiel dem Dr. Anlauf noch das Kunstwort *Libi* ein, Kürzel von Libido, geschlechtlichem Begehren. Für das Inland, meinte er, verbiete dieser Name sich durch das Überbetonen der sexuellen Komponente; auch wegen des Anklangs an Libertinage, ausschweifende Zügellosigkeit, oder an Liberalismus, bürgerlich-individualistische Geisteshaltung; die Vorsilbe ›Lib‹ sei ebenfalls belastet ... Dabei sah er Kelly komplizenhaft an, ein kleines Zwinkern im Auge. Aber der war wie immer auf der Hut, er ließ sich nie aufs Glatteis führen.

Beim Abschied sagte Dora Kleindienst zu Anlauf, sie hoffe, sein heutiger Beitrag werde weniger Verwirrung stiften als der letzten Jahres im »Guten Rat«. Die Bemerkung blieb rätselhaft, bis Frau Kleindienst Kelly unterwegs erklärte, was Anlauf sich geleistet habe, zusammen mit einem Arzt der Medizinischen Akademie namens Fleischmann. Die zwei hatten der Verbraucherzeitschrift einen Aufsatz geschickt, in dem sie vorm Staubsaugen warnten: Statt der Hygiene zu dienen, tue der Hexenbesen das Gegenteil. Zwar halte sein Staubsack Grobes fest, Feinstaub und Keime aber flitzten durch die Poren der Filterbeutel, Staubsauger seien Bakterienschleudern! Der Artikel habe die Redaktion in einer Flut von Zuschriften erstickt und den VEB Heimelektronik »8. März« durch Absatzrückgang um die Jahresendprämie gebracht.

»Aber wenn es stimmt«, sagte Vera Bald. Seit langem hielt sie den Hausputz für letzten Endes nutzlos – eine wahnsinnige Handlung, nur gut zum Niederhalten der Frau.

»Bloße Spekulation, wissenschaftlich ungesichert! Bezeichnenderweise ist Fleischmann Chirurg, kein Bakteriologe. Angeblich hat es ein Experiment, aber keine ordentliche Versuchsreihe gegeben.«

Kelly fragte: »Zum Spaß haben die das ausgeheckt?«

»Nicht ganz. Der Fleischmann wollte nur mal wichtig tun. Dem Anlauf ging es darum, wie man seine Nachricht aufnimmt. Er betreibt Wirkungsforschung im literarisch-journalistischen Bereich. All die Zuschriften liegen jetzt bei ihm als Stoff für seine B-Promotion. Er befragt die Absender,

untersucht ihr Verhalten und hat sie in drei Gruppen eingeteilt: in Nur-Hausfrauen, die seinen Hinweis verdrängen, in Berufstätige, die ihn immerhin erwägen, und in kreative Leute, die das begierig aufgenommen haben, als befreiende Erkenntnis ... Aber es ist ein Skandal! So skrupellos darf man nicht mit den Menschen spielen.«
»Kesse Burschen.« Kellys Finger umspannten das Lenkrad. »Ein Schritt zum interdisziplinären Kontakt.«
»Ja, im Negativen! Ein Kulturwissenschaftler sollte keine medizinischen Aussagen formulieren. Und ein Arzt darf keine Vermutungen an die Presse geben. Das ist unseriös, wir mußten uns ja auch damit befassen. Es hat für die zwei ein Nachspiel gehabt.«
»Aber anscheinend haben's beide überstanden.«
»Sie sagen das, als käme es einzig darauf an.«
Vor dem A-Gebäude half Kelly der Frau Kleindienst galant aus dem Wagen. »Vielen Dank für Ihre Hilfe bei der Namenswahl ...«
»Schade um sie«, seufzte er beim Einsteigen. »Und um jede gutaussehende Frau, die sich beruflich durchbeißen will oder muß. Sie verhärten dabei. Schön, Vera, daß Sie's nicht müssen.«
»Ich muß das doch auch.«
»Ach wo; bei mir sind Sie auf Rosen gebettet.«
Keine Rose ohne Dornen, dachte Vera Bald. In der milden Kühle des Altbaus überlief sie ein Schauer. Kelly war so energisch und bedeutend, ein Mann mit großer Zukunft. Es hieß, daß er nicht einfach bloß Doktor der Naturwissenschaften sei, sondern in Oxford seinen M.A. gemacht habe, den *Master of Arts*. Ein akademischer Grad, der ihm – ähnlich der Promotion B – Lehrbefugnis gab, und das schon seit Jahren. Er experimentierte mit Ratten, Schildkröten und Flußkrebsen, arbeitete an einem RGW-Thema, das im Staatsplan verankert war, und nebenbei schuf er den Kommunikator! Seine Berufung in den Forschungsrat der Republik stand auch bevor. All das verhalf ihm zu Laborgeräten, Fachtexten und Sondermitteln, die andere nie erhielten; es machte ihn überlegen. Manches brachte er sich gleich von

drüben mit, schien es doch, als stehe ihm die Grenze offen ... Und dieser Mann schätzte sie, Vera Bald, schenkte ihr sein Vertrauen, ohne mehr als gute Arbeit zu verlangen. Ach, sie gestand sich ein, daß darin eine Art Versuchung lag. War er neben ihr, mischte sich in ihre Neugier leises Unbehagen; es war, als beginne sie, an sich selbst zu zweifeln, an ihrer eigenen Unbestechlichkeit.

Im Vorzimmer, neben dem Aquarium, saß Benno Unangst, sein treuer Gefolgsmann. »Alles klar«, sagte Kelly zu ihm. »Es heißt *Harmo* im Osten und *Libi* für den Rest ...« Er schob Unangst großmütig vor sich her in sein Büro, wo noch ein Aquarium voll seltener Fische stand, da das ein Hobby von ihm war.

Die Tür blieb offen, ein paar Sätze erreichten Vera Bald, wohltuend hob sich Kellys Stimme ab von Unangsts drängender Sprache. Dessen Ton lag, gespeist von geheimer Nervosität, eine halbe Oktave höher. »Daß dies ein großer Wurf ist, steht für mich außer Frage«, hörte sie ihn hektisch sagen. »Aber halten Sie die Idee wirklich für exportreif, Richard? Für einen Hit im Weltmaßstab?«

»Die Idee nicht, das Gerät. Da wir aber nie den ganzen Markt bedienen können, denke ich auch an Lizenzvergabe.«

»Mir scheint das alles eine Nummer zu groß.«

»Nur Mut, Benno! Der internationale Elektronikmarkt ist eine stählerne Welt, da dringt nur noch ganz Starkes durch.«

21

Zum Vorstand des Bezirksverbands, den Alexander Woelk für seine Skizze *Kontakt 2000* gewinnen wollte, zählten auch der Nationalpreisträger Arno Huber und Rudi Würzner, der Parteisekretär. Auf dem Wege vom einen zum anderen (er hatte Huber nicht angetroffen, der schien noch in Finnland zu sein) kam Woelk an den Städtischen Bühnen vorbei. Es war schon Mittag, er parkte hinter dem Großen Haus, um in der Kantine zu essen und nach Johanna zu sehen. Ach, diese Skizze, das Fragment, die Ruine seiner Hoffnung! Woran lag es denn, so fragte er sich vorm Theater, daß Kollegen zögerten, ihm zu helfen, die er in ähnlichen Fällen früher unterstützt hatte? War er diesmal zu weit gegangen, oder sollten sie über die Jahre hinweg unmerklich einander fremd geworden sein, breitete sich eine Kälte aus, in der die Solidarität gefror? Hielt man Abstand, weil man älter wurde, steifer, positionsbewußt? Einst hatten Jugendträume vom Berühmtsein wohl manche Spannung verdeckt – dahin die Illusionen! Ging einer auf die Fünfzig, begriff er, was ihm nicht mehr beschieden war, und schützte halt das eigene kleine Revier.

In der Kantine saßen nur ein paar Bühnenarbeiter und einige Mädchen aus der Verwaltung. Es fiel Woelk ein, daß schon Theaterferien waren, zu seinem Kummer; hieß das doch, Johanna strebte weg, mit ihm in das Sommerhaus, während Vera wollte, daß er bis zu Ankes Geburtstag blieb, mit dem sie ihn gern erpreßte. Am Büfett gab es Soljanka und Bratwurst mit Kartoffelsalat, den Woelk schlecht vertrug; Setzeier in Senfsoße und Schnitzel nur gegen Essenmarken, wie Johanna sie besaß. Alles ganz billig, den Gehältern entsprechend, die an mittleren Bühnen keinen Vergleich mit Berliner Theatern zuließen. Woelk schob das Tablett auf den nächsten Tisch und fiel über die Soljanka her. Von seiner Frau keine Spur.

Siegfried Wagner gesellte sich zu ihm, ein dünner, begabter Regisseur von knapp vierzig Jahren, dem das Haar dicht und wellig über die Ohren fiel. Ein Seehundsbart hing ihm um die Mundwinkel bis zum Kinn herab, was seinem eher zarten Gesicht einen kämpferischen Zug gab. Hinter der eloxierten Metallbrille glänzten feucht seine dunklen Augen. Im Kordhemd trug er einen kakaobraunen Seidenschal, am Handgelenk ein Kettchen aus Silbergliedern; Woelk sah auch den silbernen Siegelring mit dem Monogramm ... Er fand es stets lehrreich, mit Siggi Wagner zu plaudern. Trotz seines Namens war der nicht zum Musiktheater, sondern zur Sprechbühne gegangen. Vor Jahren hatte er Woelks Stück *Die Lawine* im Kleinen Haus inszeniert, höchst einfallsreich, nur waren ihm die Mittel gekürzt und für die Proben bloß vier Wochen gewährt worden. Der Intendant, ein Herrscher in kaum verbrämtem zaristischem Stil, dem Woelks Stück nicht recht geheuer war, hatte die Premiere auf das Ende der Spielzeit gelegt und *Die Lawine* dreimal rollen lassen. Dann verschwand sie, wurde nach der Sommerpause nicht wieder in Gang gesetzt. Er wollte nur den Zuschuß des Kulturministeriums für Uraufführungen einstreichen, fünftausend Mark. Woelks Tantieme betrug kein Zehntel davon, für ein halbes Jahr Arbeit.

Der Regisseur schenkte ihm eine Essenmarke, Woelk holte sich das Schnitzel. Wie mancher Mensch hatte Wagner zwei Gesichter, er konnte gewinnend oder schwierig sein, Diplomat und Dompteur in einer Person. Über die Schauspieler schwang er die Peitsche, preßte ihnen das Letzte ab. Doch man gab zu, daß er sich selber nicht schonte, in irgendeinem Loch am Stadtrand hauste und alles seiner Kunst zuliebe tat. Johanna schien viel von ihm zu halten. Er hatte mit Majakowskis »Schwitzbad« Furore gemacht. Immer gab er sein Bestes, berauscht von dem großen Atem, vom Hauch einer Gesellschaftskritik, der ihm aus neuen Stücken entgegenstieg.

Plötzlich kam Woelk der Gedanke, ihm *Kontakt 2000* zu empfehlen. Wagner hatte ein Faible für Stoffe dieser Art und das Geschick, sie für die Bühne einzurichten. Es mußte ihn der Versuch reizen, den Text auf das winzige Podium zu bringen, vor die siebzig Zuschauer, die dort Platz fanden. Mit dem Verkleinern des Teilnehmerkreises wuchs ja der künstlerische Spielraum, die Freiheit des Experiments, so daß hier vieles möglich war, was selbst in den Kammerspielen nicht ging ... Und während Woelk den Inhalt erzählte, wurde ihm die alte Zusammenarbeit gegenwärtig. Er faßte zu Wagner, der Setzeier aß, erneut Vertrauen. Aus seinem ersten Stück fielen ihm Passagen ein, um die gerungen worden war. *Die Lawine* beschrieb den Aufbau einer Scheinopposition in einem fernen Land als Schachzug eines Alleinherrschers, dem die Dinge dann entgleiten. Ein Stück Dialog ging so: »Der Chef stopft all den Hetzern das Maul, die uns als Diktatur verleumden, er hat einen genialen Plan gefaßt: die Gründung einer Opposition.« – »Das ist ein Fremdwort, wie?« – »Das sind Leute, die anderer Meinung sind und sich zusammen-

tun, um sie zu äußern.« – »Äußern, die andere Meinung? Ein ganz neuer Gedanke.«
An dieser Stelle wurde schon auf den Proben gelacht, der Intendant nahm das als Angriff auf sich selbst. Hatte er zur Tarnung seiner Alleinherrschaft doch eben erst einen Beirat geschaffen, der freilich ohne Chance war, ihn zu behindern. Er forderte Streichungen, feilschte um jede Zeile. Siegfried Wagner aber blieb standhaft, er setzte, indem er sich so engagierte, sein Engagement aufs Spiel. Das war ihm nur erneuert worden, weil es am Theater schwierig war, einem zu kündigen, der sich weder als Rauf- oder Trunkenbold noch etwa als Sittenstrolch entlarvt hat. Nicht einmal Mangel an Talent war ein Kündigungsgrund.
»Das Kontaktgerät ist eine Wucht«, erklärte Woelk. Er meinte, mit einem überlasteten Theatermann müsse man drastisch sprechen, um ihm etwas einzuprägen. »Es schafft groteske Situationen, die den Nerv der Partnerschaft, unseres Miteinanders bloßlegen ... Eine Fiktion vom Format der Zeitmaschine Majakowskis.«
»Mich erinnert sie mehr an Huxleys ›Schöne Neue Welt‹ .«
»Siggi, das ist weniger absurd, als du glaubst. Stell dir vor, das Ding wird demnächst wirklich gebaut.«
Wagner sah Woelk über den Teller hinweg an, als fürchte er, man nehme ihn auf den Arm. Er verstummte; die Arglosigkeit, mit der er dem Vortrag gefolgt war, reichte nicht weiter.
»Wo gebaut?« fragte er schließlich.
»Gar nicht weit von hier. Es ist in der Entwicklung.«
»Man entwickelt es?«
Welch ein Dialog, dachte Woelk, im Stück hätte Wagner den gekürzt. Er war im Streichen sehr geschickt. Ihr Schriftsteller glaubt immer, hatte er damals gesagt, euer Dialog wär die Hauptsache, darauf seid ihr stolz, dabei ist es bloß Konfetti, ist wie das Glitzern des Meeres, es geht einzig darum, was darunter liegt ... Er mußte doch spüren, was hier darunter lag! – »In sechs, acht Monaten kommt es heraus, nehme ich an.«
»Dann ist es für mich uninteressant.«
»Wieso denn das?«
»Wir wären mit dem Stück später da als das Gerät.«

Natürlich, der Plan für die nächste Spielzeit lag fest. Wagner hob die Gabel, das Kettchen funkelte an seinem Handgelenk. Solch ein Avantgardist war er, daß ihn die Vorstellung schreckte, mit seiner Kunst hinterherzuhinken! Warum störte Woelk das Kettchen an ihm? Vera, die es wissen mußte, hatte ihm versichert, solchen Schmuck trügen Homosexuelle; nur, er hatte gar nichts gegen die. (Eine geplagte Minderheit, Vorurteile überdauerten Strafbestimmungen.) Nein, Woelk irritierte einzig der Widerstand gegen seinen Stoff. Die Technik griff nach der Idee, die Kunst wandte sich naserümpfend ab ... »Schon gut, Siggi. Der Verlag hat auch abgewinkt.«
»Das wär eher ein Grund für mich zuzufassen.« Wagner zerdrückte den Kartoffelrest im Senf. Zog er es doch in Betracht? Die Serviererin räumte ab, er bat sie zaghaft um ein Bier, das man sich eigentlich selbst holen mußte. Er klang wie ein kleiner Junge, der fragt, ob er noch Eis haben darf. Sie nickte geschmeichelt und brachte ihm das Glas. Woelk hatte schon früher bemerkt, Wagner behandelte Frauen auf eine scheue und zugleich nachlässige Art, die dennoch – Johanna hatte ihm das angedeutet – nicht ohne Wirkung blieb. Falls er tatsächlich Männer vorzog, wofür es außer dem Kettchen kaum Hinweise gab, so schloß er die Weiblichkeit aus seinem Leben doch nicht aus.
Während der Regisseur sich den Bierschaum vom Bart strich, legte Woelk ihm dar, was in seinem Stoff ruhe, phantastische Möglichkeiten, ihrer Entfaltung auf der Bühne harrend. Schon öfter hatte er amphibiengleich das Medium gewechselt. Lief er irgendwo auf, war es ihm noch stets geglückt, das Schiff zu Lande wieder flottzukriegen oder sich damit in die Lüfte zu schwingen – ein multimedialer Akt, jedem Schreiber bekannt, der eine dramatische Ader hat, und sei sie noch so dünn. Bring's mit Siggis Hilfe auf die Bühne, flüsterte es in ihm, dann kriegst du's eines Tages auch gedruckt.
»Es geht nicht«, sagte Wagner da. »Die ganze Zeit überleg ich, woher kennst du das, diesen Stoff? Jetzt fällt mir ein, uns ist etwas Ähnliches schon eingereicht worden.«
»Wer hat das eingereicht?«

»Irgendeine Autorin. So ziemlich die gleiche Idee!« Wagner ließ eine Magentablette auf der Zunge zergehen. »Jemand ist dir zuvorgekommen. Nimm es leicht, Alexander. Offenbar liegt so was heutzutage in der Luft.«
Zweifellos ein Plagiat! Erbittert bat Woelk um Einzelheiten. Wer konnte seine Idee gestohlen haben? Wie durch einen Nebel sah er Wagner zum Telefon gehen und hörte, wie er die Dramaturgie anwies, ihm ein Manuskript herauszusuchen und in die Kantine zu schicken, dessen Titel ihm leider entfallen sei, mitsamt dem Namen der Verfasserin ... Wie war das möglich? An einen Zufall glaubte Woelk nicht, wer also kam in Frage? Den Text *Kontakt 2000* hatte er nur den Mitgliedern des Vorstands geschickt, die über allem Verdacht standen. Aber die alte Magazingeschichte *Verführung auf Gamma* war jedem zugänglich. Eine Autorin, jung vermutlich, eine Anfängerin, die mangels eigener Einfälle zurückgriff auf das Heft. Sein Fehler war ja, auf Tagungen freimütig über sein Pläne zu sprechen, wenn man ihn danach fragte. Andere hielten sich da zurück – mit Recht, wie sich zeigte –, er hoffte stets auf Anregungen, oder sollte man ihm die Wichtigkeit dessen bestätigen, was er im Begriff war zu tun? Ob Gedankenaustausch oder Eigenliebe, nun jedenfalls rächte sich diese Geschwätzigkeit.
Vor Zorn nahm er kaum wahr, daß Wagner zurückkehrte und ihn besorgt, ja mitfühlend ansah ... Woelk ging die dünne Reihe der Kandidatinnen des Verbands, der Debütantinnen im Bezirk durch. Bei der Säuglingsschwester Gabi Hurdelhey, die sich als einzige mit dem Problem der Partnerschaft befaßte, hielt er inne. Sie stand unter Rudi Würzners Schutz, daher war ihr bereits der schwierige Coup geglückt, eine Erzählung herauszubringen. Darin beschrieb sie die Emanzipation einer medizinisch-technischen Assistentin, die sich vom Elternhaus und von ihrem Oberarzt löst – recht gekonnt, auf eine Art, die im Kollegenkreis das Gerücht nährte, Würzner führe ihr gelegentlich die Feder.
War es der Dame zuzutrauen? Auf den ersten Blick nicht. Sie hatte ein zartes, noch wenig ausgeprägtes Gesicht und ein eher verträumtes Wesen; ihr langwimpriger Augenaufschlag

wirkte auf einen so, als sei man ein Gegenstand ihrer Verehrung. Sooft sie ihm, Woelk, die Hand gab – die schlanke Hand der Hebamme –, hatte er einen Duft wie von Babypuder oder Kinderseife in der Nase. Natürlich hoffte sie auf eine literarische Karriere. Zwar erinnerte er sich nicht, ihr von dem Projekt erzählt zu haben. Vielleicht aber hatte Würzner, der Mentor, ihr sogar das Manuskript gezeigt!
Sein Denken lief im Kreis, bis das Manuskript kam. Johanna selber brachte es ihm. Das Deckblatt fehlte durch Schlamperei, im übrigen war es sein Text. Herta v. Dallwitz hatte *Kontakt 2000* den Städtischen Bühnen geschickt, Woelk erinnerte sich ihres Rats, ein Stück daraus zu machen. »Warum hast du mir kein Wort davon gesagt?« stieß er heraus.
»Um dir die Enttäuschung zu ersparen. Der Alte hat nämlich abgewinkt. Er hat drin geblättert und erklärt, das zähle nicht zu den Dingen, die ›zum gegenwärtigen Zeitpunkt gesagt werden sollten‹. Du weißt, so was ist bei ihm endgültig.«
»Endgültig?« fragte Wagner; er griff nach dem Text. »Laßt mich mal hineinschauen ...« Es klang, als sporne das Urteil ihn an, sich mit dem Stoff zu beschäftigen.

22

Auf ihrem neuen Platz fühlte Vera Bald sich wohl. Es gab für sie mehr zu tun, doch einige Umstände machten das wett. Kellys Team, das *Harmo*-Forschungskollektiv Herbst/Kelly, intern die *Harmonisten* genannt, war jung, quirlig, dynamisch; hatte es doch ein großes Ziel. Da blieb das Klima trotz des scharfen Tempos günstig: keine Zeit für Kompetenzstreit und Reibereien ... Sie hatte angeregt, die starre Pausenregelung zu lockern, mittags zum Baden an den Baggersee zu fahren, wenn es heiß war – und damit war sie durchgekommen. Solche Abweichungen von der Hochschulnorm wurden ohne weiteres von Kelly gedeckt. Sie machten alle Überstunden, da kam es auf gleitende Arbeitszeit nicht an, nur eins zählte: Leistung.
Leistung und Erfolg. Ein faszinierender Mann. Kelly gewann bei näherem Umgang, gerade weil er viel verlangte und ihr dabei nie zu nahe trat. Streifte ihr Blick die Doppeltür, hinter

der er, über Papieren brütend, bei seinen Fischen saß, schämte sie sich des Verdachts, es könnte dort mit der breiten weichen Couch eine Falle für sie errichtet werden. Kelly war anders, frühere Erfahrungen paßten nicht auf ihn. Die Vorstellung, er könne sie nach Dienstschluß in seinem Büro verführen wollen, erschien ihr grotesk. Es war einfach nicht sein Stil. Eher noch würde er, sollte er je etwas Tiefes für sie empfinden, um ihre Hand bitten – ja, dieses Wort war angebracht für den erdachten Fall. Er hätte sich regelrecht mit ihr verlobt wie mit seiner Doreen, davon war Vera Bald überzeugt, wobei sie wußte, daß dies Tagträume waren, unsinnige Bilder ihrer Phantasie ... Weshalb eigentlich zögerte Kelly, die schöne Doreen zu ehelichen?
Aber was ging sie das an. Ihre Gedanken schweiften zu Werner Herbst. Auch der gefiel ihr, schon weil er gut zu Anke und so verliebt in sie selber war – und sie, sie mochte ihn ebenfalls. Werner war bescheiden und beständig, er wäre ihr ein treuer Mann und Anke ein Vater gewesen. Ach, mit fünfundzwanzig sehnt man sich nach einem Heim, nach einer eigenen Familie! Zwar war da eine Vorahnung des Widerstrebens, sich ihm auszuliefern, denn noch zog es sie körperlich kaum zu ihm hin – so wenig wie zu Kelly. Der Reiz, den beide auf sie ausübten, war kein erotischer Magnetismus, er kam aus anderen Sphären dieser zwei Persönlichkeiten. Unverändert hing sie an Alexander Woelk, nur dort erwartete sie sicherer, in fremden Armen nie erreichter Genuß ... Aber wie hoffnungslos das war! Woelk blieb bei seiner Johanna, neulich, in seinem Arbeitszimmer, da war ihr endgültig aufgegangen, was sie ihm bedeutete: das Stück Zucker im Kaffee, nicht mehr. Nicht mehr! Fehlen würde sie ihm, das schon, doch sein Leben ging weiter auch ohne sie ... Nein, niemals konnte sie einem Mann gehören wie ein Gegenstand, nicht einmal, wenn sie liebte. Gerade dann nicht! Denn das Beste, was sie geben konnte, eben ihre Liebe, kam dabei jämmerlich zu kurz, wurde in solch einer Bindung glatt mißachtet.
Sechs Jahre hatte sie sich treiben lassen und die Herabsetzung nicht einmal begriffen, die im Verkleinern ihrer Person zur Zweitfrau eines Mannes lag. Es mochte ja ihrer Natur ent-

sprechen – dem schwärmerisch-anschmiegsamen, genußsüchtigen Teil ihres Wesens. Nun endlich aber sah sie klar. Mach Schluß damit, raunte es in ihr, nimm dein Leben in die Hand, wage den Schritt, geh auf Werner zu, tu es, wenn er zu scheu ist, einen besseren findest du nicht! Leben ist Berührung, gib ihm die Chance, gib sie dir selbst ... Hast du nicht, sooft Alexander dich über endlose Urlaubswochen allein ließ in der Stadt, ohne Reue versucht, von ihm loszukommen? Konntest du da nicht, ohne dich zu zieren, junge Burschen küssen und umarmen – immer dann, wenn du fühltest, auf gleich zu gleich mit ihnen zu stehen? Vergiß die Jahre, seine Bildung und was dich sonst von Werner trennen mag ... Hat dies dich bei Alexander denn gestört?
Unter solchen Betrachtungen ging ihr die Arbeit nur schleppend von der Hand. Sie legte ein paar der Artikel ab, die Kelly aus aller Welt erhielt, dann wandte sie sich dem Sektionsfest zu. Lustige Einfälle waren gefragt, das hätte sie locken müssen. An wieviel Feiern hatte sie schon teilgenommen! Ihr größter Erfolg war eine Party gewesen, bei der man für alles zahlen mußte, für jeden Drink und jedes Kaviarei auf Toast, Preisschilder am kalten Büfett, nicht mal den Kloschlüssel gab es umsonst. Am teuersten war das Chambre séparée, kenntlich durch Plakate, die zum Maßhalten mahnten und den Aufenthalt unter schwebenden Lasten verboten.
Oh, sie erinnerte sich gut. Der Erwerbssinn des Kaufmannshauses, aus dem ihre Mutter kam, der sie von klein auf dazu gebracht hatte, mit Glasmurmeln zu handeln, Monopoly zu spielen und dann beim Pferderennen zu wetten, dieser bürgerliche Zug war der Ursprung. Der hatte sie auf die Idee gebracht, eine Währung aus Inflationsgeld einzuführen. Schon an der Tür bekam der Gast ein Handgeld und ein Glas Sekt, für das sofort zu zahlen war, so daß kein Zweifel blieb am Charakter der Gesellschaft. Alles war wie im Leben, die Preise gepfeffert, man mußte sich sputen, Geld zu verdienen, um auf seine Kosten zu kommen. Sei erfolgreich, werde Taxigirl oder halte eine Rede, übernimm den Einlaß oder den Ausschank, inszeniere ein Gesellschaftsspiel, wasch Teller ab, und du kriegst Millionen, schaff Kohlen hoch oder sorge

auch mal, den Gummiknüppel am Handgelenk, für Ordnung und Sicherheit, da gibt's noch mehr, ist dies doch das höchste Gut ... Aber das, was da Leute, die sich zuvor gar nicht kannten, erhitzte unter dem Druck ökonomischer Bewährung – und was ihr sonst noch einfiel von all den Feten –, das ließ sich schwerlich verwenden. Sie schaffte es nicht, dies anzuheben auf geweihten Grund, es in die Höhen eines Sektionsfestes zu hieven und dort aufzufahren gegen die Langeweile, das Gehemmtsein der mittleren Chargen und das steife Gehabe der Senioren mit ihren juwelengeschmückten Gemahlinnen.

Statt dessen ließ sie ein Tonband laufen, das ein Gespräch zwischen Kelly und Unangst festhielt, um es zu protokollieren. Der Mikroelektroniker, den es jetzt immer häufiger zum Chef zog, begann mit der Frage, ob die Situation in den zwei deutschen Staaten nicht durchaus unterschiedlich sei, im Hinblick auf den Einsatz des Geräts? Das müsse man bei einer Lizenzvergabe berücksichtigen.

Kelly: »Wo sehen Sie das Problem?«

Unangst: »Bei uns ist die Lage gekennzeichnet durch eine Stabilisierung der Scheidungsquote. Unangenehm bleiben die Konsequenzen in puncto Wohnraum, Trennung von Kindern, Belastung der Justiz. Auch die seelischen Scheidungsfolgen sind recht belastend: Psychosen, Arzneimittelmißbrauch, sinkende Arbeitsleistung bei steigendem ärztlichem Aufwand. *Harmo* verhütet all den Trödel! Unser Staat wird daher das Gerät begrüßen und seine Verbreitung sichern, sobald es voll funktionstüchtig ist und den Zweck der letzten Ausbaustufe erfüllt: für jeden eine gültige, dauerhafte und beglückende Partnerschaft zu stiften.«

»Das haben Sie schön gesagt, Benno: gültig, dauerhaft, beglückend. Dem wird sich auch Frau Kleindienst anschließen können. Was aber soll da im Westen anders sein? Dort weicht zwar das Scheidungsrecht von unserem ab, zumal weil der männliche Partner in der Regel derjenige ist, der nicht nur wie hier das während der Ehe entstandene Vermögen teilen, sondern dazu noch seine Rentenansprüche mit erheblichen Summen ablösen muß. Die Unterhaltszahlungen für

Kinder und für die geschiedene Frau, soweit sie nicht selber erwerbstätig sein kann, sind gleichfalls gesalzen ...«

»Eben das hat – Verzeihung – dazu geführt, daß junge Leute häufig gar keine gesetzliche Bindung mehr eingehen. In dieser Richtung wirkt aber der gesamte Trend, nämlich auf Fluktuation, Bindungslosigkeit, berufliche Mobilität, sonst ist man rasch erwerbslos – und auf Promiskuität im Privatbereich. Das Provisorische ..., auch bei uns nimmt es noch zu, ist in der permissiven Gesellschaft des Westens ganz alltäglich geworden, etwas, über das sich kaum noch wer erregt.«

»Bis auf die Kirche und die Politiker hinter ihr. Die würden ein Gerät schon tolerieren, das wie *Libi* dem Trend entgegenwirkt. Sobald nämlich beide Partner die Gewißheit haben, daß sie exakt füreinander geschaffen sind, entfällt die Furcht vor der teuren Scheidung, das leuchtet Ihnen doch ein? Nebenbei, ich wüßte auch gar nicht, wie *Libi* anders zu vermarkten wäre als mit dem Hinweis auf *große Liebe* und *dauerhafte Ehe*. Alles übrige hat man doch drüben sowieso. Jetzt kriegt jeder noch den Mann oder die Frau fürs Leben – mit dem Segen der Kirche, denn die bekommt ihr ›bis daß der Tod euch scheidet‹, Gott, was will sie da noch mehr?«

»Sie setzen also auf die Konservativen, Richard?«

»Das ist außenwirtschaftlich doch völlig schnurz.«

»Täuschen wir uns nicht! Rechtskräfte bevorzugen mit Sicherheit die Alternative des Großen Computers. In der Datenspeicherei hat man es drüben weit gebracht ... Und noch etwas, vergessen wir nicht die Eintrittsschwelle. Sie liegt im Westen für uns ziemlich hoch.«

»Nun kommt wieder Ihre Schwellenangst ins Spiel.«

»Tatsache bleibt, *Harmo* wird bei uns zentral finanziert, vertrieben oder verliehen, ist das Programm erst einmal beschlossene Sache. Ganz anders auf kapitalistischen Märkten! Wie soll einer da das Gerät, das er von uns hat oder in Lizenz produziert, denn starten? Es lohnt doch erst, ein *Libi* zu haben, wenn *Libis* massenhaft unter den Leuten sind. Am Anfang wäre die Hemmung enorm.«

»Wie es starten? Schwerpunktartig, erst mal in Köln oder Hamburg, mit Vorzugspreisen zur Einführung. Hat der alte

Rockefeller nicht damals in China Öllampen sogar verschenkt, um den Markt zu öffnen? Unterschätzen Sie nicht den Einfallsreichtum dieser Leute. In puncto Absatz stecken die uns glatt in den Sack, da wird uns noch Hören und Sehen vergehen – alle fünf Sinne bis auf den sechsten, den haben wir, damit sind wir ihnen voraus!«
Während Vera Bald dies ins reine schrieb, verschwamm ihr Kellys Bild. Was er sagte, klang gerissen und verächtlich. Ein anderer Mann sprach da als in Jena, hier war er wenig ritterlich, ein hartgesottener Profi, mit welch kaltem Blick er auch die Kirche sah ... Weshalb eigentlich nahm Werner Herbst an dem Gespräch nicht teil? Ging es um die Verwertung der Idee, zogen sie ihn kaum hinzu, warum? Vielleicht wollten sie ihn ausbooten, wollten seinen Stuhl. Wenn er draußen war, konnten sie den Laden übernehmen; Unangst und Pistolen-Kelly, wie oft steckten die zwei zusammen! Aber nun fiel ihr ein, daß sie mit Herbst ja verabredet war. Sie rief ihn an, doch es hieß, er sei schon zum Essen gegangen, in die Doktorenmensa.
Beim Betreten des Speisesaals sah sie ihn am Fenster sitzen, er wandte ihr den Rücken zu. Bei ihm war einer von Kellys Doktoranden, der Bioniker Harry Schall. Dieser blasse und harmlose Mann hatte sich, wie sie von Woelk wußte, einst im Gewand eines schreibenden Wissenschaftlers dem Schriftstellerverband genähert, wo man ihn als werdenden Lyriker in die Arbeitsgemeinschaft Junger Autoren aufnahm. Bis das Bezirksorgan einer Blockpartei ein Gedicht von ihm druckte, in dem es hieß: »Blaset, ihr Winde, durchs warme Nest.« Die Zeile hatte ihn zu Fall gebracht. Schall wollte sie als Bekenntnis zur Heimat verstanden wissen, die ihn wärme, Stürmen zum Trotz. Durch unglückliche Wortwahl aber hatte er dem Verdacht, es könne von Darmwinden die Rede sein, Raum gelassen; die Lyriker waren naserümpfend von ihm abgerückt. Seitdem stellte Schall sein Talent in den Dienst der Hochschule. Zum Sektionsfest hatte er Schüttelreime verfaßt, einer davon ging: »'nem Mädchen, das da Rose hieß / am Badestrand die Hose riß / Sie sieht die Meute ringsum lachen / warum das nur die Leute machen?«

Diese Albernheit im Ohr, hörte Vera Bald den Reimeschmied sagen: »Während du die Arbeit machst, besorgt er das Vermarkten. Er verkauft, was wir ihm bauen.«
»Er ist halt das Verkaufsgenie«, antwortete Dr. Herbst. »Es tut eben jeder seins ...« Er bemerkte sie und stand halb auf, unschlüssig, ob er nicht doch lieber, wie hier üblich, sitzen bleiben sollte. »Du siehst zauberhaft aus«, stellte er leise fest. Lächelnd nahm sie Platz, erwärmt von diesem Satz. Das Kindliche der Freude war ihr wohl bewußt; sie lebte auf bei jedem halbwegs glaubhaften Kompliment. Schall zog sich zurück. Im Leben feinfühliger als in der Kunst, mochte er spüren, daß er störte. Sein Gesicht zeigte einen Ausdruck verschlagener, unaufrichtiger Sinnlichkeit. Vera Bald reckte sich in dem indischen Kleid, das ihre Figur so zart umspielte.
»Ihr habt von Kelly gesprochen?«
»Er hat. Für mich ist das kein Thema, weißt du.«
Sie dachte: Wie naiv er doch ist; er ahnt nicht, was um ihn herum passiert. Sie war viel besser im Bilde als Herbst ... Kaum hatte sie bestellt, da dampfte schon die Suppe vor ihr.
»Wem gilt das Kleid?« fragt er. »Kelly oder mir?«
»Du sagst doch, er ist kein Thema für dich.«
»Und du hast gesagt, Chefs sind für dich tabu.«
Das Steak à la Strindberg wurde aufgetischt.
»Hättest du Lust, Werner, mal übers Wochenende nach Berlin zu fahren?«
»Da steigt doch das Sektionsfest.«
»Ich meine die Woche darauf.«
»Ja ... Was willst du in Berlin?«
Wieder wunderte sie seine Schüchternheit. Es hatte sie immer erstaunt, wie hervorragend ein Mann in seinem Fach sein konnte und wie töricht, wenn es um Frauen ging. Bedeutende Wissenschaftler hatten Dummchen geheiratet, hübsche Damen, die dann aus den Fugen gingen ... Herbst erfand ein Kontaktgerät und wagte doch bei ihr keinen entscheidenden Schritt. »Was ich will? Vielleicht dich kennenlernen.«
Er verschluckte sich und tupfte den Bierschaum vom Mund. »Kommt Anke mit?«

Sie schüttelte langsam den Kopf.
»Aber, Vera, wo willst du wohnen? Hotelzimmer, das ist aussichtslos.«
Für Kelly wär es eine Kleinigkeit gewesen. »Ich hab eine Freundin da, die fährt jedes Wochenende nach Hause. Den Schlüssel hat dann die Nachbarin ... Wir könnten zum Beispiel ins Theater gehen.«
»Oder ins Museum, in den Zoo«, sagte er, bemüht, die Fassung zu bewahren, indem er es ins Komische zog. Ihr war, als stünde er auf einmal unter Strom. »Du, das klingt ja sehr verlockend.«
Sie hatte den Eindruck, er vermute, sie wolle ihn bloß über ihren Weggang trösten. Wie konnte sie ihn nur fühlen lassen, daß dies von ihr kein Mitleid war? – »Falls es dir zu plötzlich kommt, du hast ja noch Zeit zum Überlegen.«
»Was gibt's denn da zu überlegen ...« Langsam kroch ein Lächeln aus seinem Bart und breitete sich über das ganze Gesicht. Noch nie hatte sie ihn so froh gesehen.

23

Auf dem Weg zu Rudi Würzner überlegte Woelk, ob er in dem wohl eine Stütze fand. Sie hatten sich einmal gemocht und dann voneinander entfernt. Konkurrenten waren sie nicht, ihre Themen und Stoffe waren grundverschieden; womöglich aber sah Würzner in ihm einen Rivalen im Vorstand – als erhöhe der Platz, der sich im Berufsverband erringen ließ, den Wert eines Schreibers. Die Rangordnung dort, ein Gefühl von Wichtigkeit, stärkte das Würzner in Niederlagen? Als die Erfolge kamen, nahm sein Anspruch zu. Er wurde Mitglied eines Gremiums, das über die Vergabe von Stipendien und Kunstpreisen im Bezirk befand. Man sollte ihn nämlich mehr lieben als fürchten, er half einem gern, wo es seine eigene Bedeutung unterstrich.
Würzner wußte, daß man auch in einer Bezirksstadt ein großer Mann sein kann, ein gefragter Autor, eine Art Goethe dieser Stadt, und zwar leichter als in Berlin, wo die Vielzahl der Talente einen erdrückt. Im selben Maße, wie es Arno Huber in die Hauptstadt zog, wurde Würzner zu einem der

Unentbehrlichen. Das örtliche Kulturleben kam nicht mehr ohne ihn aus. Von kleinerer Statur als Huber, trieb ihn statt des überquellenden Gefühls sein zupackender Verstand. Hätte man einen Schauspieler, der Huber imitierte, wegen argen Chargierens gerügt, so wäre einer, der Würzner nachahmte, für seine Ausdrucksarmut getadelt worden – ein Mangel, den er manchmal rhetorisch behob, in Attitüden der Leidenschaft, die an ihm verblüfften ... Einst hatte er es schwer gehabt, sein Talent bestand zur Hälfte aus Fleiß. Die Verlage, denen er seine Arbeiten schickte, zeigten ihm anfangs die kalte Schulter. Und die Flatterhaftigkeit seiner Frau trug ihm Schreibhemmungen ein, etwas, das Frau v. Dallwitz *writer's block* zu nennen pflegte. Woelk schätzte sein kritisches Denkvermögen. Bei Schachpartien kamen sie sich nahe, die waren Woelk als wirkliches Zentrum ihrer Beziehung lebendig geblieben. Jahre später erst wurde ihm zugetragen, daß Würzner junge Kollegen fragte, zu wem sie denn ständen, zu Woelk oder zu ihm? Er hatte das nie ernstgenommen, und nun war es zu spät, die Entfremdung zu beheben.
Monique Würzner ließ Woelk ein mit der Bemerkung, er sei früher erwartet worden, jetzt habe Rudi Besuch, wenn Woelk aber warten wolle? Vorsichtig folgte er ihr, in Furcht, rankende Blattpflanzen abzuknicken oder einen aus Schafwolle geknüpften Wandbehang zu streifen, auf dem Sonnenblumen prangten. Der Besuchersessel drinnen stand unter einem selbstgewebten Gobelin, ein Frauenkopf in Rottönen auf blauem Grund. »Wie nennst du ihn?«
»Es gibt keinen Titel, Alexander.«
»Der Blick über die Schulter – nenn's doch ›Der Schreck‹.«
Es freute Monique immer, wenn man ihre Arbeiten beachtete. Sie war eine auffallende Erscheinung, schlank und blaß, mit graugrünen Raubtieraugen und schwarzgefärbtem schulterlangem Haar. Sie trug ein kurzes flaschengrünes Kleid und hatte bemerkenswerte Beine. Vor zwanzig Jahren, als sie noch Monika Fromme hieß, war sie ein blutjunges, beutehungriges Mädchen gewesen; im Klatsch der Kollegen wurde Woelk eine Zeitlang mit ihr in Verbindung gebracht. In jenen fernen Tagen war sie als hoffnungsvoller Nachwuchs im Berufs-

verband erschienen, ein eigenwilliges Mädchen mit besitzergreifendem Lächeln, und ständig eingeladen worden, obwohl sie nie den Kandidatenstand erreichte. Damals übte man viel Nachsicht, um mit der Teilnehmerzahl die eigene Geltung zu heben. Frauen traten mit wichtigen Büchern hervor, andere blieben der Männerrunde mehr optisch willkommen; oft siegte das, was das Auge erquickte, über die Leistung im Fach. Hans Seiboldt nannte das Fräulein Fromme »unsere profilierteste Elevin«, ohne ihre Schöpfungen im Sinn zu haben. Getragen vom allgemeinen Wohlwollen, traf sie in Ruhe ihre Wahl.

Dabei war ihr Blick auch auf Woelk gefallen. Dies geschah bei einer der Silvesterfeiern, die damals noch vom Rat des Bezirks gemeinsam mit den Künstlerverbänden ausgerichtet wurden, in einem Gesellschaftshaus aus dem vorigen Jahrhundert. Ein schöner Brauch; beklagenswert, daß er später aus Kostengründen in Verfall geriet. Das klassizistische Lokal nahe dem Fluß unter uralten Eichen und Kastanien war Woelk als Ort zwangloser Begegnung im Gedächtnis. Wenn Luftschlangen wirbelten, der Sekt aufschäumte und drei Kapellen spielten, kamen die Vertreter von Geist und Macht einander nahe, waren sie in der Tat vereint. Sooft es später in beiden Gruppen zu Anflügen von Verstimmung oder Mißtrauen kam, neigte Woelk dazu, eine der Wurzeln im Ende solcher Geselligkeit zu sehen.

In dieser erhitzten Atmosphäre nun tanzte er mit der feschen Monika. Sie trug das zu jener Zeit noch brandrote Haar streng zurückgekämmt, was den katzenhaften Schnitt ihres Gesichts und die Eleganz des Halses hervorhob. Konfetti rieselte ihr vom Kopf, als sie ihn nach draußen zog und fragte: »Was ist, Herr Woelk, küssen Sie mich gleich, oder wollen Sie bis später warten?« Dabei preßte sie ihn rücklings an eine Kastanie, wo er, jungvermählt, wie zwischen Baum und Borke stak und scheinbar kaltblütig zurückgab: »Wann würde es Ihnen denn besser passen?« – »Na jetzt«, fauchte sie, worauf er, in eine Parfümwolke gehüllt, nicht länger widerstand. Darauf schob sie ihn in ihren Kleinwagen, bog beim Gedenkstein für den ermordeten Taxifahrer in eine Waldschneise, mit der Örtlichkeit vertraut ... So lernte er die Gegend zwischen den Rennwiesen und der Gaststätte »Beerenbusch« von einer neuen Seite kennen. Bei ihrer Rückkehr ins Gesellschaftshaus hub eine Polonaise an, im Festraum neben dem Tanzsaal, an der chaotisch überhäuften Autorentafel, saß stumm Rudi Würzner in trunkener Schwermut; damals mißriet ihm so viel. Er wurde von Seiboldt und Huber geneckt, sie besprühten ihn aus fremden Gläsern, in die sie die Finger titschten, mit Weißwein. Fräulein Fromme aber glitt auf seinen Schoß, nannte ihn tröstend »unser trauriger Meister« und fuhr ihm durch das noch volle Haar. Bald darauf heiratete sie ihn, beendete die eigene Literaturlaufbahn und nahm seine Karriere in die Hand.

Sie selbst schritt fort zur künstlerischen Textilgestaltung. Die Fadenspanngrafik dort am Fenster und die zwei glitzernden Perlensterne auf Nylonfäden in runden Metallrahmen waren gleichfalls ihr Werk. Ebenso der applizierte Wandbehang hinter dem Schreibtisch: ein Fesselballon, nach rechts driftend, gen Osten also, mit viel ornamentaler Stickerei über einer Landschaft voll winkender Menschen und grasender Tiere; das Bild hieß »Reise in Freundesland« ... Im Leben war sie weniger naiv, da blieb sie durchaus eingeweiht, eine Nachrichtenquelle von Rang, ohne je zu intrigieren, so wohltuend band das Kunsthandwerk ihre überschüssige Kraft. Die Spannungen zwischen Würzner und ihm, Woelk, mußte sie kennen, doch eine Spur Komplizenschaft – dem Vergangenen hielt sie ein bißchen die Treue – und ein leises Abrücken von ihrem Mann sprachen aus ihrer Haltung.

Monique mischte Drinks aus Wermut, Orangensaft und Gin, gab Eis hinein und trank Woelk zu. Unwillkürlich erwartete er wieder Enthüllungen, etwa hinsichtlich des Bleiglasfensters im Jugendstil, das in Hubers Bungalow entdeckt worden war, blaugrün und silbrig-violett, mit rhythmischwellenförmigem Dekor. Es wurde dem 1933 verstorbenen amerikanischen Maler und Glaskünstler Tiffany oder einem seiner Schüler zugeschrieben und hatte das holzverschalte Kulturbundhaus eines bekannten Ostseebades geschmückt, war zur Restaurierung entfernt worden und nie an seinen alten Platz zurückgelangt ... Da aber hörte er sie sagen: »Du kommst wegen deines Manuskripts? Ich hab's gelesen, mir gefällt's. Noch immer der alte freche Hund ... Herta ist auch davon angetan.«

»Sie hat's dem Theater geschickt.«

»Siehst du, sie mag dich.«

»Das genügt nicht. Ich will, daß mich alle mögen.«

»Eben das ist dein Problem. Du machst uns Sorgen, Alex.«

Sie war die einzige, die ihn Alex nannte; von Frauen ließ er sich gern Sascha oder Sandy nennen. Aus ihrem Mund jedoch erinnerte es ihn an den Moment hinterm Rennplatz, wo sie die Abkürzung seines Namens im Stakkato der Wiederholung benutzt hatte, um ihn anzufeuern wie ein Jockei, der sein Pferd durchs Ziel peitscht. – »Was hab ich denn getan?«

Sie drehte an ihrem Glas. »Du sollst ein ganz schlimmes Leben führen mit deinen zwei Frauen ... Na, ich werd nie begreifen, wieso sich da wer einmischen muß.«

»Monique, was ist los?« Daß sie sich zierte, machte ihn nervös; es war kein gutes Zeichen.

»Ich will nicht, daß du mich für klatschsüchtig hältst. Gerade bei dir lege ich Wert darauf. Aber die Leute fangen an zu reden.«

»Was! Nach sechs Jahren?« Er war immer der Meinung gewesen, man hätte sich bei ihm daran gewöhnt.

»Es geht nicht nur um dich. Jemand war da vom Rat des Bezirks. Sie sorgen sich um den Ruf der Kulturschaffenden.«

Woelk nickte; Horst Seydlitz wohl, ein rastloser Mann, dessen Amtsvorgänger den Posten verloren hatte, weil auch er sich weder von der Ehefrau noch von seiner Freundin trennen konnte. Neidete Seydlitz ihm den größeren Spielraum? Nein, dessen Vorgänger war auch nicht viel passiert, er sollte nach Berlin versetzt worden und in der Hauptverwaltung für Körperkultur und Freizeitgestaltung sogar aufgestiegen sein – mit Recht, wie Woelk fand. »Seydlitz ist ein Fossil, Monique. So ein Fels, der blieb, als das Gletschereis schmolz.«

»Sag so was nicht. Stell dir vor, es würde ihm hinterbracht!

Wie leicht du dich bei jemandem verhaßt machen kannst ...«
»Das stimmt. Da genügt schon ein Satz.«
»Willst du wissen, was er von euch erzählt?«
»Nur los. Ich hab sicherlich schon Schlimmeres gehört.«
»Alex, du regst dich zu leicht auf. Ich weiß ja nicht, wie ihr euch verständigt habt, deine Frau und du.«
»Was hat sie damit zu tun? Spielt das eine Rolle?«
»Ehepartner spielen immer eine Rolle.«
»Es hängt mit meiner Reise zusammen. München, nicht wahr?«
»Sie möchten halt sicher sein, daß es mit deiner Ehe trotzdem läuft.«
»Sie läuft nicht schlechter als deine, Moni. Wir zwei rudern im selben Teich.«
»Paß auf, der Haken ist, Johanna wird öfter mit einem Herrn Wagner gesehen.«
»Siggi Wagner?«
»Manchmal fährt er sie nach Hause und setzt sie oben an der Ecke ab.«
»Er beachtet die Verkehrszeichen. Es ist eine Spielstraße.«
»Und manchmal umgekehrt; da steht dein Auto dann vor seinem Haus.«
»Ich werde ihn töten.«
»Mehr sagst du dazu nicht?«
»Theaterklatsch. Die zwei arbeiten zusammen.«
»Schön, daß du's nicht tragisch nimmst.«
»Nun müssen wir bloß noch Herrn Seydlitz beruhigen.«
Da ging die Wohnzimmertür, Rudi Würzner entließ seine Gäste, Woelk stand zum Händeschütteln auf. Es waren zwei junge Autoren, der Musiklehrer Jens Keimling und der Heimerzieher Reinhold Feix, genannt Reini. Keimling schrieb Hörspiele und Kurzgeschichten aus dem Schulmilieu, Feix Bastelanleitungen und Wanderbücher, die sich nur schwer dem schöngeistigen Schrifttum zuordnen ließen, das allein die Anwartschaft auf den Kandidatenstand stützt. Es gab freilich auch Verbandsmitglieder, die gar keine Belletristik schrieben.
Woelk wurde hineingewinkt unter aromatischen Zigarren-

rauch, der durchs Fenster in den Garten zog. Dem Autorennachwuchs im Bezirk opferte Würzner sehr viel Zeit. Dank seiner Förderung näherte sich die Mitgliederzahl der magischen Vierzig (»Rudi Würzner und die vierzig Räuber«, hörte man witzeln), junge Talente meist, die zu ihm aufsahen. So hatte er sich eine Hausmacht geschaffen. Sein Drang, den Verband zu stärken, kam dem Wunsch der Buchverlage entgegen, immer mehr Debütanten zu drucken, möglichst viele Erstlingswerke. Schwere Mühe stand dahinter, hieß das doch, Manuskripte so lange zu behandeln, bis sich hoffen ließ, nun seien sie druckreif. Niemand schien sich zu fragen, ob da nicht Begabungen, die noch hätten reifen müssen, vorzeitig verschlissen wurden, der Geschäftigkeit eines Verlegers oder Mentors zuliebe.

»Nimm Platz«, sagte Würzner, ein Schwanken in der Stimme, als sei er abgespannt oder müsse sich zur Ruhe zwingen. Er setzte sich, den Rücken zum Licht, und wartete stumm auf die Eröffnung. Ein beklemmender Beginn, Woelk glitt tiefer in den Ledersessel, dessen Polster blankgewetzt waren von der Nervosität beflissener Elevinnen und Eleven. Wäre es nach ihm gegangen, hätten Keimling und Feix bleiben können. Sollten sie ruhig sehen, wie es zuging in der Welt, die sie betreten wollten. Würzner aber liebte Einweihungs- und Ausschließungsprozeduren. Dies war eine Vorstandssache, die sie nichts anging, jenes waren Nachwuchsfragen gewesen oder sonstige Dinge außerhalb Woelks Kompetenz. Mit dem Instinkt eines Bibers, so schien es ihm, staute Würzner den Fluß des Wissens, dessen freies Dahinströmen seine Stellung hätte unterspülen können. Platz für jedermann und jedermann auf seinem Platz.

»Hast du Zeit gehabt, Rudi, die Skizze zu lesen?«

Würzner nickte, ohne sich zu äußern. An ihm führte kein Weg vorbei, diese Gewißheit sprach aus seiner Miene. Man wünscht etwas von ihm, er konnte es abschlagen oder gewähren – so deutete Woelk den Ausdruck seiner Augen, die hinter der Stahlbrille wie in Öl schwammen, hinter Käfiggittern. Mit der hohen Stirn und den scharf rasierten Wangen war es ein strenges Gesicht. Woelks Hoffnung sank, er witterte Ablehnung und spürte, da war nicht nur Persönliches im Spiel, da ging es um Grundsätzliches, um eine der tiefen Meinungsverschiedenheiten, die sie seit langem trennten.

»Der Text hat mich nicht gerade vom Stuhl gerissen«, sagte Würzner endlich. »Wenn daraus, wie von dir angedeutet, eine größere Arbeit werden soll, dann reitest du nicht nur den Einfall tot, du verzeichnest auch unsere Wirklichkeit.«

»Inwiefern?«

»Zum Beispiel in den Szenen an der Medizinischen Akademie. So borniert und karrieregeil, wie du sie darstellst, sind unsere Wissenschaftler nicht.«

»Gibt es das, den beruflich geprägten Einheitscharakter einer Gruppe? Der typische Autor dieses Landes, wer ist das, du oder ich?«

Würzner wich dem Einwand aus. »Ich kenne keinen solchen Mediziner«, hielt er mit Nachdruck fest. »Und glaub mir, ein wenig kenne ich mich an Hochschulen aus. Unsere Forscher sind sich ihrer Verantwortung bewußt.«

Er hatte zwei Bücher darüber geschrieben, sah er vielleicht sein Revier bedroht? Nein, die Bedenken reichten weiter, der Ton mißfiel ihm, die ganze Story, denn nun fügte er hinzu: »Die hiesige Gegenwart, Alexander, ist dir doch Neuland, stofflich wie thematisch. Ich merke nun, du näherst dich ihr in der gleichen sarkastischen Haltung, mit der du westliche Zustände schilderst oder auch den Palast eines afrikanischen Diktators betrittst.«

»Man sollte jedes Land in anderer Haltung betreten?«

»In angemessener Haltung schon. Zumal die Heimat, das Land unserer Zukunft, unserer Träume, unserer Kinder. Man wird dem eigenen Land doch nie gerecht durch Kunstmittel, die dazu gut sind, das Brüchige überholter Systeme aufzudekken.«

»Mißstände gibt's überall, auch hier.«

»Aber in prinzipiell anderer Qualität. Es sind Fehler auf dem Vormarsch, lösbare Widersprüche, zu deren Überwindung wir beitragen wollen ... Nein, so siehst du das nicht? Tut mir leid, alter Junge!« Würzner griff hinter sich ins Regal, er gab

Woelk das Manuskript. »Wenn du mal ernsthaft vorhast, in diese unsere Welt zurückzukehren, wende dich vertrauensvoll an mich.«
»Vielen Dank für die Lesemühe.« Woelk stand auf. »Ich glaube nicht, Rudi, daß wir in derselben Welt leben.«
»Nach deiner Geschichte bezweifle ich das auch.«

24

Am Schluß der Patentanmeldung, von Kelly auf Band gesprochen, seufzte Vera Bald auf. Es fiel ihr schwer, etwas so makellos zu Papier zu bringen, wie das Amt für Erfindungs- und Patentwesen es verlangte; selbst wenn es nur neun Seiten waren, die sie unter dem Titel *Schaltungsanordnung für einen Kommunikator* liefern mußte, frei von jeder Korrektur. Zeile für Zeile las sie das letzte Blatt, überschrieben »Ergebnis der vorläufigen Prüfung der Neuheit und der technisch-ökonomischen Effektivität«. Es endete mit dem Satz: »Versuche wurden bisher nicht durchgeführt.« Dazwischen aber saß der Teufel, in den Chiffren und Zahlenkolonnen der Patentrecherche. Sie hörte das Tonband noch mal ab, fand zwei Fehler und spannte neue Bogen ein.
Was für ein Text, gespickt mit Wörtern wie Zusatzspeicher, Mikroprozessor, Signalumsetzer, schmalbandig ausgeführtes Empfänger-Eingangsteil, selektiv abgestimmtes Funk-Empfangsteil, Mobilität der Teilnehmer und so fort. Nahm sie die Finger von den Tasten, irrte ihr Denken weg von solchem Gestrüpp – hin zu dem Sektionsfest. Das regte sie mehr an als diese Patentschrift. Natürlich mußte eine Tombola sein. Sie würde etwas aus ihrer Rumpelkammer kramen, vielleicht einen Kneifer, der sich dem Chemiker Justus von Liebig zuschreiben ließ. Das Genie Lomonossow, der Physiker Otto von Guericke, der Biologe Professor Faust und andere namhafte, wertvolle Menschen würden auch mit persönlichen Gegenständen wie Regenschirmen oder Tabakdosen präsent sein. Ein Stück vom Taucheranzug des Werner Herbst, ein Schlips Dr. Hofmanns und eine Haarlocke Kellys konnten als Reliquien dienen.
Wichtig sei, hatte Kelly ihr erklärt, die Moleküle rasch zu

knacken, so daß Atome frei würden für neue flüchtige Verbindungen; das Beharren der Paare und Cliquen verderbe jede Lustbarkeit ... Etwas verwunderlich der Hinweis, brachte er doch seine Verlobte mit, der es – war sie so ätherisch wie auf dem Schreibtischfoto – kaum recht sein konnte, als Atom frei zu schweifen. Es gab schon Mittel, das zu schaffen, zum Beispiel eine Verlosung, bei der man die Hälfte eines Tiernamens zog. Wer die fehlende Hälfte hatte, dessen Tischpartner war man an der langen Tafel, die sich zum bewährten Hufeisen krümmte. Leo-pard, Kroko-dil, Ele-fant, Gi-raffe, Af-fe, Ti-ger, Lö-we ... Da rief Frau Graupner an: Direktor Jungblut erwarte Dr. Kelly unverzüglich in seinem Büro. Es klang barsch, fast bedrohlich für Kelly – Fräulein Bald richtete es sogleich aus.

Kelly hatte kaum das Vorzimmer durchquert, als Benno Unangst kam, wie um das Fernsein des Chefs zu nutzen. »Fleißig dabei, Staub von den Akten zu pusten?« fragte er töricht. Sie wußte, er hielt sich für unwiderstehlich, unterstand ihm doch eine Amateurkapelle, Klavier, zwei Saxophone, Banjo, Baß, genannt *Bubcats*: Benno-Unangst-Band mit ihren *cats*. Die Katzen freilich, sein Gesangstar Marylou und das Gogo-Girl Tina, waren ihm entwischt, Marylou nach Leipzig und Tina in den siebten Monat einer Schwangerschaft, die er selbst verursacht haben sollte. – »Man hört, du kannst singen, Vera? Was denn so?«

»Zweiten Alt. Psalmen und Kantaten im Domchor; Beat und Jazz bei den ›Primanern‹.«

»Tolle Bandbreite! Wie bringt man das?«

»Musikschule und Privatunterricht.«

Unangst schwang sich rittlings auf einen Stuhl, schlang seine Arme affenähnlich um die Lehne und mustere Vera Bald wie eine leckere Urwaldfrucht. »Tiefe Stimme, das wär unsere Kragenweite, du.« Er sprach mit ihr wie zu seinem Publikum. So stillos ließ sie sich nicht anwerben. Er war doch ein gebildeter Mensch, behandelte sie aber wie eine der Siebzehnjährigen, die sich ihm an den Hals warfen.

»Nein? Du kannst jede Menge Kies bei uns machen.«

»Und wozu, Benno?«

»Wozu …?« Jetzt war er wirklich fassungslos.
»Glaubst du, wer reich ist, lebt besser?«
»Da bin ich ziemlich sicher. Tu nur nicht so, als wüßtest du's nicht! Was zum Teufel hast du gegen uns?«
»Ach, ich sing am liebsten Brechtlieder und Chansons. Nicht euer Repertoire.«
»Ganz was Feines, Hut ab, Vera! Wie kriegst du die Kurve?« Sie hatte den Eindruck, er traue es ihr gar nicht zu. Es war ja auch schwierig, ihre Stimme sollte rein werden, die Gesangslehrerin führte sie an Schubert heran; da mußte sie sich samstags Mühe geben, wieder heiser und rauh zu sein … »Ein Glas Bier und zwei Zigaretten, dann leg ich euch die Seeräuber-Jenny hin.«
»Ist ja 'ne Wucht! So Verruchtes hast du für uns drauf?«
»Nur, wenn wir uns einig werden. Bei den ›Primanern‹ hab ich aufgehört, es hat nie geklappt mit der Probenzeit …«
»Und der Boß wollte was von dir. Hör zu, vor mir bist du sicher, wenn's auch schwerfällt.«
»Das wird deine Verlobte aber freuen.«
»*Harmo* zuliebe, im Interesse des Kollektivs.«
Fast klang es, als habe Herbst ihm die Grenze gezeigt. Bei Unangst kam der Spaß stets hinter der Karriere, und die wollte er mit Herbst und Kelly machen. »Mit dir kriegen wir ein neues Image«, hörte sie ihn schwärmen, es tat ihr gut, obwohl sie ihn nicht ernst nahm. »Die Fans werden jubeln! Wir schießen dich hoch zu den Sternen, mit dir sind wir wieder ein Sextett!« Er sprang auf, wiegte sich tänzerisch und legte sein freudiges Bewegtsein in ein Fingerschnipsen. Am liebsten, fand sie, hätte er wohl ein Rad geschlagen wie ein Pfau.
Ganz plötzlich, mit Kellys Rückkehr, fiel die Pracht zusammen. Auf dessen Gesicht lag kühles Befremden, und so wich Unangst aus, in sein mikroelektronisches Labor. Vera Bald hielt von ihm wenig, sein Ruf im Hause war lädiert. Es hieß, er lasse Freunde im Stich, die in den Gremien seine Hilfe brauchten, um ihnen dann privat zu versichern: Es tut mir ungeheuer leid, ehrlich, aber du weißt doch, wie so was läuft und daß mein Wort dir mehr geschadet hätte … Trotzdem,

ihr bot er eine Chance; schließlich war kein Mensch vollkommen.
Jetzt rief Kelly sie herein. Wuchtig und starr wie ein Eisblock thronte er neben seinen Fischen, mit dem Blick eines Mannes, der gerügt worden ist und nach dem wirklich Schuldigen oder auch nur nach einem Blitzableiter sucht. Was war geschehen? So hatte sie ihn noch nie erlebt. Während der Körper regungslos blieb, arbeitete es in seinem Gesicht. »Nehmen Sie Platz«, sagte er leise, sehr beherrscht. »Man hat mir eröffnet, der Westen habe Wind bekommen von dem, was wir tun. Das ist schlimm für uns alle, Vera. Es bleibt nicht ohne Konsequenzen.«
»Wie kann das passiert sein?«
Er überging die Frage. »Üble Konsequenzen! Man erwägt schon, die Geheimhaltung anzuheben, das Projekt als Vertrauliche Verschlußsache zu führen, und das heißt: alles stets im Safe, numerierte Seiten bei jedem Vorgang, das Kohlepapier vernichten, Siegel an sämtlichen Räumen, engerer Personenkreis, Westkontakte meldepflichtig und so weiter. Das geht an das Mark freier wissenschaftlicher Arbeit. Und wer weiß, ob ich Sie dann noch halten kann.«
»O Gott«, entfuhr es ihr.
»Wird es GVS eingestuft, sind wir überhaupt erledigt, dann ist es aus mit dem Großversuch, ohne den es keine Weiterentwicklung gibt! Vielleicht läßt sich das abwenden, VS ist schlimm genug.«
»Ich war schon bei Doktor Herbst VS-verpflichtet.«
»Ihre Kaderakte ist nicht makellos. Sie haben Verwandtschaft drüben, stehen in Verbindung, sind nirgends Mitglied, nicht mal in der Gewerkschaft.« Kelly dämpfte die Stimme, sein Gesicht drückte Distanzierung aus, als sei er genötigt, etwas ihm Peinliches zu berühren. »Hinzu kommt Ihre dubiose Liaison, diese Liebschaft mit dem Herrn Woelk.«
Sie spürte, wie ihr das Blut zu Kopfe stieg. Dies zu sagen hatte in all der Zeit noch keiner gewagt! »Ist das nicht Privatsache, Herr Doktor Kelly?«
»Nein. Leider nicht.« Er sah sie düster an. »Die Indiskretion verdanken wir ihm.«

»Alexander Woelk?«
»Ja. Bedauerlicherweise heißt das: auch Ihnen. Haben Sie das Projekt Woelk gegenüber erwähnt?«
»Natürlich hab ich das …«
»Das finden Sie normal? Ihnen muß doch geläufig sein, daß selbst VD-Sachen der Schweigepflicht unterliegen! Jetzt trägt Ihr Freund das nach drüben …«
»Ihre Forschungen, unmöglich.« Sie konnte nicht weitersprechen, war den Tränen nahe. Noch nie hatte man sie so hart angefaßt.
»Er beschreibt die Idee, das reicht völlig, uns zu schaden. Es erscheint im Augustheft eines Münchner Magazins.«
»Im Augustheft, wo wir erst Juli haben?«
Kelly wischte das weg. »Wir haben die Information, einen Andruck vielleicht, was ändert das. Unser Gerät heißt dort ›Kontakt zweitausend‹. In der Hülle literarischer Fiktion wird der Stand unserer Arbeit geschildert.«
Vera Bald sah ihre Hände zittern, sie spürte einen Anflug von Zorn, den Drang, hysterisch zu lachen. »Die Geschichte war eher da«, rief sie schrill. »Fragen Sie Doktor Herbst, der kennt die seit Mai, er hat sie von mir … Ich selbst hab die Neufassung der Geschichte auf Herrn Woelks Wunsch nach München geschickt.«
»An dieses Herrenmagazin?«
»An einen Freund von Herrn Woelk … Der Name fällt mir nicht ein, ich bin zu aufgeregt.«
»Ist das etwa die Geschichte, die den Herbst inspiriert hat?«
»Das war die alte Fassung gewesen – fünfzehn Jahre alt.«
»Dann wollen wir hoffen, daß in Woelks neue Version nichts von der Entwicklung hier an der Hochschule eingeflossen ist.«
»Er hat sich dafür im einzelnen nie interessiert.«
»So? Schwer zu glauben. Aber wie dem auch sei, lassen Sie sich das eine Warnung sein. Kein Wort in dieser Sache mehr zu ihm! Auch nicht über dieses Gespräch. Halten Sie das durch?«
Sie nickte verkrampft.
»Es bleibt ein Risiko. Mir wär's am liebsten, Sie rängen sich dazu durch, die Beziehung zu lösen.«

»Gehen Sie mit Ihrer Empfehlung nicht etwas zu weit?«
Kelly stand schweigend auf. Vera Bald blieb sitzen, sie sah zu ihm hoch. Ihr Herz hämmerte, sie fühlte sich schlapp. Eine Frau zu sein war noch immer von Nachteil, wenn man sich einmal wehren mußte. Sie befand sich auf männlichem Territorium. Es gab kaum weibliche Hauptfiguren hier, eine davon, Dora Kleindienst, begegnete ihr äußerst reserviert ... Der Nacken schmerzte sie, auch kam es ihr vor, als könnten ihre Augen den Bewegungen des Kopfes schlecht folgen – wie bei einem Kater nach Alkoholgenuß.
»Womöglich haben Sie recht«, hörte sie ihn schräg über sich sagen. »Als Leiter dürfte ich Ihnen nach dem, was vorgefallen ist, kaum mehr trauen, aber ich mag Sie ... Vera, denken Sie sich mal in meine Lage! Das Sektionsfest fällt aus, muß verschoben werden: Faust, Herbst, Jungblut, ich und ein paar andere müssen in dieser Affäre nämlich nach Berlin.«
»Ach, ja?« Die Versteigerung fiel ihr ein, die ganzen Vorbereitungen, alles umsonst. »Es tut mir leid ...«
»Das muß Ihnen nicht leid tun.« Er fand allmählich zurück zu seinem alten kraftvollen Ton. »Es gibt uns Gelegenheit, mehr Pfiff hineinzubringen. Wir feiern an Bord eines Dampfers, chartern Sie uns den! Das sind tausend Mark extra, falls Thor sich wieder sperrt, zahl ich's aus meiner Tasche – wenn uns nur die GVS erspart bleibt ... Und jetzt holen Sie Ihren Stenoblock, da muß ein Bericht raus. Nach Lage der Dinge kann das nur ein Schrei aus der Tiefe sein.«
Kelly diktierte ihr: »Wegen der neuen Situation erbitten wir höchste Dringlichkeit für das *Harmo*-Programm und die Freigabe von Sondermitteln zu dessen äußerster Beschleunigung ... Trotz fortgeschrittener Miniaturisierung ist der uns vom VEB Heimelektronik ›8. März‹ gelieferte Prototyp immer noch zu groß, als daß er in ein herkömmliches Gehäuse einer Armbanduhr passen würde ... Ergeben sich weiterhin mit der Flüssigkristall-Anzeige Schwierigkeiten, die es rasch zu meistern gilt ... Auf Grund zwingender praktischer Lagevoraussetzungen – Veröffentlichung der Idee in westlichen Medien – wird die Technik nunmehr ohne Erprobungsphase direkt als operativ verwendbares System entworfen, das für

den ins Auge gefaßten Großversuch im Rahmen der TH geeignet ist.«
Es klang nach Wettlauf, nach großem Coup. Fräulein Bald erfaßte kaum den Sinn der Sätze, die nahm sie bloß auf, fertigte die Reinschrift mit den üblichen Kopien an, zerriß das Kohlepapier, denn ihr war, als habe Kelly so etwas angeordnet, und legte ihm die Blätter zur Unterschrift vor. – »Gehen Sie nach Hause, und ruhen Sie sich aus«, sagte er. »Vielleicht hat Ihr Freund uns sogar einen Dienst erwiesen, und *Harmo* kriegt höchste Priorität.«
Er entließ sie mit dem Rat, sich auf die Schrecken des nächsten Tages einzustellen. Es werde eine Befragung durch Mitarbeiter der zuständigen Behörde geben. Doch keine Angst, den Kopf rissen die einem nicht gleich ab, das seien auch bloß Leute, die ihre Arbeit täten.
Was für ein Tag! In der Straßenbahn, Anke neben sich, rang Vera Bald nach Luft. Alles mißlang ihr, sie bezweifelte sogar, daß es möglich sei, den Dampfer »Auguste« anzumieten – etwas, das sie sonst mit Schwung erledigt hätte. Dröhnend ging es über die Brücke, die Scheiben klirrten, sie bebte bei dem Gedanken an die Befragung. Sie hatte Woelk gegenüber nicht restlos geschwiegen und dessen Geschichte nach München geschickt … Beim Aussteigen fühlte sie sich so schwach wie in Kellys Büro. In einer panischen Aufwallung redete sie sich ein, die Vernehmer brauchten nur die beiden Schuldpunkte – den Bruch ihrer Schweigepflicht und das Versenden des Manuskripts – zu verknüpfen, um darin eine fortgesetzte Handlung zum Schaden des Staates zu sehen. Dies mußte sie so belasten, daß ihre Entlassung eigentlich unvermeidlich war. Unannehmlichkeiten drohten auch Woelk. Und hieraus, so schien es ihr im Zustand nervlicher Erschöpfung, ergab sich schon ihr nächstes Delikt: daß sie sich trotz der Verwarnung wiederum mit ihm beriet und dermaßen in Schuld verstrickte, daß es wirklich strafbar wurde.
So zog sie in der Schwüle Anke hinter sich her. Ein letzter Trost lag in Kellys Gelassenheit. Wie beherrscht er doch gewesen war, ein wahrer Mann, fähig, in diesem Strudel eine Dampferfahrt zu planen und aus dem Unglück sogar noch

Nutzen für die Sache, für das Kollektiv zu ziehen! Sie hatte den Eindruck, er werde morgen schützend neben ihr stehen – war ihm doch das Geständnis entschlüpft, daß er sie möge, obwohl er Grund genug hatte, ihr böse zu sein. »Mir wär's am liebsten, sie rängen sich dazu durch, die Beziehung zu Herrn Woelk zu lösen«, so ungefähr hatte er gesagt, und seltsam, dieser an sich empörende Satz begann nun, sie zu stärken, als läge darin viel mehr, ein persönliches Interesse, fast ein Bekenntnis zu ihr. Nur Kelly konnte helfen, von den übrigen keiner.

25

Woelks Auto hatte in der Sonne geschmort, am Steuer fühlte er sich ausgedörrt, seine Augen brannten nach dem enttäuschenden Gespräch, das eine Niederlage war. Unterwegs plagte ihn der Verdacht, vielleicht doch unfähig zu sein, die nähere Umgebung klar zu erfassen und angemessen darzustellen. War sein Sensorium verhärtet durch das Schildern vieler Abenteuer vor dem Hintergrund eines meist finsteren Zeitgeschehens? Würzners Worte hatten sich in ihm festgehakt, sie kamen, das spürte er, aus Überzeugung. Würzner war nicht mehr so einfältig wie damals, als er geglaubt hatte, ein Schreiber könne wie ein Rattenfänger Menschen dem Verderben, aber auch dem Glück entgegenführen; als er froh gewesen war, in dem Beruf überhaupt Fuß zu fassen. Der Mann wußte, was von ihm abhing und was nicht; immerhin, er war jetzt wer, doch das reichte ihm nicht, er wollte wirklich bedeutend sein, und zwar als Erzähler.
Bisher waren seine Bücher handwerklich saubere Arbeiten gewesen. Talentproben eines unermüdlichen Mannes mit vagabundierenden Interessen, genährt von kleinen, stets lösbaren Konflikten aus der Welt jener drei oder vier Berufe, die er früher ausgeübt hatte. Berufe, die auf Umschlagklappen von Büchern den Eindruck von Lebensnähe erwecken; angefangen mit dem eines Kupferschmieds. »Der Kupferschmied«, pflegte er zu erläutern, »formt ein Stück Kupferblech. Dafür hat er Holzhämmer, Eisenhämmer und diverse Amboßarten. Erst wird die Form mit dem Holzhammer, dann

mit dem Eisenhammer hineingetrieben. Die Schreiberei faß ich genauso auf. Wenn meine Geschichte politisch stimmt, dann hab ich denselben Spaß wie früher beim Formen eines Kupfertellers. Mehr, Kollegen, ist bei mir nicht drin.«
Ganz gleich, welchen Stoff er nahm, dank solcher Selbstbeschränkung war das Ergebnis stets wohlmeinend, niemals raffiniert, die frische Thematik und eine jugendnahe Sprache verbargen kaum die lehrhafte Kargheit. Aus seinen Anfängen hing ihm der Ruf eines Dünnbrettbohrers an. Dann aber besann er sich und holte auf. Ihm lagen nämlich keine abgekarteten Geschichten. Dem Sinn dessen, was er tat, war er am nächsten, wenn er ohne den Zwang eines vorgeplanten Ablaufs mit seinen Figuren auf die Reise ging. Daher verabscheute Würzner Entwürfe. Mußte er ein Exposé schreiben, weil man ihm anders keinen Vertrag gab, wich er später weit davon ab. Denn nur so, von Moment zu Moment, meinte er, lasse sich ein Stück Wirklichkeit in flagranti erwischen. Tatsächlich, er strebte nach kreativer Freiheit und Wahrhaftigkeit, es wurde Stück für Stück ein Literat aus ihm.
So hinein ins Unbekannte schrieb er auch sein letztes Buch. Mit Gespür schilderte er Widersprüchliches aus dem Bereich der Volksbildung, das ihm als Mitglied eines Elternaktivs aufgefallen war. Wieder privatisierte er den Konflikt, sparte den Hintergrund aus, doch wirkte es diesmal nicht betulich-harmonisierend, sondern verknappt: Alles Unheil sammelte sich auf dem Haupt der Heldin. Würzners Lehrerinnenschicksal berührte das Publikum, viele Zuschriften erreichten ihn. Die junge Frau, die bei ihm für Ehrlichkeit stritt, diese Aufrechte trieb Würzner zur Verzweiflung, die Heldin besiegelte ihr Scheitern mit dem Tod. Der Selbstmord hätte tiefer noch erschüttert, wäre der Schluß nicht verwässert worden. Fraglos um Widerstände zu entkräften, ließ Würzner die Lehrerin nicht nur an ihrer Umwelt leiden, an der Passivität des Denkens entwöhnter Schüler und einer verknöcherten Schulobrigkeit, sondern dazu noch an einer rätselhaften Krankheit, so daß ihr Freitod sich auch als Flucht vor physischer Qual deuten ließ … Würzner hatte das Ziel knapp verfehlt, Woelk aber traute ihm zu, beim nächsten Mal

die Hürde zu nehmen. Und das gab seinem Urteil doch Gewicht.
Oder auch nicht; im Gegenteil ... Irgendwo, fand Woelk, war da ein Haken. Es lag doch ein Widerspruch darin, wenn Würzner ihm vorhielt, so karrieregeil sei man hierzulande nicht. Selber schuf er eine Hauptfigur, zu der man hätte sagen können: So sind unsere Lehrer nicht. Es kam auch gar nicht auf die Häufigkeit einer Erscheinung an, auf den Prozentsatz der Verbreitung, Literatur war kein Zweig der Statistik. Ihr ging es immer um den Kern, um das Wesen von Erscheinungen – die verborgene Tendenz. Wollte sie die sichtbar machen, also wesentlich sein, mußte sie übertreiben, Ausnahmen schildern, abweichen von den Durchschnittswerten statistischer Wahrscheinlichkeit, und das hieß, die Realität verzerren. Das zu tun war Pflicht und Recht der Kunst! Wenn Würzner sich diese Freiheit nahm, weshalb gestand er sie anderen nicht zu? Es schien ein Problem der Gewichtsverteilung zu sein. Würzner wahrte stets die Balance, Positives und Negatives hielten sich bei ihm die Waage, in *Kontakt 2000* vermißte er derlei Ausgewogenheit – ja, da lag der Hund begraben.
Unter solchen Betrachtungen langte Woelk vor dem Hotel »Jupiter« an. Wie üblich war der klimatisierte Frisiersalon voll von eitlen jungen Männern und besseren Herren, denen es an Zerstreuung und weiblicher Zuwendung zu mangeln begann. Willig gaben sie sich dem Fingerspiel der Damen hin, das sie oberhalb des Kragens umschäumte, scherenklappernd beschnitt und zupfend umschmeichelte; ein kleiner städtischer Ersatz für innigere Berührung mit dem zarten Geschlecht. Jemand, der aussah wie Jens Keimling, steckte einer Frisöse Trinkgeld zu. Keimling hatte Woelk an Michael erinnert, seinen Sohn, den er oft ermahnte, gerade zu gehen. Auch Keimling hielt sich schlecht, schob den Kopf leicht vor ... Die nicht aufrechte Generation.
War seine Generation denn besser? Woelks Denken verwirrte sich. Aus der zerlappten Illustrierten, die er beim Warten las, sprang ihm ein Stück Roman von Arno Huber entgegen, dem ältesten Kollegen nach Frau v. Dallwitz, der Nummer

eins im Bezirksverband. Würde Huber ihm beistehen, wenn er aus Finnland heimkehrte? Schwerlich. Und doch, das hätte viel bedeutet. Huber war ein großer Redner, ein Mann von kraftvoller Körperlichkeit, Phantasie und Musikalität. Er überzog Versammlungen mit einem Schwall von Worten, wobei sein Atem manchmal weiter als sein Denken trug. Schauspielerisch begabt, intelligent und vital, hatte er frühzeitig Gesetze der Kunst entdeckt und bestimmte Regeln – wie die Technik des Kontrapunkts – auf sein Schaffen übertragen. Siegte im Dorf das Neue, starb im Stall das Pferd des Helden; stand der Held vor den Trümmern seines Hofes, lächelte ihm ein Mädchen zu. Alles war bei Huber hell, und wenn doch einmal Wolken das durchsonnte Land verfinsterten, so nur, um sich aufzulösen. Seine Bücher sagten Ja zum Leben, aus ihnen sprach die Begeisterung des Autors, den ein starker Schwung nach oben trug.

Später war sein Schöpfertum erschlafft. Woelk fand, dies rühre daher, daß nach Hubers Ansicht das Weltgeschehen, jedenfalls in Mitteleuropa, mit dem Teilsieg des Sozialismus ziemlich zur Ruhe gekommen war. Vierundfünfzig Jahre währte dort der Friede, militärisch bewahrt, tiefgreifende gesellschaftliche Veränderungen, das meinte Huber, standen nicht mehr an. Umwälzendes ereignete sich nur noch in fernen Breiten, im exotischen Revier der Seiboldts und Woelks. Hier dagegen ging alles seinen planvoll abgesteckten Gang, würde es, bei steigendem Wohlstand, im Kern so bleiben, wie es war … Woher aber dann die großen, markerschütternden Konflikte nehmen?

Dies fragte sich Arno Huber. Anders als Würzner lehnte er es ab, Konfliktstoff aus dem Privaten zu ziehen. Und er verschmähte es auch, in die Ferne zu schweifen; darin sah er eine Fluchttendenz. Als nun der Widerhall seines Schaffens verklang – nicht der Beifall der Kritik, nur der seiner Leser, doch auch das lähmte ihn – fand er, hineinhorchend ins Publikum, es der alten Themen müde. Und so begann er Anfang der neunziger Jahre zu experimentieren: Woelk, den Kopf jetzt im Waschbecken unter der warmen Dusche, erinnerte sich des Augenblicks genau. Huber verließ alte Pfade, wich ab von den Regeln des Kontrapunkts und Ausgewogenseins. Napoleon I., sagte er, habe erklärt, man müsse seine Taktik öfter ändern, solle der Erfolg einem treu bleiben. Und von Dürrenmatt stamme der Satz, daß, gehe man von einer Geschichte aus, sie zu Ende erzählt werden müsse; das sei sie aber erst, wenn sie ihre schlimmstmögliche Wendung genommen habe.

So sprang Huber über seinen Schatten, er ließ Helden scheitern, fliehen, ja er trieb sie in den Tod. Das befremdete seine treuen Leser, mehr noch die literarischen Ratgeber. Mahnend hielt man ihm entgegen, er bringe Abseitiges zur Sprache, seine Fiktion lasse die Lebenserfahrung der Bürger außer acht; was entstände schließlich für ein Bild? Das einer Gesellschaft, die den Vorwärtsdrängenden zur Verzweiflung treiben könne. Unmöglich wolle er doch dies zum Ausdruck bringen.

Arno Huber wehrte sich. Er fühlte, daß er recht hatte, aber seine Zweifel wuchsen. Gepeinigt trug er sie im Bezirksverband vor, dessen Tagungen er sonst, mit Dringlicherem, Hauptstädtischem beschäftigt, selten wahrnahm. Und dabei schlug seine Zurückhaltung gegenüber Woelk in schwere Verstimmung um. Als Huber nämlich fragte, was die Kollegen denn meinten, sei das Leben hierzulande hauptsächlich schön oder in erster Linie hart, da hatte Woelk erwidert: Beides, Arno – schön hart.

Enttäuscht wandte er sich damals von Woelk ab und fing an, ihn als Gegner zu betrachten. Es war falsch gewesen, Huber in dem Moment zu reizen, da der sich als ratlos offenbarte, als verwundbar und komisch zugleich, ja als tragische Figur, die er – wie im Grunde jeder Mensch – sicherlich auch war. Denn bei all dem plagte ihn noch der Verdacht, das viele Geld, das er einstrich, und der Ruhm, den er genoß, stehe ihm ernstlich gar nicht zu; dies sei mehr als der Gegenwert dessen, was er mit seiner Kunst den Menschen gab. Dergleichen, mochte er denken, floß ihm halt zu, weil er Glück gehabt hatte, unverschämtes Glück … Seine Empfindsamkeit nagte am Wertgefühl. Und es drückte auf sein Gewissen, daß er sich dem Luxus mit ebensolcher Selbstverständlichkeit hingab wie ein Wal den Wellen des Ozeans.

Gestört durch die Duftwolke, die an ihm hing, doch von der Kopfmassage erfrischt, verließ Woelk das »Jupiter« und fuhr zum Großen Haus, um seine Frau abzuholen. Er hatte das, was Monique ihm von ihr erzählt hatte, keineswegs verdrängt, es war ihm einfach entfallen, die Sorge um *Kontakt 2000* schob sich wie ein Filter davor. Es geschah ihm oft, daß der Gedanke an seine Arbeit Persönliches zudeckte. Im Warteraum beim Bühnenausgang hörte er zwei Schauspieler über ein Mädchen vom Ballett reden.

»Sie besteht nur aus Elektrizität. Als ich mit ihr im Taxi saß, ist dem Fahrer das Funksprechgerät ausgefallen. Draußen ballte sich ein Gewitter zusammen, und ich saß da mit einem Blitzableiter.«

»Ist sie nicht süß? Freunde, mit denen ich sie bekanntgemacht hab, sind mir heute noch dankbar dafür.«

»Nun sag bloß noch, sie ist ein Flittchen.«

»Wieso, hat sie was verlangt von dir?«

»Wofür? Denkst du, ich faß eine Hochspannungsleitung an?«

Woelk zog sein Notizbuch hervor. Er liebte es, Gesprächsfetzen festzuhalten, die zu Dialogen werden konnten. Da trat Johanna aus der Tür – allein, erstaunt und erfreut, ihn vorzufinden; und schlagartig fielen ihm Moniques Bemerkungen ein. Natürlich verbot es sich, davon zu reden. Er half ihr in den kochenden Wagen. Kaum saß er am Steuer, da sagte er wider Willen, zu seiner eigenen Verwunderung: »Ich war übrigens recht überrascht, heute zu hören, daß dieses Auto öfter vor Siggis Tür stehen soll, wenn du's genommen hast.«

Johanna warf ihm einen Blick zu, sie schwieg; ihn nahm der Verkehr in Anspruch. Nach einer Pause fügte er hinzu: »Monique Würzner hat das von Seydlitz erfahren.«

»Willst du noch weiterreden, Alexander?«

»Ich bin mir bewußt, im Glashaus zu sitzen.«

»Ich hab nichts dagegen. Nur war das bisher ja nicht unser Stil.«

Weder leugnete sie, noch gab sie etwas zu. Sie lehnte es bloß ab, dies zu erörtern. Sie war genauso stolz wie er. Auf der Uferstraße gab es einen Stau. Sie steckten minutenlang fest,

und zwar an der Stelle, wo vor ihrer Hochzeit einmal zwei Pferde gestanden hatten, die ihre Hälse liebkosend übereinander legten und sich zärtlich rieben, obschon sie angeschirrt waren. Sie beide hatten es nie vergessen, es war wie ein Symbol gewesen. Jetzt sah er Johanna an und merkte, auch sie erinnerte sich ohne ein Wort.
Woelk seufzte. Er liebte diese Frau, selbst wenn sie mit Siggi Wagner geschlafen haben sollte – was er nicht glaubte, da es ihm als undenkbar erschien. Er kannte seine Fehler und war der letzte, der ihr etwas hätte vorwerfen können. Keine Ehe ist vollkommen, dachte er, und seine war längst kein Vorbild an Treue mehr. Jeder zahlte da irgendwann einen Preis. Andere wurden erpreßt, mit Tränen der Eifersucht geplagt – er nicht, ihm ging es gut. Ja, es war eine unzerbrechliche Bindung, auf Verständnis, Nachsicht und Schweigen gegründet; wurzelnd in stummer Vertrautheit, in zahllosen Erinnerungen, in einer großen Anhänglichkeit. All die Jahre, das halbe Leben ... Johanna war ein Teil von ihm, er konnte sie nicht treffen, nie verletzen, ohne selbst den Schmerz zu spüren.
Daheim sagte er: »Ich muß noch einmal los, zu Huber. Kann sein, er ist schon zurück.«
»Ruf ihn doch an.«
»Du weißt, Arno geht nicht ans Telefon. Er läßt sich verleugnen. Sie ziehen es sogar raus.«
»Grüß sie von mir.«
»Wen soll ich grüßen?«
»Na die Hubers, zu denen du doch willst.«
»Ich verspreche mir nicht viel davon. Ich will bloß nichts ausgelassen haben, ehe wir in Urlaub gehen ...« Woelk merkte, wie zweideutig das klang. Er fühlte sich durchschaut. Ihm war, als nehme Johanna an, er glaube, bei ihr etwas gut zu haben nach dem, was er über sie gehört hatte. Es quälte ihn, diesen Eindruck zu erwecken – war er doch tief in ihrer Schuld.

26

Verblüfft fand Vera Bald, mit Anke oben angelangt, Woelk vor. Die Mutter hatte ihn eingelassen. In ihrem Zimmer, sie sah es gleich, hatte er auf dem Hochglanzfoto des Forschungsteams die Köpfe von Herbst und Kelly mit ihrem Lippenstift ummalt, sie eifersüchtig eingekreist. Und wie immer wollte er zunächst nichts hören, sie nur berühren, küssen, unmöglich! Sie wehrte ihn ab und fragte: »Wie heißt dein Freund in München?«
Er sah sie an, als gäbe es seines Wissens keine Stadt dieses Namens. »Stefan Prätorius.« Er streifte ihr einen Träger von der Schulter.
Sie schob den Träger wieder hoch. »Und was macht der?«
»Na ich hoffe, es geht ihm gut.«
»Beruflich, Alexander!«
»Er übersetzt amerikanische Kriminalromane.« Woelk öffnete den Reißverschluß an ihrem Kleid. »Das hängt ihm zum Hals raus, aber davon lebt er.«
»Hat er auch Kontakt zu einem Herrenmagazin?«
»Hör mal, müssen wir über Stefan reden? Soll er Fotos von dir unterbringen, bei deiner christlichen Prüderie? Dabei hast du das Talent, pikant zu posieren, vielleicht so ...« Woelk hob sie auf die Couch, ihr Kleid glitt hoch, während er ihr den Slip wegzog. »So mag man's dort, dazu der empörte Blick, wer könnte da widerstehen?«
Vera Bald rührte sich nicht. Sie hätte aufspringen müssen, ihn ohrfeigen, sie wußte es wohl, ihrer Stimmung folgend, dem neuen Selbstverständnis; doch die Stimmung schlug um, sie tat nichts davon. Wie ein Schmetterling unter Glas lag sie da. Er bog sich herab, küßte sie auf den Mund, sanft und warm – ihre Lippen öffneten sich, sie erwiderte den Kuß und schloß die Augen, als er begann, sie zu streicheln, jeden Zoll ihrer Haut einzubeziehen in das Spiel der Hände. Er war der einzige, bei dem sie das ertrug, es sogar genoß, so zur Schau gestellt, wie ein Schmetterling aufgespießt und restlos für ihn dazusein, scheinbar willenlos. In Wahrheit beherrschte sie ihn doch erst ganz, wenn sie sich so zeigte, und nur so lange, wie sie sich ihm trügerisch unterwarf – ja, dann hatte sie

Macht über ihn, dann war ihre Anziehungskraft unendlich. Nun war es vorbei, sie ruhte in seinem Arm, still und traurig. Ach, sie hatte es geahnt, er sagte ihr, natürlich werde er zwischendurch kommen, ihm falle ja meist etwas ein, aber vorerst sei es das letzte Mal gewesen. Und trotz all ihrer Vorsätze traf sie das wie in jedem Jahr. Immer derselbe Hieb, mitten im Sommer war es soweit, er verschwand aus ihrem Leben, die Woelks fuhren auf das Grundstück an dem Bergsee, der eine Talsperre war – in der Sperrzone, sie hatte den See nur einmal durchs Fernglas glitzern sehen. Seine elende Familie! Die Vorstellung, ihn auf unbestimmte Zeit zu entbehren, drückte sie nieder.

Und ihm erging es nicht besser, das spürte sie, das war noch ein Trost. Neulich hatte er ihr's angedeutet, die bevorstehende Abreise, aber verschwommen, ohne Termin. Immer hielt er damit zurück, es war ihm auch jetzt nur herausgerutscht, ganz zuletzt erst hatte er's sagen wollen, um sich und ihr nichts zu verderben, oh, sie kannte ihn! Dieses Brennen im Hals, in den Augen, nun mußte sie doch weinen. Nur nicht auch noch mit ihm streiten. Das schlimmste war ja, wenn sie sich hinreißen ließ und er – wie in Notwehr – es ihr freistellte, die Frist zu nutzen und sich umzusehen: beleidigend großzügig. In solchen Momenten haßte sie ihn, hätte am liebsten zugeschlagen, denn eben das war es für sie, ein Schlag ins Gesicht. Er gab sie auf, zeitweilig, gab sie frei, um seiner Ruhe willen. Warum wollte er, der nur bei ihr so glücklich war, sie nicht ganz, nicht für immer? Weshalb opferte er ihr so wenig? War sie so wenig wert? Wer überhaupt hatte bisher viel für sie gegeben, wirklich etwas riskiert? Vielleicht tat Kelly es morgen, wenn er ihr beistand in der Münchner Affäre ... Womöglich aber lag es auch an ihr. Sie mußte mehr verlangen, den ganzen Menschen, sich auf den eigenen Wert besinnen! Wie hatte sie sich bloß all die Jahre mit den paar Stunden des Beisammenseins begnügen können? Nein, es blieb dabei, sie würde ihr Leben selber in die Hand nehmen und auf Werner Herbst zugehen.

Da hörte sie sich fragen: »Wie lange bleibst du diesmal weg?« So fragen wie in jedem Jahr, mit schmählich flehendem Un-

terton … Wie lange diesmal, als ob das noch wichtig war bei ihrem Entschluß.
»Höchstens sechs Wochen, das weißt du doch.«
»Es sind auch schon mal zehn geworden.«
»Dafür sind wir zwei dann in Bulgarien gewesen.«
»Das ist lange her. Jetzt bin ich also wieder frei?«
Gespenstisch, da lief das alte Gespräch, das sie gar nicht führen wollte. Bevor aber Streit ausbrach, trat Anke ein. Als habe die Gewohnheit ihr Zeitgefühl geprägt, kam sie nach einer knappen Stunde zurück. Ulrike sei mit ihr im Zoo gewesen, erzählte sie, man habe dem Eisbären versprochen, bald wiederzukommen. »Papi, gehst du zu meinem Geburtstag mit mir hin?«
»Ich versuch's … Weiß noch nicht, ob es klappt.«
»Wegen deiner Arbeit? Die kannst du doch hier machen, wir haben Platz.«
»Sei lieb«, sagte Vera Bald. »Laß uns noch in Ruhe.«
»Ich will auch einen Zuhausepapi haben.«
»Du darfst fernsehen und dir ein Stück Schokolade nehmen.«
Sie preßte sich von neuem an Woelk, als Anke ging, und bat: »Schlaf noch mal mit mir.« Denn dies war ihr letzter Tag, der Abschied für immer, sie hatte es eben beschlossen, bei dem Gespräch der beiden. Da er nicht zu ihr kam, zog sie den Schlußstrich und trennte sich von ihm – anders ging sie zugrunde. Nur einmal noch, ein letztes Mal, wenn es auch nichts half gegen die Traurigkeit.
Bachs Toccata und Fuge in d-moll legte sie auf, ihr Lieblingsstück, dann schlüpfte sie unter die Decke. So hoffnungslos schmiegte sie sich an, umklammerte Woelk genauso, wie er sie vor sechs Jahren umarmt und genommen hatte, auf dem Autositz in der Mulde unterhalb der Bahngleise, als sie ihm sagte: Es hat keinen Sinn mit uns, Alexander, es ist aus. Damals hatte er sie um keinen Preis verlieren wollen und absichtlich dieses Kind gezeugt, nun war sie reifer geworden, zu klug, etwas zu sagen. Sie würde es einfach tun, ihm in den Urlaub schreiben, komm nie wieder … Was sind schon Worte? Die nimmt er nicht ernst. Er hat dich nie für voll genom-

men. Du bist eine Kindfrau, ein Spielzeug für ihn. Bei ihm zählt nur, was man tut.
Und als der Rausch verflog, war ihr, als spreche Woelk leise auf sie ein. In dem verschwitzten Gesicht blitzten lustig seine Augen, nichtsahnend, und er sagte ungefähr, diesmal habe die Umarmung ihn befruchtet, ihm sei nämlich eingefallen, wie man sich zwischendurch sehen könne, öfter als sonst. Er werde über die Entwicklung schreiben, die dank seiner Geschichte in Gang gekommen sei. Ein Buch über Erfinderschicksale heute und hier. Früher seien Naturforscher, jeder wisse es, tragische Gestalten gewesen, versklavt von Fürsten oder Geldgebern oder dem Dogma der Kirche; und er vermute, sie hätten es auch jetzt nicht leicht. Das also sei eine Aufgabe, die Arbeit an dem Buch zwinge ihn, die Hochschule aufzusuchen, seine Studien führten direkt zu ihr.
In ihrem Hals zog sich etwas zusammen. Wie naiv er doch war! Alexander und sein Talent, alles hinzubiegen, das Angenehme mit dem Nützlichen zu verbinden und dennoch Mitgefühl zu wecken, Verständnis für sein Zerissensein; Erinnerungen an Gemeinsames zu beschwören, an die alten Zeiten, da sie zwei der Welt ein Schnippchen geschlagen hatten … Nun nicht mehr, es war vorbei. »Schlag dir das aus dem Kopf. Die ganze Sache ist geheim. Nicht mal mit dir darf ich darüber sprechen.«
»Sag das noch mal.«
»Du hast richtig gehört.«
Er setzte sich auf. »Ist das ein Witz, oder ist da bei jemandem eine Schraube locker? Von mir ist der Anstoß gekommen, ohne mich …«
»Ohne dich, ohne dich! Es geht alles nur um dich?« Seine Ahnungslosigkeit war grotesk. »Übrigens bist du selber schuld, warum trägst du das in den Westen? Mich hast du's nach München schicken lassen, deinen Text.«
»Heißt das, der Zoll hat ihn abgefangen?«
»Nein, der kommt drüben in irgendeinem Magazin. Was das für uns heißt, an der Hochschule, kümmert dich ja nicht.«
Das letzte schien er zu überhören. Er konnte seine Freude nicht verbergen, die Genugtuung, mit einer Arbeit, die man

ihm abgelehnt hatte, drüben zu erscheinen. Er nahm ihre Hand und preßte sie, es galt gar nicht ihr, nur seinem unsinnigen Triumph. »Und ihr, ihr habt Ärger deswegen? Das ist ja lachhaft. Ich rufe sofort bei euch an und kläre das auf.«
»Nein, du hältst dich ganz heraus. Du weißt von nichts! Kein Wort hast du von mir gehört.«
»Was ist los, Vera? Wovor hast du Angst?«
Sie stand auf und zog sich an. »Ich habe mich ausdrücklich verpflichtet, auch dir gegenüber zu schweigen.«
»Sei nicht dumm! Daß du das tust, glaubt doch im Ernst kein Mensch.«
»Tu bitte so, als ob du nichts weißt. Tu es mir zuliebe! Und laß dich auf keinen Fall in der Hochschule blicken, da sind sie wütend auf dich, werfen dich glatt hinaus …«
Sie wollte hinzufügen, daß ihr die Kündigung drohe; doch sie begriff, dies würde ihn erst recht dazu bringen, hinzugehen und den edlen Ritter zu spielen. Zum Glück war die Zeit nun um, er mußte heim zu seinem Obstsalat mit den Nüssen aus eigener Ernte, den das Ehepaar Woelk jeden Abend aß, als vitaminreich und verdauungsfördernd … Sie stand im Erker, sah Woelk aus der Tür kommen, er winkte noch einmal zu ihr herauf, dann stieg er in das flache erbsengrüne Auto, an dem ein Teil ihres Lebens hing. Das Auto fuhr los, wurde kleiner und kleiner, bis es hinter dem Eckhaus für immer verschwand.
Oh ja, gewiß doch, sie fand Ersatz; das war nicht das Problem. Manch einer begehrte sie, nur, wer opferte etwas, wer kämpfte um sie? Da mußte doch jemand sein in dieser Stadt, der bei ihr blieb und mit ihr ging … Niemand war zu erkennen! So stand sie am Fenster, bis es ihr aus den Augen quoll und die Straße mit den Gärten am Ufer und den alten Kastanien vor ihrem Blick verschwamm.
Kurz nach dem Abendbrot hielt vorm Haus ein Kleinwagen, eine Tür schlug, es wurde heftig geklingelt. Fräulein Bald lief zum Fenster, unten stand Werner Herbst. Sie ließ ihm den Schlüssel herab an dem Strick, der immer verknotet und dadurch zu kurz war. Was wollte er von ihr? So zu klingeln, das paßte nicht zu ihm.

»Vera«, sagte er schon im Flur, »ich hab gehört, Kelly hat dir die Hölle heiß gemacht.«

»Von wem?«

»Von ihm selber. Hör mal, das ist alles Unsinn. Schön, es hat Aufregung gegeben, Jungblut macht sich wichtig, spielt die Sache hoch. Aber Kelly, der blickt doch durch, weiß es besser ... Der will sich bloß aufbauen vor dir. Er malt dir den Teufel an die Wand, um dich dann in Schutz zu nehmen, ist dir das nicht klar?«

Sie schüttelte den Kopf und bat Herbst in das Erkerzimmer, ihr eigenes war noch in Unordnung. Sein Gesicht wirkte schmaler als sonst, trotz des Bartes fast dreieckig und ein wenig eingefallen an den Schläfen und unter den Augen, als sei er überarbeitet, völlig erschöpft. »Jungblut bläst sich auf«, hörte sie ihn sagen. »Er greift Woelk an und beschuldigt auch dich, das stimmt ... Dieser Schaumschläger! Na, ich hab ihm eben erklärt, daß sein Drang, den Untersuchungsrichter zu spielen, keine Basis hat.«

»Wieso nicht, Werner?«

»Ihm fehlt jede Rechtsgrundlage, er wird sich morgen zügeln! Hör zu, ganz gleich, wer den Einfall zuerst hatte, Woelk oder ich, wessen Idee da also ›verraten‹ worden ist – im Unterschied zu technischen Verfahren sind Ideen und Erkenntnisse keine Ware, es gibt daran kein Eigentumsrecht. Deshalb mußte ich ja auch Herrn Woelk nicht fragen, als ich die Anregung aufgriff, die in seiner alten Geschichte steckt.«

»Aber wenn man so was in den Westen schickt ...«

»Ganz egal! Vera, da fließt doch ein breiter Strom in beiden Richtungen, und zwar in der Fachpresse, du selber heftest sie täglich ab, nicht in einem ›Herrenmagazin‹. Die Naturgesetze sind nicht patentierbar, das mußte auch Herr Thor zugeben, den Jungblut natürlich alarmiert hat. Geheimniskrämerei in der Wissenschaft dient eher der Verdummung als dem Schutz berechtigter Interessen. Jede ordentliche und sinnvolle Forschung setzt doch voraus, daß man wissenschaftliche Aktivitäten auf der ganzen Welt zur Kenntnis nimmt ... Dies gilt für alle Länder, gehört einfach zur Zivilisation, deshalb ist es auch damals in die Schlußakte von Helsinki hineingeschrieben worden.«

»Und Jungblut sieht das ein?«

»Ich denke schon. Faust kam noch zu ihm, er hat mich unterstützt. ›Für mich sind juristische Spitzfindigkeiten nicht heiliger als die Vernunft‹, hat er gefaucht. ›Wir treiben doch keine militärtechnische Forschung! Wo eine staatliche Stelle der Wissenschaft hilft, ist sie im Recht, wo sie uns einschränkt und hemmt, im Unrecht ... ‹ Damit hat Faust den Versuch, das Projekt VS oder sogar GVS einzustufen, erst mal abgeschmettert.«

»Gott sei Dank.«

»Ja, das ist's gewesen, Vera, das wollte ich dir unbedingt sagen, damit du ruhig schlafen kannst.«

»Lieb von dir, Werner.« Ihr war, als sei das Flehen vorhin am Fenster erhört worden. Es gab doch einen, der sich um sie sorgte und eintrat für sie; er stand vor ihr.

27

Zu dieser außerordentlichen Sitzung, der unwiderruflich letzten vor den Ferien, hatte Hans Seiboldt den Bezirksvorstand in ein Nebengelaß des Theatercafés bestellt. Woanders, im Hannes-Heinz-Haus etwa, saß man zwar ruhiger, doch fern jeder Gastronomie. Auch zog es Seiboldt nun mal an diesen Ort; er hatte ursprünglich zur Bühne gehen wollen. All seine heiteren Stücke waren in den Kammerspielen gelaufen – nur eine Wand trennte ihn von der Stätte des Triumphs. Manchmal sah einer der Schauspieler herein, die ihm soviel Spielspaß und Applaus verdankten. Obwohl die Kellner sein Dasein als Bühnenautor nicht begriffen und ihm sogar lästig fielen in ihrem Drang, Alkoholisches an den Mann zu bringen, hatte er den Eindruck, hier aufzuleben. Er brauchte die Prise Theaterluft, um bei solcher Hitze eine Tagung zu ertragen.

Ihm war nicht ganz wohl, ein leichter Schleier von Schweiß bedeckte seine Haut. Und er vermied es instinktiv, vor Woelk, der als zweiter eintraf, das Hauptthema zu berühren, den Punkt eins des Tagesordnung: Die Aufnahme von *Kontakt*

2000 in den Almanach zum 50. Jahrestag der Republik. Er witterte einen Zusammenstoß. Die Sache war heikel, sie machte ihn nervös. Lieber wäre er ihr ausgewichen. Herta v. Dallwitz' Standpunkt blieb wie üblich dunkel. Rudi Würzner hatte telefonisch wissen lassen, er sei dagegen, die Geschichte aufzunehmen. Von Arno Huber befürchtete Seiboldt dasselbe. Persönlich wollte er dem Freund gern helfen, die Rolle des Zensors lag ihm nicht, niemals mochte er kleinlich sein; die Story gefiel ihm auch, nur schien sie recht gewagt. Manches klang da etwas keck, sie würde in dem eher festlich getönten Almanach stecken wie ein Splitter im Fleisch. Außerdem war Woelk bekanntlich stur – nicht willens, auch nur ein Wort zu mildern. Es war schwül, elektrische Entladung lag knisternd in der Luft, das vertiefte sein Gefühl, die Beratung könne ungut enden.

»Wir sind heute nur vier«, sagte er beklommen; es gelang ihm einfach nicht, seine Besorgnis zu verbergen. »Falls abgestimmt werden muß, Alexander, steht es womöglich zwei zu zwei, was dann?«

»Kommt Arno wieder nicht?«

»Doch, er hat sich freigemacht. Das Fernsehen ist bei ihm, und übermorgen fliegt er nach Griechenland, aber du kennst ihn ja, der läßt keinen hängen ... Nein, Rudi hat sich entschuldigt, er mußte nach Berlin, die Rechts- und Berufskommission tagt. Er will von dort aus anrufen.«

»Das tröstet uns, gibt ihm aber kein Stimmrecht.«

»Natürlich nicht, es zählt nur, wer da ist.«

Monique Würzner kam in einem hellen kurzen Kleid, um zu protokollieren. Sie wiederholte den Verhinderungsgrund ihres Mannes, als dessen Beobachterin sie Platz nahm, nur eben ohne Stimme. Gleich nach ihr traf Herta v. Dallwitz ein. Von der Treibhausluft dieses Nachmittags glänzte ihr strenges Gesicht.

»Der Smog ist tödlich«, seufzte sie. »Fast hätt ich es nicht geschafft. Schaue nur mal eben vorbei, hielt es für meine Pflicht ... Mir ist nicht gut. Muß gleich wieder gehen. Das Barometer fällt. Das gibt ein schlimmes Gewitter!«

Seiboldt führte sie zum Sessel. Er wußte, seit ihrer Kindheit, als das Gutshaus eines Onkels in Mecklenburg durch Blitzschlag niedergebrannt war, hatte sie Angst vor Gewittern. Es ging ihr da wie ihm selber mit streunenden Hunden. Nie hatte solch ein Hund bei ihm zugeschnappt, doch sie spürten seine Furcht und stupsten ihn herausfordernd an.

Frau v. Dallwitz entnahm ihrer Handtasche ein Fläschchen mit Weißdornsaft; stärkere Medizin wie etwa Cordanum lehnte sie ab, solche Arznei machte sie unproduktiv. »Gut schütteln«, wies sie Woelk, der ihr Kaffee reichte, kurzatmig an. »Zehn Tropfen sind genug.«

»Zeit, zu verschnaufen, Herta! Arno fehlt auch noch.«

»Huber? Mit dem solltet ihr mal ein Hühnchen rupfen. Der ist doch mit seiner Frau in Spanien gewesen.«

»Ja, auf Goyas Spuren!«

»Goya, daß ich nicht lache. Über den ist bereits alles gesagt. Huber sollte mal Feuchtwanger lesen, bildet er sich ein, den zu übertreffen? Er hat bloß Valuta verplempert.«

Der Kellner rief Seiboldt ans Telefon. Er ging hinaus in der Hoffnung, Würzners Stimme zu hören, dessen Rat in dieser Lage. Rudi war stets so gelassen und vernünftig, auf den ließ sich bauen … Es meldete sich aber das Sekretariat der SED-Bezirksleitung: Arno Huber habe auf dem Weg in die Stadt im Sprühregen einen Autounfall erlitten. Physisch fast unverletzt, sei er mit einem Schock in die Medizinische Akademie gebracht worden.

Das hörte Seiboldt, doch es dauerte ein paar Sekunden, bis die Nachricht ihn erreichte und er imstande war, sie zu verarbeiten. Er begriff, Huber würde auch nicht kommen, nach Würzner brach ihm so die zweite Stütze weg, alles lag auf seinen Schultern! Man dürfe schon morgen wieder mit Huber rechnen, versicherte ihm Dr. Georg Gültig, der Sekretär für Wissenschaften, Volksbildung und Kultur, der inzwischen am anderen Ende sprach.

»Noch mal«, sagte Seiboldt, »krieg ich die Kollegen nicht zusammen.«

»Dann tagen Sie halt ohne ihn. Was steht denn zur Beratung an?«

»Die Aufnahme eines Beitrags von Woelk in den Almanach.«
»Wo ist da das Problem?«
»Nun, es ist eine ... eine utopische Geschichte.«
»Das wär doch zur Belebung gar nicht schlecht.«
Seiboldt fragte weiter nichts. Ihm war, als nehme der Kultursekretär an Woelks Text überhaupt keinen Anstoß. Er hatte den Eindruck, die Geschichte sei dem Dr. Gültig bekannt; vielleicht durch Rudi Würzner. Andernfalls hätte Gültig sich kaum so zustimmend geäußert. Natürlich mischte er sich nie in Angelegenheiten des Verbands, das war nicht sein Stil, deshalb verbot sich eine direkte Frage. Immerhin klang es derart ermunternd, daß Seiboldts eigene Besorgnis schwand.
»Sollten Sie eher bei Arno Huber sein als wir«, sagte er, »grüßen Sie ihn doch bitte von uns. Wir alle wünschen ihm, daß er bald wiederhergestellt sein möge.«
»Danke, ich richte es aus. Er ist ja schon dabei, sich aufzurappeln.«
Das Gespräch war zu Ende. Grünes Licht, dachte Seiboldt. Er würde es rasch durchziehen. Wenn die Bezirksleitung der Partei den Text guthieß, war die Sache schon gelaufen; wer wollte päpstlicher sein als der Papst? Drinnen beschrieb er den Unfall, so wie er ihm geschildert worden war, mehrfach unterbrochen von Monique Würzner. »Unfaßbar«, rief sie impulsiv. »Der arme Dicke! Das bißchen Regen ...«
Sie hatte recht, es tröpfelte ja bloß, das Gewitter kam wieder nicht über den Fluß. Doch eben das erste Geniesel, erklärte ihr Seiboldt, mache die sommerlich staubige Chaussee zur Rutschbahn. Hubers Wagen habe geschleudert, nur dank der stabilen Limousine aus Schwedenstahl sei ihm nicht mehr zugestoßen. – »Ich schlage vor, wir kommen jetzt zur Tagesordnung«, sagte Seiboldt, »und besuchen Arno dann.«
»Unsinn, wenn ihm weiter nichts passiert ist«, sagte Frau v. Dallwitz. »Soviel Gewese: in die Klinik! Viel eher gehörte ich dahin. Mit unsereinem wird nicht solches Theater gemacht.«
»Ist dir denn nicht besser?«
»Gerade so gut, daß ich gehen kann. Also, ich verabschiede mich.«

»Herta, dann müßten wir abbrechen. Du sprengst uns die Sitzung.«
»Wieso denn? Macht getrost weiter, schließlich ist er ja nicht tot.«
»Ohne dich sind wir beschlußunfähig.« Seiboldt wußte, rein formal traf das nicht zu, zur Beschlußfassung genügte die einfache Mehrheit: nicht des Vorstands, sondern der anwesenden Mitglieder. Aber die Idee, Woelks Geschichte mit nur zwei Stimmen – der des Autors und seiner eigenen – in den Almanach zu heben, bereitete ihm Unbehagen.
»Herta«, hörte er Woelk sagen, »ich fahr dich dann natürlich heim. Du mußt den Arno nicht besuchen.«
Sie stand zögernd vor dem blasigen Glas der Tür. Durch die starke Brille funkelten ihre Augen, boshaft glitzernde Punkte, kalt auf Woelk gerichtet; ihre Lippen krümmten sich verachtungsvoll. Ach, die Schriftsteller mit ihren Gereiztheiten, den Abneigungen, dem übersteigerten Wertgefühl! In solchen Momenten wunderte es Seiboldt, daß er niemals die Geduld verlor. Wie eigentlich gelang es ihm all die Jahre hindurch, den Sack Flöhe zu hüten, der dieser Bezirksverband in Wirklichkeit war? Nur dank seiner uneitlen und friedfertigen Natur wohl hatte er das Wunder vollbracht.
»Ich darf daran erinnern«, fuhr Woelk fort, »daß unsere Tagesordnung zwei Punkte hat.«
Frau v. Dallwitz stützte sich schwer auf den Stock. »Es geht nicht bloß um dein Zeug?«
»Punkt zwei«, erklärte ihr Monique Würzner, »sind die Anträge auf Auslandsreisen im nächsten Jahr …«
»Jetzt soll ich wohl bestochen werden?«
»Wir möchten dich nur nicht übergehen.«
»Ihr laßt einem keine Wahl.« Herta v. Dallwitz setzte sich wieder, etwas Hartes und Stolzes im Gesicht, als habe das hohe Alter sie immun gemacht gegen Kränkung, Kriecherei und Sterblichkeit. Sie würde hier nur nach dem Rechten sehen und verhindern, daß jemand wie Huber ein weiteres Mal an ihrer Stelle nach Spanien oder Tunesien flog.
An diesem Punkt kam Woelk der Gedanke, Frau v. Dallwitz mit ein paar Cremeschnitten zu erfreuen. Er kannte doch

ihren Geschmack, brachte er ihr eigenhändig Backwerk, konnte das von Nutzen sein ... Jetzt, im aufkommenden Regen, war das Café bis auf den letzten Platz besetzt, Woelk mußte am Kuchenbüfett anstehen. Beim Warten ging ihm auf, daß der Vorsitzende wie verwandelt war, seit er mit Dr. Gültig telefoniert hatte. Über den Unfall hinaus schien Hans Seiboldt etwas erfahren zu haben, das ihn irgendwie stärkte, ihn mannhafter handeln ließ. Für gewöhnlich hätte er die Sitzung doch vertagt, wenn mit Huber und Würzner die zwei Hauptfiguren fehlten. Was nur hatte den Wandel herbeigeführt?

Das fragte Woelk sich vor all den bunten Torten unter Glas. Er glaubte gespürt zu haben, daß durch Seiboldts Betretenheit, die dem Unfall geschuldet war, etwas verstohlen Heiteres lugte, ein Funke vitaler Lebenslust, ja Schadenfreude, die nicht recht im Einklang stand mit seiner eilfertig geäußerten Bereitschaft, dem kaum lädierten Huber einen (eher peinlichen) Besuch zu machen. Gewiß, Menschen waren nie ganz das, was sie schienen oder vorgaben zu sein. Man tat mitfühlend, war es auch in bestimmtem Grade und weidete sich zugleich an fremdem Pech. Seiboldt aber wirkte geradezu erleichtert – durch wen oder was? Überdies gab er zu erkennen, daß seine Scheu vor *Kontakt 2000* nicht mehr bestand. Er würde für die Sache eintreten, alles deutete darauf hin. Sollte es Dr. Gültig sein, dem man das verdankte?

Georg Gültig – Woelks letztes Gespräch mit ihm lag Jahre zurück. Es fiel in die Zeit, als Woelk beschlossen hatte, sich dem Seychellen-Stoff zuzuwenden. Der Kultursekretär nämlich war mit einer kleinen Delegation auf den Inseln im Indischen Ozean gewesen. Woelk war an ihn herangetreten und hatte um ein paar Hintergrundinformationen gebeten. Es empfahl sich meist, so vorzugehen. Hintergrund, das klang harmlos und beruhigend. Es schloß die Annahme ein, daß das, was zur Sprache kam, nicht veröffentlicht werden würde, sondern dem Autor, der beim Schreiben Fehler vermeiden wollte, nur als Richtschnur dienen solle. Es erweckte Vertrauen, vom Hintergrund zu sprechen – der Informant gewann Einfluß auf das Endprodukt, ohne daß er Verantwor-

tung trug. Woelk hatte hinzugefügt, er gehe der Sache auf Wunsch seines Verlags nach. Das stimmte nicht, es war sein eigener Einfall gewesen; doch wenn die Leute glaubten, man sei mit einer Arbeit beauftragt, fühlten sie sich oft verpflichtet, einem zu helfen.
Im Falle des Dr. Gültig aber erübrigten sich die kleinen Tricks der Branche. Er schien ohne weiteres bereit, über seine tropischen Erfahrungen zu reden. Zu Woelks Überraschung hatte er ihn privat zu sich bestellt, sonst sei man nicht ungestört, und ihn mit reichhaltigem Faktenmaterial nebst Bildern und Karten verblüfft, besonders aber durch den höchst anschaulichen, freimütigen Reisebericht. Hundert Farbfotos aus Gültigs Privatbesitz durfte er zur weiteren Auswertung mitnehmen. Ihm wurde sogar der Ablaufplan des Staatsbesuchs anvertraut, dem zu entnehmen war, wer die Delegation empfangen hatte und was ihr gezeigt worden war. Bis dahin hielt Woelk jeden höheren Funktionär für einen Geheimnisträger und folglich auch Geheimniskrämer; Wissen war Macht, nur dosiert gab man es weiter, fein abgestuft nach den Erfordernissen der Hierarchie. Nun hörte er so viele Einzelheiten, daß es ihm schwerfiel, alles zu notieren. Er erfuhr, wie es in der Residenz des Premierministers der Seychellen aussah und daß der Mann sich für die Empfangshalle des Flugplatzes, auf dem der Coup dann gescheitert war, das gleiche bräunliche Glas gewünscht hatte, das am Berliner Palast der Republik von ihm bemerkt worden war.
Und solcher Dinge mehr. Die Unterrichtung war erschöpfend. Hinter solch ungewöhnlichem Entgegenkommen vermutete Woelk ein gewisses Maß an Wertschätzung seiner literarischen Arbeit. Obschon die nicht zur Sprache kam, erkannte Gültig ihn offenbar stillschweigend als Autor und politischen Menschen an. Es hatte noch eine zweite Begegnung gegeben – ganz zufällig, im Urlaub –, die er gleichfalls angenehm in Erinnerung hatte. Dann freilich war der Faden gerissen, wohl durch die Berufslast des Sekretärs. Der hatte eben zuviel um die Ohren, als daß sich diese Bekanntschaft pflegen ließ. Auf Versammlungen des Verbands ließ Gültig sich fast immer durch einen Sektorenleiter vertreten. Sollte

er wirklich Zeit gefunden haben, *Kontakt 2000* zu lesen? Vielleicht doch, es war ja eine Kurzgeschichte. Würzner, der zu ihm Verbindung hielt, konnte sie ihm gezeigt haben.
Als Woelk mit dem Backwerk zurückkehrte, das Herta v. Dallwitz besänftigen oder ihr den Mund stopfen sollte, schien eine Auseinandersetzung im Gange; er hörte Seiboldt dumpf fragen: »In deinen Augen ist das Schaum, du hältst es für literarisch schwach?«
»Ja, es mangelt an Stil, an Qualität«, erwiderte Frau v. Dallwitz. »Mir kommt es vor wie ein Bühnentext.«
»Es lockert uns den Almanach auf! Der soll ja nicht steife Würde verbreiten, sondern gelesen werden ... So denke nicht nur ich.«
»Für mich ist es einfach kein Stück Prosa.«
»Was hat das mit der Wirksamkeit zu tun? Literatur besteht nicht nur aus Perlen edler Prosa, Herta, aus Cremetörtchen, nicht wahr, sondern auch aus Schwarzbrot. Alexander hat Schwarzbrot gebacken, nichts für verwöhnte Gaumen, Feinschmecker mögen die Nase rümpfen, aber von Cremetörtchen wird keiner satt.«
Woelk schob den Teller vor die alte Dame hin, er bedauerte den irritierenden Vergleich, zu dem der Kuchen zweifellos Hans Seiboldt angeregt hatte. »In der Literatur sind die niedrigen Rangstufen genauso unentbehrlich wie in der Armee«, gab er zu bedenken – schonend und selbstlos, wie er fand.
Sie glitten tiefer hinein in den Streit, und plötzlich dämmerte ihm, weshalb der sonst so gemäßigte Seiboldt sich dermaßen erregte: Es war sein eigenes Problem. Nicht nur die Rezensenten, nein, auch Woelk hatte dem Freund unrecht getan, als er neulich von ihm dachte, er biete seinen Lesern stets nur Linsen, Bohnen und Erbsen, der Sonntagsbraten folge nie. Den hatte Hans Seiboldt doch schon geliefert, vor rund zwanzig Jahren, als er unter dem Titel »Alles paletti« sein bestes Werk veröffentlicht hatte, einen ziemlich aufrichtigen autobiographischen Roman, der auch sein Zweifeln und Schwanken offenbarte, einfach alles von ihm enthielt, was wesentlich war. Und die Kritik fiel wild darüber her, so daß der Verlag nie mehr eine Nachauflage wagte. Hier hatte, wie

Woelk begriff, Seiboldt einen Schlag empfangen, in dieser Erfahrung wurzelte seine Anpassungskunst. Es hatte sein Sensorium beschädigt, den ernsthaften Erzähler in ihm ruiniert. Übrig blieb sein Fabuliertalent, das er von Stund an in die beschauliche Landschaft seiner Dreifelderwirtschaft trug. Im Inneren aber wußte er bestimmt um den Verlust, diese Amputation oder Selbstverstümmelung; schmerzhaft brannte die Narbe in einem Moment wie diesem. Das gab dem Disput jetzt den irrationalen Zug.

Herta v. Dallwitz starrte ihn an, als spüre sie den tiefen Ernst hinter jedem krausen Argument. Schließlich sagte sie: »Er müßte das Manuskript überarbeiten. Das ist doch erst der Rohentwurf?«

»Nein. Es fehlt uns auch die Zeit. Dies muß schleunigst in den Satz, wenn's bis Oktober kommen soll.«

»Laßt mich zu Haus zwei, drei Sätze anfügen. Vielleicht kann man es durch eine Nachbemerkung retten.« Als Übersetzerin war Frau v. Dallwitz daran gewöhnt, Texte durch ein Nachwort zu erläutern. »Gebt mir ein paar Tage Zeit«, hörte Woelk sie sagen, »das Ergebnis wird die Mühe lohnen.«

»Herta«, stöhnte Seiboldt, »das muß heute noch vom Tisch!«

»Aber, aber! Der Almanach ist unsere Visitenkarte, da braucht es Feilarbeit, ein Höchstmaß an sprachlicher Zucht und Klarheit ...« Ach, Woelk verstand sie ja. Ihre Stilkunst war Legende. Was bei Seiboldt nach Jugendbuch schmeckte, was sich bei ihm, Woelk, bestenfalls las wie ein diplomatisches Protokoll, das klang bei ihr wie ein Stück Prosa von Thomas Mann.

Man rief Monique Würzner ans Telefon. Sie kam zurück mit den Worten, ihr Mann habe Bedenken, er rate davon ab, *Kontakt 2000* in die Festschrift aufzunehmen. Seiboldt fragte, was für Bedenken.

Frau v. Dallwitz schob den Kuchenteller weg, an ihrem Kinn haftete etwas Creme, als sie Monique ins Wort fiel: »Seid unbesorgt, was kann das schon sein? Man denkt oft, man weckt einen schlafenden Riesen, und was wacht auf: ein ängstlicher Esel.«

Monique Würzner verbat es sich schrill, so von Rudi zu reden. Zum Glück ging nun ein Regenguß nieder, es wurde finster im Sitzungsraum. Mit Blitz und Donner entlud sich zum Schrecken der Frauen ein so schweres Sommergewitter, daß sie verstummten. Woelk beschloß, den Münchner Vorabdruck seiner Story zu verschweigen, um deren Annahme nicht noch selber zu gefährden. Es hatte ihn niemand gefragt, folglich war das keine Lüge, nur ein Weglassen; im Rahmen seiner Berufsauffassung erlaubt … Kunst war ja Weglassen, wie alle Welt zu betonen pflegte.

28

Die erste Zeit in dem Haus oberhalb der Talsperre verlief harmonisch; das Wetter blieb schön. Woelk genoß die Stille und die Bergtouren zu dritt. Anfangs vermißte er Vera kaum, erst in der zweiten Woche begann sie ihm zu fehlen. Mitte August wollte er nach ihr sehen, es fand sich immer ein Vorwand, in die Stadt zu fahren. Einmal hatte ein Freund ihm auf Wunsch geschrieben, eine Jalousie hänge schief, fast scheine es, als sei bei ihm eingebrochen worden … Nichts, dachte er, beflügelt die Phantasie so wie ein Lockruf des Gefühls.

Aus München kam die Gutschriftsanzeige eines Verlags, dem Stefan Prätorius *Kontakt 2000* für eine Anthologie überlassen hatte. Der Sammelband würde erst zu Weihnachten auf dem Markt sein, doch hatte der Verlag vorab schon die Arbeit einer Zeitschrift gegeben und das Honorar kassiert, rund zweitausend Mark blieben übrig, der Betrag wurde Woelk in der eigenen Währung gutgebracht. Nach den Usancen des Büros für Urheberrechte konnte er einen Teil davon rücktauschen für Einkäufe im Intershop. Wurde ihm die Westreise genehmigt, war auch eine Barauszahlung in der Währung des Nachbarlands möglich. Jedenfalls war das Rätsel gelöst, Veras Herrenmagazin entpuppte sich als renommiertes Blatt, in dem neben allerlei erotischem Schnickschnack schon größere Geister als Woelk sich amüsant geäußert hatten … Von der Technischen Hochschule drang kein Wort zu ihm herauf. Vielleicht schämten sie sich da inzwischen der

Panik, des Sturms im Wasserglas, den sie zum Schrecken seiner Liebsten anfangs entfacht hatten.
Da die Berge den Fernsehempfang erschwerten, griff Woelk abends zum Buch. In dem Stapel war auch eine Schrift des Literaturprofessors Holzapfel, die Woelk, rasch ermattend, mehrmals angelesen hatte. Nun aber stieß er bis zu einem Abschnitt vor, der sein Schaffen streifte; trotz Holzapfels Neigung zum Schachtelsatz zwang ihn das weiterzulesen. Nicht sprachliches Unvermögen, sondern das Komplizierte des Gegenstands prägte dessen Stil. So Weitverzweigtes und Schwieriges wie die Literatur des Landes ließ sich kaum schlichter, verständlicher behandeln.
Es schien freilich so, als kenne der Professor nur ein, zwei Aufsätze von ihm. Gewöhnlich wandten Germanisten sich kaum seinem Genre zu. Gedankenvoll, ihn halb zitierend, schrieb Holzapfel da: »Woelk verweist auf das starke Verlangen nach Abenteuer, Aufregung, Spannung, das Bedürfnis nach einfacher Unterhaltung eben. Auf ein Massenpublikum zielt – in betonter Kritik einer Spaltung des Lesestoffs in hohe und niedere, in eine Literatur für die ›Elite‹ und für das ›Volk‹ – sein Programm literarischer Konstruktionen, die von ihm als Kompromiß zwischen künstlerischer Tragfähigkeit und packender Aktion gedeutet werden. Zugleich sieht der Autor, erkennend über dem genannten Bedürfnis stehend, es nur als Ausgangspunkt an. Mit Recht, da solche Unterhaltungsleistung der Literatur zwar möglich, aber keineswegs spezifisch ist. Was Alexander Woelk da an Kunsterwartung beobachtet, wird von Formen der Massenunterhaltung, wie etwa dem Fußball, auch geliefert.«
Woelk fing an, sich zu ärgern. Er sah sich verkannt, sein Werk als Fußball betrachtet – herab von der Tribüne, aus der Höhe jener Abstraktion, die deutsche Gelehrte lieben. »Bei ihm«, ging es weiter, »wird literarische Tragkraft, als Seite in einem Kompromiß, deshalb auf Komponenten wie Vermittlung von Kenntnissen über die Welt gegründet. Dafür werden zur Verfügung stehende, zur Konvention gewordene, ehemals große Erfindungen des Realismus verwandt – vorzüglich Darstellungen, in denen individuelles Geschehen vor histori-

schem Hintergrund abläuft. Aber das Bedürfnis nach Information wird ja keineswegs nur und auch nicht etwa am besten durch Literatur als Kunst befriedigt. Mit der Definition der Leistungen von Literatur als Nervenzerrung und als Information begründet Woelk ein Wirken, das ästhetisches Denken nur residual – in dieser Form freilich durchaus – vermittelt. Die Auflagenhöhe, die dieser Autor erreicht hat, bestätigt die Richtigkeit seiner Kalkulation, die zugleich zu einem neuen Typ des Abenteuerromans, zu einem zweifellos hohen literarischen Niveau dieses Literaturtyps führte.«

Jetzt wurde Woelk richtig böse. Das klang nach Spekulantentum, auch wenn der Professor ihm Qualität zugestand. *Residual* übrigens, Woelk mußte erst nachschlagen, hieß restlich oder zurückbleibend. Wer ihn las, der blieb also zurück. Für Holzapfel war er ein Routinier, der Leserwünsche bedient, erkennend über den Bedürfnissen steht: ein Geschäftsmann von Rang. Das trübte das Bild, das er von sich und seinem Tun hatte. Und es folgten noch Sätze wie: »Dem wohnt die Tendenz inne, Autor und Leser nicht als auf einer Ebene stehend zu denken, den Leser als Objekt der schriftstellerischen Aktion aufzufassen.« Die Verbreitung der Spannungslektüre führe dazu, daß wahrhaft poetische Gebilde nicht mehr aufgenommen würden. Folglich schade der Aktionsschreiber den Kollegen, deren Kunst intensiveren Nachvollzug bedinge und sich »in ästhetischer Weise realisiert: durch das Erzählen ernster und heiterer Geschichten, durch den Versuch, historisches Selbstbewußtsein in vergnüglicher Weise anzuregen, durch Einführung einer Kommentarebene, die das Reflektieren ermöglicht« und so weiter. Bei ihm geschehe all dies nicht, er vermittle Kunstgenuß nur *residual*, so geschrumpft »aber durchaus«. Durch exotische Verführung und den faulen Zauber handlungsreichen Erzählens halte er sein Publikum von wirklich großen Werken fern, hemme also dessen Reifen und speise es ab mit Informationen, anstatt das den Medien, den Journalisten oder den Historikern des Landes zu überlassen.

Woelk schlug das Buch zu. Das meiste prallte an ihm ab. Er hatte immer nur das Aufnehmen erleichtern, keinem das

Nachdenken abnehmen wollen, im Gegenteil. Nie hatte er sich als Guru, als Lehrmeister seiner Leser gefühlt; war er denen doch bloß punktuell voraus an Sachkenntnis, eigens erworben, um etwas mitzuteilen, das sie so wie ihn beschäftigen mochte und das ihnen sonst keiner bot. Wo war denn das Buch über den Kongo, den Nahost- oder den Falklandkrieg, solange er es nicht schrieb? Sein Erfolg beruhte auf dem demokratischen Wunsch, seinem Drang, bestimmte Abläufe und Erkenntnisse publik zu machen. Dies also ritzte ihm nur die Haut; der Rest aber drang ein.

Holzapfels Feder nämlich war zweischneidig. Als Dialektiker fügte Holzapfel dem, was er darlegte, gern Einschränkendes hinzu, bot sogar Antithesen auf; es wirkte eher grüblerisch als schwammig oder feige. Zwar konnte das Schaum sein, ein Absichern des eigentlich von ihm Gesagten. Es erinnerte Woelk an jene elastischen Verfassungstexte, die jedes Grundrecht der Bürger gleich mit einem Vorbehalt versehen. Zu solch schlauer Dehnbarkeit der Statuten Napoleons II. hatte Marx im »18. Brumaire« bemerkt: »Die auf diese Weise unverletzlich gemachte Verfassung ...« Die Thesen des Professors waren auf gleiche Weise unumstößlich gemacht, klug abgefedert worden. Dennoch diente das nicht nur dem Dämpfen allen Widerspruchs, hier trat das Gegensätzliche, das noch Ungeklärte der Sache selbst ans Licht; auch zeigte sich spurenhaft ein Ansatz zur Synthese. Und diese Spur nahm Woelk auf, zum Weiterdenken gereizt: über seine Arbeit und sich selbst.

Ein Buch nach dem anderen, so fragte er sich, wohin führte das? Jahr für Jahr »zur Konvention gewordene, ehemals große Erfindungen des Realismus zu verwenden« – also Stendhal oder Tolstoi zu kopieren, ohne ein Genie zu sein –, war schlechthin einfallslos. Brav Manuskripte schreiben und Geld einstecken für etwas, über das man sich kaum noch den Kopf zerbrach, dies durfte nicht zur Gewohnheit werden. Wollte er Arno Huber folgen, der mit großem Anspruch begonnen hatte, doch nun seinen Namen und sein Werk bloß noch pompös verwaltete? Es konnte so nicht weitergehen auf dem glatten Pfad, ohne daß es abwärts ging.

Schlaftrunken fand Woelk, auch er habe Ernstes und Heiteres zu bieten, auch ihm sei es gegeben, auf vergnügliche Weise zur Selbstbesinnung anzuregen – oder wie immer Holzapfel formuliert hatte. Eine Kommentarebene schaffen, die das Reflektieren ermöglicht? Wenn's hoch kam, sogar das ... Falkland, Nahost und der Kongo mußten halt warten, die Probleme Afrikas sollten ihm gestohlen sein. Die zu schildern war Aufgabe der Medien (sie würden sich ihr doch nicht entziehen?), nicht seine Sache, denn dies vermittelte ästhetisches Denken ja nur residual. Von zurückgebliebenen, zum Fußball geschrumpften Kunstformen wandte Woelk sich ab. Mochten andere nach Angola fliegen und sich, wie es ihm beim letzten Mal ergangen war, auf der Hauptstraße von Luanda zur Mittagszeit um dreihundert Dollar berauben lassen ... Bleibe daheim und nähre dich redlich.

»Was hältst du davon«, fragte er Johanna anderntags, »wenn ich Seiboldt das Falklandzeug zurückschicke, die Inseln vergesse und neu beginne, ganz von vorn? Im Heute und Hier, wie ihr am Theater immer sagt?«

»Das könnte dir guttun, es brächte dich sicherlich weiter. Aber hast du einen Stoff?«

»Den allerbesten: mich selber und das Kontaktgerät.«

Sie musterte ihn besorgt. »Ich verstehe; du willst an der Hochschule recherchieren.«

»Es hat nichts mit Vera Bald zu tun.«

»Ich kann dich nicht hindern, Alexander, nur um eins möchte ich dich bitten – laß die Familie draußen.«

Woelk verstummte. Sie schien sich zu fragen, wie weit er ging in der Selbstdarstellung und ob er ihr zuliebe seine Affären verschwieg. Sie würde sich weigern, ihn zu beraten, oder als Zensorin unerbittlich sein.

29

Als Werner Herbst den Brief des Patentamts bekam, war er noch nicht ganz wach. Der Rest eines Wirkstoffs kreiste in ihm, den er mitten in der Nacht eingenommen hatte. Anders gelang ihm in letzter Zeit kein zusammenhängender Schlaf mehr. Um der Gewöhnung zu entgehen, wechselte er das Mittel oft und hatte dabei entdeckt, wie viele Psychopharmaka es gab. Einige unterdrückten die Träume oder löschten jede Erinnerung daran, andere nicht; diese schienen ihm bekömmlicher zu sein.

Diesmal war er an Ralfs Seite durch den Darßer Urwald geradelt, vorbei an dem Hochstand, in den sie die Gleichung geritzt hatten W + R = V + S, bis zu dem Vogelbeerbaum hinter den Dünen, wo sie immer die Fahrräder zusammenschlossen. »Ich hab dich so vermißt«, sagte Ralf im Wispern der Wellen. Sie gruben im Sand, doch das Bild war weggekippt, Herbst saß allein auf dem Fahrrad im Großstadtverkehr, ohne Knautschzone, ein Nackter im Getümmel der Gepanzerten. Das einfache Leben, stark durch Bedürfnisarmut und trotzdem gefährdet! Rechts lauerten die aufschnappenden Türen geparkter Wagen, links spürte er Autos vorbeiziehen, luftstoßweise, zentimeternah, hatte ihr Abgas im Gesicht. Stauten sie sich, glitt er durch das Blech, seiner Reflexe sicher: Nase tief hieß – Auto bremst, Kühler hoch – Achtung! Die Änderung des Auspuffgeräuschs sagte ihm etwas, der kleinste Radeinschlag eines Überholers ließ ahnen, daß man ihm gleich den Weg abschnitt.

Das Schreiben war fehlgeleitet worden, es gehörte auf Kellys Tisch, der hatte den Patentanspruch diktiert wie alles, was nötig war, um *Harmo* beschleunigt durchzuziehen. Herbst war nicht verpflichtet, das Couvert zu öffnen und sich womöglich über etwas zu erregen, das seinen Partner zu beschäftigen hatte. Trotzdem riß er den Umschlag auf, und schon die ersten Sätze trafen ihn, lauteten sie doch: »Die vorgelegte Patentanmeldung ›Schaltungsanordnung für einen Kommunikator‹ wurde von Amts wegen zur Prüfung auf alle Schutzvoraussetzungen gemäß § 32 6 (2) ÄndG zum PatG verfügt. Im Ergebnis der Prüfung ist dem Anmelder die Zurückziehung der Anmeldung anheim zu stellen.«

Herbst wußte, das Amt für Erfindungs- und Patentwesen sperrte sich oft, zumal wenn man versuchte, es zu drängen. Doch eine so massive Ablehnung hatte keiner erwartet; dies war ein Schlag ins Gesicht. Er überflog die sechs Seiten, all den gehäuften Tadel, ohne das Zentrum der Kritik zu finden,

den Kern der Zurückweisung. Statt dessen entstand in ihm der Eindruck, das meiste sei nach Meinung des Amtes falsch ausgedrückt oder angefaßt worden, es stimme mit der Anmeldung vorn und hinten nicht. Ein grimmiger Unterton schwang zwischen den Zeilen.

Gleich eingangs hieß es, die Anmeldung sei mit formellen und patentrechtlichen Mängeln behaftet, auch fehle in ihr der Nachweis einer schutzrechtsbegründenden erfinderischen Leistung. Schon der Titel wurde beanstandet. Der Begriff *Kommunikator* sei durchaus unüblich, zur Beschreibung einer bestimmten Klasse von Geräten nicht gebräuchlich; er finde sich weder im Stichwortverzeichnis der Internationalen Patentklassifikation (IPK) noch in der IPK selbst. Ebenso unverständlich sei die Wahl des Begriffs *Schaltungsanordnung* als Kategorie des Anspruchs, da doch ein Signalübertragungssystem vorgeschlagen werde.

»Das Kennzeichen des Anspruchs«, las Herbst, »ist ein Gemisch aus aufgabenhaften Anordnungs- und Verfahrensvorschlägen und somit patentrechtlich völlig untragbar. Durch eine Vielzahl von Aufgaben zu angestrebten Wirkungen enthält der Anspruch dem Patentschutz nicht zugängliche Sachverhalte.« Der eingereichte Rechercheberícht, der den Nachweis der Neuheit führen müsse, sei gänzlich unbefriedigend; man habe sich auf Patente in deutschsprachigen Ländern beschränkt. Eine der Schweizer Quellen, die die Patentrecherche nenne, existiere gar nicht. Die als Ziel genannte Kommunikationsverbesserung zwischen Einzelpersonen nebst Erschließung bisher ungenutzter gesellschaftlicher Potenzen stehe als Behauptung da, ein Bezug zu einem Stand der Technik sei nicht zu erkennen. Ähnlich wahllos und somit unverständlich erscheine die Betrachtung angeblicher Probleme einer rechnergestützten Vermittlung von Heirats- oder Wohnungswünschen, die sich doch wohl kaum kurzfristig änderten. Zur Partnersuche könnten auch Eheanbahnungsinstitute dienen oder, so wörtlich, »Besuche in Tanzgaststätten empfohlen werden«. Als Termin für eine Neueinreichung wurde der 30. September festgesetzt. Erfolge bis dahin keine Äußerung, sei die Anmeldung zurückgewiesen.

Herbst schob die Papiere wieder ins Couvert, er hatte genug. Ihm war das zu kleinlich, zu beschränkt. Die Idee wurde total verkannt, in Bausch und Bogen zerfetzt ... Eheanbahnung, Tanzgaststätten! Ein Wunder, daß nicht noch Kupplerinnen erwähnt wurden oder die Möglichkeit, einander zuzulächeln und nachzupfeifen. Auf diesem Niveau – dem des 19. Jahrhunderts – blieb zur Widerlegung keine Lücke. Für ihn ein Beweis, daß hier etwas nicht seriös war, nicht mit rechten Dingen zuging. Teileinwände hätte er geprüft, die pauschale Verdammung richtete sich selbst. Letztlich ging sie wohl auf Kellys Konto, als Folge seiner Oberflächlichkeit und Nonchalance. Ihm leitete er dies nun zu, sollte Kelly doch präziser formulieren. Oder hatte Dr. Thor, der Justitiar, da etwa sabotiert?

Zu dumm, ein paar Wochen waren bei der Anmeldung verloren. Kelly war wie häufig nicht im Haus. Herbst telefonierte mit Vera, kündigte ihr die Ablehnung an und sagte, die sei unter anderem erfolgt, weil sie »kurzseitige Impulsfolge« statt kurzzeitige getippt und Kelly den Fehler übersehen habe. Es störte ihn, daß sie dazu lachte. Es mißlang ihm, den Ärger aus seiner Stimme zu verbannen. In seinem Kopf saß ein Summen, er stützte ihn auf. Tat Vera nicht recht daran, dies leicht zu nehmen, die Bürokraten zu verlachen? Deren Winkelzüge, die hielten ihn ja kaum auf, wo ihm jetzt soviel glückte! Wenn er die Augen schloß, kamen ihm Tagträume, die meistens nach Berlin führten. Ach, mit jeder Faser hing er doch an ihr. Längst wußte er, warum. Ihn hatten selbstbewußte Mädchen, sofern sie auch empfindsam waren, schon früher gereizt. Immer war er ein zarter, verträumter Junge gewesen, der kräftige und grobe Mitschüler so wenig mochte, daß er gar nicht sein wollte wie sie. Ihn zog es mehr zu den Mädchen, besonders zu den sensiblen, zugleich auch frechen und aktiven, bei denen sich immerhin denken ließ, sie könnten von sich aus mit ihm anbändeln. Was freilich nie so recht geschah – der Typ, nach dem es ihn verlangte, schien gar zu selten.

Inzwischen war das Wunder geschehen. Dieser Samstag in Berlin, den würde er nie vergessen. Vera hatte einen enormen

Picknickkorb ins Auto gestellt, daraus lebten sie ein ganzes Wochenende lang, unabhängig von überfüllten Restaurants. Statt dessen schleppte sie ihn an Orte wie die Galerie in Lichtenberg, wo Bilder und Collagen hingen, der Turm zu Babel oder ein gespenstischer Berliner Hinterhof, durch Hauswände schimmerten fahl die Köpfe der Mieter – ein ebenso düsteres Loch wie diese Wohnung in der Fehrbelliner Straße, ihr Liebesnest. Veras Freundin, die dort unterm Dach sonst hauste, schrieb an einer Dissertation über Kleist, Werke aus jener Zeit lagen überall herum. Nicht nur die Regale, Stühle und der Empire-Schreibtisch quollen über davon, auch die Schlafcouch war mit Schriften der Klassiker bedeckt, als wollte die Theaterwissenschaftlerin sich selbst von der Heftigkeit ihres Tuns überzeugen. Und so kam es, daß Herbst, als Vera endlich ihr Haar löste und das lange Blaudruckkleid abstreifte und er sich an sie schmiegen durfte – zum Glück hatten sie keine Theaterkarten mehr bekommen –, daß er dann zugleich neben Kant, Hölderlin und Fichte lag, während ihr Haar über den »Zerbrochenen Krug« floß. Sie war gescheit, selbstsicher, geradezu schmerzlich jung und reizend.

Das Ambiente half Herbst etwas, sich zu zügeln. Dennoch war ihm danach, in der grottenhaften Duschkabine, jedesmal so gewesen, als sei es ihm mißglückt, die Liebste auf den Gipfel der Lust zu heben. Diese Stunden dort unterm Dach, noch nie hatte er solch eine Euphorie erlebt! Sie aber wurde nie ganz satt, der Schwung ihrer Leidenschaft war eine köstliche Erfahrung. Wohl weil er sie so liebte – den ganzen Menschen, nicht bloß den Körper –, weil er sein Glück gar nicht fassen konnte, erreichte er den Gipfel stets vor ihr. Mangelnde Synchronisierung der Erregungskurven, ein technisches Problem? Jede Liebestechnik war ihm verdächtig. Da sein ganzer Alltag technisch war, wollte er das Innigste gern frei halten davon: auf die Natur vertrauen, nach Innen lauschen, dem Unbewußten … Sollte es nicht so sein?

Es sollte, gewiß. Wie aber, wenn die Liebste doch mehr von ihm erhofft hatte? Wenn sie anderes gewöhnt war von Woelk, dem ja viel Zeit geblieben war, sie zu studieren, der ihre

Reaktionen kannte ... Es würde ihm, Herbst, schon noch gelingen, den Gleichklang herzustellen, wenn er sich nur nicht mehr so unkontrolliert dem Rausch hingab. Erst wenn er das geschafft hatte, würde Vera ihm sicher sein. Ihre Genußsucht schien so stark, er fühlte es, daß dies eine Gefährdung war.

Nun, er wollte sich bemühen. Schuld war jedoch auch Vera selbst. Sie machte es ihm dort nicht gerade leicht, sich zurückzuhalten, wenn sie etwa nackt durchs Zimmer schritt oder im Bett aufstachelnd posierte; ein Woelkscher Dressurakt vielleicht, der auch auf ihn nicht ohne scharfe Wirkung blieb, grell wie ihr Anblick damals vorm Baden. Uralte psychische Mechanismen liefen da ab. Nachdem es geschehen war, sie sich ihm geschenkt hatte, war ihre Unbefangenheit das wundersame Gegenstück zu der Schamhaftigkeit an jenem Waldsee ... Wieder trieb ihm die Erinnerung das Blut in die Schläfen.

Er hatte gedacht, daß die überwältigende Anziehungskraft, die sie auf ihn ausübte, am Ziel nachlassen müßte; statt dessen wurde sie nur stärker. Was für eine Frau! Und so instinktsicher-naiv, so unschuldig-raffiniert blieb Vera auch draußen vor den Leuten. Sie tat einfach, was ihr gefiel. Als sie abends am Neptunbrunnen vorbeikamen, war sie wie ein Kind hineingestiegen, das Blaudruckkleid schürzend. Und was sie anderntags in der Domklause des Palasthotels hinunterschlang, von der Spargelcremesuppe bis zum Sahneeis mit warmer Nougatsoße, war unerhört, da genierte sie sich nicht, was ihr schmeckte, nochmals zu bestellen. Ein unabhängiger Mensch. Ständig aß sie etwas, Unmengen von Kuchen – was, schlank wie sie war, für einen geringen Verwertungsgrad der zugeführten Nahrung sprach, einen Effekt unzureichender Verbrennung, während sie ihn mit ihrer Ausstrahlung versengte.

Aus dem Altbau rief Kelly an. »Mir liegt das Zeug vom Patentamt vor«, hörte Herbst ihn sagen. »Keine Angst deswegen, da macht man sich bloß wieder wichtig.«

»Ohne es überzubewerten, Richard, scheint mir doch ...«

»Ich nehm das gleich in die Hand, bringe es in Ordnung.

Haben Sie übrigens schon für die Tombola gestiftet? Mir hat man eben eine Skalplocke geraubt. Bei Ihnen, Werner, soll ein Stück vom Taucheranzug die Reliquie sein.«
Nach ein paar Sätzen legte Herbst auf. Er wußte nicht, was ihn mehr störte: Kellys Leichtfertigkeit im Umgang mit Ämtern oder der Gedanke, daß Vera ihm ein paar Haare abschnitt ... Entwickelte er, so fragte sich Herbst, da etwa Besitzergefühle? Es war doch gut, nicht mehr ihr Chef zu sein.

30

Der neue Roman! Woelk brannte darauf, ihn zu beginnen. Zu seiner Freude gab es Beifall im kleinsten Kreis. Wenn auf Wanderungen der Gesprächsstoff ausging, ermunterte die Familie ihn in seiner Absicht. Er war es nicht gewöhnt, daß sie Notiz nahm von einem Vorhaben. Zumal sein Sohn, der selten ein Buch von ihm las, setzte voraus, daß er in der Stille schuf – dem genügte es, davon zu leben. Diesmal aber ergriff Michael Partei, anders als Johanna hieß er die Idee eines Selbstporträts rundheraus gut. Er rief Woelk auf, einmal Flagge zu zeigen und wo nötig – in der Kunstszene, dem Lehrlingswesen und bei der Armee – tüchtig auf den Putz zu hauen. Er sei doch berühmt genug, was könne ihm schon passieren?
»Ihm kann passieren, daß er übers Ziel schießt wie du«, sagte Johanna. »Weil der Sozialismus noch nicht so ist, wie er im Buche steht ... Ideale lassen leicht jegliche Realität alt aussehen. Du und deine Freunde, ihr vergröbert Mängel auch zu eurer eigenen Entlastung. Unmäßige Kritik verbindet sich mit mäßigen Kenntnissen über all die Zwänge, Wirtschaftsfakten und sozialen Abläufe, nicht wahr? Da wird dann rasch der Stab gebrochen ...«
Sie errichtete ihre Warntafeln, die zu den gelben Schildern links am Wegrand paßten. Die Familie zog aufwärts, strebte von Süden her der Heinrichshöhe zu, auf Michaels Wunsch, dem der höchste noch zugängliche Harzgipfel die Zugspitze zu ersetzen schien. An diesem Punkt des Gesprächs verließ man die Brockenchaussee und stieg, einer alten Wanderkarte

folgend, rechter Hand bergan, wo, kaum erkennbar, durch verkrüppelte Kiefern ein Pfad lief. Ein Hauch von Abenteuer lag in der frischen, regenschwangeren Luft.

Johannas Worte wie auch die Natur ringsum erinnerten Woelk an die Wanderung mit Dr. Gültig vor Jahren in eben dieser Gegend. Sie hatten sich damals am Kirchlein von Schierke getroffen und eine Tagestour beschlossen, in einer sportlichen Anwandlung, die Männer verleiten kann, ihre Kraft zu überschätzen. Ein paar Jahre älter als Woelk und gleich ihm Journalist gewesen, war Georg Gültig ein im Persönlichen anspruchsloser Mensch, der ganz seiner Funktion, der des Bezirkssekretärs für Wissenschaft, Volksbildung und Kultur, zu leben schien und weder eine Datsche noch ein Auto besaß. Unterwegs hatten sie über jene Schriftsteller gesprochen, die in den Westen gegangen waren.

Diese Autoren, so etwa sagte Dr. Gültig, hätten bekanntlich das, was man ihnen hier nicht gedruckt habe, beim Klassenfeind verlegt, der sich darob ins Fäustchen lache. Das laufe hinaus auf ein Geschäft mit der kurzlebigen Sensation. Bekenntnisse Abtrünniger ließen ja stets Enthüllungen erwarten über Lebensbereiche, von denen der Außenstehende keine Ahnung habe. Dies erkläre den Reiz von Büchern, deren Verfasser zum Überläufer geworden sei. Renegaten, die aus der Schule plauderten, hätten sich bewußt oder unbewußt ihrem einstigen Gegner verkauft. Die Ware, die sie ihm böten, seien Einblicke in fremde Machtstrukturen. Im Grunde sei das Schlüsselloch-Literatur für politologische Spanner, mit Kunst habe es wenig zu tun. So entstünden Schmähschriften, niemals Romane von Rang.

Woelk suchte die Frage, nachdem sie einmal angeschnitten war, weiter zu fassen; dies war ja nicht nur ein Phänomen im Ost-West-Konflikt. Zu allen Zeiten hatten Priester sich wie Luther von ihrer Kirche losgesagt. Daher hielt er Gültig entgegen, ob nun ein Autor Memoiren schreibe oder ob ein westdeutscher Atommanager, Exgeneral oder Chirurg das tue, der Effekt sei vergleichbar, es würden Erfahrungen mitgeteilt aus abgeschotteten Zonen der Gesellschaft, darin liege auch Positives. Die Welt sei voll von Enthüllungen und

Lebensberichten unterschiedlichen Werts, immerhin würden so Wissenslücken geschlossen, die es überall gebe, auch hier. Er, Woelk, zöge es vor, wenn Erinnerungsbücher, frei von Entstellungen, im eigenen Land erschienen, wie das auch schon geschehen sei.

»Schön«, erwiderte Dr. Gültig ungefähr, »soweit mögen Sie recht haben, es werden da legitime Erwartungen des Publikums mitbedient. Nicht jeder Leser will nur das eigene Vorurteil bestätigt finden, das gebe ich Ihnen gern zu. Auf der anderen Seite aber, der des Autors, liegt der Fall kompliziert. Er will sich ›etwas von der Seele schreiben‹, ein zunächst neutrales, vielleicht sogar ehrenhaftes Motiv. Seine Arbeit am Text ist ein Teil der Arbeit, die er leisten muß, um seine Vergangenheit zu durchdringen und mit sich ins reine zu kommen. Das kann schon einen purgatorischen Sinn, die Funktion einer Buße haben und ihm Erkenntnisse bescheren. In den weniger löblichen Fällen freilich tritt ein Bedürfnis nach Rache hinzu, halt der Wunsch, es früheren Gegnern oder auch Mitstreitern, die seinen Schritt nicht mitvollziehen, heimzuzahlen.«

Erfreut durch den Freimut, mit dem der Sekretär den Gegenstand trotz wachsender Erschöpfung behandelte – sie waren schon stundenlang auf den Beinen –, stimmte Woelk ihm zu. Gültig fuhr fort: »So begegnen der Überläufer und seine Leser sich eben doch meist in innigem, hämisch gefärbtem Einverständnis. Beide glauben trotz ihrer Emotionen, ein Stück Wirklichkeit zu entdecken, und so schaukeln sich ihre Erwartungen aneinander hoch.«

»Aufklärung kommt unter Gefühlsdruck nicht zustande?«

»Sagen wir's einmal so: Sie ist möglich, wenn die Partner der Versuchung widerstehen, die ihrem Bündnis insgeheim zugrunde liegt. Beim Leser wird jeder Lernprozeß blockiert, wo er triumphierend sein Vorurteil bestätigt sieht. Und der Autor fällt zurück in den Schlund seiner Rachlust, aus dem er vielleicht schon gedanklich herausgekrochen war, wenn er sich, angespornt von solchem Applaus, hinreißen läßt, seine Ressentiments auszuleben und dem Affen Zucker zu geben. Wenn er also das Objekt seiner früheren Hingabe – die Kirche, die Klinik, die Atomindustrie oder eben den Staat und die Partei – nicht mehr nur analysieren, sondern auch verhöhnen und zerschmettern will! Das, Kollege Woelk, nenne ich so ganz für mich den Übertrittseffekt, vor dem man schöpferische Menschen um ihrer selbst willen nur warnen kann.«

An dieser Stelle wurde klar, sie hatten sich verirrt. Es gab viel Windbruch in jenem Jahr, der Sturz der Kiefernstämme begrub die Wegmarkierungen, der Himmel war grau und Woelk hatte nur die Karte, keinen Kompaß. Anfangs machten sie sich witzelnd Luft mit Worten wie »im Zweifel links halten«, doch dann, über einer geröllverstopften Schlucht, sank die Dämmerung, so daß man schon einer Nacht im Freien entgegensah, ohne Decken und Proviant unter einem Felsvorsprung; noch dazu in der Fünf-Kilometer-Zone entlang der Staatsgrenze, wo ein nächtlicher Aufenthalt unstatthaft war.

Als schließlich doch noch tief unter ihnen die Lichter des Kurorts auffunkelten, schrieb Georg Gültig dies großmütig Woelks Instinkt zu, er selber habe die Orientierung verloren. »Auf dem Marsch, nicht im Gespräch«, fügte er hinzu.

»Kein Instinkt, eher Notwendigkeit«, gab Woelk zurück. »Was hätten die Grenzorgane wohl von mir gedacht, hätte ich Sie irrtümlich zum Zaun geführt?«

»Ein Absturz wäre schlimmer gewesen.«

»Ich wußte, ihr würdet harmonieren«, sagte Johanna bei seiner Rückkehr; sie hatte sich gar keine Sorgen gemacht. Woelk gab zu, den Sekretär nicht nur hinsichtlich der Marschleistung verkannt zu haben, der sei sehr umgänglich gewesen trotz seiner Prinzipientreue, die auf Tagungen manchmal wie Starrsinn wirke ... »Was willst du?« fragte Michael. »Das ist eben ein hohes Tier auf Urlaub.« Er neigte schon früh zu solchen Bemerkungen.

Jetzt erreichte man die Heinrichshöhe, kein Gipfel, nur ein Haufen zerklüfteter, halb gekippter, kieferngesäumter Felstrümmer zweihundert Meter unterhalb des Brockens, der nordwärts aufragte. Der Wind blies scharf, es wurde kühl, den geheimnisvollen Umriß des Bergs mit seinen Bauten und

Antennen verwischten tiefziehende Wolken. Fröstelnd aß die Familie ihren Proviant. »Schreib keinen Schlüsselroman«, riet Johanna, in einen Apfel beißend. »Und laß alles gründlich durch dich hindurchgehen! Hoffentlich gelingt dir das, Alexander. Du hast so wenig Abstand dazu.«
Weil der Himmel sich rasch bezog, kürzten die Woelks den Heimweg ab und wandten sich nach links, der Brockenstraße zu, bis Sumpfstellen und Rinnsale ihren Weg kreuzten und sie nach Norden drängten, den Bahngleisen zu. Die Wanderkarte trog, Pfade waren verschwunden, dreißig Jahre hatten den Baumwuchs verändert. Immerhin, es ging erst auf zwei, und das Granitmassiv, schon von Goethe und Heine besungen, diente als Fixpunkt; es stand viel besser als damals auf dem Marsch mit Georg Gültig. »Laß dir nicht angst machen, Väterchen«, sagte Michael. »Schreib dein Buch.«
Inzwischen hatten sie mit feuchten Sohlen den Damm der Schmalspurbahn erklettert, die sich eingleisig um den Berg wand, und schritten auf den Schwellen talwärts – die einzige Art, halbwegs trockenen Fußes die Chaussee zu erreichen. Plötzlich wies Johanna auf ein gelbes Schild, das zehn Schritte links vom Bahndamm stand, die leere Rückseite ihnen zugekehrt. Talwärts schimmerte ein zweites Schild, noch weiter von den Schienen weg. Auf dem Gleis gehend, das ihnen als Grenze des Schutzstreifens genannt worden war, befanden sie sich schon innerhalb desselben ... Da rief sie ein Posten an.
Der Mann war freundlich, er kannte die Familie von früheren Kontrollen und führte sie bis an den Punkt, wo das Gleis die Straße schnitt. Aber er sagte, sie hätten – ohne Sondergenehmigung zum Betreten des Fünfhundert-Meter-Streifens – die Grenzordung verletzt, da beiße die Maus keinen Faden ab, so leid es ihm tue, das müsse er über Funk melden. »Geben Sie's durch«, sagte Woelk, nach all seinem Umgang mit der Grenztruppe gewiß, es werde mit einem Verweis enden; zehn Schritte war man zu weit gegangen.
Im aufkommenden Sprühregen warteten die Woelks, bis ein Lastwagen die Serpentinen hochächzte. Man hieß sie aufsteigen, das Fahrzeug wendete, die Räder krachten durch Schlag-

löcher, Regen prasselte auf die Plane. Zwar ersparte der Transport ihnen den Fußmarsch in der Nässe, doch war klar, sie wurden als Grenzverletzer betrachtet. Unten in der Kaserne prüfte ein Leutnant die alte Wanderkarte wie ein belastendes Indiz; sie schien ein Tatwerkzeug zu sein. Woelk beschrieb ihm den Ausflug zur Heinrichshöhe und hob hervor, er habe kein Sperrschild wahrgenommen und den Damm nur betreten, um aus dem Morast zu kommen. Der Leutnant hörte kaum hin, bis ihm beim Durchblättern des Ausweises Woelks zweiter Wohnsitz in der Sperrzone ins Auge sprang. »Das gilt nicht für den Schutzstreifen«, erklärte er schroff. »Vom Volkspolizeikreisamt geht Ihnen eine Ordnungsstrafverfügung zu. Passen Sie künftig besser auf!«

Triefend erreichten die Woelks ihr grünes Auto, das ein Stück unterhalb am Ufer der Bode stand. Die Scheiben beschlugen sogleich. »Na, Vater«, fragte Michael, »wirst du's denn schaffen, auch das zu verarbeiten?«

Daheim in der Veranda, auf die der Regen trommelte, erwartete sie Siggi Wagner. »Hört zu, Freunde«, sagte er, »ich hab den Alten rumgekriegt, wir richten ›Kontakt zweitausend‹ fürs Podium ein, deshalb bin ich hier.«

Woelk, in Gedanken halb in der Kaserne, halb bei seinem Roman, war nicht so begeistert, wie der Regisseur es wohl erwartet hatte. Da Johanna einiger Einkäufe halber nach dem Umziehen noch einmal wegfuhr, fiel es Wagner leicht, Woelk beiseite zu nehmen und ihm verstohlen einen Brief zu geben. Der warf einen Blick auf den Absender und steckte ihn ungelesen ein.

»Das sind die guten Nachrichten gewesen. Die schlechte ist, irgendwas läuft da gegen dich.«

»In der Hochschule? Wegen der Westveröffentlichung?«

Wagner wiegte den Kopf. Die Hochschule sei daran unbeteiligt, doch ranke sich das Gerücht tatsächlich um die Münchner Geschichte. Man höre, die Zeitschrift habe den Titel der Story geändert, ins Skandalöse offenbar. Wie er laute, wisse keiner.

Aus dem Dorf brachte Johanna ein Schreiben der Bezirksleitung mit. Während Veras Brief in Woelks Tasche brannte, riß er den Umschlag auf und las: »Werter Kollege Woelk! Ich wende mich an Sie in der Hoffnung, daß es bald zwischen uns zu einem Gespräch kommt, in dem wir Gedanken über anstehende Probleme austauschen können, die schriftlich zu erörtern mir nicht als zweckmäßig erscheint. Ich unterbreite Ihnen einige Terminvorschläge ...« Es folgten vier Daten, dicht beieinander wie Artillerieeinschläge, wenn eine Batterie feuert. »Sollten Sie zu anderen Anlässen in der Stadt sein, wäre unsere Begegnung sicherlich auch zu einem von Ihnen genannten Zeitpunkt möglich. Mit sozialistischem Gruß – Georg Gültig.«

Es sah so aus, als müsse Woelk hinfahren. Der erste Termin war schon übermorgen. Einer so höflichen wie auch dringlichen Einladung konnte sich selbst ein Nichtmitglied der Partei kaum entziehen. Zumal das ja hieß, er würde Vera sehen können! Ein glücklicher Zufall trug ihn früher als erwartet zurück in ihre Arme.

Kaum zog Johanna sich mit Wagner zum Fachgespräch zurück, da öffnete Woelk den anderen Brief und stutzte schon bei der Anrede. »Lieber Alexander«, schrieb Vera gedämpft wie noch nie. »Ich hab lange mit mir gerungen, ehe ich Dir dies schreibe. Wir werden uns in Zukunft nicht mehr sehen. Ich muß so hart auch gegen mich selber sein, sonst schaffe ich es nie mehr. Es ist mein schwerster Entschluß, glaub mir. Noch weiß ich nicht, wie ich ohne Dich und Deine Zärtlichkeit leben soll ... Aber es bringt mich langsam in Wut, daß Du in mir nie eine Gefährtin gesehen und gesucht hast. Dir genügten die Nachmittage, alles andere hattest Du zu Hause. Sechs Jahre lang hoffte ich, Du würdest mir einmal sagen, daß Du mit mir leben möchtest – vergeblich! Ich konnte das nie verstehen, denn andere werben ja um mich. Ich möchte für mich einen Mann und für Anke endlich einen Vater haben, der immer für uns da ist. Die Hoffnung, daß sich so ein Mann noch findet, lindert die Traurigkeit, die mich jetzt erfüllt. Ein letztes Mal umarme ich Dich in Gedanken. Deine Vera.«

Das Wort Hoffnung war verwischt, als ob eine Träne darauf gefallen sei. Woelk verspürte ein Brennen im Kehlkopf. Es

war in den sechs Jahren der dritte Abschied, den sie ihm gab. Doch nie zuvor hatte sie das schriftlich getan und sich – bei all dem Gefühl, das da noch durchschimmerte – so entschieden ausgedrückt. Es war ihr bitterernst damit … Aber er kannte sie! In ein, zwei Wochen dachte sie womöglich anders. Daran klammerte er sich. Dies hielt ihn aufrecht. Trotzdem, nach den Fehlschlägen des Tages war dieser Brief zuviel. Sein Entschluß, den Dr. Gültig schleunigst aufzusuchen, zum frühesten Termin, geriet ins Wanken. Übermorgen würde mit Vera ja noch gar nicht zu reden sein. Übermorgen brach sie doch nur Streit mit ihm vom Zaun. Mindestens eine Woche noch mußte er ihr fehlen, ehe sie sich vielleicht besann.
Und so schrieb Woelk unter dem Druck der Ereignisse dem Georg Gültig undiplomatisch kühl: »Wie ich gerüchtweise erfahre, liegt Ihnen ein Exemplar des Herrenmagazins vor, das meine Kurzgeschichte ›*Kontakt 2000*‹ enthält, und zwar unter einem anderslautenden, von mir nicht genehmigten Titel. Die Titeländerung läßt befürchten, daß auch im Text selbst Veränderungen vorgenommen sein könnten. Um das festzustellen, bitte ich Sie höflichst um Zusendung des Exemplars der Zeitschrift. Ich vermute«, fuhr er angriffslustig fort, »daß es sich dabei um mein Belegstück handelt, das mich nicht erreicht hat. Sobald ich es in den Händen halte, bin ich jederzeit zu dem von Ihnen angeregten Gespräch bereit und verbleibe inzwischen mit den besten Grüßen – Ihr Alexander Woelk.«

31

Da steht einem solch ein Fest bevor, dachte Werner Herbst, Fahrt ins Blaue, ins Vergnügen, als ob Fortbewegung schon Vergnügen wär! Schmerz und Langeweile rahmen unser Dasein, man sucht Stille fern vom Streß, und vor der Stille flieht man auf ein Schiff, das schrottreif ist, ein Schlußlicht der Weißen Flotte, nur weil man es chartern kann.
Rasch füllte sich an jenem Samstag das Deck der »Auguste«. Spaßvögel hatten sie umgetauft in »Prince of Oxford«, die Schrift wehte im Abendwind, sie bezog sich auf Kelly, natür-

lich. Die ganze Fahrt war dessen Werk, sie hatte mehrmals verschoben werden müssen, der Dampfer war meist ausgebucht. Urlaubshalber fehlten viele, so daß man, um ihn zu füllen, jeden einlud, der mit *Harmo* zu tun hatte. Selbst die Brigade des VEB Heimelektronik, die das Gerät in Sonderschichten baute, ging an Bord, faschingsähnlich kostümiert, von Vera sogleich mit Wodka bewirtet. Es enterten mit Hallo Studenten, Teilnehmer des kommenden Großversuchs, die das Projekt in Atem hielt. Herbst hatte ihren Forschungseifer mit dem Wort Wilhelm von Humboldts entfacht: »Nur die Wissenschaft, die aus dem Inneren stammt und ins Innere gepflanzt werden kann, bildet auch den Charakter um; und dem Staat ist ebensowenig wie der Menschheit um Wissen und Reden, sondern um Charakter und Handeln zu tun.«
Neben Vera, die dort Bardame war, hielt Kelly sich störend am Rande des Gesichtsfelds. Herausgeputzt vertrat er Faust, den Gastgeber. Zu hellen Hosen trug Kelly ein marineblaues Clubjackett mit aufgesticktem Wappen und einen dünnen weißen Rollkragenpullover. Beim Ablegen spielte der Bordlautsprecher »Muß i denn, muß i denn zum Städtele hinaus …« Gegen den flammenden Westhimmel glitt die Silhouette der Stadt wie ein Scherenschnitt auf Steuerbord vorbei, mit ihren Hochhäusern, Kirchtürmen und Schloten. Ein jeder genoß den Anblick, das Schiff bekam Schlagseite, der Kapitän bat um Verständnis für die Erfordernisse der Stabilität.

Nun drängte alles hinab. Unten im Hauptsalon standen Sechsertische, das kalte Büfett war durch Kordeln abgesperrt. Daneben thronte ein Diskjockei, ein Tangofan und Freund alter Schlager, er liebte Schmalzig-Dümmliches wie »Hör mein Lied, Violetta« und »Ich brech die Herzen der stolzesten Frauen«. Als Herbst im Gedränge seinen Platz suchte, sang der Jockei selbst ins Mikrofon, er sei der schönste Mann in dieser Mietskaserne. Herbst sah auf die Hälfte des Tiernamens in seiner Hand, setzte sich bei Elefant und blickte nervös den Frauen entgegen, die sich ihm näherten. Frau Sänger, Gattin des Sektionsdirektors für Elektrotechnik, kam an den Tisch – hager, fast ohne Formen –, hatte jedoch ein

Stück Eule gezogen und saß wenigstens nicht neben ihm. Ihr Haar war zu einem Lockendutt aufgesteckt, sie trug ein blauschillerndes Jackenkleid und viel gediegenen Schmuck. Zu ihr gesellte sich Frau Fokker, klein, rundlich, rotwangig, eine lebhafte Person, deren Oberarme aus einem rotweinfarbenen Samtkleid quollen, das ihr zu eng geworden war. Beiden fehlten noch die Herren.
Die meisten Gäste saßen schon, als Veras Freundin Ulrike herbeischlenderte. Sie war vom Lande, ihr Gang wirkte plump, als könne sie sich nicht aufraffen, weibliche Anmut zu zeigen. Sie war hellblond und trotz der kreisrunden Nickelbrille recht hübsch, ihr Aufzug aber sonderbar: ein langes, mattgrün-verwaschenes, sparsam mit Spitzen besetztes Leinenkleid, das an Hippies oder Sektenmitglieder denken ließ. Herbst atmete auf, sie war seine Tischdame. Immerhin hatte sie keine Blume im Mund und auch Schuhe an. Unter den gegebenen Umständen mußte man wohl dafür dankbar sein. Vera war nicht zu sehen. Hatte sie ihm bei der Auslosung Ulrike zugeschanzt? Er goß ihr und den zwei anderen Wein ein. Frau Sänger rang die Hände, weil sich kein Mann für sie einfand. Auch Renate Fokker, die Frau des EDV-Mannes und Chefs des Ausschusses für Wissenschaftsforschung, war noch solo, so daß Herbst drei Damen zu unterhalten hatte. An ein paar Nachbartischen fand er die Lage ähnlich. Offenbar vermieden es manche Herren, an ihren Tischen Platz zu nehmen, nachdem sie merkten, was sie dort erwartete. Dafür standen sie nun irgendwo herum. Der Diskjockei sprach den Zögernden Mut zu, dann sang er: »Kriminaltango in der Taverne, finstre Gestalten, rote Laterne …«
Man trank sich beklommen zu. Um das Eis zu brechen, trug Herbst seiner Runde die lustigen Sprüche vor, die von den Girlanden baumelten. »Es ist manch weiser Mann den Frauen untertan«, las er. »Und bist du nicht billig, brauch ich mehr Gehalt …« Ulrike schwieg, Frau Fokker kicherte, an Frau Sängers Händen blitzten die Ringe, wo nur ihr Partner blieb? »Wie du ihr, so sie dir …« Es war qualvoll. Herbst stürzte den Wein hinter, er brach die zweite Flasche an. Ulrike sagte: »Dort sitzt übrigens Kellys Verlobte.«

Herbst sah verstohlen hin. Auf Backbord, drei Tische weiter, erkannte er nach dem Bild auf Kellys Schreibtisch die schöne Doreen, eingerahmt von zwei Herren, die ihr zu gefallen suchten. Der ältliche, korrekt gekleidete war Dr. Thor; der andere der hünenhafte Chemiker Dr. Tetzlaff – im Safarilook, einem olivgrünen Kampfanzug nach Art von Guerrilleros. Die Violinvirtuosin ragte kühl zwischen ihnen auf im Schmuck ihres schulterlangen Haars, sie trug eine Seidenbluse mit Stehbundkragen und Goldbrosche. Draußen wich der Stadtrand zurück, es dehnten sich Flußwiesen, von einer rosig glühenden Wolkenbank fiel ein Widerschein auf das Schiff, und der Jockei sang: »Wenn bei Capri die rote Sonne im Meer versinkt ...«

Höchste Zeit für seinen Beitrag! Ehe die Stimmungswoge alles überspülte, entschuldigte sich Herbst und ging nach vorn. Der Jockei bat um Ruhe, gab ihm das Mikrofon, er rief hinein: »Verehrte Anwesende, Gäste wie *Harmonisten*! Nachdem es mißglückt ist, für unser Projekt den Geheimhaltungsgrad ›kosmisch-atomar‹ zu erwirken, muß etwas davon durchgesickert sein. Und so bekamen wir Zuschriften, die ich Ihnen zur Kenntnis gebe.« Er zog Papiere hervor, es wurde still, als er begann: »Hallo, Kumpel Kelly! *Harmo* fetzt, wirklich ein urster Knüller. Hoffentlich kriegen wir das Ding nach der Messe auch in die Läden, und es geht nicht bloß in den Export. Hier ein Verbesserungsvorschlag. Weil doch *Harmo* auf UKW sendet, könnt ihr das Ding nicht für Fans im Recorder oder in der Kofferheule einbauen? Hat man doch sowieso immer dabei. Und dann müßte das so laufen wie mit Verkehrsdurchsagen: Man hört 'ne fetzige *music*, und kommt ein *Harmo*-bestückter Zahn in Reichweite, wird das Programm unterbrochen, es macht tatütata, und du weißt gleich, jetzt mußt du erst mal die Ohren zu und die Augen aufmachen, eh? Und dann müßte *Harmo* auch anzeigen, ob der Zahn auf dieselbe music steht, denn dann ist ja das meiste schon gelaufen. Persönlichkeitsbild und so finde ich echt Quatsch, so was macht das Ding bloß unnütz teuer, und die Lehrlingsrente reicht eh nicht weit. Überlegt euch das mal! Ein Fan.«

Beifall. Vom Manuskript aufblickend merkte Herbst, daß Stiller sich über Kelly beugte und auf ihn einsprach. Kelly wehrte dies ab, doch dann stand er auf und kam nach vorn; was bedeutete das? Niemand kannte die Texte außer Herbst, sie waren ihm nicht genehmigt worden, dennoch fuhr er fort: »Der nächste Brief kommt vom Bund der homoerotisch Motivierten e. V., im Namen des Bundesvorstands, er lautet: Sehr geehrte Herren! Mit Befremden haben wir von dem sogenannten *Harmo*-Projekt gehört. Wir sagen dazu kurz und bündig: *Harmo* als Instrument zu weiteren Verschärfung des Hetero-Sexualterrors – nein! Die Geschichte lehrt, daß Mann und Weib sich noch immer ganz mühelos gefunden haben; sonst wären wir alle nicht auf der Welt. Aber welche Probleme bereitet das Erkennen homoerotisch Gleichgesinnter! Deshalb kann es nur eine Schlußfolgerung geben, *Harmo* muß uns gehören. Als Homo-*Harmo* kann es uns die langersehnte Chancengleichheit geben. Widerstehen Sie der Versuchung, den technischen Fortschritt zur weiteren Knebelung einer Minderheit zu mißbrauchen! Wir fordern eine weibliche und eine männliche Frequenz, die sowohl gesendet als auch empfangen wird, in jedem Gerät. Um Mißbrauch zu vermeiden, schlagen wir vor, es unserem Bund in die Hand zu geben und nur durch ihn zu vertreiben. Mit wärmsten Grüßen – Knabentreu, Bundessekretär.«
Herbst spürte Kellys Hand auf seinem Unterarm und hörte in das Gelächter hinein leise fragen: »Kommt da noch mehr? Herr Stiller weist uns darauf hin, daß *Harmo* noch immer VD ist, es hören Unbefugte mit …«
»Unbefugte?« Herbst hatte das Gefühl, Kelly mißgönne ihm den Applaus; der gab doch sonst nichts auf Stillers Getue.
»Die Schiffsbesatzung und Partner unserer Mitarbeiter. Formal ist er im Recht. Was soll denn noch folgen?«
»Der Brief eines Pfarrers und die Zuschrift einer Raketeneinheit der Volksarmee; das laß ich noch heraus.«
»Lieber nicht, Werner. Schon Ihr Homo-Text lag an der Grenze.«
»Von welcher Grenze reden Sie?«
»Von der des guten Geschmacks und der Empfindungen

bestimmter Personengruppen. Lassen Sie uns nicht auch noch der Kirche und der Armee zu nahe treten! Bitte, wir müssen vorsichtig sein.« Kelly wandte sich ab.
»Meine Damen und Herren«, rief Herbst, »man legt mir nahe, die Verlesung zu beenden, im Hinblick auf das Postgeheimnis und den Schutz von Minderheiten. Wie wir die freilich schützen wollen, wenn wir ihnen das Wort entziehen, das müßte man uns erst erklären.« Er ging zum Tisch zurück, froh wie stets, wenn es ihm gelungen war, seine Scheu zu überwinden. Ein Glas Sekt stürzte er hinter, füllte es nach, trank noch mal aus und spürte, wie der Alkohol in ihm zu blühen begann. Zweifellos, er hatte Kelly an die Wand gespielt.
Das Büfett wurde eröffnet. Wie Raubvögel stießen alle zu, spießten nach Schinkenröllchen und Spargel, Roastbeefscheiben mit Champignons, Käsehappen mit Mandarinen und Ananas, aßen Hühnerbrüste, Kaviareier, Aal in Aspik, Schweinsmedaillons mit Lebercreme und die köstlichen Salate – schon war die Dekoration zerstört. Frau Sänger und Frau Fokker wetteiferten um die Gunst von Harry Schall, dem Bioniker und Reimeschmied. Er hatte sich zu ihnen gesetzt, nun pickten sie ihm Leckerbissen heraus. Herbst hörte Ulrike fragen: »Lesen Sie mir privat das übrige vor?«
»Wohl kaum. Ich sehe den Kellner schon doppelt.«
»Hoffentlich schickt er nicht zwei Rechnungen.«
Der Diskjockei sang: »Gitarren spielt auf …«
»Schon wieder«, seufzte sie. »Langsam komm ich mir spanisch vor.«
»Argentinisch.« Er fand, der Alkohol lege verschüttetes Wissen ihn ihm frei. »Da ist der Tango her.«
»Ihnen gefällt das wohl? Klänge aus der Jugendzeit?«
Wo war Vera? Sie steckte mit Kelly zusammen, die zwei bildeten das Festkomitee. Es befremdete Herbst, Kelly nie bei seiner Verlobten zu sehen. Die stand groß und unnahbar bei dem Dschungelkämpfer Tetzlaff, benagte spitzfingrig ein Stück Huhn und zeigte ihre rassigen Beine, ein Klasseweib, doch das beruhigte ihn nicht, Kellys Fehlen blieb sonderbar, ein schlechtes Zeichen. Er brauchte frische Luft … Ulrike

brachte ihn hinauf, er versprach ihr den nächsten Tanz. Wieder war ihm, als widme sie sich ihm auf Veras Wunsch.
Die »Auguste« stampfte durch violette Dämmerung, wirr glitten die Ufer dahin, schoben ihre Buhnen wie Finger in den Strom. Trotz der bunten Lämpchen lag das Oberdeck wie im Nebel. Als sie am Ruderhaus vorbeikamen, reichte der Kellner gerade ein Tablett mit Kognak hoch, und Stiller, der ihm gefolgt war, stellte die Schiffsführer zur Rede: »Wollen Sie etwa trinken im Dienst?«
»Immer sachte«, riet ihm Herbst. »Keinen Aufstand, Kamerad.«
»Ordnung und Sicherheit! Die sind haftbar für dreihundert Menschen an Bord.«
»Können Sie denn nicht schwimmen?« fragte Ulrike.
Herbst trennte sich von ihr, er betrat die Herrentoilette. Sie lag über der Schiffsschraube, der Fußboden zitterte wie im D-Zug. Er nahm an, der Konstrukteur habe mit dieser räumlichen Anordnung ein Vorklären der Abwässer durch wirbelndes Verquirlen bezweckt. Es gelang ihm, den Ort wieder zu verlassen, ohne auf den Stahlplanken auszugleiten. Ulrike war verschwunden, dafür trat Harry Schall an der Reling auf ihn zu. »Kelly«, hörte er den tuscheln und war sogleich hellwach. »Hab ihn gestern über den Profilen gesehen, der hat da was gesucht, es war ihm unangenehm, daß ich hinzukam. Irgendwem schnüffelt er nach.«
»Keine Angst, Harry, dein Persönlichkeitspro …, also dein Profil, das tastet keiner an. Die Testbogen sind anonym, die Auswertung auch, keiner weiß, wer …«
»Bis auf euch zwei. Ihr beide habt den Schlüssel.«
»So was tut Kelly nicht. Ich hab sein Ehrenwort, er hat meins, einer kontrolliert den anderen, das Geheimnis wird gewahrt.«
»Bist du ganz sicher, Werner?«
»Harry, du willst doch nicht stänkern, wie?«
Es kam keine Antwort, im Tosen der Schraube stand Herbst allein, die Nacht hatte Schall verschluckt, als hätte der gar nicht neben ihm gelehnt. Herbst ging zurück in den Salon, man tanzte zwischen den Tischen, der Jockei war zum Fox-

trott fortgeschritten, er sang: »Romantische Nächte erlebt man nicht allein, das ist so, das war so, und so wird es immer sein.« Von Vera oder Ulrike keine Spur. Eine Aspirantin des Apparate- und Anlagenbaus streifte ihn, sie hieß Nadine, stand im Rufe leichten Lebenswandels, auf ihrem T-Shirt spannte die Aufschrift *Try it!* Er versuchte es mit ihr, sie tanzte gelöst, ihr Blick war schmachtend, fast unterwürfig, doch er ließ von ihr ab, als er Vera sah. Auch sie bemerkte ihn, er drängte auf sie zu und gab ihr Zeichen. Aber diese Geste, eine kreisende Bewegung des Zeigefingers, wurde von Frau Fokker mißdeutet als Aufforderung zum Tanz, mädchenhaft lächelnd schmiegte sie sich an und zuckte in seinen Armen. Aus dem Lautsprecher drangen, im Stil der dreißiger Jahre, helle Männerstimmen mit der Frage: »Warum ist die Banane gelb, warum, und rot die Apfelsine? Warum schläft Max zu Hause nicht, warum, doch gerne bei Christine?«
Herbst hörte Frau Fokker glucksen. Der dumme Text, an dem doch etwas Wahres war, die Lüsternheit ringsum und sein eigenes Tun versetzten ihn in jene schülerhafte Stimmung, in der man sich beherrschen muß, obgleich dem Lehrer eine Seltsamkeit anhaftet, von diesem unbemerkt. Bei dem Versuch, das Lachen zu vermeiden, wuchs der Lachreiz so, daß seine Adern schwollen. Ein Zittern durchlief ihn, Frau Fokker nahm es für geschlechtliche Erregung, sie blickte ihm hingebungsvoll in das rot anlaufende Gesicht. Bestimmt bot er das Bild eines Mannes auf dem Gipfel seiner Leidenschaft, sie schien zu glauben, von einem Besessenen geführt zu werden, der spitz und scharf auf sie war. Er platzte heraus, doch es gelang ihm, dies in ein Husten umzufälschen, einen keuchenden Anfall, der ihn entschuldigte und seinen Rückzug deckte. Mit erhobenen Händen um Vergebung bittend ließ er Renate Fokker in dem Samtkleid, das ihr anlag wie der kneifende Kunststoff eines Taucheranzugs, stehen und rettete sich an die Bar.
Der Kognak war mild und gütig wie ein alter Freund. In der schiebenden Menge suchte Herbst nach einem Schimmer rotbraunen Haars, aber Vera war kaum mittelgroß, eher hätte man Kelly sehen müssen in seiner maritimen Eleganz. Aus

der Membrane über ihm quoll ölig ein Slowfox, in dem es hieß, Eva trage nur ein Feigenblatt, Adam begnüge sich mit Äpfeln, er werde von der Liebe satt ... Beim nächsten Glas stellte Herbst sich vor, den Rest der Nacht damit zu verbringen, seiner Liebsten durch sämtliche Gänge des Schiffs nachzujagen, die von Paaren blockiert waren, bis hinab in den Maschinenraum, wo er gerade noch zurechtkam, sie vor Kelly zu schützen. Wie er in alkoholischer Hellsicht fand, wollten alle nur eins von ihr, Sex, er aber brauchte sie wirklich, wollte sie zur Frau, war ihr für immer verfallen ... Beim dritten Glas erkannte er mit jäher Gedankenschärfe in der mangelnden Synchronisierung ihrer Erregungskurven den Grund seiner heutigen Unsicherheit, dieser nervösen Eifersucht, die ihm im Nacken saß. Der Keim des Unglücks, sie zu verlieren, sollte es jemals hereinbrechen über ihn, lag einzig in noch unerreichtem Gleichklang.

Plötzlich stand Vera neben ihm. »Ich suche dich überall«, sagte er und merkte, es traf gar nicht zu, war nur in Gedanken geschehen. Wie immer, wenn er trank, blieb sein Ausdrucksvermögen weit hinter der Denkfähigkeit zurück, ein arger Abstand schon. Sie nahm ihn bei der Hand, alles drängte ins Freie, er sah auch die blonde Ulrike und Kelly mit beschmutzten Hosen, als habe der sich tatsächlich in Winkeln herumgedrückt.

Auf dem Ostufer brannte ein Feuer, entfacht von den Studenten um Benno Unangst. Es gab einen Landungssteg für die Fähre, die nachts drüben lag. Auf diesen Steg hielt die »Auguste« zu und wurde so hart gegen die Bohlen gepreßt, daß Holz brach und das Manöver wiederholt werden mußte. »*Once more with feeling*«, rief Kelly zum Ruderhaus hinauf, jemand hielt es für passend, das zu übersetzen: Noch mal mit Gefühl. Rasselnd fiel der Anker. Jede Gruppe, dachte Herbst, hat einen Menschen, der ihr Mittelpunkt ist und aus der Horde eine Herde macht; das war jetzt Kelly. Geradezu körperlich spürte er, wie dieser Mann sein Glück bedrohte.

Man ging an Land, die Flammen prasselten, eine Waberlohe wie in der Sage, von mächtigen Ästen genährt. Würste wurden gebraten, ein großes Bierfaß angezapft, all das war ihnen

im Lastwagen vorausgeeilt, der auch die Verstärkeranlage der *Bubcats* trug. Die Band legte los, und Vera wirbelte davon. Ralf müßte hier sein, das Feuer wär was für den Jungen. Neulich hatte Ralf ihm geschrieben, er würde mit seinen Eltern im Oktober für vier Wochen heimfahren, dann könnten sie sich endlich wieder sehen! Es war sein zweiter Brief gewesen.
»Urig, was?« fragte Ulrike, als sie Herbst eine Bratwurst gab.
»Ja, es fetzt«, sagte er. »Ätzend, Mädchen.«
Sie sah ihn mißtrauisch an. »Ich weiß nicht, Doktor, ob wir die gleiche Sprache reden.«
Herbst fühlte sich wie ein alter Bulle, den die Herde verstoßen hat. Ihm war trocken im Hals, doch mehr Alkohol tat ihm nicht gut. Die *Bubcats* garnierten altes Liedgut mit ihrem Sound. Es handelte vom Brunnen vor dem Tore und vom Jäger aus Kurpfalz, vom Wald, wo's muntre Rehlein sprang und von einem Bauernweib, das den Mann bat, doch zu fahren ins Heu, juchhei ... Das Lied rühmte die Untreue der Frau, die ums Feuer Versammelten lachten schadenfroh. Dann sang Benno Unangst zu der Volksweise »Waldeslust« mit sattem Bariton: Fleischeslust ist der reinste Zeitverlust, ich kenn die Vöglein waldauf, waldab, waldein, viel kommt nicht dabei raus so außer Haus.
Er reichte Vera das Mikrofon, tief und verächtlich begann sie: »Was du mir erzählt hast von Liebe und Treu, das war Lüge ... nitschewo.« Herbst war von ihr hingerissen. Wie selbstbewußt sie dastand! Sie trug das Haar hochgesteckt, dadurch wirkte ihr Gesicht über dem schmalen jungen Hals auf widersprüchliche Art reif und erfahren. Hinter ihr der Flammenschein ... Sie sah ihn bei Ulrike stehen und sang: »Nimm dich in acht vor blonden Frauen!« Seine Liebste sang ihn an, sie war ein einziger Widerspruch, ihr rauchiger Alt ging ihm durch Mark und Bein.
Professor Albert Sänger, Sektionschef der Elektrotechnik, schob zerzaust und verfettet am Arm seiner Frau dahin. Er hatte sich mit der Idee, für die Nullserie die dicken Gehäuse billiger Quarzuhren zu verwenden, um das Projekt verdient gemacht. Auch er, nahm Herbst an, würde gleich singen, zumal er mit seinen Locken und dem gepunkteten Schlips an

den einstigen Showstar Gilbert Bécaud erinnerte, der sich *Monsieur hunderttausend Volt* genannt hatte, was den Stromkreis zur Elektrotechnik schloß. Vielleicht waren Sänger und Bécaud in Wahrheit ein und dieselbe Person. Statt aber, was heute nacht doch jeder tat, loszulegen, *Et maintenant* zu krächzen oder vor seiner Frau, die sich bei ihm anklammerte, in die Knie zu sinken und *Natalie* zu schluchzen (»Der Rote Platz war tief verschneit ...«), löste er sich von ihr mit dem Satz, er müsse den Hund von der Kette lassen; womit wohl ein Bedürfnis gemeint war.

Fern über der Stadt blitzte es auf, gefolgt von Donnergrollen. Herbst näherte sich Vera. Sie pausierte gerade, er zog sie von der Menge weg. Das Gefühl, sie entschlüpfe ihm immer wieder, bewog ihn, sie festzuhalten. Im matten Mondlicht erkletterten sie einen Damm. Er wollte sie mit keinem mehr teilen. »Vera, laß uns heiraten ...« Es roch nach Schafgarbe, hinter ihnen war ein Wetterleuchten, vorn stand der Mond krumm über dem Wald. Herbst achtete scharf auf den Weg. Ihm war bewußt, daß der Deich vor seinen Augen verschwamm, sich im Geglitzer des Flusses verlor, als sei dort das Ende der Welt. Er schämte sich, soviel getrunken zu haben. Eine Zeitlang folgten ihnen der Lärm und die Rhythmen vom Landungsplatz, dann versank dies im Murmeln des Wassers. Bilder waren in seinem Kopf, er sah sich mit dem Team ausgezeichnet zum Tag der Republik, man gab ihm eine Wohnung, er zog ein mit Vera, ihrer Anke und seinem Ralf. »Wie weit willst du denn noch?« hörte er sie fragen. »In diesen Schuhen kann ich nicht mehr.«

Herbst nahm sie wie ein Kind auf den Arm, er hatte jetzt ein Ziel. Schräg unter ihm am Rande des Buschwalds kannte er vom Paddeln her eine Scheune voller Heu. Die Kehle zog sich ihm zu bei dem Gedanken, daß sein Rivale Kelly hieß. Alles schien ihm unsicher, noch trug er Vera, aber würde es helfen, konnte dies dauern? Wie konnte er ruhig sein, ohne die letzte Prüfung bestanden zu haben? So zwischen Furcht und Hoffnung stolperte er mit ihr abwärts auf den Waldrand zu. Maulwürfe hatten im Gras gewühlt, er umging die Hügel. Das Tor knarrte, es hing schief in den Angeln und schloß nicht mehr.

In der Scheune, die nur aus Brettern bestand, war es still. Das Heu roch stark, ein bißchen nach der Bowle von vorhin, Waldmeister hieß das Kraut. Herbst bettete Vera und küßte sie sanft, gewillt, gar nichts zu überstürzen. Ihre Lippen kamen ihm entgegen, er spürte, sie schickte sich an, sein Streicheln katzenhaft zu genießen, gerade an diesem Ort, der ihrem Hang zum Abenteuer entsprach. Vielleicht ahnte sie auch, daß dies ein Akt der Notwehr von ihm war, ein Versuch, sie für immer zu gewinnen ... Dort in Berlin unterm Dach hatte sie ihm anvertraut, der Beginn des Liebesspiels werde ihr oft schwer, da sei eine Sperre in ihr, sie zucke zurück, schiebe die Berührung hinaus. Und während er behutsam wie nie zuvor ihr Verlangen schürte, bezwang er sein eigenes, rief sich die Szenen des Abends zurück: das Musikschiff im Strom, all die Tangos, Stillers Kampf um Geheimhaltung und Sicherheit, Kellys Rollkragen, blütenweiß und porentief rein, der irre Tanz mit Frau Fokker, das düstere Gespräch an der Reling, Schalls Verdacht, Kellys Hand, Kellys Schatten überall ... »Komm doch, komm«, rief Vera halb erstickt, als es draußen donnerte und ein Luftzug durch die Ritzen pfiff.
Es war soweit. Er schlug sie alle. Er fürchtete sich nicht. Mochte dort flußabwärts Kelly glänzen oder Unangst röhren, bis hierher reichte der Zauber nicht. Hier war er, Herbst, Herr und Meister, seiner Sache ganz gewiß. Vera bäumte sich auf, rief seinen Namen und sank mit einem Klagelaut zurück ... Während es blitzte und Regen fiel, suchten sie beieinander Schutz. Stadtwärts tutete der Dampfer, legte wohl vorzeitig ab, nun, das sollte ihn nicht kümmern, war er doch am Ziel. Vera schlief in seinen Armen, quälend in ihrer Jugend, ihrem Reiz. Sein Traum, das fühlte er, wurde Wirklichkeit.
Im Morgengrauen erwachten sie, Vera reckte sich, wie kam man denn nun heim? Drüben mit der Straßenbahn, sagte er. Es ging ihnen nicht gut, er hatte Kopfschmerzen vom Heu oder vom Schnaps, sie war sehr hungrig. Obschon das Sonnenlicht schräg durch die Wipfel fiel, war es ziemlich kühl. Auf dem Deich hängte er ihr seine Jacke um. Der Fährbetrieb ruhte noch. Sie hatten nasse Füße, wärmten sich an den

Resten des Feuers, der Regen hatte die gewaltige Glut zu heißer, grauweißer Asche gemacht. Bockwurstteller lagen herum, leere Flaschen und Pappbecher, man sah auch die Spuren des Lastwagens ... »Bereust du es?«
Vera zog fröstelnd die Schultern hoch. »Nein, es ist schön gewesen, Werner. Aber tu das nicht wieder.«
»Mich stört's auch, daß alle weg sind. Wir hätten ihnen unsere Verlobung mitteilen können.«
»Halt mich nicht von den anderen fern, hörst du?«
Herbst kauerte nieder und blies in die Asche, bis es darin rot aufleuchtete. Er würde Vera das Feuer neu entfachen, ihr auch Himbeeren suchen, sie aufzuheitern war ihm jede Mühe wert. Hinter ihm sagte sie: »Der Fährmann drüben rührt sich nicht.«
Er wußte, Menschen gaben selten zu, schlecht gelaunt zu sein, und kannten kaum jemals den Grund. Was meinte sie wirklich, woher die Ernüchterung? Plötzlich war ihm, als zeige ihr Verhalten an, daß es ihr einfach mißlang, sein starkes Gefühl zu erwidern. Sie war auf ihn zugegangen, er breitete ihr die Arme aus und trotzdem, trotzdem ... Irgend etwas schien zwischen ihnen noch zu stehen. Das blieb, als die Fähre sie aufnahm und tuckernd ans andere Ufer trug, wie ein Dorn in ihm zurück.

32

Drei Tage nach dem Zwischenfall an der Heinrichshöhe bekam Woelk einen Strafbescheid über hundertfünfzig Mark. Er habe eine Ordnungswidrigkeit begangen, hieß es darin, indem er den Schutzstreifen ohne Sondergenehmigung betreten habe. Bei Wanderungen im Grenzgebiet seien Hinweisschilder genau zu beachten. Dies sei von ihm fahrlässig versäumt worden. Gegen die Strafverfügung könne er, mit aufschiebender Wirkung, binnen zwei Wochen Beschwerde einlegen.
Gewillt, auf seinem Standpunkt zu beharren, schrieb Woelk dem Leiter des Kreisamtes, dieses Recht wahrnehmen zu wollen. Den Einspruch begründete er mit dem Fehlen eines Hinweisschilds *Ende des Wanderweges*, wie es der Rat des

Kreises vielfach aufgestellt habe, nur eben nicht auf der Heinrichshöhe. Solch ein Hinweis hätte ihn zur Umkehr veranlaßt. Ein Sperrschild sei von ihm nicht rechtzeitig wahrgenommen worden. Auch habe er den Beginn des Schutzstreifens nicht soweit ostwärts vermuten können. Der Punkt der Festnahme liege mehr als zwei Kilometer von der Staatsgrenze weg, während der Schutzstreifen gewöhnlich nur fünfhundert Meter tief sei.

Daraufhin geschah vier Wochen lang nichts.

In dieser Zeit zerbrach er sich den Kopf über Vera und sein Verhältnis zu ihr. Es schien zu Ende, sie antwortete auf keinen Brief. In seinen Kummer mischte sich Erleichterung, die Last des Konflikts fiel ihm von den Schultern, doch der Schmerz überwog. Anhand eines Fotoalbums, das er versteckt hielt, ließ Woelk die letzten sechs Jahre an sich vorüberziehen: ihre erste Harzfahrt, das Freibad in Friedrichsbrunn, wo er Vera reflexhaft ohrfeigte, weil sie ihm einen Grashalm in die verschnupfte Nase stieß; die billige Pension, in der sie dennoch seine Liebste wurde; das Spielzeugmuseum in Sonneberg, wo man ihr nach der Lesung eine Giraffe schenkte; die Fabrik in Coswig, deren Chef mehr auf Vera als auf seine Zündholzmaschinen geachtet hatte; Vera mit Schlittschuhen auf dem Eis; Vera im Umstandskleid; Anke als Baby, Anke im Laufstall und neben Woelks Sportwagen, den Türgriff noch überm Kopf; Mutter und Tochter auf den Stufen des Hotels bei Warna; Anke bäuchlings auf dem Bettuch, mit dem er sie vor schäumenden Wellen durch den Sand zog ... Aus. Es war vorbei. Er konnte es nicht ändern. Sie hatte sich dazu durchgerungen, da blieb ihm nur, diesen Entschluß zu achten.

Er schloß das Album weg. Aber sein Talent, sich in alles zu schicken, diesmal ließ es ihn im Stich. Der Schmerz fraß weiter, wurde zur Qual. Michael verließ die Familie, um für den Rest seines Urlaubs mit einem Freund nach Bulgarien zu trampen. Und tags darauf sagte Johanna: »Wenn es sein muß, Alexander, fahr meinethalben hin ...« Seine Traurigkeit blieb ihr nicht verborgen. Doch er schüttelte den Kopf, das war ja auch keine Lösung.

Es gab nur eines, er mußte sich dies von der Seele schreiben. Sein Roman würde also auch davon handeln. Jeder Autor, auch wenn er zu jung war für ein Erinnerungswerk, schrieb einmal ein Buch, das ein paar Kernpunkte seines Lebens enthielt. Inzwischen war er reif genug dazu, es mochte sogar Zeit für ihn sein, die Reize der Exotik gänzlich auszusparen und ästhetisches Denken anders zu vermitteln als nur *residual*, nämlich durch das Erzählen praller Geschichten voll ungeschminkter Bilder und Charaktere. Ob ihm ein »poetisches Gebilde« glückte, stand dahin, sollte seine Sorge gar nicht sein; doch ein zu »intensivem Nachvollzug anregendes Werk« war möglich.
So hatte Holzapfels Schrift den Boden gelockert. Und jetzt, da Vera ihn verließ, keimte die Saat. Erschüttert wollte er aufs Ganze gehen und sein Hauptbuch wagen. Darin würde all das sein, was er seit dreißig Jahren dachte und empfand. Wo immer es ihm wesentlich erschien, würde er verwerten, was er je von anderen gelernt, an seinen Freunden und Feinden und an sich selber beobachtet hatte. Es sollte drinstehen, was – nach seiner Überzeugung, ohne daß er dozierend das Wort ergriff – dies für ein Land war, wie Menschen hier lebten, was ihnen Liebe, Haß, Lust, Kränkung oder Selbstachtung bedeuteten; und was er, Alexander Woelk, über Geld und Moral, Trauer und Hoffnung oder auch über Macht und Einfluß wußte.
Die Schwierigkeit war groß. Ihm fehlten Abstand und Rundblick, er tat gut daran, sich auf das zu beschränken, was er wirklich kannte. Aber so schmal durfte der Ausschnitt auch nicht sein, daß er nur sein eigenes Dasein und das eines Häufleins von Schreibern enthielt. Also würde er die Hochschule mit einbeziehen und seinen Rivalen dort Herbst nennen, die Tragik der Figur andeutend (welch hochgestelztes, verbrauchtes Wort), wie überhaupt alle Namen und Äußerlichkeiten verändert werden mußten. Nicht nur, um Personen zu schützen, sondern auch, weil es ihm um kein plattes Abbild ging. Weder war er Reporter noch Fotograf, würde also, eindringend in die Dinge, sie zerlegen und neu zusammenfügen. So hatten es die Meister getan, deren Ziel niemals

simples Abschildern gewesen war. Romanciers, die nicht zur Zerstreuung des Publikums schrieben, sondern aus innerem Zwang. Und denen es dank ihrer Kunst glückte, dies so zu tun, daß es viele Menschen in Bann zog; weil sie, indem sie sich selbst und ihre Umgebung darstellten, zugleich ein Zeitbild gaben.
Das bedeutete Kampf an zwei Fronten: der inneren, wo Ehrlichkeit nötig war, Genauigkeit auch dort, wo es ans eigene Mark ging; und der äußeren, wo es dann galt, das als wahr Erkannte zu vertreten gegen fremden Einspruch, bis eines Tages das Buch auf dem Tisch lag. Woelk kannte das Unkalkulierbare des Entstehens so wie das spätere Feilschen bis zur Erschöpfung, das Kritisieren und Verletzen, bis man womöglich zusammenbrach. Und doch, die Lust am Schaffen wog das auf. Wie hätten Schreiber es sonst immer neu gewagt? Dies konnte ja gar nicht anders sein. Da man selber andere angriff – nicht persönlich zwar, doch in ihrem Gruppeninteresse –, blieb Gegenwehr kaum aus. War das Werk vollendet, sollte es im Alltag wirken; der hatte andere Regeln als die Kunst, dort galt das momentan Nützliche mehr als das wahrhaft Gute. Schreiben hieß hierzulande, Menschen zu beeinflussen, die mehr und aufmerksamer lasen als westlich der Grenze. Unfreiwillig mischte man sich in die Politik. Ob einer sich irrte oder die Wahrheit schrieb, vom Moment des Erscheinens an bekam es Gewicht, man stieg in die Arena. Sich dort zu behaupten, das verlangte Härte; da wurde aus einem, den beharrlicher Einspruch krank machte, womöglich jemand wie Arno Huber. Der keilte um sich mit Sprüchen wie: Wer die Hitze nicht abkann, soll sich aus der Küche scheren; oder: Nur Amateure nehmen übel. Aus fragilen Künstlern konnten Profis werden, so schlagkräftig, daß sie vor lauter Bereitschaft, ihre Hervorbringungen zu schützen, kaum noch etwas hervorbrachten.
Einige Vorbilder aber lehrten Woelk, es gab einen Mittelweg zwischen Abwendung und Jasagerei. Er hatte immer versucht, seinen Spielraum zu nutzen, ihn auszuweiten, und wollte dies nun erst recht. Eben das war seine Pflicht, nicht glattes Anpassen oder die Opposition der in der Tasche ge-

ballten Faust. Dennoch fiel es ihm schwer, dies zu Ende zu denken … Also, er wollte es wagen. Es wäre nicht gut, ginge es mit ihm weiter so geregelt und bequem. Gewiß, er konnte sich zwischen die Stühle setzen; doch besser am Boden als auf einem wurmstichigen Stuhl. Es mußte ja nicht gleich der Himmel einstürzen und ihn unter sich begraben. Hätte er die Kraft gehabt, sich aus Trümmern herauszuwühlen, mit sechsundvierzig?

In der Rede eines Sowjetautors las Woelk: »Der Widerspruch der wissenschaftlich-technischen Revolution besteht darin, daß sie einerseits dem Menschen mehr Freizeit bringt, ihn aber andererseits unmerklich zum Pragmatiker erzieht, ihn zu berechnend und rational macht. Moral hingegen verlangt nicht immer eine Motivierung. Die Technik ändert sich schnell, der Mensch dagegen langsam. Das Intensivieren der Produktion – zugleich aber auch des Lebens – schafft ein gewisses geistiges Vakuum. Es entsteht ein Mangel an Kunst, der Mensch spürt einen Mangel an Schönheit, an Moral. Die Leute versuchen, die unzureichende innere Harmonie irgendwie durch Kunst auszugleichen. Vermag die Kunst unserer Zeit die Forderung stets zu erfüllen? Sie bemüht sich natürlich darum. Daher rührt in unserer Prosa die Tendenz zu moralischen Problemen, zu Helden mit einem reichen Innenleben, zu Helden der Güte und des Gedankens.«

Diese Worte beschäftigten ihn. Er wollte seiner Feder freien Lauf lassen, ohne Seitenblicke auf Kollegen, Lektoren und Kritiker. Weder schrieb er für Dr. Tredup noch für Professor Holzapfel, höchstens für ein paar gute Freunde, aber eigentlich nur für sich. Ihm mußte es gefallen, dann sprach es viele Menschen an, dessen war er sicher … So bewährte sich wieder Woelks Zuversicht, er glaubte an seinen guten Stern. Über die Jahre hinweg war der Erfolg ihm langsam zugewachsen, ganz ohne fördernde Hand. Das hatte ihn gekräftigt. Es war angenehm, genug Geld zu haben, um auf lange Sicht unabhängig zu sein von den Wechselfällen eines freien Berufs. Doch er vergaß nie, es war im Grunde Glück gewesen. Die Neigung im Publikum, ihn zu lesen, entsprang zum Teil seiner Unfähigkeit, schwierige Bücher mit Genuß zu lesen, mochten sie auch gehaltvoll sein. Selbst in Werken von Weltrang stockte er bei weitschweifigen Passagen, nahm ihm ein Mangel an Klarheit den Spaß, störte ihn alles, was die Handlung kaum vorwärtstrieb oder die Helden nicht stark bewegte. Diese Ungeduld, von der Leserschaft geteilt, wurde zum Ursprung seines Erfolgs, denn er übertrug sie auf das eigene Schaffen.

Eine Scheu vor allem Langwierigen und Kraftlosen führte ihm die Feder. Schon am Abend der Niederschrift fand er in seinen Texten schwache oder wirre Stellen, weitere am nächsten Tag, andere erst nach Wochen – und strich das Unpräzise, Überflüssige, schlecht Durchdachte aus. Nahm er freilich ein altes Buch zur Hand, war er betroffen: Wieviel Entbehrliches stand trotzdem drin! Was hatte er in seiner Faktenwut nicht alles erkundet und oft nur deshalb verwendet, weil es so schwer gewesen war, dies auszugraben! Immer, wenn er eines seiner Bücher im Antiquariat sah, dachte er schuldbewußt, da habe mal wieder jemand genug von ihm gehabt ... Mit der Zeit gelangen ihm dichtere Geschichten. Noch immer aber hatte er die Kunst des Weglassens nicht ganz erlernt, noch immer blieb am Ende zuviel stehen. Und was die Berater weghaben wollten, war oft durchaus nicht dasselbe wie das, von dem er sich bei einigem Abstand trennen konnte, im Gegenteil.

Ende August, an einem verregneten Morgen, schrieb Woelk den ersten Satz: »In den Jahren, als ich naiv und fortschrittsfroh daranging, zu debütieren, regte sich auch die Wissenschaft; sie fing an, uns Schreiber zu erleuchten, indem sie den Zweck und das Ziel unserer Tätigkeit beschrieb.« Er hielt inne; floß da nicht schon ironische Distanz zur Gelehrsamkeit eines Holzapfel ein? Das Vorurteil, die Kulturwissenschaftler wüßten nichts, sie kämen nie ganz ran? Sollte der Professor ihn so gekränkt haben, daß er sich schleunigst Luft machen mußte? Ein fragwürdiges Motiv für den Eröffnungszug ... So begannen die Lust und die Wonne und das Grübeln beim Schreiben der Wahrheit, nebst den Versuchungen der Eitelkeit, der Eleganz. Schreiber unterlagen ihnen nicht seltener als Frauen. Der alte Reporterspruch fiel ihm ein: Ist dir ein

schöner Satz gelungen, streich ihn raus. Nur bei begnadeten Schreibern stimmten Schönheit und Wahrheit hinlänglich überein.
Auch der nächste Absatz hielt nicht stand. Darin nannte er Rudi Würzner einen Schwachkopf, weil der verkündet hatte, ihre Macht sei groß *im Guten wie im Bösen*. Doch Würzner war nicht dumm, auch damals nicht, er neigte nur zum Melodram, zum Dämonisieren des Feindes und zur dichterischen Überhöhung der eigenen Person. So verstrich über zwei Manuskriptseiten der ganze lange Sommertag. Am folgenden Morgen beschrieb Woelk den Vorfall auf der reifglatten Autobahn: »Um den Verdacht meiner Ehefrau zu zerstreuen, hatte ich ihr eine Bahnreise vorgetäuscht und Vera einen Leihwagen nehmen lassen.« Diesen Text mußte er vor Johanna verstecken, bis heute sah sie in ihm das Opfer eines Taxiunfalls. Was würde er künftig noch verbergen müssen in der Enge des Bungalows?
Mittags brachte Johanna aus dem Dorf einen Brief von Dr. Gültig mit. Sie war dort beim Frisör gewesen und wirkte leicht verändert, auf freundliche Weise gelöst und beschwingt. Es kümmerte sie auch gar nicht, was der Kultursekretär schrieb. Woelk war Dr. Gültigs Einladung nicht gefolgt. Nun, nach drei Wochen wohl aus dem Urlaub zurück, schlug Gültig ihm erneut Termine vor. Es sei gewiß nicht gut, voneinander nur gerüchteweise zu hören, fügte er, Woelk zitierend, hinzu und schloß mit dem Wunsch, es möge doch bald zu dem Gespräch kommen, das er angeregt habe. In aufkeimendem Ärger antwortete ihm Woelk, er bitte um das Heft. Belegstücke seien nicht nur Eigentum, sondern auch unverzichtbares Kontrollmittel eines Autors. Ihm werde dies vorenthalten, er beklage den Mangel an Vertrauen, der daraus spreche, und hoffe, man könne ihn beheben, durch Worte wie durch Taten … Mit dem Eindruck einer Klimaverschlechterung ging er wieder an sein Manuskript. Es war wenig weise, rechthaberisch und penetrant zu sein, doch weiterhin war er fest überzeugt, das Heft gehöre ihm, weshalb kam Gültig damit nicht rüber?
Johanna hatte auch eine Zeitung mitgebracht. Beim Warten

auf das Essen – die Vorbereitungen zogen sich hin – überflog Woelk die Lokalseite und fand für den Abend einen Auftritt der *Bubcats* angekündigt. Das Sextett gastierte in Friedrichsbrunn, als Sängerin wurde Vera Bald genannt. Dies traf ihn mehr als Gültigs Brief. Vera kam her, in seine Nähe! Er brauchte nur nachmittags über Rübeland hinabzufahren, keine halbe Stunde, um sie wiederzusehen ... Doch welchen Sinn sollte das haben? Es hätte nur seine Frau betrübt, die ernstlich hoffte, es sei aus.

Aber etwas kam ihm entgegen: Johanna erwartete Besuch. Woelk erriet es erst, als sie statt der Freizeitkleidung plötzlich ihre Batistbluse trug, dazu den weich fallenden Wickelrock und Absatzschuhe. Auf dem Tisch standen Kerzen, Blumen, das gute Geschirr und, mit erheblichem Aufwand bereitet, gespickter Rehrücken und Thüringer Klöße. Nur diese hatten sich mühelos formen lassen aus rohem Kloßmehl, erzeugt nach dem Verfahren des Professors Wirbel von der Sektion Apparate- und Anlagenbau. Das Dessert, Himbeeren mit Sahne, fiel dafür ganz aus dem Rahmen. Aus Diätgründen hielt Johanna sich bei Sahne zurück. Auch ihrem Gast, Siggi Wagner, bekam die nicht. Während er etwas gegen Magensäure einnahm, zog Woelk sich zurück und ließ die beiden über den Entwürfen zur Podiumsfassung von *Kontakt 2000* allein. Die Geschichte war ihm gleichgültig geworden, nur noch gut als Sprungbrett in seinen Roman.

In Elbingerode warf Woelk den Brief an die Bezirksleitung ein und fuhr weiter in dem Gefühl, sich Luft gemacht zu haben. Je näher er Friedrichsbrunn kam, desto fester wurde sein Vorsatz, nicht zu versuchen, Vera umzustimmen. Maßvoll wollte er ihr begegnen, eher väterlich, sie keinesfalls anflehen. Er würde sie nur bitten, ihm ihre Freundschaft und die des Kindes zu bewahren. Wenn er Anke ab und zu sehen durfte, dann vielleicht auch Vera. Ein Balanceakt stand ihm bevor, gestützt auf die Arbeit glaubte er zu bestehen. Die Arbeit war sein Allheilmittel gewesen, immer und überall. Auch jetzt, unterwegs, lief das Buch in ihm weiter, er hielt sogar an, um einen Satz zu notieren. »Es gilt, ohne Pose den Ablauf zu schildern, die Dramatik liegt im Stoff«, schrieb er

auf die Harzkarte im Handschuhfach. »Als Chronist will ich versuchen, den Akteuren gerecht zu werden …«
Nicht nur im Buch, auch im Leben sollte das möglich sein. Doch als er talwärts einbog in das Straßendorf Friedrichsbrunn, das zur Mitte hin abfällt und dann wieder ansteigt, zog sich ihm das Zwerchfell zusammen. An diesem Ort – das Waldbad links, wo er Vera einst geohrfeigt hatte – quollen Erinnerungen hoch, wurde Vergangenes bedrückend lebendig. Er war noch nicht reif für den Abschied, hätte daheim bleiben sollen … Aber nun, das spürte er mit jeder Faser, war es zur Umkehr zu spät.

33

Am selben Tag bekam die Hochschule aus Berlin grünes Licht, das Forschungskollektiv traf letzte Vorbereitungen zum Großversuch. Einer Weisung des Ministers und dem Gebot der Vernunft folgend, durfte keiner der Teilnehmer verheiratet sein oder – schon schwerer feststellbar – in eheähnlicher Gemeinschaft leben. Zu dem Punkt hatten Rektor und Gesellschaftlicher Rat eidesstattliche Erklärungen verlangt. Gemäß der Tradition vom Selbstversuch des Erfinders standen zwei der Geräte den führenden Köpfen zu. Es gab auch da kein Hindernis, Dr. Herbst war seit langem geschieden, Dr. Kelly hatte der Klarheit halber sein Verlöbnis mit der Violinvirtuosin gelöst.
Die verdeckte Rivalität der zwei Wissenschaftler warf ihre Schatten voraus, sie führte, trotz des Anscheins von Harmonie, zu folgenschweren Eingriffen in die Versuchsanordnung, mit denen sich später hohe Instanzen beschäftigten. Um diese Entgleisungen zu verstehen, muß man – da die Motive des Dr. Herbst schon gewürdigt worden sind – nun den Charakter Dr. Kellys gleichfalls prüfen. Es mag indiskret sein, die Seelenstruktur eines Menschen zu durchleuchten, und peinlich, wenn sie von der Norm abweicht; aber zur Bewertung des weiteren Ablaufs ist es ganz unerläßlich.
Richard Alfred Kelly hatte von klein auf ein besonderes Verhältnis zum Weiblichen entwickelt, wobei schließlich in ihm eine Spaltung zutage trat. Ein Teil seiner Wünsche nach

Hautkontakt, nach wärmender Nähe wurde von seiner Mutter erfüllt, einer Medizinerin, die leitende Ämter im Gesundheitswesen innehatte und sich auch daheim ihm gegenüber als dominante Frau erwies. Bei ihr fand er selbst heute noch, mit zweiunddreißig Jahren, Schutz vor der Welt und zärtliche Geborgenheit. Das war sehr hilfreich, zugleich aber, er fühlte und wußte es, verunsicherte es ihn auch. Trotz seines blendenden Äußeren war er bei einer heftigen Zuneigung, wie im Fall der Vera Bald, sehr gehemmt. Die Mutterbindung untergrub sein Wertgefühl, belastete die Beziehung zum anderen Geschlecht ... Dafür jedoch gab es stachelnden Ersatz. Gewöhnlich dachte Kelly darüber gar nicht nach. Er war ein weltgewandter, aufgeklärter Mann. Die Wissenschaft und einige Beobachtungen, etwa in den Vergnügungsvierteln westlicher Städte, hatten ihn gelehrt, daß er mit dieser Veranlagung, der schlummernden Bereitschaft zu bestimmten Ausschweifungen, durchaus nicht allein stand. In den Dingen, die man für sich behielt, wußte er sich mit einer starken Minderheit einig und verbunden. Er sprach nie vom eigenen Körper, sein Aufenthalt in England hatte ihn auch da geprägt; Triebregungen gar verbarg man, so hinderlich es auch sein konnte, im tiefsten Winkel der Seele.

Harmo freilich versprach auch das zu ändern. Nicht zuletzt daher rührte sein Einstieg in das Projekt, dessen Wert er gleich erfaßt, das er gefördert und hochgepeitscht hatte, über die Hürden der Bürokratie. In Gesprächen mit den Psychologen der Medizinischen Akademie, die die Testbogen entworfen und ausgewertet hatten, war ihm dann endgültig aufgegangen, welche Chance sich hier bot. Das Wichtigste über seine Triebvariante hatte er sich von einem Arzt erläutern lassen, der an die Schweigepflicht gebunden war und auch gar nicht wußte, von wem er da sprach. Die Befragung war anonym, die Testbogen mit all den Fragekomplexen, deren Rubriken man hatte ankreuzen müssen, trugen bloß Nummern. Das Resultat verließ die Akademie in Form langer Zahlenkolonnen, wie im Gesundheitswesen Befunde verschlüsselt wurden: Chiffren für den Hochschul-Computer, der darauf programmiert war, für das Gerät eines jeden Pro-

banden die individuelle Modulation zu errechnen, also eine Folge von rund dreißig unhörbaren Tönen, die das Persönlichkeitsprofil, das menschliche Angebot des *Harmo*-Trägers umriß; und ebenso sein Partnerbild, die Empfänglichkeit für das Signal der dreißig Merkmale dessen, was er sich wünschte oder was er brauchte, ohne daß es ihm bewußt war.
Es war phantastisch, alle Türen standen offen zur freien Entfaltung von Liebe und Sexualität! Das Ewig-Weibliche zieht uns hinan wie hinab, dachte Kelly mitunter, wenn er vor der Bühne eines Nachtclubs saß oder auch bloß am Guckloch einer Peep-Show stand, dort, wo es derlei preiswertes Vergnügen noch gab. Es kam vor, daß er dann beschwingt Bertolt Brecht zitierte: Der Vitalität sind die Folgen egal, die Vitalität macht sich alles bequem. Es gibt keine Hemmung; zum Beispiel Baal war als Mensch nicht angenehm.
»Dieser Proband«, hatte der Psychologe ihm über den Zahlenreihen des eigenen Blatts erklärt, »trägt eine Doppelauffassung des Weiblichen in sich. Er sieht in der Frau einerseits den jungfräulichen Engel, andererseits die Hure; zwischen den zwei Polen schwankt er hin und her. Das Unbewußte in ihm tendiert nun dahin, beide Idole zusammenzufügen. Mit anderen Worten, Engel gehören entjungfert und möglichst auch erniedrigt, erst dann wird ihm beides zu einer Person. Oder umgekehrt, Huren werden romantisch umschwärmt, zum Engel stilisiert, erhoben, auch das stellt den Zusammenhang her, auch so wird die Partnerin dem Probanden greifbar als Gegenstand höchster Lust ... Kann sein, er braucht das unbedingt, anders mag er sogar impotent sein, jaja. Alles wissen wir auch nicht, Herr Kelly, das Verfahren hat Grenzen, der Testbogen lotet natürlich die Tiefen niemals aus, dazu wär mehr nötig, lange vertrauensvolle Gespräche, umfassende Gutachten mit anschließenden Therapieversuchen, vielleicht hypnotische Heilbehandlung ...«
»Danke«, hatte Kelly erwidert, »für unseren Zweck reicht es einstweilen völlig; vielen Dank!« Und war gegangen in der Gewißheit, es funktionierte, das Resultat war selbst in einem so heiklen Punkt hinreichend genau. Denn was der Arzt da ohne es zu ahnen über ihn sagte, das traf zu, er wußte es seit

langem. Gutachten, Heilbehandlung, das fehlte gerade noch! Er würde sich den Quell solch prickelnder Lust doch nicht verstopfen, nicht wegkurieren lassen von den Jüngern einer enthemmten Medizin! Was wußte der Mann denn davon, wie schön es war, wie beflügelnd in der Liebe, ein bißchen pervers zu sein? Nur eine Spur, es sollte einen ja nicht plagen, nicht gar zu häufig überkommen. Nun, das tat es keineswegs. Kelly hatte sich ganz gut im Griff. Er war auch nicht impotent bei Frauen, die weder Huren noch Engel für ihn waren. Dennoch wehte durch sein Verlangen oft eine grausame Kälte, die ihn in der Pubertät erschreckt hatte, so daß er sich damals fragte, was für ein Mensch er eigentlich sei. Bis er aufatmete in der Erkenntnis, daß es sich nur um ein Detail bei ihm handelte, einen leicht sadistischen Zug, überlagert von gegenläufigen Regungen: solchen der Rücksicht, des Vertrauens und der Zärtlichkeit, die er für wesentlich hielt und weit über das Kreatürliche stellte.
In der Triebstruktur war er ein Dutzendtyp, ein Mensch wie viele. Auch in ihm wurzelte halt noch die männlich-archaische Lust an sexueller Aggressivität, der versteckte Wunsch, gelegentlich zu quälen oder doch psychisch zu demütigen, mehr vorgestellt als ausgeführt – Erbteil aus grauer Vorzeit des Menschengeschlechts unter dem Lack der Zivilisation. Was war schon dabei? Ein Blick auf das Angebot der Sexshops, auf die Produkte der Pornografie sagte einem doch genug über die Verquickung von Erotik und Gewalt. Es wurde wahrlich Zeit, auch solche Regungen auszuleben, wenn die Partnerin es zuließ, anstatt sich hypnotisieren zu lassen, wie der Arzt es angeregt hatte, in blindem Helferwahn und therapeutischem Aktionismus. Denn in der Liebe, wie überall, war erlaubt, was gefiel und keinem schadete ... Mit *Harmo* fand man solche Frauen, brach die neue Zeit nun an.
Fest stand ihm eins, er war in Not: verliebt in ultimativer Besessenheit. Seit einem Vierteljahr kreisten seine Wünsche um Vera Bald. Er hatte sie erst an dem Tage im Wissenschaftlichen Rat so recht entdeckt, als Herbst sich dort die erste Abfuhr holte und Vera Jungbluts Sekretärin ersetzte, wobei sie Stiller keck entgegentrat. Da fiel sie ihm auf als ebenso

wehrhaft wie biegsam, so ätherisch wie erreichbar; in ihrer zierlichen Gestalt verschmolz das Himmlische mit dem Teuflischen, der Engel mit der Hure in sinnbetörender Weise! Während Doreen, seine Verlobte, allein schön, klug und himmlisch war, zumal in ihrem Anspruch an ihn, an sein Wohlverhalten; ihm übrigens gesellschaftlich gleichgestellt (ihr Vater war Professor für alte Geschichte) und als gefeierte Künstlerin viel zu stolz, erfüllt von elitärem Dünkel, als daß er's je gewagt hätte, ihr jene Spielchen zuzumuten, ohne die ihm die letzte Erfüllung versagt blieb ... Deshalb ruhte sein Auge sehnsuchtsvoll auf Vera Bald. Die ließ sich von seinem Glanz derart blenden, daß Aussicht war, sie würde ihm peu à peu in allem nachgeben, lag sie erst mal in seinem Bett. Er wollte sie haben, um jeden Preis! Ihr ließ sich das, was ihn berauschte, ja abverlangen – sie mußte ihm unbedingt gehören.

Seinem lauernden Blick war es nicht entgangen, daß sie mit Woelk, ihrem Liebhaber, im Juli gebrochen hatte; darin schien sie seinem mit Nachdruck vorgetragenen Rat gefolgt zu sein. Aber dann mußte er mitansehen, wie sich etwas zwischen ihr und Herbst entspann, dem er sie ja weggenommen hatte. Das Sektionsfest war der letzte Beweis, die Rückfahrt auf dem Dampfer, bei der die zwei fehlten, was vielerorts bemerkt und kommentiert worden war. Bleich vor Zorn hatte Kelly neben der verstimmten Doreen den Bemerkungen über das Paar gelauscht. Dabei reifte in ihm der Entschluß, aufs Ganze zu gehen. Wenn Herbst, wie man munkelte, sich mit Heiratsabsichten trug, so konnte er, Kelly, das auch. Was sollte ihm ein Standbild wie Doreen, die es am Ende noch fertigbrachte, ihn in die Rolle des Prinzgemahls zu drängen? Er brauchte ein Kindweib, das ihn anbetete, eine Partnerin, die er auf Händen tragen wollte, die ihm im Bett aber auch eine gelehrige Schülerin und fügsame Sklavin war.

Wie stets in lebenswichtigen Dingen verfuhr Kelly taktisch klug. Die Vorwürfe Doreens wegen der Vernachlässigung auf dem Schiff wies er hart zurück und brach einen Streit vom Zaun, der bei ihrem Stolz zum Bruch führen mußte. Er teilte Vera Bald diese Tatsache mit und ließ durchblicken, es sei um ihretwillen geschehen; eine Andeutung, die sie überhörte. Entweder war er durch nervöses Erregtsein – ein Ziehen in der Herzgegend, das ihn in ihrer Nähe überkam – zu gehemmt und hatte sich nicht klar genug geäußert. Oder sie hing bereits fest an der Angel des Mannes, der ihm zuvorgekommen war und sie mit seinem Eheversprechen geködert hatte. Wenn die zwei sich nicht regelrecht verlobten, so vielleicht nur deshalb, weil weder Herbst noch Vera Bald dann nach den Bestimmungen der Hochschulleitung an dem Großversuch hätten teilnehmen dürfen. Und sie brannten doch beide darauf. Auch Vera, schnell begeistert, war für *Harmo* Feuer und Flamme.

In dieser Lage, die noch erschwert wurde durch ihr Umherziehen mit den *Bubcats*, schritt Kelly zum Äußersten. Er griff in die Kartei der Probanden ein und vertauschte Vera Balds Unterlagen (ihr Persönlichkeitsprofil und ihr Partnerbild) mit den Papieren einer Aspirantin von der Sektion Apparate- und Anlagenbau namens Nadine Unruh, mit der er im letzten Jahr ein diskretes Verhältnis gehabt hatte. Von Fräulein Unruh wußte er, daß sie seine Neigungen teilte und unverändert auf ihn fixiert war. Sie war ihm dermaßen hörig, daß sie ihm mit Selbstmord gedroht hatte. Nur mühsam hatte er sich von ihr lösen können, als ihre Unterwürfigkeit und ihr Körper anfingen, ihn zu langweilen ... Wenn Vera das Gerät der Unruh trug, durfte er sicher sein, daß sie seine elektronische Botschaft empfing, daß dies voll bei ihr einschlug, zündend wie ein Blitz, sobald er ihr nahekam.

Normalerweise, so sagte sich Kelly, hätte dieser Kunstgriff sich erübrigt. Auf den Fahrten nach Dresden und dann hier im Büro, sogar anfangs auf dem Schiff, war er sicher gewesen, sein Charisma, seine Ausstrahlung allein reiche hin, sie zu gewinnen. Aber nun war ihm jemand zuvorgekommen, und er beschloß, die Blumen zu pflücken, solange die Sonne schien. *Corriger la fortune*, man half bloß ein wenig nach. Zwar würde sein eigenes Gerät auf Vera, wenn sie Nadines *Harmo* trug, kaum stark ansprechen, da er sich aus der ja nichts mehr machte. Doch das ließ sich schon bemänteln, Hauptsache, Veras Gerät schlug stürmisch aus und überzeug-

te sie davon – ohne ein werbendes Wort, nur durch die Anzeige im Flüssigkristall –, daß in ihm der bestmögliche Partner vor ihr stand. Benahm er sich dann noch taktvoll, war das Spiel gewonnen.
So gut dies geplant war, bei der Ausführung bebte ihm dennoch die Hand. Immerhin störte er, wenn auch unter existentiellem Zwang, die Versuchsanordnung, beeinträchtigte den Ablauf eines Experiments, an dessen Gelingen seine Zukunft hing. Leicht fiel ihm das nicht, dem Fräulein Unruh würde mit dem falschen Gerät kein befriedigender Kontakt gelingen. Doch die Tatsache, daß der Ausfall eines Paares bei dreihundert möglichen Paarungen kaum ins Gewicht fiel, entlastete ihn. Ein Verlust von null Komma drei Prozent war eine Belanglosigkeit, die im Endergebnis unterging und kein Kopfzerbrechen verdiente.
Die sechshundert Dokumente lagen unter Verschluß, obwohl sämtliche Angaben darin chiffriert und von keinem an der Hochschule zu entschlüsseln waren. Da walteten höchste Diskretion und Penibilität. All das Papier hatte nicht in den Tresor des Forschungskollektivs gepaßt, wurde aber im Rollschrank seines Arbeitszimmers aufbewahrt. Es gab nur drei Sicherheitsschlüssel; einer bei ihm, der zweite bei Herbst, der dritte im Safe des Rektorats. Es galt Jungbluts Anordnung, daß er, Kelly, die Unterlagen nur gemeinsam mit Herbst und im Beisein des Direktors für Forschung (als Vertreter des Rektors) anrühren durfte. Doch natürlich gelang es ihm, diese Weisung zu umgehen. Beim ersten Mal, als er sein eigenes Profil herausfischte, hatte ihn der Bioniker Harry Schall überrascht, dem er jedoch keinerlei Rechenschaft schuldete, der als sein Doktorand sogar abhing von ihm. Beim zweiten Mal, dem Vertauschen der Papiere beider Mädchen, trat überraschend Vera ein. Sie kam in einer dringlichen Sache aus dem Vorzimmer, der Rollschrank war schon wieder geschlossen, aber die Papiere, deren Numerierung er ändern mußte, lagen vor ihm auf dem Tisch. (Nadine hatte die Nummer 598, Vera, weit vorn im Alphabet, die Nummer 006.) Unvorstellbar, daß sie Lunte roch; dazu war sie viel zu arglos und naiv. Solch ein Verdacht, nahm er an, lag ihr völlig

fern. Die Idee, er vertausche da Profile, mußte anderen als so absurd erscheinen, wie sie es im Grunde auch war.
Und nun war's geschafft, den Skrupeln zum Trotz, Kelly hatte es vollbracht! Er fieberte dem Tag des Großversuchs entgegen. Sobald Unangsts Mikroelektroniker die Geräte der Nullserie durchgecheckt hatte, war der letzte Schritt getan ... Das große Spiel, der große Preis, dachte Kelly in Wendungen, geprägt von Fernsehunterhaltern. Der Startschuß würde fallen zum erregendsten Rennen seines Lebens, einem Wettkampf, der ihm Vera in die Arme trieb.

34

Es war schwer, einen Parkplatz zu finden; Autos oder Verbotsschilder säumten den Straßenrand. Am Ende eines Seitenwegs quetschte Woelk den Wagen zwischen hohe Kiefern und ging zum Zentrum des Kurorts, wo es zwei Eckrestaurants gab. An einem davon prangte ihr Bild: Vera als Sexidol umrahmt von den *Bubcats*, welch dürftiger Name für eine Band. Die Musik würde auch mäßig, die Hauptfigur Vera sein, der rothaarige Magnet. Wie ihr entgegentreten? Was hatte er sich nur erhofft, was würde er von ihr denn sehen? Vera neben dem Bandleader, der wieder so ein Weiberheld war wie das Haupt der Primaner? Oder am Mikrofon, wo sie mit rauchiger Stimme die Wünsche Fremder weckte? Umgeben von fünf Burschen, mit denen sie wohl auch noch das Zimmer teilte, das Notquartier, weil alle tranken und keiner mehr zur Heimfahrt fähig war? In ihm stiegen störende Bilder auf. Keinesfalls wollte er bleiben, bis der Tanz begann.
Die Kapelle war noch nicht da. Woelk lief auf dem feuchten Asphalt umher, unter grauem Himmel, und kaufte am Kiosk für Anke ein närrisches Püppchen, eine Hexe, die auf dem Besen ritt. Dann ging er bis zum Haus »Brockenblick« und spähte eine Zeitlang in die Richtung, in der er Johanna mit Siggi über dem Stückentwurf vermutete ... In dem Gefühl, die Kompaßnadel seines Lebens schwanke zwischen dem Bungalow am Stausee und dem Hotelrestaurant dort unten, wo jetzt ein Auto mit abgedecktem Hänger hielt, kehrte er

um. Was hatte er falsch gemacht, daß Vera ihn auf Knall und Fall verließ? Womöglich alles. Sein Versuch, sie zur Partnerin aufzubauen, blieb in den Anfängen stecken. Sie war zu jung gewesen für seine Themen, für die Bücher, die er ihr gab, an seinem Schaffen kaum interessiert. Sie hatte sich ohne ihn aufgerafft – durch wen? Dank ihrer Freunde sicherlich, mit denen sie nicht nur flirtete, sondern auch sprach. Gescheite Freundinnen wie diese Ulrike gab es auch, wie hatte er das übersehen können? So war sie von Jahr zu Jahr gewachsen, bis das nicht mehr standhielt, was er ihr bot.

Noch ehe Woelk das Hotel erreichte, sah er Vera am Hänger stehen und winkte ihr zu. Etwas zwang ihn, die letzten Schritte zu rennen, so sonderbar das unter Kurgästen wirkte. Ihm war, als spüre er physisch ihre Anziehungskraft. Sex, dachte er, die schlimmste Falle, die je erfunden worden ist – bloß es half nichts, sich das zu sagen. Wie Vera dastand, ihm entgegensah! Was sie anhatte, nahm er gar nicht wahr, sah nur ihre Lippen, das Gesicht, die Gestalt, ihm so lieb und vertraut. Unaufhaltsam stellte sich bei ihm das alte Lächeln ein. »Du, ich mußte kommen ...« Der Ton verriet ihn, widersprach all seinen Vorsätzen.

»Ich freu mich auch!« Vor ihren Leuten küßte sie ihn, flüchtig wie einen Freund. »Ansonsten bleibt's bei dem, was ich dir geschrieben hab, klar?«

»Klar schon, nur nicht einverstanden.« Er drückte besitzergreifend ihren Arm. »Sag mir, warum auf einmal?«

»Warum nach sechs Jahren?«

»Hab ich dir was getan? Gibt es einen Grund?«

»Doch, ja. Jemand will mich heiraten.«

»Doktor Herbst? Ist er denn so großartig?«

»Für mich ist er mehr wert als du, Alexander.«

»Weil er frei ist.«

»Und ein Ziel hat, für das er alles tut.«

»Verstanden, das Ziel bist du.«

»Und die Erfindung. Er lebt und stirbt für sein Projekt.«

»Das er mir verdankt. Aber ich hab auch ein Projekt. Ich schreibe das Buch meines Lebens.«

»Das klingt ja sehr dramatisch.«

»Ein Erinnerungsbuch, schonungslos, auch mir selbst gegenüber ...« Er sah an der Stellung ihrer Lippen, sie zweifelte das an. Sie hatte ihm oft vorgehalten, er sei ein Mitläufer im Literaturbetrieb und passe sich mit seinen Büchern an, dem Publikum wie der Obrigkeit. Als Beweis genügte ihr der Umstand, daß diese Bücher überhaupt erschienen. Sie war taktvoll genug gewesen, ihm dies als Meinung ihrer Freunde kundzutun und den Vorwurf abzumildern, doch ahnte er, sie dachte selber nicht viel anders. Da fiel es ihr natürlich schwer, zu glauben, er habe das Ruder herumgedrückt und segle hart am Wind.

»Du kommst auch darin vor.« Er sah die herausfordernd nackte Haut der Schultern an den Trägern ihres Kleides. »Unter falschem Namen, mit deinem Freund und ein paar anderen. Ich hab einfach begonnen, Bilanz zu ziehen. Es wird eine Abrechnung, besonders mit mir selbst.«

Sie sagte nichts. Woelk merkte, es hörte sich an, als wollte er ihr imponieren und sie zurückholen in sein Bett. Vielleicht dachte sie auch, daß seine Abrechnung, solange sie nicht zu tätiger Reue führe, bedeutungslos blieb für sie. Da fragte sie: »Woher auf einmal der Mut?«

»Durch deinen Abschiedsbrief. Weißt du, ich hab jetzt nichts mehr zu verlieren.« Er gab ihr das Püppchen für Anke. »Darf ich denn unser Kind noch sehen?«

»Wenn sie's will? Wir überlassen es am besten ihr.«

Sie ließ ihn spüren, wie sehr er Anke vernachlässigt hatte. Frauen, dachte er, haben es heraus, einen ins Unrecht zu setzen. Auch wenn man von ihnen den Laufpaß kriegt, geben sie einem noch das Gefühl, man sei es selbst, der sie im Stich läßt.

»Vera«, rief jemand, »wir brauchen dich da drin!«

»Ich muß Schluß machen, Alexander.«

»Kannst du noch ab und zu für mich arbeiten?«

»Schau dich lieber nach wem anders um.«

»Aber wenn's mal dringlich ist ...« Was Woelk vermeiden wollte, geschah, es fehlte nicht mehr viel, und er flehte sie an. »Sollte ich in Druck sein, würdest du notfalls noch einspringen?«

»Wenn es keine Bestechung ist.«
»Ich hab nie versucht, dich zu kaufen.«
»Doch, hast du«, sagte sie; er hörte die Absage heraus: Dies war endgültig, nie würde es zwischen ihnen wieder wie früher sein … »Und ich hab's nicht mal kapiert vor lauter Freude über ein schickes Kostüm oder einen Ring.«
»Hör mal, was hat das damit zu tun?«
»Na, einiges schon. Aber kauf ruhig weiter, Alexander, wenn das so eine Gewohnheit von dir ist; spürst es ja kaum. Anke kann Wintersachen gebrauchen, zu ihrem Geburtstag hat sie dich sehr vermißt.«
»Vera!« schallte es aus dem Lokal, sie wandte sich von Woelk ab, als fürchte sie, in Tränen auszubrechen, und ging grußlos weg. In der Tür drehte sie sich um und warf ihm eine Kußhand zu. Aus! Es war zu spät, die Zärtlichkeit in Worte zu fassen, das unerklärlich erwärmende Gefühl und die Beklemmung, die ihn in ihrer Nähe überkamen. Sie war ein Mensch mit starken Emotionen, ein Stück von ihm – das sollte es nun gewesen sein? Es schien ganz unbegreiflich.
Aufgewühlt ging er zum Wagen zurück. Am Rand seines Bewußtseins flackerte der Gedanke, dies sei schlimmer als alles, was ihm bisher widerfahren war. Den Strafzettel, der am Scheibenwischer klemmte, warf er weg, ließ den Motor an und lenkte wie benommen bergauf. Dabei suchte er sich einzureden, Veras Handkuß sei die Geste eines Schlagerstars und ein Zeichen von Oberflächlichkeit gewesen. Doch er wußte, das stimmte nicht. Die Sonne stand schon tief, Woelk fuhr ihr entgegen, immer wieder blendete sie ihn überraschend in den Kurven; trotz der dunklen Brille war er dann sekundenlang fast blind. Er befand sich in einer Verfassung, in der man zur Gefahr für andere wird. Zweimal hielt er an, rieb sich die Augen und wartete an der Rappbode-Talsperre, bis die Sonne hinter dem Berg verschwand. Und so traf er erst im sinkenden Abend am Bungalow ein, gerade als Siegfried Wagner im Begriff war, aufzubrechen.
Eigens um Woelk die Hand zu reichen, stieg Wagner noch mal aus. Überschlank, umwallt von seinem Haar, das ihm über die Ohren fiel, lehnte er leicht gekrümmt neben dem

Kotflügel, der durchzurosten schien – mit seinem melancholischen Seehundsbart, dem Seidenschal, dem Kettchen am Handgelenk und den übrigen Accessoires: Beiwerk wie den Siegelring oder die brünierte Metallbrille aus den achtziger Jahren wechselte er nie, als sei dies ein Gütezeichen, eine Firmenmarke wie der Stock und das Bärtchen bei Charly Chaplin, als stempele erst das Unveränderliche solchen Zubehörs ihn zur Persönlichkeit.
»Apropos, deine Münchner Geschichte macht Wirbel bei uns«, teilte er verhalten mit, die Hand am Magen, wo die Schlagsahne noch rumorte nebst all den Leckereien, die Johanna ihm vorgesetzt haben mochte. »Doktor Gültig soll sauer auf dich sein.«
»Kein Wunder nach deinen Briefen«, warf Johanna ein.
»Ein genehmigter Abdruck mit korrekt transferiertem Honorar.«
»Es geht nicht um die Devisen«, sagte Wagner, »sondern um den Titel, unter dem die Sache drüben lief.«
»Kennst du den, Junge? Mir sagt ja keiner was.«
»Nun, es ist durchgesickert.« Wagner zögerte; hinter seinen Gläsern glänzten groß und feucht – jetzt ein wenig eulenhaft – die schönen dunklen Augen; er wirkte beinahe schuldbewußt. »Ich wollte uns vorhin das phantastische Essen nicht verderben. Johanna weiß es inzwischen.«
Woelk sah auf seine Frau, die stumm dastand wie eine Statue.
»Komm schon raus damit, Siggi.«
»Dann halt dich fest. Deine Story haben sie genannt: Die Staatsmacht regelt den Verkehr.«
Ein Lachreiz stieg Woelk in die Kehle bei all dem Getue, der Betretenheit, den Begräbnismienen. »Kein Grund zur Heiterkeit«, sagte Johanna.
»Doktor Gültig, als er das erfuhr«, fügte Wagner hinzu, »soll gerufen haben: Woelk, dieser Bandit!«
»Es ist nicht seine Art, so zu reden.«
»Ach, du bezweifelst das?«
Woelk winkte ab, dies begann ihn zu langweilen. »Was macht denn euer Stück, kommt ihr voran?«
»Mit dem Stück schon«, erwiderte Johanna. »Schwierig ist

weniger der Text als der Intendant. Er zögert, uns das Podium zu geben.«
»Er will also mal wieder kneifen.«
»Die Affäre zeigt Wirkung auch bei ihm.«
»Und bei euch?«
»Du siehst doch«, sagte Wagner, »wir bleiben dran.«
»Ich ziehe den Hut vor deiner Courage.« Woelk gab Wagner die Hand, er ging ins Haus. Draußen sprang blubbernd das Auto an. Johanna kam und setzte sich still zu ihm. Sie merkte wohl, dies alles war zuviel für ihn gewesen; kein Vorwurf kam mehr von ihr wegen des Münchner Schnörkels, den sie von Anfang an mißbilligt hatte. Wieder einmal wurde ihm klar, was er an ihr hatte: die Zuneigung einer erfahrenen Frau, die ihm geholfen hatte, ein paar dunkle Augenblicke durchzustehen; die schön und sanft war und auch nach dem Verfliegen hitziger Liebe zu ihm hielt trotz der Enttäuschungen ... Er war immer stolz darauf gewesen, im Beruf unabhängig zu sein, Herr seiner selbst. Schlug er aber ihren Rat in den Wind, rächte es sich meist. Vielleicht lag seinem Drang nach Aufrichtigkeit ein selbstzerstörerischer Eifer zugrunde, den zu dämpfen sie für wichtig hielt. Wieviel schuldete er ihr für all die Güte und ihr großes Zartgefühl!
Da kam es ihm fast wie Verrat vor an Johanna, die nebenan über der Stückfassung saß, als er am nächsten Vormittag das zweite Kapitel mit einem Bild Veras begann und schwelgerisch schrieb: »Wohin sie auch kam, es folgten ihr stets Schwingungen der Phantasie. Denn um sie war jenes Knisternde, das seelische Abläufe beschleunigt – eine Empfänglichkeit für die Verheißungen des Lebens. Immer schien sie etwas zu erhoffen und diese kindhafte Bereitschaft auf andere zu übertragen. Warm spiegelte sich in ihren Augen all das Köstliche der Welt.«
Gegen Mittag stockte ihm die Feder beim Beschreiben des Werner Herbst. Von ihm sagte Woelk, er sehe Vera leicht hündisch von der Seite an. Dabei, sich an sie heranzupirschen, »gestikulierte er, schweifte ab, teilte die Luft schlecht ein, seine Stimme belegte sich schon wieder, manchmal blieb sie ihm auch weg.« Das saß, so hatte Vera ihn auch geschil-

dert, doch hielt Woelk jede Bosheit da heraus? Was wurde aus seinem Vorsatz, Distanz zu wahren, das Banale wegzufiltern? Unbestechlich wollte er sein, ein Chronist des Geschehens ... Aber doch nicht auf Kosten der Lebendigkeit. Ach, wie schwer es war, unter den gegebenen Umständen gerecht zu sein!

Vor ihm stand in hübscher Leinenausgabe »Baltasar Gracians Hand-Orakel und Kunst der Weltklugheit«, Zettel waren eingelegt, er schlug das Buch bei *Kunst des Ausdrucks* auf und las in der Übersetzung Schopenhauers, der selbst ein Meister dieser Kunst gewesen war: »Sie besteht nicht nur in der Deutlichkeit, sondern auch in der Lebendigkeit des Vortrags. Einige haben eine glückliche Empfängnis, aber eine schwere Geburt: denn ohne Klarheit können die Kinder des Geistes, die Gedanken und Beschlüsse, nicht wohl zur Welt gebracht werden. Manche gleichen, in ihrer Fassungskraft, jenen Gefäßen, die zwar viel fassen, aber nur wenig von sich geben. Andre wieder sagen sogar mehr, als sie gedacht haben. Was für den Willen die Entschlossenheit, ist für den Verstand die Gabe des Vortrags: zwei hohe Vorzüge. Die Köpfe, welche die Gabe lichtvoller Klarheit haben, erlangen den Beifall; die verworrenen werden bisweilen verehrt, weil keiner sie versteht. Zu Zeiten ist es passend, dunkel zu sein, um nicht gemein zu werden: allein, wie sollen die Hörer den begreifen, der mit dem, was er sagt, eigentlich keinen Begriff verknüpft.«

Zwei Tage später versiegte seine Schreiblust ganz. Es war schon Anfang September, Woelk hatte den depressiven Zustand des Dr. Herbst geschildert – dank seiner eigenen Bedrückung ging ihm das auch von der Hand –, als der Faden riß. Brütend saß er da, der Ausweg ins Freie war ihm versperrt vom Regen. Es goß zwar nicht, sprühte aber dicht und fein, traf einen überall, dabei war es zu windig, als daß man den Schirm hätte nehmen können ... Aus dem Dorf brachte Johanna zwei Briefe mit, die Unterbrechung tat ihm gut. Amtliche Post, von der Partei und von der Bezirksbehörde der Volkspolizei.

Deren Chef schrieb Woelk, seine Beschwerde gegen die Ord-

nungsstrafverfügung sei ihm zur endgültigen Entscheidung zugeleitet worden. Die Überprüfung habe ergeben, daß die Familie Woelk bei einer Wanderung den Schutzstreifen des Grenzgebiets betreten habe, ohne im Besitz einer Sondergenehmigung zu sein. Dies bedeute einen Verstoß gegen den § 6 Absatz 1 Ziffer 2 und den § 7 Absatz 1 der Verordnung zum Schutz der Staatsgrenze. Durch sein Verhalten habe Woelk die ihm obliegenden Rechtspflichten mißachtet. Man erwarte von ihm, daß er künftig die Gesetzlichkeit einhalte und den festgelegten Betrag der Ordnungsstrafe, die in voller Höhe aufrechterhalten werde, umgehend überweise. Der Bescheid sei gemäß § 34 Absatz 2 des Gesetzes zur Bekämpfung von Ordnungswidrigkeiten endgültig.
Nicht minder klar schrieb Dr. Gültig. Er bestätigte den Eingang des letzten Briefs und hob hervor, er habe sich betont sachlich ausgedrückt, um das angestrebte Gespräch durch keinerlei Polemik zu belasten. Offenbar habe Woelk das nicht zu würdigen gewußt. Er möge zur Kenntnis nehmen, daß seine Behauptung ohne Grundlage sei: Man kenne kein Belegexemplar, das ihm gehöre, und könne es ihm folglich auch nicht senden. Über die Quelle der Information schulde man ihm keine Rechenschaft und ersuche ihn dringend, von der Unterstellung Abstand zu nehmen, sein Belegstück werde zurückgehalten … »Werter Kollege Woelk«, hieß es dann, »die neuerlichen Mißverständnisse bestärken hoffentlich auch Sie in der Einsicht, daß all dies sich mündlich besser klären läßt. Ich erwarte Ihre baldige Rückantwort, ob Sie mit einem der genannten Termine einverstanden sind oder Ihrerseits andere nennen. Sicher wird es notwendig sein, vor der nächsten Versammlung Ihres Verbands die anstehenden Probleme zu beseitigen, damit sie diese Tagung nicht belasten. Mit sozialistischem Gruß – Georg Gültig.«
Um seinen Ärger zu dämpfen, lief Woelk hinaus und erstieg unter bleigrauem Himmel den Hangweg. Es spürte kaum, wie der Regen ihn durchnäßte. Der Polizeichef überging seine Ausführungen, verwarf die Beschwerde, gestützt auf Paragraphen; Woelk fand, so werde das Beschwerderecht zur Farce. (Mißtrauisch gegenüber Privilegien und einer Vor-

zugsbehandlung eigentlich abhold, fühlte er sich doch schlecht und unter Wert behandelt.)
Dazu nun ersuchte der Kultursekretär ihn dringend, von der Behauptung Abstand zu nehmen, brachte den Berufsverband ins Spiel und erwartete baldige Rückantwort ... Die sollte er haben. Woelks Romanwelt war wie weggeblasen, seine Nerven vibrierten. Unter dem Zwang, sofort zu reagieren, formten sich Sätze in ihm, die Gültigs Text, wie er meinte, aus den Angeln hoben, ohne inkorrekt zu sein.
Nach zwei Stunden triefend heimgekehrt, schrieb er das provisorisch auf, nahm ein Beruhigungsmittel und dämmerte den Rest des Tages vor sich hin. Dabei überlegte er, was für Gültig sprach, wie dessen Härte überhaupt zu deuten war. Zweifellos, auch bei dem hatte sich manches aufgestaut, er fühlte sich gleichfalls brüskiert. Woelk aber reichte es ebenso, er war in seinem Stolz verletzt – dem Besten, was er hatte. Am Ende einer eher schlaflosen Nacht schrieb er, den Entwurf mildernd und präzisierend, der Brief habe ihn befremdet; was solle denn ein Gespräch erbringen, wenn er schon schriftlich so angeherrscht werde? Bei früheren Meinungsverschiedenheiten sei er nie ins Büro bestellt, sondern von den Kultursekretären privat besucht worden. Leider habe Gültig in den letzten Jahren nie mehr Zeit gefunden, ein persönliches Wort an ihn zu richten oder ihm etwas zu seinen Büchern zu sagen, die er ihm stets geschickt habe, freilich ohne Echo. Es mache ihn, Woelk, bitter, daß man ihm ein Belegstück vorenthalte, das andere schon hätten sehen dürfen. Es sei nicht identisch mit seinem abhandengekommenen Exemplar? Dann möge man es ihm doch leihweise senden ... Wenn man seinen Berufsverband hinzuziehen wolle, dann stehe er auf dessen nächster Tagung zur Verfügung. »Sollten wir uns dort, sehr gegen meinen Willen, über diesen Abdruck in einem hier ganz unbekannten Blatt verfeinden«, schloß er, »etwa weil dessen Redaktion unbefugt den Titel der Geschichte verändert hat, so werde ich damit leben müssen. Inzwischen verbleibe ich mit dem Ausdruck der Besorgnis und der Hoffnung auf Mäßigung statt Gegnerschaft – Ihr Alexander Woelk.«

Er zeigte die Reinschrift seiner Frau, gewillt, sie nur ins Bild zu setzen, auf keinen Einspruch zu hören.
»Sei nicht so schrecklich selbstgerecht«, sagte sie. »Wo ist schon der Unterschied, ob man dir die Zeitschrift schickt oder dir bloß Einblick gibt? Daß es dein Belegstück ist, kannst du nicht beweisen!«
»Ich lasse mich von ihm nicht hinzitieren.«
»Alexander, mach doch um Himmels willen daraus keine Sache des Protokolls. Denk lieber daran, wie gut ihr euch damals auf eurer Wanderung verstanden habt und daß er dich schon vorher privat zu sich einlud, um dir über die Seychellen zu berichten. Ich weiß noch, du warst verblüfft über all das Wissen und Material, das er dir zur Verfügung stellte, ohne es überhaupt nötig zu haben … Das war ein Zeichen der Wertschätzung von ihm.«
»Ach, das ist lange her. Er hat sich geändert, ist ein Apparatschik geworden, das zeigt mir sein Brief.«
»Deiner ist auch nicht viel besser, nur spitzer formuliert.« Johanna ließ das Blatt sinken, sie spürte wohl, daß es ihr nicht gelang, ihn umzustimmen. »Mach dir klar, so einen Brief hat er noch nie gekriegt.«
»Dann wird es Zeit, daß ihm jemand mal so schreibt.«
»Wenn du den abschickst, verdirbst du's mit Gültig.«
»Kann sein«, sagte er. »Endgültig.«
»Willst du das denn?«
»Ich muß es halt riskieren.«
»So, du mußt! Wer zwingt dich eigentlich dazu?«
»Du erinnerst dich vielleicht, man hat es früher Selbstachtung genannt, Johanna. Oder hast du nie davon gehört?«

35

Zehn Tage nach der Leipziger Messe fand an der Hochschule das geplante Experiment statt, jener Großversuch mit sechshundert freiwilligen Teilnehmern, der die Tauglichkeit von *Harmo* beweisen und Schritte zur Massenerzeugung des Geräts einleiten sollte. Es war ein strahlender Septembertag mit windbewegtem Laub, ziehenden Altweiberfäden und einer Sonne, die frühmorgens blank aus dem Smog stieg und auf frisch besprengte Straßen fiel. Schräg drangen ihre Strahlen in die Fenster des Altbaus, wo die zwei Schöpfer, Werner Herbst und Richard Alfred Kelly, letzte Vorbereitungen trafen.

Nach dem Mittagessen war es soweit. Sie verteilten die Geräte, von der Gruppe Unangsts auf Funktionstüchtigkeit geprüft, in alphabetischer Reihenfolge an je dreihundert weibliche und männliche Probanden, beginnend bei Norbert Arandt, der Nummer 001, endend bei Udo Zabel mit der Zahl 600. Um vier Uhr nachmittags lief der Versuch an, Punkt zehn am nächsten Morgen sollte er mit dem Einsammeln der Geräte und Testberichte der Teilnehmer beendet sein. Damit er wirklichkeitsnah und erfolgreich war, durfte er sich räumlich nicht auf das Hochschulgelände beschränken. Um aber auch ein Zersplittern über das Stadtgebiet zu vermeiden, das zu vielen Fehlanzeigen geführt hätte, war den Teilnehmern befohlen worden, in den Umzug einer Doktorfeier der Sektion Marxismus-Leninismus einzusickern. Der Brauch wollte es, daß solche Festzüge in historischer Tracht zu einem Denkmal im Zentrum führten: dem Standbild des Physikers, Humanisten und Philosophen Albert Einstein, der als radikaler linksbürgerlicher Demokrat nach dem Kriege zur Leitfigur der Hochschule geworden war. Dort, zu Einsteins Füßen, wurde dem frisch Promovierten ein spaßhafter Doktorhut nebst einer Kette verliehen, an der ein Sinnbild des Gegenstands seiner Forschungen hing. (Hofmann hatte bemerkt, daß es, handelte es sich um Herbsts B-Promotion, passend gewesen wär, dessen Talismann, das Phallussymbol, dort zu befestigen.) Danach kehrte man zur eigentlichen Feier zurück in die Räume des Studentenkabaretts im Souterrain des D-Gebäudes.

Diesen Ablauf vor Augen, heftete Kelly sich an Veras Fersen. Im Gewühl der Korridore des Altbaus verlor er sie zwar, doch draußen schimmerte vor ihm schon wieder ihr Haar, das in rotbrauner Fülle auf die schmalen Schultern fiel. Noch konnte er sich ihr nicht nähern, ohne unglaubwürdig zu sein, das Sichtblatt seines *Harmos* geriet wie das aller anderen in Aufruhr, als er einschaltete. Die Vielzahl der Testpersonen be-

schwor das Problem der Kennung in Ballungen, wie Herbst es in Anlehnung an Militärisches (Schwierigkeiten bei der Luftabwehr) genannt hatte. Doch Kelly ließ Vera nicht aus dem Blick, als hinge sein Leben davon ab.
Es war ja auch so. *What is this thing called love?*, so fragte ein Ohrwurm, ein Evergreen in ihm, und kürzlich erst hatte die nordamerikanische Professorin Dorothy Tennov dies beantwortet, in ihrem Buch »Love and Limerence«, das auf Kellys Schreibtisch lag, daheim in der Villa seiner Eltern. Das Werk beschrieb so kühl wie erschöpfend den Zustand übersteigerten Verliebtseins. *Limerence* war ein Kunstwort der Professorin für ihr Forschungsobjekt, die romantische Liebe, jenes Gefühl, das zu zwanghaftem Begehren hintrieb, zur Fixierung auf eine einzige Person. »Wenn Limerenz mit Wucht zuschlägt«, so hatte Frau Tennov in über tausend Befragungen glücklich oder unglücklich Liebender erfahren, »verdunkeln sich alle anderen Bereiche.« Zu ihrer Überraschung fand sie auch, daß die Welt der Verliebten in Limerenzler und Nicht-Limerenzler zerfiel: in jene, die heftigsten Wallungen unterlagen, und in andere, die sich seelenruhig damit begnügten, den Partner von Herzen gern zu haben.
Für Kelly stand fest, er war Limerenzler. Alle im Buch geschilderten Symptome plagten auch ihn – die Angst etwa, ob sein Gefühl erwidert werde; das unermüdliche Deuten von Worten, Gesten und Handlungen der geliebten Person; das peinliche Vermeiden direkter Fragen aus Furcht vor verfrühter Preisgabe. Glühenden Limerenzlern wie Goethe und Stendhal wurde solche Schwäche zugeschrieben; auch literarischen Helden von Shakespeares Othello bis zu Tolstois Anna Karenina. Bei Stendhal, der da aus Erfahrung sprach, brachte ein Husarenleutnant es in den ersten drei Nächten immer nur zu Küssen und Freudentränen. Selbst Ovid und ein Wüstling wie Heinrich VIII. hatten da Kummer gehabt … Nun, er nicht! Dergleichen mußte Kelly nicht befürchten. Er war die Ausnahme von der Regel. Das Spiel der Phantasie trug ihn über solche Hürden. Er mußte nur in Bildern des Herrschens, des Demütigens der Angebeteten

schwelgen, um jederzeit bereit zu sein. Das zählte zu den Vorzügen der leichten Perversion, die ihm anhaftete.
Der Festzug erreichte den Rand des Hochschulgeländes. Um sein Fiebern zu dämpfen, dachte Kelly an frühere Umzüge und Seltsamkeiten zurück, zumal an den Zwischenfall, der sich an diesem Ausgang zur Stadt im Juli ereignet hatte, bei Beginn der Sommerpause. Die letzte Vorlesung war oft ein Gaudi für seine Studenten, er beschloß sie stets mit einer Art Büttenrede. (Der Rektor sah das ungern, er glaubte den Ernst des Studiums in Frage gestellt.) Diesmal nun hatten Kellys Bioniker, kaum zwei Dutzend Mann, drei Kreuze aus schwarzem Holz zusammengefügt und zogen leicht bezecht im Triumph einher. Bis Stiller ihn anrief und von einer Protestbewegung sprach! Dieser Narr schlich tatenlos hinterdrein, aus sicherem Abstand notierend, was da in Sprechchören gerufen wurde, um dann alle Welt zu alarmieren. An dem Punkt, den man jetzt passierte, hatte Kelly den Trupp gebeten, die Kreuze niederzulegen, da dies als Kinderkreuzzug mißdeutet werden könne. Der Umzug ging dann ohne die vermeintlichen Symbole störrischen Christentums unangefochten stadtwärts weiter.
Er begriff auch, weshalb ihm diese Erinnerung kam. Dort ragte Stillers Kopf, die rotblonde Perücke des Wissenschaftlichen Sekretärs, um ein Haar hätte er sie mit Veras mehr bräunlichem Schopf verwechselt. Er schlug einen Bogen um Stiller und schritt kräftig aus, bis er vor dem Theater Vera Bald wiedersah. Es war ihr gelungen, sich umzuziehen, sie trug ein bunt bebändertes altdeutsches Kleid aus dem Fundus der Städtischen Bühnen, der sich bei Doktorfeiern der Hochschule oft zaghaft öffnete. Bestimmt wollte sie darin mit weiteren mittelalterlich kostümierten Mädchen am Denkmal Volkslieder singen oder etwas rezitieren. Sie trat nun mal gern ins Rampenlicht, wäre am liebsten Schauspielerin geworden. Nur stand ihr das Kleid nicht besonders, es war zu groß, machte sie füllig und verwischte ihre Formen. Ging alles gut, würde er ihr später diese Hülle abstreifen, sie sanft von dem verstaubten Zeug befreien.
Es glückte ihm, im Gegenstrom der Passanten den Zug seit-

lich zu überholen. Als er nun *Harmo* anknipste, pegelte sich der Richtstrahl auf dem Sichtblatt wie erwartet auf Vera ein. Darüber erschien im Flüssigkristall die Ziffer neun, während sich im Distanzfeld die Meterzahl aufbaute und im Näherkommen abnahm: 25, 20, 15 ... Der obere Wert beschrieb den Grad der Übereinstimmung, von den dreißig Persönlichkeitsdaten, die ihr Gerät sendete, langten ganze neun bei ihm an; kein Wunder, trug sie doch das Gerät der Nadine Unruh. Da erreichte ihn wohl hauptsächlich deren erotische Offerte, das masochistische Angebot. Aber seine eigene Strahlung, dessen war er sicher, würde bei ihr zünden und sie versengen! Aus der Nähe kam es ihm so vor, als sei Vera etwas gewachsen – durch die hochhackigen Schuhe, die auch den Gang veränderten, zu ihrem Nachteil, sie schritt nicht mehr wiegend aus, eher schlaksig, unfähig halt, in diesem Gewand Anmut zu zeigen. »Hallo«, log er ihr von hinten ins Ohr, »bei mir liegt neunzehn an! Und was zeigt deine Uhr?«
Im selben Moment sah er sich grausam getäuscht. Nicht Vera hatte er vor sich, unter rotbraunem Kunsthaar sah ihm aus kreisrunden Gläsern deren Freundin entgegen, Ulrike Schönfeld, Studentin der Bionik. »Oh, Sie sind das«, stammelte sie verblüfft, geschmeichelt von seinem vorschnellen Du. »Bei mir ist's noch mehr: fünfundzwanzig Punkte.«
»Zusammen also vierundvierzig von sechzig möglichen.«
»Eine Dreiviertel-Übereinstimmung, Herr Doktor?«
»Wir sind das Traumpaar des Tages.« Kellys Befangenheit war weggeblasen, da ja nicht Vera vor ihm stand. Wie aber mit Anstand hier loskommen, bei soviel Deckungsgleichheit?
»Welch ein Resultat, Ulrike! Ich darf Sie doch so nennen?«
»Aber ja ... Und wie soll's weitergehen?«
»Bleiben Sie in der Nähe, ich mach noch ein paar Probemessungen, dann komm ich wieder zu Ihnen und wir sehen, inwieweit *Harmo* bei uns recht behält.«
Fräulein Schönfeld nickte, das leuchtete ihr ein. Er sah, sie legte ihr Gerät still und hielt sich zu seiner Verfügung. Für dieses Mädchen schien der Test beendet, sie hatte gesucht und gefunden ... Ihm wurde bewußt, der gefragteste Mann der Sektion zu sein. Sehr lästig. Womöglich sammelte sich

ein ganzer Harem um ihn, ehe er Vera fand. Da knipste auch er lieber sein Gerät aus, um rein visuell ans Ziel zu kommen. Ein Sieg der Natur über die Technik; doch das sollte ihn nicht kümmern.
Endlich, kurz vor der Figur Einsteins, sah er Vera Bald. Sie war gar nicht verkleidet, trug dieselbe leichte Bluse wie vorhin im Büro. Fiebernd zwängte er sich zu ihr durch, bediente wieder den *Harmo*-Knopf. Der Leitstrahl sprang hin und her, auch schwankte die Distanzanzeige, zu viele Objekte, *Harmonistinnen* um ihn, schlau umschlich er sie. Unmittelbar hinter Vera lag bei ihm die Deckungszahl elf an; ihr Gerät würde den doppelten Wert ausweisen – so hörig, wie Nadine ihm war. Heiser vor Spannung sprach er sie an, fragte nach ihrer Punktzahl.
Vera sah auf ihr Handgelenk. »Acht ... Nicht berauschend, wie? Tut mir leid, Richard, es werden nicht mehr.«
Bestürzt starrte er auf das Sichtblatt ihrer Uhr. Der Leitstrahl wies auf ihn, die Distanz war null, die Wertziffer verharrte wirklich auf acht ... Kein Zweifel, er war es, seine Strahlung fiel bei ihr ein, und nur ein Viertel des Angebots kam an, wie ging das zu? Er fühlte sich versucht, ihr das Gerät vom Handgelenk zu zerren und aufs Pflaster zu schmettern. Etwas mußte schiefgegangen sein! So wenig Übereinstimmung zwischen ihr und ihm, da steckte doch ein Fehler im System. Unfähig, klar zu denken, hielt er sie fest. Alles schien aus, sein Plan gescheitert, fürs erste jedenfalls. Ein mikroelektronischer Defekt, den würde man finden und beheben, nur war es dann zu spät ... Oder hatte jemand ihm einen Streich gespielt?
»Bei Ihnen sind's auch bloß elf Punkte«, hörte er Vera sagen. »Mir war immer, als harmonierten wir besser.«
»Technische Störung, das wird man prüfen. Seien Sie sicher, ich kläre das auf. Denn tatsächlich, Vera, wissen wir doch beide ...« Eben noch rechtzeitig brach er ab, an der Schwelle des Geständnisses. Ulrike Schönfeld hatte ihn eingeholt.
»Der Doktor und ich, wir stimmen weitgehend überein«, teilte sie arglos ihrer Freundin mit.

»Halten Sie sich zurück«, mahnte Kelly. »Uns allen ist Diskretion auferlegt.«
»Aye, aye, Sir.«
»Da gratuliere ich aber«, sagte Vera. Kein bißchen eifersüchtig wandte sie sich ab und verschwand im Festzug, der vor dem Denkmal einen Halbkreis bildete.
Für Kelly schien alles zu Ende. Überdies hing Ulrike nun erwartungsfroh und klettenhaft an ihm. Sie erklärte, sie habe ihr Gerät noch mehrfach benutzt, stets mit schwachem Resultat. Ihrer beider Ergebnis sei unerreicht in dieser Runde. »Oder möchten Sie weitersuchen?« fragte sie in sein Schweigen. »Ich hätte Verständnis dafür.«
»Nein, nein. Mir reicht es, wissen Sie.«
»Wo wollen wir uns unterhalten?«
Er schlug das Gewerkschaftsrestaurant vor. Sie hatte nichts dagegen. Das Gewerkschaftshaus lag gleich um die Ecke; das nächste halbwegs annehmbare Lokal. Kelly kannte es aus seiner eigenen Studentenzeit. Bevor man ihn nach Oxford schickte, war dies sein Stammlokal gewesen. In der Studentenschaft hieß es Baßgeige, weil das Orchester – reifere Herren und Freunde von Operettenmelodien – Punkt halb zwölf das Spiel stets abgebrochen hatte, wobei die Baßgeige nach Art eines Zapfenstreichs den Schlußton gab. Leicht geniert durch Ulrikes altdeutschen Aufzug, führte er sie an den letzten freien Tisch des mittlerweile abgesunkenen, etwas schmierigen Restaurants und schickte einen Kellner, der vor ihnen Brotkrümel wegwedelte, nach Champagner.
»Sie gehen aber ran, Herr Doktor. Schade, daß Sie verlobt sind.«
»Das Verlöbnis ist gelöst.« Kelly hatte den Eindruck, sie wisse es längst und fordere ihn keck heraus. »Lassen Sie den Doktor sein, wir sind *Harmonisten* ... Für Sie, Ulrike, bin ich Richard.«
»Ihr Name kommt von *rich* wie reich und fruchtbar, ja?«
»Köstlich heißt es auch; bei Wein soviel wie gehaltvoll.«
Der Kellner goß ein, sie tranken einander zu.
»Okay, Richard.« Ulrike zog die Perücke vom Kopf, sie lokkerte ihr weizenblondes Haar und sah gleich viel hübscher

aus. Trotz ihrer Derbheit erschien sie ihm schüchtern, sie spielte mit dem Verschluß ihrer Handtasche und wich seinem Blick aus. Ob sie wohl Limerenzlerin war, etwa verliebt in ihn? Fast wirkte sie jetzt so ... Das Gespräch stockte; sie waren beide etwas verlegen.
Beim zweiten Glas fühlte Kelly die Betretenheit schwinden. Das Mädchen war eigentlich doch ganz reizend und gescheit. Er bat sie, die Nickelbrille abzunehmen, und fand nun ihre Augen schön. Ihr Gehorsam und die Druckstellen an ihrem Nasenrücken belebten ihn seltsam. Er hatte den Eindruck, Macht über sie zu haben. Offenbar fühlte sie sich ihm doppelt ausgeliefert, durch den Test und seine Persönlichkeit. Sogleich nahm sein Interesse eine erotische Färbung an, das gab ihm seine Überlegenheit zurück. Gutes Aussehen ist nicht alles, dachte er, doch wieviel hängt auf der Welt davon ab, wie sehr ist man geneigt, in hübschen Menschen Gutes zu vermuten! Er spürte, wie der Sekt sich kitzelnd in ihm verteilte.
»Als es noch kein *Harmo* gab«, sagte er, »knüpften wir unsere Kontakte in diesem Lokal. Wir hatten mal einen, der hat hier sein Glück gemacht ... Kurtchen hieß er, ein ganz armer Hund, beim Stipendium benachteiligt, weil sein Vater selbständig war, ihn aber kaum unterstützen konnte. Er verstand auch nicht zu wirtschaften. Kriegte er seine hundertdreißig Mark, stopfte er sich an einem dieser Tische voll und lebte dann von Kartoffeln in Öl und Quark. Zwei Hosen hatte er bloß, die mit Streifen trug er ständig, wir nannten sie die Frischlingshose, die andere war für gut, für diese Kneipe hier. Als ihm die Nähte platzten, beklebte er sie von innen mit Isolierband.«
»So was kommt heute noch vor.«
»Auch mit Mädchen hatte er Probleme, traute sich nie heran. Da haben wir ihm im Ernteeinsatz beim Dorftanz eine ausgesucht! Den Eltern war der angehende Akademiker nur recht. Es kam zur Verlobung, das Mädchen erschien jedes Wochenende vorm Wohnheim, wollte halt geheiratet sein. Da haben wir mit Kurtchen um zwei Kästen Bier gewettet, daß er sich nicht traut, die Verlobung zu lösen. Er hat die Wette gewonnen.«

Beim dritten Glas stellte Kelly sich vor, wie Ulrike wohl unter dem bunten Kleid aussehe. Sie war ihm als wohlgeformt in Erinnerung. »In dieser Kneipe besorgten wir ihm dann Ersatz«, fuhr er fort. »Eine häßliche Frau am Nebentisch allein! Wir machten sie ihm schmackhaft, nach ein paar Tänzen schmachteten die zwei sich an. Er hat sie auch genommen, sie war gut zu ihm und er brav wie ein Lamm. Heute haben sie Kinder zusammen und sind glücklich. Wie's bei Brecht heißt: Es geht auch anders, doch so geht es auch ... Jetzt ist Kurt ein As in physikalischer Theorie. Der geborene Theoretiker, Ulrike! Schon damals fuhr er auf alle möglichen Lehrgänge, die kein Mensch besuchen wollte.«
Die Flasche war leer, er zahlte, sie brachen auf. Der Himmel fügte es, daß draußen ein Taxi stand. »Zum Altbau der Technischen Hochschule«, wies Kelly den Fahrer an.
Sie fragte: »Und was tun wir da?«
»Den angebrochenen Tag beschließen. Wenn Sie wollen – mein Kühlschrank bietet uns mehr als dieses Restaurant.«
Im Fond schmiegte sie sich verhalten bei ihm an, er erwiderte den Druck ihres Körpers. Jetzt einen Scotch, es fehlte nur noch der letzte Kick. Inzwischen gefiel sie ihm schon sehr. Er würde sich an ihr schadlos halten für den verpfuschten Tag. Sie hatte festes Fleisch, kräftige Finger und glatte, weiche Handflächen – für ihr Alter eine recht aufgeschlossene, unkompliziert-hingebungsvolle Frau. Wer da Antennen besaß, der spürte deutlich ihren Hang zur Fügsamkeit, die Neigung zum Exzeß, die ihm schon *Harmo* signalisiert hatte. Unterwegs sprach er wenig, zerbrach sich den Kopf darüber, was sie von ihm erwarten mochte. Wonach lechzte das kleine, auf Unterwerfung erpichte Herz, das da an seinem Ellbogen schlug? Ihm lag stets daran, Frauen erlesen zu bedienen. Er lud große Verantwortung auf sich, indem er dies so übers Knie brach, ohne Detailkenntnis und ein Spezialstudium ihrer Psyche.
Bereit war er zu allem. Entweder man meint es ernst mit der Exzentrik, dachte er, oder man kann es gleich vergessen. Das Mosaik abartiger Wünsche glich in seiner Vielfalt dem Facettenauge eines Insekts. Gewisse Annoncen aus Blättern wie

Swingers Life fielen ihm ein, die er im Ausland zu lesen pflegte. Wenn eine Inserentin dort schrieb, sie liebe Kultur auf französisch und würde gern griechisch empfangen, so hieß das ja nicht, daß sie einem aus Sartres Werken vorlas, während man ihr Dias von der Akropolis zeigte.
Im Altbau öffnete sein Schlüsselbund ihm alle Türen. Ulrike fand nichts dabei, daß er hinter ihr abschloß. Der Kühlschrank, dessen Kauf den Dr. Thor so empört hatte, erwies sich als ein Füllhorn von Leckereien und feinen Spirituosen. Sie folgte seinen Hantierungen wie behext. Ein paar Griffe verwandelten die Couch in ein weich bezogenes Bett, doch kam das immer erst zuletzt, als krönender Lohn dessen, was man zuvor lustvoll von ihm erduldete. »Was trinkst du?« fragte er. »Cinzano, Martini, Bourbon, Scotch oder Gin-Tonic?«
»Wodka mit Tonic wär mir lieber.«
»Ist gebongt. Du weißt wenigstens, was du willst.«
»Vielleicht mit einem Stück Zitrone?«
»Auch das.« Routiniert goß er ein. »Für mein Empfinden hast du sehr besondere Wünsche ...« Das geschliffene Whiskyglas in der Hand, küßte er Ulrike beiläufig, fast grob auf den Mund – es wurde Zeit, ihr zu zeigen, wer Herr im Hause war – und sagte: »Sei ein braves Kind, zieh das furchtbare Kleid aus.«
»Wie denn, jetzt gleich?«
»Wann sonst?«
»Hast du's aber eilig ...« Sie gehorchte, während er bekleidet blieb; eben darin lag der Reiz. Es zeigte sich ihm ein ländlichfester, verlockender Leib. Welche Lenden, was für Brüste, und er Herr über soviel pralle Weiblichkeit! Wirklich ein Hammer, dachte er – vom Scotch beschwingt – in Worten, die ihm nie über die Lippen gekommen wären. Wer so aussah wie sie, der brauchte kein *Harmo*, um langgelegt zu werden. Doch mit speziellen Partnerwünschen hatte man es schwer. Er war der Richtige für sie. Ihm schien, als erwarte sie seine Dressur, erschauernd im Vorgefühl der Lust. Wollte sie vielleicht gebunden oder geknebelt sein? Nichts dafür war parat, das Aufbewahren solchen Instrumentariums hätte sich noch

schwerer rechtfertigen lassen als der Ankauf des Bettzeugs und der Couch.
Er befahl sie an die Schreibmaschine. »Testbericht Nummer 228/489«, diktierte er ihr; dies waren die Nummern ihrer Geräte. »Ich, weiblich, Jahrgang 1975, bin dabei, in besonderen Intimkontakt zu treten ...«
Ulrike lief rot an, sie ließ die Hände sinken.
»Warum geht's nicht voran?«
»Ich weiß nicht, ob ich das schreiben möchte.«
Kelly schob sie nach nebenan, gemäß dem Prinzip, nie etwas zu erzwingen. Seelische Entblößung lag ihr also nicht, womöglich hatte sie auch Angst, ein Dokument zu schaffen. Was aber dann? Bilder sieghafter Männlichkeit und Unterwerfung überschwemmten ihn. Er ließ sie einfach niederknien, auf dem blauen Teppich zur Grundhaltung der Demut erstarren. »Für deinen Ungehorsam muß ich dich strafen. Runter mit dem Zeug! Die Schuhe laß an.«
»Was denn, ich soll ... Und du, Richard?«
»Niemand sieht dich außer mir, also weg damit!« Um es ihr zu erleichtern, streifte auch er, entgegen der Regel, Hemd und Hosen ab, sah auf seine stämmigen Beine und dachte: Stramm sind sie schon; na ja, männlicher Stolz stützt sich auf die banalsten Dinge. In seinem Slip wirkte er nun hinreichend bedrohlich, zu allem entschlossen, da schmolz sie natürlich dahin. Ulrike bebte, hatte Flecken im Gesicht, hoffentlich kam es ihr nicht zu früh. »Das ist für den Streik an der Schreibmaschine«, sagte er, nahm ein langes Bürolineal und schlug es ihr klatschend quer über das Gesäß.
Der Effekt war unerhört. Anstatt lustvoll aufzustöhnen, nach mehr Züchtigung zu lechzen, sprang das Mädchen hoch wie ein wildes Tier und stieß ihn vor die Brust. Er prallte gegen das Aquarium, riß es fast um, Wasser schwappte und die Dose zerbrach, die das Fischfutter enthielt. Mit dem Satz, sie sei kein Lustobjekt, entriß sie ihm das Lineal, schlug nach ihm, traf aber nur das Telefon; etwas daran ging zu Bruch. Dann klaubte sie ihre Kleider auf, ergriff das Schlüsselbund und floh ins Vorzimmer.
Dr. Kelly folgte ihr nicht. Betäubt stand er da, zu perplex, um

zu handeln. Noch nie war ihm so etwas passiert. Unerklärlich, ein Reinfall, eine Fehldiagnose ersten Ranges. Erst als die Außentür ins Schloß fiel, wagte er sich nach nebenan. Dort lagen die Schlüssel, immerhin hatte die Irre ihn nicht auch noch eingesperrt. Dann sah er ihr *Harmo*, das hatte sie ihm hingeknallt, anstatt es morgen abzugeben ... Wollte sie einen Skandal?
Ihr Gerät in der Hand, merkte er, auf der Rückseite haftete zwar Ulrikes Nummer 489, doch der Streifen schien überklebt zu sein, und als er ihn ablöste, trat die Zahl 589 zutage: die Nummer von Nadine! Jetzt ging ihm auf, nicht Vera trug Nadines Gerät, Ulrike hatte es gehabt ... Wer immer dies vertauscht haben mochte – Unangst, Herbst oder Schall –, er, Kelly, war einer Intrige erlegen. In seinem Team saß ein Feind, der hatte ihn hereingelegt, auf die abscheulichste Art.

36

Am Monatsende erreichten die Untersuchungen zum Fehlschlag des Großversuchs für Vera Bald den Höhepunkt. Sie wurde von Jungblut im Beisein des Rektors, des Justitiars Dr. Thor sowie von Vertretern des Ministeriums und der Hochschul-Parteileitung stundenlang vernommen. Die Befragung war eindringlicher als neun Wochen zuvor bei Woelks ominöser Westpublikation, es litten ihr Schlaf und ihre Stimmung. Anfangs versuchte sie, Herbst und Kelly zu decken, zumal sie begriff, die zwei hatten um ihretwillen so gehandelt. Schließlich aber gab sie nach, außerstande, den bohrenden Fragen anders als mit der Wahrheit zu begegnen, soweit sie die kannte.
Danach hatte Dr. Kelly die Papiere der Medizinischen Akademie manipuliert, was schon deren Sichtung, ohne daß man sie kriminaltechnisch hätte behandeln müssen, augenfällig ergab. Er hatte die Unterlagen Nadine Unruhs mit denen Fräulein Balds vertauscht. Als die Papiere auf seinem Schreibtisch lagen, war das zufällig von ihr selbst entdeckt worden; sie hatte ihren Freund Dr. Herbst davon unterrichtet. Und der hatte, da er an Kellys Rollschrank nicht unbemerkt herankam, den Umtausch an den Geräten rückgängig

machen wollen, wobei ihm in der Hast ein Fehler unterlaufen war. Herbst hatte die Nummern 489 und 589 verwechselt und damit den Eklat in Kellys Arbeitszimmer bewirkt, über den man sich den Mund zerriß.

Amtlich wurde der Vorfall diskret behandelt und Ulrike Schönfeld zu Stillschweigen verpflichtet. Trotzdem sickerten – da es Ohrenzeugen des Krachs gab und die Schäden in Kellys Arbeitszimmer offenkundig waren – Einzelheiten durch, aufgebauscht zu dem Gerücht, Ulrike habe auf Geheiß des *Harmo*-Leiters nackt auf dem Schreibtisch gehockt, sei von ihm mißhandelt worden und der Vergewaltigung nur knapp entgangen, durch Flucht treppabwärts in kaum bekleidetem Zustand. Das zwang die Hochschulleitung, von Kelly abzurücken und ihn von seinem Amt zu suspendieren. Nur selten noch betrat er den Altbau, sah sich von allen gemieden. Einzig in Jena hielt man zu ihm, das Institut dort beschäftigte ihn weiter, als wäre nichts geschehen.

Schweren Anklagen war auch Werner Herbst ausgesetzt. Ihm warf man vor, heimlich gehandelt zu haben, wo er doch in offener Aussprache mit dem Rivalen auf Korrektur des unstatthaften Eingriffs hätte dringen oder diesen seinen Vorgesetzten hätte melden müssen. Auch er wurde für die Dauer der Untersuchung vom Dienst entbunden; bedrückt nahm er seinen Jahresurlaub und blieb gänzlich weg. Mit einem Schlag war das *Harmo*-Programm führungslos.

Das gab dessen Gegnern Auftrieb. Viel Neid hatte sich angestaut durch die Bevorzugung des Projekts, nun fiel man im Wissenschaftlichen Rat über jene her, die man schon voller Unbehagen im Glanz staatlicher Auszeichnungen gesehen hatte. Erschwerend kam hinzu, daß die Pannen des Septembertags nicht auf Kelly, Ulrike Schönfeld, Vera Bald und Nadine Unruh beschränkt geblieben waren. Neben zahlreichen Fehlanzeigen – über die Hälfte der Probanden blieb auf Anhieb ohne Partner – hatte noch manches andere versagt. Vergeblich sprachen Verteidiger wie Unangst und Schall von Anlaufschwierigkeiten; man erklärte ihre Plädoyers zu Ausreden und würgte sie ihnen in den Hals zurück.

Zuviel Skandalöses war passiert. So hatte es einen homo-

erotischen Kontakt gegeben, obwohl das als technisch ausgeschlossen galt; und zwar zwischen dem Bioniker Schall und dem Physiker Stiller. Um der Sache nicht zu schaden, hatte Schall das in seinem Testbericht verschwiegen, während Stiller es ausführlich darlegte – ein Pedant, dem es ganz unmöglich war, die geringste Beobachtung für sich zu behalten.
Andere Probanden meldeten eine Beeinträchtigung des Empfangs durch schlecht entstörte Motoren, die Oberleitung der Straßenbahn und kunststoffbeschichtete Gebäude; ferner Reflexionserscheinungen am Standbild Albert Einsteins sowie am städtischen Gasometer, die in puncto Richtung und Distanz des Partners genarrt hätten. Und Dora Kleindienst berichtete von ihrer Zwei-Drittel-Übereinstimmung mit einem zwölf Jahre jüngeren Studenten: einundvierzig von sechzig möglichen Punkten hätten sich gedeckt, dennoch, könne das eine dauerhafte Bindung, ein Kontakt mit Zukunft sein? Erfahrungsgemäß, schrieb sie, wohl kaum ... Der Schlußbericht des Direktors für Forschung warnte vor der Gefahr einer »elektronischen Umweltverschmutzung«: *Harmo*-Wellen könnten Automobile und Flugsicherheitsanlagen stören, Computer und Herzschrittmacher, was sehr bedenklich sei.
In dieser Wirrnis erreichte Vera Bald ein Anruf Woelks. Er bat sie, am Freitagnachmittag für ihn zu protokollieren. Es finde da vor einem Ausschuß seines Berufsverbands eine Verhandlung gegen ihn statt, die er aufzeichnen müsse, ohne selber dazu imstande zu sein. Schweren Herzens sagte sie zu und verabredete sich mit ihm am Bahnhof. Woelk wartete dort schon im Auto auf sie; gegen seine Gewohnheit lief er nicht rastlos auf und ab, sondern saß müde drinnen. »Danke, daß du Wort hältst«, sagte er zum Empfang, der ersten Begrüßung ohne Kuß. »Ich brauche dich so ...« Abgekämpft sah er aus, zusammengesunken am Lenkrad.
»Und wie komme ich rein in eure heiligen Hallen?«
»Das ist nicht schwer, wir sind als erste drin. Man wird dich dann verjagen wollen, da hörst du einfach weg. Eben weil du kein Mitglied bist, hat dir keiner was zu sagen nur ich.« Er ließ den Motor an, fuhr ohne weiteres los.

Wieder ein Zusammenstoß, das hatte ihr gerade noch gefehlt. Ihr saß ein Schmerz im Hinterkopf, sollte sie eine Tablette nehmen? War sie denn nur dazu da, Männer aufzurichten, die – wie Herbst, Kelly und nun auch Woelk – rings um sie zusammenbrachen? Aber er sah ganz grau aus, hatte solche Schatten unter den Augen, daß sich ihr Herz zusammenzog.

Die außerordentliche Sitzung des Bezirksvorstands fand im Hannes-Heinz-Haus statt, einer Gedenkstätte in der düsteren Arbeitervorstadt. Vera Bald wußte, das schmale Haus öffnete sich Schulklassen wie Einzelbesuchern nur nach Vereinbarung. Es roch nach Bohnerwachs und dem Lack der Denkmalpfleger. Unten lagen Tagungsräume; darüber, im Arme-Leute-Stil der zwanziger Jahre, die Zimmer der Familie Heinz und das Büro des Verwalters; noch höher das Hannes-Heinz-Archiv mit Bergen von Büchern, Briefen, Manuskripten und vergilbten Fotografien, Zeugnisse eines Kämpferlebens, einer Wanderschaft durch halb Europa. Ein Ausschank fehlte, Erfrischungen kamen aus einer Eckkneipe, in der schon Hannes Heinz, der proletarische Dichter, verkehrt hatte: restaurierte Mietskasernen, beides aus einer Zeit, da die Stadt noch preußische Festung gewesen war und vor den Wällen nur Fachwerkbauten stehen durften, im Ernstfall flink einzuebnen, damit man freies Schußfeld hatte.

Die ersten waren sie nicht, es saßen schon zwei jüngere Autoren da, Woelk stellte sie ihr vor als Jens Keimling und Reinhold Feix. Keimling fragte: »Sie bringen Ihre Sekretärin mit?« Er wirkte auf sie unruhig wie ein Wachhund, der nicht weiß, ob er schon zuschnappen darf. Feix trug zum rosa Oberhemd einen gelben Schlips, ein taubenblaues Jackett und mattgrüne Hosen, vielleicht aus Billardtuch, als wolle er auf das Ungebundene freien Künstlertums hinweisen.

Dann wurde es ernst, die Senioren trafen ein. Vera Bald kannte sie von Lesungen und Buchbasaren her, ein Teil von ihnen sah in ihr Woelks Püppchen, sein süß-skandalöses Verhältnis. »Nett, Sie mal zu sehen«, sagte Hans Seiboldt jovial. »Aber nun müssen Sie uns verlassen, wir fangen ja gleich an.« Ihr war, als sei sie versehentlich in eine liturgische Handlung

geraten, die so wenig Widerspruch zuließ wie eine Beerdigung.
»Nein, Hans«, erwiderte Woelk, »sie stenografiert für mich.«
»Ausgeschlossen,« sagte Würzner. »Das ist eine Vorstandssitzung, wie du zugeben wirst.«
»Eine erweiterte. Ihr habt sie um die Freunde Feix und Keimling erweitert, ich erweitere sie um Frau Bald.«
Sie musterten sich stumm. Vera Bald achtete bei Woelks Kollegen auf Leute mit bequemem Schuhwerk; nach ihrer Erfahrung neigten die zur Duldsamkeit. Außer Hans Seiboldt und Herta v. Dallwitz trug niemand ausgetretene Schuhe – armer Alexander. Sie legte den Stenoblock und ein paar gespitzte Bleistifte vor sich hin. Ihr Kopfschmerz nahm zu, erfaßte auch die Nackenpartie und den Stirnbereich, dabei merkte sie, daß man seit fünf Minuten um ihre Anwesenheit stritt. »Ich hab doch das Recht, mir Notizen zu machen?« hörte sie Woelk fragen. »Wer sich nach allen Seiten wehren muß, kommt nicht dazu; deshalb gestattet mir, das Recht auf meine Mitarbeiterin zu übertragen.«
»So was ist nicht übertragbar«, stellte Würzner fest. »Wer sagt dir überhaupt, daß hier alle gegen dich sind?«
»Eure Gesichter sagen es mir.«
Arno Huber, ein sehr kräftiger Mann, wandte sich Vera zu. »Frau Bald, was glauben Sie selbst, weshalb bringt er Sie mit?«
»Zu seiner Unterstützung.« Das Sprechen fiel ihr schwer. Sie fand, er blicke drein wie einer der Rausschmeißer, die sie von ihren Gastspielen kannte.
»Wieso glauben Sie, ihm helfen zu müssen?«
»Weil ich seinen Gesundheitszustand kenne.«
Huber ließ von ihr ab, er hatte wohl nicht mit ihrer Schlagfertigkeit gerechnet, die sie auch bei Belastung kaum verließ. Jemand vom Rat des Bezirks namens Seydlitz sprach Vermittelndes, und Seiboldt brummte nach einem letzten Versuch Würzners, Vera Bald zu entfernen: »Na gut, Alexander, nehmen wir's mal hin.« Er sagte es so, als mache er Woelk ein Geschenk, das dem in keiner Weise zustand; womit er gewiß

recht hatte nach den Satzungen des Verbands. Diese Regeln nahmen alle außer Woelk sehr genau.

Sie beide hatten es ausgesessen, die erste Runde gewonnen. Nun begann die Verhandlung. Man warf Woelk vor, den Westabdruck seiner Geschichte, deren Erstveröffentlichung dem Almanach zugedacht war, verschwiegen zu haben. Außerdem ging es um einen verunglimpfenden Titel – alle schienen den zu kennen, keiner nahm ihn in den Mund –, um Woelks Weigerung, sich zu rechtfertigen, und um seine Briefe an Dr. Gültig, die es dem unmöglich machten, selbst zu kommen.

Vera Bald schrieb mit, ohne den Sinn zu erfassen. Sie spülte zwei Schmerztabletten mit Limonade hinter. Ihr Eindruck war, Dr. Küchler, der Sektorenleiter für Kultur, setze Woelk matt, indem er die Leistungen seines Sektors und damit die des Genossen Gültig würdigte, der auch noch über die Wissenschaften und die Volksbildung des Bezirks gesetzt sei, weshalb er sich nicht um alles kümmern könne. Viel sei erreicht worden im letzten Jahrzehnt, ein gutes Klima habe sich entwickelt, ein ansteigendes kulturelles Prinzip, mit dem Gerede von einer amusischen Bezirksstadt sei es längst vorbei. Man veranstalte Tagungen hier und sonstige große Ereignisse. Zahllose Gespräche gebe es mit den Kulturschaffenden, ein produktives Verhältnis, sie alle erfülle es mit Stolz, dies in beharrlicher Arbeit erreicht zu haben. Das lasse man sich von keinem schmälern oder nehmen. Er, Küchler, besuche regelmäßig die Verbandstagungen, das sei eine echte Arbeitsbeziehung, von der jeder profitiere. Zur Kunstentwicklung habe auch ein Alexander Woelk bisher beigetragen, doch seine Münchner Veröffentlichung habe enttäuscht … Er bitte die Anwesenden, sich dazu zu äußern.

Würzner sagte, Woelk sei drüben mißbraucht worden. Er habe sich unter Wert verkauft, fügte Seiboldt hinzu. Er habe sich ausnutzen lassen, erklärte Feix, und ein Zerrbild des Staates geliefert. Man versuche, hob Keimling hervor, ihn auf die andere Seite zu ziehen; das enttäusche ihn persönlich, habe er doch bisher zu Woelk aufgeblickt. Der gehöre aber zu uns, schloß Würzner, müsse sich nur darauf besinnen, wo er stehe als Autor dieser Republik.

Woelk fragte, weshalb man ihn von den früheren Beratungen zu seinem Fall ausgeschlossen habe. Ihm wurde erklärt, es seien Parteiversammlungen gewesen, zu denen man einen Parteilosen schwerlich habe hinzuziehen können. Die spätere Einladung hingegen habe er starrsinnig mißachtet, sein Kommen an Bedingungen geknüpft. Die Zeitschrift könne nur intern eingesehen werden, der diffamierende Inhalt verbiete den Postversand. Woelk war gut präpariert und trug wie ein Anwalt eine Handakte mit eingelegtem Alphabet bei sich, das es ihm erlaubte, sogleich aus Briefen zu zitieren und Beweisstücke zu zeigen. Seine Haltung, fand Vera Bald, reizte die anderen nur noch mehr. Es war wie an der Hochschule, ein guter Mann forderte die übrigen heraus, und sie fielen über ihn her. Würde es, wie bei Herbst und Kelly, mit der totalen Niederlage enden? Sie lehnte sich auf dem Stuhl zurück, sekundenlang schloß sie die Augen. Ihr Denken verwirrte sich, das Aspirin schlug nicht an. Dann sah sie Woelk Papiere aus dem Ordner lösen, zum Beispiel die Honorarabrechnung; er reichte sie herum. Aus den Belegen ging hervor, daß die Geschichte nie anders als *Kontakt 2000* hieß. Einmal berührte er Vera Bald, als wollte er sich ihrer Gegenwart versichern. Sie fand, er spiele zu rasch seine Karten aus. Sie hörte ihn sagen, für die Titeländerung könne er nichts. Die zeige ihm nur, daß der Klassenkampf keine Erfindung von Marx und Engels sei; den führe man drüben auch so.
Huber rief: »Mit einer Story von dir!« In ihm spürte Vera Bald den gefährlichsten Mann. Er hatte eine Nase wie Jean Gabin, den man in alten Filmen sah, ein stumpfes Ding, das nach ihrer Ansicht Rücksichtslosigkeit anzeigte. Ihm, das merkte sie, würde Alexander nicht gewachsen sein, so verausgabt, wie er schon war. All seine Argumente verschwanden spurlos hinter den Gesichtern der Kollegen; man gab ihm die Papiere stumm zurück. Ihr wurden plötzlich die Augen feucht, sie zitterte um Woelk.
Als aber Huber begann, Woelk zu tadeln, da fiel Frau v. Dallwitz ihm ins Wort: »Red nicht solchen Stuß, Arno Huber. Versuch doch mal, sympathisch zu erscheinen! Du

mußt es ja nicht dauernd sein, kein Mensch kann sich die ganze Zeit verstellen; aber wenigstens ab und zu.«

»Gut, gut, Herta … Halt mal den Mund!«

»Du verbietest mir den Mund? Und reißt den eigenen auf über Woelk …« Alle sprachen durcheinander, bemüht, den Streit zu schlichten, der als Mißton empfunden wurde. Vera Bald neigte sich zu Woelk, sie fragte: »Wie können Menschen nur so miteinander umgehen?«

»Das schaffen sie ohne besondere Mühe. Bleib ruhig, es ist gleich vorbei. Das Pulver ist verschossen.«

Inzwischen hatte Huber sich gefaßt, er fragte: »Woelk, wie kam es zu dem bösen Schriftwechsel?«

»Die Verbindung zu Gültig ist abgerissen. Er kriegte immer die Bücher von mir, ich nicht mal mehr eine Empfangsbestätigung.«

»Er hat eben mehr und Wichtigeres zu tun als du. Du hältst dich ihm gegenüber für gleichberechtigt? Damit leugnest du das Primat der Politik! Die kommt noch vor der Kulturarbeit, mein Lieber.«

»Kultur liegt allem zugrunde, für den, der sie hat«, warf Frau v. Dallwitz ein. »Es wundert mich freilich nicht, daß Arno Huber gegenteiliger Meinung ist.«

Woelk sagte: »Ich sehe kaum einen Unterschied. In unserer Zeit Schriftsteller zu sein bedeutet, gleichzeitig auch Politiker zu sein. Die Wahrheit zu schreiben ist allein schon ein wichtiger politischer Akt. Es stimmt traurig, Arno, einen Mann wie dich so irren zu sehen.«

»Wenn hier wer traurig ist, so sind das wir, und zwar über dich und deine Entgleisung.«

»Bei soviel Trauer schlage ich Gedenkstille vor.«

Das leitete zur Pause über, die alle nötig hatten. Fräulein Bald legte den Bleistift hin, es hämmerte ihr in den Schläfen, sie hatte nicht mehr folgen können und nur noch so getan, als protokolliere sie. Mein Gott, eine Migräne reifte da in ihr. In großen Abständen wurde sie davon heimgesucht, zumal bei Streß. Sie biß die Zähne zusammen, riß das Fenster auf, machtlos gegen den Schmerz, der ihr pochend den Schädel zu sprengen schien. Wie gern hätte sie sich lang ausgestreckt, ein feuchtes Tuch auf den Augen, doch Alexander brauchte sie! Sie glaubte plötzlich, seine Festnahme stehe bevor; ihr wurde kalt ums Herz. Er hatte Gültig und Huber gekränkt, zwei der mächtigsten Leute, und reizte sie weiter ... Jäh wurde ihr klar, für ihn so viel zu empfinden wie für keinen anderen. Ein Schwall von Furcht und Mitleid überschwemmte sie. Hätte er jetzt ihren Arm genommen, bis ans Ende der Welt wäre sie ihm gefolgt! Aber wie es aussah, kam er ja kaum mehr als freier Mann hier heraus ... So dachte sie, und man wird finden, daß ihre Vorstellung vielleicht von der Wirklichkeit abwich.

»Wir wissen«, hörte sie Huber verhalten zu ihm sagen, »privat goutierst du den frechen Titel deiner Story in dem Sexblatt, von dem du dich da distanzierst. Woelk, mit dir fährt man noch Schlitten ...« Mehr verstand sie nicht, Schweiß brach ihr aus, sie rang nach Luft, der Raum verschwamm. Bis zum nächsten Stuhl waren es nur drei Schritte, doch die schaffte sie nicht mehr. Die Knie knickten ihr ein – sie nahm überhaupt nichts mehr wahr.

Als sie zu sich kam, lag sie auf der Ledercouch oben im Büro des Verwalters; Herta v. Dallwitz war bei ihr. »Wachen Sie auf, Kindchen«, hörte Fräulein Bald sie unendlich leise sagen. Die alte Frau schien ganz weit weg zu sein, am anderen Ende des Raums, ihr Geflüster verwirrte sie. »Kein Grund zur Angst, alles wird gut. Ihrem Freund hat man kein Haar gekrümmt.«

»Er ist nicht verhaftet?« Unter dem lähmenden Kopfschmerz war ihr, als spräche sie wie aus einer Glocke, deren Klöppel ihre Zunge war, störrisch und pelzig.

»So schnell schießen die Preußen nicht.«

»Dann hat Woelk zurückgesteckt? Oder Huber eingelenkt?«

»Ich glaube nicht. Nein, Doktor Küchler brachte einen Vorschlag zur Versöhnung an. Das ist in der Pause ausgehandelt worden. Dazu sind Pausen ja da.«

Allmählich dämmerte es Vera Bald, wie Woelks Untergang abgewendet worden war und worin der Kompromiß bestand. Alexander hatte sich bereit erklärt, Georg Gültig in dessen Büro aufzusuchen, ohne daß man ihm zuvor die Zeitschrift

überließ. Er würde sie aber dort einsehen dürfen und Gelegenheit zu einem klärenden Gespräch, vielleicht sogar zur Aussöhnung haben. Es schien unfaßbar, der Sturm war über ihn hinweggesaust, ohne ihn zu entwurzeln. Er war noch einmal davongekommen.
»Gut, daß Sie weg waren von der Bühne, Kindchen. Er mußte nicht mehr Ihr Held und Ritter sein, agierte weniger *for show.*«
»Er ist nicht mehr mein Ritter.«
»Was denn, er hat Sie sitzenlassen?«
»Ich hab mich von ihm getrennt. Er hängt an seiner Frau.«
»Ja, da kann man nichts machen. Sie haben recht daran getan, in diesem Fall den Schlußstrich zu ziehen … Im Grunde sind die Kerle uns nicht wert, keiner von ihnen, wenn Sie meine Ansicht hören wollen.«
Vera Bald fühlte sich noch immer sterbensmatt. Tröstlich sprach die Frau auf sie ein, so gütig und lebensklug, wie ihre Großmutter gewesen war. Dann verklang die Stimme, Herta v. Dallwitz zog sich zurück, weil nun Woelk den Raum betrat.

37

Wie früher, wenn Woelk sie untertauchen ließ, klappte er den Sitz flach und bettete Vera Bald zwischen die Kopfstütze und den Fußraum seines Wagens. Sie habe gedacht, sagte sie unterwegs, man behielte ihn gleich da. Ihr fehle das Vertrauen zur Staatsmacht, sagte er, sie sei zu lange bei der kirchlichen Jugend gewesen. Aus seinen Worten sprach ein Schuß gutartiger, zynischer Belustigung. Er wollte sie aufheitern, doch der Ring um ihre Stirn wurde fester, jede Erschütterung traf sie hart, zu dem Kopfschmerz kam im Benzindunst noch Übelkeit.
»Am Schluß der Sitzung waren alle froh, es hinter sich zu haben. Seiboldt meinte, vergiß es, Junge, wir mußten dir halt eine Abreibung verpassen.« Er war schon wieder der alte, ihr leichtfertiger Alexander, der sich nichts zu Herzen nahm. »Du hast mir sehr geholfen«, fügte er hinzu.
»Hör auf. Schließlich sind wir mal ein Paar gewesen.«
»Und ein besseres als in jeder Ehe, die ich kenne.«

»Außer deiner eigenen.« Sie fror trotz der Wärme, der Würgereiz nahm zu, an der Uferstraße bat sie ihn anzuhalten. Er stand im Parkverbot, während sie sich im Gebüsch der Anlagen übergab. Zwar ließ der Druck im Magen nach, doch beim Einsteigen drehte es sich ihr wieder vor den Augen.
»Noch nicht gut?« fragte er, sie hörte die Ungeduld des Gesunden heraus. Vor ihrem Haus hob er sie vom Sitz und trug sie treppauf. So hatte Werner Herbst sie zuletzt getragen, zu dem Liebesnest im Heu. Oben legte er sie auf die Couch, holte ihr ein Glas Wasser und den Plasteimer, verschwommen sah sie ihn hantieren, ganz am Ende ihrer Kraft. Ob er ihr einen Arzt besorgen solle? Matt winkte sie ab.
Anke trat ein, sie fiel Alexander um den Hals, ohne den Zustand der Mutter zu bemerken; sie war noch daran gewöhnt, daß die sich hinlegte, wenn Woelk kam. Anke hatte ihn weiterhin sehen wollen, dies geschah sonntags im Stadtpark. Dorthin brachte die Großmutter das Kind, um es ihm mit stummem Vorwurf nach zwei Stunden wieder zu entziehen. Vater und Tochter verstanden sich jetzt besser: Anke war die letzte Brücke zwischen ihnen.
»Versuch zu schlafen«, hörte sie ihn sagen und spürte seine Lippen. »Kann ich noch was für dich tun? Morgen sehe ich nach dir, wenn du's erlaubst, Vera.«
»Nein, nicht nötig. Bitte nimm Anke mit hinaus.«
Die Wohnungstür fiel zu, sie war allein. Ihre Mutter besuchte freitags eine Freundin aus besseren Tagen, Anke saß vorm Fernseher, wie aus kleinen Geräuschen hervorging. Vera Bald wußte, sie hätte etwas Zwieback essen sollen, war aber zu schwach, sich auch nur Tee zu brühen. Ihr fiel ein, Woelk hatte gar nicht nach dem Protokoll gefragt, vielleicht lag es noch am Tagungsort herum. Es spielte keine Rolle mehr. Sie hörte das dumpfe Summen der Stadt, ein Dampfer tutete auf dem Fluß. Sie dachte an die Nervenklinik, wohin man sie bei einer früheren Migräne geschickt hatte. Zu ihrem Schrecken war sie dort einer jungen Frau begegnet, der man den Kopf halb kahlgeschoren hatte. Sie fürchtete, das könne auch ihr geschehen, ohne zu wissen, daß sie dies hätte verweigern dürfen. Erst Alexander hatte sie ins Bild gesetzt – sie müsse

allem zustimmen; was man unerlaubt an ihr vornahm, sei Körperverletzung! Stolz wahrte er sein Recht und kam oft genug damit auch durch.
Später war ihr, als klingele es unten an der Haustür. Im Erkerzimmer klappte das Fenster, jemand ließ den Schlüssel herab, Anke oder die Mutter? Abenddunst hing vorm Fenster, Laternenschein, an den Scheiben perlte Regen herab, zog feine Bahnen durch den Staub. Schritte auf dem Flur, ein Klopfen – Werner Herbst stand vor ihr, feucht im Gesicht, sah sie bekümmert an. »Vera, was ist passiert? Krank siehst du aus. Mußte das sein? Er schleppt dich da mit hin! Hat dieser Mann denn kein Gewissen, hast du ihm nicht genug geopfert, will er niemals Ruhe geben?« Herbst zog sich einen Stuhl heran. »Du bist jetzt alles, was ich habe. Nimm dir frei, niemand braucht dich, dein Chef ist ja auch außer Haus, mach Urlaub mit mir! Wir fahren runter nach Thüringen oder rauf an die See, wie du willst, in der Nachsaison gibt's ja Quartier.«
Der Wortschwall ging über sie weg. Ihr Magen krampfte sich wieder zusammen, sie wehrte Werners Hand ab, wollte kein Streicheln, nicht den kleinsten Trost. Sie fand, er rede zuviel. Der Schmerz kam und ging wie die Wehen bei Ankes Geburt. Ihr Körper schien ganz damit beschäftigt zu sein, diesen Tag zu überstehen.
»Sag nichts, falls es dich anstrengt zu sprechen.«
»Ich kann sprechen …« Sie wollte vermeiden, ihm wehzutun, doch es mißlang ihr, das Gereiztsein zu verbergen. Wieder berührte er sanft ihren Arm, ohne daß sie etwas empfand. Weshalb sprach er immer nur von sich? Sie wollte von ihm nichts mehr gegen Woelk oder Kelly hören. Immer hatte sie sich gewünscht, man möge um sie kämpfen. Und nun, da es geschah, stürzten die Männer und rissen sie mit hinab. Auch Werner war krank, das spürte sie, man hatte ihm die Aufgabe ja genommen, an der sein Herz hing! Krankheit hieß immer auch Selbstsucht, so daß nun kein Funke übersprang.
»Vera, werd wieder froh! Wenn du traurig bist, kann ich es auch bloß sein. Was hörst du so in der Sektion?«

»Nicht viel … Das Projekt siecht dahin. Unangst meint, Berlin fährt erst mal alles zurück.«
»Kein Wunder nach Jungbluts Schlußbericht. Der tritt auch noch die angeblichen Vorfälle im Wohnheim breit.«
Angeblich? Vera Bald wußte Bescheid. An die hundert Studenten hatten die Hausordnung verletzt, als sie dort ausprobierten, wie weit die Übereinstimmung gehe; dies war im Rahmen des Versuchs so nicht geplant gewesen. Darauf ritt nun mit dem Forschungsdirektor und dem Prorektor für Gesellschaftswissenschaften die Hochschulleitung herum; Jungblut hob hervor, Kelly habe durch sein eigenes Fehlverhalten den übrigen das schlimmste Beispiel gegeben.
»Laß uns weggehen, Vera! Hier können wir nichts mehr werden.«
»Wo willst du denn hin?«
»Vielleicht nach Dresden an die TU, die hat schon mal bei mir vorgefühlt. Keine Dozentur, der Traum ist aus; aber Oberassistent. Das könnten wir von Thüringen aus sondieren … Sogar als Lektor würde ich anfangen, ohne Forschung, bloß weg hier.«
»Und *Harmo*?«
»Das stirbt, jedenfalls für mich. Da dürfte ich restlos ausgebootet sein.«
»Du gibst zu schnell auf.«
»Aber nicht bei dir! Laß uns heiraten, unterwegs.«
Er sprach mit flacher Stimme, es tat weh, ihn so reden zu hören. Er klammerte sich bei ihr an, doch ihr selber fehlte es an Kraft; sie hatten einander kein Glück gebracht. Weshalb hatte er die Geräte aber auch vertauschen müssen, anstatt Kelly ins Gesicht zu sagen, daß der eine Fälschung plane? Dazu war Werner nicht stark genug. Sie hatte ihn gern, er war der sauberste von allen; jetzt aber bat sie ihn zu gehen.
»Willst du wirklich allein sein?«
»Ja, es würde mir helfen.«
»Dann bis morgen.« Herbst legte ihr zwei Schlaftabletten hin und stand auf. Er blieb, was er immer gewesen war, einfühlsam und rücksichtsvoll, aber liebte sie ihn denn? Sie wußte es nicht. Dabei hatte sie ihn gewollt, war auf ihn

zugegangen in dem ersten großen Entschluß ihres Lebens ... Ein böser Undank saß in ihr und zählte seine Minuspunkte. Wohl ließ er sie teilhaben an seinen Gedanken, doch unter Menschen ging er mit ihr nie. Er hatte keinen Freund und zog sich vor ihren Bekannten, selbst Mädchen wie Ulrike, scheu zurück. Im Bett gab er sich viel Mühe mit ihr, ging aber zu bewußt vor; nie war es wie bei Woelk, manchmal fühlte sie sich wie ein Forschungsobjekt unter seinen tastenden Händen. Ihm fehlte auch der Sarkasmus Kellys und das Ausgelassensein des sieben Jahre älteren Woelk. Hinzu kam seine Eifersucht, die störende Neigung, ihren Tagesablauf nachzuprüfen; und in letzter Zeit seine Traurigkeit. Ach, es war ungerecht von ihr, ihm all das anzulasten, er war weit besser, kameradschaftlicher als die anderen – nur so verletzlich, daß sie es selten wagte, im Gespräch seine Schwächen zu berühren. Und ihr war klar, sie hätte die in Kauf genommen, würde sie ihn nur wahrhaft lieben! War es nicht schlimm, die Liebe solch eines Mannes so matt zu erwidern?
Als sie hörte, wie er die Wohnungstür behutsam hinter sich ins Schloß zog, kamen ihr die Tränen. Sie schluchzte auf, weil sie Herbst eigentlich brauchte – einen Menschen wie ihn – und sein Weggehen doch erleichternd fand. Ihr erster selbständiger Schritt entpuppte sich als Irrtum, nach den paar Wochen zerschliß das Band, er schien dies gar nicht zu spüren. Bei all seinem Feingefühl, er merkte es nicht.
Ihre Mutter kam mit feuchten Tüchern, Tee, Zwieback und Haferschleim; sie nahm ihr Anke ab und ging dann selbst zu Bett. Unter Qualen verging die Nacht. Als Vera Bald einmal aufstand, mußte sie sich überall festhalten. Der Kopfschmerz kam und ging, Stunde für Stunde machte sie Licht und sah zur Uhr. Irgendwann nach drei schlief sie ein, lag im Traum auf einer Intensivstation, man hatte sie kahlgeschoren und ihr Saugnäpfe an den Kopf gesetzt. Der Raum war gekachelt, eine Art Leichenhalle. Der Bildschirm zeigte die Kurve ihrer Hirntätigkeit, sie endete in der Nullinie.
Grau brach der Samstag an, Licht sickerte durch die staubig verklebten Scheiben. Der Schmerz klang ab, das Ärgste lag hinter ihr. Doch als sie zum Morgenrock griff, war ihr so

schwach, als hätte sie tagelang gefastet. Der Einstieg in die Badewanne glich dem Erklimmen einer Felswand. Lange lag sie erschöpft im Wasser, wußte, eine kalte Dusche würde ihr danach guttun, brachte es aber nicht fertig, den Hahn auf kalt zu stellen. Draußen erhob sich blaß eine vom Dunst geschwächte Sonne.
Dann läutete das Telefon. Ehe sie an den Apparat kam, hatte ihre Mutter schon wieder aufgelegt. »Alle wollen dich sprechen«, sagte sie. »Früh schon ein Herr Unangst, ob du heute singst, dann Doktor Kelly und auch Woelk – ich hab allen gesagt, du bist krank und willst keinen sehen. Ich laß auch niemanden mehr zu dir herauf! Da denkt jeder nur an sich … Die richten dich ganz zugrunde.«
Beim nächsten Anruf war die Mutter zum Einkauf unterwegs, Vera Bald nahm selber ab. »Kelly spricht«, hörte sie sagen und fühlte sich ein wenig erfrischt. »Man hat mir strikt verboten, Sie zu stören, aber ich muß doch wissen, wie es Ihnen geht? Schließlich bin ich immer noch Ihr Chef.«
»Mir geht's schon etwas besser.«
»Na wunderbar. Ich möchte Sie einladen für den Nachmittag, zu mir. Wann darf ich Sie abholen, Vera? Meine Eltern möchten Sie gern kennenlernen.«
Sie schwieg verblüfft, hörte ihn »Hallo« rufen. »Nicht auflegen, es ist ernst gemeint, man freut sich schon auf Sie.«
»Ja … Vielleicht in ein paar Tagen? Ich bin noch ziemlich schwach auf den Beinen.«
»Gut, ich melde mich wieder. Sie werden mich nicht los.«
»Am besten nächstes Wochenende.«
»Hm, aber … So lange kann ich unmöglich warten. Es ist zwar nicht üblich am Telefon, trotzdem, ich laß es mal raus und frage Sie in aller Form: Vera, wollen Sie meine Frau werden?«
Sie sagte nichts. Ihr Kopf schien völlig leer.
»Ja, nun ist die Katze aus dem Sack.«
Ihre Lippen klebten zusammen.
»Hören Sie mal, irgendeine Antwort erfordert das aber schon. Wie wär's denn mit: ›Vielleicht, Richard‹?«
»Sie müssen mir nichts soufflieren. Lassen Sie mir Zeit.«
»Zeit? Ich dachte immer, Heiratsanträge sind die einzigen,

die unverzüglich bearbeitet werden. Sie finden es doch nicht etwa schockierend, wenn jemand die Frau, die er liebt, zur Frau haben möchte?«
»Nein; normalerweise nicht.«
»Da fällt mir schon ein Stein vom Herzen. Es hat mich nämlich einiges gekostet, meiner Mutter das beizubringen. Mütter können schwierig sein. Meine alte Dame hält solch einen Schritt für genehmigungspflichtig.«
»Richard, Sie machen einem richtig Mut. Das wird ja dann ein reizender Antrittsbesuch.«
»Bis dahin ist's mir längst gelungen, die Wogen zu glätten. Es steht bereits zwei zu eins für Sie. Mein alter Herr hält fest zu Ihnen, der ist ganz hingerissen von Ihrem Bild; ich meine die Fotos von der Dampferfahrt.«
Von seinem Vater hatte das Fräulein Bald noch nie etwas gehört. Nachdenklich legte sie auf, ging zur Couch zurück und streckte sich aus. Schon wieder pochte es ihr in den Schläfen, die Aufregung riß gar nicht ab. Wie man sie plötzlich umwarb! Doch ein Hochgefühl blieb aus. Es schien ihr, als habe Kelly dies absichtlich so vorgebracht, am Telefon war er sicherer, weniger nervös. Der muntere Ton tarnte seine Verlegenheit – zu der ja auch Grund war nach dem, was er mit Ulrike angestellt hatte.
Den Rest des Tages verbrachte sie, für Besucher unsichtbar, in dem schräg zum Fluß geneigten Garten. Als Herbsts Kleinwagen vorfuhr, verkroch sie sich in der modrigen Laube. Seinem Drängen war sie nicht gewachsen. Mit ihm nach Dresden gehen, ihre Mutter im Stich lassen, ohne daß es wirklich Liebe war? Und Kelly, wie stand sie zu dem? Er zog sie an, weil er dynamisch war, einer, der nie aufgab. Kelly war rücksichtslos, unter dem Lack seiner Kultiviertheit sogar brutal. Doch das schreckte sie kaum, kannte sie doch ihre Macht über ihn. Bei ihr würde er sich dergleichen nicht erlauben; Ulrike hatte ihn eben provoziert. Es war schon ein starkes Stück von ihr gewesen, sich beim ersten Mal gleich vor ihm auszuziehen, so was machte Männer ja toll, da nahmen sie sich zuviel heraus … Sie merkte, daß sie anfing, Kelly zu entschuldigen.

In der folgenden Nacht schlief sie wieder schlecht, die Migräne klang ab, aber Kellys Antrag hielt sie wach. Was sollte werden? Nach dem Ausscheiden Woelks, dem sie noch immer gefolgt wäre, blieb ihr die Wahl zwischen einem guten, soliden Mann und einem, der sie eines Tages womöglich betrog oder verließ. Wie schnell hatte Kelly mit seiner Verlobten gebrochen! Lockte es sie, an der Seite eines Erfolgsmannes zu leben? Letzten Endes schon. Sie war auch nicht besser als andere Frauen. Ihr Wert, so sagte sie sich, rührte eher von ihrer Erscheinung als von einer meßbaren Leistung her. Lebenslust kam hinzu, aber ein Teil ihrer Anziehungskraft hing von so Äußerlichem ab wie ihrem Haar.
Was sie bedrückte, war die Ungewißheit des Glücks. Ein bißchen Kranksein vertrieb es schon, verjagte ihre Lebendigkeit. Wie konnte man auf etwas bauen, das so vergänglich war, nichts Selbstgeschaffenes, bloß eine Laune der Natur? Vor neun Jahren noch, mit sechzehn, war sie an ihrer Magerkeit verzweifelt. Da hatte sie weggewollt, in ein Kloster bei Weimar, um den Demütigungen zu entfliehen, die Mädchen erwarteten, deren Wuchs zurückblieb hinter dem männlichen Anspruch. Dies war nur gescheitert an den Hürden des Übertritts zum Katholizismus. Man brauchte Geduld für all die Gespräche, Selbstprüfungen und Wartefristen; protestantische Nonnen gab es nicht … So war's ihr damals ergangen, vor neun Jahren, und in neun Jahren, was würde da sein? Vielleicht hielt ihr Äußeres länger stand, zwölf Jahre oder fünfzehn, aber dann?
Wir kommen nur durch den Leib an die Seele heran, hatte Woelk ihr erklärt, der vorgab, alles zu verstehen, aber auch nicht weiser war als der Rest. Manch einer mochte die Mädchen ja hübsch und dumm, ihr hatte er immerhin Freude am Denken eingepflanzt, wenn ihm dann auch wenig Zeit geblieben war, die Pflanze zu pflegen … Das Grübeln nahm ihr den Schlaf, den sie brauchte, um in der Hochschule wieder halbwegs gut auszusehen und die Belastungen zu ertragen. Nur, war es besser, dahinzuflattern wie ein Schmetterling, ohne Sinn für die Zukunft? Ihr Erfolg, fand sie, beruhte nicht auf Persönlichkeit. Leistung und Persönlichkeit erschienen

ihr als etwas, das, wenn überhaupt, erst ab dreißig zutage trat. All das wog sie ab und kam zu dem Entschluß, am nächsten Wochenende zu den Kellys zu gehen.

38

Mild ging der Oktober ins Land. Von *Harmo* erfuhr man wenig, die Presse schwieg sich aus, obwohl seit dem Tag des Großversuchs Gerüchte in der Stadt kursierten. Vage wurde das Gerät zur Partnersuche mit einer Doktorfeier am Standbild von Albert Einstein und mit gewissen Vorfällen im Studentenwohnheim in Verbindung gebracht. Immer, wenn Woelk aus seinem Romanfragment vorlas, kamen in dieser Richtung Fragen. Er wich ihnen aus, denn das wenige, was er durch Vera wußte, war unrühmlich, nicht für die Öffentlichkeit bestimmt. Dank seiner Zurückhaltung übten auch die Kulturbehörden Toleranz und nahmen nicht Anstoß, wenn er jene Skizze vorlas, die aus dem Almanach entfernt worden war.

In der Woche nach dem Nationalfeiertag – keinem Kollektiv der Hochschule war ein Preis verliehen worden – ging Woelk ins Theatercafé. Er war dort mit Vera verabredet, sie wollten sich ein Stück ansehen. In letzter Zeit trafen sie sich manchmal außerhalb ihrer Wohnung, sie schrieb die ersten Kapitel seines Romans ab und begegnete ihm gelassen, zwischen Wehmut und Festigkeit, erlaubte ihm auch, das Kind häufiger zu sehen. Sie gingen miteinander um wie geschiedene Eheleute, die sich im guten getrennt haben.

Vera war noch nicht da. Doch saß Hans Seiboldt an jenem Fenstertisch, wo man in den Anfängen zu tagen pflegte; als ziehe es ihn an den alten Platz. Er sprach dort mit dem Kellner, der darauf bestand, ihm zum Sprudel ein Glas Wodka zu bringen. Die Szene vom Frühsommer wiederholte sich. Als Woelk um ein Glas Wasser bat, fügte der Kellner hinzu: »Und einen Doppelten.« Die Argumente waren, wie es oft geschieht, die alten, was schließlich zur Ermüdung führt. Woelk nahm es diesmal hin. Auch sein Vorsitzender fügte sich dem Diktat der Gastronomie. Wer immer ihm einen verwickelten Sachverhalt vortrug, dem gab er um sei-

ner Ruhe willen schließlich nach. Man schätzte ihn als Mann des Ausgleichs, nie suchte er Streit, darin lag die besondere Eignung für sein Amt.
Während Woelk den Wodka in sein Wasser goß, erklärte ihm Seiboldt, er sei gewillt, seine Dreifelderwirtschaft zu beenden. Zumal das Genre des heiteren Gegenwartsromans öde ihn an, er gebe es auf. Dies räume er so wie das Feld der Exotik, überlasse es dem Nachwuchs, jungen Leuten wie Jens Keimling oder der Gabi Hurdelhey. Er komme nämlich langsam in die Jahre, biologisch und schöpferisch, da würde ihm sein Tun doch suspekt. Die Sau, die er mal rausgelassen habe, erscheine ihm mittlerweile als niederes Tier, wenngleich er dem seinen Aufstieg, seine Existenz verdanke. Es ziehe ihn weg vom Katzentisch der leichten Unterhaltung an die Tafel der Ernstmacher, wo man von der Kritik beachtet und von manchem Kollegen oder Staatsfunktionär überhaupt erst als Künstler wahrgenommen werde. Bemerkt werde man zwar als Conférencier, als Schlagersänger, Imitator und Witzbold auf der Kleinkunstbühne, als Kabarettist also, wozu er, Seiboldt, sich auch geeignet habe. Aber in der Literatur komme letztlich nur der Schöngeist, der Ernstmacher an, seltsamerweise. Durch falsche Genrewahl habe er sich zwischen zwei Stühle gesetzt, damit sei nun Schluß. »Du hast das ja jetzt auch kapiert, Alexander.«
Was da erwidern? Woelk hatte beiläufig von seinem »Sechsten Sinn« erzählt, ihn vermutlich angesteckt mit dem Streben nach Genrewechsel, Gegenwartsnähe und ernsthafter Schreiberei. Sollte er ihm raten, eher der zweiten Richtung seines reichen Talents zu folgen und ein großer Humorist oder humoristischer Großkünstler zu werden? Hans Seiboldt also brach aus! Ein begabter Spaßmacher, Alleinunterhalter und Nachahmer toter oder fremder Figuren der Zeitgeschichte wollte partout Ernst machen, hatte vor, seriös zu werden … Sollte er's halt probieren. Irgendwann holte jeder mal aus zum großen Wurf, sollte es nicht abwärts gehen.
Als spüre Seiboldt seine Zweifel, den Mangel an begeisterndem Zuspruch, sagte er: »Du hast den Vorstand neulich verprellt. Bringst einfach deine Gespielin mit wegen eines

Protokolls, das sie dann auch noch vergißt! Es liegt bei mir zu Haus, kein Mensch kann's entziffern, ich schicke es dir gelegentlich … Unklug von dir, das hat die Stimmung gegen dich verschärft. Es war, als wolltest du uns zeigen, was du dir außer deinem Querkopf noch so alles leisten kannst.«
»Es wird euch erleichtern, zu hören, daß sie da schon nicht mehr meine Gespielin war – es überhaupt nicht mehr ist.«
Seiboldt ließ das Thema fallen. Als wirklich treuer Ehemann hatte er, soviel man wußte, den Glutaugen von Verehrerinnen seiner Kunst, ja jeder Anfechtung getrotzt und fühlte sich bei solchen Erörterungen nicht kompetent. »Hast du mit Doktor Gültig schon gesprochen?«
Dies war für Woelk nun schwankender Boden. »Ich warte auf einen Termin von ihm. Im August bin ich mit Terminen überschüttet worden; inzwischen hat er wohl auch seinen Stolz.«
»Bring das in Ordnung, hörst du? Immerhin bist du im Vorstand, es fällt auf uns zurück und belastet den Kontakt …« Er unterbrach sich, weil Vera zu ihnen trat. Unfroh lächelte Seiboldt ihr zu. Man sah ihm an, er glaubte, Woelk hätte ihn getäuscht – wieso ging er mit ihr aus, wenn zwischen ihnen nichts mehr sein sollte? Ohne Gespür für Nuancen, fühlte Seiboldt sich offenbar von Woelk hinters Licht geführt.
Auf dem Heimweg fragte Woelk, wer denn nun sein Nachfolger sei, Werner Herbst oder Richard Kelly. Ruhig wies Vera ihn zurecht: Was kümmere das ihn, wolle er den Beichtvater spielen? Sie brauche keinen. Er ritt auf einer Merkwürdigkeit herum – der Altersabstand zwischen ihr, Kelly, Herbst und ihm selber betrug immer sieben Jahre. Ihr lag an solchen Betrachtungen nichts. Falls er Anke einmal etwas länger haben wolle, sagte sie, am kommenden Sonntag sei Gelegenheit dazu … Er gab ihr zum Abschied die Hand. »Ich hol sie ab bei dir, freue mich drauf.«
Später war ihm, als hätte er Vera an dem Abend, als sie sich nach dem Theater vor ihrer Haustür trennten, zum letzten Mal gesehen. Ohne daß es ihm klar wurde, ging ein Lebensabschnitt zu Ende, den für seinen glücklichsten zu halten er Anlaß hatte. Selten genug – wie damals in Bulgarien – war das

Glück wirklich aus einem Guß gewesen; meist hatte er auf Schritt und Tritt den Riß durch sein Dasein gespürt … Und doch, und doch! Wie wünschte er sich dann diese Zeit mit all ihrer Qual zurück. Unfaßbar blieb ihm, wie sie so mit einem Händedruck auseinandergehen konnten nach dem, was sie einander sechs Jahre lang bedeutet hatten und heimlich noch immer waren.

Am folgenden Sonntag, als er das Kind abholte, war Vera nicht daheim. Ihre Mutter gab ihm zunächst den Rest des Manuskripts, das Romankapitel 13, es handelte von seiner Lesung im Juni bei den Grenztruppen und endete – wie er im Treppenhaus nachschlug, denn die Mutter bat ihn nicht herein – auf eben dieser Treppe. »Ich hielt vor der bröckelnden Fassade und drückte die Klingel, in der Wohnung blieb es still«, hieß es zuletzt. »Auf dem Treppenabsatz stand ein defekter Eisenofen, unser toter Briefkasten, ich fischte ein Couvert heraus und las: ›Mein lieber Alexander … ist es überhaupt wahr … oder steckt deine Frau dahinter … bin mit Dr. Herbst zum Baden. Kuß, Deine Vera‹. Auf Stenopapier gekritzelt. Den kleinen Sieg dieses Nachmittags, keiner wollte ihn mit mir teilen. Wie unlenksam war doch das Leben, wieviel zerbrach es in uns! Mit dem vagen Strich, der zweifelhaften Unabhängigkeit meiner Feder die Welt verbessern? Die blieb, wie sie war, daran übernahm ich mich; der Anspruch war zu hoch. Da richtete man sich auf an einer gelungenen Arbeit und sank wieder zurück, um eine Hoffnung ärmer.«

Erst vier Monate lag dies zurück, unglaublicherweise traf es die Stimmung des Augenblicks, in dem er das, auf Anke wartend, überflog. Der Sommer war dahin, Vera fehlte ihm wie damals, und sein Lektor, Dr. Tredup, äußerte sich kaum zu den ersten achtzig Seiten des Romans. Von einem Vertragsabschluß war keine Rede. Es irritierte Woelk, zu sehen, wie abwartend der Verlag zu seinen Plänen stand. Diesmal war man ihm gegenüber skeptischer als bei einem Anfänger. Er nahm Anke »bis zum Abend« in Empfang und fuhr mit ihr in den Stadtpark, schweigsam, innerlich bei seinem Buch. Gewiß, es war ein Wagnis, sein autobiographischer Gehversuch. Rat und Ermunterung hätten ihn gestärkt, er brauchte beides, fand es aber weder bei Tredup noch bei Johanna, die er mit diesem Stoff – bestimmter Szenen wegen – verschonen mußte. Leider wich ihm auch Vera aus. Falls sie überhaupt las, was sie da abschrieb, konnte ihr doch nicht entgehen, wie gut sie wegkam in dem Text, wie sehr Woelk sich mühte, ihr gerecht zu werden; aber sie schwieg.

Trotz des Herbstlaubs auf dem See lieh man im Park noch Ruderboote aus. Die klobigen Riemen in der Hand, vergaß Woelk sein Buch und wandte sich Anke zu. Je mehr sich deren Mutter von ihm löste, desto wichtiger wurde ihm das Kind. Endlich hatte er Zeit für Anke. Er besann sich auf all die Geschichten, die er vierzehn Jahre zuvor Michael erzählt hatte, und führte sie auf den Spaziergängen in das Zauberreich der Hexen, Riesen und Zwerge, durch den Glanz und Untergang der Nibelungen, in die Gefilde der schwelgerischen arabischen Märchen, deren Farbenpracht ihn als Kind am meisten gefesselt hatte, und auch in das Indianerland der spanischen und britischen Eroberer.

Das trug an jenem Sonntag überraschend Früchte. Seine Tochter sagte, sie habe das im Kindergarten erzählt und sei mit vier anderen aus der mittleren Gruppe zum Aufbruch entschlossen. Von den drei Gruppen dort wußte Woelk nur, daß sie sich im Eßwerkzeug unterschieden. Die Kleinsten aßen mit dem Löffel, die nächsten schon mit Gabeln, zuletzt gab es dazu noch Messer. Beim Anlegen versicherte ihm Anke: »Ich mit Rene, Lars, Ramona und Gerlind, wir fünf fahren ins Indianerland. Ronny muß zu Hause bleiben, der will Waffen mitnehmen und die Tiere erschießen.«

»Wann geht's denn los?«

»Im November, Papi.«

»Und wie kommt ihr hin?«

»Über Berlin ...«

Er achtete nicht auf Einzelheiten. Offenbar bestand ein Plan, Woelk fand seinen Sinn für Genauigkeit in der Tochter wieder. Sie gingen um den See herum zum Aussichtsturm. Oben ließ er sie durchs Fernrohr über den Fluß und die Stadt blicken, in Richtung des Indianerlands. Der Tag war klar, in

violetter Ferne sah man den Brockengipfel. »Stimmt das, was Mutti sagt«, fragte sie im Abwärtslift, »man kommt schwer hin? Da sollen Zäune sein, auch mit der Leiter geht es nicht, weil Männer aufpassen, daß keiner drübersteigt?«
Woelk nickte, er hatte den Satz im Kopf: Sie haben durch Ihr Verhalten die Ihnen obliegenden Rechtspflichten mißachtet, ich erwarte von Ihnen, daß Sie künftig die Gesetzlichkeit einhalten ... Zum Glück fragte Anke ihn nicht, warum das alles so sei. Die Antwort wäre ihm schwer und ihr gewiß unverständlich gewesen. Gerade Kindern, dachte er, darf man keinen Sachverhalt so vereinfachen, daß man lügt. Anke ließ durchblicken, sie würden den Zaun so überfliegen, wie es in dem Buch vom Maulwurf und der Rakete stehe, das Woelk ihr neulich geschenkt habe ... So verbrachten sie, in der »Jägerhütte« speisend, miteinander einen schönen Tag.
Wenig später klingelte sein Telefon. Dr. Küchler bat ihn für die letzte Oktoberwoche in die Bezirksleitung zu dem vereinbarten Gespräch mit Dr. Georg Gültig.

39

An jenem Sonntag holte Kelly Vera Bald in seinem französischen Auto ab, sehr artig und entzückt von ihrem Aufzug, dem dezent karierten Kostüm von braver Rocklänge, seiner Mutter zuliebe gewählt. Sein Blick strich an ihrer Taille abwärts, nahm rasch und begehrlich das Wippen ihres Rockes wahr. Im Wagen erklärte er ihr, wie viele emanzipierte Frauen führe seine Mutter einen Doppelnamen, Kelly-Klinck heiße sie, Klinck sei ihr zweiter Ehemann, sein Stiefvater also. Leichthin deutete Kelly an, Klinck sei Jurist im Ruhestand und spiele daheim die zweite Geige.
Der Anblick des Hauses erleichterte sie, es war keine Villa wie jene bei Jena, nur ein schmuckes Einfamilienhaus aus den dreißiger Jahren, erweitert durch eine Doppelgarage mit Terrasse und zwei verglaste Anbauten, die Veranda und den Wintergarten. Zwischen Koniferen harkte ein dünner Mann Laub zusammen, sie hielt ihn für den Gärtner, es war aber Herr Klinck. Als Kelly sie ihm vorstellte, lehnte er die Harke an den Apfelbaum, bei dieser Drehung sah sie sein Profil,

bemerkte das Fehlen jeglichen Hinterkopfes und erkannte in ihm einen Gerichtsvorsitzenden des Stadtbezirks Mitte. Einst hatte sie ihn in einem Prozeß erlebt, in dem gegen einen Hausnachbarn verhandelt wurde, den Dreher Hirte; man warf ihm Widerstand gegen staatliche Maßnahmen vor. Klinck, der im Anwaltskollegium Richter Gnädig hieß, hatte den Hirte zu neun Monaten auf Bewährung verurteilt, womit er unter dem Antrag der Staatsanwältin geblieben war.

Im Hause roch es einschüchternd nach Parkettwachs und Sauberkeit. Die Flurgarderobe aus gehämmertem Messing schon war kostbar, ein Erbstück vielleicht, und solcher Dinge gab es noch viel mehr. Teppiche und Brücken lagen aus, der Wohlstand quoll aus allen Poren, in der Diele standen Palmen mit gefiederten Blättern und lackglänzenden Wedeln, wie frisch abgestaubt. Kelly ließ Vera Bald den Vortritt ins Wohnzimmer, das geprägt war von der Eleganz des englischen Chippendale, ein heller Teppich bedeckte das Parkett, und hinter der gedeckten Tafel sah sie seine Mutter.

Frau Kelly-Klinck erhob sich zur Begrüßung nicht. Sie war eine zierliche Dame, große ausdrucksvolle Augen und der leicht vorgestülpte Mund beherrschten das Gesicht. Ein Nackenknoten bändigte das graue Haar, ihr Alter war schwer zu schätzen, um die Sechzig wohl, ihre Fingernägel schimmerten wie Perlmutt. Als sie Vera Bald die Hand gab, besagte ihr Lächeln, daß sie sich über deren Absicht, ihr den Sohn zu nehmen, nicht täuschen lasse. Herr Klinck kam mit sauberen Schuhen herein, verbreitete Juchtengeruch und goß spanischen Sherry ein. Dann wurde in hauchdünnen Schalen Jasmintee gereicht, auch gab es Gebäck aus Hannover.

Kelly rang tapfer um Eintracht, auch sein Stiefvater belebte das Gespräch. Er war extrovertiert und redselig, trotzdem schaffte er es, eine halbe Stunde lang praktisch nichts zu sagen. Kein ernsthaftes Thema wurde berührt, alles Persönliche blieb ausgeklammert, als sei es unschicklich, beim Kennenlernen dergleichen zu berühren. Immer wieder fühlte Vera Bald die Augen der Mutter leuchtend auf sich gerichtet, hellgraue Augen mit einem dunklen Ring um die Iris, der ihnen etwas Bezwingendes gab. Dennoch wirkte der Blick eher unstet, wie auf etwas Schmerzliches gefaßt, dem es noch auszuweichen galt. Was man auch sagte, es führte kein Weg in das Herz dieser Frau! Von dem Sherry erwärmt, wandte Fräulein Bald sich dem Vater zu und sprach von jenem Prozeß. Herr Klinck schien erfreut, er besann sich auf Einzelheiten der Sache, die für ihn doch ein Bagatellfall gewesen sein mußte, und begann nun, ihn seiner Gattin zu erläutern. Wie mancher Pensionär schwelgte er in Erinnerungen an das tätige Leben.

Frau Kelly-Klinck warf ein: »Sie sind juristisch versiert, Fräulein Bald? Ziehen Sie ein Studium in Betracht?«

»Nein, ich hab kein Abitur.«

»Ihre Ausbildung ist demnach noch nicht abgeschlossen?«

»Mutter, was soll das?« fragte Kelly. »Vera ist eine glänzende Sekretärin, die sind rar wie Gold, das weißt du sehr gut.«

Frau Kelly-Klinck beachtete ihn nicht. In ihrem Blick lag Feindseligkeit, hell schimmerten die Augen in dem schmalen, gepflegten Gesicht. Sie preßte die kleinen harten Hände zusammen und fuhr fort: »Mein Sohn teilte mir mit, daß er vorhat, sich mit Ihnen zu verloben. Sie werden verstehen, daß ich davon nicht begeistert bin.«

»Was haben Sie gegen mich? Sie kennen mich doch kaum.«

»Sie brächten ein Kind mit; es ist doch so?«

Kelly sagte: »Mich stört das überhaupt nicht.«

»Ich bin überzeugt, Richard, daß du das glaubst. So denkt man in den Wochen des Verliebtseins.«

»Daran wird sich niemals etwas ändern.«

»Sag niemals nie, mein Junge! Immerhin, du hast dir nichts vorzuwerfen …«

»Bis auf den Tag des Großversuchs.«

Die Mutter schwieg, ein Zucken um den Mund. Ihre Augen umschatteten sich, das strenge Gesicht wurde durch den Kummer plötzlich viel weiblicher, verletzlich. Vera Bald fühlte, in den Augen der anderen war sie dabei, eine tiefe Bindung zu zerstören. Sollte sie es tun? Mußte sie sich wie ein Keil in die Welt dieser Familie schieben – ohne Not, ohne große, verheerende Leidenschaft? Kam Kellys Mutter nicht doch der Wahrheit nahe, wenn sie ihr Selbstsucht und Versorgungsdenken

unterstellte? Ihr innig geliebter einziger Sohn in den Händen einer kleinen Sekretärin, die auf Beute aus war, so mußte diese Frau ja denken! In einer weichen, peinigenden Regung fühlte sie sich den Tränen nahe. Da aber hörte sie ihre Gegnerin vibrierend und doch kraftvoll sagen: »Dieser einmalige Mißgriff, mein lieber Junge, geht nur bedingt auf dein Konto. Die wahre Ursache ist uns allen bekannt.«
Das war unerträglich. Es klang, als meine sie, Vera Bald habe ihren Sohn behext, zum Handeln verführt und seinen Karriereknick verschuldet. Undeutlich nahm sie wahr, daß Herr Klinck sich still entfernte; mit einer gemurmelten Entschuldigung entzog der Richter im Ruhestand sich einem Streit, den zu schlichten seine Kraft überstieg.
»Du gehst zu weit, Mutter«, sagte Kelly. »Du gibst Vera die Schuld an meiner Verrücktheit, aber sie hat mich nie provoziert. Es ist gerade das Schlichte, das mir an ihr so gefällt.«
»Was weißt du schon von weiblicher List? Frauen können so raffiniert sein, daß es schon wieder natürlich wirkt.«
»Diesen Unsinn darf ich mir nicht länger anhören.«
Frau Kelly-Klinck zerknüllte ihre Serviette. »Wie sprichst du denn mit mir?«
»Verzeih, Mutter, doch in deiner jetzigen Verfassung will ich gar nicht mit dir sprechen.«
»Mit anderen Worten, ich soll gehen?«
»Tu, was du willst, ich hab mich entschieden.«
»Vergiß nicht, Richard, dies ist mein Haus.«
Er schob den Stuhl zurück und erhob sich. »Du zwingst mich leider, das Gespräch zu beenden. Vera, gehen wir zu mir hinauf. Mutter, du entschuldigst uns.«
Vera Bald stand auf. »Bitte verzeihen Sie. Es war bestimmt nicht meine Absicht, Unfrieden zu säen.«
»Eben das, mein Kind, haben Sie getan«, rief Frau Kelly-Klinck, ohne sich von ihrem Platz zu rühren, auf dem sie wie festgeschraubt saß. »Vielleicht gelangen Sie selbst noch zu der Einsicht. daß dies meinen Sohn tief unglücklich macht …, daß es besser wäre für uns alle, Sie würden sich nach etwas anderem umsehen; zumal er ja wohl Ihre große Liebe gar nicht ist.«

Aufgewühlt von diesem Satz, erreichte Vera Bald Kellys Räume oben in solcher Verwirrung, daß sie deren Zustand nicht bemerkte. Nur zwei gepackte Koffer fielen ihr auf, sie standen offen, und vor den Koffern küßte Kelly sie zum ersten Mal auf den Mund. Es war ein feucht-fiebriger Kuß, ungeduldig, ungekonnt, der Streit nahm ihn sehr mit. Er wollte wohl nur ihr Bündnis besiegeln und zum Du überleiten; ein offiziöser Verlobungskuß.

»Du mußt ihr verzeihen«, stieß er heraus, hingerissen von der Berührung. »Im Grunde ist sie eine wunderbare Frau .«

»Ich kann sie ja verstehen.«

»Dann wird es zwischen euch gewiß noch gut. Jedenfalls, ich stehe zu dir. Für dich, Vera, kränke ich auch meine Mutter, so bitter mir das ist.«

Sie schwieg; der Sieg tat ihr gut. Die Mutter hatte ihm viel gegeben und gewiß alles bedeutet ... Vor langer Zeit.

»Morgen verreise ich, schaue mich woanders um! Gib mir Fotos von dir mit, hörst du?«

»Ich hab bloß noch Paßbilder, Richard.«

»Das genügt mir«, sagte er. »So etwas ist immer gut.«

40

Lange schwieg Dr. Tredup zum ersten Teil des Romans, dann schrieb er hinhaltend-kühl, die Geschichte sei leider sehr kompliziert. Sein Brief ließ erkennen, der Verlag legte kaum Wert darauf, sich mit einem Manuskript zu befassen, das so aus dem Rahmen dessen fiel, was man von Woelk gewohnt war ... Von seiner Reise in die Bundesrepublik hörte Woelk nichts mehr. Der Intendant gab das Podium nicht her für die Bühnenfassung von *Kontakt 2000*. Die Bezirkszeitung wies eine andere Erzählung von ihm zurück. Seit seiner Fehde mit der Leitung hatte das Blatt ihn nicht mehr erwähnt.

Woelk folgte dem Rat seiner Frau, still abzuwarten. Sie sagte ihm, er habe dies selbst verschuldet, auch sei dergleichen in deutschen Landen nicht neu. Schon 1494 habe der Straßburger Doktor Sebastian Brant in seinem »Narrenschiff« gereimt: Man kann die Narren gut entbehrn / Die stets mit

Steinen werfen gern / Und sind von Zucht und Weisheit fern ... Anno 1781 habe der hamburgische Senat beschlossen: Von Gotthold Ephraim Lessing ist keine Notiz zu nehmen. Da sei er in guter Gesellschaft und möge sich nicht grämen.
Allmählich aber nervte es ihn. Als Woelk zum Parteihaus fuhr, hatte er das Gefühl, es reiche nun. Sein letzter Besuch dort lag viele Jahre zurück. Die Bezirksleitung saß noch immer am alten Fleck, im ehemaligen Gebäude des Allianz-Konzerns, das dank seiner massiven, sandsteinverblendeten Mauern (wuchtig verbauter Versicherungsgelder) vor fünfzig Jahren den Bombenwürfen und Bränden widerstanden hatte. Woelk durchschritt das Portal fünf Minuten vor der Zeit, um in dem weitläufigen Haus – einen ganzen Straßenblock nahm es ein – das Zimmer Georg Gültigs pünktlich zu erreichen; Höflichkeit schien angebracht. Auf der Marmortreppe vor dem Glasgehäuse der Anmeldung durchfuhr ihn der Satz: Hoffentlich allianzversichert. Es mißlang ihm, diesen unsinnigen Spruch aus seinem Kopf zu drängen.
Kein Ausweis wurde ihm abverlangt, er merkte, man wußte schon Bescheid. Neben dem inneren Eingang wurde er in einen Warteraum geführt. Dort harrte noch ein Besucher, ein Mann der Zivilverteidigung namens Knobbe. Woelk kannte ihn von Tagungen des Schriftstellerverbandes und hatte ihm dort mehrfach widersprochen. Knobbes Einschätzungen der militärpolitischen Lage waren legendär. Gewöhnlich sprach er, zunehmend erregt, eine Stunde lang über ein Thema, das sich viel schneller hätte erschöpfen lassen, wobei er seine Mitteilungen auf Kartenbildern dramatisch unterstrich. Mächtige schwarze Pfeile griffen da zum Beispiel durch die Ostsee tief ins Hinterland der Republik, bohrten sich auch über Prag und Budapest in das ganze sozialistische Lager, für das er sich verantwortlich fühlte. Woelk zweifelte an diesen Plänen nicht, es mochte sich um strategische Studien der NATO aus vergangenen Jahren handeln. Knobbe geriet daran in Glut, seine Leidenschaft war physisch so erschöpfend, daß er dann immer schweißnaß dasaß und atemlos bat, ihm Fragen zu stellen. Er hatte die fatale

Fähigkeit, jeden zum Widerspruch zu reizen, der ihn seinerseits zu cholerischen Antworten trieb, in rednerische Angriffs- und Abwehrschlachten von großer Heftigkeit. Seiboldt nannte ihn indianerhaft den »Mann der dicken schwarzen Pfeile«. Woelk war so nervös, daß er sich fragte, ob Knobbe wohl seinetwegen hier sei. Wollte Georg Gültig ihn Karten entrollen und Woelk den Ernst der Lage zeigen lassen, in der er mit dem Klassenfeind angebändelt habe? Doch er sah keine Karten bei Knobbe und faßte Mut. In wessen Beisein würde Gültig ihn überhaupt empfangen? Es war ihm lieber, wenn der Sekretär den Kollegen Seydlitz vom Rat des Bezirks hinzuzog oder Dr. Küchler, seinen Sektorenleiter für Kultur, als den streitbaren Kommandeur Knobbe.
Da erschien Dr. Gültig überraschend selbst in der Tür und bat Woelk mit einem kleinen weltmännischen Lächeln hinaus, ohne sich um Knobbe zu scheren. »Ich hab mir gedacht«, sagte er auf den Stufen, »wir gehen ins Gästehaus gleich um die Ecke, da spricht es sich ganz nett und ungestört.«
Auf dem Weg zum Gästehaus überboten die zwei sich an Artigkeit, anfangs einander umtänzelnd, da ein jeder versuchte, den anderen rechts gehen zu lassen. Woelk siegte darin mit der Bemerkung, Gültig sei doch etwas älter als er. Dafür ließ dieser ihm im Gästehaus den Vortritt, was hinderlich war, da er sich dort nicht auskannte. Die Schärfe des Konflikts, den sie ausgefochten hatten, bebte nach in solcher Gesittung und Galanterie. Und Gültig blieb mit ihm allein! Weit davon entfernt, seine Kapitulation entgegennehmen zu wollen, empfing er Woelk unter vier Augen.
Sie waren die einzigen Gäste in dem kleinen Restaurant, eine Kaffeetafel war vorbereitet, auf der, in Stücke zerlegt, ein Baumkuchen stand. Der Kellner lugte in Abständen herein, fragte nach weiteren Wünschen, und als Woelk ihn um Alkoholfreies bat, bot er mehrerlei Wässer und Fruchtsäfte an – »und einen Doppelten« zu sagen wie sein Kollege im Theatercafé, das kam ihm gar nicht in den Sinn. Was Woelk aber ganz unbegreiflich erschien, war seine eigene Weigerung vom August, hierher zu kommen. Es saß und sprach sich doch so angenehm! Was hatte ihn nur bewogen, dermaßen

halsstarrig zu sein? Ach ja, dieses Heft, das Herrenmagazin. Dr. Gültig bedauerte, es nicht mehr zeigen zu können, er habe es mittlerweile zurückgeben müssen; doch was tat das noch? Das Belegstück war Woelk piepegal, Schnee vom letzten Jahr, zerschmolzen in der Sonne, die wärmend auf ihn niederschien.
Seit sie vor fünf Jahren Seite an Seite durch den Oberharz gewandert waren, hatte Georg Gültig sich kaum verändert. Sein Gesicht schien ein wenig schwerer geworden. Ein gewisses Vibrieren der Stimme – nicht durch Erregtsein, sondern durch Schwankungen im Atemstrom – wies auf Kreislaufschwäche hin und weckte in Woelk ein Schuldgefühl. Diesem geplagten Mann hatte er Kummer bereitet, was lag doch alles auf dessen Schultern! Er galt ja als Förderer, als Kulturmanager des ganzen Bezirks ... Ihn selber, dessen erinnerte sich Woelk, störte an solcher Beschreibung der Ausdruck »Manager« wegen des Anklangs an Geschäftigkeit. Das Wort, so hatte der vielbelesene Mann ihn seinerzeit gelehrt, ging zurück auf das italienische *maneggiare*, was »Pferde zureiten« hieß und mit Manege zusammenhing, dem Ort solcher Darbietungen. Dem Begriff haftete folglich etwas Autoritäres und Zirkushaftes an. Zwar gehörte auch der hiesige Zirkus so gut wie die Volksbildung und das Forschungswesen zu Gültigs Aufgabenbereich; dennoch sagte solch ein Etikett ihm schwerlich zu. Er liebte schlichtere Deutungen seines Tuns, etwa daß, in bester Preußentradition, Führen eine Art des Dienens sei.
Woelk hatte den Mann verletzt, der trug es ihm nicht nach, sondern schonte seinen Stolz. An jenem Nachmittag, so schien es, söhnten sie sich aus. Mit Georg Gültig arrangierte man sich nicht, das wäre eine zu niedrige Stufe der Verständigung gewesen, mit ihm setzte man sich auseinander. Er war ein Mensch mit Phantasie und Problembewußtsein, zum Politiker so tauglich wie Woelk zum Schreiber. Gültig strebte nach Integration, Bündelung des Auseinanderdrängenden. Er wollte keinen Unbequemen ausgrenzen, als lästig an den Rand schieben, wozu schwächere Persönlichkeiten oft aus Notwehr neigten. Ihm lag daran, möglichst viele Wissen-

schaftler, Erzieher und Kulturschaffende einzubinden in die schwierige Entwicklung des Landes. Die Achillesferse dieses Mannes war seine Empfindsamkeit. Trotz seiner Durchsetzungskraft fand Woelk ihn dünnhäutig, obschon gewappnet mit Elastizität und fähig auch, eine Zorneswallung im letzten Moment sarkastisch gefrieren zu lassen. Stilgefühl und Konservativismus waren ihm nicht Tugenden schlechthin, sie schützten ihn zugleich, legten eine zweite Haut um ihn, den Panzer des Sensiblen.
Ihm konnte man zum Beispiel, ohne daß er sich verfärbte oder einem ins Wort fiel, sagen: »Die Macht einer Regierung beruht nicht so sehr auf militärischer Stärke oder der Zahl ihrer Ordnungskräfte, als vielmehr auf dem Konsens, ihrer Übereinstimmung mit großen Teilen der Bevölkerung – der Mehrheit möglichst.«
Dann kreuzte Gültig wohl die Arme vor der Brust und gab zurück: »Diese Art Macht hat der Faschismus in Deutschland durchaus gehabt, von fünfunddreißig bis dreiundvierzig, in acht von zwölf Jahren also; und wohin hat sie unser Volk geführt?«
Ein Wort ließ stutzen bei ihm. Als er von der Geschichte *Kontakt 2000* sprach, meinte er, sie sei nicht druckreif gewesen, Woelk habe sich darin zuviel »abgehustet«. Wie das? Ein Reinigen der Atemwege war für die Gesundheit doch unerläßlich. Zwar, es war noch keine Kunst, aber mußten die Lungen nicht frei sein? Gültigs Ausdruck wies auf die Neigung hin, Mißstimmungen zu bagatellisieren. Solch ein Hang war ihm eigentlich fremd, es hätte seinem Wesen mehr entsprochen, das, was ihnen zugrunde lag, öffentlich zur Sprache zu bringen und so eine Wurzelbehandlung einzuleiten, die das Ärgernis behob. Ihm waren da wohl die Hände gebunden. Innerlich wie äußerlich, fand Woelk, stieß ein jeder an Grenzen. Nicht die Hälfte von dem, was einem als notwendig erschien, ließ sich wirklich tun. So war das Leben auch in diesem Teil der Welt.
Zur Sache selbst, dem *Harmo*-Projekt, das ja unter seinem Blick starb oder gedieh, sprach Gültig mit der Zurückhaltung, die sein Amt ihm auferlegte. Es gab keine Gewähr für

Vertraulichkeit, er vermied es, die Karten aufzudecken. Diese Hemmung blieb unüberwindlich. Im stillen verglich Woelk sie mit der Vorsicht, die seinem Gesprächspartner die Feder führte, wenn er im Bezirksorgan ein Kunstwerk besprach. Es geschah mit der Sachkenntnis des Kulturredakteurs, der Gültig einst gewesen war. Auch dort aber ging er nie ganz aus sich heraus, vermied scharfe Urteile und mußte es auch, weil ein Verriß von ihm einem Verdikt gleichgekommen wäre – bei dem Eifer der Nachbeter sogar dazu hätte führen können, daß man ein kritisiertes Bild abhängte oder ein Buch nicht mehr empfahl.

»Um *Harmo* wird gerauft«, teilte er mit. »Ja, lieber Herr Woelk, ganz schuldlos sind Sie daran nicht. Die skandalöse Schlagzeile hat sich natürlich gegen das Gerät gekehrt. Ich weiß, Sie wollen mir erwidern, Ihre Arbeit habe doch die Entwicklung erst angeregt. Doch wie das Leben so spielt, mit der Münchner Veröffentlichung haben Sie der Sache einen Bärendienst erwiesen. Ihre Skizze war Wasser auf die Mühle manches konservativen Entscheidungsträgers.«

»Ich sehe mich nicht als Urheber, die Erfindung lag in der Luft. Mir lag daran, einmal durchzuspielen, ob man alles auch wirklich machen soll, was technisch machbar ist.«

»Wie es jetzt aussieht, werden wir's kaum machen.«

»Dann kommen uns andere zuvor, zum Beispiel die Japaner.«

»Die machen's, glaub ich, nicht, denen ist die Familie heilig.«

»Daheim vielleicht; auf dem Weltmarkt ist die denen schnurz.«

»Unterschätzen Sie dort nicht die kommerziellen und auch die psychologischen Hürden. In den romanischen Ländern von Italien bis Argentinien stellt sich dem Gerät ein *machismo* in den Weg, der Stolz einer noch ungebrochenen, die Partnerwahl beherrschenden Männlichkeit! Der Romane braucht zur Suche kein Hilfsmittel, das würde sein Wertgefühl mindern.«

»Und hier? Wie stehen Sie selbst dazu?«

»Nun, das Vorhandene ist unzureichend, zweifellos. Ein paar Institute zur Eheanbahnung, Versuche mit Clubs von Unverheirateten und Einsamen … Mir behagt auch nicht die

Lösung des großen Computers. Was mich aber gleichfalls schreckt, ist ein Zukunftsbild des Menschen, der im Büro vorm Bildschirm sitzt, wie dann daheim, und zwischendurch mit einem Display am Handgelenk nach Partnern fahndet. Bei dem Gedanken schüttelt's mich.«
»Drüben wird man kaum zögern, die Sache zu vermarkten.«
»Kann sein, Herr Woelk. Wenn Sie also noch ein bißchen warten, rüberzufahren – dem steht von uns aus nichts mehr im Wege –, können Sie's vielleicht schon studieren. Wohin soll es denn da gehen?«
»Über Bamberg nach München.«
»Bamberg, in so einem Städtchen wird man das Gerät kaum starten. Was führt Sie denn da hin?«
»Dort steht das Geburtshaus von Arno Huber.«
Dr. Gültig lachte, keinem Scherz abhold.
»Und ein Verlag, der mir noch Geld schuldet ... Den Start zu erleben wär schön. Ich schreibe an einem Buch, das die Wege solch einer Erfindung schildert.«
»Die Wege der Erfinder sind oft noch bizarrer. Herr Doktor Kelly hat uns die Enttäuschung bereitet, das Land zu verlassen.«
»Was, der hat sich abgesetzt?«
»Ein Mann, dem es bei uns an nichts gefehlt hat! Von einem Bioniker-Kongreß in Wien ist er letzte Woche nicht zurückgekehrt; mehr wissen wir noch nicht. Es gibt von seiner Seite bisher keine Erklärung dazu, auch die Medien drüben verschweigen den Fall.«
»Vielleicht ist er bloß krank geworden und kommt wieder.«
»Daran glauben wir nicht mehr. Und zwar, weil mit seiner Abreise an der Hochschule wesentliche Unterlagen des Projekts verschwunden sind. Kelly muß sie gestohlen haben. Es besteht der Verdacht, er will das Gerät unter dem Namen *Libi* auf eigene Rechnung lancieren.«
»Der Coup seines Lebens ...«
»So sieht er's sicherlich an. Es laufen mehrere Patentanmeldungen, auch von ihm, so daß Prozesse möglich sind. Kapitalkräftige Hintermänner könnten ihm über die Runden helfen ... Ein spannender Stoff, nicht wahr? Am Ende gelingt es Ihnen, dem nachzuspüren.«

41

Diese dumpf lastende Traurigkeit! Werner Herbst kämpfte dagegen an: Zeit und Arbeit heilten alles. Am zweiten Samstag im November jedoch war seine Wochenend-Depression so tief wie noch nie. Draußen, hinter beschlagenem Glas, riß peitschender Regen die letzten Blätter ab im Park … Nun, dies war ihm ja nicht neu, schon oft hatte er es durchgemacht, beim Scheitern des *Netzauges*, nach seiner Scheidung und der Trennung von Ralf, auf dessen Besuch er täglich hoffte; zuletzt im Mai, als weiß die Kerzen aus der Kastanie vor seinem Büro stiegen. Es hing nicht vom Wetter ab, das ihm den Weg ins Freie verschloß. Tu etwas, rief er sich zu, zieh dich am eigenen Schopf heraus!

An jenem Tag begann er mit einer Denkschrift zur Verteidigung des Projekts. *Harmo* war nicht tot, so schnell starb keine Idee. Kellys Abgang, sein Diebstahl von Unterlagen – dabei zwei Dissertationen, zu denen es keine Kopie gab – hatte der Sache geschadet, ihr aber doch den Boden nicht ganz entzogen. Alles schien noch in der Schwebe, letzte Entscheidungen hoher Instanzen standen aus, und über die peinlichen Vorkommnisse fiel der Schleier des Vergessens. Man konnte nicht papageienhaft Dinge anprangern, die nur Randerscheinungen gewesen waren. Wieviel Maschinen waren denn abgestürzt, bevor das erste Flugzeug den Ärmelkanal überflog? Wo hatte es je eine Erfindung gegeben, die schlagartig reif war zum Serienbau? Was verlangte Herr Jungblut, wenn er das forderte? Der Direktor für Forschung, wollte er dies, entpuppte sich schlankweg als Schwachkopf – schon durch sein Vokabular. Wörter wie »schön, wunderschön, harmonisch« kehrten bei ihm, neben den Floskeln von der wissenschaftlich-technischen Revolution, immer wieder, deuteten sein Bestreben an, Eindruck zu machen nach oben, keinen Streit zu haben und der Linie des Leisetretens, des Zurückweichens vor Konflikten zu folgen. Dies Memorandum, Herbst schrieb es auch ihm zum Trotz: Jungblut schätzte keine Thesen des Aufbruchs und Veränderns. Bewahrung und Geborgenheit waren ihm wertvoll, geschäftiger Stillstand sein Ideal … Kein Risiko eingehen.

Jungblut, was für ein Mensch! Glatt und gefährlich, weil routiniert und im Besitz zweier bürokratischer Unerläßlichkeiten: Zugang und Informationen, in der Bezirksstadt wie in Berlin. Selber fielen ihm nur Banalitäten ein wie die, daß Wissenschaft dem Guten wie dem Bösen dienen könne, es daher hoher moralischer Qualitäten bedürfe, Entdeckungen zu meistern – wer wollte dem wohl widersprechen – und sich *mit allen Parametern am Weltstand zu orientieren*, der zum Zeitpunkt der Produktionsreife zu erwarten sei. Gut gebrüllt, Löwe! Privat eher betulich und froh. »Unglaublich, wie man ohne Technik beglückt werden kann«, pflegte er von seinen Wandertouren zu schwärmen. Schon Johannes Kepler habe gesagt: »Man muß im Buch der Natur lesen, um Gott zu feiern«, als er von der »schönen Harmonie der ruhenden Dinge« sprach. »Wir sollten uns umschauen und wieder einen Blick bekommen für das, wofür wir dankbar sein können« – dies verzapfte er nicht aus dem Stegreif, er ließ es sich zuarbeiten und legte selber letzte Hand an das Sprachkunstwerk. »Das kosmische Erlebnis des Weltraumflugs ist das edelste Motiv naturwissenschaftlichen Forschens«, hatte er zum achtzigsten Jahrestag der Oktoberrevolution erklärt, in solche Wendungen so verliebt, daß er sie überall ungeniert wiederholte. Diesem Mann schien alles gleich, wenn man ihn nur gewähren und sich in Szene setzen ließ. Er glaubte es im Moment der Verkündung, um es dann zu vergessen, bis zum nächsten Redeschwall.

Wie hatte er sich über Kelly ereifert, dessen Verrat gegeißelt, ganz zu Recht – und dann unter vier Augen ihm, Herbst, Mitschuld vorgeworfen an dem Skandal: Er habe Kelly dermaßen bloßgestellt, daß dem kaum noch eine Wahl geblieben sei. Da fehlten dann Worte der Erwiderung, blieb einem die Spucke weg ... Andererseits, Herbst gestand es sich ein, hatte Kellys Flucht auch ihr Gutes. Vera würde ihr Vernarrtsein allmählich überwinden, schließlich hatte Kelly ja auch sie im Stich gelassen. Da keimte die Hoffnung, daß sie sich auf Herbst besann. Sie hatte zwar nie gesagt, sie liebe ihn; er war ihr sympathisch, sie hatte ihn gern – gut, fürs erste sollte dies genügen. Ferner, die Hochschule würde ihn, wenn sie dafür auch keine Dozentur mehr schuf, nun allein mit dem Projekt betrauen; es war schon keine Rede mehr davon, daß man es fallenließ. Man würde ihn bestätigen als Leiter des Wissenschaftsbereichs und des defekten, von Kelly geplünderten Forschungskollektivs. Gerade dessen Versuch, das Gerät drüben herauszubringen, zwang ja zum Wettlauf, bei dem er, Herbst, unentbehrlich war.

Dies wiederholte er sich und ging ans Werk. Als Motto wählte er, etwas geheimnisvoll, den lateinischen Spruch *Plurimi pertransibunt et multiplex erit scientia:* Viele werden darüberkommen und das Wissen wird vielfältig sein. Er setzte die Quelle hinzu: Daniel 12, 4. Mit *darüberkommen* war durchforschen und erörtern gemeint, nämlich die Schrift, die der jüdische Gott Jahwe dem Daniel zu versiegeln befahl. – Das Motto würde Jungblut reizen, er würde es sich von jemandem deuten lassen; Ungeklärtes irritierte ihn. Nur noch unter Theologen war es üblich, Denkschriften ähnliches voranzustellen. Herbst hatte aber auch nicht vor, einen technischen Beitrag zu liefern; was *Harmo* leistete, stand ja fest. Ihm ging es um den tiefen Sinn, um das Pro und Kontra der Anwendung des Geräts. Er wollte die Grundsatzdebatte beleben, die mit Kellys Verschwinden, der sie im Dialog mit Professor Walther begonnen hatte, völlig erloschen war.

»Wenn Fragen unseres Zusammenlebens gestellt werden«, schrieb er, während der Regen ans Fenster schlug, »darf das Problem der Partnerschaft nicht fehlen. Es besteht auf der ganzen Welt, am augenfälligsten in Ländern mit hohen Scheidungszahlen, zu denen wir gehören. Aber wird durch *Harmo* nicht die Partnerwahl entmenschlicht, automatisiert? Man mag meinen, es sei doch bisher ganz gut gegangen. Nur, ging es uns auch schon vor der Erfindung des Automobils und des Telefons so gut wie jetzt? Mit dem Auto können wir jeden aufsuchen, mit dem Telefon jeden sprechen und mit *Harmo* jeden finden, der zu uns paßt. Böse Vorhersagen zielen eher auf Partnersuche mit dem großen Computer, der einen anonym vermittelt und ›von oben‹ durchschaubar macht. *Harmo* ist ein kleiner Jedermann-Computer, ein demokratisches Gerät. Transparent wird da stets nur der potentielle Partner, dem man sich freiwillig im gleichen Maße offenbart.«

Hier fügte Herbst eine Fußnote ein, die auf Brechts Radiotheorie von 1932 verwies, einen Gegenentwurf zu Orwells Prophezeiung einer monolithischen Bewußtseins-Industrie. »Der Rundfunk ist aus einem Distributionsapparat in einen Kommunikationsapparat zu verwandeln«, hieß es bei Brecht; Herbst verdankte das Zitat Dora Kleindienst. »Der Rundfunk wäre das denkbar großartigste Kommunikationssystem des öffentlichen Lebens ..., wenn er es verstünde, nicht nur auszustrahlen, sondern auch zu empfangen, also den Zuhörer nicht nur hören, sondern auch sprechen zu machen und ihn nicht zu isolieren, sondern in Beziehung zu setzen ... Undurchführbar in dieser Gesellschaftsordnung, durchführbar in einer anderen, dienen die Vorschläge, welche doch nur die natürliche Konsequenz der technischen Entwicklung sind, der Propagierung und Formung dieser anderen Ordnung.«

Im eigenen Text fuhr er fort: »Christentum und Bürgertum haben als herrschende Kräfte ihrer Zeit den Sexus reglementiert und unterdrückt. Es gilt, ihn zu befreien, soll der Mensch sich emanzipieren. Die Wissenschafts-Explosion eröffnet uns neue Chancen. Das Wachstum der Produktivkräfte fegt heute mit der Gesellschaft auch Einrichtungen wie Ehe und Familie, die in alter Form brüchig werden, von dem mechanischen in das elektronische Zeitalter. So ist die Stellung der Frau im Wandel begriffen. Ihre Befreiung erscheint, wenn auch zum Teil erst vordergründig, in den hochentwickelten Ländern, zumal des Sozialismus, als wenn nicht geglückt, so doch auf gutem Wege. Noch vor hundert Jahren wurde der Frau in wichtigen Gesellschaftsschichten der Partner nach ökonomischen Kriterien gesucht, ausgewählt vom elterlichen Regulativ. Dies findet heute in unseren Breiten kaum mehr statt. Lange Zeit verfemte Literatur – von D. H. Lawrence bis Henry Miller – hat den Wandel begleitet und gefördert. Viele der alten Tabus sind gefallen, bis hin zur Kleiderordnung beim Baden. Erfindungen wie die empfängnisverhütende Pille oder die Möglichkeit der Schwanger-

schaftsunterbrechung trieben die Entwicklung voran, auch gegen konservativen Widerstand ...«
Nicht alles, was Herbst da hinschrieb, entsprang eigener Erkenntnis. Vieles hatten die Gesellschaftswissenschaftler der Hochschule, Dr. Kelly und dessen Mentor in Jena beigetragen. Es war das Resultat einer kollektiven Gedankenarbeit. Doch indem er es überschaubar darbot, schuf er ein Dokument von Rang. Er hatte das noch nie versucht, es strengte ihn an, aus der Fülle des Materials das Wichtigste zu wählen und es richtig einzufügen. Flink eilte sein Schreibstift übers Papier, die Buchstaben wurden immer kleiner, ein Krampf in der Hand zwang zum Pausieren. Er fand, es mißlinge ihm, zwischen wissenschaftlicher und populärer Ausdrucksweise die richtige Stilschicht zu finden.
»*Harmo* bricht das Eis«, notierte er nach dem Essen. »Die Fortschritte der Mikroelektronik nur wirtschaftlich oder militärisch zu nutzen, wäre kaum zu rechtfertigen. Längst meldet auch eine vermeintlich krisenfeste Zukunftsbranche, die der Hersteller von Computer-Chips, Kurzarbeit und Entlassungen, trotz spielerischem Ausweichen in immer neue Bereiche der Unterhaltungs-Elektronik. So kann unser Angebot auch eine Schwierigkeit des Kapitalismus lösen helfen: das Problem der Rüstungskonversion, einer Umstellung von Rüstungsprodukten auf zivile Güter beim Schaffen neuer Arbeitsplätze und Sichern der vorhandenen. Die millionenfache Fertigung von *Harmo*s oder *Libis* ginge, bei dem Grad der Elektronisierung heutiger Waffensysteme, klar in diese Richtung.«
An dem Punkt stutzte Herbst. Erneut fiel ihm sein Schriftbild auf, ein Verschwimmen der sonst so deutlichen Handschrift bis zur Unlesbarkeit. Die Zeilen wurden immer kleiner, rutschten ihm am Ende weg. War das ein Merkmal seines Trübsinns? Er hatte einmal gehört, so etwas könne ein Alarmsignal, ein Symptom von Schwermut sein. Graphologie, das hatte ihm noch gefehlt! Er mochte verbittert sein, sich nach Vera sehnen und nach seinem Sohn, tief drinnen aber war er intakt, nicht bezwungen, vielmehr voller Hoffnung, was die Sache betraf, an der ein Teil seines Lebens hing.

Er schrieb: »Es geht freilich um weit mehr als um eine Chance für Spezialisten und Ingenieure, die auf Rüstungselektronik eingeschworen sind, in friedliche Gefilde umzusteigen. Das Zueinanderfinden der Geschlechter, oft noch ritualisiert und an herkömmliche Anlässe gebunden, erführe eine enorme Erweiterung. Überholte Sitten, scheinbar zementiert, wandeln sich, sobald die wissenschaftlich-technische Revolution die Voraussetzung für Besseres schafft. Wird solches Bessere erzeugt, bereitgestellt und den Menschen erklärend nahegebracht, können die Geschlechter freier zueinander finden, gelöster miteinander leben und lernen, die eigene Sexualität als etwas Kostbares zu genießen – nicht länger als verbotene Frucht. Dann greift der Wandel, allen Absichten zur kommerziellen Ausbeutung des Geschlechtlichen zum Trotz, tiefer als in den Kommerz und unter die Schicht des Politischen: Er schlägt durch auf die Sphäre der Kultur, des großen Miteinanders.« Nach einer Pause fügte Herbst hinzu: »Nie darf der Mensch durch Erleichtern des Zugangs zum ›Sexverbraucher‹ werden. Greller Anreiz, Konsumdenken, auch das könnte seine Entwicklung zur Persönlichkeit beenden. Oft uneingestanden und wenig beschrieben, hat diese nämlich eine ihrer Hauptquellen in der freien Entfaltung der sexuellen Anlagen des Menschen als eines Bestandteils seiner schöpferischen Potenz; die nicht als Bettpotenz mißdeutet oder als erotische Phantasie verengt gesehen werden darf.«
Er war nervös, mehr und mehr nahm ihn dies mit. Die letzten Sätze zerflossen ihm völlig. Gegen vier Uhr nachmittags näherte er sich erschöpft dem Schluß. »Wo Sex noch nicht bewußt-menschlich, sondern eher kreatürlich betrieben und als Ware gehandelt wird (notwendig moralisch reglementiert oder behördlich überwacht), da lastet der Sex auf uns wie ein alter Fluch. Gehemmte Sexualität läßt unsere Kraft, unsere schöpferischen Fähigkeiten welken.«
Aber stimmte das denn? Ihm war, als liefere er in eigener Person ein Gegenbeispiel. Irgendwie galt es nicht für ihn. Bis zum Juli und seit September wieder war er doch gehemmt in seinem Liebesleben; trotzdem hatte er einen Erkenntnis-

stand erreicht, der ihn befähigte, etwas zu Papier zu bringen, das hinausgriff über sein Fachgebiet. War da Sublimation im Spiel? Verunsichert führte er den Gedanken fort: »*Harmo* würde frei gewählt, keinem aufgenötigt werden. Die Ambivalenz jeder Entdeckung ist unbestritten ...« Das strich er durch als pompös und banal; Jungbluts Wort vom Guten und Bösen jeder Wissenschaft in geblähter Hülle. Der nächste Satz klang auch nicht besser: »So wie sich durch Kernkraft die Welt zerstören läßt« – er kam nicht los vom Vorwurf des Mißbrauchs, die Klischees saßen fest –, »so kann man Gesellschaften durch *Harmo* destabilisieren.« Das Debakel des Großversuchs erhob sich vor ihm. »Abartige Wünsche oder die Sucht nach häufigem Partnertausch könnten befördert und Ehen vernichtet werden, die noch Bestand gehabt hätten.« Und auch Wert? Aber ein gewisser Wert lag allein schon im Bestand.

Sein Denken schweifte ab, die Zeilen sackten weg, würde er imstande sein, dies morgen zu entziffern? »Wenn aber die Gesellschaft sich gründlich darauf vorbereitet, wird das Programm ihr zum Segen. Es muß tief durchdacht und allgemein erörtert werden. Wir sollten uns mehr einfallen lassen, als mit gefalteten Händen dahinzutrotten, auf den Lippen Klagen darüber, wie viele Ehen scheitern, daß die Medikamentensucht der Verlassenen ebenso zur Qual wird wie die Belastung der Justiz und das Wohnraumbeschaffen für Geschiedene oder die Trennungsschmerzen der Kinder ... Soziologen, Psychologen, Sozialhygieniker, Bioniker, Nachrichtentechniker und Wissenschaftler anderer Disziplinen sind aufgerufen, sich dieser Herausforderung zu stellen. Zumal die Gesellschaftswissenschaftler mögen – anstatt immer wieder fast liturgisch mit dem Imperialismus abzurechnen – kühn das Gegenbild einer neuen Gesellschaft entwerfen, die ohne den Ballast, die Doppelmoral und Verklemmung früherer Zeiten dem 21. Jahrhundert entgegengeht.«

Nun zerflatterte ihm alles, er fühlte sich am Ende seiner Kraft. Es mißlang ihm, die Dinge ganz miteinander zu verknüpfen. Ein Teil war unberücksichtigt geblieben, so zum *bisherigen Stand der Technik* die Erfahrungen mit den Clubs der Alleinstehenden; dazu fremde Experimente wie das telefonische Angebot in der südfranzösischen Stadt Montpellier, wo man sich seit langem mit anderen Einsamen zusammenschalten konnte zu einem Konferenzgespräch, durch Anwählen von Sammelnummern. Bei diesem Service konnten zehn Teilnehmer je Leitung gruppenweise miteinander sprechen und sich über die Ringschaltung nach Herzenslust verabreden – Menschen, die sich gar nicht kannten –, für unbegrenzte Zeit zum Ortstarif. Bis zu dreißigtausend Anrufer taten dies täglich, das bewies zweierlei: Es wimmelte auf der Welt von Schiffbrüchigen, die von ihrer Insel aus Notrufe gaben; und man sann auch anderswo nach Wegen, die aus der Vereinzelung führten. Ja, gefragt waren Formen der Multi-Kommunikation, nicht mehr nur Betäubung des Elends durch einspurigen Empfang wie beim Fernsehen. Dort kamen über den Bildschirm fiktive Partner ins Haus, der Mensch aber blieb ein soziales Wesen.

Das brachte Herbst nicht mehr unter, er hatte den Faden verloren, war überarbeitet, sah alles verschwommen und verzerrt. Morgen war auch noch ein Tag! Es goß noch immer, als er nach dem Abendbrot das Geschirr abwusch. Er nahm zwei von den Beruhigungspillen, ohne die ihm seit Wochen kein zusammenhängender Schlaf mehr vergönnt war.

Sonntag früh – kein Regen mehr, grauer November. Der Kaffee tat ihm gut. Von drei Tassen aufgeputscht, begann er mit der Reinschrift. Bei der Zeile »Einrichtungen wie Ehe und Familie, die brüchig werden« fielen ihm all die Paare ein, die nicht ahnten, was ihnen blühte, wenn sie sich wie mit verbundenen Augen zusammentaten. Ihnen das ins Bewußtsein zu heben, mühten Pädagogen und Sozialhygieniker sich seit Jahrzehnten … Er vertippte sich oft, mußte häufig radieren, einmal warf er die ganze Seite weg. Wozu denn das heute noch schaffen? Es war ein krankhafter Leistungsdruck.

Dann klingelte es an der Wohnungstür, und vor ihm stand sein Sohn, sehr gewachsen, braun gebrannt, noch nie hatte er ihn so gesund und kräftig gesehen. Unfähig zu sprechen, zog Herbst ihn an sich und führte ihn hinein. Ralf glich kaum dem Jungen in seiner Erinnerung, in den Träumen, etwas an

ihm erschien unwirklich. War es das Plötzliche der Begegnung? Er sah ihn wie durch Glas. Bei aller Wärme, die zwischen ihnen war, bei all dem »Weißt du noch ...« verspürte er einen Mangel an Fühlung, beklemmende Traurigkeit.
»Was sind das für Papiere?« hörte er den Sohn fragen. »Geht es um das Gerät, von dem du mir geschrieben hast?«
»Ja, *Harmo* ...« Er sagte einiges darüber, die eigene Stimme klang ihm fremd, weit entfernt. Sie waren beide verlegen, trotzdem versiegte ihr Gespräch nicht ganz, es gab zwischen ihnen eine Art von Solidarität der Schwäche, der Hilflosigkeit. Und doch, die Worte vertrockneten ihm im Mund, blieben schon in der Kehle stecken, soviel Entfremdung nach einem halben Jahr, wie konnte das sein? »Du hast den ganzen Tag Zeit, nicht wahr? Setzen wir uns ins Auto und fahren in den Harz! Oder wozu hast du Lust?«
»Papi, du bist doch mitten in der Arbeit.«
»Nicht, wenn du da bist!«
»Weißt du, sie erwarten mich zum Essen.«
»Was? Das können sie nicht machen, es ist doch schon halb zwölf!«
»Eigentlich durfte ich gar nicht kommen. Du, ich bin ausgerückt. Mamis Mann, der will das nicht. Er gibt sich viel Mühe mit mir, sieh mal, und er meint, das macht ihm alles kaputt.«
»Und du, Ralf? Was meinst du dazu?«
»Ich ..., ich will keinen Streit deswegen. Wir haben schon oft wegen dir gestritten, Papi, ich halte das nicht aus. Es tut mir ja so leid.«
»Aber morgen? Ich nehme mir für dich frei!«
Ralf schluckte, dann sagte er: »Morgen sind wir schon in Berlin, übermorgen geht das Flugzeug in den Irak.«
Herbst setzte sich, er sah nun klar. Man hielt den Jungen von ihm fern, obwohl seine Frau einmal zugesagt hatte, er dürfe ihn an jedem zweiten Wochenende haben. Die Familie war schon seit Oktober hier – wie infam. Ein Dreivierteljahr oder ein ganzes Jahr lang würde er den Sohn nicht wiedersehen, vielleicht sah er ihn überhaupt nie mehr ... Indem er sich das vor Augen hielt, war ihm, als knicke eine Stütze seines Lebens ein, und er fragte sich, ob es noch lohne weiterzumachen,

wenn man Ralf nicht mehr zu ihm ließ. Sein einziges Kind! Für wen plagte er sich denn?
Undeutlich nahm er wahr, wie der Sohn unter Tränen zur Toilette ging, um sich das Gesicht zu waschen. Dann auf einmal war er gar nicht mehr da. Er, Herbst, mußte ihn hinausgeleitet haben, aber wann? Er hatte keine Erinnerung an das Schnappen der Wohnungstür. Ihm war nur bewußt, daß er Ralf angefleht hatte, doch wenigstens mit ihm zu essen.
Aus. Ein Vorhang fiel ... Herbst vergrub das Gesicht in den Händen. Dabei spürte er seinen Bart, ihm kam die Idee, sich den abzunehmen. Der Bart, das war eigentlich etwas Totes, es tat nicht weh, wenn man ihn wegschnitt und sich dann wie früher rasierte. Wie früher! Nie würde es so wie früher sein. Alles war tot; dies galt übrigens auch für Veras schönes Haar, es war gleichfalls abgestorben. Leblos in all seiner rotbraunen Pracht. Eine ungewöhnliche Empfindlichkeit überflutete ihn und brachte ihm vor Augen, wie seltsam er sich verwirrt hatte. Ach, was sollte aus ihm werden in dem Irrgarten des Lebens? Prasselnde Schauer setzten ein, kalt rann es über die Scheiben, und er begriff, daß mit dem milden Wetter der Sommer gegangen war; definitiv.

42

Ein paar Tage nach dem Gespräch mit Dr. Gültig fuhr Woelk zu Vera. Wie mochte ihr zumute sein? Kelly war ihr Chef gewesen, vermutlich ja noch mehr als das. Doch er traf sie nicht an, ihre Mutter rief ihm vom Erkerfenster aus zu, Vera sei mit Anke zu einer Freundin gegangen, deren Namen und Anschrift sie vorgab, nicht zu kennen. Vielleicht wußte Frau Bald dies wirklich nicht, in letzter Zeit entfielen ihr auch naheliegende Dinge. Verwirrt und betrübt stieg Woelk wieder ein. Ihm war, als breche mit Kellys Flucht – so mußte man dessen Abgang trotz des legalen Grenzübertritts wohl nennen – der letzte Pfeiler weg, der das Projekt getragen hatte. In seinen Augen war Kelly stets der Mann gewesen, der das, was den Treibsatz seines Romans ausmachte, hätte zum Erfolg führen können.

Auf dem Heimweg kam ihm Gültigs Bemerkung in den Sinn, dies sei doch ein Stoff, lohnend, dem auch drüben nachzuspüren. Er hätte das viel lieber hier getan. War der Kultursekretär sich eigentlich dessen bewußt, daß Woelk neuerdings gar nichts anderes mehr tat, als so zu recherchieren? Der Teil seines Lebens, den er darstellen wollte, war eng mit *Kontakt 2000* verknüpft, aus dem dann *Harmo* entstanden war. Auch die Plauderei im Gästehaus würde in den Roman eingehen, nicht wörtlich zwar, sondern verflochten mit der Geschichte; aber blieb da nicht doch ein Hauch von Indiskretion? Diesen Vorwurf mußte er ertragen, da rechtfertigte ihn nur, daß er über sich selber viel schonungsloser schrieb.
Ehrenburgs Buch »Visum der Zeit« fiel ihm ein, dessen Reclam-Ausgabe mit den Sätzen begann: »Ich kann keine Autobiographie schreiben. Leichter und üblicher ist es, in Versen über die eigene Person zu sprechen. Aber ›sich hinsetzen und schön der Reihe nach erzählen‹ – das bringen allenfalls russische Intellektuelle fertig und auch sie nur in der Eisenbahn.« Woelk schaffte es nicht aus Mangel an Bedeutsamem, Berichtenswertem. Was ihm widerfahren war, rechtfertigte noch kein Erinnerungsbuch. Dennoch hatte sein Leben sich jetzt, beschwingt durch die literarische Fiktion, aus der Wirklichkeit geworden war, in eine einzige Nachforschung, eine große Untersuchung verwandelt; mit ihm darin als Ankläger, Verteidiger, Richter und Angeklagtem in einer Person.
Offenbar merkte dies inzwischen auch seine Frau. Als er sein Arbeitszimmer betrat, fand er es gründlich gesäubert, was selten geschah; dabei war Johanna auf das Kapitel 6 des Romans gestoßen. Es handelte von ihr selber und dem Waldspaziergang im Mai. Mit dem Vervielfältigen des Manuskripts wurde es immer schwerer, Teile vor ihr zu verbergen – und immer störender, ihren Rat zu entbehren. Aber durfte er den von ihr fordern, wo sie so tief verstrickt und es auch ihre eigene Geschichte war? Das Kapitel schloß mit den Zeilen: »Johanna wollte mich für sich allein haben, fern von Vera, einzig darum ging es ihr, wir wußten es beide ... Ich sah an ihrem Ohrläppchen die Perle schimmern, den harten gold-

gefaßten Schmelz, und fürchtete plötzlich, der Vorrat an Gemeinsamkeit und Toleranz, von dem wir zehrten, könne sich einmal erschöpfen.«

Die Lage der Seiten verriet ihm, sie hatte darin geblättert. Und dann fand er daneben das Paperback mit Erzählungen von Thomas Mann. Johanna hatte, wie zur Antwort auf ihre Entdeckung, einen Zettel zwischen die Seiten 88/89 gelegt und die Stelle markiert: »Ich bitte Sie, zu bemerken, daß ich keineswegs den Wunsch hege, Sie zu kränken. Was ich sage, ist kein Schimpf, sondern die Formel, die einfache psychologische Formel für Ihre einfache, literarisch gänzlich uninteressante Persönlichkeit, und ich spreche sie aus, nur weil es mich treibt, Ihnen Ihr eigenes Tun und Wesen ein wenig zu erhellen, weil es auf Erden mein unausweichlicher Beruf ist, die Dinge beim Namen zu nennen, sie reden zu machen und das Unbewußte zu durchleuchten. Die Welt ist voll von dem, was ich den ›unbewußten Typus‹ nenne: und ich ertrage sie nicht, alle diese unbewußten Typen! Ich ertrage es nicht, all dies dumpfe, unwissende und erkenntnislose Leben und Handeln, diese Welt von aufreizender Naivität um mich her! Es treibt mich mit qualvoller Unwiderstehlichkeit, alles Sein in der Runde – so weit meine Kräfte reichen – zu erläutern, auszusprechen und zum Bewußtsein zu bringen; unbekümmert darum, ob dies eine fördernde oder hemmende Wirkung nach sich zieht, ob es Trost und Linderung bringt oder Schmerz zufügt.«

Johanna verstand also, sie verzieh es ihm. Ihre Partnerschaft ertrug auch dies. Der Vorrat an Gemeinsamkeit und Toleranz, von dem sie seit zwanzig Jahren zehrten, war keineswegs erschöpft. Wo gab es weit und breit noch solch eine Frau? Übrigens, Woelk schlug nach, die Erzählung hieß »Tristan«, sie war fast hundert Jahre alt. Aber wie modern das klang! Professor Holzapfel irrte, wenn er annahm, solche »zur Verfügung stehenden, zur Konvention gewordenen, ehemals großen Erfindungen des Realismus« taugten nicht mehr dazu, das auszudrücken, was einen heute bewegte. Was war hier zur Konvention geworden, und wem von ihnen stand solch ein Ausdruck denn noch zur Verfügung?

Nachts wachte er auf mit dem Gedanken an Vera, er hatte sie zwei, drei Wochen nicht mehr gesehen. Ihr Bild entzündete seine Phantasie und ließ ihn den brennenden Wunsch verspüren, einen fast schon körperlichen Hunger, sie bei sich zu haben, mit ihr zu sprechen, sie zärtlich zu berühren. Eine Zeitlang schwebte er zwischen Traum und Wirklichkeit. Er öffnete die Augen und schloß sie wieder, dann sah er Vera in geheimnisvollem Licht dahinschwinden und wie im Nichts verzittern, bis ihr Gesicht verschwand.

Anderntags fuhr er noch mal hin, wurde von der Mutter auch eingelassen, fand aber in Veras schwach geheiztem Zimmer bloß einen anderen Besucher vor, der dort im Mantel auf sie wartete. Es war ihr früherer Vorgesetzter, der Dr. Herbst, er rührte in einer Tasse Tee, die man ihm serviert hatte. Woelk, dem nichts vorgesetzt wurde, hatte ihn niemals ernst genommen, ihn immer nur beiläufig gesehen, auf Fotos oder von weitem. Etwas an ihm schien verändert – ja, Herbst hatte sich den Bart wegrasiert, deshalb erkannte man ihn schwer. Seine tiefliegenden Augen waren gerötet, als fehle es ihm an Schlaf ... Zwei abgehalfterte Favoriten, dachte Woelk, welch dumme Situation. Aus der Nähe sah man winzige Schweißperlen wie Bläschen auf seiner Stirn stehen. Herbst gab sich Mühe, gelassen zu wirken, doch das täuschte Woelk nicht, er fand, ein stummer Pessimismus gehe von ihm aus, ein Hauch von Hoffnungslosigkeit. Es wäre eine gewaltige Erleichterung für Woelk gewesen, wär Vera hereingekommen und hätte Herbst weggeschickt. Aber Vera kam nicht; die Zeit verstrich. Sie wußten wenig miteinander anzufangen, bis es Woelk einfiel, nach den Chancen des Projekts zu fragen – oder sei Herbst da zum Schweigen verpflichtet?

»Vielleicht bin ich das«, erwiderte der mit flackerndem Blick. »Kann schon sein. Nur, es hätte wenig Sinn. Die Chancen sind, was uns betrifft, ziemlich vertan. Was Ihnen eingefallen ist und was ich dann aufgegriffen hab, das erntet nun ein Dritter.«

»Sie sprechen von Doktor Kelly?« Woelk fragte, als hätte er einen anregenden Gesprächspartner und nicht einen geschlagenen Mann neben sich. »Was kann der groß tun? Die Prio-

rität liegt doch bei der Hochschule und bei Ihnen, wie das Datum der Patentanmeldung wohl eindeutig beweist.«
»Das beweist leider gar nichts. Wir sind von ihm ausgetrickst worden. Die erste Patentanmeldung hatte er bewußt so abgefaßt, daß sie zurückgewiesen wurde, während sein Antrag drüben zweifellos schon lief. Den abgelehnten Text überarbeitete Kelly, und gestern kam das von ihm Korrigierte mir wieder auf den Tisch – als erneut abgelehnt, wegen einer gravierenden Lücke in der Patentrecherche. Inzwischen gibt es nämlich drüben eine Patentschrift, die unser Gerät in der Variante B genau beschreibt.«
Herbst zog ein Papier aus der Manteltasche, eine Fotokopie, die er knisternd entfaltete. Links oben prangte der Adler, das Wappen des Nachbarlands. Deutsches Patentamt, stand da, Offenlegungsschrift. Anmelder: Licentia Patent-Verwaltungs-GmbH, 6000 Frankfurt. Erfinder: Kelly, Richard Alfred, Dr., Dipl.-Bioniker … Es folgten zehn Seiten mit Zeichnungen im Text.
»Wir sind die Verlierer, Herr Woelk.«
»Man darf nicht aus einer Niederlage heraus den Kampf aufgeben, sonst zerbricht sie einen innerlich.«
»Kämpfen können Sie immer nur bis zu einem bestimmten Punkt.«
Es schien, als habe Herbst ähnliches schon mal erlebt, bei einem Projekt, das er *Netzauge* nannte und dessen Details Woelk nicht begriff. Die Sätze glitten an ihm vorbei, und nach einer Weile, in jähem Schweigen, ging beiden auf, wie absurd es war, in diesem kühlen Raum zu warten. Sie klopften bei Veras Mutter, die auf der Couch lag, ihnen erleichtert zunickte und sie ziehen ließ.
Vor der Haustür sagten sie einander Lebewohl, stiegen in ihre Autos und fuhren in entgegengesetzter Richtung davon. Woelk verspürte ein vages Bedauern, er warf sich vor, eine Gelegenheit schlecht genutzt zu haben. Immerhin wäre dieser Mann eine Quelle ersten Rangs für sein Buch gewesen. Doch er hatte nicht den Wunsch, das Versäumte nachzuholen und ihn noch einmal zu sprechen. Alles, was ihm noch fehlte, um die Abläufe im Hochschulbereich zu schildern, würde er ja von Vera erfahren.

43

Werner Herbst hatte keinen Freund, dem er sich hätte öffnen können. Die Bücher waren seine Freunde, nicht so geschwätzig wie Menschen, und das Buch, dem er das Motto *Plurimi pertransibunt* entnommen hatte, brachte ihm oft Trost. Eines Sonntags las er staunend im Kapitel 13, das den Freitod behandelte, auf der Insel Keos habe einst der Magistrat sogar öffentlich den Schierlingstrank demjenigen überreicht, der triftige Gründe, das Leben zu verlassen, anführen konnte. Viele Helden und Weise des Altertums hätten ihr Leben freiwillig beendet; und sei etwa Hamlets Monolog die Meditation eines Verbrechers? Die schärfste Widerlegung all der christlichen Sophismen gegen den Selbstmord habe David Hume geliefert in seinem *Essay on Suicide*, der erst nach seinem Tode gegen kirchlichen Widerstand erschienen sei; bezeichnenderweise in Basel statt in Edinburgh oder London.

Der Text ging über sieben Seiten weg, gedrängt wie Herbsts eigene Denkschrift, sprachlich von ungleich höherem Rang. Den sorgfältigen Satzbau empfand er als wohltuend, als Gewähr für das Gediegene und Folgerichtige der Gedanken. Die Betrachtungsweise des Autors zog ihn stets in Bann, auch wenn der Denker des Altertums zitiert wie hier den Stoiker Seneca, oder Plinius sagen ließ: »Wir sind der Meinung, man darf das Leben nicht so sehr lieben, daß man es auf jede Art verlängert. Es möge jeder als Heilmittel seiner Seele festhalten, daß unter allen Gütern, welche die Natur dem Menschen verliehen hat, keines besser sei als der Tod, und dies ist dabei das beste, daß ihn sich jeder selbst verschaffen kann.« Der kirchlichen Phrase, die Selbsttötung sei unrecht, hielt der Verfasser das Recht eines jeden auf seine eigene Person entgegen; nichts in der Welt stehe so fest wie dieses Recht.

Vorm Fenster wirbelten Fetzen von Papier aus einer Mülltonne. Herbst glaubte sinkende Blätter zu erblicken, obwohl jetzt, Anfang Dezember, die Bäume längst kahl waren. Regungslos saß er da, so lange grübelnd, bis sich ihm flüchtige Wahnbilder aufdrängten, schattenhaft wie der noch undeutliche Beginn von Zwangsvorstellungen, die sich mit

Wellengeplätscher, dem Knacken der Zweige und fallendem Birkenlaub am Steinbruchsee vermischten. Er mußte heraus, mit einem vertrauten Menschen reden! Doch als er unter triefenden schwarzen Ästen die Telefonzelle betrat, um Vera anzurufen – auf die Gefahr hin, ihr lästig zu sein –, fand er den Hörer abgeschnitten.
Nun ging es nicht anders, er mußte zu ihr, den Besuch nachholen, den er mehrmals verschoben hatte. In der Dämmerung klingelte er, Frau Bald war am Erkerfenster, ließ wortlos den Schlüssel herab – Vera war also daheim – und wartete oben an der Wohnungstür. Herbst traf die ihm sonst ganz wohlgesonnene Frau in verstörtem Zustand an. Ihre Augen, unter denen welk und schwer die Tränensäcke hingen, wirkten trübe, wie erloschen. »Wissen Sie denn nicht Bescheid?« fragte sie matt.
»Was sollte ich wissen? Ist Vera etwas passiert?«
Die Mutter bat ihn herein. Er hörte sie die Namen ihrer Tochter und der Enkelin murmeln und dachte an einen Unfall. Aber Vera hatte sich doch krank gemeldet und mit Migräne entschuldigt? Im Erkerzimmer, unter den schwer gerahmten Ölbildern, mußte er sich setzen. Frau Bald fing an zu weinen, dabei stieß sie heraus: »Weg sind sie, beide ... Letzte Woche nach Berlin. Übers Wochenende hieß es, wie damals mit Ihnen, nicht wahr? Und vorgestern der Anruf von ihr! Da sagt sie, daß sie aus Westberlin spricht und vorläufig nicht wiederkommt.«
»Irren Sie sich nicht?« Während Herbst noch hoffte, die alte Frau habe da etwas mißverstanden, spürte er doch schon, alles war zu Ende. Er hatte Vera verloren, vor Wochen schon, viel Hoffnung war ihm nicht geblieben, nun versank der Rest. Schluß, aus, dies war endgültig, er wußte es.
»Ach, Werner, wie ist das nur möglich? Wie hat sie mich so täuschen können? Mir auch noch das Kind zu nehmen! Warum das alles, sie hatte es doch gut hier ... Und wie konnten Sie das zulassen?«
»Ich hätte es nie zugelassen, ich weiß davon doch gar nichts. Unser Kontakt ist nicht mehr so eng gewesen. Aber Sie, haben Sie denn nichts geahnt?«

Frau Bald schüttelte den Kopf, sie verlor sich in Nebensächlichkeiten. Er verstand, Veras Gehalt lief weiter, wie das auch bei Kelly gewesen war. Die Anweisungen kamen von Konten, die man vergessen hatte. Alles geschah durch Computer-Abbuchung, niemand in Jena kümmerte sich darum. »Ich bin aus ihr nicht mehr schlau geworden«, fügte sie hinzu und tupfte sich Tränen aus den Augen. »Vielleicht hat sie mir etwas angedeutet, ich weiß nicht mehr, man vergißt ja auch. Ihr Gerede hab ich jedenfalls nicht ernst genommen, sie war immer schon etwas schwierig. Mein Gott, beide zu verlieren!«

»Bestimmt holt sie Sie nach.«

»In meinem Alter rübergehen ... Da schlägt man keine Wurzeln mehr. O Gott, warum ist sie nur nicht bei Ihnen geblieben?«

»Ich bin halt nicht der Richtige gewesen.«

»Sie waren der einzige, dem auch an Anke etwas lag. Das Kind hat Sie gemocht! Und ich hab so gehofft, mit Ihnen würden die zwei eine glückliche Familie sein.«

Was ist schon Glück, dachte Herbst, ein Duft im Wind, eine Spiegelung im Wasser, flüchtig und schwankend wie das ganze Leben ... Frau Bald lud ihn zum Abendbrot ein, doch er hielt ihr Klagen nicht mehr aus. Zwei Schiffbrüchige auf einer Insel! Er versprach, übermorgen wiederzukommen, vielleicht wisse man dann mehr. Er nahm an, bis dahin liege wohl ein Brief in seinem Kasten, der ihren Schritt erklärte. Doch bedurfte es dessen noch? Die Erklärung lag auf der Hand: Kelly. Sie hatte jetzt auch die Mutter verlassen, um Kelly zu folgen, an dessen Seite sie der Talmiglanz jener anderen Welt erwartete, der sie so gelockt hatte. Kelly, der alles eingefädelt haben mußte, auch die Vorbereitungen zu ihrer Flucht. Falsche Papiere ... Alles erschien ihm als Lug und Trug, während er im Nebel über die Brücke heimwärts lief.

Unter ihm tutete ein Schiff. An die Stunden mit ihr in Berlin dachte er und an das Sektionsfest. Da war sie doch seine Liebste gewesen, sein unverlierbarer Traum, es ist für immer, hatte er geglaubt ... Oder spielte auch die Erinnerung falsch?

Den dunklen Fluß tief unter sich, der wispernd um die Pfeiler strich, war ihm, als seien Falschheit und Verrat schon damals mit dabei gewesen, als seien die immer mit von der Partie. Wieviel Neid und Rivalität unter dem Narrenkleid der Lustigkeit! An Bord noch alles wohlkaschiert. Der akademische Mittelbau im Vormarsch auf das kalte Büfett, auf den Aal in Aspik, die Schinkenröllchen, Kaviareier und Käsehappen des Lebens! Das Gedränge dort wie überall an den Krippen. Die Erfolgreichen und die Nieten, Leute mit Ehrgeiz und Einflußlose, Risse kreuz und quer! Männer mit Geld und ohne Geld, attraktive Frauen und unhübsche, Menschen voller Phantasie und Strohköpfe, einen Abend lang verbrüderte man sich, hielt einen faulen Frieden! In vorgetäuschtem Anstand und heimlichem Dünkel harrte man aus an der Seite derer, die man eigentlich verachtete. Eine neue Gesellschaft, erstanden aus der Asche der vergangenen, wie man an den Spuren sah ... Lohnte es die Mühe? War sie besser als die alte?

Unter solchen Betrachtungen erreichte er sein Haus. Er hatte Durst und leerte den Rest einer Flasche Rotwein, der irgendwann übriggeblieben und schon säuerlich war. Damit spülte er die drei Tabletten hinunter, ohne die er keine Ruhe finden würde. Im Bett, ehe das Mittel wirkte, griff er wieder zu dem Buch. Mit großer Eindringlichkeit wies der Autor darauf hin, daß der Mensch seinem Leben ein Ende mache, sobald es dahin gekommen sei, daß die Schrecknisse des Lebens die des Todes überwogen: Starke geistige Leiden machten einen gegen körperliche unempfindlich. Die sechs Zeilen des § 159 griffen ihm seltsam ans Herz: »Wenn in schweren, grausenhaften Träumen die Beängstigung den höchsten Grad erreicht, so bringt eben sie selbst uns zum Erwachen, durch welches alle jene Ungeheuer der Nacht verschwinden. Dasselbe geschieht im Traume des Lebens, wenn der höchste Grad der Beängstigung uns nötigt, ihn abzubrechen.«

Während ihm von dem Schlaftrunk schon die Lippen taub wurden, las er: »Das Christentum trägt in seinem Innersten die Wahrheit, daß das Leiden (Kreuz) der eigentliche Zweck des Lebens ist: daher verwirft es, als diesem entgegenstehend, den Selbstmord ... Der außerordentlich lebhafte und weder durch die Bibel noch durch triftige Gründe unterstützte Eifer der Geistlichkeit gegen denselben scheint auf einem verhehlten Grunde zu beruhen; sollte es nicht dieser sein, daß das freiwillige Aufgeben des Lebens ein schlechtes Kompliment ist für den, welcher gesagt hat: Alles war sehr gut.« (Das hatte Gott zu Moses gesagt.) »So wäre es denn abermals der obligate Optimismus dieser Religionen, welcher die Selbsttötung anklagt, um nicht von ihr angeklagt zu werden.«

Am nächsten Morgen hatte Herbst dies vergessen, der Kopf war ihm schwer, die Dosis zu hoch gewesen. Das Mittel lähmte mehr den Körper als den Geist, dämmte kaum den Strom der Gedanken, er würde es wechseln müssen. Dieser Strom nämlich wälzte sich weiter; überschattet von schwerer Müdigkeit, suchte er nur ein anderes Bett. Alles kam ihm versetzt vor, wie durch Parallelverschiebung weggerückt, wobei der Maßstab des Zimmers erhalten geblieben war. Noch immer halb benommen stand Herbst auf, wankte unter die Dusche, aß etwas und ging zum Dienst, pünktlich wie stets. Arbeit heilt alles! Es wäre ihm unerträglich gewesen, daheim zu sein und aus Gründen zu fehlen, die er nicht erklären konnte; gingen sie doch nur ihn etwas an.

44

Die Bahnfahrt gen Süden wurde Woelk durch einen Herrn vom Bundesgrenzschutz verkürzt, der zwischen den Stationen Kronach und Lichtenfels das Abteil betrat, um mit konzilianter Beharrlichkeit nach Ziel und Zweck seiner Reise zu fragen, nicht ohne die Auskünfte zu notieren. Woelk antwortete so erschöpfend, daß der Beamte ihm, die Hand schon am Schirm seiner Dienstmütze, nebst angenehmer Weiterfahrt auch noch Erfolg für sein Buch wünschte, das zu Bamberg erschienen sei. Das letzte sagte er im Konjunktiv, da dies für ihn, bis er es überprüft hatte, ja noch keine Tatsache, sondern bloß eine Möglichkeit war.

Der Zug lief ein, und Stefan Prätorius, kürzlich nach Bamberg übersiedelt, stand auf dem Bahnsteig. Mit seinen sechzig Jahren war er noch Lektor des Verlags geworden, bei dem Woelk ein bißchen Geld empfangen sollte, und sagte ihm alles über das Haus – ein mittelständisches Unternehmen mit knapp zwei Dutzend Mitarbeitern. Von den Großverlagen des Landes unterschied es sich vorteilhaft dadurch, daß es Bücher bei langsamem Absatz nicht verramschte, um für Neues Platz zu schaffen, sondern sie aufhob und, der Teuerung folgend, eher noch im Preis anhob, was sogar das Honorar vermehrte.

Prätorius wohnte bescheiden in einem Mietshaus auf einem Hügel über der Stadt. Daheim beschrieb er Woelk, was ihn morgen in der Firma erwarte, bevor man ihm den Betrag, vermutlich im China-Restaurant, auszahlen, das heißt in einem Umschlag zuschieben werde. Das sei die Art des Hauses. Er selber, fügte er hinzu, habe auf seiner ersten Auslandsfahrt Gelder auf weit dramatischere Art kassiert. Die Reise führte ihn in die Sowjetunion, die Anfang der sechziger Jahre einem ausländischen Urheber noch gar nichts überwies. Man mußte schon selber kommen, was stets Anlaß bot zu Empfängen, gewürzt mit Trinksprüchen, salzigem Fisch und Gurkenhäppchen, so daß er gewöhnlich nach Stunden erst schwankenden Schritts zur Kasse fand, deren Gitter ihm Halt bot. Einen Schreiber nüchtern auszuzahlen hätte ja bedeutet, dessen Kunst zu entweihen und auch sich um ein Vergnügen zu bringen.

In Bamberg, anderntags, war es ganz anders. Der Verleger hatte die Angewohnheit, sich öfter die Handgelenke zu reiben. Er schien in Verlegenheit hinsichtlich seines Tuns, der Herausgabe eines längst verstorbenen Abenteuerautors, dessen Werk schon in hundert Millionen Exemplaren verbreitet war. Das konnte seinem Geist kein Anreiz sein, deshalb druckte er auch ein paar lebende Schreiber wie Seiboldt oder Woelk; vor allem pflegte er das Erbe. Stolz zeigte er ihm das angrenzende Museum. Mit den legendären Waffen jenes Erzählers enthielt es auch Stücke, die einst jenseits der Grenze gestanden hatten und, wie er hervorhob, teuer erworben worden seien. Unter den Originalen war der Schreibtisch des

Hausautors, im Stil der Jahrhundertwende umbordet und markiert durch die Eigentümlichkeit eines Tintenflecks in der Ecke vorn rechts, nicht kleiner als der auf der Wartburg, wo Luther den Teufel verjagt hatte. Dieser Fleck aber war Folge der Schaffenslust, der produktive Mann schrieb stets in Hast, verfehlte dabei das Tintenfaß und goß, bedrängt von den Bildern seiner Phantasie, kurzerhand die Tinte aus (der Tisch stand leicht geneigt bei ihm), um die Feder einfach in den Klecks zu tauchen. Die Augen des Verlegers blitzten, als er Woelk das schilderte. Der Fleck schien einen verborgenen Nerv bei ihm zu kitzeln, den Geldnerv wohl, genoß er doch nach neun Jahrzehnten noch die Früchte des Werks, das aus der Tinte kam.
Der Verleger krönte seine Gastlichkeit, indem er Woelk im schwarzen Mercedes, lang wie der Wagen des Papstes, zum Mittagessen in das China-Restaurant fuhr, wo er ihn mit warmem Reiswein und zahllosen Leckereien und Schnäpsen traktierte. Ihm zuliebe tat Woelk, als esse er zum ersten Mal chinesisch; auch heuchelte er Verblüffung, als man ihm eröffnete, die Sicherheitsbehörden hätten im Verlag angefragt, ob er tatsächlich dessen Autor sei. In dieser Botschaft lag die Bitte des Verlegers, ihm keine Schande zu machen in Verbindung mit Prätorius, der ein Parteigänger der Grünen sei ... Beim Dessert stieß der kaufmännische Kopf des Hauses hinzu, um Woelk mit den Worten, er möge ruhig nachzählen, ein Couvert unter die Serviette zu schieben.
Woelk wies das Zählen von sich mit dem Schlußwort seines Buchs: Das meiste auf der Welt wird für Geld getan, einiges zum Spaß, der nicht geringe Rest aus Eitelkeit. Man erkannte nicht das Zitat, lobte jedoch die Weisheit; sie schieden unter wechselseitigen Bekundungen des Respekts. Die Honorareinlösung war glatter verlaufen als damals bei Prätorius in Moskau, das Ergebnis aber ähnlich. Woelk schwankte, ein paar Scheine in der Tasche, zum Quartier zurück. Da sein Zustand ein sinnvolles Gespräch ausschloß, ging Prätorius mit ihm in einen pornografischen Film. Der zeigte dralle Frauen in hohen Stiefeln und anderem Lederzubehör in ländlichem Milieu. Dazu wurde ein Drink gereicht, den er ste-

henließ. Das Kino war schwach besucht, von Dramatik keine Rede, es blieb unklar, was gespielt wurde – der Szenarist hatte geschludert, falls es einen gab; Seiboldt oder ihm, Woelk, wäre mehr eingefallen, doch hätten sie da nicht ihre Namen befleckt? Es wäre, fand er, wohl dennoch schiefgegangen, denn Porno-Darsteller sind kaum begnadete Schauspieler und die Budgets der Sparte zu dürftig, um gute Ideen und Aktionen ins Bild zu setzen.

Nachts träumte er von Johanna, wie sie mit Siggi Wagner Szene um Szene aus dem Stück umschrieb, das sie nach seiner Geschichte angefertigt hatten. Dem Intendanten mißfiel es nämlich, er war der Kommandeur außer Dienst, von der Zivilverteidigung zur Bühne beordert, unter seinem Druck wichen sie immer weiter von der Vorlage ab, wobei Wagner sich in Magenkrämpfen wand. Aber es war doch ein Unterschied, ob es eine Vorlage gab oder ob man wie er vor leerem Papier saß! Nein, ihm taten die zwei gar nicht leid. Übrigens nutzte Siggi jede Gelegenheit, Johannas Hand zu halten, und entwickelte weitere unschöne Sitten.

Spät am nächsten Vormittag brach man nach München auf, Prätorius hatte freibekommen. Er fuhr einen Gebrauchtwagen, der nur noch für zwei Drittel der einstigen Höchstgeschwindigkeit zugelassen war. Ab Erlangen nahmen sie die Autobahn und aßen in einer Raststätte bei Nürnberg. Während andere auf dem Strahl ihrer Abgase an ihnen vorbeizischten, als gelte es ein Rennen zu gewinnen, sprachen sie über die Berufsprobleme in Ost und West. Dann glitt links das Tal der Isar näher, ein See blinkte auf, in der schrägen Sonne sah Woelk den ersten Schnee. Er dachte an das Alter des Wagens, dessen schlechte Straßenlage und an seinen Unfall mit Vera; manchmal kroch ihm noch Furcht aus den verheilten Knochen.

Am Stadtrand von München gab es einen Lotsendienst für Ortsunkundige und Streßgeplagte, doch der Freund wollte die Pension zwischen Bahnhof und Theresienwiese, die er Woelk empfahl, im Blechgewühl aus eigener Kraft finden. Über Schwabing gingen die Lichter an, als sie die Leopoldstraße hinaufrollten, vorbei an der Kunstakademie und dem prunkvollen Tor zum Geschwister-Scholl-Platz. Vor zwölf Jahren war Woelk zuletzt auf der bayerischen Hochebene gewesen, auch in dieser Straße, wo ein anderer Verlag ein anderes seiner Bücher mit mäßigem Erfolg betreut hatte. Doch es war kalt diesmal, vieles sah anders aus, die Innenstadt lag im Flitterglanz der Adventszeit. Ohne Prätorius hätte er sich sehr allein gefühlt.

Die Pension hieß *Angelika*, Engelwurz, das Himmlische mit dem Irdischen vereinend, der Zimmerpreis erlaubte ihm fünf Tage Aufenthalt, wenn er dreimal täglich essen und noch ein paar Bücher kaufen wollte. Er meldete gleich ein Ferngespräch in die Heimat an und erfuhr, dies könne stundenlang dauern, bis wann er es entgegennehmen wolle? Man möge ihn wecken, wenn es da sei, sagte er. Woelk hatte Johannas Stimme seit drei Tagen nicht mehr gehört, sie riefen einander von auswärts immer an. Vorgestern war er gerade erst angelangt, gestern zu beschwipst gewesen, heute aber mußte es sein.

In dem Bierrestaurant um die Ecke ging es ziemlich laut her. Es war ein weniger weitläufiges und nicht so historisches Lokal wie das Hofbräuhaus am Platzl oder jener Bürgerbräukeller, der zweimal, mit einem Pistolenschuß in die Dekke und der Zeitbombe, die zu spät losging, in die Geschichte des Dritten Reichs eingegangen ist. Dennoch schien es Woelk, als seien Weißwürste und bayerisches Bier, aus übergroßen Gläsern genossen, mit Klappdeckeln womöglich, ein passabler Rahmen für alte Freunde. Am weißgescheuerten Holztisch, bedeckt mit Bierfilzen und den Pfützen überschwappenden, weil im Reden zu hitzig abgestellten Biers, machte ein deutscher Mann aus seinem Herzen keine Mördergrube. Wo war der Ausweg aus all den Übeln des Lebens und der Zeit? Sie fanden ihn einzig für sich selbst: im eigenen Denken und Aussprechen des als wahr Erkannten, ohne Rücksicht auf Vorurteile anderer.

Dann lag die Bierschwemme hinter ihnen, sie schritten durch die Winternacht, sprachen von den alten Zeiten. Derb erörterten sie Menschheitsfragen, Bier im Bauch, mit so ausgreifender Gestik, als ritten sie nebeneinander her und sprä-

chen von Pferderücken aus. So trennten sie sich in der Pension gleichsam hoch zu Roß. Woelks Ferngespräch war noch nicht da. Er wiederholte die Bitte, es auf sein Zimmer zu legen, sobald es kam ... Dies wurde eine traumlose Nacht.
Es war noch dunkel, kurz vor sechs, als das Telefon ihn hochriß. »Woelk«, knurrte er in den Apparat und hörte die Stimme seiner Frau so klar, als spräche sie von nebenan. Sekundenlang schien es ihm, als sei er schon daheim. Johanna war wie immer voller Güte und Verständnis. Während er ihr verschlafen Auskunft gab, glaubte er, ihr Schatten schweife durch den Raum und schlüpfe zu ihm ins Bett. Sie umfing ihn vertraut und großmütig wie so oft, wenn er wieder zu Hause angelangt war, fremde Erinnerungen aus seinem Gedächtnis tilgend. Was er auswärts angestellt haben mochte, hatte für sie nie gezählt.
»Alexander, hast du was auf dem Herzen? Ich merke doch, du willst mir etwas sagen.«
»Ja, natürlich – ich liebe dich.«
»Ist das wirklich alles?«
»Ist es nicht genug?«
»Laß uns ernsthaft reden. Kommst du eigentlich zurück?«
Er mußte sich verhört haben. »Wann ich heimkomme? Na, in ein paar Tagen ...«
»Das soll ich dir glauben?«
»... wenn das Geld alle ist.« Woelk hatte den Eindruck einer Sinnestäuschung. Was zum Teufel redete sie da?
»Ich meine wirklich, ob du wiederkommst.«
»Hör mal, was soll das?« Mit einem Schlag war er hellwach. »Was fragst du da?! Hab ich dir je so etwas angedeutet?«
»Es ist nicht unbedingt üblich, daß man sich so was vorher sagt ...«
»Johanna! Aus welchem Grund ...«
»Es kann eine Form von Rücksicht sein, den Partner nicht zum Mitwisser zu machen.«
Jetzt sprachen sie fast gleichzeitig. »Wie kommst du nur auf die Idee?«
»Du wärst ja nicht der erste. Hast du deine Vera schon gesehen?«

»Nein, nein! Ich wüßte auch nicht, wo.«
»In München, sie ist da. Und du auch – ihretwegen? Ihr seid doch sicherlich verabredet. Immer habt ihr euch verabredet.«
»Sie ist hier? Da weißt du mehr als ich.«
»Willst du behaupten, daß es Zufall ist? Tu nicht so naiv, Alexander. Sie war immerhin gestern abend auf dem Bildschirm.«
»Du redest dir was ein, mein Schatz.«
»O nein! Doktor Kelly gab ein Interview, er startet *Libi* in fünf Großstädten, ist dir das etwa neu?«
»Absolut! Ich hab keine Ahnung.«
»München, Frankfurt, Köln, Düsseldorf, Hamburg.«
»Und Vera neben ihm?«
»Im Hintergrund, recht elegant. Es kam aus einer Hotelhalle ... Seitdem, Alexander, hab ich deinen Anruf erwartet.«
»Es tut mir leid, dich zu enttäuschen, falls du dich schon als grüne Witwe betrachtet hast.«
»Das bin ich doch sechs Jahre lang gewesen! Du bist also sicher, daß du wiederkommst?«
»Darauf kannst du Gift nehmen.« Es gelang ihm nicht, die Schärfe zu vermeiden. Es tat ihm selber weh, sich so reden zu hören – doch daran war sie schuld mit ihrer Eifersucht, die wild ins Kraut schoß erst, als gar kein Grund mehr bestand. »Rechne nicht mit meinem Verschwinden, bei mir liegt ein Manuskript, das hab ich ja dagelassen ...« Er hoffte, das würde sie überzeugen. »So etwas läßt kein Autor im Stich, auch wenn's noch keinen Verlag dafür gibt.«
»Das gleiche gilt für meine Arbeit, Alexander. Rechne deshalb ebenfalls nicht damit, mich bei deiner Rückkehr vorzufinden, Odysseus erwartend am häuslichen Herd.«
»Was willst du damit sagen?«
»Ich fliege in drei Tagen mit Siggi nach Budapest.«
»Meinen Glückwunsch. Schon verstanden. So wie ich damals nach Warna; Auge um Auge, nicht wahr?«
»Nur mit dem Unterschied, daß wir dort arbeiten. Er hat eine Gastregie übernommen, ich schließe mich ihm an.«
»Wann bist du zurück?«

»Kaum vor der Premiere im März.«
»Und was wird aus Michael – oder aus mir?«
»Gott, er ist neunzehn! Und du gehst eben solange essen.«
»Dein Intendant, läßt der dich ziehen?«
»Dem hab ich gekündigt wegen deines Stücks.«
»Aha. Und mir? Willst du die Scheidung?«
»Warum gleich so heftig, Alexander? Nach all dem Schönen, das in dem Buch steht über uns zwei, hab ich diese Frage nicht erwartet.«
»Ich frage dich trotzdem.«
»Sieh es als Eheurlaub an; das ist doch mal dein Ausdruck gewesen. Schließlich, du hast mich ja auch nie wirklich verlassen.«
Von ihren Worten dröhnte ihm der Schädel, Benommenheit senkte sich über ihn. Er legte auf. Es war alles gesagt. Das Gespräch hatte lange gedauert, es kostete mindestens fünfzig Mark. Das Schlimme an diesem Land war, daß man dauernd rechnen mußte. Ihm kam der Verdacht, Siggi liege neben Johanna, während sie's ihm, Woelk, heimzahlte. Was traf ihn eigentlich mehr, welcher Teil ihrer Nachricht? Vera in München ... So, dachte er, mag einem Piloten zumute sein, der in der Luft erfährt, daß das Schiff sinkt, von dem er aufgestiegen ist, während ein zweites zum Glück in der Nähe kreuzt.
Feiner Schnee rieselte vom Himmel und bestäubte die Stadt, als Stefan Prätorius ihn nach dem Frühstück an der Staatsbibliothek absetzte. Er mußte zurück nach Bamberg, in die Tretmühle seines Verlags. Jetzt war Woelk allein. Er fand, es zähle zu den traurigsten Erfahrungen, im deutschsprachigen Nachbarland – mit wenig Geld auf sich gestellt – frei und einsam wie ein herrenloser Hund zu sein. Gewisse Studien hatten ihn hergeführt, so der veraltete Reisegrund, sein Interesse an Falkland und ähnlichem war durch den *Sechsten Sinn* erloschen. Also mied er die Lesesäle, schlug einen Bogen durch den Englischen Garten bis zum Ufer der Isar und wandte sich nach einem Rundgang durch die Schackgalerie an der Bayerischen Staatskanzlei entlang den Hoteltürmen zu, die man seit der Olympiade erbaut hatte. Beharrlich fragte er nach einem Dr. Richard Kelly. Aber in keinem der

Glaspaläste war der abgestiegen; nirgends fand sich von ihm eine Spur.
Mittags schneite es dichter, passend zu dem Weihnachtsglanz einer sinnbetörenden Reklame, der über der Innenstadt lag. Es gab auch abgerissene Typen, Drogensüchtige vielleicht, verstohlen bettelnd, vom Leben besiegt und hoffnungslos. In einem Geschäft der Allee, die dem Stachus südlich folgt, drehten sich zwischen Telespielen, Bildtelefonen, Videokameras und all dem Tand der Unterhaltungselektronik auf dunkelrotem Samt drei *Libis*. Woelk sah das Gerät zum ersten Mal, es glich einer Quarzuhr und wurde vornehm als Wegweiser zum Lebensglück, zur dauerhaften Partnerschaft bezeichnet. Der Verkäufer fügte hinzu, unter allen Gaben der Welt sei die seltenste die der Harmonie; das ging ihm glatt von den Lippen. Hier eröffne sich einem für hundertachtundneunzig Mark der Weg zur Bindung einer großen Liebe! Das sei der Einführungspreis, gültig nur bis Silvester, danach verteuere *Libi* sich kostendeckend und wertgerecht auf rund dreihundert Mark einschließlich Mehrwertsteuer. »Ein Gelegenheitskauf, mein Herr ...« Lächelnd vertraute er Woelk an: »Das ist unser Renner jetzt vorm Fest.«
»Man schenkt's wohl kaum der eigenen Frau?«
Das Lächeln vertiefte sich, unter dem Lack der Verkaufskultur lugte ein lässiger Bursche hervor. »Warum nicht? Falls man sie loswerden, sie eintauschen will ... Auch das kann eine Chance sein, viele Ehen gehen schlecht, nicht wahr?«
Woelk griff zu. Spontan entschloß er sich zu einem Kauf, den sein Etat ihm eigentlich verbot, der seinen Aufenthalt verkürzte, ja halbierte. Wenn sich daheim auch gar nichts damit anfangen ließ, er mußte es haben, wollte dieses Ding besitzen, das letztlich ein Kind von ihm, die Inkarnation seiner Schöpfung war.
Beim Mittagsmahl im Hotel Bayerischer Hof, wo es auch keinen Dr. Kelly gab, las er das umfangreiche Material. Die gepolsterte Schachtel mit der Gebrauchsanweisung, ein winziger Schraubenzieher lag ihr bei, war fünfmal schwerer als das Gerät selbst. Diese *Software*, wie es in der Elektronikbranche hieß, bestand aus einem trickreich gefalteten Test-

bogen, mit dem man die Kennziffern des eigenen Persönlichkeitsbildes sowie des Partnerprofils ermitteln konnte. Dann mußte man den Rückdeckel von *Libi* lösen und eine Menge Drehknöpfe einstellen. Im Unterschied zu *Harmo* tat man dies alles ganz allein. Es kostete Woelk anderthalb Stunden, den Testbogen auszuwerten und das Gerät in Betrieb zu nehmen, zumal seine Lesebrille in der Pension geblieben war. Durch die Scheiben des Restaurants sahen ihm die Kuppeltürme der Frauenkirche zu, symbolhaftes Spottbild seiner Bemühungen. Übrigens ließ sich bei *Libi* die Frequenz frei wählen, man entschied selbst darüber, ob man männlich oder weiblich sei ... Hier war halt nichts unmöglich.
Woelk zitterten schon die Finger, der Oberkellner vollendete die Feineinstellung für ihn. Die letzten Töne der Melodie, die er unhörbar abstrahlen würde, formten sich in dessen Hand. Auch versorgte der hilfreiche Mensch ihn mit einem Hotelverzeichnis, dem Woelk – in absteigender Reihenfolge der Eleganz – ein Dutzend Anschriften entnahm; beginnend mit dem Hotel Vier Jahreszeiten, dem Deutschen Kaiser und dem Königshof bis hinab zu Häusern wie dem Bundesbahnhotel im Hauptbahnhof oder dem EdenWolff, das auch noch dreihundert Betten hatte. Er rief beim Bayerischen Fernsehen an und fragte, in welchem Hotel das Interview mit Dr. Kelly aufgenommen worden sei. Man verband ihn mit mehreren Abteilungen, ohne daß er Aufschluß erhielt.
Als die Rechnung kam, wurde ihm klar, spätestens übermorgen früh mußte er in den Zug steigen. Das Geld wurde knapp, die Aussicht auf ein Wiedersehen schwand dahin. Aber es mußte sein, es gab kein Zurück, Woelk spürte es mit jeder Faser. Er beschloß, auf sein Glück zu bauen, und ging der Versuchung entgegen.

45

Früh am Morgen hatte Werner Herbst, wie sein Tagesplan es vorsah, die kleine Halle betreten, wo, himmelblau gespritzt, eine importierte Maschine stand, in der Holzspäne, Stroh und andere preiswerte Stoffe von Bakterienstämmen zersetzt wurden. Die Apparatur, im Hochschuljargon das *Blaue Wunder*, kam aus dem Westen; sie leistete mehr als die eigenen, südlich des Harzes erzeugten Geräte dieses Typs. Man hatte sie aus dem Valutaetat des Rektorfonds für kurzfristig zu realisierende Grundlagenforschung beschafft. Das pflegte Herbst zu betonen, um den Studenten Respekt einzuflößen, die das *Wunder* bedienen sollten. Denn für die Handgriffe an dem Halbautomaten konnte man sie schwer begeistern, exaktes Bedienen aber war wichtig, es erforderte laut Jungblut »solche Eigenschaften wie Pflichtgefühl und Monotoniefestigkeit«.

Vor der Apparatur erwarteten ihn schon ein kraushaariger Diplomand in fahlblauen Jeans und eine hochgewachsene Absolventin, an der er über den Knöcheln geschlossene Schnürschuhe und ein Halstuch wahrnahm, gewürfelt wie bei den Palästinensern. Ihre Namen klangen fremd, er behielt sie nicht. Ein wenig erinnerten beide ihn an Rockstars, und er fragte sich, ob sie ihn überhaupt verstünden. Beim Erläutern der Handgriffe regte sich nichts in ihren Mienen. Es gab aber keine ausländischen Studenten, die nicht zuvor in Leipzig genügend Deutsch gelernt hatten. Er sagte ihnen das Übliche, nämlich, daß die Bakterien sich rasend vermehrten, sie wandelten Holz in Eiweiß um. Dann sammele man sie dort im Separator ein, damit ihr Eiweiß für die menschliche Ernährung nutzbar werde; es ließen sich sogar Wurst und Brot damit anreichern oder eines Tages nachahmen. Dies erklärte er gedankenlos wohl zum vierzigsten Male. Man hatte ihm das aufgehalst, seit es mit *Harmo* abwärts ging.

Er war mit der Einweisung fertig und hatte ein paar Fragen beantwortet, doch noch keinen Probelauf gefahren, da platzte Stiller herein und rief ihn dringlich zum Direktor für Forschung. Vergebens suchte Herbst unterwegs zu erfahren, worum es ging. Stiller schwieg, wie es sich gehörte für ihn. Jüngst war er zum Oberassistenten und Leiter der Koordinierungsgruppe befördert worden, dem vierten Unterausschuß des Wissenschaftlichen Rats, dessen Sekretär er weiterhin blieb. Bei ihm fiel Herbst manchmal ein, daß *Sekretär* ursprünglich *Geheimschreiber* hieß.

Im Korridor begegnete ihnen der Sektionsdirektor. Professor Faust kam eben aus dem Büro des Prorektors für Erziehung und Ausbildung, mit fleckigem Gesicht und weiteren Anzeichen von cholerischer Empörung. »Lassen Sie sich bloß auf nichts ein«, riet er Herbst. »Die spielen verrückt da drin.«

Außer dem Bürochef und Jungblut fand Herbst den Ersten Prorektor und ständigen Stellvertreter des Rektors vor, zuständig auch für den Geheimnisschutz, den Direktor für Kader und Dora Kleindienst als Vertreterin der Parteileitung. Er setzte sich neben sie, und in der kleinen Pause, die sein Eintritt hervorrief, fragte sie ihn leise: »Wie sehen Sie denn aus, Kollege Herbst? Fehlt Ihnen etwas?«

»Alles in Ordnung«, gab er zurück.

Jemand erstattete Bericht, ohne daß Herbst mehr als Satzfetzen aufnahm und hinter den Sinn des Ganzen kam. Dann redete Stiller; wieder verstand Herbst nichts außer dem Grundton, einer Haltung der Loyalität zu Jungblut und zugleich völliger Ergebenheit vor dem Stellvertreter des Rektors und dem Kaderchef. Es klang, als beteuere Stiller unablässig: Jawohl, meine Herren, ich tue alles, was Sie von mir erwarten. Ihnen mißfällt das Auftreten des Bereichsleiters Herbst? Wir werden ihn zur Rechenschaft ziehen, für mich ist er gestorben. Sie sind gegen das *Harmo*-Projekt? Ich war, mit Verlaub, schon vor Ihnen voller Besorgnis. Sie brauchen nur den kleinen Finger heben, und ich werde alles, was Ihnen zuwider ist, in den Staub treten, soweit es in meinen Kräften steht.

Nichts von all dem sagte Stiller, doch Herbst hörte es heraus; es lauerte hinter den Worten. Allmählich aber begriff er, daß hier weder gegen *Harmo* noch gegen ihn persönlich etwas lief. Vielmehr schien es erneut um Kellys Verrat zu gehen und um ein Gerücht, das sich darum rankte. Da niemand dessen Inhalt wiedergab, kam Herbst so schwer dahinter. Trotz der Umschreibungen ging ihm nun auf, es war die Behauptung ausgestreut worden, Kelly sei gar nicht auf eigene Faust hinübergegangen, sondern auf höhere Weisung; und zwar in dem Geheimauftrag, den Nachbarstaat mit *Libi* durcheinanderzubringen, ihn zu destabilisieren. – »Das Gerücht erhält

Nahrung durch die Republikflucht seiner Geliebten«, hörte er Stiller sagen. »Man munkelt in der Studentenschaft, sie habe ihm nur so schnell folgen können, weil sie ihm quasi nachgereicht worden sei. Stellen Sie sich das vor.«
»Es tut mir leid«, erklärte Professor Kühle, der Prorektor für Erziehung und Ausbildung, »ich kann das beim besten Willen nicht ernst nehmen. Wenn wir auf jedes Geschwätz achten wollten …« Er war ein behäbiger Mann mit zu niedrigem Blutdruck und der Neigung, auf Tagungen einzunicken. Stets übte er sich im Phlegma eines gemäßigten Naturells, das allem Streß entgehen will. Als begabter Chemiker hatte er um 1970 schon in Jena eine Art von Brillenglas entwickelt, das sich bei Lichteinfall dunkel färbt, und danach den Spruch geprägt: Wer nichts erfindet, lebt ruhiger.
Der Rest teilte Kühles Gelassenheit nicht. Es erschien Herbst unfaßbar, daß die Creme der Hochschule sich solchem Unsinn widmete. Offenen Mundes hörte man zu, wie Jungblut vortrug, das Gerücht sei schwerlich hier entstanden, es werde drüben von der Rechtspresse verbreitet! Die werfe einem vor, durch verdeckten Export des »sittenwidrigen subversiven *Libis* die Familie zu zersetzen und die freiheitlich-demokratische Ordnung zu gefährden«. Dies zitierte er aus einem Text, in den er weiter keinen Einblick gab. Das Westfernsehen, fügte er hinzu, habe diese Verleumdung bisher nicht aufgegriffen; doch könne niemand sagen, was da noch komme.
»Das heißt«, fragte Frau Kleindienst, »Kelly startet bereits drüben das Gerät?«
»Deshalb ist er doch abgehauen«, sagte Professor Kühle.
»Davon gehen wir aus«, sagte der Erste Prorektor. »Vieles deutet darauf hin, daß er Geldgeber gefunden hat und dabei ist, *Libi* auf den Weihnachtsmarkt zu werfen – beschimpft von der *Bild-Zeitung*, die ihn als ›Ostagenten‹ hinzustellen sucht.«
Stiller sagte: »Das sind die Fakten.«
»Wäre es nicht gut«, fragte Herbst, »wenn er's drüben schwer hat?«
Sogleich fiel man über ihn her. Wie könne er so naiv sein? Da komme, werde dies geglaubt, zum ökonomischen Verlust ja

noch unabsehbarer politischer Schaden! Den müsse man abwenden, sich scharf von Kelly distanzieren. Gerade an ihm als dem Miterfinder sei es, solche Lügen zu entlarven ... Verschwommen und flüchtig hatte Herbst den Eindruck eines Wahnbilds, wie in einem Traum. Das konnte doch gar nicht wahr sein. Da man mit Gestalten der eigenen Phantasie nicht reden kann, blieb er stumm. Doch alle starrten auf ihn, und so rang er sich durch zu dem Satz: »Aber wir sind doch schon von ihm abgerückt.«

»In dieser neuen Situation«, erklärte ihm der Kaderchef, »reicht das nicht mehr aus. Was wir von Ihnen erwarten, Doktor Herbst, ist eine persönliche Stellungnahme, geeignet für die Nachrichtenbüros zur weltweiten Richtigstellung des Sachverhalts.«

»Ich hab eine Denkschrift zu *Harmo* verfaßt ...«

Sie unterbrachen ihn. Man brauche kein ellenlanges Memorandum, sondern ein klares Kommuniqué ... Herbst sah, sie wollten nicht, daß er für *Harmo* sprach, sondern gegen Kelly; was aber schon geschehen war. Ihnen lag nichts an seinen Gedanken, der schwer erarbeiteten Denkschrift, die fegten sie vom Tisch. Sie wollten ein rasches Urteil und entschlossene Verdammung! Etwas mahnte ihn zur Vorsicht. In den letzten Wochen war seine innere Spannung so gewachsen, daß er unter allen Umständen auch nur die Andeutung einer Auseinandersetzung vermeiden wollte. »Ich möchte mich wegen dieser Albernheit nicht nochmals dazu äußern«, sagte er sanft.

»Sie betrachten das als Albernheit?« Der Erste Prorektor wiederholte die Frage mit einer Stimme, in der – zumindest für Herbsts Ohr – ein feiner Unterton von Drohung schwang. Er sagte nichts; die Frage brachte ihn in die Klemme.

»Seien Sie nicht schwierig«, mahnte Jungblut.

»Nicht ich bin schwierig, die Sache ist es.« Herbst hatte das fatale Gefühl, alle gegen sich zu haben. »Sind wir Journalisten oder Wissenschaftler? Ich weiß wirklich nicht, ob *Libi* gut ist für den Westen, da kommen mir durchaus Zweifel.«

»Sie geben also der Springer-Presse recht?«

»Die hat mich nicht zu kümmern. Fest steht doch, die Gesellschaft drüben ist in keiner Weise vorbereitet auf solch ein Gerät, es rutscht da gleich in den Kanal kommerzieller Verwertung. Wo der Sex nicht bewußt menschlich, sondern automatisiert betrieben ...«

»Wir sprechen jetzt nicht über Sex.«

»... und als Ware gehandelt wird, da kann man natürlich durch unangemessenen Einsatz der Erfindung Gemeinschaften desorganisieren. Ich hab das ausführlich dargelegt und bitte um Veröffentlichung meiner Denkschrift; darin steht das alles.«

»Wenn man Sie so reden hört«, sagte Stiller, »könnte man sich Sie als Quelle der *Bild-Zeitung* denken.«

Herbst sah plötzlich rot. »Es ist ja krankhaft, das zu unterstellen«, stieß er hervor. »Ihr Mißtrauen ist unerträglich, es lastet auf diesem Haus! So fehlt uns dann der Mut, zur Mündigkeit zu erziehen, zur Kritikfähigkeit bei gleichzeitigem Eintreten für diesen Staat und zu der Fähigkeit, eigenes Glück zu finden. In Ihren Augen sind das ja Irrwege! Dem stellen Sie als Tugenden entgegen: Ordnung und Disziplin, termitenhafte Beflissenheit und glattes Funktionieren.«

Der Erste Prorektor klopfte auf den Tisch: Es reiche jetzt, man müsse sachlich bleiben.

Die Sätze glitten an Herbst vorbei, er hörte kaum noch, was man ihm sagte. »So schlittern auch wir hinein in den Konsumrausch der Gegenseite«, rief er. »Und was ist der Preis?« Die Worte (seine? die der anderen?) hallten in seinem Kopf wider, als würden sie in einer Kirche gesprochen. Warum riefen sie solche Trostlosigkeit in ihm hervor?

»Aber auch Sie«, besänftigte Professor Kühle, »glauben doch nicht, wir hätten vor, dem maroden Westen durch *Libi* den Rest zu geben? Ihm den Konsumrausch damit heimzuzahlen, ihn ruinieren zu wollen wie einst die Briten das alte China durch den Verkauf von Opium?«

Herbst spürte sein Herz klopfen, den Vergleich mit dem Opiumkrieg fand er absurd, in ihm formte sich weiteres an Stillers Adresse. Er wollte fragen, ob dessen Haltung sinnvoll sei, ob sachverständig in puncto Abwehr stets nur ein abwehrbesessener Stasimann sei? Das erscheine ihm so, als wäre jede psychiatrische Kapazität zugleich ein Psychopath, ein psychiatrischer Fall. Oder als steige die Überlebenschance der Menschheit, wenn man pro Minute auf der Welt fünf Millionen Mark für ihre mögliche Vernichtung ausgebe ... Ihm dämmerte jedoch, all dies gehöre nicht zum Thema dieser Konferenz. Er wurde einer Antwort auch enthoben – Professor Faust drang ein.

Faust blieb am Tischende stehen, sekundenlang sprachlos, die Adern violett geschwollen. Er schrie etwas mit überschnappender Stimme und stürzte hinaus, Betroffenheit verbreitend, ohne daß Herbst ihn verstanden hätte. Erst durch Rufe vom Gang her wurde klar, was geschehen war: Havarie auf dem Hochschulgelände, ein Unglück mit Personenschaden.

Im nächsten Moment erfaßte Herbst, mit dem *Blauen Wunder* war etwas passiert. Jungblut fauchte ihn an: »Das wird Folgen für Sie haben! Ein zweiter Separator ist nicht mehr importierbar ... In letzter Zeit die zweite Katastrophe, die man Ihnen mitverdankt ... Gehen Sie hin und bringen Sie's in Ordnung ...«

Wie vom Donner gerührt wankte Herbst hinaus. Auf dem Korridor schlug er die falsche Richtung ein, wußte gar nicht mehr, wohin sich wenden und was tun. Wie war das geschehen? Keine Ahnung. Sein Blick irrte stumpf über hastende Personen hin. Wie im Nebel strebte er der Treppe zu. War der Separator explodiert durch Fehler des Bedienungspersonals, des Jungen in Niethosen oder des Mädchens mit dem gewürfelten Tuch, so ging das voll auf sein Konto; und zu retten war dann auch nichts mehr.

Im Treppenhaus holte ihn der Direktor für Forschung ein. »Wohin laufen Sie denn«, keuchte er. »Da lang ...! Oder wollten Sie jetzt kneifen? Und noch etwas: Strengstes Stillschweigen über das von eben. Hier geht nichts raus, ich erkläre den Gegenstand der Konferenz zur Geheimen Verschlußsache, haben Sie mich verstanden?«

Herbst antwortete nicht, ihm war, als werde eine Glasplatte auf seinem Kopf zerschmettert. Er taumelte treppab, kaum daß er Jungbluts Hand an seinem Arm spürte und ihn noch sagen hörte: »Keiner will Ihnen drohen, auch ich nicht, aber falls Sie den Schaden nicht beheben, garantiere ich Ihnen – diesmal fallen Sie auf die Schnauze, und kein Mensch hilft Ihnen auf.«

46

Woelk hatte es geahnt, *Libi* war eine Enttäuschung. Niemand außer ihm schien solch ein Gerät zu tragen, im Gewühl des Stadtzentrums regte es sich nicht; die ganze Sache lief ja doch erst an. So oft starrte er auf sein Handgelenk, daß man ihn zwischen der Michaelskirche und dem Polizeipräsidium um ein Haar überfahren hätte. Er rettete sich in Fußgängerzonen und *verkehrsberuhigte* Straßen, wie es bei den Architekten hieß. Endlich, vorm Hotel Königshof am Karlsplatz, das erste Signal! Der Richtstrahl wies auf eine Blondine mit Wollmütze und wehendem Schal in offenem Mantel, unter dem sie einen bunt gemusterten Pullover trug. Sie wirkte auf Woelk wie eine mannstolle Schwedin auf dem Wege zum Skilift, er wandte sich ab, wie eine Lawine hätte sie ihn unter sich begraben. Das Flüssigkristall zeigte dreißig Prozent Übereinstimmung an.

Ein anregender Zeitvertreib für den Fremdling, dachte er. Der nächste Kontakt, am Botanischen Garten hinter dem Justizpalast, aber war eher peinlich: Ein schlanker Typ, wie er ihn mochte, in Leder gesteckt, kaum achtzehn. Anzeige fünfundvierzig Prozent – doch ein Knabe, ein Strichjunge natürlich, keck winkte der ihm zu und fragte herausfordernd, was anliege bei ihm. Offenbar rüstete das Gewerbe nach, ergriff Besitz von der Idee. Es widerstrebte Woelk, zuzugeben, daß ihm nur Frauen lagen (als sei das in diesem Milieu lachhaft), daher beschied er den Jungen abschlägig des hohen Anspruchs wegen. Nein, es reiche leider nicht, unter fünfzig Prozent lande bei ihm keiner.

»Du bist wohl schwer zu befriedigen, Vater?«

»Du sagst es, mein Sohn.«

»Dann wünsch ich dir viel Zeit und 'ne dicke Brieftasche ...«

Woelk fehlte es an beidem. Er lief zum Maximiliansplatz, wo ihm aufging, daß sein nächstes Ziel, das Nobelhotel ›Vier

Jahreszeiten‹, nicht dort, sondern in der Maximilianstraße stand. Erst gegenüber der Feldherrnhalle sprach *Libi* wieder an, auf eine Frau im Nerz, die mit ihrem teuren Auto im Parkverbot hielt. Sie war ausgestiegen, eine blasse hochgewachsene Schönheit mit üppigem schwarzem Haar und kleinen dunklen Augen; von ihr ging das Fluidum einer Romanin aus. Sie musterte ihn nachdenklich, als er näherkam, und sah auf ihr Handgelenk. Gewiß erwartete sie, falls sich auch dort etwas regte, von ihm taktvolle Aktivität. Doch alarmiert durch die letzte Begegnung, hielt er sie für eine Dame der Luxusklasse und wich ihr aus, um dem Bankrott zu entgehen. Durch die Residenzstraße erreichte er den Max-Joseph-Platz. Liebe gab es nicht umsonst, nirgends auf der Welt, ihm blieb nur die Wahl zwischen Pleite und Blamage, also knipste er am Nationaltheater sein *Libi* aus. Es hatte ihn zweimal erschreckt und einmal fast in Versuchung geführt. Eine lohnende Anschaffung nur für den Schreibenden, der auch auf dieser Seite der Grenze gut im Rennen lag.
Vor ihm erweiterte sich die Maximilianstraße zu einem schmalen Park, über den die Dämmerung des Winterabends sank. Der leichte Schneefall ging in dünnes, kaltes Nieseln über; Windstöße bliesen es in sein Gesicht. Er floh in die Halle der Vier Jahreszeiten und stellte an der Rezeption die Frage, ohne viel Hoffnung, schier am Ende seiner Kraft. Das war keine Harzwanderung mit Dr. Gültig, lange hielt er die Suche nicht mehr durch, trotz soviel Gediegenheit und atmosphärischer Harmonie. Ein Traumreich des Wohlstands, der zuvorkommenden Bedienung. Man durchforschte für ihn die Kartei, was mittels Bildschirmtext geschah. Das Foyer verriet sorgsam geplante Verschwendung, es strotzte von Marmor und Glas. In der blanken Messingdecke spiegelten sich weiche Sessel. Empfangsdamen mit Pfirsichteint und Samt in der Kehle versprachen entspannenden Komfort, sorgten für Reibungslosigkeit in all dem Glanz.
Woelk stützte, pflastermüde, den Ellbogen auf irgendein kostbares Material, von wechselnden Düften umschmeichelt. Frauen bewegten sich um ihn mit bedachter Anmut, schwellenden Lippen, schwelgerisch gekleidet – zarte, unerreich-

bare Wesen! Ein Abendessen für zweihundert Mark wäre das mindeste gewesen, das er ihnen hätte bieten müssen. Dort eine fremdländische Attraktion, ein Rasseweib in schwingendem Zobelmantel am Arm eines häßlichen Herrn, der würdig einherschritt und nach Geld stank. Der messerdünne Mund und die tief herunterwachsenden Koteletten machten ihn nicht angenehmer. Trotzdem wuchs er in Woelks Augen, nannte er doch solch ein Weib sein eigen, und die Frau an seiner Seite blieb gleichwohl begehrenswert. Bei ihm vermutete man Sinn für Romantik, innere Werte, würde sich die Schöne sonst mit ihm verbunden haben? Und sie schien gleichfalls ein souveräner Mensch zu sein, hätte sie sonst seine Häßlichkeit ertragen? So hob die milde Art der Betrachtung, zu der man in Momenten der Erschöpfung neigt, den wechselseitigen Effekt der zwei. Sie lächelte über etwas, das ihr Mann gerade sagte, und ließ sich von ihm in die Bar geleiten ... Da drang die stählerne Stimme des Empfangschefs an Woelks Ohr: »Sie haben Glück, Herr Doktor Kelly wohnt bei uns, dürfte auch im Hause sein, wünschen Sie ihn zu sprechen?«
Woelk schwieg verwirrt, das kam zu plötzlich, er übersah das Telefon, das man ihm hinschob. Nervös hatte er an *Libi* gefingert, es spielerisch angeknipst – im selben Augenblick schlug es aus. Ziffern bauten sich auf im Flüssigkristall, eine grandiose Zahl, er merkte, es waren an die neunzig Prozent, und der Leitstrahl wies schräg hinter ihn. »Wen darf ich melden?« fragte der Empfangschef. »Oder möchten Sie eine Nachricht hinterlassen?«
»Verzeihen Sie«, sagte Woelk und wandte sich um. Dort, zehn oder zwölf Schritte weg, ging eine zierliche Frau auf die Schwingtüren zu. Er sah nur ihren Rücken, sie trug eine Rotfuchsjacke mit reizender Pelzkappe, aus der ihr Haar rostfarben quoll, rotbraune Wildlederhosen und Absatzstiefel. Sehr apart, an wen erinnerte ihn ihr langbeiniger Gang? Ach, es wurde ja schon klar! Da lief sie vor ihm, leuchtend wie eine Flamme, all seinen Sinnen ein mächtiges Versprechen ... Keinen in der Halle schien sie zu sehen, so sehr mit sich beschäftigt, daß auch ein zufälliger Seitenblick,

mit dem sie ihn hätte streifen oder gar erkennen können, als er sie nun einholte und auf gleicher Höhe mit ihr ging, Verschwendung für sie gewesen wär, der Verlust einer Sekunde ihres neuen Lebens.

»Grüß Gott, Vera«, sagte er ihr ins Ohr und sah in ein verdutztes, jäh aufstrahlendes Gesicht. Wie nach jedem der sechs Sommer, wie in Friedrichsbrunn, wie immer und überall, wenn sie getrennt gewesen waren – unaufhaltsam stellte sich das alte Lächeln bei ihr ein; und spiegelgleich bei ihm. Sie packte und preßte seine Hand, seufzte auf und fiel ihm um den Hals, an diesem vornehmen Ort. Ja, er spürte es, sie liebten sich unverändert, waren verrückt nacheinander ... Er hatte immer gewußt, sie beide waren füreinander bestimmt. Nie hatte er die Konsequenz gezogen, nicht in all den Jahren, und nun war es zu spät. Sein großes Glück, er hatte es zerstört.

Impulsiv – ohne Nerv für das Tragische des Augenblicks – zog Vera ihn in die kleine Bar, wo bloß ein paar Nichtstuer saßen neben der exotischen Schönheit mit ihrem Gnom, und ließ trockene Martinis mit großer Olive kommen. Ringsum Chrom, teure Flaschen, Jakarandaholz und Dschungelpflanzen wie Bougainvillea, Woelk glaubte, inmitten eines Gemäldes von Gauguin zu sein. Vera bestellte so forsch, als wolle sie Woelk freihalten. Sie tat immer schon selbstbewußt in Lokalen, jetzt war ihm, als habe sie die Tasche voller Geld.

»Anke ist in Frankfurt bei Freunden von ihm, die haben Kinder, da fühlt sie sich wohl«, erzählte sie, den Strohhalm vor den Lippen. »Meine Mutter holen wir bald nach, aber leider dann auch seine Eltern.«

»Leider? Sei nicht herzlos.«

»Seine Mutter mag mich nicht, und er hört auf sie ... Du, da kommt was auf mich zu.«

Eine Zeitlang wurde es chaotisch, sie sprachen durcheinander, ganz aus dem Häuschen; neue Gläser standen vor ihnen auf der Palisandertheke. Zum Spaß knipsten sie ihre *Libis* an, Woelks Richtstrahl wies nicht etwa auf die Exotin, die auch ein Gerät am Handgelenk trug, er bohrte sich Vera ins Herz, so wie er selbst von ihrem Pfeil getroffen wurde. »Jesus

Maria«, rief sie, »das darf doch nicht wahr sein … Soviel hatte ich noch nie.«
»Alte Liebe rostet nicht«, sagte er heiser.
»Denk dir, Alexander, es sind dreißig Prozent mehr als bei ihm! Ist das nicht furchtbar? Er darf es nie erfahren.«
»Bei mir liegt's auch am Ende der Skala. Ein tolles Ding! Wär auch gut gewesen für das Land, das du verlassen hast.«
»Ich habe dich verlassen; und du weißt, warum.«
»Warum? Es gibt keinen Grund – er existiert nicht mehr. Johanna tut sich anderweitig um, sie zieht mit diesem Wagner los … Du kennst doch Siggi, den dünnen Kerl, der immer Magenkrämpfe kriegt, wenn ihm einer widerspricht.«
»Mit dem ist sie dir durchgebrannt?« Der Triumph in Veras Augen war nicht zu übersehen. »Für dich tut's mir ja leid, aber ich frage mich, weshalb hat sie gewartet damit, bis ich weg war? Aus Berechnung! Die flirten doch schon lange miteinander. Mein Gott, warum erst jetzt, nicht schon vor einem Vierteljahr?«
»Das ist doch völlig gleich. Komm zurück, Vera, komm zu mir! Du entgehst der Mutter von Herrn Kelly, und aus uns beiden wird endlich ein Paar.«
Sie nippte von ihrem Drink. »Ist das dein Ernst?«
»Aber ja! Ich krieg die Scheidung durch … Wir zwei haben ein Kind, weshalb soll keine Familie aus uns werden?«
»Weil ich in Haft käm wegen meiner Flucht.«
»Mach dir darum keine Sorgen.«
»Glaubst du, du könntest das verhindern?« Ihre Lippen sogen an dem Halm. »Viel leichter wär's, du selber bliebest hier.«
»Was fängst du denn mit zwei Männern an?«
»Du hast doch auch mit zwei Frauen zu leben gewußt. Es wär ja auch bloß für den Übergang; nur für kurze Zeit.«
»Und wovon sollte ich existieren?«
»Laß das meine Sache sein. Du hast mir früher auch geholfen.«
»Das …, das ist ganz etwas anderes gewesen.«
»Wo ist der Unterschied? Sind wir Partner oder nicht?«
Woelk trank aus, er sagte nichts.

»Sieh mal, dem Richard geht's glänzend. Er hat zwar den Lehrstuhl für Bionik nicht bekommen, weil man ziemlich gewühlt hat gegen ihn in der Presse und an der Universität. Aber Professor ist er doch, er hat sich den Titel bei einer Gastvorlesung in Mexico gekauft; das zeigt dir wohl ...« Sie schob das Glas weg und sagte langsam: »Wenn du mich wirklich willst, geh ich weg von ihm! Ja, deinetwegen ließe ich mich scheiden.«
»Scheiden? Bist du seine Frau?«
»Anders wär ich ihm doch nie gefolgt. Als Spielzeug nicht; das bin ich lange genug gewesen, für einen wie dich.«
Woelk fand, das stimme nicht ganz. Er hätte es leichter gehabt, wenn sie dies gewesen wäre – das Stück Zucker im Kaffee. Dann hätten sie sich damals nach einiger Zeit relativ schmerzlos getrennt. Nach seiner Erfahrung glich die Flamme, wenn zwei Körper aufeinanderprallten, einem Blitz; das Feuer aber, wenn sich Seelen trafen, verzehrte einen und ließ sich schwerlich löschen ... Sie schwiegen beide und sahen einander an. Die Zeit kroch lautlos an ihnen vorbei, der Winterwind pfiff hinter den Scheiben. Hier drinnen aber, im Hauch der orangefarbenen Lampen, war es anheimelnd warm, und alles schien möglich zu sein.

47

Jungbluts Ausbruch traf Herbst so wie das Unglück selbst. Er stand da wie vom Donner gerührt. Noch nie hatte er den Mann so reden hören. Entgegen seiner kontrollierten Art hatte der die Sätze derart hervorgesprudelt, daß man die Richtung seiner Gedanken nur ahnen konnte. Jungbluts Worte – oder doch deren tieferer Sinn, der wie ein gespenstisches Licht in Herbst flackerte – jagten ihm Schauer über den Rücken. Er zitterte, hielt sich am Treppengeländer fest, in seinen Eingeweiden breitete sich Schwäche aus. Er hatte das Gefühl, der Direktor für Forschung lade ihn ein, sich seinen beruflichen Untergang vorzustellen; was auch immer darunter zu verstehen war.
Auf dem Hof vor der kleinen Halle, in der das *Blaue Wunder* stand, war Tumult, eben hielt dort ein Krankenwagen. Herbst

wandte sich hastig ab. Er hatte nicht mehr die Kraft, nach den Verunglückten zu fragen und den Schaden zu besehen. Alles in ihm verkrampfte sich bei dem Gedanken an Zerstörung und Blut. Nein, es war genug! Er lief am Kindergarten vorbei, in den Anke gegangen war, und an dem kleinen Eckladen, wo er ihr manchmal Schokolade gekauft hatte. Damit hatte er das Hochschulgelände schon verlassen, dem an dieser Stelle eine deutliche Begrenzung fehlte.

Ihm war, als verlasse er die Stätte wie ein Fahnenflüchtiger. Ziellos umkreiste er den Komplex, bis er am Rande des Parks auf den Kiosk stieß, der gleich schließen würde. Da es dort nichts anderes gab, kaufte er eine halbe Flasche Wodka. Die Schlacht war verloren, der Krieg war aus ... Die Flasche stopfte er in die Innentasche seines Mantels, eines fadenscheinigen Stücks aus dunklem Flanell, das er gar nicht abgelegt hatte, als Stiller ihn in das Sitzungszimmer schob. In der Außentasche klirrte sein Schlüsselbund, an dem auch der Zündschlüssel hing.

Was tun? Er war ein Soldat auf der Flucht, kein einzelner hatte ihn besiegt, vielmehr das Leben insgesamt. Es kostete ihn den Rest seiner Energie, den Wagen aus der Garage zu fahren. Da es ihm so in den Schläfen hämmerte, nahm er, mit einem winzigen Schluck aus der Flasche, zwei Beruhigungspillen. Der Tank war noch ziemlich voll, Herbst fuhr über die Brücke zur Stadt hinaus, bis Kiefernwald die Straße säumte. Über dem Wald hing schwer und grau ein Himmel, an dem Wolken wie schmutzige Wattebäusche dahinsegelten. Zur Ruhe, zur Besinnung kommen! Manchmal half es ihm, sich so ans Steuer zu setzen und hinauszurollen in die Natur.

Jetzt packte ihn ein Heißhunger. Er hielt vor einem Dorfgasthof, wo schon ein paar Lastzüge standen, und bestellte ein Hamburger Schnitzel nebst Apfelmus. Das Fleisch war scharf gebraten, mit schwärzlichen Zwiebeln und einem Spiegelei garniert, er trank dazu zwei Glas Bier. Mit dem letzten Schluck spülte er eine Tablette weg, die den Blutdruck senken sollte, um den Schmerz in den Augen und Adern loszuwerden. Nach dem Essen, das keine sieben Mark kostete, stellte sich unerwartet ein Wohlgefühl bei ihm ein, schon dadurch, daß der Druck von Herz und Magen wich. Es war nicht bloß das Empfinden angenehmer Sättigung, sondern fast schon Zufriedenheit; ein Effekt, der sich vielleicht aus dem Zusammenspiel des Alkohols mit den Tabletten ergab und ihn warnte. Er wußte, daß er nicht mehr fahrtüchtig war (zumindest nicht im Sinne des Gesetzes), doch die Chaussee war unbelebt, und auf seine Reflexe war Verlaß. Vorsichtshalber bog er von der Fernverkehrsstraße ab und erreichte gegen vier Uhr den Waldsee, der einmal ein Steinbruch gewesen war.

Wie einst im Juni, als Vera und Anke ihn begleitet hatten, hielt er zehn Schritte vom Wasser und stieg aus. Ein Windstoß riß ihm die Tür aus der Hand, so daß sie in den Angeln knirschte und etwas daran zersprang. Winzige Lichtflecke tanzten vor seinen Augen. Schon glaubte er hinzufallen, hielt sich aber noch am Auto fest. Tiefhängende Wolken zogen über den Wald, nichts regte sich, bis auf ein Krächzen von Krähen. Dann wieder Stille, nur durchsetzt vom Flüstern und Rascheln toter Blätter im Wind. Es roch schwach nach Fäkalien, kahl ragten die Birken auf über den Spuren eines Zeltplatzes, eine rostige Radkappe lag neben leeren Flaschen, die ihn an den Wodka im Mantel erinnerten. Überall Rechtecke im Waldboden, wo zur Ferienzeit Zelte gestanden hatten.

Der See! Herbst war wie geblendet vom Blitz eines Wunschbilds, einer sehnsuchtsvollen Erinnerung. Er hatte gar nicht herkommen wollen. Etwas hatte ihn gegen jede Absicht hergeführt. Er folgte dem mit Kiefernnadeln bestreuten Pfad ein Stück am Ufer entlang. Trümmer einer uralten Vorrichtung zum Fördern der Bruchsteine wuchsen aus dem Boden. Dort hatte er im Sand gesessen, als Vera ins Wasser sprang, die jetzt vielleicht in einem Hallenbad von Frankfurt schwamm. Womöglich flog sie auch mit Kelly in die Karibik, das hätte er ihr nicht bieten können ... Hier, an diesem Fleck, hatte Anke ihm Gänseblümchen und einen grauen Stein mit glitzernden Einsprengseln geschenkt – er besaß ihn noch – und gesagt: »Der soll dir Glück bringen, Werner, daß du immer fröhlich bist! Gefällt dir der Stein?« – »Der Stein und auch ihr zwei.« Er hörte sich dies erwidern, als sei es gestern gewesen.

Zum ersten Mal seit Wochen fühlte er sich frei. Es war, als falle eine Last von seinen Schultern. Die Erinnerung blieb, die Bilder des Sommers konnte ihm keiner nehmen, auch Jungblut nicht mit seinem Geschrei. Kitzelnd pulsierte es in den Adern, ein Wohlgefühl, nur kalt war ihm, also trank er die Flasche ganz aus. Danach war ihm klar, daß er nun für viele Stunden nicht mehr fahren durfte. Wozu auch, was versäumte er daheim? Er war sein eigener Herr ... Mit diesem Gedanken kroch er ins Auto zurück und schlief ein.

Als Herbst erwachte, war es Nacht. Er drehte das Fenster herunter und wischte die beschlagenen Scheiben frei. Wie er so dasaß, überkam ihn erneut schwere Müdigkeit, die Ermattung des Kummers, aber er zwang sich, die Augen offenzuhalten. Ein Temperatursturz – der Wind war kälter geworden, es fing auch an zu schneien. Zarte Schneekristalle trieben vorbei wie Blumensamen im Frühling und schmolzen auf dem Glas. Die Uhr stand auf halb elf, der Rausch schien verflogen, zwischen den Schulterblättern saß ihm ein Frösteln, als kündige sich Fieber an. Er startete den Motor und hoffte auf die Heizung; die wirkte nicht, solange der Wagen stand. Herbst blendete auf und sah vor sich zwischen den Bäumen, aus denen flach der Nebel kroch, die Wiese, in Dunst gehüllt: ein Wendeplatz. Der ersparte es ihm, zurückzustoßen und etwa einen Stamm zu rammen. Er zog den Gang herein und ließ die Kupplung kommen.

Im nächsten Moment neigte der Wagen sich nach vorn, kippte über die Böschung und klatschte auf den See, wo er kopflastig innehielt und dann gurgelnd sank. Herbst sah das Licht sich ins Wasser bohren, ehe es erlosch. Aber das Bild auf seiner Netzhaut und der eisige Schwall wurden nicht zum Impuls. Er machte keinen Versuch, den Gurt zu lösen und sich aus dem Wrack zu winden, das ihn langsam trudelnd sechzehn Meter in die Tiefe zog. Würgend drang ihm Wasser in Mund, Nase und Lungen. Zwei dunkle Scheiben verschwammen in seinem Blick und wurden zu saugenden schwarzen Trichtern.

48

Woelk hörte Vera zwei *Bloody Marys* bestellen; er hatte Stärkung nötig. In ihm war Aufruhr, das Gespräch wandte sich vom Elegischen weg ins Dramatische, alles schien offen zu sein. Um Zeit zu gewinnen, fragte er: »Du bist verheiratet und suchst mit dem Ding weiter?«
»Nicht mehr, seit ich dich gefunden hab.«
»Der Professor erlaubt dir, das zu tragen?«
»Na, wir führen es doch überall vor.«
»Er muß deiner ja sehr sicher sein.«
»Selbstherrlich ist er, ein Nummer-eins-Mann eben. Als großer Sieger wird man halt so. Er merkt nicht, wenn man an seiner Seite friert.«
»Die dünne Luft der großen Welt?«
»Du erträgst sie nur, wenn dich jemand festhält.«
»Vera, ich wär kein starker Partner hier.«
»Ach, finanziell? Das wird nicht so bleiben. Wenn wir mit der Scheidung warten, bis er voll im Geschäft ist, fällt genügend für uns ab.«
War das alles, was Vera in diesem Augenblick bedachte? Woelk sah sie an und merkte, daß es wirklich alles war. Nicht eine Sekunde fragte sie sich, ob ihn nicht mehr zurückhielt als die Furcht vor Geldsorgen und einem schlechten Start …
»Mein Publikum ist drüben.«
»Die Frau, die dich liebt, ist hier.«
Er schwieg. Draußen im Neonlicht rieselten nasse Flocken auf den Strom aus gepreßtem Blech, der durch die Pfützen zischte. Musik drang in sein Ohr, Titel wie *Yesterday* und *Stormy Weather*, die Balsam für die Seele sind. Aus all dem formte sich der Eindruck, das Schicksal poche bei ihm an, in dieser schwach besuchten Bar. Es war Winter, doch noch nicht für ihn.
Vera sagte: »Ich weiß, vom Bücherschreiben wird man hier kaum satt. Aber da sind noch die Medien …«
»Vergiß die mal. Deren wahrer Zweck wird bald nur noch sein, Autos und Waschmittel und *Libis* zu verkaufen – Show und Geschäft.«
»Sei nicht so erhaben, bei euch wird auch nur mit Wasser gekocht. Wir finden die Marktnische für das, was du zu bieten hast.«

Ihm war, als redeten sie aneinander vorbei. Vera, entflammt von dem Entschluß, seinen Bruch mit der Vergangenheit zu besiegeln, den Blick aufs Geld gerichtet. Was war nur aus ihr geworden? Oder war sie immer so gewesen, und er hatte es nicht bemerkt, nicht wahrhaben wollen? Welch ein Sieg für sie, gelang es ihr, ihn herüberzuziehen! Ein Riegel vor der Tür, die zu Johanna führte ... Heute schien Gerichtstag zu sein, man rechnete doppelt ab mit ihm. Vera schlug vor, ihn auszuhalten, für den Anfang jedenfalls, so wie sie früher von ihm Geld genommen und sich dann an Kelly verkauft hatte. Lokkend saß sie neben ihm, zungenfertig, jeden Einwand schob sie weg, ließ nicht gelten, was er über die Ohnmacht der Schreibenden sagte in ihrer Welt, wo man in bescheidener Stückzahl das meiste gedruckt bekam, das sich dann im freien Spiel der Kräfte, in der Vielfalt der Meinungen wie von selbst aufhob. Die Macht des Großkapitals und dessen politischer Zirkus, davor Konsum, Unterhaltung, ein bißchen Kunst als flirrender Schutz.
Sie lächelte keck, verstand ihn nicht, in ihren hübschen Ohren klang das sehr nach Ausflucht, Scheu vor einem Wechsel, nach seiner alten Bequemlichkeit. Sie sah nicht die Wurzeln, die er geschlagen hatte und nicht einfach zerreißen konnte. Als er davon sprach, erlosch ihre Aufmerksamkeit. Und ihm fiel ein, schon dort im Harz hatte sie seinen Willen angezweifelt, ein Autor zu werden, der alles gab, was in ihm war. Wie sollte sie ihm hier glauben, wo jeder nach Erfolg, nach dem Durchbruch schrie? Ihr Bestseller hieß *Libi*, von ihm, Woelk, nahm sie an, er könne so siegreich wie Kelly sein, dazu noch so liebevoll wie eh und je, waren sie doch geschaffen füreinander, das Gerät bestätigte da nur, was keines Beweises mehr bedurfte.
»Hör zu«, sagte sie mit einem schnellen Blick zur Uhr, »ich muß zurück zu ihm, wir essen mit Bekannten, aber danach hat er eine Besprechung, da komm ich zu dir, okay?«
Woelk gab ihr seine Anschrift, erwärmt von der Vorstellung, mit ihr allein zu sein. Noch einmal würde er sie umarmen; hinter ihren Worten ahnte er denselben Wunsch. Sie stritten um die Rechnung, bis sie ihn zahlen ließ. Ihre Lippen streiften ihn leicht, ein Vorgeschmack, dann sog die Halle sie auf.

Mit winzigem Winken, einem Krümmen der Fingerspitzen, entschwebte Vera im Lift; doch in zwei Stunden wurde sie ihm ein letztes Mal geschenkt.
Zu Fuß schaffte Woelk nicht mehr die drei Kilometer bis zur Pension. Er nahm ein Taxi und fand fünfzig Mark in der Manteltasche, Vera mußte ihm das zugesteckt haben. Wie duldsam hatte sie ihm zugehört, fast als wäre er ein Kind ... Da hatte man zwanzig Jahre in einer rauhen Arena gekämpft, oft verzagend, zweifelnd am Sinn allen Bemühens um ein anständiges Buch oder ein handfestes Szenarium und doch wieder voll Schaffenslust und Hoffnung! Sie aber strich das einfach durch, es sagte ihr nichts. Am Ende ließ sie nachher noch zwei blaue Hunderter zurück, wie er früher bei ihr, damit er noch bleiben konnte für mehr Umarmungen. Alles war auf den Kopf gestellt. Er bezahlte den Fahrer von Kellys Geld; letztlich kam es aus seiner, Woelks, Idee. Noch nie hatte er so oft das Wort *Geld* gedacht.
Oben im Zimmer fuhr er fort, sich wie ein Gigolo zu benehmen. Er erfrischte sich, wechselte das Hemd, rieb sich Rasierwasser ins Gesicht. Nach dem üppigen Mahl im Bayerischen Hof hatte er keinen Hunger, nur müde war er, legte sich auf die Couch. Nachher würde er eine Flasche Sekt bestellen ... So dahindämmernd erhob sich ihm die Frage, ob er ganz aufrichtig gewesen sei, als er von seinen Lesern und den Wurzeln sprach. Es schien ihm, als hätte er ein paar davon vergessen – wie ja auch Vera kaum alles nannte, was sie an ihre neue Welt band, nämlich der Luxus, das Reisen, die schönen Kleider. Beide waren sie nicht ganz ehrlich gewesen. Da war doch noch mehr, das ihn wieder nach drüben zog? Zum Beispiel sein getäfelter Arbeitskeller, an den er gewöhnt war, das Sommerhaus im Harz und das Sparbuch nicht zu vergessen. Er hatte stets nur zwei Drittel seiner Einkünfte verbraucht, das übrige gespart, um unabhängig zu sein. Dazu Menschen wie Michael, die ihm ans Herz gewachsen waren, Leute wie Hans Seiboldt, Frau v. Dallwitz oder Dr. Gültig, mit denen er sich zusammengerauft hatte und die es nicht verdienten, von ihm enttäuscht zu werden. Vieles kam zusammen, auch das Bild der Stadt, in der er aufgewachsen war; ganz zu schweigen von Johanna.

All dies ging ihm durch den Kopf, vermengt mit Szenen der Erinnerung und den Blättern des Manuskripts daheim auf dem Tisch. Er nahm sich vor, davon erst zu sprechen, wenn Vera ging; sonst würde der Abend verdorben sein ... Der mißriet jedoch auch so. Unklar blieb, wann Woelk auf der Couch eindöste. Schlief er so fest, daß er ihr Kommen überhörte, das Läuten des Telefons, ein Pochen an der Tür? Oder gelang es ihr nicht, Kelly zu entschlüpfen? Waren die zwei, einem Schrei des Marktes oder dem Gesetz des Maximalprofits folgend, überraschend abgereist?
Woelk sollte es nie erfahren. Als er glaubte, wieder zu sich zu kommen, saß er im Zug und hatte die Grenze schon hinter sich. Dies wurde deutlich am Eintritt des Uniformierten, eines Vertreters der Zollorgane seines Landes. Brav hielt Woelk ihm den Reisepaß hin; die gelbe Zählkarte und die *Erklärung über mitgeführte Gegenstände und Zahlungsmittel* lagen dem Dokument bei. – »Sie führen ein Buch ein«, sagte der Mann. »Das möchte ich mal sehen.«
Woelk zog es aus dem Koffer. Zu seiner Verblüffung hieß es *Der Sechste Sinn* und hatte kein Impressum. Sosehr man auch suchte, es fand sich darin weder ein Hinweis auf den Verlag, den Erscheinungsort und die Druckerei noch eine Lizenznummer oder der Preisvermerk. Damit war es ein Phantom, amtlich gar nicht existent und durfte in seiner Hand die Grenze nicht passieren. Der Zöllner, der zunächst an eine Sinnestäuschung glaubte, zog das Werk mit dem Ausdruck des Bedauerns pflichtgemäß ein.
»Um die Freigabe dieses Buchs«, sagte Woelk in dem Gefühl, das Amtsdeutsch färbe auf ihn ab, »werde ich kämpfen.«
»Das bleibt Ihnen unbenommen«, lautete die Antwort. »Im übrigen, Kollege Woelk, wenn ich Ihnen raten darf, schreiben Sie nur weiter Ihre Berichte und Romane, die auch von uns gern gelesen werden. Wir kümmern uns um den Rest.«
Er grüßte korrekt und verließ das Abteil.
Zweifellos, Woelk war wieder daheim.

Nachwort

Dieser Roman ist sehr autobiographisch, doch weicht seine Lovestory am Schluß von der Wirklichkeit ab. Statt Dr. Kelly zu folgen, hat Vera den Woelk genommen und so aufs falsche Pferd gesetzt. Denn auch ohne das *Harmo*-Gerät, an dem er keinen Anteil hat, brachte es Kelly in München zum Sex-Guru. Als Professor Dr. Dr. Dr. Leon Kaplan machte er dort mit Erotik-Ratgebern Kasse. In langen Serien druckten QUICK, BILD, HÖRZU und BUNTE von ihm Hinweise wie *Stellen Sie Ihre Frau bei französischer Liebe nicht auf den Kopf* oder *Fesselungen und Liebesschläge erhöhen den Erregungszustand.*
Nachdem DER SPIEGEL ihn schon am 21. Oktober 1991 als Hochstapler entlarvt hatte, wurde Ronald Arthur Chaplain – so sein Klarname – Ende 93 in einer vornehmen Villa bei London verhaftet. Dem inzwischen 53jährigen warf man Kurpfuscherei und Betrug an einer krebskranken Frau vor. Für deren erfolglose Behandlung hatte der falsche Doktor 1,8 Millionen DM kassiert (VOLKSSTIMME vom 6. Februar 1994). In seinem Tresor fanden britische Kriminalbeamte Bankauszüge über Transaktionen von 20 Millionen DM. Gegen eine hohe Kaution ließ die Justiz ihn zunächst wieder frei.

Die Idee eines elektronischen Geräts zur Partnersuche keimte um 1967 in Gesprächen mit dem Jenaer Chemiker Prof. Dr. Sigmar Spauszus. Dank der vitalen Bedeutung von Partnerwahl und Partnerschaft interessierte das Projekt bald Fachleute für Kommunikation und für Nachrichtentechnik. So gab mir das Dresdner Professoren-Ehepaar Dr. habil. Elfriede und Gerhard Rehbein wertvolle Unterstützung. Den zwei Verkehrswissenschaftlern fiel der Name *Harmo* ein, auch trugen sie die Idee dem Chef des Wissenschaftsbereichs Nachrichtentechnik der Verkehrshochschule Dres-

den vor. Prof. Dr. sc. techn. Richard Kauczor hielt *Harmo* für sinnvoll und prinzipiell machbar. (Man möge die Häufung von Diplomen verzeihen, das Beispiel Dr. Chaplains hat mich vom Schmuckwert fremder Titel überzeugt.)
Um diese Zeit war meine Freundin Ingrid – die Vera im Roman – an der Technischen Hochschule Magdeburg tätig. Sie brachte mir das Leben der Studenten und des akademischen Mittelbaus nahe. Ich lernte zwei Dozenten kennen, den Verfahrenstechniker Dr. sc. techn. Lothar Mörl und den Bioniker Dr. sc. nat. Ronald A. Chaplain. Der leitete die Abteilung Biokybernetik der Sektion Apparate- und Anlagenbau. Als jahrelang bevorzugter, dann aber wegen »wissenschaftlicher Unehrlichkeit« gerügter Mitarbeiter des Instituts Manfred von Ardenne verließ er die DDR 1973 anläßlich einer Kongreßreise. Beide Begegnungen halfen mir, Figuren wie den Professor Wirbel und auch die facettenreiche Gestalt des Dr. Kelly zu entwerfen.
Es mutet seltsam an, daß der spätere Sexlehrer und Orgasmusmeister auf »Vera« eher gehemmt wirkte. Er hatte 1966 in Oxford seinen Doktorhut mit einer Arbeit über die Motorik von Schmetterlingsflügeln erlangt; nun umhuschte er seine Gehilfin auf falterhaft scheue Art. Auch mir trat er nervös entgegen, bleich wie ein Rivale. Hielt ich ihn intuitiv für weit standfester? Es muß gar kein Spürsinn gewesen sein. Von der Ambivalenz eines jeden Charakters überzeugt, suche ich stets in der Seele von Lichtgestalten nach dunklen Stellen; auch in der eigenen Brust. Und gebe umgekehrt den Böslingen wenigstens Format! Übelmänner, die der Autor nicht mag, sollte er als Kunstfigur nobel zeichnen, um ritterlich, plausibel und jedenfalls nicht trivial zu sein.

Aus solchen Erinnerungen entstand im Juni 1977 die kleine Erzählung *Harmo 88*. Ich schrieb sie für eine Anthologie von DDR-Schriftstellern, die Stefan Heym als »Auskunft 2« in der Münchner AutorenEdition bei C. Bertelsmann herausgab. Daheim ohne Druckchance, ließ die Geschichte sich immerhin, falls jemand mich einlud, in 40 Minuten vorlesen, so daß viel Zeit blieb zur Diskussion.

Nun spitzte das Zuständige Organ die Ohren. Es war das Jahr nach dem Verbandsausschluß Reiner Kunzes und der Ausbürgerung Wolf Biermanns; gegen beides hatte ich öffentlich protestiert. Von jedem Vortrag bekam die Stasi-Bezirksverwaltung Magdeburg (BV Mgb.) einen Bericht. Deren Abteilung XX hatte schon im Sommer 1956 die Operative Personenkontrolle (OPK) *Wühler* gegen mich eröffnet und sie nach meinem Umzug an die Ostsee 1973 als OPK *Sand* fortgeführt; Magdeburg blieb mein Hauptwohnsitz.

Die Spitzel meldeten höchst Unterschiedliches. Im Kellertheater der TH Magdeburg war man »von dieser Erzählung begeistert«, im Ahrenshooper Kunstkaten blieb jedes Echo aus – ein Kursus von Nervenärzten, die sich überwacht wußten. Amtshilfe gab das Kriminalkommissariat I des Volkspolizei-Kreisamtes Magdeburg. Eng mit der Stasi vernetzt, faßte Leutnant Wallbaum von der K I die Texte seiner Quellen zusammen: Zwar trüge ich die Story ruhig vor, etwa am 12. April 1978 in der Großgaserei, wirke auch überzeugend, sei jedoch »ein absoluter Abfall für den Schriftstellerverband im Bezirk«. Ich hielte nämlich die DDR für eine Diktatur der SED, gäbe aber den *Harmo*-Stoff trotzdem nicht auf, sondern wolle daraus »mit Hilfe von Ärzten der Medizinischen Akademie einen wissenschaftlich-phantastischen Roman entwickeln«.

Noch ehe der Sammelband »Auskunft 2« erschien, hatte der Münchner Verlag die Geschichte an das dortige Männermagazin PLAYBOY verkauft. Dessen Chefredakteur, der DDR und ihrem Geheimdienst aus ganz persönlichen Gründen abhold, rückte sie in das 78er Septemberheft – unter dem grellen Titel *Die Partei, die regelt den Verkehr.* Das brachte ohne meine Zustimmung die Sache gleichwohl auf den Punkt.

Jetzt erst beschaffte sich das Zuständige Organ den Text, von dem es bislang immer nur gehört hatte. Am 25. November 78 schrieb Stasi-Oberstleutnant (OSL) Reif, Leiter der Abt. XX in Magdeburg, dem Generalmajor Paul Kienberg, Chef der

Hauptabteilung XX im Berliner Ministerium, in einem siebenseitigen Bericht: »Durch koordinierte Zusammenarbeit meiner Diensteinheit mit den Abteilungen XV und II der BV Magdeburg liegen z. Zt. die Anthologie ›Auskunft 2‹ und die deutschsprachige Ausgabe der USA-Zeitschrift ›Playboy‹, in denen das Machwerk des Schreyer ›Harmo 88‹ veröffentlicht wurde, im Original vor.«

Die Abt. XV diente der Auslandsaufklärung, die II der Spionageabwehr, während die XX, hier federführend, oppositionelle Regungen im Inland aufspüren sollte. Der Kauf eines Buchs und einer Zeitschrift hatte drei Abteilungen der BV Mgb. beschäftigt. Dazu forderte Reif von der Zentralen Auswertungs- und Informationsgruppe (ZAIG) des MfS noch »eine Charakteristik« des PLAYBOY an. Das ZAIG-Gutachten wies ihn auf die »Zunahme einzelner extrem antikommunistischer Beiträge in der sich ›unpolitisch‹ gebenden Zeitschrift« hin.

Über einen Spitzel seines Referats 7 (Kultur) spielte OSL Reif die so sorgsam beschafften Exemplare Dr. Helmuth Winnig zu, der als Sekretär für Wissenschaften, Volksbildung und Kultur der SED-Bezirksleitung über Magdeburgs Geistesleben wachte. Er bekam sie *legendiert*, wie Reif an Kienberg schrieb, mit juristischen Hinweisen auf den jüngsten Ministerratsbeschluß zum Urheberrecht. Damit »wurde seitens meiner Diensteinheit die Parteiführung des Bezirkes in die Lage versetzt, ... offensive Maßnahmen zu Schreyer einleiten zu können.« Gegenüber der SED wollte die Stasi nicht direkt in Erscheinung treten. »Dr. Winnig ist durch das Anschreiben des IM in der Lage, sich konkret auf ›Urteile der Bevölkerung‹ zu beziehen.« Natürlich hat die Parteiführung das Indianerspiel ihres Geheimdienstes meist durchschaut.

Nun war Helmuth Winnig am Zuge. Im Eiswinter 1979 lud er mich viermal vor, als Parteiloser aber kam ich nicht, anfangs mit der Begründung, eingeschneit zu sein. In dem sich verhärtenden Briefwechsel fragte ich ihn schließlich, wer wohl mehr für das Kulturleben des Landes tue, er oder ich.

Nach Auskunft seines Gehilfen Dr. Manfred Koch fand Winnig dadurch den § 220 (öffentliche Herabwürdigung) des StGB der DDR berührt. Weshalb er davon absah, auf *Linie I* der Justiz den Staatsanwalt einzuschalten, weiß ich nicht. Für Apparatschiks war Widerspenstigkeit der Anfang von aktivem Handeln gegen sie; schon selbständiges Denken erzwang ja ihr Einschreiten.
Empört übergab er den Fall meinem Berufsverband, und es folgte am 15. Februar jener Streit im Literaturhaus, den der Roman schildert. Ein Stasi-Bericht vom 24. April 1979 vermerkte das Fehlen Dr. Winnigs – er war durch mich gekränkt – und die Schlaffheit seines Vertreters Dr. Koch. »Dem Vorstand sollte klargemacht werden, wie man Widerspenstige zähmt«, schrieb der Spitzel. »Das Gegenteil dieser Zielstellung ist erfolgt: a) Schreyer schreibt und veröffentlicht, was und wo es ihm einfällt; b) dieses Beispiel findet möglicherweise Nachahmer.« Winnig habe vorzeitig geschwatzt, aus der Parteigruppe des Schriftstellerverbands sei etwas zu mir durchgesickert; er sei überhaupt »kein starker Mann«, außerstande, *die Kulturschaffenden ... anzuspornen und bei unliebsamen Auswüchsen wieder in den Griff* zu kriegen.
Hinter der Kunstfigur des Dr. Gültig im Roman ist Dr. Winnig vermutet worden, zu unrecht. In einem Buch der westdeutschen Knastliteratur hieß der Zuchthauschef in seiner Allmacht *Gültig*, sehr passend. Doch die DDR war kein Knast, neben den Nischen des Privatlebens gab es auch Freiräume im Beruf. Man mußte sie nur finden und nutzen, wollte man sich nicht (über die weltweit normale Abhängigkeit von äußeren Umständen hinaus) als Objekt der Politik oder gar als Opfer fühlen. Und so reicherte ich die Figur Dr. Gültigs mit Zügen des stellvertretenden Kulturministers Klaus Höpcke an, der in den 80er Jahren mehr auf Demokratisierung setzte, Kritik an der Bürokratie zuließ und schließlich das Erscheinen dieses und anderer querköpfiger Bücher begünstigt hat.

Nach dem Scheitern von Partei und Berufsverband fiel *Harmo* wieder der Stasi zu. Deren Magdeburger Haupt,

Oberst Wilfried Müller, ließ den PLAYBOY von Dr. Winnig zurückholen, als ihm Generalmajor Kienberg schrieb, ich hätte am 23. Februar 79 Stefan Heym besucht. Der war gerade erst mit seinem stasifeindlichen Roman »Collin« erneut schwer angeeckt; sein Grünauer Haus wurde scharf bewacht.
Müller fand, daß »die Ironie der Erzählung auf der Schwelle zu feindlich-gehässigen Angriffen auf die Verteidigungs- und Sicherheitsorgane steht«. Seine Abt. XV legte ihm eine 14 Seiten lange Information vor, wonach ich dabei sei, alle Schritte gegen *Harmo 88* zu einem Roman zu verarbeiten, der *etwa in der Mitte zwischen Bahro und Loest angesiedelt* sei und massenhaft Mißstände anprangern werde. Die Sex-Passagen dienten nur noch als Schleier, um »nicht in den Bereich des Strafrechtlichen zu geraten«. Dabei arbeite mir der Magdeburger Chirurg Dr. Dieter Hagen intensiv zu.
Der Versuch, meinen Ko-Autor durch Lockung mit einer Oberarzt-Stelle nebst Lehramt als Spitzel zu gewinnen, veranlaßte den zur Flucht. Dr. Hagen, Mannschaftsarzt der Handballer des SCM, kehrte im Juni 79 von einem Spiel am Rhein nicht zurück. Offiziell verlautete, er sei »von interessierten Kreisen der BRD gekauft« worden; man habe Grund zu der Annahme, daß solch eine Praxis sich negativ auf den Sportbetrieb zwischen der DDR und der Bundesrepublik auswirken könne.
Es folgten zweieinhalb Jahre lebhafter Observierung. Die Abt. XX setzte ein Dutzend IM auf mich an, verwanzte meine Wohnung (»Maßnahme der Linie 26/B«) und hielt in einer DIN-A-3-Grafik, einem Spinnennetz ähnlich, alle meine Kontakte fest. Auch meine Dresdner Berater kamen ihr ins Visier. Als OSL Reif erfuhr, ein Nachbarhaus in Ahrenshoop diene der Abteilung XV der BV Ffo. als Ferienquartier, ersuchte er die Genossen in Frankfurt/Oder um Lauschhilfe.
Reifs rechte Hand, Major Behrenrodt, schrieb am 18. Dezember 79, meinem »derzeitigen Verhalten« nach sei »die Fortsetzung der OPK während der gesamten Lebzeit von *Sand* erforderlich« und die BV Rostock, Abt. XX, müsse den

»ständigen operativen Kontrollprozeß des *Sand* im Bereich des Zweitwohnsitzes« weiterführen. Der literarisch versierte IM »Teja« sollte mich im Gespräch »wieder stärker an die DDR binden«, mir aber auch die Chance geben, kritisierend »Luft abzulassen«.

Den OSL Reif ärgerte mein Zweitwohnsitz. In seiner dörflichen Lage war er schlecht zu überwachen. Kein Besucher parkte auf dem engen Sandweg vorm Haus, also wurden die Autonummern nicht erfaßt. Auch hatte die Tatkraft der Kreisdienststelle Ribnitz Grenzen. Effektarm setzte sie Ortskräfte ein, dabei ein greiser Spitzel, und Rostock führte im Mai 1980 eine Filmschauspielerin an mich heran, als alte Bekannte warm von mir begrüßt. Wir segelten gemeinsam, doch dann fiel sie durch Krankheit aus. Das Drängen Magdeburgs wurde der BV Rst. lästig, sie erklärte sich wegen meines Hauptwohnsitzes für nicht zuständig.

Das machte eine Dienstreise Reifs nach Rostock nötig. Von seinem Hauptmann Gorgas, Leiter des Referats 7, ließ er eine »Konzeption« zur Beratung mit dortigen Diensteinheiten erstellen, in der es hieß: »Registrierung aller Kontakte von *Sand* in Ahrenshoop; welche Person kann aus diesem Kreis als IM herausgebrochen werden?«

Mit Gorgas traf Reif am 10. und 11. Dezember 80 in Rostock drei Majore und einen Hauptmann der Abt. XX sowie den OSL Kasten, Chef der Kreisdienststelle Ribnitz-Damgarten. Reifs Reisebericht vom 17. Dezember klang bedrohlich, er nannte als *Hauptziel des gemeinsamen Vorgehens gegen die bearbeitete Person ... die Erschütterung der psychischen und fachlichen Eigenschaften des ›Sand‹ durch Zurückdrängung seiner Einflußbereiche unter Schriftstellern und anderen Kulturschaffenden sowie durch öffentlichkeitswirksame Kritik an seinen Werken während von ihm durchgeführten Lesungen durch zielgerichteten IM-Einsatz.*

Das Mittelstück des Reif-Berichts folgt hier im Original. Trotz der Schwärzungen durch die Gauck-Behörde zeigt es das konzertierte Spiel der Stasi gegen den Roman, dessen erste Fassung inzwischen dem Hinstorff-Cheflektor, Dr. Horst Simon, vorlag.

Ausgehend vom Stand der bisherigen Aufklärung der Person, wurden folgende Maßnahmen beraten und als verbindlich für das Planjahr 81 festgelegt:

1. Maßnahmen der BV Rostock, Abteilung XX

1.1. "Sand" hatte im Oktober 1980 dem Hinstorff-Verlag Rostock das Manuskript "Der Sechste Sinn" (Weiterführung von "Harmo 88") zur Veröffentlichung angeboten und erhielt dadurch engeren fachlichen und persönlichen Kontakt zum IMS "Schönberg". Der IMS "Schönberg" wird beauftragt, außerhalb seiner beruflichen Tätigkeit ein Gutachten anzufertigen und dem "Sand" damit wissenschaftlich begründet darzulegen, daß sein Manuskript literarisch niveaulos ist und damit seinen literarischen Rückgang zu dokumentieren.

Da "Sand" an Mißerfolgserlebnissen stark leidet, wird sich seine solche Kritik, die vom niht parteilichgebundenen Wissenschaftler erfolgt, seine Wirksamkeit hemmen.

1.2. Über IM in Schlüsselposition wird eine Lesung im "Klub der Intelligenz" Rostock organisiert, wo "Sand" aus dem Manuskript "Der Sechste Sinn" lesen soll. Durch die Genossen der Abteilung XX wird organisiert, daß an der Lesung ein sach- und fachkundiges Publikum teilnimmt, welches vom parteilichen, vor allem moralischen und sexualpsychologischen Standpunkt ausgehend, den Inhalt des Manuskriptes kritisiert, dem "Sand" die moralische Verwerflichkeit des Inhaltes beweist, daß er mit diesem Roman den Niedergang seiner literarischen Erfolge dokumentiert und sich damit außerhalb gesellschaftlicher Moral-Normen bewegt.

1.3. Der IMS "Sass" wird das zu "Sand" bestehende Vertrauensverhältnis weiter festigen und nutzen, um seine Reaktionen und Verhaltensweisen zu erfassen, um unsere Wirksamkeit der Maßnahmen aufzuklären und darauf das politisch-ideologisch abgestimmte Vorgehen bestimmen.

1.4. Der IMS "Benders" wird beauftragt, sich in das Blickfeld der [redacted] zu bringen, ihr Vertrauen zu erringen und intensive persönliche Beziehungen zu knüpfen. Es soll erreicht werden, daß sich die [redacted] zumindest teilweise von "Sand" sexuell abwendet und ~~und~~ das Gefühl bekommt, für die [redacted] nicht mehr interessant genug zu sein. Unter der Nichtbefriedigung der sexuellen Bedürfnisse der [redacted] durch "Sand" leidet er psychisch stark und wir wissen, daß darunter seine literarische Wirksamkeit leidet.

1.5. [redacted]

1.6. Durch IM in Schlüsselposition im Schriftstellerverband Bezirk Rostock wird jegliche Verbindungsaufnahme des "Sand" zu Schriftstellern- bzw. zum -verband unterbunden. Damit soll der Prozeß der Isolierung unterstützt werden.

1.7. "Sand" unterhält eine lose Verbindung zum [redacted] und dessen Ehefrau [redacted]. Der Wertschätzung der [redacted] ist "Sand" ausgesetzt. Diese Verbindung wird genutzt, den "Sand" abzuschöpfen, seine möglichen Reaktionen auf die o. g. operativen Maßnahmen festzustellen und ihn politisch-ideologisch positiv zu beeinflussen und ihn zur Einhaltung der sozialistischen Gesetzlichkeit anzuhalten, wobei [redacted] in ihrer Stellung die moralische Verwerflichkeit des Manuskriptes "Der Sechste Sinn" und die moralische Verwerflichkeit der sexuellen Beziehungen der Menschen kritisiert.

2. Maßnahmen der BV Rostock, KD Ribnitz-Damgarten

2.1. Einsatz der territorialen inoffiziellen Möglichkeiten zur Ermittlung der bei "Sand" verkehrenden Personen, Kfz. u. a. Verbindungen

2.2. Weiterer Einsatz des IMS "Toledo" zur Personenaufklärung. Der IM wird künftig beauftragt, stärker als bisher, ihm seine Meinung zu seinem Lebenswandel (gleichzeitig zwei Frauen zu haben) und zu seiner schriftstellerischen Tätigkeit zu sagen.

Damit soll der Prozeß der Verunsicherung des "Sand" unterstützt werden. Auf die Meinung des "Toledo" hört "Sand", weil er diesen als altehrwürdigen Bürger und aus bürgerlichen Haus stammenden Mann hält.

2.3. [redacted]

2.4. Schaltung einer Zählvergleichseinrichtung auf dem Telefonanschluß des "Sand". Dadurch werden exakte Angaben gewonnen, mit wem er telefonische Verbindung aufnimmt. (Nach Angaben der Genossen ist die Realisierung einer Maßnahme A derzeitig technisch nicht möglich.)

2.5. [redacted]

Das bürokratisch glatte, kaum terroristische Vorgehen der BV Mgb. wirkte gleichwohl zerstörerisch. Ich sah mich bald ziemlich isoliert. Von einer Verbandstagung in Magdeburg meldete der GMS »Eva Steiner«: »Wolfgang Schreyer war anwesend. Ich konnte beobachten, daß keiner sich mit ihm in ein Gespräch einließ. Er stand in den Pausen allein da. Nach Schluß der Veranstaltung ist er allein weggegangen. Ich hatte den Eindruck, daß er wie ein Fremder behandelt wurde.« Dies war niederschmetternd, half mir jedoch, die Vereinsamung der Kunstfigur des Dr. Herbst darzustellen.
Zufrieden war auch der OSL Reif. Am 29. Dezember 81, ein Jahr nach seiner Rostockfahrt, konnte er einen sechsseitigen »Schlußbericht zur OPK *Sand*« abzeichnen, in dem es hieß: *Durch zielgerichtete politisch-operative Maßnahmen wurde die Veröffentlichung des Romans verhindert ... IM in Schlüsselpositionen sind beauftragt, alle kulturpolitisch brauchbaren Artikel des Sch. in der »Volksstimme« zu veröffentlichen, aber nichts aus »Der sechste Sinn«*. Die OPK wurde abgeschlossen und am 4. Januar 82 in der Abt. XII archiviert. Nur in der Kerblochkartei des MfS blieb ich gemäß Dienstanweisung 1/80 erfaßt.

Das Zuständige Organ hatte über den *Sechsten Sinn* gesiegt. Durch den IMS »Schönberg«, Cheflektor des Hinstorff-Verlags, ließ es das Manuskript zurückweisen. In meinem Berliner Verlag tat das offenbar der IM »Präsident«. Darauf bot ich den Roman in Halle an. Der Mitteldeutsche Verlag hatte fast eine Million Bücher von mir verkauft und war auf neue Titel immer scharf.
Nicht aber auf diesen. Dem Direktor, Dr. Eberhard Günther, und meinem langjährigen Lektor mißfielen neben der Gesellschaftskritik auch die erotischen Passagen. Solche Scheu herrscht heute noch im ostdeutschen Literaturbetrieb; erst kürzlich fand Monika Maron in einem SPIEGEL-Gespräch das Erotische selbst aus der Feder Christoph Heins »nicht ganz unpeinlich«; die erotische Sprache in Deutschland sei »peinlich, ordinär oder lateinisch«.
Um diese Schamhaftigkeit – von mir beklagt, doch als echt respektiert – rankten sich ideologische Berührungsängste.

Gewiß wollte der Direktor lesbare Bücher edieren, doch möglichst auf der Linie seiner Partei, die er weitgehend verinnerlicht hatte, um ruhiger zu leben. Selbst wenn er mit dem Segen des Kulturministeriums etwas von Volker Braun oder Günter de Bruyn druckte, sah und sprach ihn der Parteichef von Halle strafend an. Und Generalmajor Dr. Heinz Schmidt, Leiter der BV Hle., ließ seinen Major Tinneberg und dessen Literaturobmann Burkhard auskunftheischend durch Räume streifen, in denen man bis zu 150 lebende Autoren betreute.

So gab mir Dr. Günther das Manuskript im Juli 1983 als literarisch mangelhaft zurück. Eher naßforsch als bedauernd, denn er genoß es, einen störrischen Autor zu deckeln. Schon früher hatte er mich beschimpft, weil ich Abschriften aus Rudolf Bahros Buch »Die Alternative« verbreitet hatte, dies auch der Stasi mitgeteilt und ihr dazu zwei Jahrgänge unserer Korrespondenz ausgehändigt; in meiner 3000 Blatt starken Akte fand ich sie wieder. Das schloß den vertraulichen Briefwechsel mit meinem Strausberger Lektor ein. Hatte der Verleger doch verfügt, daß jeder ihm die Privatpost von AutorInnen zeigen mußte, intime Stellen ausgenommen. War da etwa ein Liebesverhältnis gereift, durfte der oder die Angestellte den Brief, das Romantische aussparend, abschreiben: schon dadurch entblößt, wenn auch nicht im Detail.

Seinen patriarchalischen Stil mildernd, riet er mir 1984, die Romanhandlung aus der Jetztzeit in die Zukunft zu verlegen. Wir einigten uns auf das Jahr 1999, und ich ging frisch ans Werk. Doch weiterhin hielt der Verleger das Buch mit immer neuen Gutachten auf, die schwere Einwände vorbrachten. Erst nach fünfjährigem Widerstand lenkte er ein. Ab 1987 erlahmte die Zensur, attackiert auch auf dem Schriftstellerkongreß. *Der sechste Sinn* durfte erscheinen, aber nur, wenn ich das Verhör Woelks in jenem Literaturhaus herausschnitt! Wütend stimmte ich zu, zog aber meinen Namen zurück; den sollte das Pseudonym Eberhard Fleischer ersetzen.

Der Anklang an den Vornamen und das Textgemetzel des

Chefs sorgte hinter dessen Rücken im eigenen Hause für Gelächter. Damit es nicht die ganze Branche ergriff, gab er nach. Die Szene blieb, der Verleger brachte den Roman in etwas kleinerer Auflage als sonst heraus, schob 1988 eine ähnliche nach – dann kam nichts mehr.
Zwar erlaubte der Kultursekretär Dr. Winnig im November 87 dem Direktor des Magdeburger Volksbuchhandels, Wolfgang Mitschke, den *Sechsten Sinn* auf einer der üblichen Buchpremieren vorzustellen – falls diese »normal ablaufe, ohne Euphorie« (Winnig). Auch die BV Mgb. schien zahnlos geworden; ihr für den Volksbuchhandel zuständiger Offizier der Abt. XX ließ sich anderntags vom Direktor Mitschke nur den Verlauf berichten. Aber wie auf Kommando erschien in der zentralen Presse keine einzige Rezension. Noch Ende 88 sagte mir Walter Nowojski, Chefredakteur der Monatsschrift des DDR-Autorenverbands »Neue deutsche Literatur«, auf den Abdruck der *Sinn*-Besprechung eines Magdeburger Germanisten, die ihm vorlag, dürfe ich nicht hoffen; der Schriftstellerverband nämlich sei gewillt, von dem Buch keine Notiz zu nehmen.
Hier sollte ich schließen; doch die Geschichte des Romans endet mit dem Untergang der DDR ja nicht. Im Sommer 1991 gab der Verleger mir die Rechte an dem Buch und an weiteren sieben Titeln pauschal zurück. Im Winter 1990 waren seinem Haus aus dem Parteivermögen der SED sechs Millionen zugeflossen, als Startschub in die Marktwirtschaft. Noch unter dem alten Regime glückte es ihm, für eine Million ein Verlagsgebäude zu kaufen; warum setzte er vom Rest gar nichts zur Werbung ein? Dies fragte ich ihn ergebnislos erst privat, dann öffentlich (»Das Geld ist weg«, VOLKSSTIMME vom 9. August 1991). In der Story »Macho, Macho«, einer der erotischen Geschichten des Büchleins *Alpträume* (ISBN 3-928703-03-X), findet man meinen Konflikt mit Dr. Eberhard Günther satirisch dargestellt.
Der Direktor – nun Geschäftsführer – des Hallenser Verlags stellte fast all seinen Schreibern den Stuhl vor die Tür. Noch vor mir warf er so parteifromme Autoren wie Erik Neutsch, Max Walter Schulz und Eberhard Panitz hinaus. Und andere

Verlagshäuser taten es ihm gleich. Trotz der SED-Millionen, die ihnen den Rücken stärkten, wichen sie ängstlich auf Regionales, auf Marginales aus; wagten nirgends den Versuch, auch nur ein paar ihrer Spitzentitel auf den westdeutschen Buchmarkt zu bringen – der ja wuchs, während der ostdeutsche zusammenbrach. So wurden sie zu Mitvollstreckern der Abwicklung auch des Bewahrenswerten aus dem Geistesleben der versunkenen DDR, das sie ihr Leben lang gefördert oder auch behindert hatten.
Die Chefs, wo sie im Amt blieben, vertauschten Parteitreue, Staatsräson und vorauseilenden Gehorsam flugs mit Geschäftssinn pur. Indem sie sich von Autoren trennten, die ihnen einst Glanz und Gewinn gebracht und manchem Leser viel bedeutet hatten, folgten sie wiederum den vermeintlichen Erfordernissen der Zeit. Ein Beispiel für mißverstandene Marktwirtschaft, für Betriebsführung ohne Charakter und Stetigkeit – zweitrangige Tugenden auf weiten Wirtschaftsfeldern, doch unverzichtbar im Umgang mit Kunst und Literatur! Auch für die neuen Bundesländer gilt: Ohne Kultur keine humane Gesellschaft, und ohne Urheber keine eigenständige Kultur.

Was aber ist denn jenseits des Literarischen, im Bereich profaner Warenproduktion, aus der Idee eines Geräts zur Partnersuche geworden? Gut zwei Jahre nach der Erstveröffentlichung im PLAYBOY erschienen Pressemeldungen über »einen Liebeskäfer, ein armbanduhrenähnliches Gerät«; nach einer Patentanmeldung in den USA sei es mit einem elektronischen Chip versehen, »auf dem die eigenen Eigenschaften und Vorlieben sowie die gewünschten des ersehnten Partners gespeichert sind. Nähert man sich nun mit eingeschaltetem Gerät einem ›Käfer‹-Besitzer mit passendem Programm, ist auf der Armbanduhr ein Ansteigen der Ziffern von eins bis zehn abzulesen. Beim Zahlenstand zehn blicken sich die ideal zusammenpassenden Partner bereits ins Auge, und einem Kennenlernen steht nichts mehr im Wege« (UNSERE ZEIT, 9. Januar 81).
Den ersten praktischen Schritt scheint die Firma Unitron

Electric des Kabel- und Buchsenherstellers Rolf Bucher gewagt zu haben (DER SPIEGEL, Nr. 27/88, S. 185). Für 299 Mark, fast dem ein Jahr zuvor im *Sechsten Sinn* empfohlenen Preis, brachte Unitron Electric in D-78628 Rottweil ein Partnersuchgerät (PSG) auf den Markt, das, gespeist von einer Neun-Volt-Batterie, freilich zigarettenschachtelgroß, in der Brust- oder Handtasche zu tragen war. Es zeigte jeden PSG-Träger des anderen Geschlechts durch einen Summton an, der »Sie so Ihrem persönlichen Glück näherbringt«, wie der Hersteller versprach.

»Der Piepser, handlich wie ein Päckchen Skatkarten«, hieß es bald darauf in etlichen Illustrierten, »gibt kräftig Signal, wenn jemand mit gleichen Gelüsten und dem gleichen Gerät in der Tasche vorbeikommt ... Auch für die Moral ist gesorgt: Männerpieps reagiert auf Frauenpieps und umgekehrt. Wer's anders mag, kann leider nicht mitspielen. Mehr als 15000 Pioniere sollen mit dem neuen Liebesstifter schon auf Kontaktsuche sein.«

Letzteres muß bezweifelt werden; im Dezember 92 kam von der Unitron Electric auf meine Nachfrage statt hübscher Werbeprospekte keine Antwort. War Rolf Bucher an der Einführungsschwelle gescheitert oder an dem Umstand, daß sein PSG der simplen Version des Dr. Kelly entsprach? Zweifellos hat das Gerät, in blauem Gehäuse für Herren und in rosafarbenem für Damen, wahllos Fremdimpulse empfangen, also immer nur den Grobkontakt vermittelt. »Daß es nach dem Piepsen weiterfunkt, wird allerdings nicht garantiert«, schrieb denn auch die Presse.

Das technisch Machbare der verbesserten Version stand längst außer Frage. Bereits im Oktober 89 sprach dafür – unter dem Rubrum »Mobilfunk« – eine Notiz in der Zeitschrift HIGHTECH (S. 7/8). Danach hatte der US-Uhrenhersteller Timex zusammen mit dem Elektronik-Multi Motorola einen Personenrufempfänger entwickelt, »der eintreffende Nachrichten nicht nur numerisch anzeigen, sondern auch speichern kann ... Das Gerät sieht auf den ersten Blick aus wie eine schlichte Armbanduhr mit digitaler Zeit- und Datumsanzeige, erweist sich jedoch als komfortabler Personenrufempfänger.« Die gespeicherten Informationen ließen sich einzeln lesen und löschen, dazu zeigte der Empfänger den Zeitpunkt des Informationseingangs an; er entsprach im übrigen voll »den europäischen Standards für öffentliche Personenrufempfänger«.

Ein Jahr später, im November 90, verdeutlichte eine Untersuchung der Stiftung Warentest noch einmal die Mängel der gewerblichen Partnervermittlung (und das Leichtfertige im Ton der Berichterstattung über Partnersuchgeräte). Die Tester analysierten die Annoncen von 23 Instituten und schickten ihnen neben Fragebogen auch noch inkognito Kontrolleure ins Haus. Fazit: Kein Prüfer fand »das große Glück«, obwohl solch eine Vermittlung im Einzelfall bis zu 14000 DM kostete.

Zeit und Mühe brachten Institute laut Testbericht in der Regel nur beim ersten Treffen mit dem Kunden auf. Doch selbst dann war zwar viel die Rede von Gefühl, weniger von Geld und Gegenleistung. »Vorkasse ist in der Branche üblich. Wieviel der Vermittler verlangt, ist oft Verhandlungssache. Detailfragen nach den Einkommensverhältnissen und Hausbesuche dienen u.a. dem Zweck, zu sondieren, wie hoch der Preis sein darf... Häufig sind die Anzeigen Lockvogelangebote, die vorgestellten Kandidaten gibt es tatsächlich nicht. Manch ein Institut wirbt sogar seit Jahren mit denselben Damen und Herren, diese ändern dann gelegentlich ihre persönlichen Daten – heißen statt Nina mal Marina, wachsen oder schrumpfen und vollbringen das Wunder, im Laufe der Jahre immer jünger zu werden.«

»Frauen werden gelegentlich kostenlos in die Karteien aufgenommen, das Vermittlungshonorar zahlen dann ausschließlich die männlichen Kunden«, hieß es weiter. »Die Kundenkarteien der Vermittler sind oft zu klein, um Partnerwünsche wirklich erfüllen zu können. Und wer sich eine persönliche Betreuung wünscht, wird oft genug enttäuscht. Mehr als ein Adressenversand wird nämlich im Regelfall nicht geleistet.«

Da leuchtet es durchaus auch Fachleuten ein, daß ein Partnersuchgerät Marktchancen hätte, weil es einfache, preiswerte, auf lange Sicht bessere Lösungen des Problems verspricht. Im Herbst 93 trug ich dies dem Geschäftsführer der Jenaer Firma ABS (Gesellschaft für Automatisierung, Bildverarbeitung und Software mbH) vor. Dr.-Ing. Günter Uhlrich erwärmte sich für die Idee. Man lasse sie jetzt, so schrieb er mir, in den Köpfen der Mitarbeiter noch etwas reifen ... Es würde mich freuen, wenn es gerade ein ostdeutscher Betrieb wäre, der den Gedanken aufgreifen und verwirklichen könnte. Die Startschwierigkeiten und der Kapitalbedarf sind nicht zu übersehen – und doch, etwas wie *Harmo* muß kommen.

Wolfgang Schreyer

ISBN 3-359-00744-1

3., erweiterte Auflage (1. Auflage dieser Ausgabe)

Verlagsgesellschaft mbH
Postfach 106, 10103 Berlin

Umschlaggestaltung: P. Fischer Sternaux
Satz: Pencil. Text-Satz-Korrekturbüro
Druck und Verarbeitung: Chemnitzer Verlag und Druck GmbH,
Werk Zwickau